BENEDIKT GOLLHARDT, Jahrgang 1966, ist Drehbuchautor. Bekannt wurde er unter anderem durch preisgekrönte Serien wie »Türkisch für Anfänger« und »Danni Lowinski«. Mit seinem Thrillerdebüt »Westwall« greift Benedikt Gollhardt das aktuelle Gefühl unserer Zeit auf, in der die Grenzen zwischen Gut und Böse zunehmend zu verschwimmen scheinen. Der Thriller wurde vom ZDF als 6-teilige Serie verfilmt, für die Benedikt Gollhardt auch das Drehbuch verfasste.

Westwall – Auf welcher Seite willst du stehen? in der Presse:

»Gollhardt spielt virtuos auf der Klaviatur unserer Ängste und entwirft dabei ein glaubhaftes und verstörendes Bild von rechtsradikalen Netzwerken
und ihren braunen Protagonisten.«
WDR

»Was für ein starkes Debüt: Brisanter, aktueller Stoff!«
Hörzu

›Westwall‹ ist ein Pageturner par excellence und der Beweis, dass das Auseinandersetzen mit aktuellen politischen Themen hochspannend verpackt werden kann.«
n-tv.de

Benedikt Gollhardt

WESTWALL

Thriller

PENGUIN VERLAG

FSC www.fsc.org
MIX
Papier aus verantwortungsvollen Quellen
FSC® C014496

Klimaneutral*
Druckprodukt
ClimatePartner.com/14044-1912-1001

Penguin Random House Verlagsgruppe FSC® N001967

1. Auflage 2021

Redaktion: Kristina Lake-Zapp
Covergestaltung: Bürosüd
Covermotiv: © Arcangel/Stephen Mulcahey
Satz: Buch-Werkstatt GmbH, Bad Aibling
Druck und Bindung: GGP Media GmbH, Pößneck
ISBN 978-3-328-10594-7
Printed in Germany
www.penguin-verlag.de

Für Sabrina & Carlotta

PROLOG

Die alte Angst. Sie konnte sie wieder spüren. Julia blieb stehen, ihr Atem ging in schnellen Stößen. Durch die Baumkronen der mächtigen Buchen drangen nur wenige Sonnenstrahlen, am Boden lagen morsche Stämme zwischen üppigen Farnen, es roch nach Erde und Laub. Der Wald schien verwunschen, als wäre er noch nie von einem Menschenfuß betreten worden. Doch Julia wusste, dass es anders war. Sie waren hier gewesen, viele von ihnen, und sie hatten eine mächtige, düstere Spur hinterlassen: Hunderte hüfthohe Pyramiden aus verwittertem Beton ragten aus dem Waldboden wie Rückenstacheln eines riesigen Drachen, der eingegraben unter der Erde schlief. Die bemoosten Buckel standen in mehreren Reihen und schlugen eine unheimliche Schneise quer durch den Wald, eine trotzige Grenze aus einer dunklen Vergangenheit, ein machtvolles Bollwerk, das sogar Panzern standhalten konnte.

Von weit her schallten Hundegebell und triumphierende Rufe durch den Wald. Julia erschauerte: *Sie haben ihn.*

Auf einmal wusste sie, woher sie die Angst kannte. Es war die Angst ihres Vaters. Wolfgang hatte immer versucht, sie vor ihr zu verbergen, damals, in ihrem Bauwagen am See. Er hatte versucht, sie wegzulachen und wegzulügen, er war mit seiner Tochter geflohen, das ahnte sie jetzt, um es für immer von ihr fernzuhalten – das Böse. Sie hatte es schon als Kind gespürt, aber es war nicht mehr gewesen als ein dunkler Schatten, den ein böser Traum auf das Leben eines kleinen Mädchens warf und der mit den ersten Sonnenstrahlen wieder verblasste.

Inzwischen wusste Julia, dass es in der Welt war. Und jetzt war es ganz nah, hier, in diesem Wald. Es hatte über eine lange Zeit geschlafen, war von einer weichen Moosschicht überwuchert worden wie die Reihen der alten Betonbuckel zwischen den riesigen Buchen. Es war erwacht, es wuchs wieder, und es wurde stärker. Und Julia spürte: Das Böse hatte sie im Visier.

Plötzlich drang ein heller Schrei durch das Rauschen der Baumkronen. Julia schaute sich um. Die Äste der umgeknickten Stämme schienen ihre knorrigen Finger nach ihr auszustrecken; überall um sie herum, im dunklen Unterholz und im Laub, wisperte, knackte und raschelte es, als wolle der Wald sie jeden Moment packen und mit seinen schartigen Betonzähnen zermalmen.

Julia löste sich aus der Angststarre und rannte los, zwischen den bemoosten Drachenzacken hindurch, hinab in eine Senke, tiefer in den Wald, über ausladende Wurzeln und kleine Bäche, dem Gebell entgegen. Sie war nicht weit gelaufen, als sie auf einen riesigen grauen Quader aus grobem Beton stieß, der aus dem Waldboden zu wachsen schien. An den Seiten öffneten sich Schießscharten und eine trichterförmige Geschützöffnung, eine rostige Tür versank halb im Laub. Julia stand vor einem alten, verwitterten Bunker. Vorsichtig kletterte sie auf das flache Dach, legte sich an die hintere Kante und schaute hinunter auf eine kleine Lichtung.

Dort unten standen fünf Jugendliche im Alter von zwölf bis neunzehn Jahren, drei Jungen und zwei Mädchen. Sie hatten sich im Halbkreis um einen zitternden Teenager mit kupferroten Haaren aufgebaut, der sich ängstlich an einen umgestürzten Baum drängte. *Er ist so blass wie ein Toter*, dachte Julia bang. Die Jugendlichen trugen abgetragene Hosen und Kapuzenjacken in Olivgrün, Grau und Schwarz. Ihre Füße steckten in Springerstiefeln oder alten Wanderschuhen. Der Größte der Meute war der Anführer, ein schütterer Schnurrbart verdeckte nur spärlich die Narbe seiner Hasenscharte, seine eng beieinanderliegenden Augen musterten unruhig das Opfer. An seinem rechten Mittelfinger erkannte Julia den Ring – eine einfache Spirale aus Eisendraht, die sich wie ein Schneckenhaus spitz nach oben wand. Über seinem Rücken hing eine Armbrust mit Zielfernrohr und einem gefiederten Pfeil im Lauf.

Neben dem Großen stand ein gedrungener Jugendlicher mit pickelrotem Gesicht und grinste, seine Schneidezähne waren abgebrochen. In beiden Händen hielt er eine geflochtene Lederleine, an der zwei graue Mastinos zerrten und bellend und geifernd nach dem Rothaarigen schnappten. Eine muskulöse Sechzehnjährige mit tätowierten Armen und Händen zündete sich im Hintergrund eine Zigarette an.

Der Anführer packte das Opfer grob am Kragen. »Weißt du nicht, wie groß der Wald ist, du Idiot? Hast du echt gedacht, du schaffst es hier raus?«

Ein schlaksiges Mädchen mit nachlässig gefärbten blondblauen Haaren grinste. »Lass doch die Hunde los, ein paar Meter schafft der Jonas noch!«

Der Rothaarige presste sich fester gegen den umgekippten Baumstamm, die geifernden Hundeschnauzen berührten fast seine Schuhe. »Wartet. Ich wollte nicht abhauen, bitte … ich wollte …«

Er kam nicht weiter. Blitzschnell warf der Große ihn zu Boden und drückte ihn mit beiden Knien tief ins Laub. Dann bog er den linken Arm des Jungen hoch, zog mit militärisch präzisen Griffen ein Seil aus seiner Hosentasche und band das zuckende Handgelenk fest an einen Ast des Baumes. Der Rothaarige schluchzte ins feuchte Laub, Erde und Blätter klebten an seinem Gesicht. Vom Dach des Bunkers aus konnte Julia erkennen, dass an seiner gefesselten Hand der kleine Finger fehlte, der kurze Stumpf war dunkel vernarbt. Das Flehen des Jungen wurde panisch. »Bitte nicht! Ich wollte nur jagen gehen! Ich schwöre!«

Der Große mit dem Schnurrbart tastete den Rothaarigen grob ab und zog plötzlich grinsend mehrere Zweihundert-Euro-Scheine aus dessen Hosentasche. »Wohl eher shoppen, was?«

Die Kids johlten.

Das tätowierte Mädchen rief aus dem Hintergrund: »Verdammt, Jonas, du Vollidiot!«

Der Anführer packte die Hand des schreienden Gefangenen, spreizte den Mittel- und Ringfinger ab und band beide mit dem restlichen Seil an den Stamm. »Du weißt, wie es läuft. Beim zweiten Mal sind es zwei!«, sagte er, zog ein großes Jagdmesser aus der stählernen Scheide an seinem Gürtel und hielt es dem Kleinsten in der Runde hin, einem Knirps von etwa zwölf Jahren mit schmalen Schultern und strubbeligen, schwarzen Haaren. »Du machst es!«

Die Miene des Kleinen versteinerte. Zögernd nahm er das Messer in die Hand, wo es groß wie eine Machete wirkte.

Feixende Blicke der anderen. »Erst den Stinkefinger!«, rief der pickelige Junge. »Nein, beide auf einmal!«, tönte das Mädchen mit den blond-blauen Haaren.

Der Rothaarige wand sich schluchzend am Boden, doch der Anführer hielt ihn mit eiserner Entschlossenheit fest. Das riesige Messer zitterte in der Hand des Kleinen, seine Augen klebten wie hypnotisiert auf den Fingern am Baumstamm. Das schlaksige Mädchen gab dem Kleinen einen Schlag auf den Hinterkopf. »Na los! Ich will endlich frühstücken!«

Der pickelige Junge legte den Kopf schief und grinste. »Hast du gehört? Kiki hat Hunger.«

Der Rothaarige schaute den Kleinen flehend an. »Ben … bitte … Tu's nicht!«

»Schnauze, Jonas!«, schrie der Anführer, wandte sich zu dem Kleinen um und gab ihm eine Ohrfeige. »Und jetzt mach hin, Ben! Hack sie ab!«

Der Kleine kämpfte gegen die Tränen und hob langsam das Jagdmesser über seinen Kopf. Die Klinge zitterte.

»Hey!«

Ben hielt inne und schaute nach oben zu Julia, die sich auf der Bunkerruine aufgerichtet hatte. Die Gruppe erstarrte, der Rothaarige hörte auf zu wimmern. Julia machte einen Satz und landete auf allen vieren im weichen Laub der Lichtung. Die Hunde wichen zurück. Langsam richtete Julia sich auf, jede Faser ihres Körpers war gespannt. Sie blickte in die überraschten Augen der Jugendlichen. Auf einmal schoss ein Gedanke blitzartig in ihren Kopf und breitete sich wie eine elektrisierende, befreiende Infusion in ihren Adern aus: *Das Böse ist stark. Was, wenn ich selbst das Böse bin?* Ein Lächeln umspielte ihre Lippen.

Mit einer schnellen Bewegung schnappte Julia dem Kleinen das Jagdmesser aus der Hand und hielt es für eine Sekunde in die

Luft, damit alle ihn sehen konnten, den Ring mit der einfachen, gewundenen Drahtspirale an ihrem Finger.

Dann drehte sie sich zu dem gefesselten Rothaarigen um und ließ entschlossen die schwere Klinge niedersausen.

1

Einige Wochen zuvor

Julia zog die Krawatte über ihren Kopf und fluchte. Sie hatte sie seit dem ersten Tragen nicht mehr aufgebunden, jetzt war das lose Ende durch den Knoten gerutscht. Ohne Schlips brauchte sie gar nicht erst zum Morgenappell hinunterzugehen, dachte sie, Ausbilder Roosen würde ihr den Kopf abreißen. Die anderen waren längst aus der Umkleide verschwunden, nur Julia stand immer noch in Unterwäsche und Bluse vor der Bank, neben ihr die riesige Sporttasche und ein Rollkoffer, aus denen haufenweise Klamotten quollen. Im Hintergrund rauschte eine Toilettenspülung, wenige Momente später kam Daria herein. Sie war Anfang dreißig, etwas füllig und trug einen dicken Zopf, der genauso tiefschwarz war wie ihre breiten, geschwungenen Augenbrauen. Sie war schon angezogen, schnallte den Gürtel ihrer Hose zu und musterte Julia skeptisch: »Das wird eng, Frollein.«

»Ich brauch dich!«, rief Julia.

Daria nahm die Krawatte und legte sie um Julias Hals. »In drei Minuten kommt der Alte!«

»Sag einfach nichts«, entgegnete Julia und durchwühlte hektisch die Sporttasche und den Koffer mit dem blauen Parka, der kurzen Jacke, zwei Cargo- und zwei einfachen Hosen, zwei Pullovern, zwei Unterziehrollis, zwei Krawatten, einem Trainingsanzug, Handschuhen, Schnürstiefeln, Halbschuhen, Sportschuhen, einem Gürtel, einer Mütze, Schulterklappen und der kugelsicheren Weste. Auf dem Rücken der blauen Jacke prangte groß ein reflektierender Aufdruck: POLIZEI.

»Hast du das Zeug gebügelt?«, fragte Daria und schlang die Krawatte routiniert zu einem Knoten.

»Hab's versucht«, antwortete Julia, knöpfte mit fahrigen Fingern die Bluse zu und stieg anschließend in ihre weite Cargo-Hose. »Sieht man, dass ich sie abgenäht hab?«

»An dir sieht alles abgenäht aus. Du musst mehr essen!«, erwiderte Daria grinsend, ging zur Tür und schaute auf die Uhr. »Noch zwei Minuten!«

Julia schnürte die halbhohen Lederschuhe zu. Sie konnte hören, wie die letzten Polizeischüler die Treppen hinuntergingen, bereit für den Morgenappell, frisch geduscht, munter vom ersten Kaffee in der Mensa, scherzend und flirtend. Hastig zog sie die Uniformjacke an und knallte den Spind zu. Eine Minute vor sieben. Ein schneller Blick in den großen Spiegel neben der Tür. Sie leckte über ihre Handfläche und wischte fest über die kurzen braunen Locken – vergeblich, die drahtigen Haare wollten nicht am Kopf festkleben. Als sie mit der Frisur halbwegs zufrieden war, gab sie sich zwei kleine Ohrfeigen und zwickte sich fest in die müden Wangen. Da stand sie, Julia, die zukünftige Polizistin, Hüterin von Recht und Ordnung. Wirklich? Er war immer noch da, der leise Zweifel, als wäre alles nur ein Theaterstück, für das sie nachbesetzt worden war. Sogar heute, an dem Tag, dem sie so entgegengefiebert hatte.

Der Wecker hatte um halb sechs geklingelt, mehr schlafend als wach war Julia in das winzige Bad unter der tiefen Dachschräge gekrochen. Nach einer kurzen Katzenwäsche hatte sie im Stehen in einen Toast mit blassem Schnittkäse gebissen, dazu gab es löslichen Kaffee, ein Genuss im Vergleich zu dem selbstgerösteten Gebräu aus Eicheln und Zichorien, das ihr Vater ihr jeden Morgen vorgesetzt hatte. Um Viertel nach sechs hatte Julia in der Linie 16 gesessen, die sie zusammen mit den ersten verschlafenen Berufspendlern zum Hauptbahnhof brachte, wo sie erschrocken bemerkte, dass sie ihren Rucksack mit ihrem Handy und Portemonnaie zu Hause liegen lassen hatte. Egal, es steckte immer ein loser Geldschein in einer ihrer Taschen, also weiter mit der Regionalbahn 48. Ihre schlafverquollenen Augen hatten die trostlose Peripherie der Großstadt kaum wahrgenommen, die ersten Staus auf der Autobahn, den Baumarkt mit dem fußballfeldgroßen Parkplatz, das riesige Schienenareal des Containerbahnhofs, die gigantischen Lagerhallen der Speditionen, die Kiesgrube, an deren kargen Hängen noch der Müll der Wochenendschwimmer lag, und schließlich die Ölraffinerie am Horizont mit ihren rostig-braunen Schloten. Am Brühler Bahnhof hatte Julia wie so oft den 930er-Bus verpasst, weshalb sie die letzten anderthalb Kilometer zum Ausbildungsgelände rennend zurücklegen musste. Die riesige Sporttasche mit der Uniform wippte schwer auf ihrer Schulter, der gelbe Rollkoffer vom Sperrmüll holperte durch die Schlaglöcher. An der Schranke hatte die Pförtnerin sie mit dem gewohnt aufmunternden Lächeln gegrüßt, in dem Julia immer eine Prise Mitleid zu sehen glaubte. Natürlich hatten die anderen schon längst die Schranke passiert und frühstückten gerade in der Mensa oder saßen schwatzend in der Umkleide. Julia hätte sich einer der Fahrgemeinschaften anschließen können, aber sie schaffte es einfach nicht, noch früher aufzustehen, und sie schaffte es noch weniger, sich um diese Uhrzeit mit Menschen zu unterhalten, auch nicht mit netten.

Die Morgensonne hatte frisch durch die Bäume geblitzt, als Julia den Koffer die lange Straße entlang ins Herz des Geländes zog. Ein umzäunter Campus, eingerahmt von der Autobahn 553 Richtung Phantasialand und dem kleinen Park eines Rokoko-Jagdschlosses. Verstreut auf dem Gelände befanden sich Bauten mit Hörsälen, Turn- und Schwimmhallen, ein Mensagebäude, Stellplätze für Übungswagen, Wasserwerfer und Absperrgitter, ein Sportplatz, ein Übungsparcours aus rostigen Containern zum Häuserkampftraining und einige mehrstöckige Bürogebäude. Den ganzen Tag lang trieben sich überall auf dem Areal Gruppen aus je sechzehn Studierenden in Uniform herum; es wurden Verkehrskontrollen geübt, Zeugenbefragungen und Festnahmen mit und ohne Gegenwehr vorgenommen, Fahrtests mit Streifenwagen und Lauftrainings auf dem Sportplatz absolviert.

Julia mochte Brühl, es war ihr eigentlicher Geburtsort als Polizistin. Hier hatte sich das Mädchen aus der Bauwagensiedlung mit seinen selbst genähten Klamotten und den wilden braunen Locken in eine junge Frau verwandelt. Hier hatte sie zum ersten Mal eine Uniform getragen. Hier hatte sie zum ersten Mal in einem Streifenwagen gesessen und das Martinshorn und Blaulicht eingeschaltet. Mit weichen Knien hatte sie im unterirdischen Schießstand gestanden, die Arme ausgestreckt, in der rechten Hand die Walther P99, Kaliber 9 x 19 Millimeter, 680 Gramm schwer, die Beine leicht eingeknickt, den Po rausgestreckt. In ihrer Uniform war ihr der Schweiß die Achseln hinuntergetropft, als die Ausbilderin ihr die Hand beruhigend auf die Schulter gelegt und das Kommando gegeben hatte: »Laden! Entschlossene

Schusshaltung! Schießen!« Der Schlag hatte Julias rechte Hand hochgerissen, und sie hatte auf ihrer Zunge den metallischen Geruch von Schmauch schmecken können. Der Knall war trotz der dicken Schallschutzkopfhörer gewaltig gewesen und hatte Julia für einen Moment paralysiert und gleichwohl fasziniert: Sie hatte das metallene Ding in ihren Händen zum Leben erweckt, sie hatte seine Macht gespürt, die Macht zu töten. Und sie hatte eine Ahnung bekommen, wie eine Waffe einen Menschen umschmeicheln konnte. Sie machte einen stark.

Nach dem Schießtraining hatte Julia ihre Pistole auseinandergebaut, gereinigt und wieder zusammengesetzt, und die Ausbilderin hatte ihr die Patronenhülse des ersten Schusses gegeben, zusammen mit der postergroßen Pappe, die sie damit durchlöchert hatte. Wieder zu Hause in ihrer Dachwohnung, hatte Julia das Andenken mit dem winzigen Loch über ihr Bett gehängt. Sie war endlich angekommen. Am anderen Ende der Welt bei der Polizei.

Eine Minute vor sieben. Julia stopfte die leere Sporttasche in den Rollkoffer, knallte den Spind zu, rannte aus der Umkleide und sprang in großen Schritten Stock für Stock die Treppen hinunter zum Parkplatz, wo schon über sechzig Polizeischüler in U-Form aufgereiht warteten, sich leise flüsternd miteinander unterhielten, an ihren Uniformen zupften und schnell ihre Kaugummis in Taschentücher spuckten. Julia ordnete sich ein, drückte den Rücken durch und wurde eins mit dem blauen Block. Um Punkt sieben öffnete sich die Tür des Hauptgebäudes, Hauptkommissar Berthold Roosen kam mit den anderen Ausbildern heraus und stellte sich vor seinen Kurs. Schlagartig wurde es ruhig, keiner rührte sich. Roosen hatte die Statur einer gedrungenen, alten Bulldogge. »Guten Morgen. Wie ist Ihre Stärke?«

Vom Rand der Gruppe meldete sich Sebastian, ein kräftiger Polizeischüler mit kantigen Gesichtszügen. »Soll sechzehn, Ist sechzehn!«

Hauptkommissar Roosen nickte und musterte die Uniformierten. Er war der älteste Lehrer in Brühl. Trotz seiner beinahe sechzig Jahre hatte er dichte, dunkelgraue Haare, und bei den Sportübungen hatte Julia sehen können, dass seine Bizepse immer noch in den Ärmeln der Hemden und T-Shirts spannten. Sein Griff bei den Hilfestellungen an den Geräten hatte eine roboterhafte Kraft, und wenn er brüllte, schwollen die Adern an seinem baumstammdicken Hals an wie Blutegel. Der Eindruck täuschte, das wusste Julia. Sie hatte in der Bauwagensiedlung lange genug mit Menschen unterschiedlichsten Alters auf engem Raum gelebt, um die Zeichen der Abnutzung an Roosens Körper zu bemerken: Sein vorsichtiger Gang deutete auf verschlissene Kniegelenke hin, an den Fingern waren die ersten arthritischen Knoten zu erkennen, zwei Sorgenfalten gruben sich tief von der Nasenwurzel in die Stirn, und unter den hellblauen Augen schwollen die Tränensäcke.

Roosen stand vor seinen Studenten und tastete mit scharfem Blick die Uniformen und Schuhe auf Falten und Verschmutzungen ab. Julia musste gegen den Drang ankämpfen, zu Boden zu starren. *Er ist ein Wolf*, dachte sie, *er wittert es*. In der Einöde hatte es keine Strenge gegeben, aber in den letzten Jahren hatte sie es immer stärker herbeigesehnt – Struktur und Klarheit, ein normales Leben. Dafür hatte sie alles hinter sich gelassen, die Uckermark, den großen See, die verrückten Aussteiger, ihren Vater Wolfgang. Sie hatte beim Feind angeheuert, dem »Männerbund«, wie er es nannte, den »Bullenschweinen«. Julia hatte sich nicht wirklich geärgert – Wolfgang war ein liebevoller Mensch und ein radikaler Prediger, ein ehemaliger Punk, der über seinem

Bett im Bauwagen eine Kette mit Dutzenden abgebrochenen Mercedessternen hängen hatte und dessen Arme und Oberkörper mit wilden, bunten Tattoos bedeckt waren. *ACAB. All Cops Are Bastards!* Er hatte am Lagerfeuer in der Mitte des Bauwagenkreises mit seinen Heldengeschichten geprahlt, davon, dass er Häuser besetzt und mit Pisse gefüllte Luftballons auf die Drecksbullen geworfen hatte und sich von niemandem, wirklich *niemandem* etwas hatte sagen lassen.

Da kommt es her, dachte Julia und fühlte sich in der Uniform immer noch wie eine Rollenspielerin.

»Willkommen zurück im Ausbildungszentrum. Ich wünsche Ihnen einen guten Start. Dienstende ist um 15 Uhr 30!«, rief Hauptkommissar Roosen den Nachwuchspolizisten entgegen und drehte sich zur Tür.

Julia atmete vorsichtig aus. *Er hat es nicht gewittert.* Wieder einmal davongekommen.

»Frau Gerloff?«

Julia zuckte zusammen. Roosen war stehen geblieben und fixierte sie mit seinen durchdringenden Husky-Augen. »Bitte kommen Sie gleich in mein Büro.«

Der Hauptkommissar ging, und Julia wechselte einen bangen Blick mit Daria.

*

Roosen saß im obersten Stock des Hauptgebäudes und wartete zurückgelehnt in seinem Schreibtischstuhl auf das Klopfen. Es würde zart sein, da war er sich sicher. Der Ausbilder kannte seine Schäfchen, er hatte zwei Dutzend Jahrgänge in den Polizeiberuf geführt, und noch heute würde er jeden einzelnen Studenten auf der Straße erkennen. Früher war es einfacher gewesen, da hatte es noch schräge Vögel gegeben. Heute sahen alle gleich aus. Und alle wollten ständig reden, diskutieren und begründet haben, warum sie eine Übung so oder anders machen sollten. Er mochte die jungen Leute, aber sie waren verdammt anstrengend. Roosen blätterte durch Julias Personalakte. *Die Gerloff ist anders als die anderen,* dachte er und wunderte sich, dass er es nicht schon früher bemerkt hatte. *Sie ist immer im Halbschatten mitgelaufen, macht ohne Zögern, was man ihr sagt, redet nicht viel, ist nie geschminkt, weiß aber genau, was sie will. Unangepasst und trotzdem unauffällig – wie Paula. Ich wette, sie schneidet sich ihre komischen Haare selbst, vielleicht sogar mit einer Papierschere, ein Frisör würde mit so einem Schnitt niemals durchkommen. Ihre Zivilklamotten sind abgetragen, nicht so neumodisch wie bei den anderen. Burschikos ist die Kleine, aber irgendwie niedlich mit ihren Sommersprossen um die Nase.*

Es klopfte energisch. Roosen klappte die Akte zu und richtete sich auf. »Herein!«

Julia trat ein, schloss die Tür hinter sich und stellte sich in die Mitte des Raumes.

Dieses Trotzige in den Augen, dachte Roosen, wie bei Paula, wenn sie ihr Zeugnis zeigen musste. Die wollte sich auch immer die Haare selbst schneiden. Sein Blick wanderte zu dem großen, versilberten Rahmen auf der anderen Seite des Schreibtisches, in dem ein Familienbild aus einem Fotostudio steckte: Marion Roosen, die sportlich-jugendliche Ehefrau mit kastanienbraun gefärbten, zur Welle geföhnten Haaren, und die noch jungen Kinder. Die rundliche Johanna mit einer festen Zahnspange und die hübsche Paula neben der Mutter, der Nachzügler Leo auf ihrem Schoß. Alle drei mit gekämmten Haaren und verkrampftem Lächeln. Hinter der Familie er selbst, der aufrechte Vater Berthold, der seine Lieben mit einer großen, schützenden Umarmung zusammenhielt. *Gefangen hält*, hatte seine Frau damals schmunzelnd behauptet, als sie alle vor dem Fotografen im Scheinwerferlicht standen. Hatte ihr vorwurfsvolles, ironisches Lächeln gelächelt, das er so sehr hasste. Wann hatte sie damit angefangen? Als es mit Paula losging?

Julia trat unruhig von einem Fuß auf den anderen. Roosen räusperte sich und deutete zum Stuhl auf der anderen Seite des Schreibtisches. »Setzen Sie sich.«

Julia nahm Platz, und er musterte sie einen Moment lang.

»Ich möchte, dass Sie eine erwachsene Polizistin werden«, sagte er. »Ich möchte, dass Sie Verantwortung übernehmen.«

»Okay …«

»Es hat sich bisher noch niemand als weiblicher Kurssprecher gemeldet. Das ist jetzt Ihr Job.«

»Echt?«, rutschte es Julia raus. Es klang nicht nach Begeisterung.

»Ja, echt«, gab Roosen zurück. »Oder wollen Sie lieber Materialverantwortliche sein?«

»Nein, nein, ist schon okay …«

Roosen nickte zufrieden. Er würde auch die schwächsten Schäfchen stark machen für diese Welt. Bei Paula hatte er nicht hingeschaut und teuer dafür bezahlt. Aber wie hätte er auch hinschauen sollen? Es hatte ganz leise begonnen, sie war ruhiger geworden, hatte sich unsichtbar gemacht. Er hatte genug mit Johanna zu tun gehabt, mit der Schreierei und dem Gezanke um Fernseh- und Computerzeit, um die Schule und das ewige Duschen. Aber er hatte falschgelegen. Marion hatte ihm das seitdem immer wieder vorgehalten, und sie hatte recht: Es war seine Pflicht als Vater gewesen, auf alle Kinder zu achten, ihren Weg nach draußen lückenlos zu begleiten. Er hatte versagt. Das sollte nie wieder passieren, auch nicht bei seinen anderen Kindern, den Auszubildenden.

Er musterte Julia. »Hat das Methode?«

»Was?«

»Sie kommen jeden Morgen als Letzte.«

Julia schluckte ertappt. »Ich?«

»Es gibt Fahrgemeinschaften.«

Julia rang nach Worten: »Ich brauche meine Zeit morgens …«

Roosen musterte sie ernst. »Werden Sie gemobbt?«

»Nein! Überhaupt nicht«, beschwichtigte Julia eilig. »Mir geht's gut. Alles gut.«

Roosen ließ sich gegen die Rückenlehne sinken und drehte sich auf seinem Sessel zu den Abschlussfotos an der Wand hinter seinem Schreibtisch um. »Ihre Klasse ist meine letzte.«

Sein Blick schweifte über die eingerahmten Erinnerungsbilder der letzten Jahrzehnte. Neben den Fotos hingen Karten mit Danksagungen der Studenten, die zu seiner Verwunderung voller Herzchen und Smileys waren, und über allem prangte ein riesiges Mannschaftsbild des 1. FC Köln. Er drehte den Sessel weiter, und seine Augen blieben an dem unvermeidlichen Kalender der Polizeigewerkschaft hängen. Am Schrank klebte ein Zeitungsartikel über das Ausbildungszentrum, überschrieben mit »Police-Academy in Brühl«, auf dem Regal mit den Aktenordnern reihten sich Pokale von polizeiinternen Fußballturnieren und Curling-Wettbewerben. Dazwischen stand ein Bilderrahmen mit einem Foto von Roosen als jungem Streifenpolizisten in der alten grün-braunen Uniform vor einem VW-Käfer mit Blaulicht. Er hatte gut ausgesehen mit seinen Koteletten, es war eine tolle Zeit gewesen damals, vielleicht die beste.

Als der Bürosessel seine Runde vollendet hatte, hielt der Hauptkommissar an und musterte Julia bedeutungsvoll. »Es gibt über 250 000 Polizisten in Deutschland. Eine mittelgroße Stadt, deren Einwohner nur aus Polizisten bestehen. Sie sind einer davon, obwohl Sie noch keinen Stern auf der Schulter tragen.«

Julia nickte mit regungsloser Miene.

»Polizist sein ist kein Job. Das ist eine Haltung«, fuhr Roosen fort.

»Ich weiß.«

»Wissen Sie auch, was Sie da erwartet? Da draußen?«

Der Hauptkommissar deutete mit ausgestrecktem Zeigefinger zum Fenster, eine drohende Geste. Er hatte diesen Vortrag schon Hunderten von Studenten gehalten und ihn über die Jahre hinweg verfeinert, aber diese Geste gefiel ihm besonders. Sie unterstrich, dass es ein sicheres »Drinnen« und ein wildes, dschungelartiges »Draußen« gab, und das war die Wahrheit.

»Da draußen wird man gegen Sie kämpfen. Sie werden zwanzig Stunden im Einsatz stehen, man wird Sie bespucken, mit Pflastersteinen und Molotowcocktails bewerfen, mit dem Messer auf Sie losgehen, Sie anbrüllen und beleidigen. Man wird Sie hassen!«

Als Roosen Julias starres Gesicht sah, spürte er plötzlich, wie von irgendwoher – weiß der Geier, woher – Traurigkeit in ihm aufstieg. Sie war so jung, schoss es ihm durch den Kopf, sie war so unschuldig. Er musste sich zügeln. Er durfte ihr nicht alles sagen. Dass es noch Schlimmeres als Molotowcocktails und Pflastersteine gab.

Das Schlimmste war die verdammte Machtlosigkeit. *Manche erwischt es schon nach wenigen Jahren*, sinnierte Roosen, *andere halten länger durch, aber irgendwann bekommt sie jeder zu spüren, und dann ist es zu spät. Dann hat sie sich längst ausgebreitet wie ein Krebsgeschwür.*

Roosen drehte sich nachdenklich zum Fenster. Es hatte auch ihn erwischt. Schon vor vielen Jahren. Diese bescheuerten Richter! Wie oft hatte er das kriminelle Pack von der Straße geholt und den Herren auf ihren Altar gelegt, damit es die gerechte Strafe erhielt? Wie viele Zeugenaussagen hatte er schon gemacht, und was taten die Richter in ihren feinen Roben? Sie ließen das Pack wieder laufen! Aus Mangel an Beweisen, weil es unter Drogen stand, wegen der Sozialprognose … Diese Weltverbesserer glaubten tatsächlich, sie würden Recht sprechen, aber sie hatten nicht die Blicke gesehen, nach der Verhandlung auf dem Flur. Wie ihm das Pack ins Gesicht grinste, war jedes Mal eine Ohrfeige. Er war der Hüter des Gesetzes, dachte Roosen düster, und er war machtlos! Ein Büttel! Die Polizei musste den Dreck zusammenkehren, damit die da oben ihn wieder auf die Straße kippen konnten. Das System spuckte ihm jeden Tag ins Gesicht, ihm und all seinen Schülern. Aber nicht mehr lange. Bald schon würde sich etwas verändern. Und er hatte die richtigen Verbündeten …

Roosen biss sich auf die Unterlippe, der Schmerz ließ den wohlig dunklen Gedanken verschwinden. Er wandte sich wieder Julia zu und lächelte. »Ich habe meine Auszubildenden für die Welt da draußen fit gemacht, ausnahmslos. Damit sie die Besten werden. Also keine Sorge.« Roosen blickte auf seine mattschwarze Taucheruhr. »Aber ich hab Ihnen schon genug Zeit gestohlen. Mahlzeit.«

»Mahlzeit, Herr Hauptkommissar.« Julia ging zur Tür.

»Eine Sache noch«, rief Roosen ihr hinterher.

Julia drehte sich um.

»Ihre Cargo-Hose …«

»Ja?« Julia wurde rot.

»Haben Sie die eingenäht?«

»Nur drei Zentimeter. Sie ist mir …«

»Die Uniform ist Eigentum des Landes«, fiel ihr Roosen barsch ins Wort. »Bei mutwilliger Beschädigung muss sie ersetzt werden.«

»Ich hab nichts abgeschnitten, ich kann sie wieder auslassen«, erklärte Julia.

Paula, dachte Roosen wieder und spürte einen Stich in seiner Brust. *Sie ist wie sie, ein Vogel, frei und rein, sie gehört zu den Guten.* Er spürte, wie der dunkle Gedanke in seinen Kopf drang. *Und ich? Wenn sie von den Treffen wüsste. Sie würde mich hassen. Sie würde mich bei der Dienstaufsicht anzeigen, es überall rumerzählen! Die Hölle würde losbrechen. Ich muss vorsichtig sein, noch sehr viel vorsichtiger …*

»Kann ich jetzt gehen?«, fragte Julia.

Er nickte ernst. »Ich kann diese weiten Hosen auch nicht leiden. Wir sind Polizisten und keine Dachdecker. Aber übertreiben Sie's nicht!«

»Versprochen«, antwortete Julia mit einem Lächeln und ging.

»Und essen Sie mehr!«, rief der Hauptkommissar ihr nach. »Sie sind doch hoffentlich keine Veganerin?!« Doch sie hatte die Tür bereits hinter sich geschlossen.

*

»Ich hab keine Zeit für so einen Scheiß!« Julia hob ihren ausziehbaren Schlagstock und drosch mit voller Wucht auf einen riesigen Lkw-Reifen ein, ihr grüner Trainingsoverall war nassgeschwitzt. Neben ihr stand Daria und hielt den Reifen fest, dahinter powerten sich die restlichen Studenten bei der gleichen Übung aus. Die Sporthalle war erfüllt vom Klatschen der Knüppel auf dem harten Gummi.

»Fester!« Die Nahkampf-Trainerin, eine ehemalige Judoka und Olympiateilnehmerin von 1992 mit dem Kreuz einer Schwimmerin, ging mit lauter Stimme durch die Reihen der Nachwuchspolizisten. Sie schrie: »Gewaltmonopol heißt auch, Gewalt einsetzen, wenn es nötig ist. Dafür müssen Sie lernen, was Gewalt ist! Und Wechsel!«

Schwer atmend ließ Julia ihren Knüppel sinken und wischte

sich mit dem Ärmel den Schweiß von der Stirn. Daria übernahm ihren Posten.

»Kurssprecher ... So viel Arbeit ist das nun auch wieder nicht«, beschwichtigte sie. Vor dem Training hatte Julia ihr von dem Gespräch mit Roosen erzählt. »Die Verspätungen kann Sebastian melden, und die Kurssprechersitzungen kann er auch mal alleine machen. Die Klamottenansage schaffst du ja wohl.« Daria schlug fest auf den Reifen, den Julia schwer atmend festhielt.

»Ich weiß ja nicht mal, was ich selbst anziehen soll. Ich hatte noch nie so viele Klamotten!«

»Schätzchen ...« Daria hielt inne und warf Julia einen süffisanten Blick zu. »Nasrin hat die ganze Nacht gekotzt, ich hab bis drei in der Küche gestanden und Gemüsesuppe gekocht, damit sie heute was in den Bauch kriegt. Wenn du echte Probleme willst, leg dir ein Kind zu.«

Julia bewunderte Daria. Die iranischstämmige Kollegin war mit zweiunddreißig die Älteste des Jahrganges, aber trotzdem den anderen in Sachen Kraft und Ausdauer überlegen. Zehn Jahre zuvor hatte sie ein Jurastudium begonnen, ihren Sandkastenfreund geheiratet und eine Tochter zur Welt gebracht. Wenige Semester vor ihrem Abschluss war ihr klar geworden, dass sie und ihr Ehemann sich schon viel zu lange kannten, also ließ sie sich scheiden und verzichtete auf Alimente. Das Studium überforderte sie bald, und nach einigen Monaten voller Bauchschmerzen, Tränen und Frustsaufen hatte sich Daria entschieden, noch einmal von vorne anzufangen. Wenn schon nicht Anwältin, dann wenigstens Polizistin.

Anfangs waren sich Daria und Julia eher distanziert begegnet, aber dann hatten sie sich als Außenseiter entdeckt – die alleinerziehende Perserin und das Mädchen aus der Landkommune.

»Und Wechsel!«, schrie die Trainerin. Julia nahm ihre Position wieder ein, als Sebastian neben ihr auftauchte. Sein freundliches, gebräuntes Gesicht war verschwitzt.

»Ich hab gehört, wir sind jetzt Kollegen.«

Julia sah aus dem Augenwinkel Darias neugierigen Blick und wurde rot.

»Dann müssen wir uns ja doch mal treffen«, fügte Sebastian vieldeutig hinzu, und Julia versuchte ein Lächeln. Es war nicht zu übersehen – der Kurssprecher hatte schon seit einiger Zeit ein Auge auf sie geworfen. Er war der Primus der Klasse, ein Informatik-Crack, trotzdem sportlich, gut aussehend und eloquent – ein Superbulle, da waren sich alle einig. Einige Tage zuvor hatte er Julia am Automaten einen Schokoriegel ausgegeben und gefragt, ob sie Lust habe, sich mit ihm auf einen Kaffee oder zum Kino oder zum Pizzaessen oder zu einem Spaziergang im Schlosspark zu treffen. Julia, die bei zu großer Auswahl immer nervös wurde, hatte abgelehnt. Danke, aber sie habe leider zu viel zu tun.

»Klar, treffen wir uns mal«, sagte Julia jetzt und zog ihren Schlagstock auseinander. »Hab grad nur ein bisschen viel um die Ohren.«

»Okay, meld dich. Jederzeit.« Sebastian zwinkerte ihr zu und ging zurück zu seinem Reifen.

Daria schaute ihm nach und musterte Julia mit einem vielsagenden Blick. »Nicht uncharmant, der Versuch. Dafür, dass du ihn schon so lange zappeln lässt …«

Julia schlug stumm auf das Gummi.

»Hast du seine Wimpern gesehen?«, versuchte es Daria noch einmal grinsend. »Dafür geben manche Frauen viel Geld aus.«

Julia drosch weiter auf den Reifen ein.

Plötzlich riss Daria die Augen weit auf und musterte Julia. »Nee jetzt!«

»Was?«

»Du stehst nicht auf Männer!«

»Doch!« Julia schüttelte irritiert den Kopf.

»Aha. Und deshalb gehst du seit anderthalb Jahren alleine ins Bett.«

»Ich hab noch einen Pflegejob! Mir bleibt keine freie Minute!«

»Du redest mit einer alleinerziehenden Mutter«, konterte Daria. »Und die kommt auch ab und zu auf ihre Kosten.«

»Hey, ihr zwei, Schluss mit dem Kaffeeklatsch!«, blaffte die Trainerin von der anderen Seite der Halle. Sie hatte einen Studenten zu sich gewinkt und demonstrierte gerade, wie man einen auf den Kopf gezielten Schlag mit dem Stock abwehrte. »Los geht's! Paarweise, erst langsam einschlagen, dann vorsichtig steigern!«

Daria stellte sich in Abwehrposition vor Julia. »Komm schon. Du musst ihn doch nicht gleich heiraten!«

Julia schaute sich kurz um und beugte sich verschwörerisch zu Daria. »Ich verrat dir was. Ich bin echt gerne Bulle. Aber ich will einfach keinen Bullen zum Freund.«

*

Wolfgang lag halb nackt auf der Seite in seinem Spezialbett und blickte rauchend aus dem Fenster. In der Ferne zwischen den anderen grauen Wohnblöcken leuchteten grüne und gelbe Sommerfelder. Die Scheibe spiegelte, Wolfgang konnte sein bleiches Gesicht darin erkennen. Es schien ihm nicht mehr zu gehören, es war das eines Greises. Er war vierundvierzig Jahre alt, doch sein langes Haar war dünn und trocken, sein zauseliger Vollbart weißgrau. Die alten Tätowierungen, der grinsende Totenkopf mit dem Irokesen, das große flammende Herz mit dem Stacheldraht, die zerfetzte englische Flagge, der ACAB-Schriftzug – alles war zu einem fahlen Grün verblasst und ließ seinen hageren Oberkörper wirken, als wäre er mit Schimmel überzogen. Wolfgangs müder Blick folgte dem Rauch der filterlosen Selbstgedrehten, der sich im Sonnenschein zwischen den nikotingelben Fingern emporkringelte. Seine Augen schweiften über das Regal mit den Kartons voller Mullbinden, Windeln, Desinfektionslösungen und Medikamenten am Fußende des Betts. Von der Zimmerdecke baumelte ein dreieckiger Handgriff wie eine stumme Triangel.

»Kommt Julia heute nicht?«, fragte eine tiefe Stimme hinter Wolfgangs Rücken. Sie gehörte Adam, seinem polnischen Pfleger, der ihm gerade den Verband von der Hüfte abwickelte.

»Wird später«, knurrte Wolfgang. »Sie ist ab heute wieder in ihrem Bullencamp.« Er zählte jede Minute, bis Julia endlich wieder bei ihm war und sein Scheißleben für ein paar Momente einen Sinn bekam. Seine kleine Tochter! Er sah sie vor sich, in ihrer Oase am See; jeden Abend hatte er ihr im Stockbett bei Petroleumlicht vorgelesen, im Gemeinschaftsgarten hatte er ihr beigebracht, wie man Gemüse anpflanzt, hatte sie stundenlang in der großen Hängematte geschaukelt und am großen Lagerfeuer wild mit ihr getanzt, umweht von knisternden Funkenwolken.

Vorbei. Wolfgang zog an dem heißen Stummel seiner Zigarette und ließ den bläulichen Rauch langsam aus seiner Nase strömen. Er hatte nie in die Stadt ziehen wollen, schon gar nicht in so einen Klotz. Aber was sollte er machen? Er brauchte einen Aufzug, und er wollte in Julias Nähe sein, ohne ihr zu sehr auf die Pelle zu rücken. Es war pure Illusion, sie immer noch beschützen zu wollen, das spürte er jeden Tag deutlicher. Sie beide hatten jetzt ihr Versteck verlassen, waren schutzlos.

Diese verdammte Angst! Wie viel Kraft hatte es ihn gekostet, sie vor Julia zu verbergen? Es war ihm gelungen, sie war ein sorgloses, fröhliches Kind gewesen. Aber es war nur eine Frage der Zeit. Dann würde es an der Tür klingeln. Wenn er Julia nur alles erzählen könnte, dachte er zum tausendsten Mal, wenn er sich endlich die Seele erleichtern und das Geheimnis teilen könnte. Er war verdammt nah dran gewesen, damals im Krankenhaus.

Wolfgang wischte den Gedanken beiseite und versenkte den Zigarettenstummel im überquellenden Aschenbecher. *Halt bloß die Klappe! Sie darf es nicht erfahren. Du wirst sie verlieren!*

»Fertig! Bereit zum Umdrehen?« Adam beugte sich mit seinem massigen Körper über Wolfgang. Er war ein Zwei-Meter-Riese um die dreißig mit kurz rasierten Haaren, einem buschigen Vollbart und verschmitzten Augen hinter einer schwarzen Hornbrille.

Wolfgang nickte stumm und ließ sich wie eine Gliederpuppe auf den Rücken drehen. Der Pole war außer Julia der einzige Mensch, dem Wolfgang seinen Körper anvertraute, diesen verdammten Körper. Wolfgang hatte die letzten sechzehn Monate zum größten Teil im Krankenhaus verbracht, den Rest zu Hause im Bett. In den vergangenen Wochen hatte er nicht einmal im Rollstuhl sitzen dürfen. Es wäre ihm vorgekommen wie ein Ausflug ins Paradies, nur mal eine halbe Stunde raus zu können, eine Runde durch das verschissene Hochhausviertel zu drehen, ein paar Minuten auf der Fußgängerbrücke über der Schnellstraße stehen zu bleiben, den Blechkisten zuzugucken, mit denen die armen Irren von einem sinnlosen Ort zum anderen sinnlosen Ort und irgendeiner sinnlosen Arbeit fuhren. Ein Traum wäre das. Aber Wolfgang musste liegen bleiben, das gebot ihm sein Arsch. Das Gesäß war der Dämon, der ihn in Ketten gelegt hatte und ihn langsam von hinten auffraß. Er spürte keinen Schmerz, natürlich nicht; er hätte sich mühelos ein Bein abschneiden können, sein Körper war unterhalb des Bauchnabels ein taubes Schlachtfeld, an dem andere herumschnitten, herumtupften und herumnähten. Wolfgang hatte dem Dämon ins Auge geschaut, nur einmal. Dafür hatte er den kleinen Handspiegel genommen, mit dem er sonst unter das Bett lugte, um zwischen den Staubmäusen nach heruntergefallenen Büchern, DVDs und Zigarettenblättchen zu suchen, die er dann mühsam mit einem Greifarm hochangelte. *Angeln* … Hatte er in einem früheren Leben wirklich einmal echte Fische geangelt? Riesige Hechte, auf einem Holzsteg im Schilf eines dunkelblauen Sees? Es war so weit weg, und der Gedanke löste jedes Mal eine warme Welle aus, die schmerzhaft durch seinen Bauch wogte und als dicker Kloß in seinem Hals anbrandete. Wolfgang hatte also den kleinen Handspiegel umständlich an seinen Hintern gehalten und dann tief in einen handballgroßen, grauenvollen Krater geblickt. Das erste Gefühl, das sich einstellte, war Verwunderung: Das bin ich? Damit kann man leben? Er hatte einen Dekubitus vierten Grades, nicht heilbar, ein Ticket in das Reich unendlicher medizinischer Komplikationen. Täglich wurde der Krater von Quacksalbern begutachtet und gereinigt, Kompressen aus Algenextrakten und Kräutern sollten die Wunde beruhigen. Sein geschundener Leib wurde fast ununterbrochen mit Antibiotika geflutet, war von Chemie durchtränkt wie ein Präparat in einem Naturkundemuseum. Er war im Krieg mit seinem Körper. Dort, wo Wolfgang noch etwas spürte, spürte er Schmerzen vom ständigen Liegen. In seinem Gesicht blühte alle paar Monate eine Gürtelrose, deren bestialisches Beißen er nur mit Opioiden ertragen konnte, von denen er längst abhängig geworden war. Verschiedene Metzger in weißen Kitteln hatten aus seinen gefühllosen Beinen Haut und Gewebe entnommen, um damit den Krater zu verschließen. Der Arsch stieß alles ab. Und Wolfgang hatte sich eigenhändig an jede taube Entnahmestelle das OP-Datum und den Namen des jeweiligen Chirurgen tätowiert. Eine Landkarte medizinischer Verzweiflung.

Immerhin gab es Adam. Im Gegensatz zu den anderen Pflegern verschonte ihn der Pole mit der schrill-fröhlichen Nachfrage, wie es »uns« denn heute gehe. Adam wusste, dass es Wolfgang schlecht ging, deshalb sagte er bei jedem Besuch nur kurz Hallo, drehte den abgemagerten Körper auf die Seite, zog ihm die Jogginghose runter und blickte dem Dämon unerschrocken in die blutige Visage.

Jetzt, endlich, endete das tägliche Pflegeritual mit der üblichen Belohnung: Der Pole griff in seine alte Ledertasche und holte eine kleine Blechbüchse mit Gras heraus – dicke, nicht zu trockene Blüten, Scheunenanbau aus dem Westerwald, Demeter-Qualität, nicht das verseuchte Turbozeug aus Holland. Wolfgang beobachtete, wie Adam mit seinen bockwurstdicken Fingern das hauchdünne Blättchen behutsam entfaltete, es befüllte, seine Zunge aus dem Vollbart streckte, es beleckte und mit einer schnellen, geschmeidigen Drehung zu einem kerzengeraden, dünnen Joint rollte. Ein Künstler! Anschließend setzte sich Adam zu seinem Patienten aufs Bett und schaltete den Fernseher ein, auf der Suche nach irgendeiner Doku, einer Kochsendung oder einem Tierfilm, am besten etwas mit Wasser.

Die Schmerzen ließen nach, die Gedanken wurden weicher. Wolfgang lächelte zum ersten Mal an diesem Tag.

*

Es war Abend geworden, als Julia mit ihrem Rollkoffer aus dem Bus stieg und zusammen mit den übrigen erschöpften Heimkehrern zu der Hochhaussiedlung ging. Am Horizont schickte die Sonne die letzten Strahlen durch die aufgerissenen Wolken, die kurz zuvor einen warmen Schauer über der Stadt abgeladen hatten. Es roch nach Asphalt und Staub.

Julia war den Weg zu ihrem Vater bestimmt schon hundertmal gegangen, und immer noch konnte sie seinen Häuserblock nicht auf Anhieb finden. Warum er hierhergezogen war, blieb ihr ein Rätsel. Natürlich, nach seinem schrecklichen Unfall brauchte er Pflege, medizinische Versorgung und eine barrierefreie Wohnung mit Aufzug. Aber hatte es wirklich hier sein müssen, in dem siebenstöckigen Betonkasten, den man von den Nachbarhäusern nur dadurch unterscheiden konnte, dass sein Eingangsbereich gelb statt rot oder blau oder grün gestrichen war?

Der Anruf war in der Nacht gekommen. Eine nüchterne Arztstimme hatte erklärt, dass ihr Vater schwer verletzt in die Berliner Charité eingeliefert worden sei; wenn sie mit ihm etwas zu klären habe, solle sie möglichst bald vorbeikommen, man wisse ja nie. Julia hatte bei Roosen Sonderurlaub beantragt und war wie in Trance in den Zug gestiegen. Sie hatte nicht einmal weinen können und nur wie hypnotisiert aus dem Fenster auf das vorbeifliegende Land gestarrt.

Als sie in der Charité eintraf, lag Wolfgang auf der Intensivstation zwischen piepsenden, blinkenden und schnaufenden Maschinen, mit Bündeln von Schläuchen verkabelt, im Tiefschlaf wie ein Toter. Seine Bartstoppeln waren grau geworden, und zum ersten Mal empfand sie ihn als alt.

Draußen im kahlen Wartebereich saß eine füllige Frau Anfang vierzig mit den ersten grauen Strähnen in den dunklen Haaren und einem weiten Leinenkleid – Gretel, eine ehemalige Mitbewohnerin der Kommune. Sie berichtete Julia mit erstickter Stimme von dem Unfall: Wolfgang, der ohne seine

Tochter grimmig und zänkisch geworden war, hatte sich mit seinem aus rostigen Einzelteilen zusammengeschweißten Lastenfahrrad auf den Weg in die zwölf Kilometer entfernte Kleinstadt gemacht, um das Nötigste, was die Kommune nicht selbst herstellen konnte, einzukaufen: Kosmetikartikel, Glühbirnen, Ersatzteile für Werkzeug und Maschinen, Lesestoff, Schokolade, Kondome. An der Einbiegung vom Schotterweg zur Landstraße musste ihn ein Wagen erwischt haben, der Fahrer war einfach abgehauen. Ein Biker hatte Wolfgang bewusstlos am Straßenrand neben dem völlig zerlegten Fahrrad gefunden wie ein angefahrenes Kaninchen. Sein Rückgrat war zwischen dem neunten und zehnten Brustwirbel durchtrennt, zerborsten wie sein Leben. Er würde nie wieder laufen können. Gretel begann hemmungslos zu schluchzen.

Als Wolfgang seine Tochter am Krankenbett erkannte, klammerte er sich wirr und verängstigt an ihrer Hand fest. Mit starrem Blick und rissigen Lippen wisperte er ihr kaum hörbar zu: »Du musst auf dich aufpassen. Pass gut auf dich auf!«

Julia versuchte, aufmunternd zu lächeln. »Ich muss jetzt erst mal auf *dich* aufpassen, Papa.«

»Ich kann dich nicht mehr beschützen, Julchen!«, flüsterte Wolfgang heiser.

»Wovor denn?«

Ihr Vater zog sie mit zittriger Hand zu sich heran. »Trau niemandem! Hast du verstanden? Sei vorsichtig!«

»Was ist denn los, Papa? Sag schon!«, drängte Julia, doch Wolfgang starrte sie nur mit flehenden Augen an. Es schien in ihm zu arbeiten, und für einen kurzen Moment hatte sie den Eindruck, er wolle ihr etwas sagen, doch dann schüttelte er nur den Kopf und ließ sich erschöpft ins Kissen zurückfallen. Julia drückte seine Hand und dachte an die vielen Medikamente, mit denen ihr Vater vollgepumpt sein musste. »Schlaf, Papa. Ich pass schon auf«, versicherte sie ihm. »Ich bin jetzt Polizistin.«

Am nächsten Tag fuhr Julia mit Gretel in einem gemieteten Transporter in die Uckermark. Die kleine Landkommune aus fünf im Kreis aufgestellten Bauwagen kam ihr merkwürdig leblos vor, auf den Leinen hing keine Wäsche, kein Lagerfeuer brannte. Die Mitglieder der Kommune beklagten Wolfgangs Unfall, nahmen sie in den Arm und versprachen inbrünstig, immer für sie da zu sein, und Julia stellte erleichtert fest, dass niemand fragte, warum sie ausgerechnet bei der Polizei angeheuert hatte. Erschöpfung hing in der Luft, aber vielleicht lag es ja nur an dem langen Winter, der den Einsiedlern in den Knochen steckte.

Julia hatte wenig Lust, in dem ungeheizten, klammen Bauwagen zu übernachten, weshalb sie eilig die wenigen Habseligkeiten ihres Vaters zusammenpackte und im Transporter verstaute. Am Auto gab ihr ein Nachbar einen Karton mit Sachen, die Wolfgang bei ihm untergestellt hatte. Als Julia fertig war, ging sie noch einmal auf den wackeligen Steg am Ufer des großen Sees. Der März schickte die ersten lauen Windböen über das Wasser und strich in sanften Wellen durch das trockene Schilf am Ufer. Mit zugeschnürter Kehle blickte sie in die große, vertraute Weite, dann brachen die Dämme. Tränen liefen ihre Wangen hinab, und sie sank auf die Knie und rollte sich schluchzend auf dem Steg zusammen, die Stirn gegen das morsche Holz gedrückt, wo gestern noch die Abdrücke ihrer nassen Kinderfüße in der Sonne geglänzt hatten. Abschied. Dieser Ort war ohne ihren Vater leer, und sie würde nie wieder zurückkehren.

Wolfgang lag wochenlang in der Reha. Julia besuchte ihn und sprach ihn einige Male auf seine dunklen Andeutungen aus dem

Krankenhaus an, aber er winkte ab. Er habe Wahnvorstellungen gehabt, behauptete er, was ja kein Wunder sei bei dem Pharmazeug, das die Kurpfuscher in einen reinpumpten!

Julia bohrte nicht weiter nach, stattdessen drängte sie darauf, dass er zu ihr nach Köln ziehen solle. Sie würde ihre kleine Dachmansarde aufgeben und eine gemeinsame Wohnung finden, barrierefrei, vielleicht am Stadtrand im Grünen.

Wolfgang hielt sich bedeckt, doch einige Wochen später kam völlig unvermittelt ein Anruf. Die Stimme ihres Vaters klang fröhlich, wie so oft, wenn er geraucht hatte: »Ich bin raus aus dem Rehaknast, Julchen! Und rat mal, wo ich jetzt wohne … In deiner Stadt! Morgen ist große Wohnungseinweihung, bring Kuchen mit!«

Julia war der einzige Gast und außer sich. »Warum sagst du mir nicht vorher, dass du nach Köln ziehst? Und dann noch in so eine beschissene Siedlung? Du bist Punk, Papa!«

»Soll ich in ein besetztes Haus ziehen?«, knurrte er nur.

»Ich hätte was für uns beide besorgt!«

»Das willst du nicht, Julia, glaub mir«, entgegnete er, und sie widersprach nicht. Es war nicht ihre Art, aus Nettigkeit zu lügen, obwohl sie wusste, dass sie die Bürde trotzdem auf sich genommen hätte.

Jetzt schloss Julia die Wohnung ihres Vaters mit dem Zweitschlüssel auf. Die Luft war geschwängert von Zigarettenqualm, ein sicheres Zeichen dafür, dass er ungeduldig auf sie gewartet hatte. Im Flurspiegel konnte sie sehen, wie er sich im Bett schnell durch die Haare und den Bart strich.

»Na, wie war's?«, fragte er munter, als sie hereinkam.

»Gut. Anstrengend, aber gut.« Sie gab ihm einen Kuss auf die Wange und riss alle Fenster auf.

»Habt ihr schön Festnehmen und Einkesseln trainiert?«

»Ich hab einen Reifen verprügelt.«

Wolfgang strahlte. »Wirklich? Ich bin stolz auf dich!«

Julia schenkte ihm ein schiefes Lächeln und warf die Styroporschachtel mit den vertrockneten Resten der gebratenen Nudeln, die sie ihm gestern vom Chinesen geholt hatte, in den großen Müllsack neben dem Bett. Ihr Blick fiel auf den Aschenbecher. »Adam war schon da?«

»Ja. Und er hat mir einen Nachtisch dagelassen«, antwortete Wolfgang und deutete auf den Joint hinter seinem Ohr. »Komm mir besser nicht zu nah, sonst schlagen morgen die Drogenhunde bei euch an.«

»Wir haben keine Drogenhunde.«

»Wie? Nicht mal ein paar anständige Deutsche Schäferhunde? Ohne die traut sich doch kein Bulle auf eine Demo!«

»Halt einfach die Klappe, Papa.« Grinsend holte Julia den Besen aus dem Schrank und begann, die Tabakkrümel und Käserinden unter seinem Bett zusammenzukehren. »Und mach nicht immer so einen Saustall«, fügte sie liebevoll hinzu. Sie wusste, was das Martyrium aus ihrem Vater gemacht hatte: Jeder Tag war ein Kampf, und wäre sie nicht da, würde er keine Sekunde zögern, sich umzubringen. Sie war das Pfand seines Lebens, die Hüterin der winzigen, blassblauen Flamme, die noch in seiner dunklen Seele flackerte.

Vielleicht war es schon immer so gewesen, überlegte sie, als sie in die Küche hinüberging. Er war ihr Spaßvater gewesen, der mit den anderen Erwachsenen nachts ums Feuer getanzt war, der überschwänglich über jedes Kaninchen in der Falle gejubelt hatte und der augenrollend Gruselmärchen erzählen konnte. Doch dann war der Tag gekommen, an dem sie zum ersten Mal den Schatten seiner Traurigkeit gespürt hatte. Sie war vielleicht drei oder vier gewesen. Ein kleines Mädchen mit seinem Vater auf dem Steg. Sie hatten auf alten Weinkisten gesessen, und sie durfte die Angel halten. »Tut es dem Fisch weh, wenn wir ihn aus dem See holen, Papa?«

»Fische sind kalt, denen tut nix weh.«

Pause.

»Wer hat dir die Bilder auf die Haut gemalt?«

»Ein Mann in einer Stadt, ganz, ganz weit weg von hier.«

»Kann er mir auch was auf die Haut malen?«

»Wenn du groß bist.«

Pause.

»Was ist mit meiner Mama passiert?«

Lange Pause.

Wolfgangs Blick war in die Ferne geschweift, und Julia hatte sich mit einem Mal entsetzlich allein gefühlt. Hatte sie etwas falsch gemacht?

»Die anderen haben alle eine Mama. Warum hab ich keine?«, hatte sie vorsichtig nachgehakt.

»Komm, heute beißt nichts mehr«, hatte Wolfgang gemurmelt, das Glas mit den Würmern aus dem Kompost zugeschraubt und ihr die Angel aus der Hand genommen.

Julia hatte genau verstanden, dass sie eine Grenze berührt hatte, hinter der ihr Vater ein Fremder wurde. Trotzdem wollte sie ihren Fuß unbedingt ein ganz kleines Stück über diese Grenze schieben, sie musste es einfach tun.

»Lars hat gesagt, meine Mama ist tot.«

»Sie ist im Nirwana.«

»Was ist Nirwana?«

»So was wie der Himmel. Nur ruhiger.«

»Und warum ist sie im Nirwana?«

»Sie war ganz krank, als du ein Baby warst.«

Wolfgang nahm Julia und hob sie in den Bollerwagen neben den Eimer mit den zwei kleinen Barschen und dem Angelzeug.

»War meine Mama schön?«

»Sie war wunderschön.«

»Wie schön?«

»Schau in den Spiegel, dann siehst du sie. Aber genug jetzt.«

Wolfgang hatte Julia zurück nach Hause gezogen. Seine Augen hatten sich irgendwo auf einer unsichtbaren Leinwand verloren, auf der unsichtbare Bilder und Szenen aus der Vergangenheit flimmerten. Julia hatte keinen Einlass in sein Kopfkino gefunden, sie schien nicht einmal mehr zu existieren. Und dann hatte sie ihn von hinten gezwickt, damit er wieder aufwachte und mit ihr lachte.

In der Küche schüttete Julia eine Büchsensuppe in einen Teller und stellte ihn in die Mikrowelle. Sie war hundemüde. Noch eine Dreiviertelstunde, dann könnte sie endlich nach Hause, vor dem Laptop rasch ein paar Brote essen und dann, ohne den Rechner zuzuklappen, in traumlosen Tiefschlaf gleiten.

»Du solltest dir lieber einen Rucksack kaufen und um die Welt reisen, anstatt einen alten Krüppel zu pflegen!«, rief Wolfgang aus seinem Zimmer.

»Erstens kann ich mir keine Reise leisten, und zweitens pflege ich meinen eigenen Vater«, antwortete Julia aus der Küche.

»Ich komm schon klar. Adam besorgt mir Insulin, damit schläft man ganz sanft ein.«

Julia brachte ihm die dampfende Suppe. »Noch so ein Spruch, und ich bau eine Überwachungskamera unter die Zimmerdecke.«

»Siehst du!«, sagte er und tauchte seinen Löffel ein.

»Was?«

»Spitzelmethoden! Du bist noch nicht mal eine fertige Bullette, und sie haben dich schon umgedreht.«

Julia lächelte, wischte ihrem Vater mit der Serviette etwas Suppe aus dem Bart und gab ihm einen Kuss auf die Stirn. Er roch nach Zigaretten und fruchtigem Shampoo. Adam achtete sorgsam darauf, dass sein Patient immer gewaschene Haare hatte, auch wenn Julia den Verdacht nicht loswurde, dass er das nur ihretwegen tat. An ihr hing alles, und der nur schwer genießbare Vater sollte für sie wenigstens gut riechen.

2

Zwei Schüsse zerrissen die Stille des pechschwarzen Waldes. Das rostige Schloss ragte schief aus dem rauchenden, zersplitterten Holz.

Ira nickte Karl zu. Der stellte das doppelläufige Gewehr an die Wand, nahm zwei Schritte Anlauf und warf sich mit seinem massigen Körper gegen die morsche Tür, die krachend aufsprang. Dann machte er Platz.

Langsam schritt Ira über die Schwelle und leuchtete mit ihrer Taschenlampe in die große, dunkle Eingangshalle. Im Lichtkegel tanzte Staub. Die brusthohe Holzvertäfelung an den Wänden war morsch und löchrig und mit Graffiti besprüht, über der geschwungenen Treppe hingen unzählige Geweihe in allen Formen und Größen. Lange Spinnweben schwebten in Fetzen von den Hörnern herab, auf dem gesprungenen Fliesenboden lagen herabgefallene Putzbrocken, Mäusekot und zerbrochene Bierflaschen. Der riesige Kamin an der Hinterseite war rußgeschwärzt, und hoch oben im offenen Turm hatten Schwalben ihre Lehmnester gebaut.

Es knirschte unter Iras Lederstiefeln, als sie durch die

Eingangshalle schritt und am baumdicken Pfosten der geschwungenen Holztreppe stehen blieb. Ihre Finger glitten über das dunkle Holz und ertasteten ein eingekerbtes Herz. In seiner Mitte standen zwei verschnörkelte Buchstaben: *I & L.*

Wie immer, wenn sie sich in ihren Gedanken verlor, ließ Ira einen Fingernagel über ihren spiralförmigen Ring aus einfachem Draht gleiten. *Fünfundzwanzig Jahre* …

»Richtig was für feine Leute!«, rief Karl grinsend, als er mit dem Gewehr in der Hand durch die Halle schlenderte. Er blickte auf sein Handy: »Kein Netz. Ist echt am Arsch der Welt hier.«

Ira warf Karl einen stummen Blick zu. Auf seiner Nase saß eine Brille, die mit Gummischlaufen hinter den Ohren befestigt war und deren ewig schmutzige, kreisrunde Gläser so dick waren, dass sie seine Augen lupenartig vergrößerten. Mit seiner Glatze, der rötlichen Haut und dem gedrungenen Nilpferdkörper in dem bunt gemusterten Hemd gehörte Karl mehr in einen englischen Pub als in ein herrschaftliches Forsthaus, dachte sie und bedauerte, dass er keine Kontaktlinsen vertrug – sie hätte ihm schon lange welche spendiert, um ihn etwas intelligenter wirken zu lassen. Mit seinen fast vierzig Jahren erschien er ihr manchmal wie ein Kind, dabei war er weiß Gott nicht beschränkt, sonst hätte sie ihn nicht schon vor Langem zu ihrem wichtigsten Begleiter erwählt. Vielleicht würde sie ihm anständige Landhausklamotten kaufen, wenn sie sich frisches Geld besorgt hatten. Der Umzug, die Renovierung, der Lastwagen – es würde teuer werden.

Ira schritt unter den Geweihen hindurch die Treppenstufen mit dem zerfressenen Sisalteppich hinauf. In der ersten Etage öffnete sie eine große Flügeltür und betrat auf quietschenden Dielen einen Saal. Die Wände waren beschmiert, auf dem Boden lagen verstaubte Bierflaschen und Müll, in der hinteren Hälfte stapelte sich ein wildes Durcheinander aus Stühlen und Tischen, von der Decke hing ein großer Kronleuchter aus Geweihen mit einer einsamen, stumpfen Glühbirne, die verrammelten Fenster waren verdreckt und teilweise zerborsten. Ira wischte über das staubige Glas, und im Licht der Taschenlampe blitzte kurz ihr Spiegelbild auf: die schwarzen Haare mit dem strengen Pony, die wie ein Helm ihr Gesicht einrahmten, die braunen undurchdringlichen Augen unter den scharfen Brauen, der volle, rot geschminkte Mund. Dafür, dass sie Anfang vierzig war, hatte sie sich gut gehalten, dachte sie zufrieden.

Hinter ihr durchstöberte Karl wie ein neugieriger Mops das Mobiliar. Die Taschenlampe zwischen den Zähnen, zog er die Schubladen einer Kommode auf und schaute in einen großen Schrank, doch er fand nicht mehr als zersprungenes Geschirr, verschimmelte Decken und leere Spraydosen.

Ira öffnete ein Fenster und rüttelte an den hölzernen Läden. Sie wollten nicht aufgehen, waren von Kletterpflanzen durchwoben wie in einem verwunschenen Schloss, als sollte kein Tageslicht ins Innere dringen.

Karl kam dazu und stemmte sich mit beiden Armen dagegen, bis das Pflanzengeflecht auseinanderriss und die Läden weit aufschwangen.

Ira beugte sich nach draußen und atmete tief ein. Die Luft schmeckte kühl und würzig. Der schwarze Wald war totenstill, kein einziges Geräusch war zu hören, kein Lichtschimmer zu sehen, nicht einmal Flugzeuge schienen diesen gottverlassenen Dschungel zu überfliegen. Um sie herum war nichts als undurchdringliche, einsame Dunkelheit. Ira lächelte. Das perfekte Versteck. Die Kids würden ihr neues Zuhause lieben. *Unser Schloss.*

Im Hintergrund beugte sich Karl mit der Taschenlampe im Mund über einen Tischstapel und zerrte einen großen Sessel dahinter hervor. Die Beine und Armlehnen waren aufwendig geschnitzt, die Sitzfläche mit rissigem Leder gepolstert. Die Rückenlehne war ungewöhnlich hoch, sie bestand aus mehreren mächtigen Geweihen, die sich mit ihren spitzen Enden nach oben hin wie ein Fächer aufspreizten. Ächzend zog Karl den schweren Sessel in die Mitte des großen Saals.

Ira schritt näher. Hier sollte das Herz des Hauses sein, hier würden sie alle sitzen, sie am Kopf der langen Tafel. Langsam nahm sie im Geweihsessel Platz. Es war genauso wie damals, als sie sich sonntagmorgens, wenn alle noch schliefen und das Geschrei ihrer streitenden Eltern noch nicht losgegangen war, heimlich in den alten Ledersessel ihres Vaters gesetzt hatte, erhaben wie eine Königin bei der Krönung.

*

Julia hatte ihn schon an der Haltestelle bemerkt. Er hatte ebenfalls den 127er-Bus genommen und war mit ihr in die Linie 5 umgestiegen, wo er sich einen Sitzplatz drei Reihen vor ihr gesucht hatte. Heimlich beobachtete sie ihn im Spiegel des dunklen Straßenbahnfensters. Er war vielleicht Mitte zwanzig, hatte einen drahtigen Körper, wache Augen und kurze, widerspenstige, helle Haare. Sein langärmeliges Ringelshirt wirkte schlabbrig, seine Stoffschuhe waren ausgelatscht, seine hochgekrempelte Jeans hatte auf dem rechten Oberschenkel einen Fleck, vermutlich Ketchup oder rote Marmelade.

Eigentlich hätte sich Julia gar nicht für den Fremden interessiert, wäre ihr Blick nicht an seiner linken Hand hängen geblieben. Ihr fehlte der kleine Finger, aus dem Handteller ragte nur ein knubbeliger Stumpf hervor, was eher drollig als eklig aussah. Julia hatte solch eine Verletzung schon in der Bauwagensiedlung gesehen. Einer der Erwachsenen hatte sich beim Holzhacken den halben Daumen abgeschlagen und musste den neugierigen Kindern immer wieder den vernarbten Stummel zeigen.

Nachdenklich betrachtete Julia nun den jungen Mann mit den neuneinhalb Fingern in der spiegelnden Fensterscheibe. Wie war es wohl passiert? Ein Unfall? Eine Mutprobe mit Freunden? Wer kann schneller mit einem Messer zwischen die gespreizten Finger stechen, ohne sie zu treffen?

Als die Straßenbahn in den Untergrund ratterte, holte der Fremde sein winziges Handy heraus und schrieb eine SMS auf den Nummerntasten. *Noch ein Außenseiter*, dachte Julia und musste innerlich schmunzeln. Sie wandte vorsichtig den Kopf von der Scheibe zum echten Gegenüber. Der junge Mann lächelte ihr zu, unverbindlich, nicht aufdringlich. Julia zuckte ertappt zusammen, erwiderte flüchtig sein Lächeln und wandte sich ab.

Die Straßenbahn hielt, die Türen öffneten sich zischend. Sie hatten die Innenstadt erreicht. Die Kleidung der Passanten wurde teurer, die Hunde wurden reinrassig, man sah Papier- statt Plastiktüten. Eine ältere Frau mit lackierten Fingernägeln und einem Golden Retriever setzte sich dem Fremden gegenüber. Der Hund begann sofort, an ihm herumzuschnuppern; offensichtlich hatte es ihm der Fleck auf der Hose angetan. Vielleicht war es Bratensauce. Das Frauchen begann, mit ihren auberginefarbenen Fingernägeln auf das Display ihres Handys einzutippen, und machte keine Anstalten, den Hund zurückzuziehen, dem inzwischen ein zäher Schleimtropfen von der Lefze herabbaumelte. Der Fremde rückte zur Seite, bemerkte Julias Blick und schnitt eine angeekelte Grimasse. Julia musste grinsen.

»Guten Abend, Fahrscheinkontrolle.«

Sie drehte sich um. Neben ihr stand eine füllige Frau in unauffälliger Straßenkleidung, das schwarze Kontrollgerät in der

Hand. Julia setzte ein freundliches Gesicht auf. »Ich hab meine Monatskarte vergessen.«

»Dann bitte den Ausweis. Wenn Sie Ihr Ticket innerhalb von vierzehn Tagen im Kundencenter vorzeigen, bezahlen Sie ein reduziertes Entgelt von sieben Euro«, leierte die Kontrolleurin herunter.

Julia holte einen Zwanzig-Euro-Schein aus ihrer Hosentasche.

»Kann ich das gleich hier bezahlen?«

»Ich kann auf meinem Gerät nicht sehen, ob Sie wirklich eine Monatskarte besitzen. Sie müssen sich ausweisen.«

Julia stöhnte. »Sorry, aber ich hab echt keine Zeit, extra noch mal in die Stadt zu fahren. Können wir das nicht auch so regeln?«

Sie hielt der Kontrolleurin den Schein hin.

»Mit sechzig Euro«, sagte die Frau unbeirrt.

Julias Laune sank im Sturzflug. »Ich würd Ihnen die scheiß sechzig Euro sogar zahlen, ich hab sie aber nicht dabei.«

»Wir nehmen auch EC-Karten.«

Julia verdrehte die Augen. Die Bahn hielt, die Türen sprangen laut polternd auseinander. Im Hintergrund stand der Fremde auf, warf ihr einen Blick zu und trat mit voller Kraft auf den Schwanz des Golden Retrievers. Der Hund fuhr laut jaulend herum und schnappte um sich, die Besitzerin schrie erschrocken auf, das Handy rutschte ihr aus der Hand. Die Kontrolleurin rief aufgeregt ihre Kollegen herbei. Der Fremde nutzte den Tumult, sprang über den bellenden Hund hinweg in den Gang, packte Julia und ihren Rollkoffer und zog beide durch die sich schließende Tür nach draußen. Alles ging so schnell, dass Julia meinte, sich selbst dabei zuzusehen, wie sie mit dem Jungen den leeren Bahnsteig entlangrannte, über die Rolltreppe hinauf in die Zwischenebene gelangte und dann über die Treppe in die nächtlichen Straßen flüchtete.

»Hey!«, rief Julia dem vorauseilenden Fremden hinterher und blieb schwer atmend in einer dunklen Garageneinfahrt stehen. »Warte!«

Er kam zurück, stellte den Rollkoffer vor sie hin und reichte ihr schwer atmend die Hand. »Hi … ich bin Nick.«

»Julia«, keuchte sie und drückte seine Hand. Sie wusste nicht, ob sie sauer oder dankbar sein sollte. Aber ihre Müdigkeit war wie weggeblasen.

*

Der neonbeleuchtete Imbiss war menschenleer. Der dicke Mann hinter der Theke blätterte in einer griechischen Sportzeitung. Julia und Nick saßen im holzvertäfelten Hinterzimmer auf Barhockern an einem der runden Tische. Julia war überrascht, wie hungrig sie war. Um halb elf lag sie normalerweise schon längst im Bett. Jetzt biss sie in eine Gyros-Pita und musterte neugierig den Fremden, der nun nicht mehr ganz so fremd war.

»Ketchup«, erklärte er kauend, als er ihren Blick auf seinem Oberschenkel bemerkte.

»Glaub ich nicht.«

»Doch!«

»Da, wo ich herkomme, hatten wir Hunde. Die mochten kein Ketchup.«

»Wo kommst du her?«, fragte Nick.

»Vom anderen Ende der Welt. Und der Fleck ist zu dunkel für Ketchup.«

»Barbecue-Ketchup«, hielt Nick triumphierend dagegen. »Mein Mitbewohner hat sich heute Spiegelei gemacht und wollte den Rest aus der Flasche schütteln. Der andere Teil klebt jetzt an der Wand.«

Julia nippte an ihrem Flaschenbier. »Du wohnst in einer WG?«

»Mit drei Studenten in einer Bruchbude.«

»Ich dachte, du wohnst in der Hochhaussiedlung.«

»Ich war bei einer Wohnungsbesichtigung, aber ich glaub, mir sind unsere versiffte Küche und ein dauerbesetztes Bad lieber.«

Julia aß ihre letzten Fritten. »Mein Vater wohnt da.«

»Oh, sorry. Ich meinte …«

»Schon gut, ich würd da auch nicht hinziehen.«

Sie nahmen einen Schluck aus ihren Bierflaschen. Julias Blick wanderte zu Nicks linker Hand. Er bemerkte es und wackelte mit dem kleinen Fingerstumpf. Julia verschluckte sich. »'tschuldigung … ich …«

Nick lächelte. »Kein Stress. Ich könnte auch eine Prothese tragen. Ist aber nervig mit so einem Silikonfinger.«

»Was ist passiert?«, fragte Julia vorsichtig.

»Bin in eine Motorradkette geraten, in der Werkstatt, wo ich arbeite«, antwortete Nick.

»Autsch.«

»Hat gar nicht so sehr wehgetan. Aber ich spür den Finger manchmal noch kribbeln. Wenigstens weiß ich jetzt vorher, wenn das Wetter wechselt.«

Julia hielt Nick die Flasche hin, und sie prosteten sich zu. Im Hintergrund faltete der Imbissmann demonstrativ seine Zeitung zusammen und löschte das Licht über der Fritteuse.

Julia blickte auf die Wanduhr: »Ich muss morgen früh raus.«

Nick deutete auf den Rollkoffer. »Fährst du in Urlaub?«

Sie schüttelte den Kopf. »Ich studiere. An der Fachhochschule für öffentliche Verwaltung.«

»Okay … Und was macht man damit? Finanzamt?«, fragte er kauend.

»Polizistin«, antwortete Julia und wunderte sich über sich selbst, wie trotzig das klang.

Nick stutzte amüsiert. »Echt jetzt? So richtig mit Uniform und Knarre?«

»So richtig mit Uniform und Knarre«, antwortete Julia und zog den Zwanziger aus ihrer Hosentasche.

Nick wollte protestieren, aber Julia nahm ihren Koffer und ging schnell zur Kasse. »Du hast mich gerettet, und ich zahle, basta!«

Der Grieche kramte das Rückgeld zusammen. Julia und Nick wechselten einen Blick, scheu und vertraut zugleich.

»Kann ich mich mal revanchieren?«, fragte er.

»Klar«, erwiderte sie lächelnd und stellte fest, dass seine Ohren rot angelaufen waren, als sei er plötzlich verlegen.

»Kann ich dich anrufen?«

»Ich hab mein Handy vergessen, und ich kann die Nummer nicht auswendig. Keine Ausrede.«

Nick schnappte sich einen Kugelschreiber, der neben der Kasse lag, nahm ihre Hand und schrieb seine Handynummer auf ihren Unterarm.

»Ich würd mich freuen«, sagte er mit einem Lächeln.

Julia wurde jetzt selbst rot. »Okay, ich ruf dich an.«

Der dicke Grieche verließ seinen Posten hinter der Kasse und hielt ihnen die Tür auf, damit sie endlich verschwanden.

*

Nick ging durch die aufgeheizten nächtlichen Straßen. Er hatte sich eine Zigarette gedreht und rauchte in tiefen Zügen. Die Stadt war zur Ruhe gekommen, hier und da flimmerte noch ein Fernseher hinter einem Fenster; eine bucklige Flaschensammlerin schob einen Einkaufswagen vor sich her und spähte in einen Mülleimer; ein Rentner führte seinen humpelnden Hund aus. Nick wechselte die Straßenseite und zog sein Handy aus der Hosentasche. Er musste Keppler Bescheid sagen, dachte er, der wartete sicher schon den ganzen Abend auf dem Sofa. **Fertig**, schrieb er. **Wo treffen wir uns?**

Zehn Sekunden später erschien auf Nicks winzigem Display eine Nachricht: **In 20 Minuten. Brüsseler Platz**, dahinter ein kleines Quadrat.

Nick steckte das Handy weg. *Hat der Idiot immer noch nicht kapiert, dass ich seine Emojis nicht sehen kann?* Sicher ein Smiley mit Sonnenbrille. Als ginge es hier um eine lockere Verabredung unter Kumpels. Krass.

Der Platz war leer, von den Dutzenden Nachtschwärmern waren nur ein Haufen Müll und zwei Pärchen übrig geblieben, die jetzt auf einer Mauer hockten, rauchten und vor sich hin murmelten. In der Ferne grollte ein Donner, es war stickig geworden.

Der blaue Familien-Van wartete schon vor dem Kiosk, Nick erkannte den Aufkleber »Kinder an Bord« und die Sonnenblenden mit Disney-Motiven an den hinteren Fenstern. *Er war die ganze Zeit in meiner Nähe*, schoss es ihm durch den Kopf, *er lässt mich nicht aus den Augen.*

Als er an den Wagen trat, öffnete sich die Beifahrertür, und er stieg ein. Es roch nach Seife.

»Hi. Wohin fahren wir?«, fragte Keppler und fuhr los.

»Nach Hause«, antwortete Nick knapp. Er wollte Keppler nicht in das Gesicht mit dem väterlichen Blick und dem freundlichen Lächeln schauen, er wollte nicht den runden Bauch im karierten Button-down-Hemd sehen, nicht die Geheimratsecken über dem kugeligen Schädel, die ihn so harmlos wirken ließen.

Das gutmütige Aussehen passte einfach nicht zu dem Gedanken, der wie ein Tinnitus in Nicks Gehirn pfiff, wenn er mit Keppler zusammen war: *Ich bin seine Scheißmarionette!*

»Und?«, fragte Keppler erwartungsvoll, während er den Wagen ruhig durch die leeren Straßen lenkte.

»Sie ruft mich an«, sagte Nick knapp. Er ließ Keppler gerne zappeln. Seine kleine Rache.

Ein paar Regentropfen klatschten schwer auf die staubige Scheibe, die Wischer setzten sich lautlos in Bewegung.

Keppler lächelte freundlich. »Sehr gut! Seid ihr euch nähergekommen?«

Blitze zuckten, dann barsten die Wolken, und der Regen trommelte laut aufs Dach. Nick betrachtete die Wasserströme, die an den Scheiben hinabliefen. *Nähergekommen.* Es hatte keinen Kuss gegeben zum Abschied. Julia hatte ihm zugelächelt, als würden sie sich schon Jahre kennen. »Gute Nacht, Nick.« Dann war sie gegangen, mit ihrem Reisekoffer. Ein kurzer Blick zurück über die Schulter, ein kleines Winken. Er war im Spiel.

»Nah genug«, antwortete Nick mit ausdrucksloser Miene. Durch die Regenschlieren auf der Seitenscheibe sah er wieder das Bild von Julia vor sich, mit dem Döner in der Hand, kleckernd, saucenverschmiert, lachend. Sie hatte Sommersprossen. Er hatte sich fest vorgenommen, dass er nicht weitergehen würde als nötig. Gerade so weit, dass er die Sache über die Bühne bringen konnte. Als er die Fotos von ihr gesehen hatte, war er erleichtert gewesen – *nicht mein Typ, zu schmal, Polizeischülerin geht sowieso nicht*, hatte er gedacht. Seit Tagen hatte er sich die Begegnung ausgemalt, hatte seine Legende gelernt, vor dem Spiegel Lächeln geübt, mit sich selbst gesprochen, wütende Grimassen gezogen und sich wach im Bett gewälzt. Es war perfekt gelaufen. Den Köter in der Bahn hatte ihm der liebe Gott geschickt! Und jetzt? Jetzt gestand sich Nick ein, dass es anders war. Julia war immer noch nicht sein Typ, aber da war etwas. Er konnte es nicht fassen, und es machte ihn wütend. Sie war so verdammt *echt*, so angenehm *normal*. Sogar der Finger war für sie kein Problem! Wäre sie wenigstens zickig gewesen, dann wäre es bestimmt …

»Ich wusste, dass du deine Sache gut machen würdest«, sagte Keppler. Er steuerte den Wagen die Ringe hinunter und bog in die Rheinuferstraße nach Süden ab. »Wann hast du sie so weit?«

Auf der Südbrücke überquerte ein dunkler Güterzug donnernd die Straße.

»Ich hoffe, bald«, murmelte Nick.

»Überstürz das nicht, sie muss freiwillig mitkommen.«

»Ich mach das schon.«

»Du bist der Chef«, sagte Keppler lächelnd.

Arschloch, dachte Nick.

Keppler lenkte den Familien-Van in eine große Seitenstraße, vorbei an einem Brachgelände mit Bretterzäunen bis zu einer großen, verlassenen Kreuzung, umgeben von einem Mix aus verwahrlosten Hochhäusern, flachen Bürobauten, einem verlorenen Altbau und einem riesigen, verwaisten Parkplatz. Vor einem mehrstöckigen Haus mit schmutzig verkachelter Fassade und einem Schuh-Discounter im Erdgeschoss parkte Keppler den Wagen. Die gelbe Lichtreklame überstrahlte die nasse Straße, auf die die letzten Regentropfen niedergingen. Der Schauer verabschiedete sich mit leisem Donner.

Keppler blieb sitzen. Er öffnete das Handschuhfach, zog eine Papiertüte heraus und gab sie Nick. Der brauchte nicht hineinzublicken, er konnte das Gewicht spüren.

Keppler musterte ihn. »Kannst du damit umgehen?«

»Klar.«

Keppler hielt seinen Blick ernst auf Nick gerichtet: »Die hat schon meinem Vater gehört. Verlier sie nicht.«

Nick verdrehte kaum sichtbar die Augen. Kepplers Blick blieb an ihm haften. »Und denk dran: Lass sie stecken, solange es geht.«

Nick wickelte die Papiertüte fest zu und stieg aus. Wozu über etwas reden, was er längst wusste?

*

Die Morgensonne blitzte durch den dichten Wald. Jonas war speiübel. Er krallte sich mit beiden Händen an der Kante der Ladefläche fest, der kurze Stumpf des kleinen Fingers meldete sich bei jeder Bodenwelle mit einem schmerzhaften Stich. Der alte Unimog-Laster schwankte wie ein Schiff in Seenot. Plastiksäcke mit Bettwäsche, Kleidung und Decken flogen zwischen den festgezurrten Möbeln auf der Pritsche hin und her. Von der Seite schlugen Zweige in Jonas' Gesicht, bei jedem Stoß spritzte Schlamm aus tiefen Pfützen hoch. Die Forstwege, über die der Unimog holperte, waren kaum erkennbar, immer tiefer schien es hinein in einen dunklen Zauberwald zu gehen. Knorrige Laubbäume zogen vorbei, abgelöst von engen Tunneln aus schwarzen Fichten. Einmal glaubte Jonas, zwischen den Stämmen einen riesigen, bemoosten Kubus aus Beton zu erkennen, etwas später sah er im Unterholz pyramidenförmige Höcker, die sich in Reih und Glied im Wald verloren. Es stimmte also, was er gehört hatte, als er letzte Nacht durch das Zeltlager zum Donnerbalken gegangen war und Lenni und Jan belauscht hatte, die sich leise am Lagerfeuer unterhielten. Sie hatten von Bunkern, Tunneln und Panzersperren geflüstert, einem gigantischen Wall aus dem

Krieg, der von Holland bis zur Schweiz reichte, das größte Bauwerk Europas, nur die Chinesische Mauer war größer.

Jonas spähte zu den eingerollten Matratzen und den Kartons hinüber, zwischen denen sich der kleine Ben und die blondblau gefärbte Kiki eingeklemmt hatten und vor sich hin dösten. Die muskulöse Anni, die an Armen und Händen komplett tätowiert war, und die dürre Nina mit den schwarz geschminkten Augen hatten es sich auf ihren großen Sporttaschen bequem gemacht und rauchten, als lägen sie auf Liegestühlen an Deck eines Kreuzfahrtschiffes. Hinter dem Führerhaus standen breitbeinig Mats und Locke und genossen jede Bodenwelle. Mats, ein dicklicher Sechzehnjähriger mit Flaum am Kinn, trug immer eine ausgeblichene Basecap von Bayern München auf dem Kopf. Locke war einer der Jüngsten, höchstens dreizehn, schätzte Jonas. Sein drahtiger, schmaler Körper war noch kindlich, und seine langen blonden Haare und Wimpern ließen ihn aussehen wie einen Engel, wäre da nicht das große Armeemesser, das immer an seinem Gürtel baumelte. Er und Mats schauten ungeduldig nach vorne, um bloß als Erste ihr Ziel zu entdecken.

Durchs Rückfenster konnte Jonas Karls Glatze erkennen, die bei jedem Schlagloch hin und her pendelte, während seine Hände das große Lenkrad umklammerten. Ein Steuermann in stürmischer See.

»Hey, Roter«, rief Anni grinsend. »Sag Bescheid, wenn du kotzen musst, dann halt ich dir die Stirn!« Die beiden Mädchen lachten gackernd.

Jonas tat so, als hätte er nichts gehört. Anni hatte ihn schon oft wegen seiner Haare und seinem Mund aufgezogen, der tiefrot aus dem weißen Gesicht herausstach. »Was sich liebt, das neckt sich«, hatte seine Oma immer gesagt, und jetzt hoffte er inbrünstig, dass sie falsch gelegen hatte. Anni machte ihm Angst.

Er hatte miterlebt, wie sie am Hof ein Katzenkind aufgelesen hatte, schneeweiß, ein Auge gelb, das andere blau. Tagelang hatte sie das winzige Tier mit Milch hochgepäppelt, es durfte bei ihr im Bett schlafen, sie hatte es mit ihren tätowierten Händen liebkost und ihm im Speisesaal heimlich Fleischreste zugesteckt. Eines Morgens hatte sie dann das Kätzchen wie aus heiterem Himmel vom Schoß geschubst, ihm mit einem einzigen Tritt den Schädel zertrampelt und es ungerührt in die Mülltonne geworfen.

An jenem Tag hatte Jonas sich geschworen, Anni aus dem Weg zu gehen.

Jetzt zwinkerte sie ihm zu, und er rang sich ein Lächeln ab. *Klar*, dachte er, *jeder hier hat einen an der Klatsche.* Trotzdem war es besser als auf der Straße, es gab kaum Zoff und Schlägereien. Das lag an Ira. Die konnte hexen. Das hatte er gleich gemerkt, als sie letzten Winter unter dem Brückenbogen aufgetaucht war. Wie aus dem Nichts war sie erschienen. Die Kids hatten sich in dicke Decken und Schlafsäcke eingerollt und mit Wodka betäubt, um die Kälte nicht spüren zu müssen. Ira hatte Zigaretten dabei, erinnerte sich Jonas, und sie hatte sich einfach zu seiner Gang gehockt und ein paar Fotos herumgezeigt. Ein heruntergekommener Bauernhof, ein altes Pferd, dem die Mähne über die Augen wuchs, und ein paar Ziegen. Sie hatte den Hof geerbt und wollte ihn Jugendlichen wie ihnen geben. Als Zuhause. »Keine Angst«, hatte sie lachend gesagt, »das wird keine Sekte oder irgendein Schweinkram, einfach ein Bauernhof, wo ihr ungestört leben könnt, weg von der Stadt, raus aus dem ganzen Dreck.«

Die anderen hatten misstrauisch gemurmelt, die Alte solle abzischen. Keiner wollte mit. Aber der Winter war lang gewesen, dachte Jonas, er hatte ständig Fieber gehabt, jeden Morgen war er mit verklebten Augen und rissigen Lippen in seinem Schlafsack aufgewacht. Er hatte nichts zu verlieren, und deshalb war er zu Ira in den VW-Bus gestiegen, als Einziger.

Chris war schon auf dem Hof gewesen und wurde sofort sein Freund, wie ein großer Bruder. Bald waren immer mehr gekommen, bis sie zwölf waren. Und Karl. Er hatte ihnen gezeigt, wie man den Hof in Schuss bringt, wie man ein Gemüsefeld für den Frühling anlegt und Obstbäume beschneidet, wie man Trecker fährt, wie man Curry kocht und mit den Zähnen Bierflaschen öffnet. Manchmal war Karl ausgetickt, und es gab Prügel mit dem Knoten, aber alles in allem waren es gute Monate.

Bis es kippte. In der Nacht, erinnerte sich Jonas, als sie die Hunde in den Zwinger brachten, hatte Chris ihn heimlich zur Seite genommen. Er war beunruhigt gewesen, vielleicht hatte er Ira belauscht, oder sie hatte mit ihm geredet – er wollte nicht darüber sprechen. Er hatte angedeutet, dass die Waffen, mit denen sie im alten Steinbruch schießen lernten, nicht zur Selbstverteidigung gedacht waren, dass Ira noch viel mehr mit ihnen vorhatte.

Und dann kam die Nacht, in der sie abhauen wollten …

Jonas befühlte den Stumpf an seinem kleinen Finger. Chris hatte nicht mal geschrien, als er an der Reihe war. Warum hatte er ihn nicht mitgenommen beim zweiten Mal? Eine heiße Faust umschloss seinen Magen, und er übergab sich hustend über den Rand der Ladefläche.

»Hey, Roter! Alles klar?«, rief Anni und warf ihm eine kleine Flasche Wasser zu. Er trank ein paar Schluck und legte sich rücklings auf den schwankenden, zerbeulten Blechboden.

Bald rumpelte der Unimog aus dem Wald auf eine Lichtung und kam schaukelnd zum Stehen. Wenige Augenblicke später traf der VW-Bus mit Ira am Steuer ein. Jan durfte als Ältester und Anführer neben ihr sitzen, er sprang aus dem Wagen, öffnete die Schiebetür und ließ den pickeligen Lenni zusammen mit den beiden Hunden aussteigen. Lynn, ein Mädchen mit Dreadlocks und kleiner Brille, schaute blinzelnd aus dem Seitenfenster. Auf dem Unimog rappelten sich Ben und Kiki neugierig hoch, Mats und Locke sprangen von der Pritsche, Anni und Nina blickten gebannt nach vorne und murmelten: »Krass!«

Karl hatte sich auf die Stufe des Führerhauses gestellt und rief strahlend wie ein Zirkusdirektor: »Willkommen am Westwall!«

Jonas setzte sich schwerfällig auf und lugte zum Rand der Lichtung. Dort stand eingerahmt von riesigen Eichen eine verlassene Fachwerkvilla, die einst als herrschaftliches Forsthaus gedient haben mochte. Kletterpflanzen hatten sich weit an der Fassade emporgearbeitet, das spitze Schieferdach mit den kleinen Gauben war löchrig, die riesigen Fensterläden im ersten Stock hingen schief vor den stumpfen, dunklen Scheiben. Eine kleine Treppe führte zu einer großen, morschen Eingangstür, deren Vordach von zwei verzierten Holzsäulen gestützt wurde. An der Rückseite der Villa ragte ein Türmchen mit spitzem Giebel empor.

Jonas vergaß seine Übelkeit. Ira hatte nicht zu viel versprochen – ihr neues Zuhause war ein Märchenschloss.

*

Julia stand in der Toilette der Umkleide und spritzte sich Wasser in das bleiche Gesicht. Sie hatte heute Morgen auf ihren Toast verzichtet. In der Straßenbahn waren ihr die Ausdünstungen der regennassen Fahrgäste entgegengeschlagen, und im schaukelnden Bus hatte sich ihr fast der Magen umgedreht.

Jetzt kam Daria im Trainingsanzug herein und betrachtete ihre tropfende Freundin kritisch im Spiegel. »Morgen. War's spät gestern?«

Julia trocknete sich ab und musterte die dunklen Ringe unter ihren müden Augen. »Ich hab die ganze Nacht versucht, einen Döner zu verdauen.«

»Allein oder zu zweit?«, fragte Daria grinsend und deutete auf die Telefonnummer auf Julias nacktem Unterarm.

Julia lächelte matt. »Allein!«

»Klar. Na los, erzähl schon!«

»Was?«

»Wie heißt er? Wie alt ist er? Sieht er gut aus?«

»In zwei Minuten ist Appell«, antwortete Julia und drängelte sich an Daria vorbei in die leere Umkleide.

Daria blieb ihr auf den Fersen. »Wann rufst du ihn an?«

»Keine Ahnung, vielleicht gar nicht.« Julia griff nach ihrer Sporttasche, doch Daria hielt ihren Unterarm fest.

»Du rufst an. Sonst hättest du dir eben die Nummer abgewaschen.«

Julia zog sich die Trainingsjacke an und knallte die Spindtür zu. »Okay, Sherlock«, sagte sie genervt. »Er heißt Nick, er ist nett, und ich ruf ihn vielleicht an, wenn ich wieder fit bin. Reicht das?«

»Nein!«

»Komm, Daria, lass mich in Ruhe, sonst kotz ich Roosen gleich vor die Füße«, stieß Julia hervor, atmete tief durch und marschierte aus der Umkleide.

Wenige Stunden später standen Julia und ihre Freundin an der Essensausgabe der Mensa. Lautes Stimmengewirr hallte durch den großen Speisesaal, es war voller als sonst, Currywurst-Tag. Julias Gesicht war immer noch rot von der Anstrengung und der Hitze auf dem Sportplatz. Sie hatte sich vor dem Sportkurs mit zwei Bechern schwarzem Automatenespresso und einem Schokoriegel fit gemacht und den zwölfminütigen Lauftest nur durch die Anfeuerungsrufe der anderen durchgestanden.

»Mit dem Finger hat dein Nick gelogen. Das stinkt«, sagte Daria und nahm sich eine Tofuwurst mit Fritten aus der Durchreiche.

»Wieso das denn?«, fragte Julia.

»Wenn das ein normaler Unfall war, dann hätte man den total leicht wieder annähen können. Finger in einen Eisbeutel, nicht zu kalt, und ab ins Krankenhaus. Ein paar Wochen später kannst du wieder Klavier spielen.«

»Warum sollte der mir eine Geschichte erzählen?« Julia stellte eine Tagessuppe auf ihr Tablett.

»Keine Ahnung. Vielleicht war er mit der Bundeswehr in Afghanistan, und der Finger ist ihm abgeschossen worden. Vielleicht hat ihn jemand abgebissen und verschluckt«, überlegte Daria und steckte sich eine Fritte in den Mund.

»Jetzt spinn nicht rum«, erwiderte Julia gereizt. Sie hatte Kopfschmerzen, und der Lärm dröhnte in ihren Ohren.

»Na, besser?«, kam es plötzlich von hinten. Sebastian stand mit seinem Tablett am Desserttisch und lächelte sie an.

Julia nickte müde. »Geht wieder. Danke fürs Anfeuern.«

Sebastian nahm sich zwei Desserts und einen Apfel und blickte auf ihre Suppe. »Vielleicht musst du ein bisschen mehr essen. Hast du Lust auf einen Burger heute Abend?«

»Heute Abend? Ich …«, stotterte Julia. »Da bin ich schon bei Daria. Ihre Tochter feiert Geburtstag. Wir … gehen ins Kino.« Sie schaute ihre Freundin kurz an und erntete einen bösen Blick.

Sebastian musterte Julia lächelnd. »Kindergeburtstag. Da hab ich wohl keine Chance. Aber vielleicht krieg ich dich ja die Tage mal zum Essen.«

Julia rang sich ein Lächeln ab. »Mal schauen.«

Er zwinkerte ihr zu und ging zu den Tischen.

»Na bravo!«, zischte Daria, als er außer Hörweite war. »Ich hab letzten Monat Nasrins Geburtstag als Ausrede benutzt, um später zu kommen.« Das Tablett in der Hand, marschierte sie zu einem freien Vierertisch.

Julia folgte ihr. »Ich bin in einer Horde Friedensaktivisten aufgewachsen, ich kann keinem Menschen wehtun!«

Daria setzte sich mit säuerlicher Miene. »Das Einzige, was wehtut, ist dein Herumgeeiere!« Sie zog ein Handy aus der Jackentasche und tippte unter der Tischkante eine Nachricht.

Julia griff in ihre Hosentasche, tastete dann panisch die Jackentasche ab und blickte schließlich zu Daria. »Hey, das ist meins!«

Die Freundin legte das Handy vor Julia. »So!«

Julia schaute auf ihr Handy. »Was ›so‹?«

»Ich hab ihm eine Nachricht geschickt.«

»Wem?«

»Deinem Nick.«

»Nee jetzt!«

»Mit deiner Nummer und schönen Grüßen.«

»*Fuck!* Woher hast du meinen Code?«

»2302. Dein Geburtstag. Willkommen in der digitalen Welt«, antwortete Daria grinsend, piekte ein paar Fritten auf die Gabel und hielt sie warnend hoch. »Und vergiss nicht, deinen neuen Freund nach dem Finger zu fragen. Vielleicht hat er ja ein dunkles Geheimnis.«

*

Die SMS hatte ihn aus dem Schlaf hochschrecken lassen. Am Vorabend war er todmüde ins Bett gefallen, um sich dann stundenlang schlaflos im Bett zu wälzen und erst in den Morgenstunden erschöpft einzudämmern.

Jetzt lag er auf seiner Matratze, eine Zigarette in der Hand, starrte auf die Nachricht von Julia und versuchte, einen klaren Kopf zu bekommen. Der dichte Verkehr auf der Kreuzung rauschte laut, es hatte wieder geregnet. Das Brummen, Quietschen und Hupen füllte das kleine, kahle Apartment bis unter die niedrige Decke aus. Ein Tisch, ein Stuhl, ein altes Sofa und eine Matratze auf zwei Holzpaletten bildeten das ganze Mobiliar. Nick spähte nachdenklich zum dreckstarrenden Fenster. *Ich darf sie nicht zu lange warten lassen.* Er sprang mit einem Ruck auf, drückte die Zigarette aus, tigerte im Zimmer umher, räusperte sich laut und brummte ein paarmal, um die Nacht aus seiner Stimme zu vertreiben, dann setzte er sich aufs Bett und wählte Julias Nummer.

»Hallo?«

»Hi«, sagte Nick fröhlich. »Ich bin's.«

»Hi«, antwortete Julia und wartete.

Klang sie ernst? Egal. Er lächelte. »War's schlimm heute Morgen?«

»Noch schlimmer«, sagte sie.

Sie lächelt, ich hör's. Alles gut.

»Tut mir leid. Wenn ich vorher gewusst hätte, dass du Polizistin bist …«

»Was dann? Dann hättest du mich nicht aus der Bahn gezerrt?«, fragte Julia.

»Dann hätte ich dich gleich nach Hause gehen lassen.«

»Und ich hätte dir kein Bier ausgeben können.«

Nick wartete einen Moment. »Hast du am Sonntag was vor?«

Kurze Pause. *Sie hält das Mikro zu. Sie flüstert. Ist da noch eine Frauenstimme?*

»Sonntag passt«, kam es nach kurzem Zögern.

»Ich hol dich ab. So gegen zwölf?«

»Was hast du vor?«

»Überraschung. Schick mir einfach deine Adresse.«

Wieder Gewisper. Eine Freundin, garantiert.

»Okay«, sagte sie nach einem Augenblick. »Dann bis Sonntag.«

»Ich freu mich«, verabschiedete sich Nick.

»Ja ... tschüss«, hörte er Julia sagen. Sie legte vor ihm auf.

Nick steckte nachdenklich das Handy weg. Seine Hand wanderte unter den Nachttisch und zog Kepplers Papiertüte hervor. Er griff hinein und holte die silberne Beretta und eine kleine Pappschachtel heraus. Mit geübtem Griff ließ er das Magazin herausrutschen, belud es mit dreizehn messingglänzenden Patronen und steckte es mit einem entschlossenen Ruck zurück in die Waffe. Ohne durchzuladen, hielt er sich die Pistole vors Gesicht, die linke Hand sichernd unter dem Griff, und nahm ein Foto ins Visier, das mit einer Reißzwecke an die Wand über dem Bett geheftet war.

Das Foto ... Es zeigte ihn mit Jonas in einem verschneiten Steinbruch. Sie trugen beide dicke Jacken, ihre Wangen waren rot vor Kälte. In den Händen hielten sie Pistolen, mit denen sie grinsend auf eine Verkehrspolizisten-Attrappe zielten, die zwischen ihnen stand. Die lächelnde Plastikfigur hatte mehrere Einschusslöcher im Gesicht. Im Hintergrund stand Ira mit ihrer schwarzen Helmfrisur und blickte in die Kamera. Ihr Lippenstift leuchtete rot vor der weiß verschneiten Felswand.

Das Eisköniginnen-Lächeln, dachte Nick, während er über den Pistolenlauf spähte, *damit hat sie uns alle gekriegt. Damit hat sie uns die Waffen in die Hand gedrückt.* »Nehmt sie. Schießt!«, hatte sie gesagt. »Ihr habt nicht damit angefangen. Es sind die anderen, die euch fertigmachen wollen. Ihr habt das Recht, euch zu wehren!«

Alle hatten einen Riesenspaß gehabt, erinnerte sich Nick.

Anfangs waren es Büchsen und Flaschen gewesen, ein paar Tage später hatte Karl Hühner gebracht. Locke hatte sofort die Hand gehoben und losgeballert. Die Vögel waren umhergeflattert, Blut und Federn spritzten durch die Luft, die anderen Kids wollten auch, sie hatten ihre Magazine leer geschossen, bis von den Tieren nicht mehr viel übrig blieb. Sie hatten gelacht – sie wussten nicht, dass Ira sie längst am Haken hatte.

Nicks Hand begann kaum merklich zu zittern. *Du musst es tun*, dachte er und versuchte, ruhig zu atmen. Es könnte hässlich werden für Julia. Aber es gab kein Zurück.

Nick zielte auf Ira und drückte ab.

Klick.

*

»Sag schon, was willst du?«

»Wieso? Darf ich dir nicht einfach so ein Eis kaufen?«

»Doch. Aber als du das letztes Mal gemacht hast, wolltest du dir Geld leihen«, sagte Wolfgang und packte das Stangeneis aus, das Julia ihm in die Hand gedrückt hatte.

»Das war einmal! Für ein Paar Schuhe für den Abiball«, protestierte Julia.

Sie hatte sich zu ihrem Vater ans Bett gesetzt und leckte ihr tauendes Eis. Die Hitze war zurückgekehrt und hatte die Stadt in ein Treibhaus verwandelt. Nur Wolfgang schwitzte nicht, es schien, als gebe sein hagerer Körper nicht genug Wasser her.

»Zweimal! Du hast mir zweimal Eis gebracht. Beim zweiten Eis wolltest du, dass ich mir den Bart abrasiere.«

»Weil er eklig ist. Da, es tropft schon wieder rein!« Julia nahm ein Taschentuch und wischte ihrem Vater über den grauen Bart.

»Der Bart bleibt dran«, beharrte Wolfgang trotzig.

»Ich weiß gar nicht, wie mein eigener Vater hinter den ganzen Haaren aussieht.«

Wolfgang leckte schweigend.

»Komm schon. Ich rasier dich. Nur ein einziges Mal«, drängte Julia.

»Das kannst du machen, wenn ich tot bin.«

»Du könntest mir auch einfach deine alten Fotos zeigen, dann verschon ich dich«, sagte Julia und musterte ihren Vater herausfordernd.

Wolfgang warf ihr einen kurzen Blick zu: »Fängst du schon wieder damit an?«

Julia kannte die Gereiztheit in Wolfgangs Stimme. Sein Ton katapultierte sie für einen Moment in ihre Kindheit zurück. Auch damals war es um Fotos gegangen.

Es war bestimmt fünfzehn Jahre her. Julia war noch ein Mädchen und entdeckte bei den Nachbarkindern in den anderen Bauwagen die Alben und Mappen. Fasziniert betrachtete sie die fremden Familienfotos, zerknickt, vergilbt, teilweise mit Zackenrand: Großeltern mit Biergläsern in der Hand vor altdeutschen Schrankwänden, angestrengt lächelnde Eltern vor dem Weihnachtsbaum, sonnenverbrannte Väter unter bunt gemusterten Schirmen an vollen Stränden und Gitterbettchen, aus denen Babys herausschauten wie eingesperrte Tiere im Zoo.

»Das bin ich!«, riefen die anderen Kinder immer wieder stolz aus, wenn sie ein Bild von sich entdeckten.

Julia hatte nichts zu entdecken, kein Foto, keine Erinnerung. Sie löcherte ihren Vater, doch der erklärte ihr unumwunden, dass die wenigen Bilder, die er besessen hatte, in dem besetzten Haus zurückgeblieben waren – dem Altbau, den er mit Julias Mutter und ein paar Freunden instand gesetzt und in dem er gelebt hatte, bis dieser abgewichste Immobilienhai mit seinem Schlägertrupp angerückt war und sie hatte rausprügeln lassen.

Doch Julia ließ nicht locker. In irgendeinem Winkel des Bauwagens musste doch eine Erinnerung zu finden sein – Grimassenbilder aus einem Passfotoautomaten oder alte Liebesbriefe, ein Foto von ihrer Mutter, die erschöpft ihr frisch geborenes Mädchen in den Armen hielt, der tätowierte Vater mit zärtlichem Blick an der Bettkante. Oder wenigstens ein Bild von Mama mit Glatze, grau von der Chemotherapie und mit schwarzen Ringen unter den Augen.

Eines Tages, als Wolfgang auf den Feldern des nahe gelegenen Bauernhofes arbeitete, durchstöberte Julia heimlich den Bauwagen, ging in den verborgenen Ecken des klapprigen Kleiderschrankes, den sie sich mit ihrem Vater teilte, auf Spurensuche, durchwühlte Decken, Kissen und Winterkleidung in Wolfgangs Bettkasten und sah in den kleinen Regalfächern nach, in denen Papiere, Zeichnungen und Aquarelle ihres Vaters steckten, darunter auch die eine oder andere pornografische Aktskizze von der einen oder anderen Nachbarin. Es kostete Julia Überwindung, die schauderhaften Skizzen durchzusehen, doch es lohnte sich: Zwischen den Blättern steckte ein zerknicktes Farbfoto. Julia betrachtete es minutenlang wie gebannt, dieses kleine Fenster in die Vergangenheit. Es zeigte eine Gruppe Punks, die in einem heruntergekommenen Treppenhaus saßen. Sie hatten Lederjacken und zerrissene Jeans mit Ketten und Sicherheitsnadeln an. Zwei trugen stachelige Irokesen, andere kurze Strubbelfrisuren in Gelb, Grün oder zweifarbig kariert. In den Händen hielten sie Bierflaschen und Zigaretten und streckten lachend ihre gepiercten Zungen heraus.

Am Abend zeigte Julia ihrem Vater das Foto. Er hielt das Bild lange in seinen von der Feldarbeit dreckigen Händen.

»Das Foto hab ich gemacht«, murmelte er gedankenverloren.

»Ist meine Mutter drauf?«, fragte Julia bang.

Wolfgang deutete mit dem Finger auf eine junge Frau, die mit einer Bierflasche auf einer der oberen Treppenstufen saß. Ihre blonden Haare waren an den Spitzen pink gefärbt und an den Seiten abrasiert. In ihrer schmalen Nase hing ein dicker Ring wie bei einem Ochsen. Sie schnitt eine Grimasse und hielt den Stinkefinger in die Kamera.

»Das ist sie. Nadja«, sagte Wolfgang, und als spürte er die Enttäuschung seiner Tochter, fügte er hinzu: »Tut mir leid, es ist nicht das beste Bild. Sie war wirklich eine schöne Frau.«

Julia war nicht enttäuscht, sie war entsetzt. Sie rannte aus dem Bauwagen und verkroch sich im Gewächshaus hinter dem Garten. Das Foto wanderte tief in ihre Kladde und verschwand zwischen den getrockneten Blättern und der Sammlung kleiner Geheimbriefe, die sie sich ab und zu mit den anderen Kindern der Bauwagensiedlung schrieb. Ihre Mutter war ein zweites Mal gestorben.

Das tropfende Eis in ihrer Hand holte Julia in die Gegenwart zurück. Wolfgang musterte sie kritisch. »Lass mich raten. Du willst am Wochenende weg.«

Julia hielt ertappt inne. »Wie kommst du darauf?«

Wolfgang hob seine Augenbrauen. »Du siehst irgendwie frischer aus. Hast du jemanden kennengelernt?«

Julia warf das schmelzende Eis in die Mülltüte neben dem Bett und ging in die Küche.

Wolfgang rief ihr hinterher: »Sag bitte, dass es kein Bulle ist.«

»Ich glaub, er ist Mechaniker«, rief Julia zurück und wusch sich die klebrigen Hände.

»Immerhin. Und sonst?«, fragte Wolfgang.

»Keine Ahnung«, antwortete Julia und stellte verwundert fest, dass sie so gut wie nichts über Nick wusste. Sie machte einen Spüllappen feucht, kehrte damit ins Zimmer zurück und reichte ihn Wolfgang.

»Na, dann kann er wenigstens meinen E-Rolli in Gang bringen, falls ich hier je wieder rauskomme«, sagte er und wischte sich die Finger sauber.

Julia nahm ihm den Lappen ab. »Wir machen am Sonntag einen Ausflug. Ich hab Adam angerufen, er kann kommen.«

Wolfgang griff hinter sein Ohr, zog einen Joint aus dem grauen Haargestrüpp und zündete ihn an. »Geh ruhig, ich komm schon klar.« Ein tiefer Zug, dann blies er den Rauch in einer dünnen Säule unter die Zimmerdecke und blickte aus dem Fenster.

Julia wischte ihrem Vater behutsam mit dem Lappen über den verklebten Bart und gab ihm einen Kuss auf die Wange. »Mach dir keine Sorgen, Papa, ich vergess dich schon nicht!«

Wolfgang lächelte. »Weißt du noch? Sven, dein erster Freund?«

Julia verzog das Gesicht. »Das war eine Sandkastenfreundschaft!«

Wolfgang hustete den Rauch aus. »Glaub nicht, dass wir nicht Bescheid wussten. Der hat doch deine Puppe ins Plumpsklo geschmissen, oder?«

Julia grinste. »Und ihr Erwachsenen habt die ganze Nacht lang diskutiert, ob das ein sexistischer Angriff auf mich war. Ich dachte, ihr würdet ihn zur Strafe gleich hinterherschmeißen.«

»Der arme Junge«, sagte Wolfgang nachdenklich. Dann blickte er Julia mit erhobenem Zeigefinger an. »Aber pass bloß auf! Wenn dein neuer Freund deine Puppe ins Klo schmeißt, bekommt er es mit mir zu tun!«

3

Ira saß barfuß auf einem umgedrehten Bierkasten und atmete tief die Nachtluft ein. Das riesige Lagerfeuer brannte langsam herunter, die Milchstraße strahlte wie ein glitzernder Triumphbogen über der Lichtung. Endlich war es so weit. Eine Messe sollte es werden!

Zwei Tage waren wie im Rausch vergangen. Die Kids hatten mit Karl rund um die Uhr geschuftet, um ihre neue Heimat halbwegs bewohnbar zu machen: Sie hatten die Pumpe und den Generator am Bach aufgestellt, schubkarrenweise Dreck und Schrott aus der Villa geschafft, Zimmer und Bäder gefegt und geschrubbt, kaputte Wasserleitungen mit Schläuchen überbrückt, Gasflaschen an den Küchenofen montiert, den Antennenverstärker für Iras Handy auf dem Dach angebracht und schließlich die Feldbetten und die alten Möbel auf die sechs Doppelzimmer und die beiden Einzelzimmer verteilt. Am Nachmittag waren alle in den Wald gegangen, um umgestürzte Baumstämme, Äste und Reisig herauszuschleppen und zu einem mannshohen Stapel aufzuschichten. Als die Sonne hinter den riesigen schwarzen Fichten versunken war, hatten sie den Haufen mit einer Fackel in Brand gesteckt. Die Flammen hatten sich prasselnd durch das Holz gefressen und ihren flackernden Schein bis zur Villa geworfen. Karl hatte Würste und Marshmallows geholt, die sie auf Stöcke gespießt und geröstet hatten, es gab Bier und Cola, sie hatten zusammen herumgealbert, geraucht und gelacht. Karl hatte wie ein Operntenor gesungen und sich, angefeuert durch die Kids, zu immer höheren Tönen hinaufgeschraubt, bis sein Gesicht rot angelaufen war.

Es war ein Moment der völligen Schwerelosigkeit gewesen, dachte Ira. Sie hatte still dabeigesessen und die Kids voller Ehrfurcht betrachtet, wundervolle Naturwesen, ungezähmt und wild. *Sie brauchen keine Handys*, hatte sie gedacht, *weil sie niemanden haben, mit dem sie telefonieren können; sie brauchen kein Geld, weil sie nichts kaufen müssen. Niemand kennt sie und niemand sucht sie, keine Behörde, keine Polizei, kein Algorithmus hat sie je erfasst. Sie sind absolut frei. Und sie sind bereit, mir zu folgen. Meine Geisterarmee.*

Ira sah, wie das Feuer in sich zusammenfiel und eine rote Funkenwolke tanzend in den Nachthimmel stob. Wie auf ein stilles Kommando stand Karl auf und verteilte einige große Schaufeln an die Jugendlichen. Die warfen ihre Zigaretten weg und begannen, die Kohle aus dem weiß glühenden Inneren des Feuers herauszuschippen und zu einem langen, glimmenden Teppich auszubreiten. Hin und wieder ging die schwitzende Meute zu wassergefüllten Metallkübeln und kühlte sich die versengten Hände und die salzigen Gesichter, um sich gleich darauf wieder eifrig an die Arbeit zu machen. Nur wenige leise gemurmelte Worte wurden gewechselt, in der rauchigen Luft lag eine gespannte Feierlichkeit. Schließlich stand Ira auf und ging zu den Kids. Sie konnte das feuchte Gras unter ihren nackten Fußsohlen spüren. »Das reicht. Kommt zu mir!«

Alle stellten sich im Halbkreis um Ira auf. Ein Dutzend

Augenpaare schauten sie aus verschwitzten, dreckigen Gesichtern an. Der Glutteppich knisterte leise in der Stille.

»Wir haben noch viel Arbeit vor uns, aber heute feiern wir!«, rief sie und hielt einen Moment inne. »Wir feiern die Ankunft in unserem neuen Zuhause. Hier sind wir sicher. Der Westwall ist unsere Burg.«

Ira ließ ihren Blick über die Reihe der Jugendlichen gleiten. »Ihr kommt aus einer Welt, die euch nicht will. Eure Mütter wollen euch nicht. Eure Väter wollen euch nicht. Das System will euch nicht. Ihr seid die Gespenster der Gesellschaft, die man nicht sehen will.«

Sie sah in die jungen Gesichter, manche mit funkelnden Augen, manche verschlossen, andere unsicher zwinkernd.

Ira lächelte. »Aber trotzdem steht ihr hier. Und ihr lebt!«

Einige Jugendliche wechselten Blicke. Anni und Nina grinsten.

»Ihr lebt, und bald ist eure Zeit gekommen!«, rief Ira in die Stille.

Die Augen in den rußverschmierten Gesichtern blitzten.

»Die Zeit, um euch die Welt da draußen zurückzuholen!«

Die kleine Truppe nickte und murmelte zustimmend.

»Ihr werdet es denen zeigen!« Ira ballte die Faust. »Und warum? Weil ihr keine Angst kennt!«

Karl klatschte, einige johlten.

»Weil ihr stärker seid als die anderen!«, fügte sie, lauter noch, hinzu.

Einige Kids klatschten sich lachend ab.

»Stärker als das Feuer!«

Jubel brach aus. Ira stellte sich vor den Glutteppich, atmete eine Sekunde durch und schritt entschlossen los. Die Kids schrien und klatschten und feuerten sie an. Die Kohlen glühten unter ihren nackten Fußsohlen auf, doch Ira ging aufrecht, den Blick nach vorn gerichtet, Meter für Meter, bis sie am Ende einen großen Kübel erreichte und ihre Füße ins kühle Wasser tauchte.

Jan und Locke rissen sich ungeduldig die Schuhe von den Füßen, stellten sich vor die Glut, wechselten einen Blick und gingen los, aufreizend langsam, als wollte keiner der beiden als Erster das rettende Ende erreichen. Klatschen und Johlen. Anni und Nina fassten sich an der Hand und folgten ihnen mit schnellen Schritten. Die anderen stellten sich barfuß auf, dann huschten sie einer nach dem anderen bang und aufgeregt über die knackende Glut.

Ira stand neben dem Wasserkübel und nahm die vor Erleichterung und Stolz strahlenden Feuerläufer in Empfang. Sie tauchten die schwarzen, dampfenden Füße ins Wasser, und Ira wusch ihnen behutsam die Aschereste von den nackten Sohlen.

*

Im Bad unter der Dachschräge war es schon am Morgen schwülwarm. Das Rauschen der Stadt machte am Sonntag Pause, stattdessen drangen leise Musik und Stimmen von spielenden Kleinkindern aus dem Hinterhof.

Julia fluchte. Die Wimperntusche war nur noch eine klebrige, trockene Masse. Kein Wunder, dachte sie, sie hatte die kleine Bürste seit ihrem Abiball nicht mehr aus der Kartusche gezogen. Jetzt hielt sie den schmalen Behälter unter den Wasserhahn, ließ einige lauwarme Tropfen hineinlaufen und schüttelte ihn kräftig. Sie betrachtete sich im Spiegel. Das letzte Jahr hatte sie zusammen mit anderen jungen Frauen verbracht – mit *richtigen* jungen Frauen, korrigierte sie sich innerlich –, das war nicht spurlos an ihr vorübergegangen. Anfangs hatte sie sich dagegen gesträubt, wie die anderen ihren Körper zu manipulieren, sich der Mode und dem Mainstream zu unterwerfen, doch mit der Zeit war ihr Widerstand gebröckelt. Es hatte mit den Beinen begonnen. Als Julia nach dem ersten Training in Brühl unter der Dusche gestanden hatte, hatte ihr eine Mitstudentin kommentarlos ihren Rasierer angeboten. Es dauerte nicht lange, da waren auch die Achselhaare verschwunden. Aber schminken? Zu viel Arbeit am Morgen, zu viel Arbeit am Abend, schlechte Haut und überhaupt: Für wen? Julia mochte sich, also Haare ab ja, bemalen nein. Außer an besonderen Tagen. Bei der Aufnahmeprüfung, dem ersten Tag in der Ausbildung – und heute.

Julia zog die kleine Bürste aus der Kartusche und strich damit über ihre Wimpern. Es kitzelte fast unerträglich, sie musste blinzeln, ein Tuschebrocken rutschte ihr ins Auge, es brannte und tränte.

Julia warf die Kartusche fluchend in den Mülleimer, wischte sich mit einem ölgetränkten Wattebausch übers Lid und schaute stöhnend in den Spiegel: Das rechte Auge war blutrot.

Sie öffnete ihren Schrank. Was hatte Nick vor? Was sollte sie anziehen? Da die Auswahl ohnehin mager war, zog sie eine Jeans und ein lockeres weißes Hemd heraus. Dazu passten die roten Segelschuhe mit kurzen Socken. Das Handy gab einen Glockenton von sich und kündigte eine Nachricht von Nick an: **Bin in zehn Minuten vor deiner Tür, zieh dir was Warmes an, Gruß N.**

Julia wurde hektisch. Wollte er mit ihr etwa im Hochsommer zum Schlittschuhlaufen gehen? Sie schnappte sich einen dicken blauen Kapuzenpulli aus dem Schrank, lief zurück ins Bad, nahm ihre Zahnbürste und beschloss schrubbend, besser gar nichts zu erwarten. Es war Sonntag, die Sonne schien, die Zeichen standen gut.

Den Pulli um die Hüfte gebunden, trat Julia aus der Haustür, setzte die Sonnenbrille auf und schaute sich um. Die Hitze schlug ihr vom Asphalt entgegen. Ein Hupen ließ sie herumfahren: Auf der Straße rollte mit dröhnendem Motor ein schweres Geländemotorrad heran. Unter einem verchromten Helm mit offenem Visier grinste ihr Nick entgegen.

»Wo hast du das denn her?«, fragte Julia perplex.

»Aus meiner Werkstatt«, sagte Nick und stieg ab. »Hast du schon mal auf so einem Ding gesessen?«

Julia nickte. Sie erinnerte sich an die uralte, schwarze BMW ihres Vaters; er hatte sie in einer Scheune gefunden und monatelang daran herumgeschraubt, geschmirgelt und lackiert. Eines Abends hatte er Julia feierlich auf den hinteren Sattel gehievt, mit dem Kickstarter den hämmernden Motor angelassen und war mit ihr zum Einkaufen in die Stadt gefahren. Auf der Landstraße hatten ganze Gruppen von Rennmaschinen sie mit lautem Geheul überholt, und Wolfgang hatte den ganzen Weg über auf die »verfickten Biker« geschimpft. Als Julia alt genug war, durfte sie mit dem Motorrad alleine über die Feldwege fahren. Sie hatte es geliebt, aber das Geld für einen Führerschein hatte sie nicht.

»Wo fahren wir hin?«, fragte sie jetzt Nick.

»Picknick im Grünen.« Er öffnete einen kleinen Gepäckbehälter hinter dem Sitz. Julia sah mehrere Flaschen Bier und eine gefüllte Tüte vom Supermarkt.

Julia lächelte. *Ein Picknick* … Das klang nach Wiese und Bäumen und Himmel. Sie war seit Monaten nicht mehr aus der Stadt herausgekommen und fühlte plötzlich, wie ausgehungert sie war. Endlich wieder in die Natur! Nick holte einen zweiten Helm unter dem Sitz hervor. Sie zog sich ihren Pulli über, stülpte den Helm auf den Kopf und schwang sich auf den Sattel. Nick ließ die Maschine an und gab Gas.

Das Motorrad rollte ruhig über die Zoobrücke aus der Stadt heraus. Die mit Familien gefüllten Gondeln der Rheinseilbahn baumelten über der Stadtautobahn, der Fluss glitzerte träge in der Mittagssonne.

Nick steuerte die Maschine entspannt durch den lockeren Verkehr, wechselte geschmeidig die Spuren und gab Gas, als sie den Autobahnring überquerten. Julia schaute über Nicks Schulter, das Visier hochgeklappt. Der Fahrtwind zerrte an ihrem Gesicht, ihre Ärmel flatterten wild. Sie hatte die Arme eng um Nicks flachen Bauch geschlungen und dachte an die Zeit zurück, in der sie mit dem riesigen schwarzen Motorrad ihres Vaters über die Feldwege gejagt und die Welt an ihr vorbeigeflogen war. Julia fühlte sich plötzlich leicht und juchzte auf.

Nach zwanzig Minuten bog Nick auf eine Bundesstraße ab, die gesäumt war von Industriehallen, Discountern, Tankstellen und Imbissen. Nach einigen Kilometern gelangten sie auf eine kleinere Landstraße, die sie tiefer hinein ins Bergische Land führte, über sanfte Hügel mit grünen Weiden, Maisfeldern und Obstwiesen voller knorriger Apfelbäume, vorbei an Fachwerkhäusern mit glänzenden Schieferfassaden. Hin und wieder rauschte das Motorrad durch schattige Waldstücke, in denen die Sonne durch die Bäume hüpfte. Die Straßen wurden schmaler und die Kurven enger. Julia genoss es, sich mit Nick in die Schräglage fallen zu lassen wie bei einem Tanz, bei dem er führte und sie sich ihm anvertraute.

Schließlich bog das Motorrad in einen unasphaltierten Feldweg ein, der sich in ein flaches Tal mit einem kleinen Fichtenwäldchen hinabwand. Geduckt in der Talsohle, am Rand des Waldes, konnte Julia einen Bauernhof erkennen – ein altes Fachwerkhaus mit einem gepflasterten Hof, an dessen Hinterseite eine offene Scheune und ein kleines, gedrungenes Backhaus standen.

Nick drehte sich nach hinten: »Wir sind da.«

Er ließ das Motorrad im Schritttempo ausrollen und hielt auf dem Innenhof hinter dem Fachwerkhaus an. Julia schwang sich vom Sattel und nahm strahlend den Helm ab: »Hammer! Ich muss endlich den Führerschein machen!«

Nick schien sie kaum zu hören. Er schaute sich um.

»Was ist das hier?«, fragte Julia und kratzte sich die vom Fahrtwind kribbelnden Arme. Der Hof schien menschenleer, die Fensterläden des Hauses waren geschlossen und ließen keinen Blick ins dunkle Innere zu. Nirgendwo war ein Auto zu entdecken, kein Hund bellte. In der offenen Scheune konnte Julia einen alten, verrosteten Traktor erkennen, der von dreckigen Plastikfässern, Metallschrott und alten Brettern zugestellt war. Eine getigerte Katze turnte über einen Stapel Dachpfannen, blieb stehen und musterte die Besucher aus sicherer Distanz.

»Irgendwie gruselig«, sagte Julia schmunzelnd. Sie fühlte sich noch immer wie elektrisiert von der Fahrt.

Nick ging zum Haus. »Ich war lang nicht mehr hier, lass uns erst mal schauen, ob jemand da ist.«

Julia folgte ihm zur Hintertür. Er drückte vorsichtig die Klinke nach unten. Es war offen. Langsam schob er die Tür auf und trat ein. Julia folgte ihm und schaute sich um, die Augen zu Schlitzen verengt, um im dämmrigen Licht besser sehen zu können. Sie standen in einer Küche. Der Raum war verlassen, auf dem Boden lagen leere Essensverpackungen, Plastiktüten und Flaschen. Neben einem alten Keramikspülbecken stand eine geplünderte Küchenzeile, Herd und Kühlschrank fehlten und hatten dreckige Höhlen hinterlassen. Nick ging durch die weit geöffnete Küchentür in einen dunklen Flur. Julia wollte ihm folgen, doch ihr Blick blieb in einer Ecke des Raumes hängen, in der ein großer, umgedrehter Karton vor einem weißen Plastikstuhl stand. Sie trat näher und stutzte: Auf dem Karton standen eine halb leere Zwei-Liter-Colaflasche und ein kleiner Topf.

Julia schaute hinein. Bohnen mit Tomatensauce. Sie fasste an den Topf, stellte fest, dass er warm war, und rief laut: »Nick! Ich glaub, hier ist …«

Im selben Moment knallte laut krachend die offene Küchentür zu. Julia wirbelte herum. Ein Schatten stürzte hervor und hechtete Richtung Hintertür. Reflexhaft streckte sie das Bein aus. Die Gestalt ging mit einem Aufschrei zu Boden. In Julia sprang ein Programm an: Ihre Hand fuhr zur Hüfte, wo sie vergebens nach ihrer Dienstwaffe und der Pfefferspraydose tastete. Eine Millisekunde später warf sie sich auf den Gestrauchelten, packte seinen rechten Arm, winkelte ihn auf dem Rücken an und drückte die Hand nach oben. Ein Schmerzensschrei gellte durch die Küche. Erst jetzt erkannte Julia, dass die Gestalt, die unter ihr schrie und strampelte, ein spindeldürrer Schlaks war, mit pickeligem Gesicht, fettigen, kurzen Haaren und schütterem Flaum am Kinn, vielleicht sechzehn Jahre alt. Seine Kleidung starrte vor Dreck, und er roch dumpf nach altem Schweiß.

Julia bemerkte kaum, wie Nick in die Küche stürmte. Sie tastete den Jungen ab, dann sagte sie mit lauter, fester Stimme: »Ich lasse jetzt los. Bleib ganz ruhig, okay? Hast du mich verstanden?«

Sie löste den Polizeigriff und stand auf. Der Junge krabbelte wie ein verstörtes Tier in die Zimmerecke, kroch hinter den Pappkarton und starrte Julia und Nick aus der Deckung heraus an. Sie meinte, ein Knurren zu hören, und wechselte einen Blick mit Nick, der die Szene stumm verfolgte. Julia streckte vorsichtig die Hand nach dem Jungen aus. »Hey, wir tun dir nichts. Keine Angst. Wie heißt du? Brauchst du Hilfe?«

Im selben Moment schleuderte der Junge den Topf nach Julia. Sie duckte sich. Ein Schwall Bohnen mit Tomatensauce klatschte ihr ins Gesicht, der Topf landete scheppernd im Spülbecken. Julia taumelte, ihre Augen brannten. Sie hörte, wie der Junge den Karton umwarf und aus der Küche in den Flur rannte. Nick lief hinterher, Füße polterten auf einer Holztreppe.

Blind tastete sie sich zum Spülbecken. Die zähe Tomatensauce rann ihr aus den Haaren, über die Nase, den Mund und den Hals hinab in den Ausschnitt ihres Pullis.

*

Nick nahm zwei Stufen auf einmal. Die Holztreppe war eng und dunkel und führte in einen schmalen Flur mit niedrigen Deckenbalken. Er zog die Pistole aus seiner Bauchtasche, wo er sie in einen Lappen eingewickelt vor Julia verborgen hatte, und lauschte in die staubige Stille. Aus der Küche drang das gedämpfte Plätschern eines laufenden Wasserhahnes.

Nicks Gedanken rasten: *Wo sind die anderen?* Er entsicherte leise die Waffe und schlich den Flur entlang bis zu einer offenen Tür. Der winzige Raum dahinter war leer, keine Vorhänge, kein Teppich, die Siebzigerjahre-Tapete mit hypnotischen Kreisen in Braun, Gelb und Rot war zerkratzt, ein Schrank und zwei Betten hatten helle Umrisse hinterlassen. Auf dem Boden in der Ecke lagen Dutzende kleine Papierkügelchen. *Meine Ohrstöpsel.* Nicks Kehle schnürte sich zu, in seiner Erinnerung hörte er leises Gestammel und Schluchzen. *Wie viele Nächte sind es gewesen?*

Auf einmal hörte er über sich ein leises Scharren. Mit gezückter Waffe ging er zurück in den Flur, vorbei an zwei weiteren leeren Zimmern, bis er zu einer schweren Holztür am Ende des Ganges gelangte. Vorsichtig schob er sie auf und blickte in eine große, leere Scheune mit einem offenen Dachstuhl. Durch zwei kleine Fenster fielen Lichtstrahlen auf das Chaos aus verstaubten Kartons, verschimmelten Laken und zerbrochenen Plastikstühlen.

»Clemens?«, fragte Nick mit gedämpfter Stimme in den Raum hinein. »Bist du allein?« Er horchte.

Keine Antwort.

»Komm schon, ich tu dir nichts.«

Stille.

»Ich war in unserem Zimmer. Wo sind die Möbel?«

Keine Antwort.

Nick schlich leise in die Scheune und stieg auf einer alten Holzleiter in den offenen Heuboden unter dem Giebel. Auf den letzten Sprossen hielt er mit vorgehaltener Pistole inne und starrte ins staubige Halbdunkel auf einen großen Bauernschrank.

»Mach keinen Scheiß, Clemens! Ich weiß, dass du hier bist!«, rief er leise.

Plötzlich sprang die Schranktür auf, der Schlaks hechtete heraus, schwang sich über die Kante des Heubodens und ließ sich zwischen die Kartons am Scheunenboden fallen.

»Hey! Clemens!«, rief Nick gedämpft, stopfte die Waffe in den Hosenbund, nahm rückwärts die Leiter und sprang zwischen das Gerümpel. Der Junge hatte sich aufgerappelt und stolperte zur Tür, doch Nick erwischte ihn mit einem Hechtsprung an den Beinen und warf sich auf ihn. Der Gestank verschlug ihm den Atem. Clemens schlug mit Armen und Beinen um sich. Nick presste ihm die Hand auf den Mund, schob ihm die Pistole unter das Kinn und zischte wütend: »Still jetzt, oder ich drück ab!«

Der Junge erschlaffte schlagartig und wimmerte leise: »Bitte nicht, Chris, bitte nicht!«

Nick blickte ihn fest an. »Wo sind alle hin?«

Die Augen des Jungen waren voller Panik. »Tu mir nichts, Chris. Wir sind doch Freunde!«

Nick horchte Richtung Tür, gleich würde Julia kommen. »Komm schon, Clemens, spuck's aus! Wo sind sie?«

Der Schlaks fing plötzlich an zu kichern, seine Augen zuckten irre. »Sie sind weg.«

»Wie ›weg‹?«

»Ganz weg. In der Nacht. Ich war im Schrank.«

»Was ist passiert?«, fragte Nick und steckte die Pistole zurück in seine Bauchtasche.

»Der Karl, der hat mich gesucht«, stammelte Clemens. »Wegen der Pumpe, die hab ich kaputt gemacht. Er hat das dicke Seil mit dem Knoten geholt, weil der wusste, dass die Mutter nicht da war.« Er gluckste, dann stieß er triumphierend hervor: »Aber er hat mich nicht gefunden. Drei Tage war ich im Schrank, ganz klein gemacht unter den Decken hab ich mich. Da ist alles drin – Chips und Nüsse und Limo.«

Nick richtete sich auf und flüsterte: »Und sie hat nicht gesagt, wohin sie wollen?«

Clemens schüttelte den Kopf. »Sie sagt mir nichts. Ich bin zu dumm.« Er bohrte mit dem kleinen Finger im Ohr.

»Erzähl keinen Quatsch!«

»Hat Karl gesagt.« Kichernd leckte er an seinem Finger. »Ich bin ein Parasit, hat er gesagt.«

»Nick?« Julias Stimme schallte dumpf durch den Fußboden nach oben.

Clemens schaute ihn verwundert an. »Warum nennt die dich Nick?«

»Ich muss gehen.« Nick half dem Jungen auf die Beine.

»Kann ich mit dir kommen?«, platzte Clemens leise heraus. »Bitte!«

»Das geht nicht. Ich kann nicht«, sagte Nick kopfschüttelnd und holte sein Portemonnaie hervor. »Aber du musst hier weg. Geh in die Stadt.«

Clemens' Miene wurde ängstlich. »Ich will nicht mehr auf die Straße.«

»Du musst! Am Bahnhof sind Leute, die helfen dir. Gute Leute. Hau hier ab!«

»Vielleicht holt sie mich wieder zu sich«, murmelte Clemens kleinlaut.

Nick stopfte ihm einen Fünfzig-Euro-Schein in die Hosentasche. »Nein! Sie ist böse!«

Der Junge schaute Nick groß an. »Warum suchst du sie dann?«

Nick schüttelte den Kopf. »Du darfst niemandem sagen, dass ich hier war. Du hast mich nicht gesehen, verstanden?«

Er legte ihm beide Hände auf die Schultern. Clemens hob die dreckige Hand und berührte Nick zaghaft an der Wange. »Du warst immer nett zu mir, Chris.«

Nick rang sich ein Lächeln ab. Er nahm den zerbrechlichen Schlaks in den Arm, drückte ihn fest und flüsterte ihm ins Ohr: »Hau ab, sobald wir weg sind. Geh in die Stadt! Versprich es mir!«

»Bist du da oben?«, ertönte Julias Stimme gedämpft von der Treppe.

Nick löste sich und ging in den Flur. Er winkte Clemens zu, der mit hängenden Armen in der Scheune zurückblieb, und schloss leise die Tür. Dann rief er hinunter: »Warte, ich komme!«

*

Julia stand vor der Küche. Ihre Haare und ihr Hemd waren nass. Wütend funkelte sie Nick an, die Augen gerötet. »Was zur Hölle ist hier eigentlich los?«

»Ich glaub, das war ein Obdachloser. Er ist mir entwischt.«

»Sollte das das Picknick sein? Bohnen mit Tomatensauce?!«

Nick nahm ihre Hand. »Tut mir echt leid, ich hab's total vermasselt.«

»Ich möchte nach Hause.« Julia drehte sich um und ging zur Tür.

Er folgte ihr auf den Hof. »Ich hab das Haus auf einer Spritztour entdeckt. Ich dachte, wir könnten hier in der Scheune …«

Julia ging wortlos zum Motorrad, nahm den Helm vom Sitz und setzte ihn auf.

»Ja, ich weiß … Picknick, Heu … voll das Klischee, tut mir leid«, sagte Nick entschuldigend.

Julia stieg aufs Motorrad. »Ist okay. Aber ich brauch jetzt eine Dusche und frische Klamotten!«

Nick schwang sich vor ihr auf die Maschine, startete den Motor und fuhr zurück auf den Feldweg. Sie blickte sich kurz um und entdeckte den schlaksigen Jungen, der hinter einer Hausecke hervorlugte und ihnen nachsah. Er hielt die getigerte Katze im Arm.

*

Es roch nach Pizza und Gras. Als Julia durch die Wohnungstür kam, sah sie ihren Vater und Adam rauchend auf dem Bett sitzen, im Fernsehen lief die Sonntagssportschau. Die beiden schauten sie mit roten Augen an.

»Wie? War nix, das Date?«, fragte Wolfgang.

»Doch, doch«, wiegelte Julia gespielt locker ab. »Ich wollte nur schauen, ob alles okay ist.«

Wolfgang und Adam wechselten einen Blick. »Was sollte hier nicht okay sein?«

Julia nahm sich ein Stück Pizza von Wolfgangs Teller. Sie fühlte sich ertappt. Der Ausflug mit Nick hatte sie irritiert und enttäuscht. Sie hatte sich selbst nicht gefallen, wollte nicht empfindlich sein, war keine Zicke. Trotzdem hatte sie ihn eher kühl vor ihrer Haustür verabschiedet, obwohl er sich noch tausendmal bei ihr entschuldigt hatte. Als er ihre Hand berührte und Tschüss sagte, hatte sie den Eindruck, er hätte ihr gern einen Kuss auf die Wange gegeben, aber sie hatte wie versteinert dagestanden und an nichts anderes als an die Tomatenbohnen denken können, die ihr bis in die Unterhose gerutscht waren. »Wir telefonieren«, hatte sie kurz angebunden gesagt und war im Haus verschwunden, noch bevor er sein Motorrad wieder anlassen konnte. Das Date war beendet, dabei war es gerade mal früher Nachmittag.

Oben in ihrer stickigen Dachwohnung hatte sich Julia plötzlich furchtbar einsam gefühlt. Sie hatte sich die Saucenreste vom Leib geduscht und die Bohnen aus der Kapuze des Pullis geklaubt, dann hatte sie sich auf ihr Bett geworfen und gelangweilt auf den immer selben Seiten herumgesurft. Es war zu heiß. Und sie hatte Hunger. Sie war in die Küche gegangen, hatte sich die letzten Schokoladenreste geholt und Daria angerufen. Die Freundin war schlecht gelaunt, ihre iranische Mutter war übers Wochenende zu Besuch gekommen und heulte ihr die Ohren voll, warum sie sich nicht endlich einen anständigen Mann suchen würde, einen Ernährer, einen Vater für die Kleine. »Lass uns morgen in Brühl quatschen, okay?«

Julia hatte das Handy weggelegt und vor sich hin gestarrt. Die Leere des Sonntags war bis in den letzten Winkel des stickigen Dachgeschosses gekrochen. Dann war ihr die Idee gekommen, ihren Vater zu besuchen. Er würde sich freuen, und sie hätte eine gute Tat getan.

Doch als sie nun vor Wolfgang und Adam stand, musste sie feststellen, dass Handball und Radsport scheinbar interessanter waren als sie, und obwohl sie sich so sehr wünschte, weniger Bedeutung im Leben ihres Vaters zu haben, war sie jetzt gekränkt. Zum zweiten Mal an diesem Tag.

Julia zog sich einen Stuhl vor den Fernseher, biss in die Pizza und schaute kauend zu, wie schwitzende Radrennfahrer auf schnurgeraden Landstraßen durch sommerliche Kornfelder glitten.

*

Nick stand mit nacktem Oberkörper vor dem dreckigen Fenster seiner Wohnung. Der unendliche Strom von Autos, Lastwagen und Zweirädern, der jeden Tag die Kreuzung von allen Seiten durchspülte, hatte heute Pause. Die Sonne brannte schattenlos auf den Asphalt, keine Menschenseele war zu sehen. Nick hasste Sonntage, sie ließen einen noch mehr mit sich allein als die anderen Tage. Er kannte das Gefühl seit seiner Kindheit, und es hatte ihn nie wieder losgelassen, auch nicht in der Zeit, als er vergessen hatte, was Sonntage waren. Früher wäre er mit den Jungs losgezogen – saufen, Pep schlucken, Autos demolieren, Ärger suchen. Aber jetzt?

Nick warf sich auf die Matratze und starrte an die Decke. Er hatte keine Ahnung, wie es weitergehen sollte. Sie waren weg, der Plan war danebengegangen. Und Julia war angepisst, kein Wunder. Der verdammte Bauernhof und dann auch noch Clemens mit seinen Zuckungen, dem irren Blick und dem elenden Pestgestank. Sie musste sich wie in einem Horrorfilm vorgekommen sein. Aber wäre es besser gewesen, wenn alles nach Plan gelaufen wäre?

Nick strich über seinen Bauch. Sie hatte auf dem Motorrad die Arme eng um ihn geschlungen, gleich von Anfang an, ganz locker. Es hatte sich gut angefühlt. So lange her.

Es klingelte. Nick stand auf, öffnete die Tür und zog sich ein T-Shirt über. Im Treppenhaus waren schnelle Schritte zu hören. Keppler hatte ein kurzärmliges Hemd an, kariert, ohne Schweißflecke. In der Hand hielt er eine Packung Eis von der Tankstelle, Vanille mit Schokoblättchen. Er deutete säuerlich auf die teerverdreckten Sohlen seiner braunen Lederschuhe. »Die verdammte Straße schmilzt!«

Nick verzog keine Miene, ließ ihn eintreten und ging in die Küche, um Schüsseln und Löffel zu holen.

Als er zurückkam, saß Keppler auf dem alten Sofa und musterte ihn mit ernster Miene. »Wir wollten uns absprechen, bevor es losgeht.«

Nick setzte sich. »Ich dachte, ich bin der Chef?«

»Ohne Briefing da reinzulatschen. Ihr hättet draufgehen können!« Kepplers Stimme wurde lauter. »Das war viel zu früh!«

Nick hob die Augenbrauen. »Eher zu spät. Ich hab ja gesagt, Ira ist megavorsichtig.«

Keppler häufte seine Schüssel voll Eis. »Und du bist sicher, dass der Junge dich nicht belogen hat?«, fragte er, ruhiger jetzt.

»Ich war ein Jahr mit Clemens auf dem Zimmer«, erwiderte Nick. »Der kann gar nicht lügen.«

Keppler schob sich einen großen Löffel Eis in den Mund und warf die kalte Masse mit der Zunge hin und her.

Nick musterte ihn schweigend. *Jetzt hast du Zahnschmerzen, Blödmann.*

»Versuch dich zu erinnern«, nuschelte Keppler. »Hast du irgendwas gesehen, das darauf hindeuten könnte, wo sie hingegangen sind? Lag irgendwas rum? Eine Karte, eine Notiz, egal, was?«

»Keine Ahnung«, sagte Nick und verrührte sein Eis, bis es cremig wurde. »Ich hatte keine Zeit, mich umzuschauen. Julia wollte sofort abhauen.«

»Wie hat sie reagiert?«

»Sie ist cool, aber ich weiß nicht, ob sie noch Bock hat, mich zu sehen.«

»Hätte schlimmer kommen können. Viel schlimmer.«

Nick musterte Keppler wütend. »Ich hab gleich gesagt, dass wir ihr alles sagen sollen!«

Keppler kratzte mit dem Löffel sorgfältig die Schüssel aus und schüttelte den Kopf. »Viel zu riskant, sie einzuweihen. Wenn sie nicht mitmachen will und die Bullen informiert, ist der Plan futsch. Es geht nur so.«

Nick schnaubte gereizt. Das T-Shirt klebte ihm am Rücken.

»Halt sie warm, bis wir die Gruppe wiedergefunden haben«, sagte Keppler. »Und denk noch mal nach, vielleicht fällt dir ja ein Ort ein, wo ihr mal gewesen seid – ein anderes Haus, eine Fabrikhalle, eine Schrebergartenhütte, keine Ahnung. Irgendwas, wo sich ein Dutzend Personen verstecken können.«

Nick rührte nachdenklich in seiner Schüssel. Es gab da tatsächlich einen Ort. Er war zwar nie da gewesen, aber Ira hatte ihm einmal davon erzählt, als er mit ihr spätabends im Hof am Feuer gesessen und Rotwein getrunken hatte. Sie war zutraulich geworden, er sei ihr bester Mann, hatte sie beteuert und ihn gedrängt, sich das Tattoo auf dem Rücken wegmachen zu lassen. *Das sind nicht wir*, hatte sie ihm mit ihrer Alkoholfahne zugeraunt, *wir sind das geheime Deutschland.* Er hatte nicht verstanden, was sie meinte, aber er erinnerte sich, dass sie ihm bedeutungsvoll von ihrem »Schloss« am Westwall erzählt hatte, einem verlassenen Forsthaus an der belgischen Grenze, vergessen im Wald. Dort würde die Gruppe leben, von dort würde sie losschlagen, mit ihm als Anführer. Sie hatte ihn mit ihren rotweingefärbten Zähnen angelächelt und ihm dann den Ring an den Finger gesteckt. Ihre Nähe hatte ihn umwabert wie eine Wolke aus süßem Gift.

Nick erschauerte und blickte Keppler an. Der setzte gerade seine Schüssel an die Lippen und schlürfte das Eis, das zu einer gelben Suppe geschmolzen war. *Wozu ihm alles erzählen?*, dachte Nick. *Um gleich noch einmal mit Julia in die Höhle des Löwen geschickt zu werden?* Er hatte Zeit. Und vielleicht würde er ja noch irgendwie aus der Nummer rauskommen.

Keppler wischte sich mit einem Taschentuch den Mund ab und blickte ihn erwartungsvoll an. »Und? Irgendeine Idee?«

»Keine Ahnung«, antwortete Nick.

»Vielleicht fällt dir ja noch was ein.« Keppler holte ein Bündel Geldscheine aus seiner Hosentasche und schob es Nick über den Tisch zu. »Und halt Julia warm. Kauf ihr was, lad sie ein.«

Demonstrativ langsam griff Nick nach den Scheinen, vier Fünfziger, zehn Zwanziger. Keppler lächelte aufmunternd. Nick musterte ihn ausdruckslos: kein Schweißfleck unter den Achseln, nicht mal eine glänzende Stirn, obwohl er speckig war. *Verdammtes Reptil.*

Keppler stand auf. »Ich nehm mir diesen Clemens vor, bevor er die Gruppe warnt. Ich fahr gleich heute Abend raus.«

Nick schüttelte den Kopf. »Das können Sie sich sparen. Clemens ist weg.«

»Woher weißt du das?«

»Er hat es mir versprochen, und er hält seine Versprechen«, sagte Nick.

Keppler nickte. »Ich hoffe, er hält dicht. Du weißt, was dir blüht, wenn sie deine Witterung aufnehmen.«

Nick warf einen grimmigen Blick zum Fenster. *Das kannst du dir nicht mal im Traum vorstellen, du Spießer.*

*

Annis Zimtschnecken waren unwiderstehlich. Der süße Geruch war zu Ira ins Dachzimmer hochgestiegen und hatte sie die knarrende Treppe hinunter in den großen Speisesaal gelockt. Die Kids hatten zu Abend gegessen und saßen mit Karl im Schein des Kronleuchters um den großen Tisch voll leerer Suppenschüsseln, Gläser und Brotkörbe. Anni stellte gerade unter großem Beifall zwei Backbleche mit dem warmen Gebäck ab, und Kiki, Ben und Mats griffen sofort gierig zu. Ira setzte sich zwischen die kauenden und plappernden Jugendlichen und schenkte Anni ein anerkennendes Lächeln. Die lächelte scheu zurück. Ira erinnerte sich, wie sie das Mädchen von der Straße geholt hatte, verdreckt, ständig bedröhnt, immer kurz davor auszurasten und todtraurig. Ihr Blick schweifte zu Locke, der am Tischende saß und ausdruckslos zuschaute, wie sich Jan und Karl mit vollen Mündern ein Wettessen lieferten. Vor ein paar Jahren hatte irgendein Perverser dem mittlerweile Zwölfjährigen die letzte Träne aus dem Leib geprügelt. Seitdem war es Locke völlig gleichgültig, ob sein Messer in einem Baum oder im Bauch eines Menschen steckte. Kiki, Lynn und Nina pulten die Rosinen aus den Zimtschnecken und bewarfen damit kichernd die anderen.

Sie sind Puzzlestücke, dachte Ira. Ihre Augen wanderten von einem zum anderen. Um den Tisch herum saß ihre Sammlung aus lauter losen, verlorenen Teilen, aus denen sie ein ganz neues

Puzzle zusammenfügen würde. Ein wildes, kraftvolles Bild aus Außenseitern und Rebellen.

Ein Klingelton holte sie aus ihren Gedanken. Sie zog ihr Telefon aus der Hosentasche und schaute aufs Display. Eine fremde Nummer. Ira ging wortlos dran.

»Hallo?«, ertönte ein leises Stimmchen.

Ira wartete einen Moment. Sie kannte die Stimme, aber sie konnte sie nicht zuordnen.

»Hallo? Mutter?«

Jetzt wusste sie es. »Clemens!«

Karl hielt mit vollem Mund inne und blickte Ira fragend an.

»Ich bin in der Telefonzelle. Im Dorf. Ich hab nicht viel Geld«, stammelte Clemens.

Ira stand auf und ging zum Fenster. Sie hatte den Jungen schon aufgegeben, der, zwei Tage bevor sie den Hof verlassen hatten, plötzlich verschwunden war. Sie hatte ihn suchen lassen – vergeblich. Die Zeit hatte gedrängt, sie mussten alles einpacken und weg, nachdem Chris verschwunden war. Er wusste zu viel.

»Mutter?«

Clemens' Stimme klang ängstlich. So wie damals, erinnerte sich Ira, auf ihrer Rekrutierungstour durch die Städte, als sie ihn zwischen den anderen Kids auf der Domplatte entdeckt hatte. Mager wie eine nasse Katze hatte er aus einem völlig verdreckten Schlafsack geschaut. Er war das Maskottchen der anderen, der Irre, der Letzte in der Nahrungskette, der perfekte Punchingball. Sie waren grausam zu ihm, das stand Clemens ins Gesicht geschrieben. Er hatte nicht in Iras Konzept gepasst, aber es war schwer genug gewesen, die misstrauischen Straßenkids für sich zu gewinnen, und als er sich an ihre Beine geklammert und gewimmert hatte, war sie weich geworden.

»Woher hast du meine Nummer?«, fragte sie jetzt und ärgerte sich, dass sie seit zwei Wochen ihre SIM-Karte nicht gewechselt hatte. Sie durfte nicht unvorsichtig werden.

»Ich … ich war in deinem Büro … aus Versehen«, stotterte Clemens hektisch. »Die Tür war offen, und ich hab sie in dem kleinen Buch gesehen, nur ganz kurz, aber da war sie auch schon drin in meinem Kopf. Ich hab nicht …«

»Schon gut«, sagte Ira. Clemens war nicht so beschränkt, wie alle glauben wollten, das wusste sie. Jeder andere hätte teuer bezahlen müssen, wenn er in ihrem Büro rumgeschnüffelt hätte, aber Clemens war anders. Sie mochte es, wenn er laut auf dem Klo sang und ungelenk durch den Flur tanzte. Er brachte die anderen zum Lachen. Er war jetzt ihr Maskottchen.

»Ich hab ihn gesehen, Mutter … am Haus. Er war da!«, stammelte Clemens aufgeregt.

»Wer?«

»Chris.«

Ira erstarrte. *Chris!*

»Bist du sicher?«

Sie ging, verfolgt von Karls Blick, aus dem Saal.

»Ja, ja, ganz sicher«, antwortete Clemens eifrig. Ira meinte, sein zuckendes Kopfnicken sehen zu können. »Darf ich jetzt wieder zu dir?«, fügte er kleinlaut an.

Ira betrat die hölzerne Galerie über der halbdunklen Eingangshalle. »Natürlich. Gleich morgen früh. Warte am Hof. Aber pass auf, dass dich keiner sieht. Hast du verstanden?«

»Ja, Mutter. Ich …«, sagte Clemens, dann riss die Verbindung ab.

Ira steckte das Telefon zurück in ihre Tasche und starrte hinunter in die dunkle Halle mit den blank geschrubbten, schwarz-weißen Fliesen und dem großen Kamin, in dem ein heruntergebranntes Feuer knisterte. *Chris. Er ist wieder da.* Seit dreiundzwanzig Tagen kreisten Iras Gedanken um sein Verschwinden, und es machte sie schier wahnsinnig. Wohl zum hundertsten Mal durchforstete sie ihr Gedächtnis nach kleinen Anzeichen und Veränderungen, die sie damals übersehen hatte und die ihr erklären konnten, warum er so plötzlich abgehauen war. Chris hatte über Bauchschmerzen geklagt, meinte, es könne vielleicht der Blinddarm sein. Karl hatte ihn in die Kreisstadt gefahren und am Krankenhaus abgesetzt, und er war einfach nicht mehr aufgetaucht. Nervös hatte Ira gewartet, stundenlang, dann hatte sie in der Notaufnahme angerufen und erfahren, dass Chris nie dort angekommen war. Sie hatte sich in der Szene umgehört, keine Spur von Chris. Er hatte es wieder getan, hatte sich wieder aus dem Staub gemacht, und diesmal war es ihm gelungen. Was hatte er vor? Wie viel wusste er über ihre Pläne? Wie viel konnte er verraten?

Aus dem großen Saal drang Lachen.

Zum zweiten Mal! Ira spürte, wie wieder die kalte Wut in ihr hochstieg. Chris war etwas Besonderes, ein Anführer, ihre Hoffnung. Sie hatte ihm den Ring gegeben, und er hatte sie enttäuscht. Vielleicht war sie zu weit gegangen nach der Sache mit Jonas. Er hatte gefesselt vor ihr gesessen und geschworen, dass sie nur einen heimlichen Ausflug hatten machen wollen. *Nein! Eine starke Gemeinschaft braucht starke Gesetze*, dachte sie jetzt, die beiden hatten bezahlen müssen, damit sie ihnen verzieh. Jonas hatte seine Lektion gelernt. Aber Chris … *Ausgerechnet er!*

Iras Hände krallten sich um das Holzgeländer. Sie würde ihn kriegen. Sie würde ihn sich vornehmen. Und dann würde sie ihm persönlich den Kopf abschneiden und neben die Geweihe an die Wand nageln.

»War das der Spasti?«

Ira drehte sich um. Karl stand mit einer Zimtschnecke in der Hand hinter ihr und blickte sie mit seinen Fischaugen an.

»Er ist am Hof«, sagte sie knapp. »Er hat Chris gesehen.«

Karls linkes Auge zuckte. »Chris?«

»Clemens wartet«, antwortete Ira. »Hol ihn gleich morgen früh ab.«

Karl nickte. Ira nahm ihm die Zimtschnecke aus der Hand und ging nach oben in ihr Dachzimmer. Auf der Treppe drehte sie sich um. »Und nenn ihn nicht Spasti!«

*

Julia starrte aus dem ebenerdigen Computerraum nach draußen. Eine Gruppe uniformierter Polizeischüler stand mit Kaffeebechern in der Morgensonne, auf der großen Zugangsstraße rollte ein Wasserwerfer wie ein dickes blaues Insekt vorbei. Das gleißende Licht und das satte Grün der Wiese taten ihr in den Augen weh. Sie hätte sich nicht von Wolfgang überreden lassen dürfen, Adams neueste Züchtung mitzurauchen.

Um sie herum saßen die Studenten vor den Rechnern und tippten konzentriert auf ihren Tastaturen. Roosen referierte an der digitalen Tafel. Julia hörte kaum hin. Das Verfassen von Ordnungswidrigkeitenanzeigen, Einbruchsprotokollen und Spurensicherungsberichten war anstrengend, es ging um Details, präzises Formulieren und juristische Spitzfindigkeiten. Julia konnte sich noch immer nicht daran gewöhnen, ihr gesprochenes Deutsch in Beamtendeutsch zu übersetzen – wieso etwas Einfaches in etwas Kompliziertes und etwas Lebendiges in etwas Totes verwandeln?

Neben ihr flogen Darias Finger schnell über die Tastatur. Sie holte Formulare aus irgendwelchen Speichern, füllte sie präzise aus, übertrug Musterbilder in den Anhang und schickte sie wieder ab. Julia fühlte sich klein und war sich sicher, die rückständigste Polizeischülerin der Welt zu sein, ein analoger Steinzeitmensch.

Ihre Gedanken waren sowieso woanders.

»Du hattest recht«, flüsterte sie Daria zu.

Die Freundin tippte weiter.

Julia murmelte: »Der Finger ist nicht normal.«

»Was für'n Finger?«, fragte Daria, ohne den Blick vom Monitor zu wenden.

»Der von Nick.«

»Das war ein Witz, Julia«, flüsterte Daria.

»Ich hab's recherchiert. So was kann man wirklich locker wieder annähen.«

Daria hielt inne. »Jetzt komm mal runter, ja?«

Julia spähte kurz nach vorne zu Roosen und beugte sich näher zu ihrer Freundin. »Dieser gruselige Bauernhof mit dem armen Irren – das war total schräg!«

Daria tippte ungerührt weiter. »Aber das Motorrad hat dir gefallen!«

Plötzlich brummte Julias Handy in ihrer Hosentasche. Sie zog es heraus und schaute aufs Display. Eine Nachricht von Nick: **Tut mir leid wegen gestern. Können wir telefonieren? Würde mich freuen, viele Grüße, Nick.**

In Julias Bauch drehte sich ein gurgelnder Strudel, der Roosens Stimme übertönte.

»Und?«, flüsterte Daria.

»Mein Vater.«

»Erzähl keinen Mist, deine Ohren sind knallrot. Ruf ihn an!«

»Ich weiß nichts über den Typ! Ich kenn gerade mal sein Kennzeichen.«

»Jetzt klingst du wie ein Bulle«, sagte Daria vorwurfsvoll.

»Ich *bin* ein Bulle!«

Roosen warf den beiden einen strengen Blick zu. Daria tippte eifrig weiter, und Julia versteckte sich hinter ihrem Monitor.

Der Ausbilder schaltete den Projektor aus und blickte in die Runde. »Wir sind durch für heute, räumen Sie bitte auf, wir sehen uns um halb in der Tatortwohnung.«

Die Studenten fuhren die Computer herunter und standen auf. Daria packte ihre Tasche und blickte Julia fest an: »Du stehst auf ihn. Gib ihm eine zweite Chance. Treffen wir uns im Foyer?«

»Ich komm gleich«, murmelte Julia und schob ihre Papiere zusammen. Sie hatte eine schreckliche Nacht hinter sich. Das Gras hatte wilde Fantasien in ihren Träumen freigesetzt, sie war durch dunkle Räume geirrt, in denen verwahrloste Gestalten standen. Nick war gekommen, und sie hatte ihn umarmt und gebeten, sie wegzubringen. Er hatte sie durch eine Tür gezogen, und plötzlich hatten sie auf einem Schießstand gestanden. Nick hielt eine Pistole in der Hand und ballerte los wie ein Profi, doch auf einmal stand sie selbst vor der Zielscheibe und versuchte in Todesangst, seinen Kugeln auszuweichen.

Schweißgebadet war sie schließlich aufgewacht und wie ferngesteuert unter die Dusche geschlichen. Der kühle Strahl hatte eine Idee in ihrem Kopf keimen lassen, die sie hier und heute im Computerraum umsetzen wollte. Sie wartete, bis der letzte Student den Raum verlassen hatte, und ging zu Roosen. Der tippte gerade etwas in seinen Rechner ein, die Lesebrille auf der Nasenspitze.

»Herr Roosen?«

Der Ausbilder schaute nicht auf. »Hm?«

»Eine Frage«, begann Julia zögernd. »Ich bin gestern fast von einem Motorrad über den Haufen gefahren worden, keine große

Sache, aber ich hab mir das Kennzeichen gemerkt. Wäre es eventuell möglich, den Halter zu überprüfen?«

Roosen fixierte Julia über den Rand seiner Brille hinweg. »Guter Versuch, Frau Gerloff.«

»Bitte?« Julia stutzte, als der Hauptkommissar sie mit seinen Husky-Augen durchbohrte. *Man kann ihm nichts vormachen,* dachte sie, *er erkennt Trickser.* So jemand wie Wolfgang hätte keine Chance gegen ihn gehabt. *Vielleicht wäre Roosen,* so schoss es ihr plötzlich durch den Kopf, *der bessere Vater gewesen. Er versteht vielleicht keinen Spaß, aber auf ihn ist Verlass.*

Der Hauptkommissar setzte ein leicht amüsiertes Lächeln auf. »Jedes Jahr kommt mindestens ein Student zu mir und bittet mich, irgendwen zu überprüfen. Das ist dann meistens dieselbe Leier: Freunde wurden angeblich belästigt und brauchen unkompliziert Hilfe, oder es soll mal schnell ein Verkehrsrowdy identifiziert werden. Am Ende geht es immer um dasselbe: andere auszuspionieren, entweder wegen einer Affäre oder weil man jemandem eins auswischen will.«

»Ich will niemandem eins auswischen«, verwahrte sich Julia schnell.

»Dann also ein Liebhaber«, sagte Roosen und tippte einen fünfstelligen Code in seine Tastatur. Die Startseite des Polizeisystems erschien auf dem Monitor. »Wie lautet das Kennzeichen?«

»Wie bitte?«, fragte Julia verwirrt.

»Solange Sie meine Studentin sind, sind Sie in meiner Obhut. Und ich will nicht, dass meine Studentinnen an die Falschen geraten. Also, wie ist das Kennzeichen von dem Typen?«

»K-Y 73«, antwortete Julia schnell.

Roosen gab die Nummer in die Suchmaske des Systems ein. Julia schaute ihm über die Schulter. »Auto- & Motorradvermietung Rheinbach«, stand auf dem Bildschirm.

»Kein Eintrag zum Mieter«, brummte Roosen. »Da bräuchte es schon die Staatsanwaltschaft, um den herauszufinden. Haben Sie einen Namen oder eine Adresse?«

»Nicht wirklich«, antwortete Julia leise.

Der Ausbilder schaute sie überrascht an. »Nichts?«

»Nein«, antwortete sie zögernd.

Roosen nahm seine Lesebrille ab und musterte Julia kritisch. »Machen Sie keinen Quatsch. Sie sind bald Polizistin.«

Julia nickte und zwang sich zu einem unbekümmerten Lächeln. »Keine Sorge. Ist keine große Sache.«

Plötzlich hatte sie es eilig. Sie würde den Raum verlassen, hinunter ins Foyer gehen, sich einen Automatenkaffee holen und in der ruhigen Ecke unter der Treppe eine Antwort an Nick schreiben. Das mit ihm war vielleicht keine große Sache, aber groß genug, um ihn wiedersehen zu wollen. Sie musste bloß darauf achten, dass Roosen trotz seines Wolfsriechers nichts von ihrem kleinen Geheimnis witterte.

*

Der alte VW-Bus heulte kurz auf, als Karl auskuppelte und den Kiesweg zum Bauernhof hinunterrollte. Er hatte kurz überlegt, noch im Nachbardorf vorbeizufahren und ein paar Pfeile auf die Dartscheibe zu werfen, so, wie er es früher manchmal heimlich nach den Großeinkäufen beim Discounter gemacht hatte. Er vermisste die Kneipe mit ihrer Glotze, in der Tag und Nacht der Sportkanal lief.

Auf dem Beifahrersitz lag eine Rolle Klebeband, mit dem er Clemens fesseln und das Maul verbinden würde, falls er Schwierigkeiten machte. Er machte immer Schwierigkeiten. Schon vom ersten Tag an, seit Ira ihn angeschleppt hatte, war er ihm auf den Sack gegangen. Seine Hampelei, das irre Gekicher und Gestotter. *Mutter! Mutter!* Der Junge war gestört. Er passte nicht in die Gruppe. Sie waren alle Geschwister, jeder war gleich, dachte Karl, und auch er selbst war einer von ihnen. Sie waren seine kleinen Brüder und Schwestern.

Clemens nicht. Und jetzt sollte er ihn zurückholen. Es war zum Kotzen.

Karl hielt hinter dem Haus, stieg aus und schaute sich um. Kein Lebenszeichen. Der Hof hatte ihm gefallen. Es war zwar eng gewesen, und der Kamin hatte nicht gezogen, aber wenigstens war man in den nahen Dörfern ab und zu Menschen über den Weg gelaufen, mit denen man übers Wetter reden konnte.

»Hey, Spasti!«, rief Karl laut zum Haus.

Keine Antwort.

»Komm raus, Taxi zu Mama ist da!«

Stille.

Karl schaute sich um und zuckte zusammen. Hinter dem Traktor in der Scheune linste ein dreckverschmiertes Gesicht hervor und starrte ihn mit weit aufgerissenen Augen an.

»Verdammt, du Honk, musst du mich so erschrecken?«, rief Karl gereizt, kickte einen leeren Mayonnaise-Eimer zur Seite und ging auf die Scheune zu.

Clemens duckte sich hinter den Traktor. Seine Stimme war ängstlich: »Wo ist die Mutter?«

»*Wo ist die Mutter?*«, äffte Karl ihn nach. »Ich bring dich zu ihr, Blödi.«

Clemens verharrte in seinem Versteck.

»Ich kann auch wieder fahren«, drohte Karl.

Der Junge kam zögernd hinter dem Traktor hervor.

Karl musterte ihn angeekelt. »Wie siehst du denn aus?«

Clemens senkte den Kopf.

»Ach ja, duschen ging ja nicht. Die Wasserpumpe hast du ja kaputt gemacht«, sagte Karl und baute sich vor dem Jungen auf. »Mann, du stinkst wie der letzte Penner!«

»Ich … ich wollte die Pumpe nicht kaputt machen. Da war nur ein rotes Licht, das hat geblinkt, und ich …«, stotterte Clemens.

»Ja, ja, ein rotes Licht.« Karl gab ihm einen festen Klaps auf den Hinterkopf. »Du sollst nicht an den Knöpfen rumspielen, das hab ich dir tausendmal gesagt, du Ködel!«

Er setzte sich auf einen Stapel alter Holzbalken, zog Clemens zu sich und legte ihm den Arm um die Schulter. »Und gestern war Chris hier?«

Clemens nickte. Sein dünner Körper sackte unter Karls fleischigem Arm zusammen, die schmalen Finger lagen ineinandergekrallt im Schoß. Seine Stimme war nur noch ein Flüstern: »Das wollte ich der Mutter erzählen.«

»Klar, der Mutter. Kannst du. Aber jetzt bin ich neugierig. Was wollte Chris hier?«

»Keine Ahnung«, antwortete der Junge zögernd.

Karl grinste und ruckelte an dessen Schulter, als wolle er ihn aufwecken. »Komm schon, er wollte doch was!«

Der Schlaks blickte auf. »Können wir jetzt zur Mutter fahren?«

Karl fasste Clemens' Gesicht und drehte es zu sich. »Weißt du was?«

Clemens schüttelte den Kopf, soweit es im Klammergriff möglich war.

»Wenn's nach mir ginge, könntest du hier verrotten. Du nervst. Du machst alles kaputt. Du schnüffelst rum. Du pisst ins Bett. Und wer muss es ausbaden?«

»Die Mutter?«, fragte Clemens leise.

Karl boxte ihm fest in die Rippen. »Ich, du Idiot! Und solange du bei mir bist, bin ich der Boss. Also, was wollte Chris? Sag schon, Arschloch!«

Clemens hielt sich gekrümmt die Seite. »Ich … ich weiß es nicht«, stieß er gepresst hervor.

»Verarsch mich nicht!«, zischte Karl und schlang seinen Arm enger um Clemens' Nacken. Seine Stimme wurde leise. »Dein ›best friend forever‹ hat sich so lieb um dich gekümmert. Wollte mit dir in ein Zimmer, obwohl du jede Nacht rumheulst. Ihr habt doch sicher gequatscht.«

Clemens stöhnte im Schwitzkasten, seine Finger umklammerten Karls Arm, der sich enger um seinen Hals legte.

»Spuck's aus: Wo ist er jetzt, dein Retter? Hat er dich allein gelassen?«, flüsterte Karl.

Der Junge zuckte mit den Schultern und gab ein leises Röcheln von sich.

Karl drückte fester. Jetzt wäre der richtige Moment, es dem kleinen Irren heimzuzahlen, dachte er. Er würde seinen Kopf in einen Wassereimer tauchen, bis er nur noch blubberte und zuckte, so wie damals, als Clemens den Gasherd angestellt und fast den Hof abgefackelt hatte. Nur dass diesmal kein Chris angerannt kommen würde. Karls Atem ging schneller bei der Erinnerung daran, wie Chris ihm aus dem Lauf einen Karatetritt ins Gesicht verpasst hatte; wie Ira gelacht hatte, die Schlampe; wie sie Chris und den heulenden Irren ohne eine Strafe hatte davonkommen lassen.

Karl zog Clemens dicht an seine Brust. Seine Stimme zitterte. »Red mit mir, du Esel.«

»Können … wir … bitte … fahren?«, krächzte Clemens kaum hörbar aus der Armbeuge. Sein Gesicht war puterrot.

»Fick dich!«

»Mut-ter …«

Karl spürte das Blut in seinem Hals pochen. »Du glaubst, du bist stärker als ich?«, brüllte er. »Ja? Glaubst du das?«

Clemens' Körper begann zu zucken, seine Finger gruben sich in Karls Arm. Der lockerte den Griff. *Vorsicht. Er verreckt. Nur erschrecken, nicht verrecken.* Er beugte sich nach unten und schaute dem Jungen in die rot unterlaufenen Augen. Und da sah er es. Ein Lächeln. *Er grinst! Ich glaub es nicht! Der Irre lacht mich aus!*

Karl biss sich auf die Zähne, spannte die Muskeln an und riss den Arm um Clemens' Hals ruckartig nach oben. Ein trockenes Knacken, und der dünne Körper erschlaffte in seinem Griff.

*

Zappeln gehört dazu, und sei es nur ein bisschen, hatte Julia gedacht und Nick eine kurze Nachricht geschrieben. **Lass uns was trinken, Volksgarten, Mittwoch, 20 Uhr, passt das?** Kein Smiley, kein »Ich freu mich«, keine Ausrufezeichen. Diesmal wollte sie die Kontrolle behalten.

Die Antwort war eine Minute später gekommen: **Passt perfekt! Freu mich, Nick.**

Zwei Tage später auf dem Heimweg hatte Julia neue Wimperntusche gekauft, im Bad den Laptop aufgestellt, ein Schmink-Tutorial aus dem Netz gezogen und das Kitzeln im Auge tapfer ertragen.

Jetzt, als sie etwas zu früh in den Biergarten kam, ärgerte sie sich, dass sie wegen der Farbe nicht den Schweiß aus ihren Augen wischen konnte.

Die Hitze der letzten Tage hatte sich wie eine Glocke über der Stadt festgesaugt, die Wiesen des Parks waren staubtrocken, von überall stiegen die Rauchsäulen der Grills empor. Die Städter hatten seit Jahren keinen echten Sommer erlebt und schienen gar nicht mehr in ihre Häuser zurückkehren zu wollen.

Julia setzte sich an einen schattigen Tisch und schaute zu, wie Ruderboote mit Pärchen und Familien in der Abendsonne träge durch das trübgrüne Wasser des Kahnweihers zogen. Ihre Gedanken wanderten zu dem frischen, klaren See ihrer Kindheit, der so groß war, dass bei Sturm kleine Wellen ans Ufer schlugen. Im See war es zum ersten Mal passiert. Sie war vierzehn gewesen, und ihre ältere Freundin aus der Bauwagensiedlung hatte seit Wochen mit ihren sexuellen Abenteuern geprahlt, die sie bis ins kleinste Detail ausführte. Julia wollte das nicht auf sich sitzen lassen und hatte Sven auserwählt. Der sechzehnjährige schüchterne Junge aus dem Nachbarwagen war ihr vertraut. Als Kind war er immer nackt durch die Siedlung gelaufen, weil seine Klamotten verdreckt und voller Löcher waren.

Bei einer Mittsommerfeier schien für Julia der richtige Moment gekommen. Sie hatten selbst gebrautes, fürchterlich bitteres Bier getrunken, und sie hatte Sven zum Steg gezogen, ihm die Kleider vom Leib gerissen und ihn in den See – ihr Zuhause – geschubst. Dann hatte sie sich ausgezogen, war hinterhergesprungen und im dunklen Wasser wie eine Nixe um ihn herumgetaucht, hatte ihn berührt und gezwickt und schließlich gepackt und geküsst, bis sie ihn spüren konnte. Schon nach wenigen Sekunden hatte er zu stöhnen begonnen. Sie hatte sich rechtzeitig gelöst und war auf den glitzernden See hinausgeschwommen, gepackt von einer seltsamen Mischung aus Enttäuschung und Erhabenheit. Sven hatte aufgewühlt am Ufer gewartet, und sie waren mit nassen Haaren und roten Wangen zurück zum warmen Feuer gelaufen, nicht ohne sich vorher zu schwören, dass sie niemandem etwas von ihrem erotischen Wasserspiel verraten würden, damit das freudige Ereignis nicht gleich mit einem großen Blumenfest gefeiert wurde. Sie hatte Sven noch ein paarmal im See getroffen, aber auf den nächsten Schulpartys hatte sie schon mit anderen herumgeknutscht. Nach der Abifeier war es Ulf gewesen, ein Angeber aus der Nachbarklasse, mit dem sie betrunken im Geräteraum der Sporthalle Sex auf einer kalten Sprungmatte gehabt hatte. Tags darauf bei den Aufräumarbeiten hatte er sie ignoriert, was Julia, inzwischen nüchtern, nicht weiter gestört hatte. Sie war nicht auf der Suche nach einem festen Freund gewesen, schon gar nicht so einem.

»Hi«, hörte Julia von hinten und drehte sich um.

Nick stand vor ihr, in Jeans und blauem T-Shirt, in der einen Hand zwei volle Bierhumpen, in der anderen einen Zweig mit riesigen trompetenförmigen Blüten. Er reichte ihr die Blumen und eins der beiden großen Gläser.

»Die Verkäuferin hat gesagt, dass man nicht an den Blüten lecken soll, davon bekommt man Halluzinationen.«

»Gut, dass du's sagst, ich mach das mit allen Blumen«, antwortete Julia und stellte den Zweig neben sich in den Teich.

Nick setzte sich und stieß mit Julia an. Sie nahmen einen Schluck, dann schwiegen sie. Sie musterte ihn, Bierschaum auf der Oberlippe, bis er zerknirscht einräumte: »Ist nicht gut gelaufen am Sonntag …«

»Nicht wirklich«, antwortete Julia.

»Ich mach's wieder gut … Wir gehen was essen, und diesmal bekommst du sogar einen Teller.«

»Aber nicht beim Mexikaner.« Julia hob ihr Bierglas und prostete Nick zu.

Während sie tranken, tauschten sie einen langen Blick aus, dann setzte Julia den Humpen ab.

»Dein Finger«, begann sie unvermittelt, »warum hast du den eigentlich nicht wieder annähen lassen?«

Nick fasste an den kleinen Stumpf. »Die Ärzte haben es versucht. Hat sich aber entzündet und musste wieder weg. Pech gehabt.«

Er hob achselzuckend das Glas und schaute Julia fest an. »Nächste Frage.«

Julia lächelte, er hatte sie durchschaut. Das Spiel gefiel ihr. »Das Motorrad, wem gehört das?«

»Meinem Chef.«

Julias Blick wurde streng. »Sicher?«

Nick grinste. »Du hast mein Kennzeichen gecheckt, stimmt's?«

»Bulle bleibt Bulle«, antwortete Julia achselzuckend.

»Mein Chef hat das Motorrad gemietet. Als Ersatzfahrzeug für unsere Kunden. Er weiß aber nicht, dass ich es genommen hab, falls du bei ihm noch mal nachfragen willst.«

Julia versuchte, sich ihre Erleichterung nicht anmerken zu lassen.

»Noch was?«, fragte Nick.

»Dein Name. Vollständig«, platzte sie heraus.

»Nick Limbach«, antwortete er und griff an seine Hosentasche. »Willst du meinen Ausweis sehen?«

»Ist schon okay«, sagte Julia. »Was macht die Wohnungssuche?«

»Ich hab was gefunden, gar nicht so weit von hier. Ziemlich laut, aber was eigenes. Wenn ich den Meister hab und eine billige Garage finde, mach ich meine eigene Werkstatt auf, dann such ich mir was Richtiges.«

»Schön«, sagte Julia. »Bist du schon lange in der Stadt?«

»Ein paar Monate«, antwortete Nick und nahm noch einen Schluck Bier.

»Und davor? Wo kommst du her?«

»Ist die Fragestunde dann beendet?«

»Hm.« Julia hob die Augenbrauen, doch dann verzog sie die Lippen zu einem Grinsen. »Erzähl mir einfach, was du mir erzählen willst.«

Nick schaute auf den Weiher. Die Sonne war hinter den Bäumen verschwunden. Die letzten Ruderboote glitten ans Ufer und wurden von einem säbelbeinigen Rentner vertäut.

»Ist eigentlich eher langweilig«, begann er leise. »Ich bin in einem Kaff im Sauerland aufgewachsen. Da passiert nicht viel: Man trinkt, geht auf Schützenfeste oder mal feiern im Ruhrpott. Meine Eltern haben mich in Ruhe gelassen, ich hatte totale Freiheit und konnte eigentlich immer machen, was ich wollte.«

Julia nickte. »Das kenn ich.«

»Ich bin früh von der Schule«, fuhr Nick fort. »War mir irgendwie alles zu eng. Ich hab erst mal gejobbt und bin dann eine ganze Weile mit dem Motorrad durch die Gegend gedüst. Und jetzt bin ich hier gelandet.«

Er verzog die Lippen zu einem Lächeln, und Julia hatte einen Moment lang den Eindruck, etwas Trauriges darin zu sehen.

Über den Tischen gingen die bunten Lichtergirlanden an. Einige Gäste im Biergarten applaudierten, der Geräuschpegel schwoll an.

Nick trank aus und stand auf. »Ich besorg uns mal Nachschub.«

Julia nickte und blickte ihm nach, wie er mit den leeren Humpen zum Ausschank ging. Über ihr baumelten die bunten Birnen vor dem nachtblauen Himmel, einige Fledermäuse jagten lautlos über den stillen Weiher, und von der Wiese zwischen den schwarzen Bäumen ertönten leise Trommeln und Musik. Der kleine Park hatte sich in eine geheimnisvolle Oase verwandelt.

Julias Zweifel waren verflogen. Ihr war völlig egal, wer Nick war, wie er hieß und woher er kam, sie wollte nur noch mit ihm an diesem verzauberten Ort sitzen.

Plötzlich kam ihr Roosen in den Sinn. Er wäre sicher gar nicht stolz auf sie.

*

Nick fuhr vorsichtig. Er hatte vier große Bier getrunken und wollte auf keinen Fall von den Bullen erwischt werden. Schon gar nicht mit Julia. Ihr bunt gestreifter Rock flatterte im Fahrtwind, ihre Arme waren wieder eng um ihn geschlungen. *Alles nach Plan.* Sie hatten bis zum Schluss im Biergarten gesessen, sich von den Mücken stechen lassen und geredet. Julia hatte ihm von ihrem Bauwagen in Mecklenburg-Vorpommern erzählt, von dem schrägen Punk-Vater, den verpeilten Ökos mit dem Plumpsklo und dem riesigen Fass, in dem alle nackt gebadet hatten, von der Führerscheinprüfung, die sie im Spaziergang gemacht hatte, weil sie schon als Kind mit dem Auto auf Feldwegen fahren durfte, von der Schulfreundin aus der Bullenfamilie, die sie auf die Idee gebracht hatte, dem Scheißverein beizutreten. Er hatte vieles schon vorher gewusst, aber es klang ganz anders aus ihrem Mund. Lustig, ehrlich. Er hätte ihr stundenlang zuhören können. Sie brachte ihn in Versuchung, unvorsichtig zu werden. Die Sache mit dem Ausweis war wahnsinnig gewesen. Zum Glück war ihm der Name von dem Bäcker um die Ecke eingefallen. Was wäre passiert, wenn sie seinen Perso tatsächlich hätte sehen wollen?

Als die bunten Lichter erloschen waren, hatte sie ihm in die Augen geblickt und gefragt, ob er seine neue Wohnung schon eingeweiht habe.

»Ich wollte auf dich warten«, hatte er geantwortet. Was hätte er auch sagen sollen?

Er biss die Zähne zusammen. *Nur warm halten! Idiot!*

Nick hielt an der großen Kreuzung und stieg mit Julia ab. »Ich warne dich, die Wohnung ist noch ziemlich leer.«

»Solange du was zu trinken hast …«, sagte Julia, setzte den Helm ab und folgte Nick in das verkachelte Haus. Als er im ersten Stock die Wohnungstür aufschloss, war er froh, dass er für alle Fälle vorgesorgt hatte: Die winzige Küche, das kleine Bad und die Fenster waren geputzt, er hatte gesaugt und gelüftet und beim Blumenhändler einen großen Ficus gekauft. Das Bett war frisch bezogen. Kurz bevor er die Wohnung verlassen hatte, war ihm das Foto an der Wand ins Auge gefallen, und er hatte es schnell versteckt.

»Scheiße«, sagte Julia plötzlich. Nick zuckte zusammen.

Sie schaute ihn erschrocken an. »Ich hab deinen Zweig vergessen!«

Nick ging schmunzelnd in die Küche. »Die Karpfen werden sich über den Trip freuen!«

Er nahm zwei Flaschen Bier aus dem Kühlschrank und kehrte ins Zimmer zurück. Julia stand am Fenster und schaute hinaus. Die in orangefarbenes Licht getauchte Kreuzung war wie ausgestorben und wirkte durch die geputzten Scheiben gestochen scharf – ein Wimmelbild aus Ampeln, Leuchtreklamen, geparkten Autos und erleuchteten Fenstern.

Nick stellte sich hinter sie. »Morgen klau ich dir einen neuen Zweig.«

Sie drehte sich um. Ihr Gesicht war ganz nah. Er sah die leicht verunglückte Wimperntusche an ihren warmen braunen Augen und spürte ihre sanfte Berührung an seinem Arm. Julia war ihm jetzt schon vertraut. Nicks Blick saugte sich wie hypnotisiert an ihrem fest. *Sei vorsichtig! Das darfst du nicht,* dachte er noch, doch da schlang sie auch schon die Arme um seinen Hals und küsste ihn.

Er erwiderte den Kuss, stellte dabei hinter ihrem Rücken die Bierflaschen auf die Fensterbank und zog sie an sich. Julias Hände wanderten über seine Hüften, glitten unter sein T-Shirt und schoben es hoch. *Nicht! Nicht das Shirt!* Trotz der Stimme in seinem Kopf packte er Julia und schwang sie herum zum Bett. Sie ließ sich auf den Rücken fallen und streckte die Arme lächelnd über ihren Kopf. Er beugte sich über sie und küsste sie. Sie packte sein T-Shirt und riss es entschlossen hoch. *Stop! Sie darf es nicht sehen!* Nick richtete sich auf. Julia machte sich an seiner Jeans zu schaffen, er zog ihr das Hemd über den Kopf und warf es beiseite. Seine Hose und ihr Rock flogen hinterher. Wieder griff sie nach seinem T-Shirt, doch schon lag er auf ihr, Bauch auf Bauch, ihre Beine umschlangen ihn, die Küsse, die Haut – er konnte ihr nicht nahe genug sein.

*

Der Verkehrslärm dröhnte laut. Die Morgensonne stach heiß durch das nackte Fenster. Julias Schädel pochte. Blinzelnd sah sie sich im Zimmer um, ihr Blick schweifte über den Tisch mit dem einsamen Stuhl, die Kleiderstange mit den wenigen Bügeln, den übertrieben grünen Ficus, die beiden vollen Bierflaschen auf der Fensterbank. Nick hatte nicht zu viel versprochen – die Wohnung war das Gegenstück zu dem vollgestopften Bauwagen ihrer Kindheit. Ihre Augen blieben an Nick hängen, der bis auf sein T-Shirt nackt neben ihr lag und leise schnarchte. Sie waren erschöpft eingeschlafen, dann, spät in der Nacht, waren sie gemeinsam aufgewacht, hatten sich schlaftrunken wiedergefunden und wie in einem Traum geliebt, bevor sie erneut eingeschlafen waren.

Sie griff nach ihrem Handy und schaltete den Wecker aus, den sie in der Nacht auf sechs Uhr gestellt hatte. Zwanzig vor, genug Zeit für eine Dusche. Julia war durstig. Sie stand auf, zog sich Unterhose und Hemd an und ging in die Küche. Im Kühlschrank lagen ein paar Flaschen Bier, ein Toastbrot, Butter, Marmelade, Mayonnaise und Ketchup. Sie nahm ein paar Schlucke warmes Wasser aus der Leitung, schlich zurück ins Zimmer und legte sich neben Nick, der komatös schlafend auf dem Bauch lag. Sein Hintern wölbte sich unter dem Laken, mit dem sie sich spät in der Nacht zugedeckt hatten. Es juckte sie in den Fingern, es wegzuziehen und ihn zu berühren. Sein blaues T-Shirt war dick, fast zu schwer für den Sommer. Es war hochgerutscht, gab die Hälfte seines Rückens frei und ließ den Rand eines schwarzen Tattoos erkennen, ziemlich groß wahrscheinlich, eckig, vielleicht ein Tribal. *Sexy.*

Julia streckte die Hand aus, fasste mit Daumen und Zeigefinger vorsichtig den Saum seines T-Shirts, zog es langsam hoch und enthüllte Stück für Stück das schwarze Tattoo. Plötzlich begann ihr Herz zu rasen. Wie versteinert hielt sie inne: Auf Nicks Rücken prangte von Schulterblatt zu Schulterblatt ein riesiges, schiefes Hakenkreuz.

Julia musste die Lippen zusammenpressen, um nicht laut aufzustöhnen. Mit angehaltenem Atem ließ sie das T-Shirt zurück auf das Tattoo sinken, als wäre es eine scharfe Bombe, dann stieg sie aus dem Bett und schaute sich panisch um. *Raus! Wo ist mein Rock?*

Sie fand ihre Kleider auf dem Boden und schlüpfte geräuschlos hinein. Ihr Blick fiel auf Nicks Jeans. Vorsichtig hob sie die Hose auf, nestelte das kleine Portemonnaie aus der Tasche und schlich damit in die Küche. Es war voller Fünfzig- und Zwanzig-Euro-Scheine. Im Fach dahinter steckte ein Personalausweis. Julia zog ihn heraus, sah Nicks ernstes Gesicht auf dem Foto und las den Namen: *Christian Eisermann.*

Wie betäubt ließ Julia den Ausweis sinken. Ihr Körper war stumpf, sie fühlte nichts mehr, plötzlich lief alles automatisch. Sie zog ihr Handy aus der Tasche, stellte den Ton aus und fotografierte den Ausweis von beiden Seiten, bevor sie ihn ins Portemonnaie zurücksteckte. Dann schlich sie hinaus in den Hausflur, ohne die Tür hinter sich zu schließen.

Auf der Straße spürte Julia die kühle Morgenluft an ihren nackten Beinen. Sie bekam eine Gänsehaut und begann zu rennen, schneller, immer schneller. Die Bürgersteige waren leer, sie überholte eine verschlafene Gestalt auf dem Weg zur Arbeit und stolperte beinahe über eine Rentnerin mit Rollator.

Sie rannte und rannte, bis sie unter einer Eisenbahnbrücke zum Stehen kam und die Hände keuchend auf die Knie stützte. Ihr Atem ging stoßweise und verwandelte sich nach und nach in tiefe Schluchzer, die ihren Körper durchzuckten. Tränen rollten über ihre Wangen und tropften vor ihr auf den dreckigen Bürgersteig, schwer wie ein salziger Sommerregen.

4

Der Lichtschein der Taschenlampe tanzte durch den schmalen Tunnel. Es war eiskalt und roch feucht und pilzig. Karls Blick war auf den nassen Boden gerichtet, als er mit der Glatze gegen ein paar dünne, weiße Stalaktiten stieß, die wie lange Schnüre von der gewölbten Decke hingen und jetzt klirrend zwischen seinen Stiefeln auf dem Betonboden zerschellten. Er fluchte. Warum musste die Lieferung in aller Herrgottsfrühe kommen? Alle paar Meter blieb Karl stehen, holte eine kleine batteriebetriebene LED-Leuchte aus der Tasche und stellte sie wie ein Positionslicht auf den Boden, dann erschien im Strahl der Taschenlampe eine rostige Stahltür mit dicken Riegeln.

Karl hatte etwas gegen Stahltüren. Der Hall, wenn sie zuschlugen, das satte Drehen großer Schlüssel in den Schlössern, das leise Schaben der Gucklochklappen – Geräusche, bei denen sich ihm der Magen umdrehte. Aber er hatte sich nicht unterkriegen lassen, dachte er, weder von den Türen noch von den libanesischen Bastarden, noch von den verdammten Schließern.

Jetzt war er der Schließer. Nach den elenden fünf Jahren war er allein wie ein Hund gewesen, erinnerte er sich, sie hätten ihn genauso gut auf dem Mars entlassen können. Aber Ira hatte draußen gestanden, als sich die riesige Pforte mit einem lauten Summen öffnete. Sie war ihm treu geblieben, als Einzige. Sie hatte ihm gesagt, dass sie ihn brauchte, und er hätte sich fast vor ihr auf den Boden geworfen vor Dankbarkeit. Sie war eine verdammte Hexe, oh ja, das war sie, dachte Karl und spürte, wie ihm trotz der Kälte heiß wurde. Wie oft hatte er es sich mit ihr vorgestellt? Sie über ihm, ihr nackter Fuß in seinem Nacken. Allein der Gedanke ließ seine Jeans enger werden. In den Nächten war es besonders schlimm, wenn er wach in seinem Bett lag und ihre Schritte über sich hörte, nur ein paar Meter entfernt. Er stellte sich vor, dass sie ihn rufen würde. Er würde kommen, sofort, und sie würde ihn zu Boden zwingen. Er würde um Gnade winseln, betteln, aber sie würde ihn nur noch härter rannehmen. Ja, es würde wehtun, aber er wollte es, und dann würde er …

Karl trat gegen die rostige Tür. Der dumpfe Donner hallte grollend durch den finsteren Tunnel. *Hör auf zu spinnen! Als würde sie dich ranlassen. Schon gar nicht jetzt. Sie ist stinksauer! Böser Karl!* Er sah Iras zornlodernde Augen vor sich. Als er gestern zum Forsthaus im Wald zurückgekehrt war und ihr erzählt hatte, dass Clemens nicht am Hof gewesen sei, hatte sie ihn mit ihrem Blick durchlöchert. *Nicht zu viel reden, sie spürt es.* Es hatte ihn alle Kraft gekostet, nicht einzuknicken und bei seiner Story zu bleiben.

Warum hatte ihn der kleine Idiot auch so reizen müssen, dieser gottverdammte störrische Spasti? Jetzt lag er in der Güllegrube, der arme Hund, dachte Karl und wischte sich mit der Hand den Schweiß von der Glatze. Keiner wird ihn beerdigen. Vielleicht sollte er noch einmal hinfahren und ihn wenigstens unter dem Komposthaufen hinter der Scheune vergraben.

Karl holte den schweren Messingschlüssel mit dem groben Bart aus der Tasche, das schwere, kühle Metall in seiner Hand beruhigte ihn. Stundenlang hatte er daran herumgeflext und gefeilt, jetzt glitt der Schlüssel tief ins Schloss und ließ sich widerstandslos drehen. Karl stemmte sich gegen die rostige Tür, schob sie auf und leuchtete mit der Taschenlampe in den leeren Raum. Die fensterlosen Wände waren glatt verputzt und weiß getüncht. An einer Seite stand ein schweres Metallregal, auf dessen oberem Boden ordentlich nebeneinander aufgereiht fünfzehn Pistolen, Munition und eine Kiste mit Reinigungsmitteln lagen. An der Wand neben dem Regal waren mehrere Haken, an denen fünf Sturmgewehre und drei Armbrüste hingen. Karl war zufrieden, er hatte zwei Tage in dem kalten Loch gestanden, den modrigen Putz von den Wänden geschlagen, die Löcher verspachtelt und anschließend mit schimmelresistenter Farbe die stinkende Grotte in einen sauberen Lagerraum verwandelt.

Im Gang hallten entfernte Schritte und Stimmen. Karl ging zur offenen Tür des Lagerraums und leuchtete hinaus in den Tunnel.

Sie kommen.

*

Jonas' Atem ging in schweren Stößen. Die Kälte im Tunnel kroch unter seine nassgeschwitzte Haut. Der Griff der grünen Stahlkiste schnitt in seine Finger. Der Behälter war etwas größer als ein Umzugskarton und wog mindestens fünfzig Kilo. Anni schleppte vorne und machte Tempo. Jonas konnte ihre gespannten Oberarmmuskeln unter den Tattoos arbeiten sehen. Ein paar Minuten zuvor hatten sie noch in der frischen, diesigen Morgendämmerung auf dem Bunkerdach gewartet. Anni hatte eingerollt wie eine Katze auf dem moosigen Beton geschlafen. Die anderen hatten ihre Beine baumeln lassen und an den Broten herumgekaut, die sie sich am Vorabend geschmiert hatten.

Locke hatte etwas abseits im Wald gestanden und wie ein Roboter sein Messer auf einen dicken Buchenstamm geworfen. Mindestens hundert Mal. Bei jedem Wurf war es mit einem kurzen Zittern im Holz stecken geblieben, in dessen Rinde eine immer größere Wunde klaffte.

Als das Motorengeräusch lauter wurde, war Bewegung in die schläfrige Gruppe gekommen. Alle standen auf und sprangen vom Bunkerdach, um den Unimog, der über den holprigen Waldboden auf sie zugeschwankt kam, zu begrüßen, nur Jonas blieb stehen. Er sah, wie Ira an dem großen Lenkrad kurbelte, den rot geschminkten Mund konzentriert zusammengekniffen. Niemand von ihnen wusste, woher sie gerade kam und was sie geladen hatte, aber ihnen allen war klar, dass heute der Startschuss für etwas Neues, etwas Großes fiel.

»Roter! Komm runter!«, hatte Anni zum Bunkerdach hinaufgerufen. Sie war auf die Ladefläche des Unimogs gesprungen und hatte die Plane von der festgezurrten Ladung gezogen. Darunter waren sauber aufgereiht zwei Dutzend Stahlkisten, mehrere blaue Plastiktonnen und ein Bündel großer Gasflaschen zum Vorschein gekommen. Jan hatte die Seitenwand der Ladefläche heruntergeklappt und die Halteriemen um die Ladung gelöst. Jonas war vom Bunkerdach geklettert und hatte mit Anni die erste Kiste gegriffen. »Zusammen! Drei, zwei, eins!«, hatte sie kommandiert und die Kiste gleichzeitig mit ihm heruntergewuchtet – das Gewicht hatte Jonas fast den Arm abgerissen.

Jetzt, im engen Bunkergang, versuchte er schwankend, mit Anni Schritt zu halten, immer den Positionslichtern auf dem Boden folgend. Das Keuchen der anderen hallte hinter ihnen wie ein rhythmisches Konzert durch den Tunnel. Jonas konnte seinen Atem sehen. Karl hatte ihnen beim Abendessen erzählt, dass der Bunker immer sieben Grad hatte, im Sommer wie im Winter, kalt genug, dass sie einen Raum als Kühlschrank für die Lebensmittel nutzen konnten, um Sprit für den Generator zu sparen.

Karl hatte auch von damals erzählt. Von den Soldaten, die hier unten gesessen hatten; sein Vater war auch dabei gewesen, noch ein Kind, im letzten Gefecht für den Führer, der schon halb irre in Berlin in seinem beheizten Bunker gehockt und Kaviar gefressen hatte.

Jonas stellte sich die jungen Männer in ihren kratzigen Uniformen und den viel zu großen Stahlhelmen vor. Es war ein frostiger Winter. Durch die Schießscharten hatten sie das ferne Quietschen der amerikanischen Panzerketten gehört, die Bäume, die krachend umknickten, das Brüllen der Motoren. Sie kamen näher, draußen im gefrorenen Wald. Unsichtbar wie die Soldaten, die zu Tausenden mit Gewehren, Handgranaten und Flammenwerfern durch das froststarre Unterholz herankrochen, fest entschlossen, den Bunker in ein qualmendes Grab zu verwandeln. Dann zerriss urplötzlich der ohrenbetäubende Donner der Geschütze die unheimliche Stille. Der Beton bebte, der Putz bröckelte von der niedrigen Decke auf die Helme der jungen Männer. Es ging los. Einige weinten, andere pinkelten sich in die Hose. Und da mussten sie es gewusst haben, dachte Jonas düster, dass sie nicht so stark waren, wie man es ihnen weisgemacht hatte.

Er stolperte hinter Anni her zu einer offenen Stahltür, sein linker Arm zitterte, die Finger waren völlig taub. Im Lagerraum wartete Karl. Er sah, dass Jonas taumelte, ging auf ihn zu und hielt ihm die Pranke hin. »Gib her!«

Jonas rutschte der Griff aus der schweißnassen Hand, die Stahlkiste prallte auf seiner Seite krachend auf den Betonboden. Anni schrie auf, sie konnte das Gewicht nicht mehr allein halten und ließ los.

Wie in Zeitlupe sah Jonas, wie sie schreiend einknickte und sich den Fuß hielt. Karl starrte ihn durch die kleine Lupenbrille an, seine Faust schoss vor und landete krachend in Jonas' Gesicht. Er taumelte rückwärts in die Ecke des Lagerraums, kauerte sich instinktiv zusammen und hob schützend die Arme über den Kopf, um sich vor den auf seinen Rücken prasselnden Faustschlägen zu schützen.

Karls Schreie hallten von den nackten Wänden: »Idiot! Kannst du nicht aufpassen? Du mieser Verräter!«

Er will mich töten, dachte Jonas, überrascht von der Klarheit seiner Gedanken in dem Trommelfeuer, *er lässt mich noch einmal zahlen.*

»Lass ihn!«, hörte er Annis schrille Stimme. Dann wurde es still. Jonas lugte vorsichtig hinter seiner Armbeuge hervor und sah, wie Ben, Locke und Jan schwer atmend in der Stahltür standen und stumm hereinstarrten. Karl hatte sich über Anni gebeugt, die mit schmerzverzerrtem Gesicht am Boden saß, und zog ihr vorsichtig den Schuh aus. Jonas sah ihren kleinen, tätowierten Zeh, er war blutunterlaufen. Karl strich fast zärtlich über ihren Spann, seine Stimme klang weich: »Ist gebrochen, der Kleine. Ich mach dir gleich einen Verband, das wächst wieder zusammen.« Dann drehte er sich um und warf Jonas einen scharfen Blick zu. »Bring Anni ins Haus! Du hast eine Woche Scheißhausdienst!«

Jonas rappelte sich zitternd hoch. Er fror. Sein ganzer Körper schmerzte, das linke Auge war komplett zugeschwollen.

Anni streckte ihm lächelnd die Hände entgegen. »Komm schon, Roter.«

Er zog sie auf die Beine, und sie legte den Arm um seine Schulter und humpelte mit ihm an den stummen Zuschauern vorbei in den Gang.

»Du schuldest mir was«, flüsterte sie Jonas lächelnd ins Ohr.

Er hörte sie gar nicht. In seinem Kopf kreiste nur noch ein Gedanke: Er musste es wieder tun. Bei der nächstbesten Gelegenheit abhauen. So wie Chris.

*

Die anderen Polizeischüler hatten die Umkleide verlassen, ihr morgendliches Geplauder war verhallt. Nur noch das Rauschen einer einsamen Lüftung erfüllte den großen Toilettenraum.

Julia stützte ihren Kopf in die Hände und starrte auf den gefliesten Boden. Die ungekämmten, klammen Locken fielen ihr ins Gesicht, ihre Haut juckte am ganzen Körper. Wie lange saß sie schon in dieser Klokabine? Zehn Minuten? Zwanzig? Sie wusste es nicht, wusste nur, dass sie für den Rest ihres Lebens hier sitzen bleiben könnte. Was sollte sie noch da draußen?

Die letzte Stunde hallte wie ein Albtraum in ihr nach. Sie hatte unter der Eisenbahnbrücke ein Taxi angehalten und war wie in Trance nach Hause gefahren. Schon auf der Treppe vor ihrer Wohnung hatte sie begonnen, sich die Klamotten vom Leib zu reißen, war ohne Umweg in die Duschkabine gestiegen und hatte jeden Zentimeter ihres Körpers mit Seife und Shampoo eingeschäumt, wieder und wieder. Wie ein Zerrbild sah sie ihn vor sich: Nick, ganz nah, in ihren Armen, seine Hände, seine Haut, sein Geruch. Wie hatte sie nur so dumm sein können?

Julia erinnerte sich an all die Wendepunkte in ihrem Leben: der erste Kontakt mit der Außenwelt bei der Einschulung, der Abschied von der Bauwagensiedlung, der Beginn ihrer Ausbildung bei der Polizei, der Unfall ihres Vaters. Sie war daran gewachsen, hatte sich gewundert, weil sie die Welt oft nicht verstand, aber sie war nie darüber verzweifelt. Auch die Praxiswochen auf der Wache, in denen sie das Hässliche und Böse in der Stadt kennenlernte, die Streifenfahrten zu den tödlichen Verkehrsunfällen, die blutigen Prügeleien in verwahrlosten Wohnungen, die Obdachlosen unter den Brücken und die toten Junkies hatten ihr nicht wirklich etwas anhaben können. Julia war geschockt gewesen, das ja, und sie hatte viele Nächte nicht in den Schlaf gefunden, trotzdem hatten das Hässliche und Böse nie von ihr Besitz ergreifen können. Es waren nur Begegnungen auf ihren Abenteuerreisen in die Unterwelt, die beendet waren, sobald sie ihre Uniform ausgezogen hatte. Unter ihrer Dachschräge war sie immer wieder das Mädchen aus der Bauwagensiedlung, stets umschlossen von einer unsichtbaren Blase, die mit süßem, reinem Seewasser gefüllt war. Eine schützende Hülle, in der sie ein ewiges, staunendes Kind bleiben würde.

Vorbei. Die Blase war an diesem Morgen geplatzt. Das warme Seewasser war an Julias nackten Beinen hinuntergeflossen, hatte sich mit Bergen von Seifenschaum vermischt und sich in einem Strudel aus Schmutz und Lügen für immer im Abfluss der Duschkabine verloren. Sie war nicht mehr länger nur Beobachterin. Alles Waschen und Schrubben half nichts, sie war ein Teil der Welt geworden, beschmutzt und verwundbar.

Das Geräusch der Tür ließ sie aufschrecken. Schritte näherten sich den Klokabinen.

»Komm raus!«

Daria. Julia fehlten die Worte.

»Ich weiß, dass du da drin bist.«

Stille.

»Roosen hat nach dir gefragt.«

»Lass mich.«

»Ich kletter zu dir rein, wenn du nicht aufmachst.«

»Bitte, Daria, ich kann nicht.«

»Mach auf, sonst tret ich die Tür ein.«

Stille.

»Ich bin schwer genug. Eins, zwei, und die letzte Zahl heißt ...«

Ohne vom Klo aufzustehen, öffnete Julia die Kabine. »*Shit*, Mädchen! Wie siehst du denn aus?«, rief Daria erschrocken. »Ist es so mies gelaufen?«

Julia senkte den Blick. Sie hatte im Vorraum ihr aschfahles Gesicht mit den tief liegenden, geröteten Augen im Spiegel gesehen.

Daria ging in die Hocke und nahm Julias Hände. »Hat er dich geschlagen?«

Julia schüttelte den Kopf.

»War er so mies im Bett?«

Wieder Kopfschütteln.

Daria zog eine Augenbraue hoch. »Ist er schwul?«

Julia schnaubte matt.

»Was denn dann?«

Julia hob den Blick. »Er macht mir Angst.«

»Wieso?«

»Er hat ein riesiges, fettes Hakenkreuz auf dem Rücken.«

»*Fuck!*«, entfuhr es Daria. »Das ist ja ekelhaft!«

Julia stand auf und ging an ihrer Freundin vorbei zum Waschbecken. Sie wusch sich das Gesicht und rieb mit dem harten Papier Farbe in ihre Haut.

»Ich hol uns Kaffee, und dann erzählst du mir alles«, sagte Daria und lächelte ihr aufmunternd im Spiegel zu.

Zehn Minuten später saßen die beiden mit Kaffeebechern in den Händen auf den Stufen des Hauptgebäudes und schauten auf das unwirklich satte Grün der frisch gemähten Wiese.

Julia zeigte Daria die Fotos von Nicks Personalausweis auf ihrem Handy.

»Christian Eisermann. Das klingt schon irgendwie nach Nazi«, sagte Daria angewidert. »Den lassen wir gleich von Roosen überprüfen.«

Julia nahm das Handy zurück. »Nein!«

Daria musterte ihre Freundin perplex. »Der ist sicher im System, den kriegen wir dran!«

Julia schüttelte den Kopf. »Wofür denn? Er hat nichts Verbotenes getan!«

Daria sah sie fassungslos an. »Hakenkreuze sind so was von verboten!«

»Du kannst dir tätowieren lassen, was du willst, solange du es niemanden sehen lässt. Hab ich schon nachgelesen«, entgegnete Julia tonlos und beobachtete eine Gruppe Polizeischüler, die scherzend zur Cafeteria ging. Vom Containergelände tönten Schüsse einer SEK-Übung herüber.

Daria blickte Julia fest an. »Und der falsche Name? Das Gruselhaus? Der Finger? Der Typ hat doch irgendwas vor!«

Julia nahm nachdenklich einen Schluck Kaffee. Erinnerungen an die seltsame Begegnung auf dem Hof jagten ihr durch den Kopf. Nick hatte mit dem Jungen gesprochen, da war sie sich ganz sicher.

»Das stinkt doch zum Himmel!«, sagte Daria aufgeregt. »Du musst zu Roosen gehen!«

Julia schaute die Freundin ernst an. »Um was zu melden? Dass ich mit einem Nazi im Bett war? Was glaubst du, was dann hier abgeht?« Sie schüttelte den Kopf. »Nee. Ich meld mich für heute krank.«

Daria klopfte ihr aufmunternd auf die Schulter und stand auf. »Okay. Ich sag dem Alten, dass du dir ein Virus eingefangen hast.«

Julia ging in die leere Umkleide und packte nachdenklich ihre Sachen. Daria hatte recht, in der Rückschau war alles, was Nick getan hatte, sonderbar und beunruhigend. Er musste unbedingt überprüft werden. Aber nicht von Roosen. Sie konnte seinen enttäuschten Blick sehen, hörte seine strengen Fragen, von denen sie keine einzige beantworten könnte, und am Ende würde sie sich ein Loch wünschen, für das die Erdkruste nicht dick genug war.

Julias Handy klingelte. *Nick*. Ein Schauer lief ihr über den Rücken. So hektisch, als hätte es gerade Feuer gefangen, schleuderte sie das Telefon in ihre Tasche.

*

Nick saß in einer Selbstbedienungsbäckerei und tippte eine SMS: **Bitte ruf mich an, ich muss mit dir reden.** Er wusste, dass es sinnlos war. Es gab keine Worte, um den Schock zu mindern, den Julia beim Anblick seines Tattoos bekommen haben musste. Er hatte die Kontrolle verloren und alles vermasselt, daran gab es nichts zu rütteln.

»Wer sagt, dass sie es gesehen hat? Vielleicht wollte sie dich einfach nur nicht wecken«, sagte Keppler mit gedämpfter Stimme und stellte ein Tablett mit einem Käsebrötchen, einer Kirschtasche und zwei Bechern Kaffee auf Nicks Tisch ab. »Wahrscheinlich hat sie sich auf Zehenspitzen aus der Wohnung geschlichen und meldet sich später.«

Er wischte die Krümel von der Tischplatte und stellte einen Becher vor Nick.

»Die Tür stand offen. Sie hat es gesehen und ist abgehauen«, erklärte Nick düster.

Keppler nahm einen Schluck Kaffee durch die kleine Öffnung

im weißen Plastikdeckel, zuckte zurück und öffnete den Becher. Heißer Dampf schlug ihm entgegen. Er blähte die Backen und pustete. »Warten wir's ab.«

Nick antwortete nicht. Er konnte Kepplers Kauen, Schlucken und Schlürfen nicht ertragen. Heute noch weniger als sonst.

Keppler biss in sein Käsebrötchen, eine wässrige Tomatenscheibe schob sich heraus. »Sei nicht so negativ. Die Nacht war kurz, und sie muss um sieben in Brühl sein. Sie hatte Stress heute Morgen, deshalb war die Tür offen.«

Nick entdeckte Remoulade in Kepplers Mundwinkel. »Sie hätte mich geweckt!«, beharrte er grimmig.

»Und woher willst du das wissen?«

»Ich kenn sie!«

Nick starrte auf die Straße. Mütter schoben ihre Kinderwagen an Mülltonnen vorbei, Kinder mit riesigen Schulranzen trödelten vor sich hin, eine Joggerin in Funktionskleidung rannte über den Fahrradweg.

»Sie hätte mir wahrscheinlich …«, murmelte Nick und zögerte. Keppler würgte seinen Bissen herunter und blickte Nick mit großen Augen an. »Was hätte sie dir?«

»Nichts«, sagte Nick gereizt.

Keppler grinste kumpelhaft. »Einen Abschiedskuss gegeben?«

Nick schwieg. Dieser vollgekrümelte Typ hatte Röntgenaugen. Zum Reinschlagen.

Keppler legte das Brötchen beiseite und musterte sein Gegenüber. »Du bist verliebt.«

Nick starrte weiter aus dem Fenster. Der Stumpf seines kleinen Fingers juckte.

»Bei unserem Projekt haben Gefühle nichts verloren«, sagte Keppler und griff zur Kirschtasche. »Obwohl ich zugeben muss, dass Julia wirklich niedlich ist.«

Nick stand auf. Es reichte. Was dachte Keppler eigentlich, wer er war? Sein Vater? Es genügte schon, dass er ihm sagte, was er zu tun hatte, aber was er fühlte oder was er im Bett tat, ging dieses feiste Karierte-Hemden-Arschloch einen Scheiß an!

»Wohin willst du?«, fragte Keppler ruhig.

»Ich bin raus.«

»Was soll das heißen?«

»Was es heißt. Die Sache ist gegessen«, antwortete Nick und nahm seinen Kaffeebecher.

»Das entscheiden wir«, sagte Keppler. »Du kennst den Deal.«

»Was gibt es da noch zu entscheiden? Der Plan ist gelaufen!«

»Uns fällt was ein. Setz dich.« Keppler biss in seine Kirschtasche.

»Und wenn ich nicht mehr mitmache?«

Keppler wischte sich die Kirschmasse von den Lippen, nahm einen großen Schluck Kaffee und schaute Nick ernst an. »Okay. Wir gehen heute Abend essen und reden in Ruhe drüber. Mit der Chefin. Und glaub mir, das ist eine absolute Ausnahme. Keiner wie du redet sonst mit der Chefin.«

»Kein Essen. Ich möchte zu ihr«, sagte Nick mit herausforderndem Blick.

»Was?« Keppler wirkte perplex.

»Zu ihr oder ich bin raus.«

Keppler schüttelte den Kopf. »Das ist unmöglich. Auf gar keinen Fall!«

»Mein letztes Wort.«

»Das ist Erpressung.«

»Dann sind wir jetzt quitt.«

Nick sah feine Schweißperlen auf Kepplers Oberlippe glänzen und musste innerlich grinsen. Das Reptil schwitzte.

»Warum, verdammt?«, fragte Keppler ungewohnt heftig.

Nick zuckte mit den Achseln. »Neugier?«

Keppler leerte den Becher in einem Zug, spülte mit dem Kaffee die Krümel von seinen Zähnen und dachte nach. Nach einer gefühlten Ewigkeit nickte er. »Okay.« Er stand auf, stellte sein Tablett in den nahen Abräumwagen und warf Nick einen kurzen Blick zu. »Ich hol dich ab. Um sechs.« Dann ging er grußlos davon.

Nick blickte ihm zufrieden nach. Er brauchte diesen Sieg, nur diesen einen, damit er noch das Gefühl hatte, ein Mensch zu sein.

*

Wortfetzen und Verkehrslärm drangen zu Julia ins leere Café. Sie spähte durch die weit geöffneten Schiebefenster auf die Straße. Die Tische draußen unter der riesigen Markise waren voll besetzt mit jungen Städtern, die auf unerklärliche Weise genug Zeit und Geld hatten, um sich bei kalten Getränken den Sommernachmittag zu vertreiben. Julia kam gewöhnlich sonntags hierher, wenn sie ausgeschlafen hatte und ihren zweiten Kaffee trinken und in abgegriffenen Klatschzeitschriften blättern wollte. Der albanische Kellner, der immer so tat, als wäre er ein Italiener, brachte ihr diesmal ein Glas stilles Wasser. Julia verzog ihre Lippen, doch es wollte ihr kein Lächeln gelingen. Ihre Welt hatte sich verschoben, dachte sie, ein winziges, aber entscheidendes Stück, wie bei einem Vogelküken, das aus dem Nest gefallen war: derselbe Baum, nur von unten aus betrachtet, den Fressfeinden hilflos ausgeliefert.

Schon auf der Heimfahrt von Brühl nach Köln hatte Julia einen Entschluss gefasst. Sie musste handeln, dem Bösen ins Auge schauen, es verstehen und verdauen und schnell wieder zu sich finden. Ihr Plan war genauso simpel wie heikel, aber ihr blieb keine Wahl. Julia hatte ihr Handy wieder eingeschaltet und gesehen, dass Nick fünfmal versucht hatte, sie zu erreichen. Oder sollte sie »Christian« sagen?

Ohne auf die Anrufe zu reagieren, hatte sie Sebastian angerufen und ihn von Kurssprecherin zu Kurssprecher informiert, dass sie am Morgen ein Kreislaufproblem gehabt hätte, nichts Schlimmes, morgen sei sie wieder am Start. Dann, ganz beiläufig, erzählte sie ihm von einer alten Schulfreundin, die sich von einem Bekannten bedroht fühle, der in die rechte Szene abgerutscht sei. Die Freundin habe sich bei ihr erkundigt, ob sie den Typen überprüfen könne, was sie für durchaus sinnvoll hielt, aber wegen so was gleich zu Roosen laufen …

Sebastian hatte sofort angebissen. Er habe seine »eigenen Wege«, hatte er verschwörerisch gesagt, er brauche nur einen Namen. Ob das denn keinen Ärger gebe?, hatte Julia gespielt besorgt gefragt. Sie wolle bestimmt nicht, dass Sebastian sich in Schwierigkeiten bringe. Doch er hatte, wie erwartet, Feuer gefangen und bestand auf einem konspirativen Treffen. Sie verabredeten sich noch für denselben Nachmittag in einem Café in der Nähe von Julias Wohnung.

Sebastian kam auf die Minute pünktlich. *Er sieht gut aus, wie immer*, dachte Julia. Mit seinem engen Polohemd, das über seinen Oberarmen spannte, der akkurat geschnittenen Kurzhaarfrisur, dem breiten Kiefer und den schnurgeraden weißen Zähnen hätte er perfekt in das Jahrbuch eines amerikanischen College gepasst. Julia begrüßte ihn mit zwei unverfänglichen Wangenküssen, und er zog seinen verschrammten Laptop aus dem Rucksack, begierig darauf, seine digitalen Muskeln spielen zu lassen.

»Du musst das nicht machen«, sagte Julia, »meine Freundin

kann sich auch direkt an die Polizei wenden, wenn sie ein Problem hat.«

Sebastian bestellte sich einen Cappuccino, klappte den Rechner auf und tippte los, ganz in seinem Element. »Ich hab das Passwort von Roosen gehackt, total primitiv, der lebt noch im zwanzigsten Jahrhundert. Über das Tor-Netzwerk kann uns keiner zurückverfolgen«, sagte er und drückte mit der geschmeidigen Geste eines Pianisten die Return-Taste. »Schon drin. Wie heißt der Vogel?«

Auf dem Monitor sah Julia die Maske des Polizeisystems.

»Christian Eisermann«, sagte sie mit fester Stimme. Ihr Herz fing an zu rasen, als Sebastian energisch den Namen in den Rechner tippte.

»Da haben wir ihn schon!« Sebastian drehte Julia den Laptop zu. »Christian Eisermann. Gemeldet in Arnsberg.«

Auf dem Monitor erschienen zwei erkennungsdienstliche Fotos: Nick frontal und im Profil. Sein Gesicht wirkte ausdruckslos, bleicher und schmaler als jetzt, die Haare ungepflegt. Julias Augen klebten wie hypnotisiert am Bildschirm. Alles war ihr vertraut: der geschwungene Mund, die kleinen Nasenlöcher, die markanten Augenbrauen mit der feinen Narbe.

»Wow! Das ist ja ein Intensivstraftäter!« Sebastian holte Julia aus ihrer Hypnose zurück. »Diebstähle. Einbrüche. Landfriedensbruch, Betäubungsmittel«, las er vor. »Da war der gerade mal fünfzehn! Und hier: Verwendung von Kennzeichen verfassungsfeindlicher Organisationen.« Sebastian schaute kurz vom Laptop auf. »Bitte schön, ein waschechter Nazi.«

Julia spürte, wie sich Schweißperlen auf ihrer Oberlippe bildeten.

Sebastian las weiter. »Später hat er gedealt. Amphetamine, Cannabis, Opioide. Vier Wochen Arrest.«

Julia hörte seine Worte wie durch eine dicke Schicht aus Watte. Was hatte sie sich erhofft? Eine Erklärung? Die erlösende Nachricht, dass alles nur ein Irrtum war? Doch was sie hier hörte, war keine Erlösung, es war eine Salve aus Faustschlägen direkt in die Magengrube.

»Klar!«, sagte Sebastian triumphierend. »Gewalttätig ist er auch noch! Hier, Körperverletzung, gleich mehrmals. Dafür hat er ein Jahr Jugendknast bekommen, mit siebzehn schon!« Sebastian schaute auf. »Der Typ ist ein geborener Krimineller!«

Julia griff zu ihrem Wasserglas und leerte es wie eine Verdurstende.

Der Kellner stellte wortlos einen Cappuccino mit Tannenbaummuster vor Sebastian auf den Tisch.

»Was für ein verdammtes Dreckschwein«, murmelte der Polizeischüler kopfschüttelnd und nippte an seiner Tasse. Julia konnte den Triumph in seinen Augen erkennen, der nicht so recht zu dem Milchschaum an seinen Lippen passen wollte. Jetzt klappte er den Laptop zu und lächelte sie erwartungsvoll an. Sebastian hatte ihr einen riesigen Gefallen getan, sie beide verband jetzt ein Geheimnis, sie waren Komplizen. Das war der Moment, den Julia seit dem Morgen beharrlich ausgeblendet hatte, der Grund, weshalb sie Daria nichts von ihrem Plan erzählt hatte. Die Freundin hätte ihr schonungslos die Schwachstelle unter die Nase gerieben: Julia hatte Sebastian an den Haken genommen und sie würde ihn nicht so leicht wieder loswerden. Das war der Preis.

»Nett hier. Ist der Kellner immer so muffig?«, fragte er jetzt und deutete verstohlen zur Theke.

»Hat wohl keinen guten Tag heute«, murmelte Julia abwesend, wischte sich mit dem Handrücken über die schweißfeuchte Stirn und lächelte gequält.

»Alles klar bei dir?«, fragte Sebastian.

»Ich glaub, ich hab mir doch irgendwas eingefangen. Ein Virus oder so.«

»Echt?« Sebastian rückte kaum merklich von ihr ab.

»Tut mir leid, aber ist das okay, wenn ich gehe?«, fragte Julia.

»Klar«, sagte er lächelnd, doch Julia sah die Enttäuschung in seinem Blick.

»Wir holen das nach, versprochen«, tröstete sie ihn und legte einen Zehn-Euro-Schein auf den Tisch.

Sebastian nickte. »Komm erst mal wieder auf die Beine. Und sag deiner Freundin, sie soll vorsichtig sein. Dieser Eisermann ist gefährlich, das schwör ich dir.«

Julia stand auf und verließ mit wackeligen Beinen das Café.

*

Florian Keppler steuerte den Wagen aus der Innenstadt heraus auf die Autobahn Richtung Norden. Im Westen ragten die riesigen Wolkentürme der Kohlekraftwerke wie Atompilze in den abendlichen Himmel. *Zuckerrüben, Strommasten und Staus,* dachte er grimmig und fragte sich zum hundertsten Mal, warum er nicht wieder in seine Heimat gezogen war, an den Fluss mit seinen Weinbergen und Fachwerkdörfchen. *Es sind die Kinder*, gab er sich gleich darauf die Antwort, *deine Kinder gehören in diese Einöde.* Keppler drehte sich kurz zu Christian, der neben ihm auf dem Beifahrersitz saß und ins Leere starrte. Keppler wusste, dass der Junge ihn hasste. Aber er mochte ihn, und er wusste, warum. Als er selbst Mitte zwanzig war, erinnerte er sich, trug er schon Button-down-Hemden und war in festen Händen. Seine Freundin kannte er noch von der Schule, sie hatten sich heimlich Liebesbriefe zugesteckt und fühlten sich erwachsen, sie wurde seine Ehefrau und die Mutter von zwei gesunden Kindern, einem Jungen und einem Mädchen. Er hatte dieses Leben gewollt und hart dafür gearbeitet, dachte Keppler, es war gut so gewesen. Vielleicht hätte er nur noch ein bisschen härter arbeiten müssen, dann wäre es auch heute noch so. Oder er hätte früher einem wie Christian begegnen müssen, seinem dunklen Gegenstück. Der Junge hatte ein grauenvolles Leben hinter sich – und eine wenig rosige Zukunft vor sich. Eine verlorene Seele ohne Glück und Konzept. Trotzdem empfand Keppler, dass eine Faszination von Nick ausging, etwas, das ihn mit Neid erfüllte. Er hatte sich lange mit der Frage beschäftigt, was diese Faszination wohl ausmachte, gewohnt analytisch, nachts vor dem Einschlafen in seinem kleinen Apartment, morgens in der winzigen Duschkabine und auf den Autofahrten zum Büro. Nach einer Weile war er zu dem Ergebnis gekommen, dass er den Jungen um das beneidete, was er selbst meisterlich aus seinem Leben verbannt hatte: das Risiko. Keppler war stolz auf seine Vorstellungskraft, die es ihm ermöglichte, für jede Lebensentscheidung alle nur denkbaren Szenarien durchzuspielen und sie auf ihr Risiko hin zu prüfen. Neue Bekanntschaften, Urlaube, Projekte – Keppler hatte immer einen Plan, und in der Regel verlief der Plan nach seinen Berechnungen. Er war der Steuermann seines Lebens. Das hatte ihn zur rechten Hand der Chefin gemacht.

Jetzt drohte zum ersten Mal ein Plan außer Kontrolle zu geraten. Kein Wunder, dachte Keppler, denn er hatte ihn geschmiedet, weil ihm sein Leben um die Ohren geflogen war, weil er sämtliche inneren Leitfäden verloren hatte, weil er sich neu erfinden wollte. Er hatte zum ersten Mal das Risiko gewählt, so wie Nick, und er hatte sich gleich in der Dosis vertan. Aber es hatte sich gut angefühlt.

Der Wagen fuhr an den Wohntürmen einer Trabantenstadt

vorbei und näherte sich einem hohen Gitterzaun, der ein riesiges mehrstöckiges Betongebäude mit mehreren Querflügeln umgab. Nach einigen Hundert Metern bog Keppler in eine schmale, unbeschilderte Straße ab und folgte ihr in einer engen Kehre, vorbei an einem kleinen Parkplatz.

»Wir sind da«, sagte Keppler und ließ den Wagen im Schritttempo auf eine überdachte Pforte mit vier Schranken und einem Personalhaus zurollen. Christian war aus seinen Segelschuhen geschlüpft, hatte seine nackten Füße ungefragt aufs Armaturenbrett gelegt und blickte ausdruckslos aus dem Fenster. Keppler spürte eine leise Kränkung. Das hier war seine Pforte. Nicht mal seine Frau und seine Kinder kamen hier rein. Christian durfte im Grunde nicht mal in der Nähe sein. Die bittere Wahrheit war, dass er mit seiner Erpressung das ganze Projekt und damit die Zukunft von Keppler, seiner Familie und seiner Chefin gefährdete. Christian könnte wenigstens eine Regung zeigen, Nervosität oder Neugier, er könnte eine Frage stellen, vielleicht sogar Dankbarkeit zeigen. Es war paradox: Der Junge war in seiner Hand, und dennoch war er frei. Keppler musste plötzlich schmunzeln: Da war er wieder, der Neid.

Auf einem Rasenstück seitlich der Pforte kam ein großes Schild mit einem schwarzen Adler und einem schwarz-rot-goldenen Balken in Sicht, darauf stand in großen Buchstaben BUNDESAMT FÜR VERFASSUNGSSCHUTZ.

5

Wolfgangs Magen knurrte. Er hatte die Bitterschokolade, die ihm für gewöhnlich über den Nachmittag half, schon am Vorabend in einer Heißhungerattacke in sich hineingestopft. Aus der Küche hörte er, wie ein Topf auf den Boden schepperte. Julia fluchte laut. Ihre Nerven lagen blank. Sie hatte ihn heute nur flüchtig auf die Stirn geküsst und war schnell in die Küche verschwunden, um ein paar Spaghetti zu kochen. So schnell, dass Wolfgang keine Zeit hatte, ihr tief in die Augen zu schauen und auf den Zahn zu fühlen. Er hatte gelernt, ihre wortlosen Pheromon-Botschaften zu erschnuppern, und die, die jetzt aus der Küche herüberwaberte, roch beunruhigend.

»Alles klar bei dir?«, rief er ihr zu.

»Alles klar!«, rief Julia zurück. »Ich mach ein Glas Pesto auf, okay?«

Wolfgang brummelte ungehalten in sich hinein. Pesto, die Minimalversorgung. Er hatte insgeheim gehofft, Julia würde ihm etwas vom Türken oder Chinesen mitbringen. Kochen konnte sie sowieso nicht. Ob sie immer noch Ärger mit diesem Mechaniker hatte? Sie hatte ihm schon früher nicht gern von ihren

Jungsgeschichten erzählt, für eine kurze Zeit dachte er sogar, sie sei lesbisch. Schließlich hatte er sie durchschaut: Sie nahm nicht jeden, aber wenn, dann verliebte sie sich zu schnell und zu heftig. Das würde Julia noch viele Schmerzen in ihrem Leben einbringen, dachte Wolfgang und griff zum Tabakbeutel. Aber er liebte seine Tochter auch dafür.

Nach einigen Minuten kam Julia mit einem Teller. Sie hatte einen riesigen Haufen Parmesan und Habanero-Chilipulver über die Spaghetti gestreut, so, wie er es mochte.

»Danke«, sagte er und schaute sie fest an. »Was ist los?«

Julia nestelte an seiner Bettdecke herum. »Die muss gewaschen werden.«

»Du warst letztes Mal schon komisch«, beharrte Wolfgang und stellte den Teller auf den Beistelltisch.

»Nichts Besonderes, Privatkram.« Julias Stimme klang gereizt.

»Jetzt sag schon.«

»Du sagst mir doch auch nie was«, wehrte sie sich störrisch.

Schlaues Kind, hat vom Vater gelernt, dachte Wolfgang innerlich schmunzelnd und legte nach: »Du bist total abwesend. Da kann ich mir ja gleich einen Pflegeroboter anschaffen.«

»Bring mich nicht auf dumme Ideen«, antwortete Julia mit einem schiefen Grinsen und stellte den Teller auf seinen Schoß. »Es wird kalt, Papa!«

Wolfgang griff nach Julias Hand, sein Gesicht wurde ernst. »Ich werde bald abdanken, Julchen. Und ich möchte die letzte Zeit nicht mit einem Geist verbringen. Mir ist egal, ob du jemanden umgebracht hast oder bei den Bullen rausgeflogen bist, aber sag mir, was los ist.«

Wolfgang sah, wie Julia mit sich kämpfte. Blicklos starrte sie aus dem Fenster auf die Nachbarhochhäuser, die Zuckerwattewolken und die dahinterliegenden Felder. Ihre Augen wurden feucht.

»Der Typ, den ich kennengelernt hab«, begann sie zögernd. »Ich glaub … nein, ich weiß …«

»Was?«

»Er ist ein Krimineller.«

Wolfgang grinste erleichtert. »Das ist alles? Das hat doch beste Familientradition. Was hat er gemacht? Gedealt? Autos geknackt? Bei einer Mai-Demo Scheiben eingeschmissen?«

»Er ist ein Nazi.«

»Was?«, platzte es laut aus Wolfgang heraus. Er hatte sich vorgenommen, seine Tochter zu beruhigen, ihrem Geständnis mit einem Lächeln zu begegnen und sie tröstend in die Arme zu nehmen, aber diese Neuigkeit haute ihn um.

Julia stand auf. »Ich hätte es dir nicht sagen sollen.«

»Warte, warte«, sagte Wolfgang schnell und stellte den Teller auf den Nachttisch. »Komm her und erzähl mir alles. Bitte!«

Julia setzte sich wieder, das Gesicht eine versteinerte Maske. Wolfgang holte die Zigarette hinter seinem Ohr hervor und zündete sie an.

»Ich hab ihn überprüft«, erklärte Julia leise. »Er hat jede Menge Scheiße gebaut. Und er hat einen falschen Namen.«

Wolfgang blies unruhig den Rauch ins Zimmer. »Was weißt du über ihn? Hat er dir irgendwas erzählt?«

»Wie meinst du das?«, fragte Julia irritiert.

»Hat er dich ausgefragt? Über dich und uns?«, bohrte Wolfgang weiter.

»Nein! Wie kommst du denn darauf?«

Wolfgang nahm Julias Hand und drückte sie aufgeregt. »Hat er einen auffälligen Ring getragen?«

»Ist das hier der Hobbit, oder was?«, schnaubte Julia und zog die Hand zurück.

»Sag schon!«

»Er hat keinen Ring, Papa! Was soll das?«

Wolfgang ließ seinen Kopf aufs Kissen sinken. Sein Blick fiel auf die riesige schwarze Mattscheibe des Fernsehers, die schemenhaft sein graues zugewuchertes Gesicht spiegelte. Ein alter, ängstlicher Krüppel. *Ich kann sie nicht beschützen. Wenn sie sie gefunden haben, dann …*

»Papa?«, fragte Julia ernst.

Er schaute sie an und zog fest an seiner Zigarette.

Julia musterte ihn. »Jetzt sag mir endlich, was los ist!«

»Nichts. Ich hab früher viel Stress mit Nazis gehabt, die sind gefährlich, absolut unberechenbar. Du musst dich von dem Kerl fernhalten«, antwortete Wolfgang leise.

»Oh, danke für den Tipp!« Julia stand auf.

»Wie bist du denn an den geraten?«, fragte Wolfgang.

»Ja, wie schon? Zufall!«, antwortete Julia. »Oder meinst du, ich hab mir den auf Tinder gesucht? Profil: Nazi mit Hakenkreuz-Tattoo?«

Wolfgang suchte nach Worten, seine Gedanken rasten. *Pass auf, was du sagst! Sie darf es nicht wissen!*

»Bitte, Julia, du musst vorsichtig sein. Geh dem Typen aus dem Weg!«, flehte er.

Julia gab ihm einen schnellen Kuss auf die Wange, ging zur Tür und drehte sich noch einmal um. »Ich bin ein Bulle! Ich werd schon fertig mit dem!«

Wolfgang hatte nicht die Kraft, ihr hinterherzurufen. Als die Tür hinter ihr ins Schloss fiel, schien sich die Welt plötzlich zu drehen. Sein Blick wanderte zu den inzwischen kalten Spaghetti neben seinem Bett. Egal, er würde sowieso keinen Bissen mehr runterbekommen. Erinnerungen stiegen in ihm auf, Erinnerungen an die schrecklichen Tage, als er mit dem Baby im Wagen durch die Nacht gefahren war, weit weg, ans andere Ende der Welt. Eine abgelegene Landkommune sollte es sein, mit Bauwagen und Garten und Ruhe. Keine Punks, damit war er durch, die Hunde, das Flexen, Schweißen und Hämmern – die laute, metallische Welt war ihm fremd geworden damals. Er hatte ein friedliches Camp gewollt, eine hölzerne, warme Zuflucht für sich und seine kleine Tochter.

Und jetzt?, fragte sich Wolfgang düster und drückte die Zigarette aus, *kommt jetzt, nach über zwanzig Jahren, die Vergangenheit zurück?*

Er nahm seine Greifzange und angelte eine abschließbare Blechschatulle aus dem Regal hinter dem Nachttisch hervor. Sie landete schwer klappernd auf seiner Bettdecke. Er holte einen Schlüssel aus seinem Geldbeutel, schloss die Kiste auf und hob den Deckel an. Unter einer Lage aus Hundert-Euro-Scheinen zog er einen kleinen Revolver hervor, schaute in die mit sechs Patronen gefüllte Trommel und steckte ihn unter seine Matratze. Dann schloss er die Büchse und drehte sich einen Joint. Seine Finger zitterten. Erst nachdem er ein paar Züge genommen hatte, beruhigten sich seine Gedanken. *Vielleicht ist es nur ein Zufall. Es gibt viele von denen heutzutage. Aber wenn sie kommen, bin ich bereit. Der Krüppel geht nicht allein ins Grab.*

*

»Was soll das?«

»Mehr kann ich dir nicht bieten.«

»Wir gehen nicht rein?«

»Nein.«

Keppler bog kurz vor der Pforte des Bundesamtes auf einen kleinen Parkplatz ab und stellte den Wagen in einer Parktasche ab.

Nick nahm die Füße vom Armaturenbrett. »Sie haben gesagt, wir gehen rein!«

Keppler schüttelte den Kopf. »Mehr wirst du nicht vom Verfassungsschutz sehen.«

Nicks Blick ging durch die Seitenscheibe zu dem riesigen Gebäude, das wie eine dunkle Trutzburg hinter dem hohen Schutzzaun aufragte. Masten mit Videokameras überwachten das Gelände, kein Mensch war zu sehen. Von der ersten Begegnung an, als Nick die Aussteigerhotline angerufen und Keppler ihn zurückgerufen und sich mit ihm in einer Kneipe getroffen hatte, von diesem Moment an hatte er sich vorgenommen, einmal in diese geheimen Hallen hineinzukommen. Ins Herz des deutschen Geheimdienstes.

»Das war meine Bedingung!«, beharrte er.

Keppler beugte sich über Nicks Knie und nahm eine leere Plastiktüte aus dem Handschuhfach. »Hier kommt keiner rein, ohne durchleuchtet zu werden«, sagte er mürrisch. »Selbst wenn du eine ganz normale Quelle wärst, würdest du niemals den Verfassungsschutz von innen zu Gesicht bekommen. Niemals! Und da von unserer kleinen Unternehmung nur du, ich und die Chefin wissen, kommst du hier erst recht nicht rein. Unmöglich. Hast du das kapiert?« Er sammelte eine leere Kekspackung und mehrere Bonbonpapiere auf, die zwischen den Sitzen lagen, warf sie in die Plastiktüte und murmelte: »'tschuldigung, ich hatte die Kinder am Wochenende.«

Nick schwieg grimmig. Er fühlte sich selbst wie ein Kind – ein Kind, das sich am Schaufenster eines Spielwarengeschäftes die Nase platt drücken musste.

»Und selbst wenn«, sagte Keppler und nahm eine Plastikdose mit Feuchttüchern aus dem Seitenfach seiner Tür. »Was würdest du schon sehen? Endlose, kahle Flure, vielleicht ein kurzer Blick in ein winziges schmuckloses Büro. Aufzüge. Rollwagen mit Akten. Einfach nur öde.« Nachdenklich blickte er durch die Scheibe auf das dunkle Gebäude. Die Abendsonne strahlte rosa in den verspiegelten Fenstern. »Falls du meinst, da drin kommt dir James Bond entgegen oder irgendeiner trägt eine Knarre unterm Jackett, dann muss ich dich enttäuschen. Es öffnet sich auch keine gläserne Schiebetür zu irgendeinem geheimen Labor, in dem junge Wissenschaftlerinnen in weißen Kitteln an einer Geheimwaffe basteln. Wir sind ein Nachrichtendienst, kein Geheimdienst, auch wenn wir geheime Sachen machen. Da drin riecht es nicht nach CIA, da drin riecht es nach Kantine.«

Nick schwieg.

Keppler leierte weiter: »Arbeitsbeginn ist zwischen sieben und acht, mittags stehen drei Menüs zur Auswahl, Donnerstag ist Currywurst-Tag. Feierabend zwischen vier und fünf – sehr pünktlich. Dreißig Tage Urlaub. Nicht anders als in jedem Finanzamt, Ordnungsamt oder Sozialamt.« Er wischte mit dem Feuchttuch einen Schokoladenfingerabdruck vom Armaturenbrett und fuhr fort: »Bei uns arbeiten mehr als dreitausend unkündbare Beamte, vor allem Verwaltungsjuristen. Die passen auf, dass alles seine Ordnung hat, was nichts anderes heißt, als dass dieser riesige Apparat da vorne zum großen Teil damit beschäftigt ist, sich selbst zu verwalten. Wir kümmern uns den größten Teil des Tages um Regeln, Vorschriften, Anordnungen, Anfragen, Kenntnisnahmen und Controlling-Gespräche. Also glaub lieber weiter an James Bond, dann fühlst du dich sicherer.«

Nick warf Keppler einen Blick zu. »Und warum arbeiten Sie dann noch hier?«

Keppler schnaubte. »Weil ich es will.« Er wischte mit dem Feuchttuch über den Rückspiegel. »Auch wenn viele es nicht mehr hören wollen: Es ist gar nicht so lange her, da hat unser Land unvorstellbares Grauen über die Welt gebracht. Über sechzig Millionen Tote. Ein paar sehr kluge Leute haben daraus die richtigen Schlüsse gezogen und diesem Land die beste aller menschenmöglichen Verfassungen gegeben.«

Nick schwieg. Er konnte sich noch an den Geschichtslehrer erinnern, der wochenlang über Auschwitz gequatscht hatte. Er und die anderen Schüler hatten unter den Tischen auf ihren Handys gezockt, statt sich das eklige Zeug anzuhören. Was hatten sie mit dem alten Scheiß noch zu tun?

Keppler fixierte ihn mit einem Blick, als könne er Gedanken lesen. »Die Zeiten von damals sind vorbei, Nick, aber es wird immer Menschen geben, die vergessen wollen, die wieder zurück wollen. Das brauche ich dir, glaube ich, nicht zu erzählen. Und solange das so ist, werde ich in diesem Laden bleiben und unsere Verfassung verteidigen. Wenn es sein muss, auch gegen den Laden!«

Nick spürte, wie Kepplers Blick ihn packte und nicht mehr losließ. Plötzlich wurde ihm klar, dass sie beide etwas gemein hatten. Keppler, der dickliche Beamte mit seinen karierten Hemden, war selbst ein Gefangener. Und er war bereit, mit allen Mitteln für seine Freiheit zu kämpfen. *Er ist wie ich, nur von der anderen Seite!*

»Da ist sie.« Keppler blickte zur Pforte. Ein Schlagbaum öffnete sich, und ein bronzefarbener Golf fuhr vom Gelände. Keppler ließ den Motor an, parkte aus und folgte dem Wagen mit einigem Abstand.

*

»Was nimmst du?«

»Zwei Big Mac.«

»Sonst nichts? Cola? Fritten?«

Nick schüttelte den Kopf. Er beobachtete, wie Keppler sich aus dem Fahrerfenster lehnte und ins Mikrofon der

Drive-in-Bestellaufnahme sagte: »Zwei Big Mac, vier Cheeseburger, eine große Pommes, eine Apfeltasche und eine große Cola.«

Noch während die schnarrende Stimme aus dem Lautsprecher den Preis verkündete, fuhr Keppler zum Ausgabefenster.

»Nimmt sie nichts?«

»Ich hab sie tagsüber noch nie essen sehen.«

Wenige Minuten später parkte Keppler den Familien-Van, schnappte sich die warme Papiertüte aus dem Fußraum und gab Nick ein Zeichen auszusteigen.

Sie gingen zum anderen Ende des Parkplatzes, wo der bronzefarbene Golf stand. Keppler öffnete mit einem auffordernden Blick die Beifahrertür, er selbst stieg hinten ein. Der Geruch von Vanille schlug Nick entgegen. Er beugte sich in den vernebelten Wagen und sah eine kleine grauhaarige Frau mit einer E-Zigarette in der Hand am Steuer sitzen. Sie war vielleicht Mitte fünfzig, trug einen grauen Blazer und war dezent geschminkt. Ihre klugen dunklen Augen musterten ihn. Er musste sofort an Ira denken, obwohl der Blick dieser Frau nicht wehtat, im Gegenteil, er war warm, traurig, mitfühlend, fast mütterlich. Nick bemerkte die dünnen Fältchen auf ihrer Oberlippe und die Flecken auf ihren Handrücken. Einen Ehering trug sie nicht. *Sie hat keine Kinder*, dachte er und musste schmunzeln. *Na klar! »M« darf keine Kinder haben, sie ist mit dem Geheimdienst verheiratet, Tag und Nacht bereit.*

Nick stieg ein und schloss die Tür. Keppler beugte sich vom Rücksitz nach vorne. »Christian, das ist Frau Dr. Gräf, unsere Referatsleiterin Rechtsextremismus. Inge, das ist Herr Eisermann.«

Nick gab ihr die Hand. Die Chefin lächelte ihn an. »Freut mich, Sie kennenzulernen, Christian. Oder ist Ihnen Nick lieber?«

»Ist mir egal«, sagte er und fühlte sich plötzlich wie ein Schuljunge.

Hinten raschelte Papier. Keppler reichte Nick einen Big Mac. »M« zog an ihrer E-Zigarette, blies den weißen Dampf durch das einen Spaltbreit geöffnete Fahrerfenster und musterte Christian freundlich.

»Tut mir leid, dass ich Sie nicht in meinem Büro empfangen kann. Ich danke Ihnen trotzdem für Ihren Einsatz. Sie haben ein großes Risiko auf sich genommen.«

Nick biss in seinen Burger. Sein Hunger war verflogen, der intensive Vanillegeruch mischte sich mit dem Geschmack von Fleisch, Gurke und Ketchup. Er hatte sich vorgenommen, mit der Faust auf den Tisch zu hauen und der großen Unbekannten seine Meinung ins Gesicht zu sagen, doch jetzt fühlte er sich klein und unbedeutend; sein Versuch, in das Allerheiligste von Keppler und seiner Chefin einzudringen, kam ihm plötzlich kindisch vor.

Auf der Rückbank kaute Keppler laut. Inge Gräf blickte aus dem Fenster zum Schrottplatz auf der anderen Straßenseite, wo sich bunte Autowracks auftürmten. »Es ist sehr bedauerlich, dass wir die Gruppe verloren haben. Unsere Kollegen haben den Hof durchsucht und keine Spuren gefunden, die auf den Verbleib der Bewohner hindeuten. Wir sind höchstens ein, zwei Tage zu spät gekommen. Allerdings ...«

Die Referatsleiterin zögerte und wechselte im Rückspiegel einen ernsten Blick mit Keppler, der am Strohhalm seiner Cola nuckelte. »In der alten Jauchegrube des Stalls hat man eine Leiche gefunden. Sie ist bereits identifiziert.« Sie nahm eine Mappe vom Armaturenbrett und reichte Nick ein ausgedrucktes Foto. »Das ist ein älteres Bild des Opfers.«

Nick fühlte den Schmerz wie eine Woge durch seinen Bauch rollen. Auf dem Foto sah er Clemens an einem Tisch, ein albernes buntes Papierhütchen auf dem Kopf, vor sich eine

Geburtstagstorte mit Kerzen und einer Zwölf aus Zuckerguss. Er lächelte mit offenem Mund in die Kamera. Das Lächeln eines unschuldigen Kindes.

»Clemens Pape«, sagte Inge Gräf. »Sechzehn Jahre alt, mental retardiert, vor zwei Jahren aus einem katholischen Kinderheim geflohen. Ist das der Junge, den Sie im Haus getroffen haben?«

Nick starrte auf das Foto, seine Augen brannten, ein einziger wütender Gedanke hämmerte gegen seine Schädeldecke: *Er war da! Karl!*

»Was ist passiert?«, fragte er gepresst.

»Genickbruch«, antwortete Inge Gräf leise. »Es tut mir sehr leid. Sie kannten ihn näher? Wenn Sie wollen, können Sie das Bild behalten.«

Nick fühlte, wie das Blut in seinen Ohren rauschte. Er starrte mit feuchten Augen auf das Foto. »Er war noch ein Kind …« Seine Stimme zitterte. »Er hat niemandem was getan, noch nie. Er hat sogar Fliegen aus dem Fenster gewedelt, statt sie zu zerklatschen.«

Inge Gräf schwieg. Keppler saugte unbehaglich an seinem Strohhalm.

Nick schnaubte. Er konnte spüren, wie die Wut, die er schon den ganzen Tag wie in einem Käfig in sich eingeschlossen hatte, aus ihm herausbrach. Er drehte sich zur Seite, starrte die beiden an und schrie: »Wenn ich nicht zu dem Scheißhof gefahren wäre, wäre er jetzt noch am Leben! Ich bin raus! Fickt euch!«

Nick öffnete die Tür, doch Inge Gräf hielt ihn an der Schulter fest.

»Warten Sie!« Sie zog an ihrer E-Zigarette und musterte ihn ruhig. »Wir sind im selben Team. Unser Kampf gegen die Gruppe ist auch Ihr Kampf, Christian. Wir müssen davon ausgehen, dass nach Ihnen gesucht wird. Sie dürfen vorerst nicht in Ihre Wohnung zurück.«

Nick starrte die Chefin perplex an. Sie ließ ihre Hand auf seinem Arm liegen: »Herr Keppler holt Ihre Sachen und bringt Sie an einen Ort, wo Sie vorerst untertauchen können.«

Nick drehte sich ungläubig zu Keppler um. »Wollt ihr mich jetzt einsperren?«

»Wir wollen dich schützen«, sagte Keppler mit vollen Backen.

Inge Gräf warf Nick einen ernsten Blick zu. »In der Zwischenzeit tun wir alles, was wir können, um die Gruppe wieder aufzuspüren.«

»Ihr hattet sie!«, rief Nick wütend. »Ich hab euch alles erzählt! Warum habt ihr die nicht gleich hopsgenommen?«

Keppler beugte sich nach vorne, um Ruhe bemüht. »Wir nehmen niemanden hops. Das macht die Polizei. Wir sammeln nur Informationen. Die Gruppe wurde für uns erst zum Beobachtungsobjekt, als du aufgetaucht bist, wir wussten vorher zu wenig. Wir wussten nichts über den Standort und nichts über die Mitglieder. Natürlich hätten wir gleich die Polizei einschalten können, aber dann wären wir raus aus dem Spiel gewesen. Du hast uns zu Protokoll gegeben, dass die Gruppe wahrscheinlich vernetzt ist und irgendeine Aktion plant. Wenn wir herausfinden wollen, was die vorhaben, müssen wir dich wieder in die Gruppe einschleusen.«

Nick starrte auf die träge vorbeiziehenden Wolken am Horizont. In seinem Innern war nichts als Trauer und Leere.

Inge Gräf sah ihn durchdringend an. »Wir sind sehr froh, dass Sie sich beim Aussteigerprogramm gemeldet haben, und wir brauchen Ihre Hilfe. Bis wir die Gruppe wiedergefunden haben, müssen Sie das Vertrauen von Frau Gerloff zurückgewinnen.«

Nick blickte Inge Gräf spöttisch an. »Julia soll mir vertrauen? Damit?«

Wütend drehte er ihr den Rücken zu und riss sein T-Shirt hoch. Plötzlich war es still im Wagen. Kein Kauen, kein leises Ziehen an der E-Zigarette. Als Nick sich wieder umdrehte, sah er eine Veränderung in Gräfs Gesicht. Ihre Stirnfalten waren etwas tiefer, ihr Blick ernster. Er war sich sicher, dass sie es gewusst hatte; Keppler erzählte ihr alles, garantiert. *Aber live und in Farbe ist das eine andere Nummer,* dachte Nick trotzig. *Ein Hakenkreuz, brutal über den ganzen Rücken gefräst.*

Vielleicht, kam es ihm plötzlich in den Sinn, *hat die Chefin auch lange keinen nackten Rücken mehr gesehen.*

»Julia wird mich eher erschießen, als mich wiederzusehen«, sagte er und zog das T-Shirt wieder herunter.

»Uns wird etwas einfallen, dann wird das wieder klappen mit Ihnen beiden. Sie sind ein netter Kerl«, sagte die Referatsleiterin. Nick sah Kepplers zustimmendes Nicken und spürte, wie sich sein Magen zusammenzog.

»Und wenn ich nicht mitmache?«, fragte er und blickte die beiden herausfordernd an.

Dr. Gräf musterte ihn ruhig. »Bildung einer terroristischen Vereinigung ist ein schweres Verbrechen, Christian. Sie sind ein erwachsener Mann mit einem langen Vorstrafenregister. Dieses Mal würden Sie einige Jahre sitzen müssen.«

Nick starrte die Referatsleiterin angewidert an. Sie zog an ihrer E-Zigarette und ließ den dichten Dampf in zwei dünnen Säulen aus ihrer Nase strömen. Ihre braunen Augen fixierten ihn ausdruckslos.

Ira. Da ist sie, dachte Nick. *Wieder hält mich jemand gefangen.*

Plötzlich wurde Inge Gräfs Blick warm. »Wie gefällt Ihnen Ihr Motorrad?«

Nick schaute irritiert zu Keppler.

Der nahm die Papiertüte und öffnete seine Tür. »Gehen wir. Ich bring dich in dein neues Zuhause.«

*

Julia atmete tief ein und langsam wieder aus. Dann drückte sie mit einer winzigen Bewegung des Zeigefingers den Abzug. Die explosive Kraft des Schusses fuhr ihr vom Handgelenk durch den Arm in den ganzen Körper. Es tat gut. Ein zweiter Schuss. Und ein dritter. Endlich konnte sie sich wieder spüren. Die Kugeln hatten die auf eine Leinwand projizierte Gestalt in Brust und Kopf durchlöchert.

Sie hatte an Nick gedacht.

Die Nacht war ein einziger Albtraum gewesen. Julia hatte versucht, wie jeden Abend vor elf ins Bett zu kommen, doch der Laptop schien sie nicht entlassen zu wollen. Sie hatte den Rechner nicht wie sonst ins Bett mitgenommen, sondern sich an ihren kleinen Küchentisch gesetzt. Das Bett sollte ein sauberer Ort bleiben. Sie hatte tief in Nicks Parallelwelt hineingeschaut, hatte Videos von brennenden Flüchtlingsheimen gesehen, brüllende Männer und Frauen, Lust auf Parolen, Lust aufs Zündeln, feixende Hitlergrüße. Hass verpackt als Heimatliebe.

Julia hatte den Laptop zugeklappt und gegrübelt. Warum sie? Was war Nicks Plan? Hatte er überhaupt einen? Seine Lügen, der Ausflug auf den Gruselhof, sein Finger. Es machte alles keinen Sinn. Irgendwann war Julia wie betäubt ins Bett gegangen und hatte sich stundenlang hin und her gewälzt, während ein monsunartiger Gewitterregen über ihr aufs Dach prasselte, als würden Dämonen darauf tanzen. Sie stand auf, schlurfte ins Bad und wusch sich das heiße Gesicht. Dann verharrte sie mit gesenktem Kopf, die Hände aufs Waschbecken gestützt.

Er sucht dich! Er will dich!, zischte eine Dämonenstimme in ihrem Kopf.

Sie hob den Blick und betrachtete wie hypnotisiert ihr

tropfendes Spiegelbild. Plötzlich meinte sie, das Gesicht von Hauptkommissar Roosen hinter ihrer Schulter im spiegelnden Glas zu entdecken. Er kam ihr vor wie ein Retter, ein Kümmerer und Anpacker, den sie zeitlebens vermisst hatte. In der Landkommune waren sie alle Kinder gewesen, Wolfgang oft mehr als sie selbst – jetzt sehnte sie sich plötzlich nach dem barschen Ausbilder, der uneingeschränkt für seine Schützlinge da war. Sollte sie ihm ihre Sorgen anvertrauen?

Und dich lächerlich machen? Die Stimme wurde spöttisch: *Hilfe! Ich hab mit einem Nazi geschlafen!*

Nein, Julia, die anderen werden sich das Maul über dich zerreißen!

»Aber da stimmt was nicht, ich spür es genau!«, flüsterte sie ihrem Spiegelbild zu. »Ich bin in Gefahr!«

Dann hilf dir selbst!

Julia hatte sich gesträubt, den Gedanken zu Ende zu bringen. Sie war ins Bett zurückgekehrt und in einen unruhigen Halbschlaf gefallen. Als der Tag milchig und schwül anbrach und sie sich völlig erschöpft in die Küche schleppte, hatte die Stimme sie überzeugt. Sie brauchte keinen Retter. Sie würde die Sache selbst in die Hand nehmen.

Mit den Schüssen war die Müdigkeit aus Julias Körper verflogen, sie war bereit. Ihr Blick schweifte über den Schießstand. Ihre Trainerin hatte sich zu der zweiten Schützin gestellt und korrigierte deren Haltung. Der andere Trainer saß am Tisch vor dem Fenster zum Gruppenraum und programmierte den Beamer. Julia steckte die Pistole ins Holster, nahm den Kopfhörer ab und ging mit ruhigen Schritten zur Tür. Sie hatte die Situation während der Fahrt in der Straßenbahn wieder und wieder durchgespielt. Sie würde zur Toilette gehen, dort die Waffe durch das kleine Fenster nach draußen schieben und sie später, wenn sie mit dem Kurs den unterirdischen Schießstand verlassen hatte, einsammeln. Am Abend würde sie Nick anrufen und ihn um ein Treffen bitten, am besten bei ihm. Er würde sie wahrscheinlich an der Tür empfangen und Freude heucheln, und sie würde lächeln, die Waffe ziehen und sie dem Arschloch an den Hals drücken, bis er auspackte.

Julia schlenderte durch den Gruppenraum. Die anderen Polizeischüler saßen um den großen Tisch herum, manche reinigten ihre Waffen, andere spielten Karten. Es wurde gescherzt und geplaudert. Sebastian hob seinen Blick und zwinkerte Julia zu – der Blick eines Mitwissers, vertraut, kumpelhaft, flirtend. Julia rang sich ein Lächeln ab, verschwand im Kellergang und ging zu den Toiletten. Gerade als sie die Klinke drückte, öffnete sich die Tür der Herrentoilette. Julia erstarrte. Roosen kam heraus, zog den Reißverschluss seiner Cargo-Hose hoch und schaute sie an. Die Husky-Augen. Julia lief ein Schauer über den Rücken, die Müdigkeit der Nacht legte sich plötzlich tonnenschwer auf ihre Augenlider, sie konnte spüren, wie sie flackerten, während Roosens Blick immer tiefer in sie hineinkroch. *Er sieht mich.*

»Frau Gerloff, alles in Ordnung?«

»Ja, ich muss nur …«, stotterte Julia und öffnete die Tür zur Damentoilette.

Roosen fasste ihren Arm. Sie erstarrte und sah zu, wie der Hauptkommissar mit spitzen Fingern ihre Jacke aufschob und den Blick auf die Pistole im Holster freigab.

»Oh, ich … ich hab vergessen …« Julia gab sich alle Mühe, überrascht zu tun.

Roosen nahm die Waffe aus dem Holster, schaute nach, ob sie gesichert war, und steckte sie in seine Hosentasche.

»Sind Sie wahnsinnig?«, zischte er leise.

Julias Gesicht war hochrot angelau
kleine Schulmädchen in Templin, da
gegenüberstand, der sie beim Sü
erwischt hatte.

Roosen schaute sich um, dann zis
Stimme: »Dafür werden Sie gefeuert! Frist
Bezüge zurückzahlen müssen!«

Julias Kinn zitterte. Am liebsten hätte sie losgeheu
ror der letzten vierundzwanzig Stunden rausgeschrie
nicht vor Roosen. Sie zwang sich, Haltung zu bewahren.

»Ich muss etwas melden«, sagte sie leise und versuchte die Tränen zurückzuhalten, die ihr aus den Augen rollten.

Zehn Minuten später saß Julia leichenblass in Roosens Büro. Sie hatte ihm den abfotografierten Personalausweis von Nick gezeigt und die ganze Geschichte erzählt, voller Scham, aber aufrichtig, seinen hellblauen Augen wäre sowieso jede kleinste Lüge oder Auslassung aufgefallen.

Roosen ließ sich Zeit. Nachdenklich saß er in seinem Bürostuhl und schaute aus dem Fenster zu den dampfenden Kühltürmen der Raffinerie hinüber. »Ich bin enttäuscht, Frau Gerloff«, begann er leise.

»Ich weiß«, antwortete sie tonlos.

Roosen drehte sich zu ihr und musterte sie streng. »Nicht, weil Sie diesen Nazi mit einer gestohlenen Polizeiwaffe in der Hand zur Rede stellen wollten, obwohl der Plan nicht nur naiv, sondern auch lebensgefährlich war.«

Julia schluckte. Die Wahrheit war klar und brutal, und sie hatte fast etwas Befreiendes. Ihr Verstand war völlig außer Kontrolle geraten, das erste Mal in ihrem Leben. *Ich bin keine Polizistin*, dachte sie ohne jedes Gefühl, *ich habe es immer gewusst.*

äre Ihnen sowieso bei der Kontrolle in der Waffen-
uf die Schliche gekommen.«

nickte stumm.

in, ich bin aus einem anderen Grund enttäuscht«, sagte sen. »Sie wollten uns alle austricksen. Mich. Ihre eigenen ute!«

Julia biss sich auf die Unterlippe. Sie machte gar nicht erst den ersuch, etwas dagegenzuhalten, Roosen hatte sie voll erwischt. Sie war eine Verräterin.

Der Ausbilder musterte sie lange. »Sie kennen das Polizeigesetz?«

»Ja … das hatten wir in Rechtskunde«, antwortete sie stotternd.

»Das Polizeigesetz regelt, was ein Polizist darf und was er nicht darf«, erklärte Roosen. »Aber für uns Polizisten gibt es noch ein anderes, unser eigenes Gesetz. Das steht nicht im Gesetzbuch, das steht hier drin. Nur hier!«

Roosen klopfte sich zweimal fest auf die linke Brust. »Das *Polizistengesetz*!«

Julia sah ihn fragend an.

»Paragraf eins des Polizistengesetzes heißt: Wir sind eine Familie. Und in einer Familie hält man zusammen. Keine Geheimnisse, jeder hilft jedem.«

Julia nickte. *Eine Familie* … Das Wort durchflutete sie wie eine warme Woge.

»Ich kümmer mich um den Nazibengel«, sagte Roosen. »Sie gehen wieder zu Ihrem Kurs, und das hier bleibt unter uns.«

Julia stutzte.

Seine Stimme wurde weicher. »Sie gehören von jetzt an dazu. Haben Sie heute Abend etwas vor?«

»Ich? Nein …«, stotterte Julia überrascht.

»Sehr gut. Dann kommen Sie um neunzehn Uhr zu mir. Ich koche uns was und stelle Sie meiner Familie vor.«

Roosen schob ihr eine Visitenkarte zu und drehte sich wieder zum Fenster. Julia stand zögernd auf, bedankte sich leise und ging.

*

Der kleine, fensterlose Raum lag tief unter der Erde, es war kalt. Karl saß eingewickelt in eine dicke Filzdecke an einer alten, spärlich von einer batteriebetriebenen LED-Lampe beleuchteten Werkbank. Vor ihm an der Wand hingen Werkzeuge für Metall- und Elektroarbeiten, der Boden hinter ihm und neben ihm war vollgestellt mit Plastikkisten voller Drähte, Platinen, Schrauben, Nägel und Klebebänder. Auf der Werkbank standen Glaskolben und Reagenzgläser, eine mit roten Gummischläuchen verbundene Destilliervorrichtung und ein Bunsenbrenner. Drumherum herrschte ein Chaos aus Plastikdosen, Thermometern, Trichtern und Pipetten.

Karl war völlig in seine Arbeit versunken, konzentriert wie in einem Gebet. Seine wulstigen Hände steckten in Gummihandschuhen. Behutsam kratzte er winzige Bleiazid-Kristalle von einem Filterpapier und befüllte damit vorsichtig eine abgesägte Fahrradglühbirne.

Der perfekte Zünder, dachte Karl zufrieden und genoss den wohligen Schauer, der über seinen Rücken lief. Hier unten war er er selbst, ein Samenkorn im tiefen Waldboden, ein Zwerg in seiner geheimen Höhle, drei Meter Beton über ihm, anderthalb Meter an den Seiten. Nur hier unten konnte er tun, was er wollte. Niemand konnte ihn sehen, niemand konnte ihn hören, kein Radar konnte ihn orten. Er war sein eigener Herr. Das Rumpelstilzchen.

Für einen Wimpernschlag brachte ihn der kleine unterirdische Raum zurück in seine Kindheit, und er war wieder im Keller des alten, rußschwarzen Hauses in der Siedlung in Duisburg. Unzählige Tage und Nächte hatte er dort verbracht, zu seinem Besten, wie sein Vater behauptete, wenn er den Gürtel wieder durch die Schlaufen schob, die Treppe hinaufging und hinter ihm die Tür abschloss. Karl hatte nicht geweint, nicht vor dem Bastard, erst später, wenn das Licht im Keller ausging, hatte er mit einem Tuch im Mund geschluchzt und seinen von Striemen überzogenen Hintern gegen die kalte Mauer gepresst. Dann hatte er die Taschenlampe und den Elektrobaukasten unter dem Regal hervorgezogen, das mit Klopapier, Waschpulverkartons, Spülmittelflaschen, Seife und Putzschwämmen vollgestopft war – Vorräte, die seine Mutter im Angebot gekauft hatte, obwohl die Wohnung so sauber war, dass man Suppe aus dem Klo hätte löffeln können. Den Elektrobaukasten hatte ihm sein Opa zu Weihnachten geschenkt, er war das größte Geschenk seines Lebens gewesen. Karl hatte ihm zum Dank eine rot-grün blinkende Lampe zusammengelötet und ins Krankenhaus gebracht, wo sie ihm den schwarzen Fuß abgenommen hatten und er ein paar Wochen später »endlich verreckt« war, wie sein Vater es ausgedrückt hatte. Karl hatte am Tag der Beerdigung so getan, als wäre er krank; er hatte Angst gehabt, dass ihm vor dem Grab die Tränen aus den Augen laufen würden, vor dem Vater, vor der nach Desinfektionsmittel riechenden Mutter und Opas Skatkumpeln. Später war er alleine auf den Friedhof gegangen und hatte seinem Großvater eine neue batteriebetriebene Lampe aufs Grab gestellt, ein ewiges Licht, das er jeden Monat kontrollierte. Bald wäre wieder Zeit.

Karl wischte die Gedanken beiseite, er musste sich konzentrieren. Vorsichtig verlötete er den Zünder mit einer Batterie und montierte ihn in den Deckel einer kleinen Plastikdose, die bis zum

Rand mit einer hellen, feuchten Masse befüllt war. Dieselgeruch stieg Karl in die Nase. Dann umwickelte er die Konstruktion fest mit silbernem Klebeband, bis ein kegelgroßes Ei daraus entstand, aus dem ein flacher Druckschalter mit einer Sperre herausragte.

Karl musterte die Granate zufrieden: Es war nur ein Pröbchen, ein hübsches Spielzeug für die Kids, um die Lust auf das zu steigern, was kommen sollte. Er steckte das Ei in seine Ledertasche und zog zufrieden die Filzdecke um die Schultern. Vielleicht würden sie den Dachsbau hinter dem Bunker sprengen.

*

Keppler stieg aus dem Wagen und blickte zum Südflügel des Verfassungsschutzes. Der dreckige Beton, die roten Jalousien, das dunkelbraune, über Jahrzehnte ausgebleichte Dach, die Zäune – das Gebäude wirkte wie ein Knast. An der Pforte zeigte er dem Sicherheitsbeamten hinter der Glasscheibe seinen Dienstausweis und ging durch die innere Sicherheitsschleuse. Der Aufzug brachte ihn in den fünften Stock. Er musste an Nick denken, wie er in seinem kahlen Zimmer in der schäbigen Pension gesessen hatte, einsam und von Gott verlassen. Der einzige Mensch, der ihm noch blieb, war er, Keppler, der Aktenfresser, der zu einem Marionettenspieler geworden war. Und der nun drauf und dran war, sich zu verheddern. Der Plan drohte zu scheitern und musste mit einem neuen Plan gerettet werden. Sie mussten Julias Vertrauen zurückgewinnen. Nick hatte ihn angeschaut wie ein Auto, als er ihm von seiner Idee erzählt hatte. Und er hatte nur gelächelt und für einen Moment fest geglaubt, dass er das hinkriegen würde. *Mach dir nichts vor!* Er wusste, dass er im Trichter steckte. Dass es immer riskanter wurde. Immer irrsinniger. *Wie war er da bloß hineingeraten?*

Die Aufzugtür öffnete sich. Keppler ging durch den langen lindgrünen Flur zu seinem Büro. Er schloss die Tür auf und betrat einen kleinen Raum mit einem Schreibtisch, zwei Aktenschränken und einem Safe an der Wand. Darüber hing, wie zum Trotz, eine Pinnwand mit mehreren Kinderzeichnungen – wildes Gekritzel von der Kleinen und ein krakeliges Familienbild von dem Großen: die beiden Kinder als Hund und Katze, Mama als Pferd und Papa als Igel. Keppler trat ans Fenster. Von hier oben hatte man einen Blick wie aus einem Penthouse: Hinter der riesigen Hochhaussiedlung in der Nachbarschaft ragten die Schlote der Auto- und Chemiewerke am Rhein empor, weiter in der Ferne, wie ein Versprechen, erstreckten sich bewaldete Hügel. Keppler ertappte sich nicht zum ersten Mal bei der Frage, was ihn noch beim Nachrichtendienst hielt, in einer Behörde aus dem vergangenen Jahrhundert, die sich plötzlich in einer unkontrollierbaren, wild gewordenen Zukunft zurechtfinden musste. Er hatte schon damals überlegt, seine Zelte abzubrechen, als seine Kinder noch einen Umzug verkraftet hätten; sie waren jung und ihre Wurzeln noch dünn. Seiner Frau wäre es schwerer gefallen, sie hatte sich schon in der ersten Schwangerschaft einen festen Kreis von jungen Müttern und Nachbarinnen gesucht, um gemeinsam die langen Jahre der Kinderaufzucht durchzustehen.

Alles hinfällig, dachte Keppler, jetzt war es nur noch seine eigene Entscheidung, er konnte tun und lassen, was er wollte. Hatte er nicht manches Mal davon geträumt, in den Jahren vor dem verfluchten Abend, an dem er und seine Frau mit einer Flasche Wein auf dem Sofa gesessen hatten und alles zerbrach? Die Bilder drängten sofort zurück in sein Bewusstsein, sie waren keine sechs Monate alt. Kerstin hatte ihn unvermittelt angeschaut, wie ein verzweifeltes Kind, und die Worte leise herausgepresst. *Ich halte das alles nicht mehr aus.* Sie wolle ehrlich sein, hatte sie tonlos weitergesprochen, aus Respekt ihm gegenüber, und ihre Ehrlichkeit hatte sich wie eine Kreissäge in sein Herz gefräst. Es wäre ein Fehler gewesen, hatte sie gesagt, nur einen Mann im Leben gehabt zu haben, es gäbe noch so viel zu entdecken, man lebe nur einmal, *verstehst du?*

Keppler hatte wie betäubt genickt, während es in seinem Inneren nachhallte: *Du genügst nicht.*

Nachdem sie sich in der Nacht verzweifelt geliebt hatten und er am Morgen die Kinder weggebracht hatte, war die Wut hochgekommen. Er war sich selbst ein Fremder geworden, hatte mit einem vorgehaltenen Küchenmesser aus seiner Frau die letzten Details herausgepresst. Ja, sie war fremdgegangen, ja, es waren drei, ja, auch eine Online-Bekanntschaft. Und nein, sie fand so was nicht billig.

Am Abend hatte Keppler die Wohnung geräumt und eine winzige möblierte Zweizimmerwohnung gemietet, wo er die ersten Wochen wie in Trance verbrachte, weinend, sich erbrechend, gegen Türrahmen tretend, nachts umherwandernd, betrunken und elend. Aus Hass war Selbsthass geworden und daraus Leere. Erst nach zwei Monaten hatte er seinen Verstand wiedergewonnen und war imstande gewesen, die Trennung in ihre gesamten schmerzhaften Bestandteile zu zerlegen. Er hatte die Warnzeichen nicht sehen wollen, hatte sich in seinem Job verschanzt und war dem routiniert monotonen Familienleben mit Überstunden entkommen. Keppler musste schmunzeln, als er auf das Kinderbild blickte: Er war der Igel. Seine Frau war das Pferd, sie war davongaloppiert. Aber hatte er das nicht selbst längst getan? War er nicht schon lange auf Abwege geraten? Er musste es sich eingestehen: Er hatte eine andere Frau. Keine Liebe, keine Affäre, keine Chat-Freundschaft, sondern eine *Obsession*, die ihn Tag und Nacht begleitete: Ira Tetzel.

Es hatte ganz schleichend begonnen. Als Auswerter war es sein Job, Informationen über Aktivitäten von Neonazis, gewaltbereiten Bürgerbewegungen, pseudodemokratischen Parteien, Rassisten und Antisemiten zu sammeln, er las Tausende Protokollseiten über Gespräche mit den V-Personen, ein tiefer, unappetitlicher Blick in die rechtsextreme Szene, der nach jedem Feierabend noch lange in ihm nachglühte, auch damals, als seine Kinder bei den kurzen Gute-Nacht-Küssen über ihre kleinen Sorgen gesprochen hatten, oder im Bett, wenn seine Frau sich an seinen Rücken schmiegte und die Arme um ihn schlang. Tausende bruchstückhafte Informationen geisterten ununterbrochen in Kepplers Kopf herum, sein Gehirn war ein ruheloses Radar, das jedes Signal vom rechtsextremen Rand auffing und analysierte. Irgendwann, viele Jahre zuvor, hatte auf seinem inneren Bildschirm ein kleines Licht zu blinken begonnen. Eins unter Hunderten, eine Randerscheinung. Aber es hatte eine andere Farbe, und es wurde immer heller: Ira. Keppler hatte das kleine Licht ins Visier genommen und seitdem wie einen fernen, unregelmäßig wiederkehrenden Kometen verfolgt. Er hatte monatelang alte Protokolle studiert und Querverbindungen gezogen und war zum Schluss gekommen, dass sie eine Sonderfigur in dem riesigen rechtsextremen Sumpf war.

Keppler legte eine Personenakte an, die ihren Werdegang zusammenfasste: Die Tochter eines Lehrerpaares, so wurde mehrfach berichtet, galt schon früh als intelligent und eigensinnig, ein unzähmbarer Widerspruchsgeist. Mit fünfzehn hatte sie die Schule abgebrochen und sich eine Weile in der Nähe der linksautonomen Szene herumgetrieben, wo sie sich durch Hausbesetzungen, Demonstrationen, Körperverletzungen und Diebstahl erst bei der Polizei und später beim Nachrichtendienst einen Namen machte. Alte Berichte diverser Quellen ließen darauf schließen, dass Ira stets eine politische Außenseiterin im linken Lager war, die über die »verkifften Gutmenschen« lästerte, die »glauben, mit ein paar Molotowcocktails etwas im Land bewegen zu können«. Um die Jahrtausendwende, nachdem es eine Weile ruhig um sie geworden war, tauchte sie in Berichten aus dem rechtsextremen Lager wieder auf. Als Keppler davon in den alten Akten gelesen hatte, war er nicht sonderlich überrascht gewesen. Überläufer hatte es in beide Richtungen gegeben. Links- und Rechtsextreme waren zwar nicht das Gleiche, aber in ihrem Hass gegen den Staat waren sie vergleichbar. Was Keppler viel mehr überraschte, war Iras neuer, missionarischer Ton. Bei einem observierten Treffen einer rechten Kameradschaft war sie mit Äußerungen über »die nationale Revolution« und »den Krieg der Kulturen« aufgefallen – aus der Straßenkämpferin war scheinbar eine völkisch-nationale Ideologin geworden. Einige Informanten hatten sie als »arrogantes Miststück« und »größenwahnsinnige Lesbe« beschimpft, »die tut, was sie will«, andere hatten von ihrem Charisma geschwärmt und sie sich an vorderster Front gewünscht. Doch Ira scheute den öffentlichen Auftritt, sie blieb ein Phantom mit einem großen Schatten – und je verschwommener ihre Spuren und ihre Ziele waren, desto mehr hatte Keppler Interesse an ihr gefunden. Dann, zwei Jahre zuvor, war der Düsseldorfer Landesverfassungsschutz ins Spiel gekommen. Das dortige Referat Rechtsextremismus hatte die Idee, Ira als Quelle anzuwerben. Keppler war extrem skeptisch gewesen, sie schien ihm zu intelligent und zu ideologisch, um sich als Spitzel einspannen zu lassen. Doch gleichzeitig hatte ihn der Plan elektrisiert, der blinkende Lichtpunkt auf seinem Radar würde endlich eine eigene Stimme bekommen. Es folgten die üblichen, enervierend langen Vorbereitungen, die Forschungsphase und die Anbahnungsphase, in denen Ira, so gut es ging, durchleuchtet wurde, und schließlich kam die Werbungsphase, in der ein Beschaffer namens Badtke direkten Kontakt zu ihr aufnehmen sollte. Zu Kepplers Verwunderung hatte sich Ira schnell bereit erklärt, aus der Szene zu berichten, aus demselben Motiv wie die meisten Quellen, die mit dem Verfassungsschutz zusammenarbeiten: Geld. Sie wurde überdurchschnittlich hoch entlohnt, und schon nach wenigen Wochen hatte Badtke die ersten Gesprächsprotokolle geschickt. Keppler war bis tief in die Nacht im Büro geblieben und hatte gespannt gelesen, wie Ira sich als harmlose Sympathisantin der Neuen Rechten darstellte und häppchenweise Hinweise auf belanglose Übergriffe aus der Naziszene lieferte. Keppler hatte es nicht anders erwartet: Ira wusste genau, wie weit sie gehen konnte, und sie hatte, wie die meisten Quellen, mit dem Finger auf die kleinen Fische gezeigt. Für Keppler war es offensichtlich, dass Ira ein Spiel mit dem Verfassungsschutz spielte. Für ihn war sie keine nachrichtenehrliche Quelle, sie war eine vom Staat finanzierte Gefährderin.

Vielleicht hat Kerstin es gespürt, schoss es Keppler durch den Kopf, als er jetzt an die Jahre dachte, die er gedanklich mit Ira Tetzel verbracht hatte.

Im Hintergrund öffnete sich die Tür.

»Stör ich?« Dr. Gräf kam herein.

»Nein, nein. Ich hatte nur …«, stotterte Keppler und schob der Chefin einen Stuhl hin. Sie blieb stehen und musterte ihn ernst. »Die Kripo fahndet nach Frau Tetzel.«

Keppler nickte. »Wenn die sie vor uns finden, sind wir endgültig raus.«

»Wir brauchen Hilfe. Ich habe mit dem Kollegen vom Landesverfassungsschutz gesprochen.«

»Mit Badtke?« Keppler ging hinter seinen Schreibtisch und schob ein paar Papiere zusammen.

»Wir brauchen seine Quellen, er ist nun mal Referatsleiter.«

Keppler blickte missmutig auf. Es hatte ihn gekränkt, nicht, weil der Aufschneider aufgestiegen war, sondern weil er damit einen viel zu wichtigen Posten besetzt hielt. »Die Föderalfuzzis haben nichts geliefert, damals nicht und heute nicht!«

Dr. Gräf ging zur Tür: »Morgen ist eine Dringlichkeitssitzung, vielleicht kommt da ja was. Ich erwarte Sie.«

Keppler packte wortlos einige Akten in den Safe.

Die Chefin schmunzelte. »Und setzen Sie bis dahin ein anderes Gesicht auf. Wir brauchen Badtke.«

Keppler blickte nachdenklich aus dem Fenster. Es musste aufhören. Er würde seinen Plan erfolgreich durchziehen, dann Ira aus seinem Leben verbannen und seine Versetzung beantragen. Warum nicht in den Auslandsdienst wechseln? Aus dem Igel würde ein Pferd werden. Frei und lebendig.

*

Julia ging die verkehrsberuhigte Straße der Reihenhaussiedlung entlang. Die Häuser waren braun verklinkert, an manchen Türen hingen bunte Schilder aus Holz oder Salzteig mit verzierten Familiennamen. Auf den winzigen Wiesenflächen vor den Häusern standen Tretroller, Bobbycars und kleine Fußballtore. Kindergeschrei tönte aus den versteckten Gärten herüber. Roosens Haus war das letzte in der Reihe, dahinter erhoben sich größere Wohnblocks für Singles und Ehepaare ohne Kinder. Auf einem Balkon qualmte ein Grill, leises Stimmengemurmel drang zu Julia herunter, als sie klingelte.

Sie hatte lange überlegt, was sie ihrem Ausbilder zu der

Einladung mitbringen sollte. Blumen? Zu intim. Wein? Dann könnte er denken, sie würde gern trinken. Pralinen? Er war alt, aber so alt nun auch wieder nicht.

Sie hatte sich schließlich für eine Sonnenblume entschieden, das war zwanglos und erinnerte sie an den wilden Garten ihrer Kindheit, in dem sie oft unter selbst gezogenen Sonnenblumen gelegen hatte, die meterhoch über ihr im Wind schwankten. Ihre tellergroßen Köpfe waren nach unten geneigt, als würden sie das kleine Mädchen mit den braunen Locken freundlich von oben anschauen.

Frau Roosen öffnete strahlend. »Hallo, Frau Gerloff!« Sie war stark gebräunt und hatte einen hellroten Lippenstift über ihre schmalen Lippen hinaus aufgetragen. Julia streckte ihr die Sonnenblume entgegen.

»Oh, ist die aber schön! Das war doch nicht nötig«, sagte sie und trat zur Seite. »Kommen Sie doch herein. Ich heiße Marion. Darf ich Julia sagen? Mein Mann hat mir schon so viel von Ihnen erzählt.«

Julia ging leicht benommen ins Haus. Sie hatte den ganzen Tag überlegt, ob der Hauptkommissar wohl öfter Studenten zu sich einlud, ob es sich vielleicht um sein eigenes, ganz privates Aufnahmeritual für die Polizeifamilie handelte. Sie hatte Daria davon erzählt, nachdem sie ihr den Schwur abgenommen hatte, niemandem etwas zu verraten, und die Freundin hatte wild spekuliert, ob der Ausbilder womöglich in sie verliebt sei. Julia hatte es gegraust, trotzdem war sie hingegangen, weil sie hoffte, Neuigkeiten über Nick zu erfahren.

In der halb offenen Küche stand Roosen, eine Kochschürze um die Hüfte gebunden. Julia hatte den Geruch von Kohl und Braten erwartet, aber es duftete nach Rosmarin und Knoblauch. Der Ausbilder lächelte angestrengt, sein Gesicht war gerötet, auf seiner Stirn stand ein feiner Schweißfilm. »Kommen Sie! Ich hab uns ein griechisches Zitronenhuhn gemacht, Sie essen doch Fleisch, oder?«

»Ja, klar«, antwortete Julia betont locker, um ihn etwas zu entspannen.

»Wir waren früher oft in Griechenland mit den Kindern. Das Huhn ist seine Spezialität«, erklärte Frau Roosen und nahm eine Flasche Weißwein aus dem Kühlschrank. »Kommen Sie mit, wir essen draußen auf der Terrasse.«

Julia ließ sich durch das Wohnzimmer zum Garten führen. Das Haus war aufgeräumt und sauber, aber es war unübersehbar in die Jahre gekommen. Die Möbel sahen aus, als stammten sie aus einem längst begrabenen Sortiment von Ikea, die wenigen Bücher in der dunkelbraunen Schrankwand – größtenteils Sachbücher oder Krimis – waren angegilbt, in einem gesonderten Regal standen Weinführer aus den Neunzigerjahren, daneben Fachliteratur über Kriminalistik und Ordner mit alten Jahresheften der Polizeigewerkschaft, die Eckcouch mit den vielen Kissen und der schwere Sessel waren abgenutzt. Einzig der große Flachbildfernseher in der Zimmerecke schien aus diesem Jahrhundert zu sein.

Auf der Terrasse stand ein gedeckter Tisch, hinter dem sich ein kleiner Wiesenstreifen erstreckte, umrahmt von Blumenbeeten mit kleinen Trollen aus Ton und bunten Schmetterlingen an Drahtstäben. Von den Nachbarterrassen klangen leise Stimmen und Geschirrgeklapper herüber. Alle schienen zur selben Zeit zu essen. So hatte sich Julia als Kind die normalen Leute vorgestellt. Auf den Ausflügen, die sie gelegentlich mit ihrem Vater und seinen Freunden gemacht hatte, waren sie manchmal auf ein Bier, eine Limo oder ein Eis in den umliegenden Gasthöfen eingekehrt. In den verrauchten Hinterzimmern, wo die Rentner

Karten spielten, lief manchmal ein Fernseher mit Fußball oder Rennsport. Julia hatte sich dann gerne mit ihrem Stangeneis in eine Ecke gesetzt und gebannt auf die Werbebilder gewartet: glückliche Familien, die lachend in ihren sauberen Häusern wohnten, in strahlend weißen Betten tobten oder im gepflegten Garten miteinander Fußball spielten. Manchmal hatte sie sich in die Werbung hineingeträumt, dann war auch sie ein Kind in einer richtigen Familie gewesen – Vater, Mutter, Tochter, vielleicht ein Hund. Ein Bruder, wenn es sein musste. Normale Leute.

»Setzen Sie sich doch.« Marion Roosen schob Julia einen der gepolsterten Gartenstühle hin, füllte zwei Gläser mit Wein und stellte die Flasche in einen Kühler, aus dem sie vorher eine leere Flasche gezogen hatte. »Schön, dass Sie da sind«, sagte sie lächelnd und prostete ihr zu. »Wir haben in letzter Zeit viel zu wenig Besuch.«

Julia stieß mit ihr an. Sie dachte an das Familienfoto auf dem Schreibtisch des Ausbilders. Frau Roosen hatte sich verändert. Sie war schmaler geworden, die Augen lagen tiefer in den Höhlen, das Haar war dünner. Wie viele Jahre waren seit dem Foto vergangen? Fünfzehn? Was hatte die Stirnfalte so tief einsinken lassen? Verluste, Enttäuschungen, Schmerzen? Julia kam plötzlich ein unguter Gedanke: Auch ihr Gesicht würde nicht verschont bleiben, es hatte schon angefangen …

»Schön haben Sie es hier«, sagte Julia, um das Gespräch in Gang zu halten.

»Wir sind die Letzten der alten Garde«, sagte Marion und blickte in die umliegenden Gärten. »Als wir gebaut haben, waren hier noch Felder. Alles junge Familien mit Babys, ich war schon schwanger mit unserer Ältesten.«

Sie nahm einen großen Schluck und lächelte. »Die Siedlung war ein einziger Kindergarten. Und jetzt sind sie alle aus dem

Haus. Unsere Freunde von nebenan, die sind gleich nach Italien gezogen.«

»Wir halten die Stellung!«, erklang es von der Terrassentür. Roosen kam mit einem riesigen Tablett heraus. Er stellte eine große Platte mit dem zerlegten Huhn, dicken Zitronenscheiben und Rosmarinzweigen auf den Tisch, dazu eine Schüssel Ofenkartoffeln, etwas Salat und eine zweite Flasche Wein. Dann band er die Schürze ab und blickte am Haus hinauf. »Leo! Komm bitte runter!«

Roosen ließ sich in den Gartenstuhl fallen, warf seiner Frau einen Blick zu und deutete mit dem Kopf zu Julia. »Hab ich's dir nicht gesagt? Wie Paula. Stille Wasser sind tief.«

Marion Roosen nickte lächelnd. Julia wurde rot. »Dann muss ich Paula wohl mal kennenlernen.«

Ohne zu antworten, spießte der Ausbilder mit seiner Gabel ein Hühnerbein auf und tat es Julia auf den Teller. »Sie müssen vor allem mehr essen.«

Marion häufte Kartoffeln und Salat daneben, und Julia beglückwünschte sich heimlich dazu, vorgesorgt und seit dem Mittag nichts gegessen zu haben.

»Ich hab das Foto in Ihrem Büro gesehen«, sagte sie zu Roosen und spießte ein Stück Kartoffel auf die Gabel. »Ist Paula da auch drauf?«

Marion warf ihrem Mann einen kurzen Blick zu, ein Schatten huschte über ihr Gesicht.

Roosen steckte sich ein großes Stück Fleisch in den Mund und blickte kauend in den Garten. »Paula ist unsere Mittlere, sie ist schon aus dem Haus.«

»Ah«, sagte Julia. »Und was macht sie so?«

Marion griff zum Glas und setzte zu einer Antwort an, als ein groß gewachsener, durchtrainierter Teenager durch die

Terrassentür trat. Seine Haare hingen ihm strähnig bis zu den Schultern, sein schwarzes T-Shirt war löchrig, am Kinn spross schütterer Flaum. Er setzte sich wortlos an den Tisch und nahm sich das zweite Hühnerbein vom Teller. Roosen musterte ihn stumm.

»Leo, das ist Julia Gerloff, eine Studentin von Papa«, stellte Marion lächelnd vor.

»Hallo«, murmelte der Junge, warf seine Haare in den Nacken und biss in die Keule.

»Leo hat im Frühjahr sein Abi gemacht«, sagte Roosen.

»Glückwunsch. Hast du schon was vor? Auslandsjahr oder so?«, fragte Julia.

»Er denkt noch nach, was er mit seinem Leben anfangen will«, raunte Roosen.

»Das Huhn schmeckt bitter«, murmelte der Teenager, legte den Schenkel an den Tellerrand und nahm sich Kartoffeln.

Marion warf ihrem Mann einen Blick zu. »Hast du die alte Zitrone benutzt?«

»Vielleicht ist eine Pause nach der Schule ganz gut«, warf Julia schnell ein. »Man kann sich einfach mal treiben lassen und Leute kennenlernen, dann ergibt sich meistens etwas.«

»Oder man entscheidet sich. So wie Sie.« Roosen griff nach seinem Weinglas.

Julia bemerkte seinen auffordernden Blick und nahm ebenfalls einen Schluck Wein. »Eigentlich wollte ich nur meinen Vater ärgern«, rutschte es ihr heraus. Sie sah, wie Leo hinter seinem Haarvorhang zu grinsen begann, und bereute ihre vorlauten Worte. Nichts wäre schlimmer, als auf Roosens Terrasse über ihren Vater plaudern zu müssen.

»Gegen die Art von Ärger hätte ich nichts einzuwenden«, konterte der Ausbilder in Richtung seines Sohnes. »Ich hatte schon

Schüler, die waren in der dritten Generation Polizist«, sagte er. »Da war man früher stolz drauf.«

Leo beugte sich tief über seinen Teller und murmelte: »Damit hast du schon Paula genervt.«

»Leo!«, zischte Marion und leerte ihr Glas.

Roosens Blick verharrte starr auf seinem Sohn. Der Teenager aß unbeeindruckt weiter.

»Heute wollen doch alle Polizist werden«, versuchte Julia die dicke Luft zu vertreiben. »Was macht denn Ihre Tochter so?«

Die Roosens wechselten einen Blick. Lange Sekunden verstrichen. Leo hob den Kopf, schob seine Haare zur Seite und schaute Julia an. Sie glaubte, ein winziges Lächeln um seinen Mund zu erkennen, als er herausplatzte: »Sie ist irre.«

*

Nick saß auf dem schmalen Bett und wusste nicht, wie lange er schon auf das Foto von Clemens gestarrt hatte. Keppler hatte ihn in der kleinen Pension am Stadtrand abgeladen, hatte ihm die Tasche getragen, als sie die schmale Treppe mit dem ausgelatschten Teppich zu seinem Zimmer hinaufgegangen waren. Ein Einzelbett, ein brauner Resopalschrank, ein einsamer Stuhl. Der Gefangene war vorübergehend in eine neue Zelle verlegt worden, dachte Nick. Der Schlüssel mit dem schweren Anhänger und der Geruch von Desinfektionsmittel erinnerten ihn an die Stundenhotels, in denen er früher untergekrochen war, wenn der Winter ihn umzubringen drohte.

Keppler hatte ihm geraten, die Pension erst einmal nicht zu verlassen. Er habe eine Vereinbarung mit einem Lieferservice, der ihm kostenlos Essen bringen würde – Pizza, Pasta, Sushi, was immer er wolle.

Nick legte das Foto beiseite. Er war nicht wütend oder enttäuscht, er fühlte sich bestätigt. Er hatte nie im Leben etwas geschenkt bekommen, und wenn, dann nur, weil man etwas von ihm wollte. *Julia!*

Sie war unschuldig, dachte Nick wütend. Hatten die überhaupt eine Vorstellung, was mit ihr passierte, wenn der Plan aufging? Im Auto hatte er Keppler die Frage an den Kopf geworfen, und der hatte keine Antwort gewusst. Zum ersten Mal. Ein paar Minuten später, sie standen an einer roten Ampel, hatte der Verfassungsschützer ihm fast nebenbei von seiner Idee erzählt, wie man Julias Vertrauen zurückgewinnen könnte. Eine geniale Idee! So gerissen, dass Nick nicht wusste, ob er Keppler dafür bewundern oder verabscheuen sollte. Es wollte ihm nur mit Widerwillen ins Gehirn gehen – unter den karierten Hemden und dem Beamtenbauch verbarg sich ein gottverdammter Agent.

*

Die sengende Sonne war abgetaucht, rosa Kondensstreifen zogen sich kreuz und quer über den Abendhimmel. Es würde eine heiße Nacht geben.

Der silberne Passat glitt leise über die Straßen in Richtung Innenstadt. Roosen hielt das Steuer fest umklammert, er spürte den kühlen Hauch der Klimaanlage an seinen nassen Achseln. Aus dem Augenwinkel sah er Julia, die die Hände unter die Beine geklemmt hatte und nach draußen starrte. Sie schwiegen.

Was sollte er auch sagen?, dachte Roosen. Der Abend war ein Desaster gewesen. Marion war aufgesprungen und hatte den Nachtisch geholt, Leo, dieser verdammte Idiot, hatte sich nach oben verzogen, vor seinen verfluchten Computer, den Kopf eingeklemmt zwischen den riesigen Muscheln seines Kopfhörers. Wie gerne hätte er ihm eine Ohrfeige verpasst, damit er das Ding nicht mehr aufsetzen konnte, aber er hatte gelernt, dass die Terrasse kein guter Ort für lautstarke Familienstreitigkeiten war.

Julia tat ihm leid. Nachdem sie schweigend das Eis mit Eierlikör gelöffelt hatten, hatte er ihr angeboten, sie nach Hause zu fahren. Sie wollte ablehnen, aber er hatte darauf bestanden.

»Was ist passiert mit Ihrer Tochter?«, fragte sie unvermittelt.

Roosen hielt an einer roten Ampel und blickte nachdenklich auf die vorbeifahrenden Autos. »Nichts.«

Er hatte es noch niemandem erzählt, keinem Freund, keinem Kollegen. Sogar mit Marion hatte er aufgehört, darüber zu sprechen. Vielleicht hatte er auf Julias Frage gehofft, aber jetzt fehlten ihm die Worte für das Unfassbare.

»Sie haben doch gesagt, in der Polizistenfamilie gibt es keine Geheimnisse«, hakte Julia nach.

Roosen schnaubte. *Sie lernt schnell.*

Die Ampel sprang auf Grün, der Ausbilder gab Gas. »Leo ist nur neidisch auf seine Schwester. Sie ist vor zwei Jahren in die USA gegangen, ganz in die Nähe von New York, erst zum Schulaustausch, dann auf die Uni. Irgendwas mit Jura und Wirtschaft, da steigt ja heute keiner mehr durch.«

Roosen ignorierte Julias skeptischen Seitenblick und bog in ihre Straße ein. »Welche Nummer?«

»Die Neunzehn, gleich da vorne.«

Roosen hielt vor ihrer Tür und musterte nachdenklich das Haus. »Meine Frau wollte eigentlich lieber in der Stadt leben, zum Ausgehen und so. Aber dann kamen die Kinder …«

»Was werden Sie mit ihm machen?«, fragte Julia ernst.

»Mit wem?«

»Mit Nick. Ich meine … Christian«, sagte Julia stockend. »Christian Eisermann. Dem …«

»Ich habe heute zwei Kollegen vorbeigeschickt«, antwortete Roosen. »Der Junge scheint ausgeflogen zu sein. Aber ich treffe später noch jemanden, der die Naziszene gut kennt. Der findet ihn und nimmt ihn sich vor.«

Julia nickte, etwas enttäuscht, wie ihm schien. Er hob mahnend den Zeigefinger und merkte erleichtert, dass er in seine angestammte Rolle zurückfand. »Und Sie unternehmen erst einmal gar nichts! Verstanden?«

Julia nickte schnell.

»Gute Nacht«, sagte Roosen. »Tut mir leid, dass das Huhn bitter war.«

»Danke für die Einladung«, erwiderte Julia leise und stieg aus.

Roosen wartete, bis sich die Haustür hinter ihr geschlossen hatte, und gab Gas. Er hatte noch einen langen Weg vor sich.

*

Die Luft war warm und klebrig, obwohl alle Fenster weit offen standen. Von draußen wehte Grillgeruch herein, die Sirene eines Krankenwagens heulte in der Ferne, eine Motte umschwirrte die Nachttischlampe. Julia lag schwitzend auf dem Bett, starrte die Dachschräge an und ließ den Abend Revue passieren. Es war ihr alles zu nah gewesen. So wie im Frühjahr, als sie zur Hochzeit einer Polizeischülerin eingeladen war, mehr als Füllgast, wie ihr später klar wurde. Sie hatte niemanden gekannt und genug Zeit gehabt zu beobachten, wie die Familien des Brautpaares aufeinanderprallten und die Risse unter all den Hüllen aus Stoff und Make-up hervorbrachen, in ihren Blicken, den kleinen Gesten, der guten

Laune – ein großes, bemühtes Theater. Julia hatte sich betrunken, sich am Buffet überfressen und sich von ihrem kindlichen Werbetraum vom ganz normalen Familienglück verabschiedet.

Genau wie damals hatte sie sich auch heute wieder nach ihrem Vater gesehnt, nach seiner rebellischen, spöttischen Art, dem Gegenentwurf zu den großen, falschen Träumen. Also hatte sie ihn angerufen, wie damals, und mit ihm gelästert. Sie hatten gelacht, doch diesmal war ein bitterer Beigeschmack geblieben. Sie hatte kein Recht, hochmütig zu sein.

Roosen mochte sie. Er schützte sie. Ohne ihn wäre sie gefeuert worden und hätte Tausende Euro zurückzahlen müssen.

Julia fragte sich, was Roosen gerade tat. Wen traf er noch so spät? *Er kennt die Naziszene gut* … Würde der Hauptkommissar Nick finden und festnehmen? Ihm mit einigen Kollegen eine Abreibung verpassen, Prügel in einer kahlen Ausnüchterungszelle? Widerstand gegen die Staatsgewalt – ein Kinderspiel. Der Gedanke missfiel ihr. Im selben Moment gab ihr Handy ein kurzes Klingelzeichen von sich. Julia schaute aufs Display und zuckte zusammen. Eine Nachricht von Nick. **Hey Julia, ich würde dich so gerne sehen, aber ich verstehe, dass du das nicht willst. Wenn du magst, kannst du mit meinem Bewährungshelfer reden, er erklärt dir alles. Liebe Grüße, Nick.** Direkt danach kam eine zweite Nachricht mit einer Adresse und einer Handynummer. Julia spürte eine Hitzewelle in sich aufsteigen. Plötzlich war es wieder da, das zerrissene Gefühl im Bauch, die Angst, das Kribbeln.

Sie sprang auf, ging in die Küche, machte sich eine Flasche Bier auf und las die Nachricht noch dreimal. Die Gedanken in ihrem Kopf wirbelten wild durcheinander. *Was, wenn er mich täuschen will? Was, wenn ich da anrufe und verarscht werde? Soll sich Roosen um ihn kümmern und die Wahrheit aus ihm rausquetschen!*

Sie setzte die Flasche an die Lippen und nahm einen Schluck Bier. Wieder meldete sich eine kleine Stimme in ihrem Innern: *Die Nachricht klingt nett, schreibt so ein Nazi?*

Julia klappte ihren Rechner auf und tippte die Adresse ein. Auf dem Bildschirm erschien ein nüchterner Hinweis auf ein Büro der Bewährungshilfe. Widerwillig spürte Julia, wie Neugier in ihr aufstieg. Sollte sie anrufen? Warum? Um sich Nicks Geschichte noch einmal anzuhören? *Hast du tatsächlich die ganze Geschichte gehört?*

Julia trank die Flasche in einem Zug leer. Es würde wohl wieder eine schlaflose Nacht werden.

*

Hinter den dampfenden Kühltürmen am westlichen Horizont war noch das ferne Glimmen der Dämmerung zu erkennen. Roosen trieb den Wagen mit zweihundert Stundenkilometern auf der linken Spur der Autobahn nach Norden. Er liebte es, Auto zu fahren, am meisten nachts und allein. In der Spanne zwischen Abfahrt und Ankunft war er frei, ein einsamer Raumfahrer in seiner Kapsel, der im Strom der anderen Raumschiffe durch die Dunkelheit schwebte, rote Lichterketten vor sich, weiße in der Gegenrichtung, als wären sie alle Teil einer großen, interstellaren Wanderung. Manchmal wünschte sich Roosen, niemals anzukommen, einfach immer weiterzufahren, bis in eine neue Welt.

Das Navigationsgerät kündigte die nächste Ausfahrt an: Krefeld-Oppum. Roosen schaltete den Bordcomputer aus. Er war heute zum vierten Mal bei einem Treffen dabei, er würde den Weg alleine finden, er gehörte dazu.

Nach zehn Minuten bog er in eine stille, halbdunkle Straße ein und parkte vor einer hohen Hecke aus Kirschlorbeer. Roosen stieg aus und ging durch ein offenes Stahlgittertor auf einen beleuchteten Gehweg, der zwischen sauber gestutzten Rasenflächen zu einem großen Bungalow führte.

»Da bist du ja«, empfing ihn ein Mann, der vor der Tür eine Zigarette rauchte. »Wir fangen gleich an.«

Roosen trat näher. »Hallo, Henning. Hast du noch eine Minute?«

Der Mann drückte seine Zigarette aus und steckte sich ein Kaugummi in den Mund. »Was gibt's?«

Roosen holte sein Handy heraus und zeigte ihm das Foto von Nicks Personalausweis. »Der Junge hier ist hinter einer meiner Studentinnen her. Hat ein Hakenkreuz auf dem Rücken, der ist wahrscheinlich aus der Szene. Hast du den auf dem Schirm?«

Der Mann nahm das Handy und vergrößerte das Passbild. Dann wischte er zum nächsten Foto, das die Rückseite des Ausweises zeigte. »Christian Eisermann … wohnt der noch unter der Adresse?«

Roosen schüttelte den Kopf. »Er lebt jetzt in Köln, scheint aber untergetaucht zu sein. Ich muss alles über den wissen: Wo treibt der sich rum, was macht der, was will der?«

»Schick mir gleich das Bild und die aktuelle Adresse, ich überprüf das«, sagte der Mann und gab Roosen das Handy zurück.

»Danke, Henning.«

»Und jetzt komm. Der Alte will früh ins Bett.« Der Mann ging in den Bungalow.

Roosen folgte ihm durch einen marmornen Flur mit einer antiken Kommode vor einem goldgerahmten Spiegel. Sie stiegen eine Kellertreppe hinunter, an deren Seiten ein Treppenlift montiert war. Mit jeder Stufe wuchs das diffuse Kitzeln in Roosens Bauch, so wie fünfzig Jahre zuvor, als er mit zwei Freunden heimlich durch den Kohlenkeller in seine Schule eingestiegen war und die Toiletten unter Wasser gesetzt hatte. Eine Riesensauerei, dachte er schmunzelnd, aber die Pauker hatten es verdient.

Jetzt folgte er dem Mann zu einer Stahltür am Ende des Ganges. Roosen erinnerte sich gut, wie Henning ihn im Schützenverein wochenlang bearbeitet hatte. Man bräuchte Leute wie ihn, hatte er geraunt, Leute mit Qualität, Entscheider! Der Alte hätte schon Unternehmer, Juristen und Lokalpolitiker ins Boot geholt. *Sie alle wollen Veränderung, Berthold, und es werden mehr. Wir müssen uns wehren, müssen Widerstand leisten. Du willst es doch auch!*

Henning öffnete die Tür und ließ Roosen in den großen, halbdunklen Kellerraum eintreten. Die anderen saßen an einem langen Holztisch, einige im Anzug, andere in konservativer Freizeitkleidung. Vor ihnen standen Gläser, schlanke Rieslingflaschen und Teller mit Schnittchen. Am Tischende kauerte der uralte Hausherr in seinem Rollstuhl, zusammengefallen wie ein Sack voller Knochen, die schüttere Kopfhaut und die pergamentenen Hände übersät mit Altersflecken. Hinter ihm an der verklinkerten Wand hing eine schmutzig-weiße Reichskriegsflagge mit Preußenadler und Eisernem Kreuz im rot-weiß-schwarzen Obereck. Roosen erinnerte sich genau an den ersten Abend, als der Alte ihm zitternd die Fahne zum Schwur hingehalten und ihm danach mit seinem entsetzlichen Mundgeruch aus dem Rollstuhl zugeraunt hatte: »Sie wissen, was der Hitlerputsch war?«

Roosen hatte genickt, ohne die Antwort genau zu kennen.

Der Alte hatte salbungsvoll gekrächzt: »Mit dieser Fahne in der Hand ist mein Vater 1923 mit dem Führer zur Feldherrnhalle marschiert. Erst München, dann Berlin. Mit erhobener Fahne wollten sie die Judenregierung zum Teufel jagen!« Er hatte mit seinem knotigen Zeigefinger in der Luft herumgewedelt. »Zehn Jahre haben sie noch bis zur Machtergreifung gebraucht, zehn

Jahre Kampf gegen das Demokratengesindel. Aber mit unerschütterlichem Willen haben sie es geschafft!«

Henning Badtke hatte Roosen lächelnd zugeflüstert: »Alte Geschichten, Berthold. Aber die Zeiten haben sich nicht geändert, die Wut ist die gleiche wie damals.«

Roosen hatte genickt. Er war ein guter Mensch. Er war seiner Frau nie untreu gewesen, auch wenn es schwergefallen war, er hatte drei Kinder gezeugt, er zahlte regelmäßig seine Steuern, er hielt seinen Kopf für das Land hin. Er hatte sich nichts vorzuwerfen, gar nichts! Und was hatte das Land für ihn getan!? Zum Büttel hatte es ihn degradiert! Zum Fußabtreter für Gutmenschen und Weltverbesserer!

Roosen ging zur Fahne und küsste sie. *Das ist meine Antwort!*, dröhnte es in seinem Kopf. *Mein Kampf gegen den Krebs der Machtlosigkeit!*

6

Im Kamin flackerten drei schwere Eichenstämme und brachten die Schatten der Geweihe an den hölzernen Wänden zum Tanzen. Die modrige Feuchtigkeit kroch aus dem Gemäuer und strömte durch die weit geöffneten Fenster in den kühlen Wald.

Karls kurzer Arm wirbelte durch die Luft und schmetterte den Tischtennisball unhaltbar in Ninas Feld. Jubelnd führte er ein Siegertänzchen auf, klatschte sich mit Lenni, Ben und Lynn ab und brachte sich mit den anderen in Position für einen neuen Rundlauf.

Im Hintergrund saß Ira auf ihrem Thron und drehte gedankenverloren an ihrem Spiralring. Wenn sie wieder Geld hätten, würde sie ein oder zwei Tischtennisplatten kaufen, dachte sie, damit Karl und die Kids nicht mehr auf dem großen Esstisch mit dem Netz aus Ziegelsteinen spielen müssten. Es war höchste Zeit, mit Karl zu planen, wo man Nachschub auftreiben konnte. Ira nahm sich vor, ihn gleich am nächsten Tag loszuschicken, um die Gegend nach geeigneten Objekten abzusuchen, am besten im Grenzgebiet, wo nichts los war.

In ihrer Hosentasche klingelte das Handy. Sie sah Hennings Nummer und nahm ab. »Ja?«

»Ira?«, ertönte eine schnarrende Stimme.

»Wer sonst?«, antwortete sie kühl. Nur drei Menschen kannten ihre aktuelle Nummer: Henning, Karl … und Clemens. Für einen Moment verengten sich ihre Augen: Warum hatte Clemens nicht auf sie gehört und am Hof gewartet? *Wer weiß, wo er steckt, vielleicht wieder auf der Straße oder in einer Anstalt.* Ihm würde sowieso niemand glauben. Sie nahm sich vor, noch heute die SIM-Karte zu wechseln, bevor er Dummheiten machte.

»Ich hab dir doch von dem alten Polizeiausbilder in der Gruppe erzählt«, sagte Henning aus dem Telefon. »Er sucht einen Typen, der eine seiner Polizeischülerinnen bedroht, angeblich aus der Neonazi-Szene. Ich soll mich um ihn kümmern. Der Bulle denkt wohl, ich kenne jeden von den Schwachköpfen persönlich.«

Ira konnte Hennings Grinsen vor sich sehen. Es langweilte sie, wenn man ihr irgendwelche Geschichten erzählte, und er war schon immer geschwätzig gewesen. Stumm beobachtete sie, wie sich Karl und Locke an der Platte ein schnelles Duell lieferten. *Der Kleine ist gewachsen*, dachte sie, *er könnte bald ein Söldner für besondere Aufgaben werden, einer für den Ring.*

»Jetzt kommt der Clou«, sagte Henning. »Ich kenne den Nazitypen tatsächlich.«

»Schön. Na und?«

»Du auch!«

»Mach's nicht so spannend, Henning«, entgegnete Ira gereizt.

»Es ist Chris!«

Ira erstarrte. *Chris. Schon wieder. Das ist ein Zeichen.* Sie versuchte sich zu erinnern, was Henning ihr eben erzählt hatte. Chris sollte eine Polizeischülerin bedroht haben? Sie ließ das Telefon sinken und rief in den Saal: »Alle raus! Sofort!«

Karl blickte fragend herüber, ein scharfer Vorhandball von Locke prallte gegen seinen Bauch. »Karl, du bleibst hier!«

Die Jugendlichen legten die Schläger weg und gingen, ohne zu zögern, nach draußen.

Ira hielt das Telefon wieder ans Ohr. »Bist du sicher?«

»Der Bulle hat mir ein Bild von Chris' Ausweis aufs Handy geschickt. Hundert Prozent!«

»Wo ist er jetzt?«

»Abgetaucht. Aber er hat eine Wohnung in Köln. Er nennt sich jetzt Nick.«

»Gut. Leite mir das Bild weiter.«

Ira legte den Hörer weg und lächelte still in sich hinein. Karl stand an der provisorischen Tischtennisplatte mit dem Gesicht eines Jungen, dem man gerade das Lieblingsspielzeug weggenommen hatte.

*

Die Klimaanlage summte leise im sonnendurchfluteten Konferenzraum, hoch oben im siebten Stock des Bundesamtes für Verfassungsschutz. Keppler hatte seine Aktenmappe schräg auf die Tischkante gelegt und zeichnete mit dem schweren Kugelschreiber, den ihm seine Frau zu ihrem zehnten Hochzeitstag geschenkt hatte, kleine symmetrische Muster auf das karierte Notizblatt, während die Vertreter der Polizeibehörden in umständlichen Worten berichteten, dass sie keinen blassen Schimmer hatten, wohin Ira Tetzel mit ihrer Gruppe verschwunden war.

Keppler spürte seine Ungeduld. Sie war gefürchtet bei den älteren Mitarbeitern, die ihm hin und wieder zuraunten, dass er sein Arbeitspensum drosseln solle, und sie war der Grund dafür, dass Dr. Inge Gräf ihn zu ihrer rechten Hand im Referat Rechtsextremismus gemacht hatte. Sie brauche Leute mit eigenem Kopf, hatte sie ihm ihre Arbeitsweise erklärt, Mitarbeiter, die es schafften, sich der erdrückenden Regelwut des riesigen Apparates zu widersetzen, Leute, die Lücken und Abkürzungen in dem komplizierten Räderwerk finden würden. Hatte die Chefin ihn damals nicht geradezu aufgefordert, einen solch wahnwitzigen Plan zu entwickeln?, fragte sich Keppler jetzt, während er weiter auf dem karierten Notizblatt vor sich hin kritzelte. Einen Plan, der ihm ohne sein geschundenes, verwirrtes Ego niemals in den Sinn gekommen und der auf normalem Behördenweg unter keinen Umständen genehmigt worden wäre, der – käme er ans Licht – einen bundesweiten Skandal auslösen und Köpfe rollen lassen würde: Kepplers eigenen, den seiner Chefin und wahrscheinlich noch einige sehr viel gewichtigere Häupter.

Als er der Referatsleiterin den Plan mit aller Vorsicht unterbreitet hatte, war ihm klar gewesen, dass sie ihn entweder hochkant hinauswerfen oder eine Schicksalsgemeinschaft mit ihm eingehen würde, sie wären ab diesem Moment untrennbar verbunden. Die Chefin hatte ihm zugehört und in aller Ruhe eine kleine Ampulle aromatisiertes Öl mit ihrer E-Zigarette verdampft. Dann hatte sie gelächelt und ihm schweigend die Hand hingestreckt. *Jetzt oder nie.*

»Herr Badtke.« Dr. Gräf blickte an den Thermoskannen und Saftflaschen vorbei zu ihrem Gegenüber. »Konnten Ihre Quellen irgendwelche Hinweise auf den Verbleib der Gruppe liefern?«

Keppler musterte Badtke über den Rand seiner Aktenmappe hinweg. Er war dem athletischen Mittdreißiger mit seinem akribisch gestutzten Hipster-Bart, den rasierten Schläfen, dem weißen, maßgeschneiderten Hemd und den penibel polierten Budapesterschuhen bereits in seiner Anfangszeit auf einigen Lehrgängen an der Akademie des Verfassungsschutzes begegnet. Kollege Badtke hatte sich schon damals in der Rolle des smarten »Geheimdienstlers« gefallen, der für den untersetzten, fleißigen

Keppler nur ein müdes Lächeln übrig hatte. Die Rollen waren klar verteilt: Badtke war ein junger Beschaffer beim Landesamt für Verfassungsschutz in Düsseldorf gewesen, ein Spion in der rechtsextremen Szene, ein Freigänger, der sich heimlich mit V-Personen zum Essen traf, der sich verkleidete, der wechselnde Autos benutzte und sich nur im Büro zeigte, um eine Reisekostenabrechnung einzureichen. Keppler war Auswerter beim Kölner Bundesverfassungsschutz, ein Aktenfresser, der jeden Morgen pünktlich ins Amt kam, pünktlich in die Kantine ging und pünktlich wieder Feierabend machte. Aber, dachte Keppler und lächelte in sich hinein, das Blatt hatte sich vollständig gewendet. Badtke war jetzt selbst ein Sesselfurzer im Innendienst des Landesverfassungsschutzes, und er ahnte nicht, dass der unscheinbare Keppler jetzt draußen in seiner eigenen, geheimen Mission unterwegs war. Und auch wenn die Mission völliger Wahnsinn war – hier und jetzt, von Angesicht zu Angesicht, war allein das Wissen um sie eine pure Genugtuung.

»Unsere Quellen haben keine neuen Hinweise zu der Gruppe geliefert«, sagte Badtke auf der anderen Seite des Konferenztisches und blätterte gelangweilt in seinen Papieren. »Falls sie überhaupt je als feste Vereinigung existiert hat, sollten wir in Betracht ziehen, dass sie sich inzwischen aufgelöst hat.«

Bullshit, schoss es Keppler heiß in den Kopf, und er richtete sich auf. »Sie hat existiert, und sie existiert noch immer! Die Gruppe hat ihren Standort aufgegeben, und eins ihrer Mitglieder ist tot. Alles deutet auf Verschleierung hin.« Seine Stimme klang lauter, als er beabsichtigt hatte. Aber das hier war sein Fall, sagte er sich, sein Schicksal!

»Vielleicht ist Frau Tetzel im Ausland«, entgegnete Badtke und legte süffisant nach: »Vielleicht hat sie einen reichen Mann kennengelernt, vielleicht züchtet sie Schafe in Irland, wer weiß?«

Keppler musste sich zwingen, nicht die Augen zu verdrehen. »Ich halte es für wahrscheinlicher, dass sie in den Untergrund gegangen ist, um von dort aus aktiv zu werden.«

»Das würden wir wissen, hätten Sie nicht Frau Tetzel als Quelle abgeschaltet«, sagte Badtke und lehnte sich auf seinem Stuhl zurück. »Wie Sie sich sicherlich erinnern, war ich als ihr V-Personenführer dagegen.«

Keppler sah in die gebräunte, selbstherrliche Visage auf der anderen Seite des Konferenztisches. Er wurde nur ungern an seine schwierige Entscheidung erinnert. Damals hatte er tagelang mit sich gerungen und sich dann mit seinen Zweifeln an Dr. Gräf gewandt. Sie hatte ihm zugestimmt.

»Frau Tetzel war nicht mehr nachrichtenehrlich. Sie musste abgeschaltet werden. So sind die Regeln«, erklärte Keppler über den Tisch hinweg.

»Der Brandanschlag auf das Flüchtlingsheim in Herne?«, fragte Badtke spöttisch. »Haben Sie inzwischen Beweise, dass sie daran beteiligt war?«

»Sie hat ihn mit vorbereitet oder zumindest davon gewusst, ohne uns zu informieren. Das haben zwei unserer Quellen unabhängig voneinander berichtet!«

»Die sind doch genauso unzuverlässig«, konterte Badtke.

Inge Gräf zog ihre E-Zigarette hervor und unterbrach die beiden mit fester Stimme. »Wie gehen wir jetzt vor?« Sie inhalierte tief und blies eine dichte Dampfwolke unter die Decke, die sogleich vom Gebläse der Klimaanlage erfasst wurde und zerstob. Mangogeruch breitete sich im Raum aus, und Keppler wunderte sich nicht zum ersten Mal, warum seine Chefin ausgerechnet Fruchtaromen liebte. Bei ihrer ersten Begegnung war er noch Student, erinnerte er sich. Inge Gräf hatte in der Aula der Fachhochschule für öffentliche Verwaltung einen Gastvortrag gehalten, sich hinter dem Rednerpult eine Gauloise nach der anderen angezündet und die nervösen Blicke der in der ersten Reihe versammelten Schulleitung stoisch ignoriert. Keppler hatte den Tabakgeruch noch in der hintersten Reihe des Zuhörerraumes riechen können und gleich tiefe Sympathie für die Rednerin empfunden.

»Ich denke, das Düsseldorfer Referat sollte noch einmal alle Quellen zum Verbleib der Gruppe befragen«, sagte Keppler zu Inge Gräf. »Vielleicht ist da ja was durchgesickert.«

Die Chefin wandte sich an Badtke, der keine Miene verzog. »Viel mehr bleibt uns nicht übrig. Und schicken Sie uns bitte baldmöglichst die Quellenberichte der letzten Monate. Vielleicht findet sich dort noch ein Hinweis, den wir übersehen haben.«

Sie schloss ihre Aktenmappe und blickte lächelnd in die Runde. »Ich danke Ihnen allen fürs Kommen.«

Die Teilnehmer klopften auf den Tisch. Dr. Gräf beugte sich zu Keppler und flüsterte ihm zu: »Wühlen Sie sich so schnell wie möglich durch Badtkes Akten. Läuft die Sache mit Julia Gerloff?«

Keppler nickte.

»Viel Glück«, sagte Inge Gräf und stand auf.

Jetzt konnte Keppler es riechen: Sie dampfte Melone, nicht Mango.

*

Julia hatte kaum geschlafen. Nachdem sie das Training in Brühl mit Kaffee und Kopfschmerztabletten durchgestanden hatte, ging sie jetzt wie betäubt durch die Kölner Fußgängerzone und versuchte, im breiten Strom der shoppenden Passanten Schritt zu halten. Ihr war übel. Die Nachmittagssonne stach ihr in die Augen, das dünne Hemd kratzte an ihrem feuchten Rücken. Sie fragte sich, wie lange sie den Zustand von rastloser Müdigkeit noch aushalten würde. Selbst kalte Duschen halfen nur kurz. Seit Tagen hatte sich in ihrem Kopf ein bleierner Nebel festgesetzt, durch den immer und immer wieder nervöse Gedankenblitze zuckten. Das gleiche Gefühl hatte sie schon einmal durchlebt, als sie auf einer Schulparty mehrere Nasen Speed gezogen hatte und nach einer langen durchtanzten Nacht zum Bauwagen zurückgekommen und todmüde und hellwach zugleich ins Hochbett über ihrem schnarchenden Vater gestiegen war. Am Tag war sie schließlich vor Erschöpfung in Tränen ausgebrochen und hatte den lieben Gott um Schlaf angebettelt, bis er sie am späten Abend endlich erlöst hatte.

Zwischen den dichten Menschenmassen erspähte Julia an der Tür eines unscheinbaren Bürogebäudes ein Schild: »Ambulanter sozialer Dienst der Justiz Nordrhein-Westfalen. Fachbereich Bewährungshilfe«. Julia klingelte und wurde im ersten Stock von einem freundlichen Beamten mittleren Alters empfangen. Er gab ihr die Hand, stellte sich als Herr Caspers vor und führte sie durch ein menschenleeres Großraumbüro zu seinem Arbeitsplatz in der hintersten Ecke. »Wir fangen hier früh an und hören früh auf. Ich bleib gern noch etwas länger, in der Ruhe schaffe ich mehr als über den ganzen Tag«, erklärte er lächelnd, schob Julia einen Stuhl hin und setzte sich hinter seinen Schreibtisch. Aus seinem Bürosessel musterte er sie durch seine randlose Brille. »Herr Eisermann ist seit einem halben Jahr nicht mehr mein Klient, aber wir hatten ein gutes Verhältnis. Deshalb habe ich mich einverstanden erklärt, dieses Gespräch zu führen.«

»Danke«, sagte Julia leise und schaute sich um. Sie stellte sich vor, wie sich Nick an diesem Ort gefühlt haben musste. Vermutlich war er unbehaglich auf seinem Stuhl herumgerutscht, die Finger um die Armlehnen gekrampft, während sein Blick unruhig über die Trennwände voller Urlaubspostkarten, Kinder- und Tierfotos schweifte, die den Amtsstubengeruch nicht vertreiben konnten.

Herr Caspers öffnete eine Mappe. »Herr Eisermann ist sehr besorgt. Er hat mir berichtet, dass Sie …«, er suchte nach Worten, »… an seiner Reputation zweifeln. Darf ich fragen, ob es da irgendeinen Vorfall gab? Einen Übergriff vielleicht?«

Julia spürte, wie sie sich verspannte. Der Beamte wirkte so vertrauenswürdig und korrekt, dass sie unweigerlich das Bedürfnis hatte, ihm ihre ganze Geschichte zu unterbreiten. Sie schüttelte den Kopf. »Nicht wirklich. Es ist nur so ein Gefühl. Er …«

Sie zögerte. Herr Caspers ergriff das Wort. »Ich will nichts beschönigen. Die Vorgeschichte von Herrn Eisermann ist schwierig. Er hat eine dicke Strafakte.«

Julia nickte stumm. Sie schwitzte. Der Nebel waberte schwer in ihrem Kopf.

Der Beamte fuhr fort: »Ich habe über die Jahre Hunderte von Klienten betreut und glaube recht gut abschätzen zu können, wer welche Entwicklung macht und welche Prognose sich daraus ergibt.«

Julia wischte ihre feuchten Hände am Rock ab und legte sie wortlos in den Schoß.

»Herr Eisermann ist sich völlig darüber im Klaren, dass er riesige Fehler gemacht hat«, erklärte Herr Caspers weiter. »Die Tatsache, dass er als Jugendlicher über einen langen Zeitraum drogenabhängig war, entschuldigt nichts, erklärt aber einiges. In der Haftzeit hat er einen Entzug gemacht und der rechten Szene abgeschworen, er hat eine Arbeit als Mechaniker gefunden und ist auf dem besten Weg, zurück in die Gesellschaft zu finden.« Er lächelte plötzlich. »Ich halte ihn für einen aufgeweckten Kerl mit Potenzial.«

Julia musste unwillkürlich mitlächeln. Obwohl sie sich vorgenommen hatte, ein waches Ohr für jedes noch so kleine Alarmsignal zu haben, empfand sie nichts als tiefe Erleichterung. Sie blickte den Beamten fest an. »Herr Eisermann hat mir gegenüber einen falschen Namen angegeben.«

Herr Caspers nickte. »Ich verstehe, dass Sie damit ein Problem haben, aber es überrascht mich nicht. Ich denke, er wollte damit klarstellen, dass er ein neues Leben begonnen hat. Das alte, kriminelle Ich soll aufhören zu existieren, ein neuer Name ist da wie eine Häutung. Das machen einige meiner Klienten so.«

Julia spürte, wie sich der Nebel in ihrem Kopf lichtete. Die Worte des Beamten waren wie ein erfrischender Luftzug, sie fühlte sich leichter, auch wenn die Stimme der Vernunft nicht schweigen wollte.

»Sie wissen, dass er ein riesiges Hakenkreuz-Tattoo auf dem Rücken hat?«, fragte sie ernst. »Warum hat er sich da nicht gehäutet?«

Die Miene des Beamten wurde ernst. »Ja, er hat mir davon erzählt. Aber eine Umtätowierung ist nicht ganz billig, und Herr Eisermann hat kaum Geld. Außerdem könnte ich mir vorstellen, dass es ihm peinlich ist, damit in ein Tattoo-Studio zu gehen. Er muss damit rechnen, rausgeworfen oder angezeigt zu werden.«

Julia blickte aus dem Fenster. Auf der Dachterrasse des gegenüberliegenden Hauses standen zwei Büroangestellte mit Kaffeebechern und Brötchen in den Händen und fütterten Spatzen. *Es ist so einfach,* dachte sie, *ein paar Worte, alles passt zusammen, und der dunkle Schleier, der die Welt für zwei Tage verdüstert hat, schmilzt in der Sonne.* Was hatte Nick ihr eigentlich getan? Er hatte gelogen, aus Scham. Hatte sie nicht dasselbe getan?

»Aber ich bin nur sein ehemaliger Bewährungshelfer«, sagte Herr Caspers mit erhobenen Händen. »Vielleicht sollten Sie

Herrn Eisermann eine Chance geben, sich selbst zu erklären. Dann können Sie sich einen eigenen Eindruck verschaffen. Ich glaube, er beißt nicht.«

Julia nickte nachdenklich. Plötzlich wollte sie nur noch raus aus dem Büro an die frische Luft, durchatmen und einen stillen Platz zum Telefonieren suchen.

»Eine Frage noch: Wie hat Herr Eisermann eigentlich seinen Finger verloren?«

Der Bewährungshelfer verzog das Gesicht. »Hässliche Sache. Er ist in der Werkstatt in eine Motorradkette geraten.«

Julia stand auf, gab Herrn Caspers lächelnd die Hand und bedankte sich. Ihr Blick fiel auf sein kariertes Hemd, und sie wunderte sich, dass es trotz der Hitze im Büro überhaupt nicht verschwitzt war.

*

Als Julia gegangen war, nahm Keppler die Brille ab, zog die Tür des Büros hinter sich zu und wartete noch einige Minuten im Hausflur.

Er sollte eigentlich zufrieden sein, dachte er sich, der Plan hatte perfekt funktioniert. Ein Anruf bei den Bewährungshelfern, und er hatte in Erfahrung gebracht, dass das Büro am späten Nachmittag nicht besetzt sein würde. Es war ein Kinderspiel gewesen, das alte Schloss mit einem Satz Lockpicking-Haken zu öffnen und Julia zu erzählen, was sie hören wollte. Sein kleines Schauspiel war perfekt gewesen. Es hatte ihm überraschenderweise Spaß gemacht, eine andere Identität anzunehmen, und in den meisten Punkten hatte er nicht einmal gelogen. Aber warum fühlte er sich jetzt so schlecht?

Keppler trat hinaus auf die abendliche Fußgängerzone. Der

Strom der Passanten lichtete sich zusehends, viele gönnten sich zum Abschluss des Tages ein Eis und machten sich tütenbehangen auf den Heimweg. Keppler ging wie unter Narkose, bemüht, seine Gedanken zu sammeln. Julia hatte einen verstörten, erschöpften Eindruck gemacht und mit den Ringen unter ihren Augen ausgesehen, als habe sie tagelang nicht geschlafen. Er hatte spüren können, wie erleichtert sie war, als sie seine wohlüberlegten Antworten hörte. Ihr Blick war aufgeklart, ihr flacher Atem war nach und nach ruhiger und tiefer geworden. Eine sympathische junge Frau. Ehrlich und direkt.

Plötzlich wusste Keppler, warum er sich schlecht fühlte. Es war so einfach gewesen. Und er so kaltschnäuzig. Er fühlte sich schlecht, weil aus der wichtigsten Spielfigur in seinem perfiden Plan ein Mensch geworden war, eine junge Frau ohne einen Hauch von Ahnung.

Hatte sich die kleine Stimme, die er von Anfang an unterdrückt hatte, nicht schon am Tag zuvor gemeldet, als Nick ihn im Auto nach Julias Schicksal gefragt hatte, wenn der Plan gelänge? Ihm war bis heute keine Antwort eingefallen.

Er war schuldig, das konnte er nicht bestreiten. Dennoch gab es kein Zurück.

*

Karl hatte die Schnauze voll. Er hatte den VW-Bus auf dem Parkplatz des Supermarktes abgestellt, eine Stunde lang in der Bruthitze gewartet und an seine kühle Höhle gedacht. Er hatte sich ein Salamibrötchen geholt, das Salatblatt aus dem Fenster geschmissen, eine CD der Beach Boys eingelegt und zu »Good Vibrations« mit dem Spiralring an seinem Finger auf dem Armaturenbrett herumgetrommelt. Er hatte ein paar

Weibern in engen, kurzen Kleidern hinterhergeschaut, einen Köter weggescheucht, der gegen seinen Wagen pissen wollte, ein kleines Kind mit einer Fratze erschreckt, und schließlich hatte er seine Ledertasche genommen und sich aufgemacht, um über die hitzeflimmernde, stinkende Kreuzung zur Wohnung zu gehen.

Karl drückte gleich mehrere Klingeln und brauchte nicht lange zu warten, bis sich die Tür mit dem gesprungenen Sicherheitsglas schnarrend öffnete. Im Hausflur rief er laut: »Paketpost!«, hörte ein wütendes Türenschlagen und ging in den ersten Stock. Chris' Wohnung war die letzte, sie trug als einzige kein Namensschild. Karl lauschte und begutachtete das uralte Schloss. Ein Witz. Er holte Schraubenzieher und Zange aus der Ledertasche, schraubte leise den Beschlag ab und öffnete mit einer kurzen Drehung der Zange die Tür.

Vorsichtig ging er hinein. Die Wohnung roch muffig und stickig. Das Bett war gemacht, der giftgrüne Baum in der Zimmerecke ließ seine Blätter hängen. Karl warf einen Blick ins Bad. Am Waschbecken lagen weder Zahnbürste noch Zahnpasta. Der Vogel war ausgeflogen, keine Frage.

Karl pinkelte ins Klo und trottete in die Küche. Am Wasserhahn füllte er zwei leere Bierflaschen, ging ins Wohnzimmer und goss die Pflanze. Dann kippte er das Fenster, ließ sich aufs Bett fallen, schob sich ein Kissen unter den Nacken und blickte sich um. *Eine nette Bude hat der kleine Verräter*, dachte er. Vielleicht sollte er sie übernehmen, wenn Ira sich Chris vorgenommen hatte. Als kleine Stadtwohnung, um mal unter Leute zu kommen. Davon hatte er immer schon geträumt.

Er holte sein Handy hervor.

»Ira?«

»Wer sonst?«, kam die genervte Antwort.

»Er ist weg. Sieht nicht so aus, als würde er so schnell wiederkommen.«

Rauschen in der Leitung. Ira ließ sich Zeit. »Dann komm zurück. Vielleicht kann Henning ihn aufspüren.« Sie legte grußlos auf.

Karl steckte sein Handy zurück in die Ledertasche. Neben der Pistole und den Kaubonbons lag das mit Klebeband umwickelte Ei. Behutsam zog er es hervor. Wenn Ira wüsste, dass er sein Spielzeug dabeihatte, würde sie ausrasten, aber warum musste sie ihn auch ausgerechnet heute losschicken? Die Kids hatten schon die Zugänge vom Dachsbau verstopft. Alles war für die Sprengung vorbereitet. Karl spürte ein leises Kribbeln im Unterleib, als er behutsam die Sicherung am Aufschlagzünder kontrollierte. Oh ja, er war ein böser Junge, dachte er, legte die Granate beiseite und zog sich die Bermudashorts von der Hüfte.

*

Der Tag ging dem Ende zu. Das Straßencafé war voll besetzt, Kellner in weißen Hemden servierten eifrig Spritz und Bier. Nick schob seinen Stuhl zurück und stellte sich vor Julia auf den Bürgersteig. Er sah, wie ihre Gesichtszüge gefroren, drehte sich um und zog sich das T-Shirt über den Kopf. Er musste es tun. Der alte Schock konnte nur durch einen neuen Schock überschrieben werden, volles Risiko, ein emotionaler Reboot, keine halben Sachen.

Für ein paar unendlich lange Sekunden blieb er reglos stehen, von den Seitentischen hörte er das leise Juchzen zweier Frauen, ein bärtiger Student, der mit seinem Fahrrad vorbeifuhr, quittierte den Auftritt mit wildem Klingeln. Nick zog das T-Shirt wieder herunter und setzte sich zurück an Julias Tisch. Ihr

Gesicht war rot, aber ihr Blick war nicht mehr verstört, sondern fasziniert. Nick wusste, dass sein Auftritt geglückt war.

»Und?«

»Hammer«, sagte Julia leise, trank ihr Bierglas in einem Zug leer und schaute etwas verschämt zu den kichernden Frauen am Nachbartisch hinüber.

Nick lehnte sich zufrieden auf seinem Stuhl zurück und zuckte sofort wieder nach vorne. Sein Rücken brannte, er spürte, wie die Frischhaltefolie heiß auf seiner zerfrästen, eingecremten Haut klebte. Es hatte wahnsinnig wehgetan. Viel mehr als damals, erinnerte er sich vage, als er sich mit seinen Glatzenfreunden auf die Wette eingelassen hatte. Sie hatten sich abgeschossen. Er hatte sich bäuchlings auf den gläsernen Couchtisch gelegt, unter sich den versifften Teppich voller Brandlöcher, neben sich den überquellenden Aschenbecher, die Wodkaflaschen, die Bierbüchsen und die Spielekonsolen. Olli und Tommi hatten sich auf das alte Sofa vom Sperrmüll gelümmelt und FIFA gespielt. Jannis, der aussah wie ein lateinamerikanischer Knacki, hatte die Gummihandschuhe übergestreift und sich mit einem billigen Tattoo-Set für Einsteiger, einem Lineal und einem Edding-Stift ans Werk gemacht. Es hatte ewig gedauert. Nick war der Schweiß von den Achseln auf den Glastisch getropft, ab und zu hatte ihm Olli mit einem Strohhalm Fusel eingeflößt. Schmerz hatte Nick keinen gespürt. In jener Zeit hatte er nie Schmerzen gespürt.

Heute waren es sechs Stunden pure Folter gewesen. Als er dem Tätowierer, einem knochigen Mann mit einem Zöpfchen im Vollbart, das riesige, windschiefe Hakenkreuz auf seinem Rücken gezeigt hatte, hatte der ihn einen Moment lang voller Verachtung angeschaut. »Ist nicht nur komplett daneben. Ist auch noch 'ne richtig beschissene Arbeit.« Dann hatte er Nick eine riesige Mappe hingeschoben und ihn belehrt, dass ein Cover-up die einzige Lösung sei, wenn er nicht denselben Dreck aus Narbengewebe auf dem Rücken haben wolle.

»Wieso ein Rabe?«, fragte Julia jetzt.

Nick zuckte mit den Achseln. »Der Typ meinte, der Rabe steht für Veränderung. Irgendwas mit Licht im Dunkeln und so.« Er rührte verlegen in seinem Eiskaffee. »Klang nicht ganz falsch.«

Er konnte sich noch sehr genau an den Vortrag des Tätowierers erinnern, dem er auf der Liege wehrlos ausgeliefert war. Der hagere Mann mit dem Ziegenbart entpuppte sich als esoterischer Prediger, der ihm stundenlang die Bedeutung der schamanischen Krafttiere erklärte, und er schien seine Worte mit der surrenden Nadel in Nicks Rücken hineinfräsen zu wollen. Der Rabe werde ihm helfen, die dunkle Seite seiner Seele zu erkunden. Er werde ihn heilen, hatte er gesagt.

Nick hob seinen Blick und sah direkt in Julias klare braune Augen. Er brauchte keine spirituellen Ratschläge. Er wusste selbst, dass er knietief im Dreck steckte. Er hatte sich auf einen Deal eingelassen, der seine dunkle Seele noch ein Stück dunkler werden lassen würde. Der Rabe hackte es mit seinem Schnabel tief in seinen Rücken: Die Frau, die ihm gerade lächelnd gegenübersaß, die er mochte und die ihn mochte, war sein Opfer. Alles in Nick revoltierte, er musste Licht hereinlassen, wenigstens ein bisschen, bevor er platzte, weshalb er vorsichtig zu erzählen begann: von dem Zuhause, das nie ein Zuhause gewesen war, von der Freiheit, die sich als Einsamkeit, Angst und Leere entpuppte. Von den Reisen, die nichts anderes waren als ein Umherirren, und von der Wut, die wuchs und wuchs. Wut auf die, die ihn allein gelassen hatten. Und auf die Welt an sich.

*

Julia hörte Nicks Worte wie durch einen rosaroten Filter, und dennoch konnte sie alles verstehen. Als er sein T-Shirt hochgehoben hatte, war eine neue Zeit angebrochen. Der Rabe unter der Frischhaltefolie war grandios – die gespreizten Flügel mit den fein gezeichneten Federn, der geöffnete, stolze Schnabel, die nach vorne gestreckten Krallenfüße. Nichts erinnerte mehr an das grässliche Kreuz. Sie hatte die rote Haut um das Tattoo gesehen. Nick muss stundenlang gelitten haben. Wegen ihr. Für sie.

Jetzt verfärbte sich der Abendhimmel türkis, oben auf den glühenden Häuserdächern verabschiedeten die Amseln den Tag mit lautem Gesang, und Nick erzählte und erzählte, die Stimme gesenkt, die Augen auf eine ferne Leinwand geheftet, die nur er sehen konnte. Julia hörte ihm einfach nur zu, sah das Kind, das die Schule verschlief, weil niemand es weckte, und das sich zum Mittagessen Nudeln mit Ketchup machte. Sie sah den Jugendlichen, der mit seiner Mutter um die Wette trank, der sie schlug, damit sie endlich mit ihm redete. Der wegrannte und wie ein Straßenhund an Bahnhöfen und in Parks lebte, der klaute und bettelte. Der schließlich Freunde fand, die genauso wütend waren wie er, die ihn aufnahmen in ihre Gemeinschaft, ihm zeigten, wie er sich anziehen sollte, welche Musik er hören sollte, was er glauben und nicht glauben sollte, die sich schlugen und sich wehrten und wilden Spaß hatten. Junge Männer, die ihm zeigten, wie man den Schmerz vergaß.

Julia nahm Nicks Hand, der kleine Stumpf zuckte kurz, dann lag sie weich und warm in ihrer, und sie wollte sie nicht mehr loslassen. Er war noch nicht fertig mit seiner Erzählung, sie spürte, wie er mit sich rang, etwas Unerhörtes auszusprechen. Sie schaute ihn nur an, hob seine Hand an ihren Mund und küsste sie. Er musste ihr nicht alles erzählen an diesem warmen Sommerabend, dachte sie, sie hatten Zeit.

»Julia?«, ertönte plötzlich eine ungläubige Stimme von der Seite. Sie drehte sich um und gefror. Auf dem Bürgersteig stand Sebastian und blickte sie ungläubig an. Julia ließ instinktiv Nicks Hand los und drückte den Rücken durch. *Er hat mich gesucht,* schoss es ihr durch den Kopf. *Warum auch bin ich mit Nick ins selbe Café gegangen?*

Sebastian kam zu dem kleinen Tisch, den Kiefer angespannt, als wolle er jeden Moment zubeißen. Seine Augen musterten Nick feindselig.

»Dein Gesicht hab ich schon mal gesehen«, knurrte er leise. Nick sah ihn irritiert an.

»Sebastian, bitte, ich erklär dir das!«, flüsterte Julia und schaute sich hektisch um. Am Nachbartisch war ein junges Pärchen in seine Handys vertieft, daneben beobachteten zwei ältere Männer still die Straße.

»Da gibt's nichts zu erklären«, zischte Sebastian.

»Hör auf, bitte!«, stieß Julia gepresst hervor, dann schaute sie Nick an. »Lass uns gehen.« Sie kramte ihr Portemonnaie hervor und stand auf.

»Moment, so einfach ist das nicht«, sagte Sebastian und hielt Julia am Arm fest.

Nick sprang auf. »Hey, Finger weg!« Er war kleiner und schmaler als Julias Mitschüler.

Die Tischnachbarn wurden aufmerksam und begannen zu tuscheln. Julia legte einen Zwanzig-Euro-Schein auf den Tisch und wollte gehen, doch Sebastian griff fester zu. »Los, sag schon, was geht hier ab mit dem Nazischwein?«

Nick packte Sebastians Handgelenk, seine Stimme war ganz ruhig. »Lass sie los!«

Julia befreite ihren Arm. Sebastian baute sich dicht vor Nick auf. »Ich weiß genau, wer du bist, du miese Sau. Du wanzt dich nicht an meine Kollegin ran.«

»Hör nicht hin! Komm!«, sagte Julia von hinten und versuchte Nick wegzuziehen. Die beiden Männer standen Gesicht an Gesicht. Sebastian grinste hämisch. »Mach dich doch mal obenrum nackig, dann kannst du den Leuten hier dein schönes Tattoo zeigen.«

»Hab ich schon gemacht, Arschloch«, antwortete Nick leise.

Vom Nachbartisch erklang Lachen. Sebastian funkelte Nick an, seine Fäuste pumpten. Dann spuckte er ihm ins Gesicht.

Der Schlag traf Sebastian klatschend an der Schläfe. Er taumelte zurück und starrte Julia fassungslos an. Sie rieb ihre schmerzenden Handknöchel. Das Paar am Nachbartisch applaudierte, einer der älteren Männer, ein Bär mit kurzem, grauem Bart, stand auf und legte Sebastian die Pranke auf die Schulter. »So, Freundchen, du machst jetzt mal besser den Abgang.«

Sebastian starrte Julia wutentbrannt an und zischte: »Das wirst du bereuen, das versprech ich dir.«

*

Nick hielt Julias feuchte Hand in seiner, als die beiden, noch immer benommen, in eine ruhige Seitenstraße bogen. Er hörte zu, wie sie ihm stotternd erklärte, wer der Fremde war und wieso er so viel wusste, wie sie nach Worten rang, sich entschuldigte, den Tränen nahe. Sie sei doch keine Verräterin!

Nick blieb stehen und nahm Julia in den Arm. Sie beschämte ihn. Er hatte ihr viel von sich erzählt, mehr als irgendjemandem sonst in seinem Leben, er hatte mit sich gekämpft, aber vor der roten Linie war er wie vor einer verminten Grenze stehen geblieben. Der Plan, sein großer Verrat, blieb sein Geheimnis.

Jetzt spürte Nick, wie sich Julia zitternd an ihn drückte.

»Ich hab dir noch nicht alles erzählt«, hörte er sich sagen. »Da gibt es noch was.«

Julia hob ihren Kopf und blickte ihn an.

Nick zögerte. Wie sollte er anfangen? Welche Worte wählen? Plötzlich hatte er eine Idee. Es ginge auch ohne Worte. Zumindest zu Anfang.

»Ich muss dir was zeigen«, sagte er leise.

»Was denn?«

»Ein Foto. Wir müssen zu mir. Nur kurz.«

Er löste sich und ging mit ihr die Straße hinunter. Er hatte das Bild in seiner Wohnung versteckt, er würde es ihr zeigen, und der Rest würde sich von alleine ergeben.

Sie wird es verstehen, schallte es durch seinen Kopf. *Sie wird mir verzeihen.*

Sie muss!

*

Julia schaute zu, wie Nick die Tür öffnete. Sie war gespannt. Den ganzen Weg lang hatte sie gegrübelt, was für ein Foto er ihr zeigen wollte. Sie hatte nachgefragt, aber er hatte ihr nichts verraten wollen.

Er ließ ihr den Vortritt und verschwand in der Küche. Sie ging durch den kurzen Flur in das halbdunkle Wohnzimmer. Durch das große Fenster strahlte das orangefarbene Licht der Straßenlaternen und warf scharfe Schatten an die Zimmerdecke. Die Luft war stickig, und Julia machte einen Geruch aus, den sie hier noch nicht wahrgenommen hatte. Tief in ihrem Innern begann eine Alarmglocke zu schrillen, all ihre Sinne wurden schärfer, und plötzlich wusste sie, was sie da roch: fremden Schweiß. Im selben Augenblick hörte sie ein leises Schnarchen. Ihre Augen schweiften durchs Zimmer und blieben am Bett hängen: Dort lag jemand.

Julia schrie auf. Dann ging alles ganz schnell. Auf der Matratze schreckte eine gedrungene Gestalt hoch und tastete hektisch umher. Im Laternenlicht konnte sie einen kugelförmigen Glatzkopf mit einer spiegelnden, kreisrunden Brille erkennen. Nick stürmte herein, riss Julia zur Seite und machte einen Satz zum Bett. Sie sah, wie er sich auf den gedrungenen Fremden warf und einen Hagel aus Faustschlägen auf ihn niedergehen ließ. Der Mann war kräftig, die Schläge schienen ihm kaum etwas auszumachen. Mit seinen kurzen Armen stieß er Nick von sich und rollte sich hinters Bett. Julia glaubte, kurz seinen nackten Hintern zu sehen. Hatte der Kerl keine Hose an?

Nick sprang zurück und packte Julias Arm. »Raus hier!«

Zusammen stolperten sie durch die Tür, hinaus aus der Wohnung in den langen Hausflur.

»Bleib stehen, du Ratte!«, schrie eine schrille, seltsam hohe Stimme hinter ihnen her.

Julia drehte sich im Laufen um und sah den Fremden aus der Wohnung stürmen. Er trug nur ein wild gemustertes Sommerhemd. Für einen Wimpernschlag stockte Julia, so irrwitzig war der Anblick des Glatzkopfs mit der Lupenbrille, den unbehaarten Beinen und dem winzigen Penis. Im selben Moment sah sie etwas Rundes in seiner Hand, so groß wie eine Kegelkugel. Er holte aus, warf es in hohem Bogen in den Flur und sprang in die Wohnung zurück.

»Deckung!«, schrie Nick, schubste Julia in einen Türeingang und stellte sich schützend vor sie.

Sie konnte den Blitz durch die geschlossenen Lider sehen. Die Wucht der Detonation fühlte sich an, als würde ein Nashorn ihren Rücken rammen. Wie eine Stoffpuppe wurde sie durch den

Flur geschleudert und blieb in einer Welle aus heißem, stinkendem Rauch am Treppenabsatz liegen. Ein schrilles Pfeifen drang in ihre Ohren. *Eine Alarmanlage*, dachte Julia, *oder ein Feuermelder, gleich kommen die Kollegen.*

Hustend öffnete sie ihre Augen und tastete sich durch den beißenden Nebel. Nick lag unter ihr auf der Treppe. Sie kroch hinunter und beugte sich über ihn. Eine Wange war aufgeschürft und blutig, die Haare versengt. Seine Augen waren geschlossen.

»Nick! Nick!«, schrie Julia, ohne sich hören zu können, und rüttelte an seinem leblosen Körper. Das verdammte Pfeifen übertönte jedes andere Geräusch.

Plötzlich sah sie, wie der halb nackte Glatzkopf durch den Nebel auf sie zukam. Sie konnte seine Glubschaugen hinter den zersprungenen Brillengläsern erkennen, aus einer Platzwunde an der Stirn rann Blut auf sein Hemd. In seiner Hand hielt er einen Revolver. Julia war unfähig, sich zu bewegen. Hilflos sah sie zu, wie der Fremde Nick packte und am Kragen hochzog. Nicks Kopf pendelte leblos hin und her. Julia schrie aus voller Kehle, doch der Glatzkopf beachtete sie nicht. Er umschloss Nicks Oberkörper mit seinen rosafarbenen Armen und wollte ihn eben wegschleifen, als Julia die Hand mit dem Revolver zu fassen bekam. Am Mittelfinger steckte ein Ring aus Draht mit einer großen, gewundenen Spirale. Julia beugte sich vor und biss mit aller Kraft zu.

Der Glatzkopf ließ den Revolver fallen und riss den Mund zu einem stillen Schrei auf, so weit, dass sie die Plomben in seinen Zähnen erkennen konnte. Nick entglitt seinem Griff und sackte auf die Treppe zurück, der Revolver lag direkt vor Julia. Sie packte die Waffe und richtete sie zitternd auf den Glatzkopf, der seine blutende Hand zwischen die nackten Beine gesteckt hatte und sie mit schmerzverzerrtem Gesicht anstarrte.

Du erbärmlicher Wichser!, fuhr es Julia durch den pfeifenden Schädel. Hass peitschte durch ihren Körper, sie spürte die Vorfreude auf den Schuss, wollte genüsslich zusehen, wie die Kugel die hässliche Visage in Stücke riss. *Jetzt zahl, du Pimmel!*

Sie drückte ab, sah das stumme Mündungsfeuer, spürte den Rückstoß in den Händen und roch den Schmauch, so vertraut, als stünde sie auf dem Schießstand.

Der Glatzkopf sackte zu Boden. Julia blinzelte in den beißenden Nebel. *Ich hab es getan*, schoss es erschrocken durch ihren Kopf, *ich habe einen Menschen getötet.* Plötzlich sah sie, wie der Fremde aufsprang, blitzschnell an ihr vorbeihechtete und die Treppe hinunterstürmte. Sie hob den Revolver und schoss die Trommel leer. Die Kugeln verloren sich im Dunst. Julia blieb schwer atmend liegen, ihre Lunge brannte.

Nick!, dachte sie entsetzt und drehte sich zur Seite. Sein Körper lag leblos auf der Treppe. Julia presste ihren Kopf auf seine Brust, um seinen Herzschlag zu hören, doch da war nichts als Pfeifen. Der hohe Ton wurde leiser, und vor ihren Augen senkte sich langsam ein dunkler Vorhang herab.

7

Fahles Mondlicht floss durch den Wald und verfing sich schillernd in einer großen, durchsichtigen Blase, die lautlos zwischen den schwarzen Stämmen umherschwebte, wie von einem zarten Windhauch getrieben. In ihrem Innern war es warm. Julia hatte ihre Beine angezogen und die Arme vor der Brust gekreuzt und drehte sich langsam um sich selbst. Sie konnte den vertrauten Geschmack von süßem Seewasser schmecken. Ihre Augen wanderten neugierig in den geheimnisvollen Nachtwald, Tannen mit rissiger, blauschwarzer Rinde zogen ganz nah an der Blase vorbei, unter ihr am Boden glitzerte das feuchte Laub im sanften Mondlicht.

Von einem fernen Ort her ertönte ein Pfeifen. Es schwoll langsam an, wurde immer lauter. Julia versuchte sich umzudrehen, doch sie fand keinen Halt. Plötzlich ließ ein dumpfer Schlag die Wasserblase erbeben, und Julia sah erschrocken, wie ein Pfeil mit einem sprudelnden Schweif dicht an ihr vorbeizischte und auf der anderen Seite der Membran wieder nach außen drang. Das Seewasser schoss in zwei kräftigen Fontänen aus den gegenüberliegenden Löchern der Blase. Julia zappelte und versuchte, die Löcher mit den Fingern zu schließen, doch die Membran riss unaufhaltsam auf, das Wasser strömte nach draußen, die Blase stürzte trudelnd zu Boden und platzte. Julia fühlte, wie ihr nackter Körper ins kalte Laub fiel. Der Wald war still.

Sie stand auf, die Arme und Beine zogen bleischwer an ihrem Körper, Gänsehaut kroch über ihren Rücken. Sie drehte sich um, nach allen Seiten, doch sie sah nur schwarze Stämme und kahle Äste. Auf einmal hörte sie einen schrillen Pfiff. Julia verharrte erschrocken. Auf einer kleinen Anhöhe sah sie etwas zwischen den Bäumen, einen Schattenriss, der sich vor dem milchigen Mondlicht abzeichnete. Eine kleine, dünne Gestalt. *Ein Kind?* Es stand reglos im Wald und starrte zu ihr herüber. Julia spürte, wie ihr ein Schauer den Rücken hinablief. Sie machte ein paar Schritte zurück, wollte wegrennen, doch ihr Körper war wie gelähmt. Das Pfeifen wurde lauter. Das Kind setzte sich langsam in Bewegung. *Es kommt!*

Julia riss die Augen auf. Sie lag im Halbdunkel, ihr Herzschlag pochte im Hals. Durch das hohe Pfeifen in ihren Ohren konnte sie das gleichmäßige Piepsen einer Maschine ausmachen. Im Augenwinkel nahm sie mehrere blinkende Lichter wahr. Julia sendete ein Signal an ihre Füße, die Zehen bewegten sich vorsichtig hin und her. Dann folgten die Arme, die Hände, die Finger. Sie fühlte eine Bettdecke. Ihr Mund war trocken, die Lippen klebten aufeinander. *Ich lebe!*

Das Pfeifen im Kopf wurde leiser, ohne ganz aufzuhören. Kam es aus dem schauerlichen Traum? Sie hatte eine vage Ahnung, dass es von anderswoher kam, dass das Pfeifen eine reale, schrecklichere Ursache hatte.

Was war geschehen?

Nick! Der Gedanke kam wie eine Kanonenkugel und traf sie ins Mark. *Wo ist er?* Julia schaute sich um. Neben ihr im Dämmerlicht blinkten medizinische Geräte, sie sah Schläuche und Monitore, darauf bunte Kurven. Auf der anderen Seite war ein Fenster, durch das sie im diffusen Dämmerlicht Baumkronen erkennen konnte. Das Pfeifen in ihren Ohren vermischte sich mit dem Gesang der ersten Vögel. Auf einmal bemerkte sie etwas Dunkles neben sich. Julia hielt die Luft an. *Eine Gestalt, ein Mann!* Er blickte ohne eine Bewegung hinaus in die Dämmerung. Julia zwang sich, ruhig zu bleiben. Sie musterte die massige Silhouette, dann wusste sie plötzlich, wer neben ihr saß: Roosen.

»Wo ist Nick?«, krächzte sie matt.

Roosen drehte sich um, beugte sich über sie und nahm ihre Hand. Julia richtete sich ein kleines Stück auf. Im schwachen Licht konnte sie seine Züge erkennen, ein erschöpftes Lächeln, die Falten noch ein bisschen tiefer als sonst.

»Machen Sie sich keine Gedanken, Julia, es ist alles in Ordnung«, sagte er leise.

Julia spürte, wie eine lähmende Müdigkeit über sie hereinbrach. Ihre Lider wurden schwer. Mit geschlossenen Augen ließ sie sich auf die Matratze zurücksinken. Hauptkommissar Roosen war bei ihr, sie war in Sicherheit.

Zwei Stunden später funkelte die Sonne durch die Baumwipfel und malte helle Lichttupfen auf die graue Glasfasertapete.

»Sie hatten riesiges Glück«, sagte der Ausbilder und biss in ein Käsebrötchen. »Sie haben nur ein mittelschweres Schädel-Hirn-Trauma abbekommen und jede Menge Prellungen, aber keine bleibenden Schäden. Das Treppenhaus sah aus wie ein Schlachtfeld.«

Julia antwortete nicht. Ihr Schädel pochte, ihre Ohren pfiffen. Durch ihren Kopf schwirrten unzählige Fragen.

»Die Meldung von der Explosion und den Schüssen ging um halb elf ein«, erklärte Roosen. »Bevor die Sanitäter kamen, musste ein SEK das Haus sichern und sich erst mal ein Bild von der Lage machen.«

»Was ist mit Nick? Mit Chris Eisermann?«, fragte Julia leise.

Roosen schaute sie groß an. »Dem Nazi? Was zum Teufel haben Sie da eigentlich gemacht?«

Julia blickte zur Seite. Wie sollte sie alles erklären? Womit beginnen?

»Ich … Es ist alles anders. Er hat mich nicht bedroht. Wir … Zwischen uns ist was«, fing sie zögernd an. Jeder Atemzug schmerzte.

Roosen blickte sie stumm an, sie sah, wie es in ihm arbeitete. Er wirkte nicht, als wolle er ihr eine Strafpredigt halten.

»Wo ist er?«, fragte Julia heiser.

»Spurlos verschwunden«, antwortete der Ausbilder. »Die Kripo fahndet nach ihm als wichtigem Zeugen. Haben Sie eine Idee, wo er stecken könnte?«

Julia schüttelte langsam den Kopf. Das Pochen in ihrem Schädel wurde zu einem Hämmern. Draußen in der Baumkrone vor dem Fenster lärmte ein Schwarm Stadtpapageien. Sie versuchte, ihre Erinnerungen zu ordnen.

»Er lag neben mir auf der Treppe, ich weiß nicht, ob er noch gelebt hat. Und da war dieser Mann mit der Glatze. Es ist alles wie in einem Albtraum …«

Julia starrte ins Leere, während die Bilder in ihrem Kopf weiterliefen.

Roosen legte sein Käsebrötchen weg, nahm ihre Hand und blickte sie fest an. »Ich hätte besser auf Sie aufpassen müssen.«

Julia lächelte matt.

Der Hauptkommissar suchte nach Worten: »Ich will nicht noch jemanden …« Er verstummte. Julia blickte ihn fragend an. »Was?«

Er wirkte plötzlich zusammengesunken und müde. Sein Blick schweifte verloren zum Fenster. »Paula, unsere Mittlere, war ein aufgewecktes Mädchen, genau wie Sie. In der Schule war sie eine Außenseiterin, hatte kaum Freunde, aber immer anständige Noten. Ich dachte wirklich, dass sie mal Polizistin werden könnte.« Er lächelte traurig.

»Mit sechzehn ging es los, wie das halt so ist«, erzählte Roosen leise weiter. »Sie nannte es ›feiern‹. Keine Ahnung, was die jungen Leute dauernd feiern müssen, wir haben das früher ›ausgehen‹ genannt. Egal. Paula hat sich nichts anmerken lassen, aber zu der Zeit hat sie schon getrunken und gekifft, ich erkenn so was. Mit der Schule ging es dann nach und nach bergab. Zu Hause hat sie sich immer öfter in ihrem Zimmer eingeschlossen, nie was erzählt. Ich hab ihr gedroht, hab ihr das Handy weggenommen, das Taschengeld gestrichen, das ganze Programm. Ihr war das egal. Meine Frau meinte, wir sollten sie zum Arzt schicken. Einem Psychologen. Ich war mir sicher, das würde auch ohne wieder werden, schließlich hatten wir alle unsere wilde Phase.« Roosen schaute gedankenverloren aus dem Fenster. »Sie wurde seltsam. Aggressiv. Sie dachte, ich würde irgendwas gegen sie aushecken und Marion würde mit mir unter einer Decke stecken. Nachts hab ich manchmal gehört, wie sie in ihrem Zimmer laut mit sich selbst sprach.« Roosen biss sich auf die Lippe. »Dann kam der Anruf. Samstagmorgens um fünf. Paula war in der Notaufnahme, festgeschnallt auf einer Bahre. Die Kollegen hatten sie in einem Club eingesammelt. Sie war auf einen Wildfremden losgegangen und hatte ihm fast einen Finger abgebissen, die anderen Gäste mussten sie zurückzerren und in einen Hinterraum einsperren.« Seine Stimme war kaum noch hörbar. »Als ich in die Notaufnahme kam, hat sie mich mit irren Augen angefunkelt und immer wieder geschrien: ›Du bist nicht mein echter Vater! Er hat dich geschickt, stimmt's? Damit du mich in den Knast steckst! Du bist nicht mein Vater!‹« Roosen schluckte. »Das war nicht meine Tochter, das war ein … Monster.« Er kratzte sich grob am Hals und starrte mit feuchten Augen aus dem Fenster. »Sie hatte diese Kräuterscheiße geraucht, zusammengepanschtes Chemiezeug aus Tschechien! Den Dreck, den die Kids mit einem Klick im Internet bestellen und den wir jedes Wochenende vor den Clubs einkassieren.«

Er wurde lauter: »Und dann fragt mich noch der Arzt im Krankenhaus, warum wir von der Polizei das nicht in den Griff kriegen! Machen wir die Gesetze? Wir rennen doch nur hinterher! Immer hinterher!« Roosen verstummte und drehte kopfschüttelnd an seinem Ehering.

»Und was ist jetzt mit Ihrer Tochter?«, fragte Julia.

»Sie ist in der Klinik, seit vier Monaten. Psychose.«

Julia drückte seine Hand. »Das tut mir leid.«

»Die Klinik ist gut, die Ärzte und die Pfleger – alles gute Leute. Aber als ich Paula das erste Mal in ihrem Zimmer gesehen hab …« Roosens Stimme erstickte. »Sie hockte völlig abwesend in einer Ecke, vollgepumpt mit Psychomedikamenten, und hatte drei Pullover übereinander angezogen … Das krieg ich nicht mehr aus dem Kopf.«

»Und wie lange muss sie …?«

»Das weiß man nicht genau. Ihr geht es besser, aber es kann immer wieder durchbrechen. Sie kann zwischendurch raus, wenn sie will, sie soll sogar, sagen die Ärzte. Aber Paula kommt nicht zu uns. Sie geht nur ab und zu eine Nacht zu ihrem Freund.«

Das Geschnatter der Papageien vor dem Fenster klang wie Hohn.

Roosen hielt den Kopf gesenkt. »Ich hab sie verloren.«

Plötzlich schaute er Julia fest an. »Verstehen Sie mich nicht falsch. Als ich gesagt habe, dass Sie mich an Paula erinnern, meinte ich nicht, dass Sie eine Irre sind.«

»Paula ist keine Irre«, widersprach Julia ernst. »Sagen Sie so was nicht!«

Roosen nickte schweigend, dann atmete er tief durch und drückte ihre Hand. »So, jetzt erzählen Sie mir alles, eins nach dem anderen. Und wenn die Kollegen von der Kripo Ihnen gleich ein Loch in den Bauch fragen, tun Sie so, als wüssten Sie nichts über diesen Chris Eisermann. Bloß keine Nazigeschichte, sonst haben Sie den Staatsschutz am Hals. Erzählen Sie einfach, Sie hätten ihn erst einmal gesehen.«

Julia nickte. Der Pfeifton in ihrem Kopf bohrte sich unerbittlich durch ihren Schädel.

*

Das Ohr brannte höllisch, die Hand mit dem Gebissabdruck war rot geschwollen. Karl stand blutverschmiert in dem kleinen Erkerzimmer und schaute sich um. Ira hatte die drei Bücherkisten, die er beim Einzug hochgeschleppt hatte, in ein einfaches Stahlregal eingeräumt, auf dem Schreibtisch vor dem Fenster türmten sich neben einem Computer Papierstapel und Landkarten. Ihr Bett stand unter dem Fenster, es war schmal und hatte einen verschnörkelten Stahlrahmen.

Sie könnte mich daran …

»Du verdammter Vollidiot!« Ira stürmte herein und ließ ihre flache Hand auf Karls nackten Hinterkopf klatschen. Die beiden

Wäscheklammern, die notdürftig die herabhängende Ohrmuschel am Kopf befestigt hatten, sodass er aussah, als wäre er ein Außerirdischer mit implantierten Antennen, flogen durch die Luft. Karl sammelte die Klammern ein und klemmte sie wieder ans Ohr. Ja, er hatte eine Tracht Prügel verdient, das wusste er.

Ira ohrfeigte ihn mit der Linken. »Was hast du so lange gemacht?«

»Ich hab gewartet … Ich dachte, Chris kommt vielleicht noch«, stotterte Karl leise. »Ist er ja auch!«

Ira funkelte ihn an. »Und warum hast du ihn dann nicht mitgebracht??«

»Die kleine Fotze ist schuld!«, rief Karl hektisch und zeigte auf die blutunterlaufene Wunde auf seinem Handrücken. »Die wollte mich abknallen! Eiskalt!«

Er erinnerte sich an die Szene wie in Zeitlupe. Als er ihre irren Augen hinter der Revolvermündung gesehen hatte, hatte er sich auf den Boden geschmissen. Das Dreckstück hatte ihn am Ohr erwischt, Streifschuss, das Blut war ihm warm über den Hals gelaufen. Er hatte es erst gemerkt, als er durch die Hintertür zur Seitenstraße gerannt war. An der Kreuzung hatte er die Leute gesehen, die vor dem Haus rumstanden, filmten und gafften, Rauch quoll aus den Hausflurfenstern. Karl musste innerlich grinsen: Keiner hatte den halb nackten, blutenden Kerl bemerkt, der über die Straße zum Supermarktparkplatz rannte. Die Fahrt war die Hölle gewesen. Zwei Stunden hatte er gebraucht, bis er zurück im Forsthaus war, eine Hand am Lenkrad, die mit der tiefen Bisswunde am Ohr. Überall war Blut, auf dem Sitz, auf dem Lenker, auf seinen nackten Beinen – ein Schlachthaus. Am Forsthaus war er erst einmal zur Wäscheleine gegangen und hatte sich zwei Klammern ans Ohr geklemmt, dann, in seinem Zimmer, hatte er sich eine Hose angezogen und drei Aspirin eingeworfen. Danach war er hoch zu Ira geschlichen. Er musste ihr alles erzählen, sie würde es sowieso im Netz lesen.

»Ich … ich hatte eine kleine Granate dabei. Sie ist hochgegangen … aus Versehen«, log er stotternd und duckte sich in Erwartung des nächsten Schlages. Die Faust kam von unten und traf ihn im Bauch. Er krümmte sich.

»Bist du denn völlig wahnsinnig?«, zischte Ira.

»Die war noch in meiner Tasche … wegen dem Dachs«, stammelte Karl geduckt unter seinen vorgehaltenen Armen. »Ich hab die Pistole nicht sofort gefunden und ich wollte sie damit stoppen …«

»Mit einer Granate?«, fauchte Ira und hämmerte ihm mit beiden Fäusten auf den Hinterkopf – mit jedem Wort ein Schlag. »Du – hast – unsere – gesamte – Aktion – gefährdet! Du – verdammter Pa – ra – sit!«

Karl duckte sich noch tiefer und ließ sie zuschlagen. Der Schmerz tat gut, er war verdient. Sein Blick war starr auf den alten Holzboden und seine blutbekleckerten Schuhe gerichtet. In seiner Hose spürte er eine Erektion.

*

Wolfgang war sofort hellwach gewesen, als der Anruf aus dem Krankenhaus kam: Julia habe einen Unfall gehabt, sei aber wohlauf. Einen Autounfall? Nein, eine Detonation, wenn er kommen wolle – sie sei jetzt ansprechbar.

Wolfgang hatte es schon im Radio gehört, eine Explosion und Schießerei in einem Wohnhaus mitten in der Stadt, keine Toten, eine Verletzte, am Mittag würde es eine Pressekonferenz der Polizei geben, bis dahin bitte man um Geduld. Es gab Gerüchte über Rockerkriege und islamistische Bombenleger.

Wolfgang hatte sofort Adams Nummer gewählt. Zwanzig Minuten später war der polnische Pfleger da, hatte verschlafen den Rollstuhl aus der Abstellkammer geholt und ihn wie eine Braut am Hochzeitstag gepackt und hineingehievt. Wolfgang hatte auf nüchternen Magen drei Zigaretten geraucht, ihm war schlecht, und doch spürte er neben der quälenden Sorge ein seltsames Glücksgefühl: Endlich raus aus dem Bett, raus aus den vier Wänden, raus aus dem Haus! Freigang!

Als Adam ihn über die Straße zum Auto des Pflegedienstes rollte und er die Krähen hörte, die hoch oben um das Hausdach kreisten, durchflutete ihn eine längst vergessene Energie. Sollten sich die Ärzte zum Teufel scheren, sollte sein Hintern in Stücke reißen, er war immer noch ein freier Mann!

Jetzt saß er mit einer Zigarette in der Hand an der Auffahrt des Krankenhauses vor einem kleinen Mäuerchen und betrachtete zärtlich seine Tochter, die, auch im Rollstuhl, neben ihm saß. Er hatte die halbe Station in Aufruhr versetzt, damit sie aufstehen durfte. Julia sah in ihrem Bademantel bleich aus. Sie hatte eine riesige Beule an der Stirn und ein paar Kratzer auf den Wangen, ihre Lippen waren trocken, die Augen blutunterlaufen. Ihr ganzer Körper war voller blauer Flecken. Ein Wrack. Trotzdem hatten die Bullen sie den ganzen Morgen über ausgequetscht, als wäre sie eine Kriminelle. *Bastarde.*

Wolfgang brach das Schweigen. »Was wolltest du eigentlich bei dem Nazi?«

Sie blieb stumm. Wolfgang brauchte keine Antwort, er kannte seine Tochter gut genug, sie war verliebt und hatte all seine Warnungen in den Wind geschrieben. Naturgewalten konnte man eben nicht aufhalten. Er hätte es genauso gemacht.

»Der Typ mit der Bombe … Gibt's da irgendeinen Verdacht, wer das ist?«, fragte er leise und schaute einem gebeugten

Patienten nach, der mit einem rollenden Infusionsständer an ihnen vorbeischlurfte, sich auf ein Mäuerchen setzte und eine Schachtel Zigaretten aus seiner Bademanteltasche fischte.

»Ich glaube, Nick hat den Mann gekannt«, antwortete Julia tonlos. »Mein Ausbilder meint, sie hätten ihn bald identifiziert. Es gibt jede Menge DNA-Spuren.«

Wolfgang zog an seiner Zigarette und spuckte einen Tabakkrümel aus.

»Ich hab den Typen gebissen, hoffentlich hab ich mir da nichts eingefangen«, sagte Julia und schaute gedankenverloren zu, wie ein signalfarbener Krankentransporter die Rampe zur Notaufnahme hinauffuhr. »Fast hätte ich mir dabei einen Zahn an seinem komischen Schneckenring ausgebissen«, schob sie schnaubend hinterher.

Wolfgang horchte auf. »Schneckenring?«

»So eine spitze Drahtspirale, passte gar nicht zu dem«, antwortete Julia. »Aber der Typ war sowieso total irre.«

Wolfgang fuhr innerlich zusammen. *Nicht der Ring!*

Er zog sein Handy heraus, öffnete den Browser und lud ein Foto hoch. »So einer?«

Julia nahm das Telefon. »Genau, so einer war's!«

Wolfgang spürte, wie sich brennende Säure in seinem Magen ausbreitete und mit dem Milchkaffee aus dem Krankenhausautomaten vermischte. *Das kann kein Zufall sein*, hallte es panisch durch seinen Schädel, *sie sind es! Sie sind hier!*

»Papa!«, hörte er Julias Stimme wie aus weiter Ferne. Wolfgang schaute seine Tochter verstört an.

»Was ist mit dem Ring?«

»Nichts, ich …«, stotterte Wolfgang.

Julia schaute aufs Display. »Hier steht, das ist ein Westwallring.«

Wolfgang nahm das Handy wieder an sich.

»Was ist los, Papa?«, fragte sie ernst.

Wolfgang zog fest an seiner Zigarette: »Ich fang mal ganz hinten an«, sagte er mit leiser Stimme und blies langsam den Rauch aus. »Mit Hitler.«

»Mit Hitler.« Julia sah ihren Vater verständnislos an.

»Ja, Adolf. Der Vegetarier mit den Blähungen. Der wollte die komplette Westgrenze mit einem riesigen Abwehrwall dichtmachen, um in Ruhe Polen und Russland zu überfallen. Von Holland bis in die Schweiz ging das, Tausende Bunker, Panzersperren und Tunnelsysteme mitten durch Europa. Der Westwall. Über eine halbe Million Arbeiter haben jahrelang dafür schuften müssen, völlig größenwahnsinnig.«

»Und der Ring?«, fragte Julia dazwischen.

»Einige von den Arbeitern haben Westwallringe getragen, als Zeichen, dass man zusammengehört, obwohl die Nazibonzen das nicht gerne gesehen haben. Auf den meisten Ringen waren Totenköpfe und Bunker drauf, aber der mit der Spirale, das war der erste Ring.«

Julia zuckte mit den Achseln. »Und was hat das zu bedeuten?«

Wolfgang warf seinen Zigarettenstummel unter eine Hecke und nahm Julias Hand. »Du musst mir was versprechen.«

»Komm, Papa, nicht jetzt«, protestierte Julia.

»Wenn du hier rauskommst, musst du eine Weile wegfahren. Ein paar Wochen, solange es geht.«

Julia blickte ungläubig. »Wieso das denn?«

»Du hast doch gesehen, was das für Typen sind«, beharrte Wolfgang nervös. »Die sind wahnsinnig, völlig skrupellos.«

»Der Typ war wegen Nick da. Das hatte nichts mit mir zu tun.«

»Jetzt schon«, sagte Wolfgang ernst.

Julia musterte ihren Vater. »Kannst du endlich mal Klartext reden?«

Wolfgang griff zum Tabakbeutel und holte Blättchen heraus. »Ich hab einfach ein ganz mieses Gefühl.«

Julia löste die Bremsen ihres Rollstuhls. »Sag endlich, was los ist, oder ich roll wieder hoch.«

Sie meinte es ernst, das spürte er. Er leckte an dem dünnen Papier, drehte eine windschiefe Zigarette und begann zögernd zu erzählen: »Du weißt ja, als ich so alt war wie du, da war ich mit ziemlich schrägen Vögeln unterwegs. Punks, Autonome, Hausbesetzer. Wir waren nicht mehr viele, aber es waren lustige Zeiten, damals in Aachen, gar nicht so weit weg vom Westwall. In einem Kramladen hinter der belgischen Grenze gab es altes Militärzeugs, Helme, Vasen aus Granathülsen, Abzeichen – und auch die Westwallringe. Ein paar von uns haben die getragen.«

Auf dem Mäuerchen vor dem Eingang hatten sich inzwischen weitere Patienten in Jogginganzügen und Pyjamas versammelt, um zu rauchen, zu plaudern und Kaffee aus Plastikbechern zu trinken.

»Ist das nicht ein Nazizeichen?«

Wolfgang klopfte die Zigarette auf sein taubes Bein, zündete sie an und blies eine dichte Qualmwolke aus. »Irgendwie schon. Für die hatte es was von einem Geheimbund, was Verbotenes, Böses. Gegen uns Gutmenschen und verblödete Kiffer, die immer nur diskutierten. Irgendwann sind die abgehauen und zu den Rechten übergelaufen. Völlig egal, Hauptsache gegen das System.«

Wolfgang blickte zu den Besuchern, die mit Blumen in der Hand zur Klinik gingen.

»Klar, dass es da krachen musste«, erzählte er weiter. »Wir hatten richtig Stress mit denen. Prügeleien bei Demos, Überfälle auf unser Haus, Racheaktionen, Verletzte, Festnahmen, der ganze Scheiß. Und ich mittendrin. Die haben mich gehasst. Und die tun es immer noch.«

»Was hat das mit der Bombe von gestern zu tun?«, fragte Julia.

Wolfgang senkte seine Stimme. »Keine Ahnung. Aber der Typ hatte den Ring, der gehört zu der Bande.«

Julia betrachtete nachdenklich die Patienten, die auf der Mauer saßen und leise plauderten.

»Du musst verschwinden, Julchen, bitte!«, flehte Wolfgang leise.

»Papa, ich bin bei der Polizei. Ich muss mich nicht verstecken.«

Wolfgang schnaubte abfällig. »Die Bullen können dich da auch nicht schützen. Der Kerl wollte euch in die Luft jagen! Wenn sie mich erwischen, scheiß drauf! Mein Leben ist keinen Cent mehr wert! Aber die wollen dich, weil du das Einzige bist, was ich habe!«

Wolfgang schaute sich um. Die Patienten auf dem Mäuerchen waren verstummt, nippten an ihren Bechern und spitzten die Ohren. »Das sind Profis, Julchen«, fuhr er mit gesenkter Stimme fort, »die leben im Untergrund, die kriegst du nicht zu fassen. Und wenn du am wenigsten damit rechnest, kriegen die dich! Im Parkhaus nach dem Kino. Beim Joggen am Sonntagmorgen. Zu Hause, wenn du denkst, der Paketbote kommt.«

Julia grub ihre Fingernägel in das Reifenprofil des Rollstuhls. »Ich kann nicht einfach so weg«, sagte sie leise. »Ich mach eine Ausbildung.«

»Die geben dir bestimmt frei!«

Julia schüttelte energisch den Kopf. »Solange ich Nick nicht gefunden hab, geh ich nirgendwohin!«

Sie löste die Bremsen und schaute ihren Vater ernst an. »Tut mir leid, Papa. Ich muss mich wieder hinlegen.«

Wolfgang sah die Miene seiner Tochter und nickte. Es war sinnlos, mit ihr zu diskutieren. Verdammte Naturgewalten. »Ich bring dich hoch.«

Säuerlich zog er an seinem Zigarettenstummel und drehte sich zu der Gruppe auf der Mauer um. »Und ihr glotzt nicht so blöd, ihr … Patienten!«

*

»Nick?«

Keine Bewegung.

»Nick!«

Keppler beugte sich tiefer herab.

»Nick, wach auf!«

Er sah, wie die zugeschwollenen Augenlider des jungen Mannes flackerten und sich schließlich einen Spaltbreit öffneten. Die Pupillen schnellten orientierungslos hin und her.

»Alles gut, Nick. Bleib ruhig liegen«, sagte Keppler und legte dem Jungen sanft die Hand auf die Brust. Seine Fantasie reichte aus, um sich vorzustellen, wie Nick aus dem Bett springen und das Zimmer zerlegen würde.

Es gab einiges zu klären.

»Lass dir Zeit. Du hast sehr lange geschlafen.«

»Ist das ein Krankenhaus?«, nuschelte Nick matt.

Keppler lächelte. »So was in der Art. Du bist wahrscheinlich der einzige Patient, der hier genauso hässlich rausgeht, wie er reingekommen ist.«

Nick blickte schwerfällig in den dezent beleuchteten Raum, der die Ausmaße einer Juniorsuite hatte, wie er sie aus dem Fernsehen kannte. Neben dem Krankenbett entdeckte er einen Nachttisch mit einem riesigen Blumenstrauß, in der Ecke einen niedrigen Tisch mit zwei Designersesseln und einer antiken Kommode, auf der eine Kaffeemaschine, ein Wasserkocher und eine Holzbox mit Teebeuteln standen. Der Kleiderschrank hatte schwere beleuchtete Schiebetüren, an den Wänden hingen um einen großzügigen Flat-Screen goldgerahmte Stiche von Rennpferden und längst vergessenen Obstsorten.

»Du liegst in der Privatklinik von Dr. Grössel, einem der besten Schönheitschirurgen der Stadt.«

Keppler sah Nicks fragenden Blick. Er würde ausholen müssen. »Von vorne: Du hast mich angerufen. Gestern Nacht. Ich hab mir gerade die Zähne geputzt und konnte dich kaum verstehen, du warst mehr tot als lebendig. Fünf Minuten später war ich bei dir. Ein Glück, dass ich für dich damals eine Wohnung gleich bei mir um die Ecke ausgesucht hab.«

»Die Bombe … ich bin aufgewacht, auf der Treppe …«, murmelte Nick und wurde plötzlich unruhig. »Wo ist Julia?«

»Sie lag bewusstlos auf dir. Von den Bewohnern hat sich keiner aus der Wohnung getraut. Ich konnte dich irgendwie auf die Schulter nehmen und die Treppe runtertragen, zum Parkplatz hinterm Haus. Vorne auf der Straße traf gerade eine ganze Flotte von Streifenwagen und Rettungswagen ein. Julia ist im Krankenhaus. Sie ist nicht ernsthaft verletzt.«

Nicks Kopf sackte müde zur Seite. Keppler meinte, in dem ramponierten Gesicht voller farbiger Beulen und kleiner Schnitte Erleichterung zu erkennen.

»Frau Gräf war so nett, Dr. Grössel anzurufen, damit du diskret und professionell versorgt wirst. Ich glaube …«, Keppler musste plötzlich schmunzeln, »… ich glaube, er schuldet ihr noch was. Jedenfalls wird niemand erfahren, dass du hier bist.«

Nick hob stöhnend den Kopf, schaute an sich herab und bewegte vorsichtig seine Füße.

»Keine Sorge«, sagte Keppler lächelnd. »Dr. Grössel hat dich in die Röhre geschoben. Du hast zwar keine Stelle am Körper, die nicht blau und rot ist, und sämtliche Rippen sind geprellt, aber sonst ist alles heil.« Er deutete auf den Infusionsbeutel, der über Nick an einem Ständer baumelte. »Der Doktor hat ein paar sehr potente Medikamente.«

Nick blickte durchs Fenster in den nächtlichen Garten, wo ein paar kugelrunde, von Bodenstrahlern beleuchtete Buchsbäume und ein Wintergarten mit gepolsterten Rattanmöbeln eine behaglich wohlhabende Atmosphäre verbreiteten.

»Es war Karl«, murmelte Nick nachdenklich.

»Der Karl aus der Gruppe, von dem du erzählt hast?«

»Er hat auf mich gewartet«, sagte er leise. »Wie haben die mich gefunden?«

Keppler schüttelte bedächtig den Kopf. Mit kaum hörbarer Stimme erwiderte er: »Ich weiß es nicht. Außer uns beiden kannte nur Julia die Adresse deiner Wohnung, die Information muss über sie geflossen sein. Wie, ist mir allerdings ein Rätsel.«

»Sie hat Schiss bekommen und mit einem Bullen gesprochen. In der Polizeischule«, murmelte Nick, dem plötzlich Sebastians Bild vor Augen trat.

»Gut möglich. Aber wo ist die Verbindung zur Gruppe?«, fragte Keppler.

Er liebte Rätsel. Sie nahmen Besitz von seinem Gehirn wie ein Parasit, und er wusste, dass er nicht eher würde ruhen können, bis er eine Erklärung gefunden hatte. Dieses Rätsel allerdings beunruhigte ihn.

»Wir waren die Jäger«, sagte Keppler düster. »Jetzt sind wir die Gejagten.«

»*Ich* bin der Gejagte«, korrigierte Nick.

Die Tür öffnete sich. Inge Gräf und ein großer Mann um die

sechzig mit vollen, gefärbten Haaren und weißem Kittel kamen herein. Der Weißkittel stellte sich ans Bett und reichte Nick die Hand. »Dr. Grössel mein Name. Wie geht es Ihnen?«

Nick beließ es bei einem schwachen Kopfnicken.

Inge Gräf schob einen Stuhl neben das Bett und musterte Nick lange. Keppler kannte den Blick. Als er ihr damals die Akte von Julia Gerloff gezeigt und ihr den Plan erörtert hatte, hatte er ihn schon einmal gesehen. Die Chefin hatte die Fotos von Julia eine gefühlte Ewigkeit studiert, ihr Blick war zärtlich gewesen, fast mütterlich.

»Ich bin sehr froh, dass Sie heil davongekommen sind. Dr. Grössel ist ein hervorragender Arzt, er hat Sie auf Herz und Nieren überprüft«, sagte Inge Gräf.

»Was ist mit Ihrem Finger passiert? Da ist ziemlich dran rumgepfuscht worden«, fragte der Chirurg munter aus dem Hintergrund.

Nick blickte nur grimmig aus dem Fenster.

»Egal. Wir haben tolle Prothesen. Und den Rest kriegen wir auch wieder hin. Aber schauen Sie besser erst mal nicht in den Spiegel«, riet Dr. Grössel, und Keppler musste an all die Patienten denken, denen der Arzt nach der OP dasselbe sagen würde.

»Ich muss mit Julia reden«, flüsterte Nick mühsam.

»Sie müssen sich noch gedulden«, sagte Dr. Gräf. »Die Polizei hat Sie auf dem Schirm, das macht es für uns sehr viel komplizierter. Sie wissen ja – Strafverfolgungspflicht. Solange Frau Gerloff in deren Händen ist, sind wir vom Verfassungsschutz raus.«

Dr. Grössel deutete auf einen Schalter über dem Bett. »Die Nachtschicht sitzt nebenan, wenn Sie etwas brauchen, einfach hier drücken. Ich muss jetzt los, meine Frau hat Gäste eingeladen. Bleibst du noch, Inge?«

»Ich fahr dich, Armin«, sagte Dr. Gräf und stand auf. An

der Tür wandte sie sich noch einmal zu Keppler um. »Gehen Sie nach Hause, Florian, Sie und der junge Mann brauchen Ruhe.«

Keppler nickte müde und sah seiner Chefin nach, die zusammen mit dem Chirurgen das Zimmer verließ. Was mochte Grössel ihr schulden?, fragte er sich und speicherte die Frage in seinem Hinterkopf. Vielleicht würde er bald wieder Zeit für unterhaltsame Rätsel haben.

Im Hintergrund schnarchte Nick leise durch die geschwollene Nase, er war wieder eingeschlafen.

Keppler setzte sich in den Ohrensessel in der Zimmerecke, nahm einen Beutel mit Kräutertee und brühte ihn mit Wasser aus der Kaffeemaschine auf. Er war seit sechsunddreißig Stunden wach und seit zwanzig Stunden nicht zu Hause gewesen. Im Büro hatte er den ganzen Tag damit verbracht, seine Kontakte zur Kripo und zum Landeskriminalamt anzuzapfen, um sich unauffällig ein Bild von der Lage zu machen. Stundenlang hatte er gegrübelt, ob der Plan noch zu retten wäre, alles musste überdacht werden. Ira hatte die Spur des Verräters aufgenommen und würde ihn bis in die Hölle jagen. Wie hatte sie Chris gefunden? Wo war die undichte Stelle? Es war zum Verrücktwerden.

Mittags hatte seine Frau im Büro angerufen und ihn gefragt, ob sie die Kinder übers Wochenende behalten könne, sie wollten nach Holland ans Meer fahren. Keppler hatte zustimmend gebrummt und die Bilder der neuen, glücklichen Familie am Strand aus seinem Kopf vertrieben. Dann hatte sie den Hörer an die Kinder weitergereicht, damit sie dem enttäuschten Papa etwas Nettes sagten. Die Kleinen hatten aufgeregt durcheinandergeplappert, und er hatte sich gezwungen, während des Telefonats die Augen vom Bildschirm mit den Meldungen über die

Explosion abzuwenden. Hatten sie Muffins für ihn gebacken? Er konnte sich nicht erinnern. Mit einem Mal erfasste Keppler eine fast körperliche Sehnsucht nach seiner Familie. Er wollte mit allen dreien im Elternbett liegen, sie spüren, reden, toben, an nichts mehr denken. Er drückte den Teebeutel mit einem Löffel aus und warf ihn zusammen mit dem sentimentalen Gedanken in den Mülleimer.

Am Nachmittag hatte er ungeduldig beim Landesamt für Verfassungsschutz wegen der Akten zur Gruppe nachgefragt. Badtke hatte ihm in seiner schnöseligen Art erklärt, er würde sich persönlich darum kümmern, wenn es denn wirklich so dringend sei.

Es war dringender denn je.

Am frühen Abend hatte sich Keppler wieder auf den Weg in die Klinik gemacht. Er hatte geschwitzt, trotz seines Achtundvierzig-Stunden-Deos.

Jetzt konnte er sich selbst riechen durch den Fencheldampf, der warm aus seiner Tasse aufstieg. Und er stellte überrascht fest, dass er es mochte. Es roch nach Leben. Vielleicht, dachte Keppler, als er leise das Licht neben Nicks Krankenbett ausschaltete, sollte er auch mal statt der gebügelten Hemden ein T-Shirt anziehen.

*

»»Der teutonische Ritter ist achtsam und vorsichtig. Sein erstes Betragen ist es, sich seiner Sicherheit gewiss zu sein und zu überprüfen, ob nicht ein Feind auf ihn lauert.«

Roosen saß am Ende des langen Holztisches und beobachtete, wie Henning weihevoll eine Seite in dem ledergebundenen Buch umblätterte. Der Platz des Alten vor der Fahne war leer, er lag mit einer Lungenentzündung im Krankenhaus, es hieß, er würde nicht mehr herauskommen. Die anderen hatten ihre Hände auf dem Tisch gefaltet und schienen zu lauschen, vielleicht dösten sie auch nur mit halb offenen Augen vor sich hin. Der Riesling, den Roosen zu Beginn der Zusammenkunft in schnellen Zügen getrunken hatte, lag sauer in seinem Magen, die Anspannung, die er damit bekämpfen wollte, war geblieben.

Henning las weiter aus seinem Buch vor: »»Der teutonische Ritter weiß, dass viele Menschen trügerisch sind. Die Wahrheit zeigt sich erst dann, wenn in Gefahr der Freund zur Seite steht.«‹

Roosen hörte kaum zu. Der Vortrag des Germanischen Kodex kam ihm heute albern vor, er fühlte sich an die unendlich langen Stunden erinnert, die er als Kind auf der harten Kirchenbank seines Heimatdorfes hatte verbringen müssen, an die schweren Augenlider, an die Schmerzen, die er sich mit den Fingernägeln auf den Handrücken zugefügt hatte, um wach zu bleiben. Heute würde er das durch die reine Kraft seines Willens schaffen müssen.

»»Besitz kann man verlieren, Sippen können aussterben, doch Nachruhm lebt weiter. Der teutonische Ritter weiß: Ewig lebt des Toten Tatenruhm.«‹

Henning schloss das Buch und blickte ruhig in die Runde. Roosen streckte seinen steifen Rücken durch. Der Abend dehnte sich schon viel zu lang. Sie hatten die Rekrutierung neuer Mitglieder erörtert, Leute mit Einfluss und Qualität, und die Vernetzung der unzähligen Kameradschaften, Burschenschaften und Aktionsbündnisse, erst lokal, dann im ganzen Land. Henning sprach vom Anbruch einer neuen Zeit, es gebe ein riesiges Potenzial, die Bewegung würde wachsen, in Europa und der ganzen Welt. Seine Augen glänzten vor Begeisterung.

Roosen hatte nicht zugehört, schon seit den Morgenstunden gärte es in ihm. Jetzt erhoben sich die Männer, sangen die erste Strophe der Nationalhymne und verabschiedeten sich. Roosen ging als Erster die Kellertreppe nach oben und wartete, bis Henning mit dem ledernen Buch unterm Arm in den Flur des Bungalows kam.

»Was gibt's?«

Roosen spürte das Blut in seinen Halsadern und zwang sich, nicht zu brüllen. »Was war das für eine Scheißaktion gestern? Ich hab dir nicht den Namen von diesem Nazitypen gegeben, damit der gleich in die Luft gesprengt wird!«

Henning ging aus der Tür in den Vorgarten. »Hab schon gehört, bedauerliche Sache.«

Wie gern hätte Roosen sein Gegenüber am Kragen gepackt und gegen die Wand gepresst, doch er tat es nicht. »Eine meiner Studentinnen ist fast dabei draufgegangen! Seit wann schmeißt dein Verein mit Granaten?«

»Red keinen Mist! Wo ist der Junge?«

»Weg. Verschwunden.«

Henning ging zu seiner Limousine. »Habt ihr eine Spur?«

»Das fragst du mich?«, antwortete Roosen mühsam beherrscht. »*Du* bist beim Verfassungsschutz!«

Henning Badtke stieg in seinen Wagen. Roosen hielt die Tür fest und fixierte ihn mit einem wütenden Blick. Der Schnüffler aus Düsseldorf mit seinen rasierten Schläfen und dem geleckten Hipster-Bart hatte ihm von Anfang an nicht gefallen, dachte er. *Der hält sich für was Besseres, nur weil er für die Schlapphüte arbeitet. Aber im Schützenverein bekommt er keine Kugel ins Schwarze!*

Badtke musterte Roosen vom Fahrersitz aus. »Ich melde mich. Und seht zu, dass ihr den Jungen kriegt.« Dann zog er die Wagentür zu und fuhr los.

»Du erteilst mir keine Befehle!«, schrie Roosen der Limousine hinterher und trat in die Hecke.

*

Der Schein des Halbmondes verfing sich im Dunst über der Lichtung. Der alte Panzer stand schief in einem Graben, die Ketten von Brombeeren überwuchert. Ira saß auf dem Geschützturm und strich mit der Hand über das rostige Metall. Es war noch warm vom Tag. Keine Spur erinnerte mehr an früher, dachte sie nachdenklich. Die rosa Farbe, mit der sie beide das Wrack besprüht hatten, war schon lange abgeplatzt und von Rost zerfressen. An der Feuerstelle, wo sie ihr kleines Zelt aufgeschlagen hatten, machten sich jetzt beindicke Bäume breit. Sie hatten die Lichtung damals auf ihren Motorradtouren entdeckt, waren auf den Panzer geklettert und hatten auf seinem Heck gepicknickt, waren Hand in Hand auf dem Kanonenrohr balanciert, durch den Wald spaziert, hatten sich ins weiche Moosbett geworfen und miteinander geschlafen. Es war so …

Ein Klingeln riss Ira aus den Erinnerungen. Sie zog das Handy aus ihrer Tasche.

»Ich bin's«, hörte sie Henning Badtkes abgehackte Stimme. Der Antennenverstärker auf der Villa erreichte kaum das Ende der Lichtung.

»Ich weiß«, antwortete Ira spröde. »Hast du was Neues?«

»Nicht wirklich. Die Fahndung läuft.«

»Wir müssen Chris unbedingt vor den Bullen finden«, sagte Ira.

»Warum hast du auch den Halbaffen da hingeschickt?« Badtkes Stimme klang gereizt.

Ira spürte, wie ihre Lippen schmaler wurden. Henning war schon immer ein Weichei gewesen, dachte sie und stellte sich vor, was er wohl gerade machte: Wahrscheinlich hatte er seine maßgefertigten Lederschuhe ausgezogen, sauber nebeneinandergestellt und saß nun auf der Bettkante und cremte sich die Füße mit einer kühlenden Schrundensalbe ein. Zur Entspannung. Damit hatte er sie damals schon abgetörnt, als er sie für seinen Verein angeworben hatte und sie noch miteinander ins Bett gegangen waren, immer in irgendwelchen hässlichen Vertreterhotels in Belgien oder Holland, damit bloß keiner vom Landesamt Wind davon bekam. Die Salbe hatte er immer dabeigehabt.

»Chris war ohnmächtig, hat Karl gesagt. Er kann da unmöglich allein rausgekommen sein!« Sie lauschte und hörte plötzlich ein Summen in der Leitung. »Wo bist du?«

»Im Büro. Ich hab den Schredder an. Der Streber vom Bundesamt macht Stress. Will in den Akten rumschnüffeln, nach Hinweisen, wo ihr untergetaucht seid.«

Ira korrigierte das Bild in ihrem Kopf: Badtke im menschenleeren Landesamt für Verfassungsschutz, die frisch eingecremten Füße auf dem Schreibtisch abgelegt, während er die Protokolle der V-Leute in den Schredder schob.

Sie durchstöberte ihr Gedächtnis. Gab es jemanden aus der Szene, der von ihrem Versteck wusste? Sie war mehr als vorsichtig gewesen, hatte schon vor Monaten alle Kontakte abgebrochen und Fehlspuren gelegt. Aber es gab genug Umfaller, die sich von den Schnüfflern kaufen ließen. Sie hatte selbst Geld genommen, genug, um ihr Projekt zu finanzieren. Und sie hatte mit Badtke einen Draht in den Verfassungsschutz gefunden, mitten ins Herz des Systems. Es war perfekt gelaufen. Badtke liebte das Spiel mit dem Feuer, er liebte es, sich wichtig zu machen, aber vom Anschlag durfte er nichts wissen, so weit würde er nicht gehen, das ahnte Ira von Anfang an.

»Ich lasse Keppler einen wertlosen Stapel Protokolle übrig, daran kann er sich abarbeiten. Aber er wird weiter bohren«, sagte Badtke jetzt.

»Sicher«, erwiderte Ira. Henning hatte ihr von diesem Keppler erzählt – ein Spießer, fleißig und unbestechlich, der sie schon seit Jahren auf dem Schirm hatte. *Der steht auf dich*, hatte Badtke dämlich gewitzelt. Er hasste ihn – das sprach für Keppler. *Wenn alles gelaufen ist*, dachte sie schmunzelnd, *statte ich dem Spießer einen Besuch ab, dann kann er mich persönlich kennenlernen.*

Das Handy in der Hand, sprang Ira vom warmen Panzer. Das hohe Gras war feucht, im Dunkel des Waldrandes konnte sie die Lichter des Forsthauses sehen.

»Der Bulle hat behauptet, eine seiner Polizeischülerinnen sei bei Chris gewesen«, schob Badtke nach. »Sie scheint aber auch nicht zu wissen, wo er ist.«

Ira wurde hellhörig. »Die Kleine hat Karl angeschossen! Wo ist sie jetzt?«

»Keine Ahnung.« Das leise Summen des Schredders drang durch den Hörer.

»Dann zapf deinen Bullen an«, fauchte Ira ins Telefon. »Besorg mir den Namen von der Kleinen! Irgendwas muss sie doch wissen!«

*

Julia öffnete die Augen und wusste, was sie zu tun hatte. Sie stand stöhnend aus ihrem Krankenbett auf und schlurfte mit zusammengebissenen Zähnen ins Bad, während ihre Knochen schmerzhaft versuchten, in ihre alte Position zurückzufinden. Vor dem Spiegel musterte sie neugierig ihren violett angeschwollenen Wangenknochen. Sie würde sich vielleicht doch schminken müssen, dachte sie, putzte sich die Zähne und humpelte dann hinaus zur Stationsschwester.

»Guten Morgen. Ich möchte gehen«, sagte sie und versuchte ein Lächeln.

Die Schwester griff kommentarlos zum Hörer. Eine Stunde später kam der Oberarzt, machte Julia klar, dass er eine Entlassung für absolut unvernünftig hielt, er sie aber nicht aufhalten könne und sie im Sekretariat ein Formular unterschreiben müsse, um zu bestätigen, dass sie auf eigenen Wunsch und eigene Verantwortung das Krankenhaus verlasse. Wieder eine Stunde später war das Formular vorbereitet, Julia unterschrieb, hinkte mit einem Blister Schmerztabletten in der Tasche aus der Klinik, stieg in ein Taxi und winkte den Patienten zu, die auf der Mauer ihre Morgenzigaretten rauchten und Kaffee tranken.

Vor Nicks Haus stand ein weißer Transporter eines Malerbetriebs. Julia folgte zwei Handwerkern in weißen Overalls, die Leitern, Papprollen und Farbeimer ins Treppenhaus trugen. Schon im Erdgeschoss strömte ihr der Geruch von kaltem Rauch in die Nase und löste ein Gewitter an diffusen Erinnerungen aus. Ihr Atem ging flacher, sie begann unwillkürlich zu schwitzen, das Pfeifen in den Ohren schwoll wieder an. Langsam stieg sie die Stufen in den ersten Stock hinauf und betrachtete die Spuren der vorletzten Nacht, die Einschusslöcher im abgeplatzten Putz der Treppenwand, die schwarzen Spuren der Detonation im Flur, den verzogenen Türrahmen. Langsam hob sich der Schleier in ihrem Gedächtnis, und die Bilder wurden lebendig: Nick, der sie an die Tür drückte und schützend die Arme um ihren Kopf schlang; der schräge Glatzkopf mit der Lupenbrille, sein nackter Unterleib und der Bewährungshelfer mit dem karierten Hemd, der ihren Puls fühlte.

Der Bewährungshelfer? Julia wurde schwindelig. War ihr Gehirn so angeschlagen, dass es unzusammenhängende Bilder durcheinanderwarf? Während die Handwerker lärmend die Leitern abstellten und damit begannen, den Boden abzukleben, setzte sie sich auf die Treppe und versuchte, die unscharfen Bilder in ihrem Gedächtnis zu ordnen. Sie musste kurz zu Bewusstsein gekommen sein. Da war Nick. Er saß einige Stufen über ihr, den Rücken an die Wand gelehnt. Er war verletzt, sein Gesicht blutig, Haare und T-Shirt angekohlt. Seine matten Augen waren einen Spaltbreit geöffnet, und er sprach angestrengt in sein Handy. Wen hatte er angerufen? Wieso war er ohne sie verschwunden? Er hatte sich über sie gebeugt, sie gestreichelt und geküsst. Er hatte mit ihr gesprochen, aber das Pfeifen …

»Suchen Sie was, Frollein?«, fragte eine heisere Stimme von hinten.

Julia drehte sich erschrocken um und sah einen massigen Rentner mit buschigen weißen Augenbrauen hinter sich stehen. Er trug einen grauen Kittel.

»Ich … Ich wollte nur … Ich war vorgestern hier …«, stammelte Julia und stand vorsichtig auf.

»Ah, Sie waren das! Die Freundin von Herrn Eisermann. Hab ich Sie hier nicht schon mal gesehen? Sie haben ja ganz schön was abgekriegt.«

Julia nickte mit großen Augen. »Ich hab in der Wohnung was vergessen, kann ich da noch mal kurz rein?«

»Was war denn überhaupt los, Herrgott?«, fragte der Rentner und deutete kopfschüttelnd auf die Brandspuren. »Eine Bombe! In meinem Haus!«

»Ich weiß es leider auch nicht«, erwiderte Julia ernst.

»Sie waren doch dabei!«

»Das war irgendein Irrer. Keine Ahnung, was der von uns wollte. Hätte wahrscheinlich jeden treffen können.«

»Und Herr Eisermann?«

Julia zögerte. Wieder zogen bruchstückhafte Bilder an ihrem inneren Auge vorbei. Da war der Bewährungshelfer. Er zog Nick mit aller Kraft auf seine Schultern und schleppte ihn die Treppe hinunter. Sie hatte rufen wollen, sich aufrappeln und ihn aufhalten, doch sie hatte sich nicht regen können. *Verrückt. Ich muss geträumt haben.*

»Frollein?«

Julia schreckte aus der Erinnerung hoch.

»Alles in Ordnung bei Ihnen?«

»Er lebt …«, murmelte Julia.

Der Hausbesitzer musterte sie skeptisch. »Das will ich doch wohl hoffen!«

»Darf ich kurz?«, fragte sie und deutete auf Nicks Tür.

»Von mir aus. Die Polizei war ja schon drin. Hat aber nix gefunden.« Er nestelte einen Schlüsselbund aus seiner Kitteltasche hervor und schloss auf.

Julia betrat zögernd die Wohnung. Ihr Blick schweifte durchs Wohnzimmer. Nichts schien sich verändert zu haben, an den Türen und Fensterrahmen klebte feines Rußpulver, mit dem die Spurensicherung Fingerabdrücke gesichert hatte, die Bettwäsche fehlte. Julia konnte immer noch den fremden Schweiß riechen und verbat sich sofort jede Erinnerung an den glatzköpfigen Fremden.

Im Krankenhaus war sie mitten in der Nacht hochgeschreckt, weil ihr plötzlich ein Gedanke durch den Kopf geschossen war: *Nick! Er wollte mir etwas zeigen! Es war wichtig!* Hellwach hatte sie im Bett gelegen und gegrübelt, wovon er wohl gesprochen haben mochte, hatte den Abend immer wieder durchgespielt. Das Tattoo erschien ihr vor Augen, der Rabe, Sebastian, doch dann kam die Lücke. Was hatte Nick vorgehabt? Hatte er irgendwelche Andeutungen gemacht?

Julia begann herumzustöbern. Die Wohnung war kahl, es gab nicht viel zu entdecken. Vielleicht hatte die Spurensicherung das, was sie zu finden hoffte – eine Antwort auf ihre Fragen –, längst mitgenommen?

Julia zog die kleine Nachttischschublade auf, die voller Kleinkram war: Taschentücher, eine Handyhülle, Stifte, ein Schokoriegel, Ohrenstöpsel, ein Flyer von einem Pizzaservice.

Sie öffnete den Einbauschrank. Die Fächer waren leer bis auf zwei dicke Pullover und eine Jeans, die in die obere Ablage gestopft waren. Sie schüttelte sie aus und fand nichts. An der Kleiderstange hing eine Winterjacke. Julia tastete sie ab. Ihre Finger trafen in der Innentasche auf etwas Hartes. Sie griff hinein, zog den kleinen Gegenstand heraus und erstarrte. In ihrer Hand hielt sie einen Ring mit einer gewundenen Drahtschnecke. Julia ließ sich aufs Bett fallen. Schon wieder ein Westwallring! Wolfgangs Geschichte, der Glatzkopf und jetzt auch Nick? Wie passte das alles zusammen? Vielleicht war es das, was er ihr zeigen wollte, vielleicht wollte er ihr alles erklären, eine letzte Lücke schließen in seiner dunklen Vergangenheit.

Sie betrachtete den Ring. Er war hübsch, eigentlich viel zu verspielt für das Abzeichen eines Arbeiterheeres, das mit bloßen Händen einen monströsen Wall aus Bunkern und Panzersperren errichtete. Viel zu verspielt für eine skrupellose Nazibande. Julia steckte ihn in ihre Hosentasche und stand mühsam auf. Jeder Muskel tat weh. Sie zog den Blister mit den Schmerztabletten aus der Hosentasche, ging in die Küche und füllte ein Glas mit Leitungswasser. In der Bauwagensiedlung hatte sie fast nie Tabletten geschluckt, es fiel ihr bis heute schwer, die riesigen, trockenen Dinger hinunterzuwürgen. Sie steckte eine Pille in den Mund, nahm einen Schluck Wasser, warf den Kopf nach hinten und verharrte schlagartig. Ein kleines Stück Papier ragte über die obere Schrankkante.

Ein Foto!, schoss es ihr durch den Kopf. *Nick wollte mir ein Foto zeigen!* Julia schluckte die Tablette hinunter, zog sich einen Stuhl heran, kletterte langsam auf die Sitzfläche und tastete danach. Tatsächlich, ein Foto.

Sie stieg vom Stuhl und betrachtete das Bild. Sie erkannte Nick neben einem rothaarigen Jugendlichen. Beide hielten Pistolen in den Händen und zielten auf eine Attrappe, einen lächelnden Plastikpolizisten. Im Hintergrund sah sie eine Frau mit einer schwarzen Helmfrisur, die Augen kühl, die Lippen blutrot in der weißen Winterlandschaft.

Plötzlich klingelte ihr Handy. Sie fuhr erschrocken zusammen und nahm ab: »Hallo?«

»Wo sind Sie?«

Julia erkannte Roosens Stimme. Sie klang seltsam förmlich.

»Ich bin … Ich musste mal raus«, sagte Julia zögernd.

»Ich muss Sie persönlich sprechen.«

»Was gibt's denn?«

»Ich hab schlechte Nachrichten.«

»Ja?« Julia wagte kaum zu atmen.

»Sie sind vorläufig suspendiert. Sie müssen zum Ausbildungsleiter.«

»Was?« Julia spürte eine heiße Welle in ihrem Nacken aufsteigen.

»Sie haben sich in den letzten achtundvierzig Stunden mehrere Male unbefugt mit Ihrem Rechner ins Polizeisystem eingeloggt und Daten abgefragt.«

Julia schwirrte der Kopf. »Das kann nicht sein.«

»Wir haben Ihre IP-Adresse, die Spuren sind eindeutig.« Roosens Stimme klang todernst. »Kommen Sie sofort in mein Büro.«

Die Leitung brach ab. Der Boden unter Julias Füßen begann zu schwanken.

*

Die Tablette wirkte. Julia spürte keine Schmerzen, als sie mit schnellen Schritten über den langen Weg von der Pforte des Ausbildungszentrums zu den Schulungsgebäuden marschierte. Ihr Blick war stur nach vorn gerichtet, als trage sie Scheuklappen. Sie konnte es kaum erwarten.

Entschlossen riss sie die Tür zur Mensa auf und betrat den großen Speisesaal, wo sich schon eine Schlange vor der Essensausgabe gebildet hatte. Julia drängelte sich durch die Reihe der Wartenden, ohne auf die bösen Blicke und Proteste der anderen zu achten. Sie hatte ihn längst entdeckt, er überragte die meisten Polizeischüler um einen halben Kopf. Scherzend und lachend stand er mit seinen Kumpels an der Durchreiche.

Es kam noch besser, als Julia es sich den ganzen Weg über ausgemalt hatte: Der beidhändige Stoß traf Sebastian völlig unerwartet. Er taumelte zur Seite, stieß gegen einen Wagen mit Dessertschälchen und fiel zwischen Kirschjoghurt und zersplitterndem Glas zu Boden. Julia trat blindwütig zu und schrie: »Du Dreckschwein! Du miese Ratte!«

Sebastian packte den Dessertwagen und zerrte ihn zwischen sich und die tretenden Beine. Mehrere Polizeischüler sprangen herbei und packten Julia, die außer sich vor Zorn versuchte, sich loszureißen.

Sebastian stand auf, klopfte seine Uniform ab und fragte grinsend: »Was haben die dir denn gegeben?«

»Ich weiß, dass du es warst!«, schrie Julia. »Aber damit kommst du nicht durch, niemals!«

Wenige Minuten später saß sie in Roosens Büro, den Blick gesenkt. Der Hauptkommissar schaute sie schweigend an. Er würde ihr nicht den Gefallen tun, Fragen zu stellen, das wusste sie. Er erwartete Antworten.

»Ich war es nicht. Ich schwöre«, begann Julia leise.

Roosen schwieg.

»Sebastian Fink hat meinen Account gehackt. Er muss es gewesen sein, er kann das.«

Roosen drehte stumm den Kugelschreiber in seinen Händen.

Julia blickte ihn verzweifelt an. Was sollte sie noch sagen?

»Warum sollte Herr Fink das tun?«, fragte der Ausbilder nach einer Weile leise.

Julia biss auf ihre Lippe. »Er hat mich mit Nick … mit Chris Eisermann gesehen.«

Roosen hob skeptisch die Augenbrauen.

»Ich glaube, er war eifersüchtig«, sagte Julia zögernd.

Der Hauptkommissar musterte sie ausdruckslos. Nervös wischte sie sich ihre verschwitzten Hände an der Hose ab und spürte dabei den Ring in ihrer Tasche. Er löste ein sonderbares Gefühl in ihr aus, etwas Dunkles und Warmes zugleich, das Gefühl, mit Nick verbunden zu sein.

»Ich glaube Ihnen«, sagte Roosen kurz.

Julia hob überrascht den Blick.

»Das heißt aber nicht, dass die Suspendierung aufgehoben wird«, fügte der Ausbilder hinzu. »Ich nehme an, dass Ihre Behauptung nur schwer zu beweisen ist. Bis zur Anhörung beim

Ausbildungsleiter sollten Sie vorsichtig mit Beschuldigungen sein, sonst bekommen Sie noch eine Klage an den Hals.«

»Verstehe«, murmelte Julia.

Roosens Handy klingelte. Er entschuldigte sich und nahm das Gespräch an. »Was gibt's?« Julia konnte sehen, wie sich seine Augen verengten. Er wandte sich zum Fenster, horchte ins Telefon, drehte sich wieder um und blickte ausdruckslos zu Julia. Seine Stimme klang gereizt: »Ich hab doch gesagt, es gibt nichts. Nein … Sie weiß es auch nicht!«

Julia stutzte: Ging es um sie?

Roosen wurde lauter: »Nein! Auf gar keinen Fall.« Er lauschte mit ernstem Gesicht. Nach einer Weile nickte er mürrisch. »Okay, ich komme. In zwanzig Minuten. Aber mach dir keine Hoffnungen.« Er steckte das Handy weg und beugte sich über den Schreibtisch. »Julia. Für mich gehören Sie immer zur Familie, auch wenn Ihre Zeit hier beendet ist. Sie können sich auf mich verlassen. Versprochen.«

Julia rang sich ein Lächeln ab. Was war schon ein Versprechen in einer Welt, die sich wie ein trudelnder Kreisel um sie drehte?

*

Der Parkplatz an der Autobahn 57 war locker besetzt, zwei holländische Familien standen mit ihren Wohnwagen in der Nähe der Picknicktische, ein polnischer Lastwagenfahrer mit Hund hatte im Schatten der Bäume einen kleinen Grill aufgestellt und briet sich Würste. Badtkes dunkle Limousine stand mit laufendem Motor in der prallen Sonne.

Roosen schlenderte betont langsam von seinem Wagen hinüber, stieg ein und spürte sofort die angenehme Kühle der

Klimaanlage, sein verschwitztes Hemd klebte am Ledersitz. Es roch nach Kaugummi.

»Hast du es dir überlegt?«, fragte Badtke freundlich.

»Ja, Henning«, antwortete Roosen. »Und ja heißt nein.«

Badtke blies nachdenklich eine rosa Kaugummiblase, bis sie platzte. Roosen wandte verächtlich seinen Blick ab. *Ein Kinderkaugummi.*

»Du hast mich gebeten, dass wir uns um den Nazibengel kümmern«, sagte Badtke kauend. »Also hilf uns, ihn zu finden. Wer ist seine kleine Freundin?«

»Sie weiß nicht, wo er steckt. Ich hab sie schon befragt.«

Badtke drehte sich zu Roosen, sein Kiefermuskel arbeitete. »Du bist ein Kamerad, Berthold. Du weißt, was das heißt.«

»Ihr braucht nicht zu wissen, wer sie ist.«

»Du hast den Eid auf die Fahne geschworen.«

»Ich bin Polizist. Ich scheiß auf eure Fahne!«, knurrte Roosen. Er war Badtkes Gekaue leid, er war den Verhörton leid.

»Vorsicht, Berthold. Wer auf die Fahne schwört, gehört dazu, mit allen Konsequenzen.«

Roosen schnaubte verächtlich: »Meinst du, nur weil du für die Schlapphüte arbeitest, liefer ich dir meine eigene Studentin aus? Niemals!«

Die holländischen Wohnwagen fuhren gemächlich an der Limousine vorbei zur Autobahn. Badtke zog die Beine an, schnürte die hellbraunen Lederschuhe auf, zog sie aus und hielt die Füße mit den Rautenmuster-Socken vor das Gebläse der Klimaanlage.

»Weißt du was, Berthold?«

Der Hauptkommissar antwortete nicht und wandte den Blick zum Seitenfenster, weg von Badtke, der mit seinen angewinkelten Beinen aussah, als säße er auf einem gynäkologischen Stuhl.

»Wir haben beim Verfassungsschutz Zugriff auf alle möglichen Daten. Aber das ist mit schrecklich viel Papierkram verbunden. Und ich möchte keinen Staub aufwirbeln. Deshalb sagst du es mir besser gleich hier.«

Roosen öffnete die Tür. »Ich werde jetzt gehen.«

»Sei nicht dumm, Berthold. Sonst …«

Roosen drehte sich um. »Sonst was?«

Badtke lächelte und nahm die Füße vom Gebläse. »Blumfeld.«

Der Hauptkommissar erstarrte. »Was?«

»Du kennst die Klapse in Blumfeld, oder? Da sitzt doch deine Tochter. Paula heißt sie, nicht wahr?«

Roosens Augen verengten sich. »Was geht dich das an?« Er fühlte, wie sein Hemdkragen enger wurde, die Klimaanlage schien nicht mehr zu kühlen.

»Sie bekommt dort Essen, sie bekommt dort Spritzen«, sagte Badtke ruhig, während er seine Zehen wieder vor dem Gebläse spreizte. »So schutzlos und hilfsbedürftig. Da muss man schon aufpassen, dass nicht die falschen Pfleger an sie rankommen.«

Roosen starrte Badtke an und stellte sich vor, wie er dessen grinsenden, kaugummikauenden Kopf auf das Lenkrad schlagen oder gleich durch die Seitenscheibe rammen würde.

Badtke lächelte. »Also, Name und Adresse von deiner Studentin. Und am besten ein Foto.«

Roosen leckte den Schweiß von seiner Oberlippe. »Spar dir das. Sie ist weg. Irgendwo last minute nach Mallorca. Ich hab sie heute Morgen selbst vom Krankenhaus zum Flughafen gebracht.«

Badtke begann, mit beiden Händen seine Zehen zu massieren. »Besorg mir die Adresse, wir finden sie, egal, wo sie ist.«

Roosen presste die Zähne aufeinander. Vor seinem inneren Auge sah er, wie er gleich seinen Hartgummiknüppel aus dem

Auto holen und dem Verfassungsschützer auf der Motorhaube die verdammten Füße zertrümmern würde.

»Kaugummi, Berthold?«

Badtke hielt ihm lächelnd eine kleine Plastikdose hin.

*

Hinter dem gewaltigen umgestürzten Stamm der Fichte war genug Platz für alle. Die Kids hatten sich wie Sardinen nebeneinandergelegt und warteten auf Karl. Der balancierte auf dem Baumstamm und fummelte an seinem Sender herum. Ira stand hinter dem riesigen, erdverkrusteten Wurzelwerk und spähte auf die Lichtung. Hundert Meter entfernt stand der rostbraune Panzer schief im Graben, das Geschützrohr trotzig auf sie gerichtet, als würde er jeden Moment eine Granate abfeuern, um seinem Schicksal doch noch entgehen zu können. Es tat ihr fast ein bisschen weh, aber Karl hatte sie angebettelt, er wolle alles wiedergutmachen und zeigen, was er draufhabe. Sie hatte schließlich zugestimmt, Karl und die Kids brauchten sowieso Übung für ihren Einsatz.

»Fertig!«, rief Karl und kletterte hinter den Stamm. Ira kauerte sich unter die in die Luft ragenden Wurzeln, presste die Hände auf die Ohren und spähte vorsichtig auf die Lichtung.

»Aaachtung!«, schrie Karl laut. »Drei! Zwo! Eins!«

Der Druck der Explosion fegte über die Lichtung, gefolgt von einem gewaltigen Donner. Ira sah eine Staubfontäne, aus der der tonnenschwere Stahlkoloss wie ein übermütiger Wal herausschoss und nach einer magischen Sekunde in Schwerelosigkeit unerbittlich zurück auf die Erde gezogen wurde, dumpf aufprallte und langsam umkippte, das Geschützrohr wie einen winkenden Arm in den Himmel gereckt. Der Panzer blieb auf dem Rücken liegen. *Ein toter Riesenkäfer,* dachte Ira bitter, *genauso tot wie die Vergangenheit, das Motorrad, das kleine Zelt, das Moos, die Liebe. Tot! Es geht nach vorne, nur noch nach vorne!*

Erdklumpen prasselten auf die Lichtung nieder. Die Kids sprangen jubelnd hinter dem Baumstamm hervor und rannten mit Karl zu der staubigen Wolke. Ira stand zufrieden auf. Ihre Schützlinge hatten Blut geleckt. Sie waren bereit.

Das Handy in ihrer Hosentasche gab einen Signalton ab. Eine Nachricht von Badtke. Auf dem Display erschien ein Foto. Eine junge Frau in Polizeiuniform, kurze braune Haare, lockig, widerborstig. Natürliches Lächeln, wache Augen in einem schmalen Gesicht. Dazu eine Adresse und ein Name: Julia Gerloff.

Gerloff?

Ira blickte noch einmal auf das Bild. Ihre Augen saugten sich fest, und plötzlich hatte sie das Gefühl, in einen Tunnel zu rasen. Das aufgeregte Geschrei der Kids auf der Lichtung war nur noch ein entfernter Hall, alles um sie herum verschwand.

Gerloff!

Der verhasste Name war ihr schon seit Jahren nicht mehr untergekommen. Sie hatte irgendwann aufgehört, nach ihm zu forschen, und nicht einmal mehr an ihn gedacht, außer in den fiebrigen Träumen, die sie alle paar Wochen heimsuchten und die sie nur vertreiben konnte, indem sie aus dem Bett sprang und den Boxsack in ihrem Schlafzimmer bearbeitete, so lange, bis der Schweiß alle Tränen von ihrem Gesicht gespült hatte.

Ira schaute wieder auf das Foto.

»Das Zeug hat guten Schub. Willst du den Krater sehen?«, fragte eine Stimme von der Seite. Ira tauchte aus ihrem Tunnel auf. Karl stand neben ihr, verschwitzt, stolz grinsend wie ein Kind. Sein Ohr war dick verbunden – sie hatte es selbst mit einer einfachen Nadel und Garn genäht, ohne Betäubung. Er hatte auf zwei Korken gebissen und wie ein Schlosshund gejault und gestöhnt – und sie hatte das sonderbare Gefühl, dass es ihm gefallen hatte.

»Ich muss nach Köln«, sagte Ira knapp.

Karl schaute aufs Display. »Wer ist das?«

»Chris' neue Freundin.«

»Ich fahr dich.«

»Nein«, lehnte Ira gedankenverloren ab, während ihre Augen das Bild der jungen Frau auf dem Display abtasteten, Pixel für Pixel.

*

Eine Freundin! Julia saß mit einem Glas Eistee in der Hand an ihrem kleinen Küchentisch und schaute in Darias schwarze, warme Augen. Sie hatte sich alles von der Seele geredet und spürte erst jetzt, wie einsam sie gewesen war. Wie eine Fliege im Spinnennetz war sie sich vorgekommen, jeder schien an irgendeinem Faden zu ziehen, mal im Guten, mal im Schlechten, alle wollten etwas von ihr, doch sie hatte nie gewusst, was und warum. Daria wollte nichts, außer dass es ihrer Freundin gut ging, das spürte Julia, als sie von ihrer Suspendierung erzählte und Daria ihre Hand nahm. Sie spürte es, als sie ihr die Geschichte mit Sebastian beichtete und keinen Vorwurf zu hören bekam; als sie von ihren wiederaufgeflammten Gefühlen für Nick erzählte und Daria lächelte; als sie den Abend bei Roosen beschrieb und beide gemeinsam losprusten mussten. Langsam fühlte sie sich wieder lebendig, als sei sie aus einer beklemmenden Unterwelt voller dunkler Geheimnisse auferstanden.

»Und jetzt?«, fragte Daria und warf einen Eiswürfel in ihren Tee.

»Keine Ahnung«, antwortete Julia ernst. »Ich denke immer noch, ich würde morgen zum Unterricht gehen.«

»Mach Urlaub. Strand oder Berge?«

Julia musste lächeln. »Lach jetzt nicht, aber ich war noch nie im Ausland.«

Daria machte große Augen: »Nee, jetzt! Nicht mal Malle?«

»Nur einen Kilometer hinter der polnischen Grenze. Mit meinem Vater, um billigen Wodka und Zigaretten zu kaufen.«

»Dann nichts wie los! Was willst du denn noch hier?«

Julia spielte nachdenklich mit Nicks Westwallring.

Es klingelte an der Haustür. Die beiden Frauen wechselten einen fragenden Blick, und Julia stand auf.

Eine Minute später stapfte der Ausbilder verschwitzt die Treppe herauf. Julia empfing ihn überrascht an der Tür. »Hallo, Herr Roosen …«

»Kann ich Sie einen Moment sprechen?«, japste der Hauptkommissar, kaum dass er im Flur stand.

»Kein Problem. Kommen Sie rein.« Julia dirigierte ihn in die Küche, warf der nicht weniger überraschten Daria einen vielsagenden Blick zu und bot dem Gast einen Stuhl an.

»Sagen Sie, Frau Gerloff, was halten Sie davon, wenn Sie für eine Weile die Stadt verlassen? Fahren Sie für ein paar Wochen in Urlaub.«

Julia blickte Daria fragend an. »Habt ihr euch abgesprochen?«

»Nein!«

Roosen warf den beiden einen verwirrten Blick zu, nahm Julias halb leeres Glas Eistee und trank es in einem Zug leer. »Ich denke, es wird Ihnen guttun, mal abzuschalten.«

»Das denk ich auch«, pflichtete Daria ihm bei.

Julia stellte dem Ausbilder ein frisches Glas hin. »Ich kann hier nicht weg. Nicht, solange ich nichts von Nick … von Chris gehört habe.«

»Die Fahndung läuft, ich kann Sie auch im Urlaub informieren, sobald die Kollegen etwas erfahren.«

»Gibt es denn schon eine Spur?«, wollte Daria wissen.

»Die SpuSi hat auf dem Parkplatz hinter dem Haus eine Blutspur entdeckt, die Herrn Eisermann zugeordnet werden konnte. Das ist alles.«

Julia nickte ernst. »Ich fühl mich grad nicht nach Urlaub …«

»Sie müssen ja nicht weit weg fahren. Nur eine Weile abtauchen.«

»Wieso abtauchen?«

Roosen füllte sein Glas und kippte es in einem Zug. »Ich will ehrlich sein: Wir wissen immer noch nicht, wer hinter dem Anschlag steckt. Es gefällt mir einfach nicht, dass irgendein Irrer durch die Gegend läuft, der es auf Sie abgesehen haben könnte.«

Beklommen spürte Julia, wie sich der steinschwere Druck in ihrem Magen zurückmeldete. Wieder jemand, der ihr sagte, was sie tun sollte. Wieder ein Rätsel. Wieder Angst.

»Warum sollte jemand hinter mir her sein?«

»Ich weiß es nicht. Aber sicher ist sicher.«

Julia spürte, wie sich Widerstand in ihr regte. »Wir sind ein Rechtsstaat. Wir haben die Polizei. Ich hau vor niemandem ab!«

Roosen schüttelte den Kopf und blickte zum Fenster. Seine Augen waren gerötet, die Schlupflider schwerer als sonst. »Das hab ich auch mal gedacht. Der Staat, die Verfassung, die Polizei – alles in Ordnung.« Draußen färbte die tief liegende Sonne die Dächer der Stadt rötlich, die Glocke eines nahen Kirchturms läutete blechern. »Es ist nicht mehr so, wie es einmal war«, murmelte Roosen leise. »Es löst sich auf.«

Julia wechselte einen irritierten Blick mit Daria. Der kraftlose Ausbilder am Küchentisch schien die Freundin genauso zu verstören wie sie.

Plötzlich beugte sich Roosen zu Julia. »Fahren Sie, am besten gleich heute. Ich bitte Sie.«

»Und wenn ich bleibe?«, fragte Julia trotzig.

Der Hauptkommissar verzog keine Miene. »Dann lass ich Sie festnehmen und in Schutzhaft stecken. Es braucht nur ein Fingerschnippen.«

Julia spürte, wie sich seine Augen in ihr Gehirn bohrten. Warum klang das nicht wie ein Scherz?

Er lächelte aufmunternd. »Sie packen Ihre Tasche, und ich fahre Sie zum Flughafen, wo Sie sich einen schönen Last-Minute-Flug buchen. Sofort.«

Aus dem Hintergrund meldete sich Daria: »Ich würd's tun, echt.«

Julia zögerte einen Moment, dann atmete sie tief durch. »Okay. Aber ich will mich noch von meinem Vater verabschieden.«

»Das können Sie, ich fahr Sie vorbei.«

»Hey, Urlaub!«, rief Daria aufmunternd.

Julia blickte zu Roosen. »Und wir bringen vorher Daria nach Hause.«

Der Ausbilder nickte. »Packen Sie Ihre Sachen, dann machen wir die Runde.«

*

Es klingelte. Wolfgang öffnete mit der Fernbedienung die Tür, legte die Packung mit den Schokokeksen auf den Nachttisch und strich sich die Krümel aus dem Bart. Julia hatte ihn angerufen und erklärt, dass sie eine Weile weg müsse und noch mal vorbeikommen wolle. Ihr Ausbilder habe Stress gemacht, hatte sie berichtet, sie könne nicht genau sagen, worum es ging, aber irgendwie wollten ja alle, dass sie abhaute. Sie hatte genervt geklungen, dachte Wolfgang, vielleicht, weil sie ahnte, dass es ihm verdammt wehtun würde. Aber es musste sein, und er wusste besser als sie, warum. Er hatte ihr selbst geraten, in die Bauwagensiedlung zu fahren, zurück zum See, zu den alten Freunden. Das sei der sicherste Ort, keine Adresse, kein Telefon, kein Internet. Julia hatte nicht geantwortet, aber ihm war klar, dass sie auch daran gedacht hatte. Wer wusste schon, wie lange sie dort bleiben müsste? Vielleicht würde er so verrückt sein und ihr hinterherfahren. Wenn es sein müsste, im Liegen. Er würde ein Bett am Lagerfeuer in der Mitte der Wagenburg aufstellen und dort die Tage und Nächte verbringen, zusammen mit den anderen. Es wäre wieder wie früher.

Wolfgang hörte, wie sich die Wohnungstür aufschob, Schritte ertönten im Flur.

»Ich komm mit, Julchen!«, rief Wolfgang freudig. »So schnell wirst du mich nicht los …«

Eine Frau betrat das Zimmer, die schwarzen Haare zu einem strengen Bob geschnitten, der wie ein Helm ihr Gesicht umrahmte. Ein vieldeutiges Lächeln umspielte ihre rot geschminkten Lippen. »Hallo, Lupo.«

Wolfgang erstarrte. Seine Augen zuckten nervös, alles drehte sich, durch sein Gehirn blitzte ein Feuerwerk aus unzusammenhängenden Bildern, Gedanken und Gefühlen. Konnte das wahr sein?

Ja.

»Du willst verreisen?«, fragte Ira mit weicher Stimme.

Wolfgangs Mund war staubtrocken.

»Entschuldige, dass ich mich nicht angekündigt habe. Aber ich war gerade in der Nähe.«

Er schluckte, immer noch zu keiner Regung fähig. Ira kam näher und musterte ihn sanft.

»Du bist dünn geworden, Lupo. Und grau. Ein grauer Wolf.« Ihre Stimme klang fürsorglich, fast mitleidig. Sie schaute sich im Zimmer um.

»Was … was willst du?«, krächzte Wolfgang heiser.

Ira lächelte. »Hallo sagen. Plaudern. Was ein altes Paar halt so macht, wenn es sich nach so langer Zeit wiedersieht. Im September sind es zweiundzwanzig Jahre. Hast du auch mitgezählt?« Sie betrachtete die Regale mit den Kartons voller Mullbinden, Gummihandschuhe und Medikamente.

Wolfgangs Blick wanderte zum Beistelltisch. Sein Handy. Er musste Julia warnen. Sie durfte nicht kommen, auf keinen Fall!

Langsam streckte er seine Hand aus. Ira drehte sich um, kam einen Schritt näher und nahm das Handy kommentarlos an sich. Er sah den Westwallring an ihrem Finger.

Wolfgang nahm die Flasche vom Bettrand und trank in tiefen Zügen. Mit dem sprudelnden Wasser wich die erste Schockstarre aus seinen Knochen. Sollte er die Flasche nach ihr werfen? Sie sah immer noch fit und durchtrainiert aus. »Wie hast du mich gefunden?«, fragte er leise.

Ira blickte lange aus dem Fenster. »Ich hab damals noch jahrelang nach euch gesucht. In den Melderegistern. Bei den alten Freunden. Bei deinen Eltern. Die wussten nicht mal, dass sie eine Enkelin haben.« Sie schmunzelte. »Ich hab sogar überlegt, ob ich zur Polizei gehen soll. Die hätten nicht schlecht gestaunt: Eine vorbestrafte Skin-Braut stellt eine Anzeige wegen Kindesentführung!«

Sie setzte sich auf das Bettende. Wolfgang stützte sich auf die Ellbogen und stemmte sich weiter hoch.

Iras Lächeln wurde schmal. »Nach ein paar Jahren hab ich aufgegeben. Meine kleine süße Tochter, mein Baby. Ich wollte sie vergessen, damit es endlich nicht mehr wehtut. Verrückt, nicht wahr?«

Sie richtete ihre durchdringenden Augen auf Wolfgang. Im Raum herrschte Totenstille. Sogar die Wolken hinterm Fenster schienen in ihrem gemächlichen Flug am Himmel zu verharren.

Wolfgang hielt Iras Blick stand und schüttelte langsam den Kopf. »Ich glaub dir kein Wort.«

Iras Lider zuckten kaum merklich, dann setzte sie plötzlich ein Lächeln auf. »Egal. Ich kenne die richtigen Leute. Und die haben mir deine Adresse besorgt. Ich hätte es früher probieren sollen, aber ich konnte ja nicht wissen, dass du nach so vielen Jahren aus dem Nichts aufgetaucht bist. Und das vor meiner Nase.«

Sie klopfte munter auf sein Bein und ließ die Hand darauf liegen. Er spürte nichts, nur die Eiseskälte, die ihn plötzlich durchströmte.

»Aber das mit deinem Namen hat mich dann doch ein bisschen enttäuscht. Julia Gerloff«, sagte sie leise. »Julia Tetzel hätte mir besser gefallen.«

»Ich musste es tun«, stieß er heiser hervor. »Du weißt, warum.«

Die alten Bilder ... Er hatte sie fortgeschoben und verblassen lassen, doch jetzt wurden sie schlagartig wieder bunt, als wären sie erst gestern über die blinde Mattscheibe an seinem Fußende geflimmert: der Sommer am Baggersee, Ira, die ihn am Eiswagen auf seine Tattoos ansprach, die mit ihm durch die nächtliche Stadt spazierte und ohne Vorwarnung ihre volle Bierflasche gegen die Fensterscheibe einer Bank warf, die lachende Flucht, die Küsse. Sie war faszinierend, selbstbewusst und unergründlich – ein Widerständler, so wie er, aber sie gehörte zu keiner Seite, und das machte sie wahnsinnig attraktiv. Er hatte sie zum besetzten Haus mitgenommen, aber sie mochte die endlosen Diskussionen, die Partys und die Drogen nicht. Sie sprach ihm aus der Seele, auch er war es satt. Also zogen sie mit Zelt und Motorrad los, ein verschworenes Paar wie im Rausch, besoffen vor Liebe und Freiheit. *Wir gegen den Rest der Welt.* Ein Kind passte da nicht hinein, aber als es passierte, beschlossen sie, es zu behalten. Warum könnte nicht alles so weitergehen, warum keine Piratenfamilie gründen?

Es kam anders. Wolfgang und Ira erlebten durchkotzte Monate, sie war gefangen im Bett und wollte nicht mehr schwanger sein; er redete ihr zu, sie hielt durch und wurde mit einem Schreikind belohnt. Wann war es gekippt?, hatte sich Wolfgang oft gefragt. Vielleicht an dem Tag, an dem Ira plötzlich mit einem Feather cut nach Hause kam – kurzer Pony mit langen Fransen an den Schläfen. Sie begann, sich stärker zu schminken, die Lippen rot und noch mehr Schwarz um die von durchwachten Babynächten müden Augen. Es hatte ihr unglaublich gut gestanden, aber ihre Verwandlung war unheimlich, nicht nur äußerlich. Ira wurde kühl und abweisend, und das, was früher nur gelegentlich aufgeblitzt war, wenn sie in plötzlicher Wut fantasiert hatte, eine Polizeiwache zu sprengen oder einen Banker zu erschießen, schien jetzt völlig von ihr Besitz ergriffen zu haben: Ihr war das Menschliche abhandengekommen. Auf einmal trug sie den Westwallring am Finger und war ständig unterwegs mit ihren neuen Freunden, die Bomberjacken trugen und millimeterkurze Haare. Wenn sie mal zu Hause vorbeischaute, diskutierten sie. Sie wollte wieder existieren, und er fragte, warum das in dieser Gesellschaft sein musste. Ira hatte immer recht, das hatte sie von ihren Lehrereltern, sie konnte einem die eigenen Worte wie eine Schlinge um den Hals legen und dann ruckartig zuziehen.

»Es war Notwehr«, sagte Wolfgang jetzt leise und starrte auf den schwarzen Fernseher, als würde dort die schicksalhafte Nacht vor gut zwanzig Jahren wieder aufleben. Er sah, wie er wach im Bett lag, bis Ira schlief, wie er leise die Trageschale mit dem Baby nahm und mit dem geliehenen Wagen der aufgehenden Sonne entgegenfuhr, in die Aussteigersiedlung im Nirgendwo, von der er gehört hatte, lange bevor er Ira begegnet war. Vielleicht, so seine Hoffnung damals, würde sie gar nicht nach ihnen suchen. Er hatte sich getäuscht. Nun war sie bei ihm.

Ira streckte die Hand aus und strich ihm zärtlich über das verblichene Tattoo auf seinem Oberarm. Sie schien kaum gealtert. Ihre Finger waren warm. Wolfgangs Atem ging schneller.

»Kannst du dich an unser Schloss erinnern?«, fragte sie sanft.

Er nickte stumm.

»Ich war da. Es ist noch alles so wie früher.«

Unser Schloss, dachte Wolfgang. Die alte, verwunschene Märchenvilla am Westwall, wie konnte er sich nicht an ihre Träume erinnern? Das Forsthaus sollte ihre Zukunft sein, Ira und Lupo, sie beide, zusammen mit einer ganzen Heerschar von Kindern.

»Steht der Panzer noch da?«, fragte Wolfgang leise.

Ira schmunzelte. »So ungefähr. Aber er könnte einen neuen rosa Anstrich gebrauchen.«

Die beiden tauschten ein leises Lächeln. Wolfgang sah ihr in die Augen, und seine Gedanken begannen zu trudeln. Die vergangenen Jahre schienen zu schrumpfen, die Lücke zwischen dem Damals und dem Jetzt schloss sich. Sie war wieder bei ihm. Ihre Hand auf seinem tauben Bein. Ihr Lächeln. War es möglich, dass er sich getäuscht hatte? Gab es einen dritten Weg? Ein Schloss gegen eine erbärmliche Hochhauswohnung? Einen Neuanfang?

»Wo ist Julia?«, hörte er Iras Stimme.

Wolfgang erstarrte. Die sanfte Frage aus dem rot geschminkten Mund zerriss seine Gedanken wie ein Pistolenschuss. Ihr Blick ließ ihn nicht los.

»Weg«, presste er hervor.

»Ich weiß. Ihre Nachbarin hat mir gesagt, dass sie wohl verreist ist. Mich interessiert, wohin.«

»Ich weiß es nicht«, sagte er und versuchte zu lächeln. Es wurde das Grinsen eines zerzausten Geierkükens.

Ira lachte leise auf. »Ich wette, Julia ist ein richtiges Papakind. Stimmt's? Sie ist eine hübsche junge Frau geworden. Deine Nase, deine Haare, mein Mund. Obwohl ich ein bisschen enttäuscht von dir bin. Bei mir wäre sie garantiert nicht Polizistin geworden.«

Wolfgang griff zur Wasserflasche, seine Zunge fühlte sich an wie ein trockener Schwamm. Ira nahm ihm die Flasche aus der Hand und stellte sie außerhalb seiner Reichweite ab.

»Du weißt, wo sie ist. Du hast mir noch nie was vormachen können«, sagte sie und musterte ihn spöttisch.

Wolfgang zuckte mit den Achseln.

Ira nickte, klopfte ihm aufs Bein und stand auf. »Immer noch so störrisch, Lupo.« Sie ging zur Tür.

Wolfgangs rechte Hand glitt vorsichtig am Matratzenrand hinunter, immer tiefer, bis er das Metall des Revolvers fühlen konnte. Aus dem Flur hörte er, wie sie die Tür öffnete, und für einen winzigen Moment hegte er die Hoffnung, Ira würde einfach hinausgehen, und der surreale Albtraum wäre vorbei. Doch eine Sekunde später kehrte sie zurück, an ihrer Seite ein Jugendlicher, fast noch ein Kind, dachte Wolfgang, ein drahtiger Junge mit blonden Locken und Augen, die sonderbar ausdruckslos unter den langen Wimpern hervorstarrten.

Wolfgangs Hand verharrte am Matratzenrand. »Willst du mir deinen kleinen Freund nicht vorstellen?«

»Das ist Dennis. Aber wir nennen ihn Locke.«

»Hallo, Locke«, sagte Wolfgang. »Schöner Ring.« Er deutete zu der Hand des Jungen, an der ein Westwallring steckte.

Der Junge antwortete nicht.

»Locke hat ihn heute bekommen, er ist jetzt ein Großer«, sagte Ira und legte ihm den Arm auf die Schulter.

Wolfgang wischte mit der Linken ein paar Tabakkrümel von seiner Bettdecke, während die Rechte Zentimeter für Zentimeter tiefer unter die Matratze rutschte. »Noch mal: Ich weiß nicht, wo Julia ist«, sagte er ruhig. »Wir sehen uns nicht so oft, sie hat ziemlich Stress bei den Bullen.«

Ira lächelte. »Meinst du nicht, Julia ist alt genug, um ihre Mutter kennenzulernen?«

»Ich frag sie, wenn sie wieder da ist. Lass mir deine Nummer da«, sagte er, zog den Revolver unter der Matratze hervor und zielte mit beiden Händen abwechselnd auf Ira und den Jungen. Der Lauf zitterte. »Und jetzt geht ihr besser.«

Ira zeigte keine Regung, kein Zucken, kein Erschrecken. Nur ihr Lächeln wurde schmaler, und Wolfgang glaubte plötzlich, Mitleid in ihrem Blick zu erkennen. Oder war es Traurigkeit?

»Mach es mir bitte nicht so schwer, Wolfgang«, sagte sie.

Wolfgang. So hatte sie ihn nur in ihren letzten Monaten genannt. Es hatte ihn gekränkt, und sie hatte es gewusst.

»Raus jetzt!«, blaffte er. Seine Stimme überschlug sich, die Worte hingen in der Luft wie ein schlaffer Ballon, kraftlos und armselig. Ira stand still da und schaute Wolfgang an. *So schaut man einen Hund an, bevor er eingeschläfert wird*, dachte er noch, als wie aus dem Nichts ein blitzendes Messer aus der Hand des Jungen flog und nach drei schnellen Umdrehungen in seiner Handwurzel stecken blieb. Er spürte die Wucht der Klinge, keinen Schmerz, nur Staunen. Dann hörte er, wie der Revolver dumpf auf dem Laminatboden aufprallte. Hundert Wespen schienen gleichzeitig in seine Hand zu stechen. Blut tropfte auf die weiße Bettwäsche. Er packte sein Handgelenk und blickte mit stumm geöffnetem Mund zu Ira.

»Sagst du es mir jetzt?«, fragte sie freundlich.

»Fick dich«, stöhnte Wolfgang. »Selbst wenn ich wüsste, wo sie ist, würde ich es dir nicht sagen, niemals!« Er legte die pochende Hand, in der immer noch das Messer steckte, vorsichtig aufs Bein.

»Bitte, Lupo.« Iras Stimme klang ernst.

Wolfgang schüttelte den Kopf.

Sie blickte ihn einige Momente lang still an, dann kam sie ans Bett und beugte sich langsam über ihn. Er hätte sie gern weggestoßen, aber seine Linke umklammerte weiter die verletzte Hand. Ihre vollen Lippen, die er damals nicht oft genug hatte küssen können, waren jetzt ganz nah.

Er drehte sich weg.

»Es tut mir leid«, flüsterte Ira und gab ihm einen weichen Kuss auf die Schläfe. Er konnte sie riechen, den parfümlosen Duft ihrer Haut, der ihn damals angezogen hatte wie das Licht eine Motte. Er hielt die Luft an.

Ira richtete sich langsam auf, wandte sich ab und ging zur Tür, ohne sich noch einmal umzudrehen. Der Junge blieb regungslos im Zimmer stehen.

*

Die Aufzugstür öffnete sich mit einem Klingeln. Adam kam im durchgeschwitzten weißen Pflegerkittel in den Hausflur mit der grellbunten Siebzigerjahre-Tapete. Er war spät dran. Das nicht enden wollende Gelaber des Kunden an seinem Küchentisch hing ihm noch in den Ohren, die üblichen Kiffer-Geschichten und Verschwörungstheorien und dann auch noch Fußball. Wenn der Typ nicht ein Pfund Gras gekauft hätte, dachte Adam, hätte er ihn längst vor die Tür gesetzt.

Nun eilte er den langen Flur entlang, bog um die Ecke und sah vor Wolfgangs Wohnung eine Frau, die rauchend an der Wand lehnte. Als sie ihn bemerkte, erschrak sie, klopfte kurz an die Tür und ging wortlos an ihm vorbei Richtung Aufzug. Adam schaute ihr nach und sah noch, wie sie ihre Zigarette achtlos wegwarf und hinter der Flurbiegung verschwand.

Er ging zu Wolfgangs Tür. Sie war angelehnt.

*

Wolfgang hörte, wie jemand die Wohnung betrat. Er erkannte die Schritte.

»Adam«, sagte er erleichtert. Der riesige Pfleger kam ins Zimmer, blickte sich um und rief in die Küche: »Hallo?«

»Adam!«, sagte Wolfgang noch einmal.

Der Pole kam näher. Wolfgang lächelte ihm zu und stutzte plötzlich. Irgendetwas war anders. Er durchwühlte sein Gedächtnis: Hatte er zu viel geraucht? War ihm die kleine Pappe mit dem LSD ins Essen gefallen? Wie in einem Traum sah er Adam an sein Bett treten, sah sich selbst, einen grauhaarigen, hageren Mann, der bis zum bärtigen Kinn unter der Decke lag, als würde er friedlich schlafen. Halluzinierte er? Verrückt! Er sollte nicht schon am Morgen mit dem Kiffen anfangen.

Der Pfleger berührte seinen zugedeckten Arm. »Alles klar, Wolfgang?«

»Adam! Ich bin hier!« Er konnte sich hören, doch von oben sah er, dass seine Lippen sich nicht bewegten. Auf der weißen Bettdecke, etwas unterhalb seiner rechten Brusthälfte, entdeckte er plötzlich einen kleinen roten Fleck, der sich schnell ausbreitete. *Ich träume, ein Albtraum!* »Adam, weck mich auf!«, hörte er sich rufen.

Der Pfleger schien den Fleck jetzt auch bemerkt zu haben. Er hob die Bettdecke an und machte einen Satz zurück. Der hagere Oberkörper war blutüberströmt.

Mit einem Mal spürte Wolfgang, wie ihn Gelassenheit durchströmte.

»Adam … mein Freund«, sagte er sanft. Er wollte ihm berichten, von dem Grauen, als das schreckliche Kind mit den toten Augen an ihn herangetreten war, ihn mit der einen Hand am Hals gepackt und mit der anderen das Messer aus seiner durchstochenen Hand gezogen hatte, von dem unfassbaren Ruck, der seinen Körper durchzuckte, als das kühle Metall in seine Brust glitt, und von der plötzlichen, überwältigenden und sonderbar tröstlichen Erkenntnis, dass das Ende unverrückbar gekommen war.

Wolfgang schaute liebevoll zu Adam hinunter, der geschockt vom Bett wegtaumelte. Er konnte ihm nichts mehr zurufen, konnte ihn nicht warnen.

Es ist, wie es ist.

Von oben sah er zu, wie der Pfleger seinen riesigen Körper hin und her wiegte und mit beiden Händen durch seinen Vollbart wischte. »*O mój Boże*!«, murmelte er immer wieder leise.

Wolfgang sah, wie sich hinter Adam ganz langsam die angelehnte Balkontür öffnete. Geduckt hinter dem Fenster lugte der blonde Lockenkopf hervor. Plötzlich schwang die Tür weit auf, und Locke sprang wie eine Raubkatze auf ihre Beute zu, das große Messer in der Faust.

Es ist, wie es ist.

Adam warf sich blitzschnell herum. Das Messer traf ihn im kokosnussdicken Bizeps. Er schrie auf und schlug mit dem anderen Arm nach dem blonden Jungen. Locke sprang zurück und stieß die Klinge in Adams Oberschenkel. Die riesige Pranke des Pflegers schoss nach vorne und packte das dünne Handgelenk mit dem Messer, doch Locke ließ es nicht los, er schlug und trat um sich wie ein Besessener.

Wolfgang schaute zu, ohne zu hoffen, ohne zu bangen.

Es ist, wie es ist.

Er sah Adam im blutgefärbten Pflegerkittel, wie er den zappelnden Jungen mit beiden Armen umschloss und hochhob. Locke wand sich wie ein Aal, drehte das Messer in seiner Faust und schnitt den Pfleger tief in den Unterarm. Mit einem Wutschrei schlug Adam Lockes Hand gegen den Türrahmen, dreimal, viermal, bis die Klinge endlich zu Boden fiel.

Es ist, wie es ist.

Lockes Arme wirbelten kratzend umher. Adams schwarze Hornbrille flog durchs Zimmer. Der Kopf des Jungen schnellte nach vorn und schnappte mit den Zähnen, biss Adam in die Arme, die Hände, die Brust, den Bart. Der Pfleger schrie auf, taumelte mit dem Jungen durchs Zimmer und durch die weit offene Tür hinaus auf den Balkon. Locke verbiss sich in Adams Nacken. Der Pole packte ihn am Schopf und riss seinen Kopf zurück. Durch die entsetzten Augen des Pflegers konnte Wolfgang in Lockes tollwütige Fratze schauen, die ihn mit gefletschten Zähnen und blutverschmiertem Mund anzischte.

Mit einem Wutschrei, der aus dem dunkelsten Innern seiner Seele zu kommen schien, riss sich Adam den Jungen vom Leib und schleuderte ihn mit rasender Kraft weit über die Balkonbrüstung.

Es ist, wie es ist.

Locke segelte in die Tiefe. Wolfgang sah ihm von oben zu, wie er sich Meter für Meter, Stockwerk für Stockwerk entfernte, sah die rudernden Arme, die wehenden Locken, das zarte Gesicht mit dem blutig ummalten Mund und den weit aufgerissenen Augen. Es waren Kinderaugen, die staunend auf die rosa Wattewolken des Abendhimmels blickten.

Es ist, wie es ist.

Auf einmal konnte Wolfgang Julia spüren. Eine Woge des Glücks brandete über ihn hinweg, so weich, so gewaltig, dass sie ihn mitreißen wollte.

Sie war da, ganz nah.

Julia.

Die Wärme umströmte Wolfgang und schwoll an zu einem riesigen Fluss aus strahlend hellem Licht. Er konnte das klare Wasser des großen Sees schmecken. *Unser See …*

Es ist gut.

Wolfgang atmete langsam aus, ließ glückseufzend los, floss davon und verschmolz mit dem Licht. Und die winzige blassblaue Flamme erlosch.

*

»Kann ein Weilchen dauern. Mein Vater redet gern.« Julia öffnete die Beifahrertür und stieg aus Roosens Wagen. Ihre Reisetasche ließ sie auf dem Rücksitz stehen.

»Soll ich mitkommen?«

»Besser nicht«, entgegnete Julia schmunzelnd und wandte sich zum Gehen.

»Grüßen Sie ihn von mir«, rief Roosen ihr vom Fahrersitz hinterher.

Ein explosionsartiges Krachen ließ Julia herumfahren. Kaum zwei Meter neben ihr, auf dem tief eingeknickten Dach eines alten Toyota, lag ein Junge mit blonden Locken, als schlafe er in einem weichen Bett aus Blech, den Kopf auf der hochgewölbten Dachkante wie auf einem Kissen aus Stahl. Sein Mund war verschmiert, als habe er mit Lippenstift gespielt, ein dünner Faden Blut rann aus seinem Mundwinkel und tropfte über die Seitenscheibe des Wagens.

Sie konnte nicht einmal schreien. Ihr Blick ging nach oben. Auf dem Balkon stand Adam und starrte mit aufgerissenen Augen in die Tiefe.

Julia rannte los.

*

»Julia!«, schrie Roosen, sprang aus dem Wagen und rannte fluchend hinterher. »Warten Sie!«

Im Hausflur sah er, dass der Aufzug besetzt und auf dem Weg nach unten war. Julia musste die Treppe genommen haben. Er war zu alt geworden für Verfolgungsjagden, schoss es ihm durch den Kopf. Schwer atmend hämmerte er auf den Aufzugknopf. Die Tür öffnete sich, eine Frau mit rot geschminkten Lippen und schwarzen Haaren trat aus der Kabine. Ihr Blick streifte ihn, dann ging sie an ihm vorbei nach draußen.

Roosen betrat den Aufzug und ließ seine zitternde Hand nervös über die Knöpfe wandern. *Welcher Stock, verdammt? Es muss hoch oben gewesen sein, der Junge hat die Karre fast platt gedrückt*, dachte er und drückte auf die Sieben. Die Tür schloss sich im Zeitlupentempo. Roosen wischte sich über das verschwitzte Gesicht und schlug mit der Faust gegen die blecherne Wand des Fahrstuhls.

Jesus Maria. Ein Kind!

*

Julias Lunge brannte, als sie die letzten Stufen nahm und den Flur entlang zu Wolfgangs Wohnung sprintete. Die Tür stand offen. Sie konnte ihren rasenden Herzschlag spüren, ihr Atem ging stoßweise.

In der Wohnung war es totenstill. Wolfgang lag in seinem Bett, sie sah die grauen Haare am Kopfende. Adam saß bei ihm. Ein friedliches Bild. Vielleicht war ja doch nicht …

»Adam?«

Der Pfleger drehte sich zu Julia um, die Brille saß schief auf seiner Nase, sein Blick war unendlich traurig. Er stammelte leise: »Julia, der Junge, er hat ihn …«

Dann sah sie das Blut. Alles war rot. Adams Kittel. Rot. Das Bett. Rot. Der Boden. Die Wände.

Wie in Trance trat Julia ans Bett und blickte auf das graue, eingefallene Gesicht ihres Vaters. Er hatte die Augen geschlossen, als schlafe er. Sie setzte sich auf die andere Seite der Matratze und ließ den Kopf an seinen Hals sinken. Von der Tür hörte sie schnelle Schritte, gefolgt von einem Keuchen. »Julia!«

Dann zerriss es sie.

8

Der Fischreiher schraubte sich in einer weiten Spirale hinab, immer tiefer hinein in den Innenhof des Bundesverfassungsschutzes, streckte die dürren Beine vor und landete sanft auf einer kleinen Grasfläche neben dem Goldfischteich. Keppler saß mit einem Kaffeebecher auf einem großen Findling und beobachtete, wie der Vogel ins flache Wasser stakste und dann zur Statue erstarrt nach Beute Ausschau hielt. *Das Leben könnte so einfach sein*, dachte Keppler, *sich ernähren, sich fortpflanzen, nur existieren.*

Auf dem Weg ins Büro hatte er die Nachrichten gehört und gespürt, wie ihm schlagartig der Schweiß aus allen Poren drang. Der Vorort, das querschnittgelähmte Opfer, das tote Kind – es passte alles zusammen. Er hatte an einer Tankstelle angehalten und den Kollegen Wormland von der Kripo angerufen. Sein Verdacht hatte sich bestätigt: Der Tote war Julias Vater. Keppler war wie in Trance ins Amt gefahren. Inge Gräf war noch nicht im Büro und hatte, wie immer am frühen Morgen, ihr Handy nicht eingeschaltet. Keppler hatte sich in der Kantine einen Pappbecher mit schwarzem Kaffee geholt und war in den südöstlichen Innenhof gegangen, eine grüne Oase mit Teich, die kein Außenstehender innerhalb dieser Festung vermuten würde. Er musste nachdenken.

Der Reiher fixierte einen Punkt, stieß dann blitzschnell mit seinem Schnabel ins Wasser und zog einen zappelnden Goldfisch heraus. Der Nachrichtendienstler schaute dem Vogel zu, wie er ans Ufer ging und seine aufgespießte Beute verschlang. *Das Leben könnte so einfach sein … und dann wirst du gefressen.*

Keppler hatte es glasklar vor Augen: Der nicht identifizierte Junge kam von Ira. Sie hatte den Vater ihrer Tochter aufgespürt, hatte ihn zahlen lassen, und sie würde nicht eher ruhen, bis sie Julia gefunden hätte. Wie war sie auf ihn gestoßen? Wo war die Verbindung, das Leck? Wieder ein unlösbares Rätsel, es machte ihn wahnsinnig.

Der Plan war schuld, dachte Keppler bitter. Da hatte er einmal in seinem Leben etwas riskiert, und nun stand er vor einem blutigen Scherbenhaufen. Wütend warf er seinen leeren Kaffeebecher nach dem Reiher, der ungelenk zur Seite flatterte und sich dann wieder unbeirrt an den Teichrand stellte.

Iras Mutterschaft, kam es Keppler in den Sinn, sie war der Ursprung des Planes gewesen. Einige Jahre zuvor, als er schon eine Weile wie ein Beobachtungssatellit über Ira gekreist war, hatte er von Julias Existenz erfahren. Eine Quelle aus der rechten Szene hatte beiläufig davon berichtet, dass Ira Ende der Neunzigerjahre ein Baby bekommen hatte. Ihr komischer linker Freund sei damals mit dem Kind abgehauen, wahrscheinlich, so hieß es in dem Gesprächsprotokoll, habe er Schiss vor ihr bekommen. Nach der Entführung sei sie wochenlang völlig durchgedreht und habe sich mit jedem, der ihr zu nahe kam, geprügelt. Die Nachricht hatte Keppler vor den Kopf gestoßen. Ira war *Mutter*. Das scharfe Bild der kalten Täterin war plötzlich ausgefranst.

Sofort war sein Forschergeist geweckt, er hatte bundesweit die Melderegister durchforstet und schließlich Wolfgang und Julia Gerloff in der Gemeinde Templin aufgespürt. Die Tochter war erst mit sieben Jahren gemeldet worden, wahrscheinlich zur Einschulung. Die dazugehörige Adresse hatte sich nach einigen Anrufen als eine kleine Wohngemeinschaft entpuppt, in der mehr als dreißig Personen registriert waren – alles Aussteiger, die irgendwo lebten, nur nicht an diesem Ort. Julia und ihr Vater konnten überall stecken, sie waren untergetaucht. Aber Keppler war wie ein Fischreiher, schnell, wenn er handeln konnte, und unendlich geduldig, wenn er auf der Lauer lag. Er wartete still ab und durchforstete regelmäßig die Melderegister, immer zu Monatsanfang, Jahr für Jahr. Irgendwann landete er einen Treffer: Julia tauchte wie aus dem Nichts im Melderegister der Stadt Köln auf. Sie war mittlerweile einundzwanzig und hatte sich eine Wohnung gemietet, ihr Vater war ihr bald danach gefolgt und wohnte unter einer anderen Adresse. In der Zwischenzeit hatte Ira als Quelle für den Landesverfassungsschutz gearbeitet, war wieder abgeschaltet worden und schien nicht zu ahnen, wie nah sie ihrer verlorenen Tochter war. Dann war Nick ins Spiel gekommen, wie ein Geschenk des Himmels. Er hatte sich beim Aussteigerprogramm des Verfassungsschutzes gemeldet und beunruhigende Nachrichten aus der Gruppe im Gepäck. Plötzlich drängte die Zeit, Keppler musste aktiv werden, musste herausfinden, was hinter Iras angeblichen Anschlagsplänen steckte. Doch was sollte er tun? Er hatte sich wie ein Schachspieler gefühlt, der auf seine Figuren starrte, unfähig, den nächsten Zug zu machen. Bis ihm eines Samstagabends die entscheidende Idee gekommen war.

Er hatte die Kinder über das Wochenende, und sie schliefen wie immer auf zwei Klappmatratzen in seinem winzigen

Arbeitszimmer. Die dicken Vorhänge waren zugezogen, die Lichterkette war angeschaltet, das große Märchenbuch lag auf Kepplers Knien. Der Kleine rollte sich mit seinem Stoffesel in die Decke und wünschte sich die Geschichte vom Rumpelstilzchen, seine Schwester rieb sich die Augen und fasste vertrauensvoll nach seiner Hand. *Heute back ich, morgen brau ich, übermorgen hol ich der Königin ihr Kind.* Wie oft hatte Keppler die Zeilen schon gelesen? An diesem Abend hielt er mitten im Lesen inne und starrte auf das Buch. Die Schachfiguren in seinem Kopf fingen plötzlich an, sich zu bewegen – Ira, die Königin; Julia, das gestohlene Kind; Nick …

»Papa?« Der Sohn schaute ihn mit großen Augen an. Keppler schreckte hoch und las das Märchen unkonzentriert zu Ende. Nach einem Gute-Nacht-Kuss löschte er das Licht und blieb noch einige Minuten bei den Kindern sitzen. Die Amseln vor dem Fenster verabschiedeten lautstark den Tag. Während der Atem der beiden im Dunkeln immer regelmäßiger ging, verschob Keppler die Figuren auf seinem inneren Schachbrett, Zug um Zug, bis sie in Schlachtordnung standen: Um hinter die Pläne der Gruppe zu kommen, musste Keppler eine Quelle einschleusen. Nick, der neue Verbündete. Ira würde den Abtrünnigen nie wieder in ihr Reich einlassen, es sei denn, er würde ihr zum Beweis seiner Reue das kostbarste aller Geschenke zu Füßen legen – Iras verlorene Tochter. Keppler strich seinen schlafenden Kindern sachte über die Haare und verließ leise das Zimmer. Vom bierkastengroßen Balkon aus beobachtete er seltsam aufgekratzt die Autos, die mit dröhnender Musik in Richtung Innenstadt unterwegs waren. Sein Plan war tollkühn, dachte er, viel zu riskant und mit den Regularien des Verfassungsschutzes niemals zu machen. Der Plan war ein Märchen. Aber hatte er in seinem regulierten Leben nicht viel zu wenige Märchen zugelassen?

Im Teich des Verfassungsschutzes schnappte sich der Fischreiher den nächsten Goldfisch und würgte ihn in sicherem Abstand zu dem dicklichen Mann auf dem Stein herunter. Keppler stand auf und ging zurück in den Südflügel. Er würde in den sechsten Stock fahren und der Chefin die schlechte Botschaft überbringen. Sie hatten endgültig die Kontrolle verloren. Er hatte auf seinem Schachbrett die Dame übersehen, und die hatte gnadenlos zugeschlagen. Aus seinem Märchen war ein Schauermärchen geworden.

*

Der Wald war kühl und dämmrig. Kein Sonnenstrahl fiel durch das dichte Blätterdach, in den tiefen Mulden hingen graue Nebelschleier. War es Tag, war es Nacht? Julia ging zwischen den schwarzen Stämmen hindurch über den nassen Blätterteppich. Alles war so anders als in der grasbewachsenen Weite am See. Es roch nach Pilzen. Unter ihren nackten Füßen glaubte sie das Schmatzen der Abermillionen von Würmern, Asseln und Mikroben zu spüren, die fraßen, die gefressen wurden, die sich vermehrten und vergingen.

Ein Rascheln ließ Julia hochschrecken. Sie spähte zu einer Anhöhe hinauf und sah, wie ein Hirsch mit einem mächtigen Geweih zwischen den Bäumen hervortrat. Julia hielt den Atem an. Das majestätische Tier schritt langsam in die Senke hinab und blieb vor ihr stehen, zum Greifen nahe. Seine riesigen schwarzen Augen musterten sie ruhig. Sein Fell war kastanienbraun und am Hals dichter, es hatte die großen Ohren aufgestellt, die feuchten Nüstern über der Schnauze blähten sich, als es sie neugierig beschnupperte. Julia lächelte. Sie war sich sicher, dass der Hirsch ihretwegen gekommen war. Er war der König des Waldes. Ihr

Freund. Er würde ihr den Weg hinaus zeigen, zum See. Plötzlich riss der Hirsch die Augen weit auf, sein schwerer Körper fiel wie ein gefällter Baum ins feuchte Laub. Julia kniete sich zu dem Tier, das schnaubend und zuckend am Boden lag. Sie sah das große Jagdmesser tief im Hals stecken, Blut sickerte pulsierend durch das kurze Fell, Geifer floss aus dem aufgerissenen Maul, die riesigen Augen des Hirsches starrten sie panisch an. Ein hohes Pfeifen schwoll an, Julia hielt sich die Ohren zu, doch es füllte ihren Schädel immer weiter aus. Sie schaute sich um und sah zwischen den schwarzen Stämmen auf der Anhöhe einen schmalen Schattenriss – dünne Beine, drahtige Arme, großer Kopf. Sie konnte sein Gesicht nicht erkennen, aber sie wusste, wer da stand – der Junge mit den blonden Locken. Der kleine Schatten setzte sich in Bewegung und kam auf sie zu. Sie war wie gelähmt.

Julia schlug die Augen auf. Die Morgensonne schien ins Zimmer. Sie lag in einem Doppelbett und blickte auf einen hellen Holzschrank. An der Wand über dem Bett hing ein rotes Seidentuch mit orientalischen Mustern, daneben sah sie Kinderbilder hinter Glas. Plötzlich zuckte sie zusammen. An der Tür stand ein Mädchen, vielleicht neun Jahre alt, und blickte sie stumm an, kein Lächeln, keine Regung.

»Wer bist du?«, fragte Julia leise.

»Nasrin.«

Julia nickte erleichtert. Darias Tochter. Das musste ihre Wohnung sein. Warum war sie hier? Mit einem Mal schien sich ihr Inneres nach außen zu stülpen, eine gewaltige Faust fuhr durch ihren Bauch und nahm ihr den Atem. Eine Flut von Bildern überrollte sie wie eine Dampfwalze: Blut, Adam, der vor ihr zu Boden sackt, der Blick leer, so unendlich leer. Roosens Arme, die sie von hinten packen, von dem blutigen Bett wegziehen, die sie umdrehen und an seine Brust drücken. *Papa!*

Die Erinnerung war purer körperlicher Schmerz. Julia krümmte sich stöhnend im Bett, und das Mädchen rannte aus dem Zimmer. »Mama! Es geht wieder los!«

Wenige Momente später konnte Julia Darias feste Umarmung spüren, während sie das Gesicht tief im Kissen vergrub und stumm gegen die dunkle Welle anschrie.

Nach und nach kehrten alle verschwommenen Bilder des Vorabends in gnadenloser Schärfe zurück: Ausbilder Roosen führte sie in den Aufzug und anschließend zu seinem Auto. Vor dem Hochhaus bremsten Polizei- und Rettungswagen, wie in Zeitlupe sah sie Beamte und Sanitäter herausspringen und an ihnen vorbeirennen. Menschen hielten ihre Handykameras auf den Toyota mit dem blond gelockten Jungen. Roosen fuhr sie weg von der Hochhaussiedlung und rief unterwegs Daria an. »Danke, dann bringe ich sie zu Ihnen«, hörte sie ihn wie durch Watte sagen, und kurz darauf verfrachtete Daria sie in ihr verdunkeltes Schlafzimmer, steckte sie ins Bett und bat Nasrin, den Ausbilder in die Küche zu begleiten. Julia lag wie in Trance in Darias wiegenden Armen und hörte, wie Nasrin in der Küche leise mit Roosen plauderte. Irgendwann musste sie eingeschlafen sein, denn als Nächstes erinnerte sie sich daran, wie Daria und Roosen mit gedämpften Stimmen sprachen. »Kann Frau Gerloff eine Weile bei Ihnen bleiben?«

»Natürlich.«

»Ich habe versucht, Personenschutz für sie zu bekommen, aber das wird schwer. Die Kripo will sie bald sprechen, die haben jede Menge Fragen.«

»Was hat das alles zu bedeuten?«, fragte Daria leise, und Roosen erwiderte mit tonloser Stimme: »Ich weiß es nicht.«

»Warum wollten Sie gestern, dass Julia untertaucht? Hatte das was mit ihrem Vater zu tun?«

Roosen war kaum zu verstehen, als er antwortete: »Das kann ich Ihnen nicht sagen. Es war nur so ein Gefühl. Bitte kein Wort davon, zu niemandem.«

Julia hörte, wie die Wohnungstür ins Schloss fiel. Stille breitete sich aus wie ein schwarzer Nebel. Julia war allein. Sie richtete ihren Blick starr auf die Kinderzeichnungen an der Wand, um nicht an ihren Gedanken zu ersticken. Die Tränen begannen erneut ins Kissen zu sickern. Ein paar Momente später legte sich Daria endlich wieder zu ihr, hielt sie fest in ihren Armen und weinte mit ihr. Nach ein paar Stunden griff die Freundin zum Telefon und bat ihre Mutter, irgendetwas aus deren riesiger Hausapotheke zu bringen – Valium, Schlafmittel, ganz egal, was. Wenig später hörte Julia das leise Wehklagen der Iranerin, ließ sich willenlos eine Tablette in den Mund schieben und schlief endlich in Darias Armen ein.

Jetzt saß Julia wie überfahren am Küchentisch, während Daria im Morgenmantel Kaffee kochte und Eier in die Pfanne schlug. War es wirklich noch keine vierundzwanzig Stunden her, dass sie beide in der kleinen Dachwohnung gesessen und miteinander gelacht hatten? Es kam ihr vor wie ein leises Echo aus einem anderen Leben.

»Mein Vater hat's gewusst«, murmelte Julia leise.

Daria verrührte die Eier in der Pfanne. »Was?«

»Er hat gesagt, dass sie hinter ihm her sind.«

»Wer?«

»Irgendwelche Nazis. Von früher.«

»Echt?« Daria salzte das Rührei, ihre Stimme wurde zögerlich. »Ich hab heute Morgen mit Roosen telefoniert. Die Spurensicherung hat bestätigt, dass der Junge, der auf das Auto gefallen ist … dass der deinen Vater …« Sie stellte die Pfanne auf den Tisch, setzte sich und schaute Julia ernst an. »Er hat es getan.«

Julia schüttelte fassungslos den Kopf. »Ein Kind. Wieso ein Kind?«

»Er ist noch nicht identifiziert«, fuhr Daria fort. »Er taucht auf keiner Vermisstenliste auf, und niemand hat sich nach ihm erkundigt – als ob der aus dem Nichts kommen würde.«

Julia blickte auf. »Was ist mit Adam?«

»Der Pfleger? Zwei Passanten haben ausgesagt, dass er den Jungen vom Balkon geschmissen hat.«

Julia starrte Daria fassungslos an.

»Das war Notwehr. Roosen meint, der Junge habe den Pfleger fast umgebracht. Er liegt auf der Intensivstation.«

Vor Julias innerem Auge flackerten wieder die Bilder auf: Adams blutroter Kittel, der apathische Blick eines Tieres auf der Schlachtbank.

»Julia?«

»Ja?«

»Du musst essen.« Daria schaufelte Rührei auf die Teller. »Ketchup?«

Julia zuckte lustlos mit den Schultern.

»Roosen meint, du musst so bald wie möglich aus der Stadt verschwinden. Jetzt erst recht.«

Keine Antwort.

»Julia! Der Angriff in Nicks Haus, jetzt dein Vater – das kann doch kein Zufall sein. Das hat was mit dir zu tun.«

Julia blickte auf. »Na und?«

»Wie ›na und‹? Da ist jemand hinter dir her!«

Julia hielt Darias Blick stand. »Na und? Mein Vater ist tot. Nick ist weg! Mein Job ist weg! Ich hab nichts mehr, gar nichts!«

Daria nahm Julias Hand. »Und dein Leben? Ist das nichts?«

Julia nahm die Ketchup-Flasche und klopfte fest auf den Boden, bis sich ein Schwall roter Soße über ihr Rührei ergoss. Dann sah sie Daria an. Ihre Augen blitzten. »Doch. Und ich will wissen, wer mir mein Leben wegnehmen will!«

*

Nick fluchte. Nach drei Tagen Dämmerschlaf tat ihm immer noch jeder Knochen weh, und obwohl die betäubende Kälte des Eisbeutels durch seine geprellten Rippen in den Brustkorb floss, versetzte ihm jeder Atemzug einen Stich. Beim Gang aufs Klo hatte er sich wie ein Achtzigjähriger gefühlt, an Schlaf war nicht mehr zu denken. Müde zappte er sich durch das Programm aus Werbesendungen, Soaps und Morgenmagazinen. Die manischen Moderatoren gingen ihm auf die Nerven. Gerade als er sich entschlossen hatte, den Pfleger zu rufen und ihn um ein Schlafmittel zu bitten, sah er auf der Mattscheibe ein Bild, das ihn alle Schmerzen vergessen ließ. Eine Reporterin stand in einem Kölner Vorort vor einem Hochhaus und berichtete von einem Verbrechen, das sich am Vorabend zugetragen hatte. »Nach Angaben der Polizei wurde der Querschnittgelähmte in seiner Wohnung erstochen. Der Täter, ein bislang nicht identifiziertes Kind, fiel nach der Tat aus bisher ungeklärten Gründen von diesem Balkon.« Die junge Reporterin deutete in die Höhe, die Kamera folgte wackelig ihrem Finger. Nick starrte gebannt auf den Fernseher, wo ein Handyfoto von dem zerbeulten Blechgrab eingeblendet wurde, Augenzeugen berichteten mit lüsterner Betroffenheit von dem toten blonden Jungen mit dem todesstarren Blick. Nick brauchte nur eins und eins zusammenzuzählen. Er kannte Wolfgangs Haus, keine zwei Wochen zuvor hatte er stundenlang davor gewartet, um Julia für die erste Kontaktaufnahme abzupassen. Und er kannte nur einen blonden Jungen, dem eine solche Tat zuzutrauen war. Nick spürte, wie Gänsehaut über seine Arme kroch. *Julias Vater. Hingerichtet von Locke. Sie hat die Witterung aufgenommen.*

Nicks Blick schweifte zum Nachttisch. Wo war sein Handy? Stöhnend drehte er sich zur Seite und zog die Schublade auf, doch außer ein paar Werbebroschüren für Faltenunterspritzungen mit Hyaluronsäure fand er nichts. Seine Klamotten mussten im Schrank sein, vielleicht war das Handy dort. Er drückte auf den Knopf, der über seinem Bett baumelte, und nach wenigen Momenten kam der Pfleger herein.

»Guten Morgen. Was kann ich tun?«

»Ich brauch mein Handy. In meiner Hose im Kleiderschrank.«

Der Pfleger öffnete den Schrank und griff in die Jeans. »Da ist nichts.«

»Das muss da sein«, beharrte Nick nervös.

»Nichts. Haben Sie im Nachttisch nachgeschaut?«

»Hab ich. Wo werden denn hier die Wertsachen von den Patienten untergebracht?«

»Normalerweise kommen die da rein. Der ist aber verschlossen.«

Der Pfleger deutete auf den Safe im Schrank.

Es klopfte kurz an die angelehnte Tür, dann kam Dr. Grössel ins Zimmer. »Guten Morgen! Wie geht's uns heute?«

»Beschissen. Ich möchte mein …«

Grössel betrachtete Nicks Gesicht. »Sehr gut.«

»Was?«

»Sie heilen. Ihre Hämatome werden langsam schwarzbraun. Das ist Verdoglobin, kommt aus der Galle. Bald werden sie grün und dann gelb.«

»Schön«, erwiderte Nick knapp. »Ich brauche mein Handy.«

Grössel schaute ungerührt auf den Krankenzettel, den die Krankenschwester nach der frühmorgendlichen Blutdruck- und Fiebermessung ans Bett geklemmt hatte. »Ihre Werte sind gut. Die Rippen werden Ihnen leider noch einige Tage auf die Nerven gehen. Haben Sie schon über die Fingerprothese nachgedacht? Die sind absolut naturgetreu, und das ohne Nagelschneiden.«

Nick wurde lauter. »Ich muss telefonieren!«

Dr. Grössel beugte sich über ihn. »Darf ich?« Er fasste die Haut um sein Auge und leuchtete mit einer kleinen Taschenlampe in seine Pupille. »Ich weiß nicht, wo Ihr Handy ist.«

»Wahrscheinlich im Safe!«

»Herr Keppler hat sich für den Mittag angemeldet. Am besten, Sie klären das mit ihm ab.«

»Ich muss ihn jetzt sprechen.« Nick versuchte, sich aufzurichten, und ließ sich stöhnend zurückfallen. »Sofort!«

Grössel atmete durch, holte sein Smartphone aus der Kitteltasche, wählte eine Nummer und horchte.

»Hallo, Dr. Grössel hier. Da ist Ihr junger Patient. Er möchte Sie dringend sprechen.«

Er reichte Nick das Handy. Der redete gleich aufgeregt los: »Haben Sie schon gehört?«

»Ja«, antwortete Keppler knapp.

»Es ist Julias Vater, stimmt's?«

»Ja.«

»Der Junge gehört zu ihr. Sie steckt dahinter!«

»Sieht danach aus.«

»Wir müssen Julia warnen! Sie muss abhauen!«

»Wir sind raus, Nick«, sagte Keppler ruhig. »Ich hab es dir erklärt.«

»Das ist mir scheißegal!«, schrie Nick ins Telefon. »Ich will zu ihr!«

»Sie ist untergetaucht.«

»Wo ist sie?«

»Das kann ich dir nicht sagen, Nick.«

»Wo ist sie?« Der Schmerz in seinem Brustkorb erstickte seine Stimme.

Grössel holte eine Spritze aus dem Kittel und zog sie auf. »Bleiben Sie ganz ruhig. Ich gebe Ihnen was gegen die Schmerzen.«

»Du musst in Deckung bleiben«, sagte Keppler. »Zu deinem eigenen Schutz.«

»Zu meinem oder zu eurem Schutz?«

»Wir sitzen in einem Boot. Hab Geduld.«

»Fick dich!«, bellte Nick und schob seine nackten Beine aus dem Bett.

»Moment!« Grössel packte Nicks Arm, steckte die Spritze in den Venenkatheter und drückte die Flüssigkeit hinein. »Das wird Ihnen helfen.«

Nick schaute den Arzt irritiert an, dann fielen ihm flackernd die Augen zu.

Dunkelheit. Er spürte, wie Grössel ihm das Telefon aus der Hand nahm.

»Herr Keppler? Ich bin's.« Die leise Stimme des Arztes klang, als würde er durch eine dicke Watteschicht sprechen.

»Ja, er ist jetzt ruhig.«

Nick kämpfte gegen den Schlaf an. Er fühlte Grössels Finger, die prüfend sein Handgelenk drückten. »Ich weiß ja nicht, wer diese Julia ist, aber wenn der Romeo hier randaliert, bekomme ich Ärger mit meinen Patienten«, hörte er den Arzt wie aus weiter Ferne sagen. »Das sind Leute mit Geld, verstehen Sie? Die sind wie Kinder – wenn es nicht so läuft, wie die wollen, werden die ungemütlich.«

Stille. Nick lauschte angestrengt, dann hörte er wieder Grössels Stimme. »Ich sorge dafür, dass er nicht rauskommt. Aber nicht länger als drei Tage!«

Nick konnte sich nur noch mit Mühe in der Wachwelt festhalten, der Schlaf zog ihn wie Blei in die Tiefe. Er merkte noch, wie der Arzt seine Beine zurück unter die Decke schob und leise murmelte: »Jetzt schlaf, Don Juan«, dann ließ er sich ins Dunkel fallen.

*

Keppler steckte das Handy weg und ging den Flur entlang. Das Telefonat hatte ihn völlig aus dem Konzept gebracht; die Sätze, die er sich im Aufzug für das bevorstehende Gespräch zurechtgelegt hatte, waren weg. An der Tür blieb er stehen, schloss kurz die Augen und drückte die Klinke. Vanille. Die Chefin saß hinter ihrem Schreibtisch, vor sich die auseinandergeschraubte E-Zigarette, und drehte aus einem Papiertaschentuch einen dünnen Pfropfen. Sie blickte auf.

»Grüß Sie, Florian.«

Sie weiß es noch nicht, schoss es Keppler durch den Kopf, sonst würde sie nicht so ruhig in ihrer süßen Wolke sitzen. Sein Gehirn ratterte. Was hatte er noch mal sagen wollen? Wie wollte er die düstere Botschaft abfedern?

»Wir haben eine neue Situation«, begann er knapp.

Die Chefin schob den Papierstiel in den Verdampfer und drehte ihn sorgfältig. »Schießen Sie los.«

Keppler konzentrierte sich und fand schließlich zu seinen vorsichtigen Worten zurück, mit denen er seiner Chefin von dem Mord an Julias Vater, von seiner Vermutung, dass Ira Tetzel dahintersteckte, und von dem Telefonat mit Nick berichtete. Mehr nicht – nur eine Lageeinschätzung, keine Vorschläge.

Inge Gräf zog den Papierstöpsel aus dem Verdampfer, betrachtete kurz die braunen Ölrückstände daran und schraubte dann die E-Zigarette wieder zusammen. Ohne eine Regung holte sie ein silbernes Etui aus ihrer Handtasche, zog eine Zigarette heraus und zündete sie an. Keppler wartete still, die Hände auf dem Rücken verschränkt. Er hatte die Chefin seit den Tagen auf der Akademie nicht mehr Tabak rauchen gesehen, aber er war sich sicher, dass sie all die Jahre über das Etui für Notfälle dabeigehabt hatte. Inge Gräf stand auf, goss sich am Besprechungstisch eine Tasse schwarzen Kaffee aus der Thermoskanne ein, trat ans Fenster und schaute still rauchend hinaus, umgeben von einer bläulichen Qualmwolke, die den süßlichen Vanillegeruch im Raum kraftvoll verdrängte. In der Ferne schob sich eine herannahende Regenfront dunkel über den westlichen Horizont.

»Beerdigen wir den Plan«, sagte sie eine halbe Zigarettenlänge später, ohne sich umzudrehen.

»Da ist nur eine Sache, die ich nicht verstehe«, sagte Keppler leise. »Wo ist das Leck? Wie hat Ira Tetzel plötzlich Julias Vater gefunden?«

»Vielleicht hat sie einfach im Melderegister nachgeschaut?«

»Hab ich überprüft. Weder in Templin noch in Köln ist eine Suchanfrage zu den beiden Namen eingegangen.«

Gräf blickte weiter aus dem Fenster. »Was ist mit Nick? Er ist der Einzige, der beide kennt. Vielleicht spielt er ein doppeltes Spiel.«

Keppler schüttelte den Kopf. »Ich kenne ihn. Das würde er Julia Gerloff niemals antun.«

»Ah, verstehe …«, sagte Inge Gräf mit Blick in die Ferne. Dann drehte sie sich um. »Wir müssen den Jungen von ihr fernhalten, um jeden Preis, sie darf nichts erfahren.«

»Er wird nicht ewig in der Klinik bleiben können.«

»Ich rede mit Dr. Grössel«, antwortete die Chefin, und Keppler fragte sich abermals, was die Referatsleiterin mit dem Schönheitschirurgen verband, dass sie ihm so viel abverlangen konnte. Er hatte das Gesicht und die Hände der Chefin oft studieren können, wenn sie in der Unterschriftenmappe blätterte und seine Papiere abzeichnete. Sie machte sich nicht die Mühe, die Falten um die Augenwinkel zu überschminken, und sie störte sich nicht daran, dass das Rauchen tiefe Kräusel in ihre Oberlippe gegraben hatte. Seine Chefin war eine schöne Frau, fand Keppler, und sie war bestimmt keine Kundin von Dr. Grössel – es musste eine andere Verbindung zwischen den beiden geben.

»Haben Sie mit den Ermittlungsbehörden Kontakt aufgenommen?«, fragte sie und setzte sich wieder an den Schreibtisch.

»Ich wollte unser Gespräch abwarten.«

»Die Gruppe gehört jetzt der Polizei. Erzählen Sie denen, dass wir gerade von einer Quelle erfahren haben, dass Ira Tetzel einen terroristischen Anschlag plant«, sagte die Referatsleiterin. »Und zapfen Sie Ihre Kontakte an, ich möchte nicht nur das offizielle Zeug über die Ermittlungen hören.«

Keppler trat von einem Bein aufs andere, der sachliche Teil des Gesprächs war beendet, jetzt stand der persönliche an. Er suchte nach den richtigen Worten, doch auch sie schienen im Aufzug zurückgeblieben zu sein.

»Ähm«, krächzte er in die Stille hinein.

Die Chefin hob ihren Kopf und blickte ihn mit schief

gelegtem Kopf an. »Sie wollen sich doch nicht etwa für eine Entscheidung entschuldigen, die wir gemeinsam getroffen haben?«

Keppler schluckte. »Nein, aber ich hätte den Plan schon beerdigen sollen, als Nick den Alleingang zum Bauernhof gemacht hat.«

»Hätte«, sagte Inge Gräf und warf die Zigarette in ihre Kaffeetasse, wo sie mit einem Zischen erlosch.

»Spätestens an dem Punkt sind mir Zweifel gekommen, ob …«, setzte Keppler wieder an.

»Ich erzähl Ihnen was, Florian«, unterbrach ihn die Chefin und zündete sich eine zweite Zigarette an. »Als Mädchen habe ich öfter mit meinen großen Brüdern Fußball gespielt. Die beiden hätten mich nie freiwillig mitmachen lassen, aber meine Eltern haben sie dazu gezwungen. Die Jungs haben mich natürlich immer ins Tor gestellt, ohne Ausnahme. Bei einem Spiel hatten wir eine Ecke, in der letzten Minute. Es stand unentschieden, ich war hinten ganz allein im Tor, und plötzlich war da diese innere Stimme, die mir sagte: ›Jetzt! Das ist dein Moment.‹ Ich wusste plötzlich felsenfest, dass ich ein Tor schießen würde. Also bin ich wie ferngesteuert nach vorne in den Strafraum gerannt.«

Sie zog fest an der Zigarette und schaute Keppler groß an.

»Und? Haben Sie das Tor gemacht?«

Inge Gräf blies grinsend eine Rauchwolke aus. Ihre Augen funkelten. »Mit dem Kopf! Abpfiff. Sieg. Die ganze Mannschaft hat mich jubelnd umarmt. Nur meine Brüder nicht.«

Keppler lächelte.

Inge Gräf schaute ihn fest an. »Das war der Moment, in dem ich beschlossen habe, nicht mehr länger hinten zu stehen, sondern vorne anzugreifen.« Sie nahm eine Akte und blätterte beiläufig darin herum. »Das Problem ist, dass das eigene Tor dann leer steht. Man kassiert Treffer, wenn man was riskiert, und glauben

Sie mir, ich habe in meinem Leben einige brutale Treffer einstecken müssen.« Sie klappte energisch die Akte zu. »Aber es war jedes einzelne Tor, das ich gemacht habe, wert.«

*

Das Schweigen an der langen Tafel dröhnte in Iras Ohren. Die neun Kids schmierten stumm ihre Brote, kauten still, leerten schlürfend ihre Becher und starrten auf die Teller. Lockes Platz war leer. Ben und Jan saßen mit starren Mienen daneben, niemand war aufgerückt und hatte die Lücke geschlossen, die wie eine tiefe Wunde am Tisch klaffte. Annis Augen waren verquollen, Nina blickte wie in Trance auf ihren leeren Teller, und Jonas knetete beklommen seinen Fingerstummel, sein Gesicht unter dem kupferroten Schopf wirkte noch bleicher als sonst. Sie wussten es alle, dachte Ira, sie musste nichts mehr dazu sagen. Karl war am Vorabend mit roten Augen durchs Haus geschlichen, er hatte den Kids sicherlich von der verunglückten Aktion erzählt, und sie hatten anschließend wahrscheinlich die halbe Nacht in ihren Betten getuschelt und sich ausgemalt, wie Locke von dem irren Pfleger wie ein Medizinball aus dem siebten Stock des Hochhauses geschleudert worden und seinem Tod entgegengesegelt war. *Mein gefallener Engel.*

Ira zwang sich zu essen, um die Bilder zu vertreiben, eine Brotscheibe aus dem Korb nehmen, Butter verstreichen, Marmelade drauf, kauen, schlucken. Der Bissen in ihrem Mund wollte nicht kleiner werden, die Bilder des Vorabends flackerten durch ihren Kopf. Als sie aus dem Hochhaus geeilt war, hatte sie Locke aus dem Augenwinkel gesehen, er hatte wie hingemalt auf dem Autodach gelegen, im Tod noch schön. Wie betäubt war sie zu dem hundert Meter entfernt parkenden

VW-Bus gehastet, war losgefahren, nicht zu schnell, um kein Aufsehen zu erregen, und auf die Hauptstraße Richtung Autobahn eingebogen. Unterwegs waren ihr mehrere Streifenwagen und Rettungsfahrzeuge mit Sirenen und Blaulicht entgegengekommen. Die Sanitäter würden Locke wie ein namenloses totes Tier am Straßenrand einpacken und in einem Plastiksack wegtragen, hatte sie gedacht, niemand würde ihn suchen, niemand würde ihn beweinen, und am Ende würde man ihn einäschern und anonym verscharren.

Ira war auf die Autobahn nach Westen gefahren, hatte sich mit dem Handrücken über ihr nasses Gesicht gewischt und das hartnäckige Klingeln ihres Handys ignoriert. Es war Karl gewesen, der ungeduldig im Forsthaus auf sie wartete. Als sie nach zwei Stunden endlich angekommen war, erkannte er sofort an den schwarzen Rinnsalen unter ihren Augen, dass etwas schiefgegangen war. Er war ihr die Treppe hoch gefolgt und hatte sie mit seiner hohen Stimme bedrängt: »Wo ist Locke? Sag schon, was ist mit ihm?«

Oben in ihrem Zimmer hatte sie ihn brüllend zum Schweigen gebracht: »Er ist tot!«

Die Worte hatten die Welt für einen Moment stillstehen lassen, Karls bange Fragen, ihre Tränen, sogar die Vögel draußen im dämmrigen Wald schienen zu verharren. Die Worte hallten nach wie ein Schlussakkord, eine heilsame Ohrfeige. Ira war wieder ruhiger geworden und hatte dem schockstarren Karl erzählt, was passiert war. Er hatte die Hand vor den Mund geschlagen und mechanisch den Kopf geschüttelt, immer wieder. Damit er nicht durchdrehte, hatte sie ihn hinunter in die Küche geschickt, um den Kids etwas Anständiges zum Abendessen zu kochen. Sie selber würde ihr Zimmer nicht mehr verlassen. Die Gruppe sollte sie so nicht sehen. Niemals.

Als sie schon im Bett lag, hatte sie Badtke angerufen und ihm erklärt, dass die Aktion aus dem Ruder gelaufen war. Badtkes Stimme war die Nervosität anzuhören, er hatte erzählt, dass der Bullenausbilder ihm den ganzen Abend auf die Mailbox gequatscht und gedroht hatte, dass er den geheimen Nazizirkel hochgehen lassen würde. Badtke hatte Panik geschoben und sie mit Vorwürfen genervt. Schließlich hatte sie das Handy ausgestellt, sich die Bettdecke über den Kopf gezogen und gegen die Tränen angekämpft, die wieder in ihr aufsteigen wollten. Warum hörte der Schmerz, verdammt noch mal, nicht auf? Warum tat es immer noch so weh?, hatte sie sich wütend gefragt, dabei wusste sie es längst. Die Tränen waren nicht für Locke. Der Schmerz hatte viel tiefer in ihr rumort und war nun wie ein glühender Geysir aus ihr herausgeschossen. Warum hatte der Idiot es ihr nicht einfach verraten? Dachte er wirklich, sie würde Julia etwas antun? Warum war er immer noch so stur? Vielleicht hätte sie ihm sogar verziehen, aber er hatte sie mit diesem Lächeln angeschaut, das sie damals schon aus der Fassung gebracht hatte, diesem Blick, der sie in ein kleines dummes Mädchen verwandelte, unwichtig, nichtig. Er hatte ihr keine Wahl gelassen. Früher hatte sie sich Lupos Tod in den düstersten, quälendsten Bildern ausgemalt, hatte ihn sich herbeigesehnt, jetzt war sie am Ziel. Doch es fühlte sich hohl an. Kein Triumph, keine Befreiung. Stattdessen hatte dieser verdammte Idiot alles, was sie erfüllt hatte, mit in sein beschissenes Nirwana genommen: ihre Rache. Ihren Hass. Ihre große Liebe. Sie selbst. Ira hatte sich auf ihrem Bett wie ein Welpe zusammengerollt und das Bild von Julia auf ihrem Handy aufgerufen – das Letzte, was ihr jetzt noch blieb. Dann war sie eingeschlafen.

Ein Fensterladen schlug zu und riss Ira aus ihren Gedanken. Draußen kam Wind auf, das Rauschen der Bäume drang in den

Speisesaal, die Vögel waren verstummt. Ira blickte auf die still kauenden Jugendlichen vor sich an der Tafel. *Nur noch neun.* Vielleicht hatte Locke ihnen ja einen letzten Gefallen getan, dachte sie. Die Kids kamen aus einer unbarmherzigen, kalten Welt, sie hatten nichts, außer ihrem nackten Leben, und auch das schien nicht viel wert zu sein. Trotzdem, das hatte Ira immer gespürt, fürchteten sie das Ende mehr, als sie zugeben wollten. Jetzt hatten sie alle gemeinsam Bekanntschaft mit dem Tod gemacht, dachte sie, das würde die Kids abhärten, denn eines war sicher: Sie würden dem Tod wiederbegegnen.

Aber zuerst musste sie sich um das Geld kümmern.

»Karl?«

Ira sah die dicken Ringe unter seinen Augen. Hoffentlich würde sich der Kerl zusammenreißen. »Wie weit bist du?«

»Ich war in drei Nächten auf dem Parkplatz und hab eine halbe Stunde gewartet. Da waren kein Auto, keine Nachbarn, absolut tote Gegend«, antwortete er leise.

»Gut. Hast du den Sprengsatz bereit?«

»Bau ich heute.«

»Dann geht's morgen Nacht los.«

Ira schaute über die Tafel, einige Blicke hoben sich vorsichtig, niemand wagte ein Wort. Es herrschte plötzlich eine andere Energie im Speisesaal, alle warteten.

»Wir machen es genau wie letztes Mal, kurz und unkompliziert«, sagte Ira mit erhobener Stimme. »Wer ist diesmal dabei?«

Beinahe alle am Tisch hoben die Hände, nur der Kleinste, Ben, meldete sich nicht, und auch Jonas senkte verlegen den Blick.

»Jonas!«

Ira musterte den Jungen. »Du bist so still in letzter Zeit. Fehlt dir was?«

»Nein, ich …«, stotterte der Rotschopf erschrocken und knetete nervös seinen Fingerstumpf.

»Ich glaube, du brauchst mal wieder einen kleinen Kick«, sagte Ira lächelnd. »Du bist dabei.«

Jonas nickte stumm, dann starrte er wieder auf seinen Teller.

»Wer übernimmt die Führung?«, fragte Ira in die Runde.

Jan hob als Erster den Finger, ihm folgten Anni, Lenni und Mats.

Ira lächelte. »*Ladies first.* Anni.«

Jans Lippen wurden schmal. Die Auserwählte grinste und warf ein Stück Brot nach Jonas. »Dream-Team, Roter!«

»Lasst euch von Karl alles erklären. Ihr nehmt den VW-Bus.« Ira stand auf und blickte lächelnd in die Runde. Sie fühlte, wie sich langsam wieder kühle Ruhe in ihr ausbreitete. *Nach vorne schauen.* Erst das Geld. Dann Julia. Dann der Angriff.

9

Der Regen trommelte gegen das kleine Milchglasfenster. Julias Blick streifte den Badezimmerspiegel. Eine Gestalt aus der Unterwelt mit dunklen Ringen unter den leer geweinten Augen und grauer Sonnenbräune unter den hohlen Wangen starrte ihr entgegen. Sie öffnete den Badezimmerschrank, dessen Regalfächer vollgestopft waren mit Cremes, Parfums, Badezusätzen, Medikamenten und Putzmitteln. Ganz unten in einem Korb fand sie das, was sie gesucht hatte: einen elektrischen Langhaarrasierer. Sie schaltete ihn ein, ein sattes Summen ertönte, der Akku war noch voll.

»Willst du dir jetzt die Haare abrasieren?«

Julia fuhr herum. Nasrin stand in der Badezimmertür und musterte sie mit ihren riesigen, ernsten Augen. Sie trug ein T-Shirt mit einem grellpinken Flamingo, ihre Haare standen strubbelig in alle Himmelsrichtungen ab. Julia erinnerte sich, wie Daria einige Monate zuvor zu spät zum Strafrechtunterricht gekommen war, weil sie mit ihrer Tochter einen Kinderarzt aufgesucht hatte. In der Kaffeepause hatte sie Julia gestanden, dass es sich nicht um einen Arzt, sondern um einen Kinderpsychologen handelte.

Sie mache sich Sorgen, dass mit Nasrin etwas nicht stimme, und auch ihre Mutter habe sich beschwert, dass die Enkelin nie lächle und einen immer mit ihren großen Puppenaugen durchleuchten würde. Das Wort »unheimlich« war gefallen. Der Psychologe hatte Daria erklärt, mit Nasrin sei alles in Ordnung, sie sei für eine Neunjährige einfach nur ziemlich schlau. »Schwerstbegabt« hatte Daria es grinsend genannt und nachgeschoben, dass das Mädchen das sicher nicht von seiner Mutter habe.

Julia schaltete den Rasierer aus und blickte ertappt in die großen Kinderaugen. »Wie kommst du denn darauf?«

»Hab ich in einem Film gesehen. Das machen Leute, wenn was Schlimmes passiert ist.«

»Kann ich mir den Rasierer mal ausleihen?«

»Ich glaub ja. Meine Mama rasiert sich nur am Sonntag.«

Julia nickte. »Gut.«

Nasrin verließ wortlos das Bad, und Julia blickte nachdenklich in den Spiegel. Ihre Haare waren fettig, die widerspenstigen Locken platt gelegen. Vielleicht war dies wirklich der richtige Moment für einen Radikalschnitt, dachte sie und strich sich über den Kopf. Sie war nicht mehr dieselbe, war innerhalb weniger Tage in ein neues Leben katapultiert worden, war jetzt eine erwachsene Neugeborene. Und waren Neugeborene nicht kahl? Julia fuhr sich mit der Hand durch die Locken und wechselte einen festen Blick mit ihrem Spiegelbild.

»Ich würd's nicht tun.« Wieder stand Nasrin in der Tür, in jeder Hand ein Eis am Stiel. Sie reichte eins davon Julia. »Das sieht sonst nach Krebs aus.«

Julia nahm das Eis und lächelte müde. »Danke. Ich hab was anderes vor.«

*

Der Wind brachte Schauer aus dem Norden mit sich. Roosen starrte durch die Tropfen an seinem Bürofenster zur Raffinerie, deren weiße Dampfwolken am Horizont mit den Regenwolken zu einer grauen Masse verschmolzen. Er konnte sich nicht daran erinnern, wann er das letzte Mal so lustlos zur Arbeit gefahren war. Die albtraumhafte Nacht geisterte ihm noch in allen Einzelheiten durch den Kopf. *Julia. Das arme Ding.* Sie war ihm zerbrechlich wie ein Vogel vorgekommen, als er sie aus dem Haus ihres Vaters gezogen, in seinen Wagen gepackt und zur Wohnung von Daria Zade gefahren hatte. Er hatte geredet und geredet, irgendwelches dummes Zeug, das sie trösten sollte, damit sie endlich aus ihrer Versteinerung erwachen und etwas sagen würde, doch sie war wie weggetreten gewesen und hatte ihn wahrscheinlich gar nicht gehört. Er hatte sich danach immer und immer wieder das Hirn zermartert, was eigentlich passiert war. Der riesige Pfleger hatte keinen Ton herausgebracht, er hatte viel Blut und kurz darauf das Bewusstsein verloren, der eingetroffene Notarzt hatte ihn an Ort und Stelle wiederbeleben müssen. Roosen hatte am Morgen die Intensivstation angerufen, aber die Ärzte ließen niemanden an ihn ran.

Wer war dieser kleine blonde Teufel? Er musste direkt aus der Hölle gekommen sein. Roosen ließ sich in seinen Bürostuhl fallen und starrte auf das gerahmte Familienfoto. Er war nicht sofort nach Hause gefahren, nachdem er Julia zu ihrer Freundin gebracht hatte. Stattdessen hatte er bei den Kollegen im Präsidium seine Aussage gemacht, sich völlig ahnungslos gestellt und dann Henning Badtke angerufen, wieder und wieder, doch der verdammte Schlapphut hatte nicht abgenommen. Wütend war er zu seiner Stammkneipe gefahren, hatte sich an den Tresen gesetzt, fünf Bier und drei Wodka in sich hineingekippt, seine erste Zigarette nach fünf Jahren geraucht und mit dem Gedanken gespielt, Badtke und seine Nazibande hopsgehen zu lassen. Er hätte sich selbst damit zerlegt, seine Karriere, seinen Ruf bei der Polizei, bei den Nachbarn, wahrscheinlich im ganzen Land. Nazibulle! Welche Ehe überlebt so was? Aber es ging nicht um seine Ehe, hatte er am Tresen gedacht und fast das Bierglas in seiner Faust zerquetscht, es ging um Julia. Und um Paula. Er war hilflos. Wer immer dahintersteckte, er war gnadenlos, zu allem fähig. Und war er nicht selbst – das war die erschütternde Frage nach dem dritten Wodka – das Scharnier, das alles erst möglich gemacht hatte?

Als Roosen nach Hause ins warme Ehebett geschlüpft war, hatte Marion ihn zum Glück nicht gerochen. Sie hatte mit halb offenem Mund in ihr nasses Kissen geatmet und von den Abgründen, die sich unter ihrem Bett auftaten, nichts geahnt. Nach einer schlaflosen Stunde war Roosen aufgestanden, um sich im Wohnzimmer auf die Couch zu legen, und hatte im Flur durch den offenen Türspalt seinen Sohn gesehen, der mit Kopfhörern vor dem Computer gesessen und gezockt hatte, um vier Uhr morgens! Es war ihm egal gewesen. Scheißegal. Um Punkt sechs hatte er frisch geduscht und rasiert das Haus verlassen und noch einmal Badtke angerufen. Sollte der ruhig aus dem Bett fallen! Wieder war nur die Mailbox angesprungen.

Jetzt stand Roosen in seinem Büro und zog die Uniformjacke an. Es war sinnlos, er konnte noch so lange grübeln, er würde keine Antwort auf die Frage finden, was eigentlich geschehen war, und – noch schlimmer – keine Antwort darauf, welche Rolle er selbst in diesem Albtraum spielte.

Roosen schaute auf die Uhr. Halb elf. Zeit, zu den Studenten zu gehen, Zeit für eine Abrechnung.

*

Die Wände des Kellers waren weiß gekachelt, es war kühl und roch nach Putzmitteln. Versteckt in dem Geruch konnte Julia eine teigige Note ausmachen, die stärker wurde, je mehr sich ihre Nase davor verschließen wollte. Sie wusste, woher der Geruch stammte, was sie noch mehr frösteln ließ. Die Berührung mit toten Lebewesen hatte ihr noch nie Probleme bereitet; als Kind hatte sie den Hasen, die ihrem Vater in die Falle gegangen waren, selbst das Fell abgezogen, und bei ihren Einsätzen hatte sie mehrmals tote Menschen gesehen, zuletzt eine Wohnungsleiche, die aufgedunsen und mit schwarzen Blasen an den Armen in einem Sessel gesessen hatte. Es war dieser Geruch. Er machte ihr für gewöhnlich nichts aus, aber heute war das anders. Einer der Toten war ihr Vater.

Julia trat durch eine offene Schiebetür in den Obduktionssaal. Aus einem Bluetooth-Lautsprecher auf einem Stahlschrank erklang leise eine Opernarie. Die blanken Stahltische mit den Nackenstützen und dem Becken am Kopfende waren leer. Eine hochgewachsene Rechtsmedizinerin im grünen Kittel saß vor einem rosafarbenen Formular und schaute über ihre Lesebrille. »Frau Gerloff? Mein Name ist Lenzen.«

»Hallo.« Julia überlegte kurz, ob das der richtige Ort und die richtige Situation für ein Lächeln wäre.

Dr. Lenzen stoppte die Arie auf ihrem Handy. »Kommen Sie mit, er liegt nebenan.«

Julia folgte der Frau durch einen langen Flur in einen Kellerraum mit einem Oberlicht und einer Wand aus zwölf kleinen, quadratischen Metalltüren.

»Wir haben ihn noch nicht obduziert, ist momentan zu viel los hier«, sagte die Rechtsmedizinerin, legte den schweren Griff von Fach Nummer fünf um und zog die schwere Schublade mit dem zugedeckten Körper heraus.

Kälte schlug ihr aus dem Leichenschrank entgegen, unter dem grünen Tuch konnte sie die hagere Gestalt ihres Vaters erkennen. Julias Brustkorb zog sich schmerzhaft zusammen.

Dr. Lenzen blickte Julia mit durch die Jahre abgenutztem Mitleid an. »Wenn Sie möchten, lasse ich Sie einen Moment mit ihm allein.«

»Danke«, sagte Julia leise und wartete, bis die Schritte der Frau im Flur verhallt waren. Der Regen trommelte leise aufs Oberlicht. Julia zog vorsichtig das Tuch zurück, als wolle sie ihren Vater nicht wecken. Er war schon zu Lebzeiten grau gewesen, jetzt war seine Haut stumpf wie bei einer Figur aus dem Wachsfigurenkabinett – ein unwirklicher, verlassener Leib. An seiner rechten Hand und unter seiner rechten Brust entdeckte Julia die breiten Einstichstellen, an denen noch getrocknete Blutreste klebten. Hatte es lange gedauert? Ihr Vater war zäh gewesen, er hatte im Winter stundenlang auf dem zugefrorenen See gehockt und gefischt, ohne einen Schnupfen zu bekommen. Im Sommer hatte er auf dem Feld geschuftet, bis sich die Haut von seinen Händen schälte, und nach durchfeierten Nächten war er immer der Erste gewesen, der wieder auf den Beinen war. Julia strich mit dem Finger über die kalten Tattoos, den grinsenden Totenkopf, das flammende Herz, das ACAB-Kürzel. Ein Lächeln trat auf ihr Gesicht, als sie sich daran erinnerte, wie sie zusammen mit Wolfgang im Garten Kartoffeln aus der Erde gebuddelt hatte. Die Tattoos hatten in allen Farben auf seinem nackten Oberkörper geleuchtet. Damals hatte sie noch nicht richtig lesen können.

»Papa?«

»Hm?«

»Was heißt das?«

»Was?«

»Das da mit dem A.«

»All Cops Are Bastards.«

»Was sind Cops?«

»Bullen. Polizisten. Der Satz heißt: Alle Bullen sind Schweine.«

»Warum?«

»Sie hassen uns, und wir hassen sie.«

»Warum hassen sie uns?«

»Weil sie die Kettenhunde des Systems sind.«

»Kommen die hierher, die Hunde?«

Wolfgang hatte ihr mit dem dreckigen Zeigefinger auf die Nase gestupst. »Nein, hier sind wir sicher.«

Dann hatte er den Korb mit den Kartoffeln genommen und war zu dem tiefen Erdloch gegangen, in dem sie die Ernte einlagerten. Julia war ihm gefolgt, hatte ihre Hände durch das hohe Gras streifen lassen und sich vorgestellt, wie irgendwo in der Ferne diese Cops hausten, an ihren klirrenden Ketten zerrten und darauf warteten, dass das kleine Mädchen seine sichere Wagenburg verlassen würde.

Die Kälte des kahlen Raumes kroch Julias Hosenbeine hoch. Sie strich ihrem Vater über den grauen Bart.

»Tut mir leid, Papa. Aber das bist du mir noch schuldig«, murmelte sie leise und holte den Rasierer aus ihrer Hosentasche. Das Surren erfüllte den Kühlraum, und Wolfgangs verfilzter Bart segelte in mehreren Büscheln auf den gekachelten Boden. Julia betrachtete ihren rasierten Vater lange. *Ein Fremder.* Sein Mund war weniger voll, als sie erwartet hatte, sein Kinn spitzer und die Oberlippe länger. Julia nahm einen Schritt Abstand und musterte ihn aus allen Winkeln. Wolfgang wirkte verletzlicher, aber langsam wurde aus ihm wieder ihr Vater. Was wäre anders gewesen, fragte sie sich, wenn er sich zu Lebzeiten den Bart abgeschnitten und seine haarige Deckung aufgegeben hätte? Wären sie offener zueinander gewesen? Ehrlicher? Es gab so viele Fragen, die sie ihm stellen wollte. Die Antworten schienen alle in seiner fernen Vergangenheit zu liegen, aber er hatte sie mit sich ins Jenseits genommen. Julia wischte die leise Wut beiseite, die sie in sich aufkommen spürte, und küsste ihren Vater auf die rasierte Wange. Dann schob sie die Schublade zurück in die Wand und schloss die kleine Tür. *Jetzt bin ich allein. Eine Waise*, kam es ihr plötzlich in den Sinn, und sie erinnerte sich an das aufregende Kribbeln, als sie zum ersten Mal alleine mit dem Schulbus gefahren war und sich vorgestellt hatte, er würde sie nicht in die Stadt, sondern bis ans Ende der Welt bringen.

*

Die Tatortwohnung im Gebäude 31 war eingerichtet wie ein billiges Stundenhotel, stellte Roosen nicht zum ersten Mal fest. Ein Doppelbett mit Nachttischen und bunter Bettwäsche, ein Kleiderschrank mit Kunstholzfurnier, ein Tisch, ein Stuhl, vor dem Fenster blickdichte Vorhänge. Die Polizeischüler standen dicht gedrängt zwischen der Tür und dem Tisch und warteten auf die Ansprache des Ausbilders.

»Sie alle wissen, dass es bei der Festnahmetechnik auf die Verhältnismäßigkeit ankommt. Für uns gilt der Grundsatz der geringsten Beeinträchtigung, das heißt auf gut Deutsch: Wir dürfen so gut wie nichts, und die Täter dürfen alles.«

Die Gruppe grinste.

Roosen fuhr fort: »Wenn wir einen Störer oder Tatverdächtigen festnehmen oder ruhigstellen wollen, müssen wir zwei Dinge beachten. Welche?«

Ein Blick in die Runde. Sebastians Finger ging hoch.

»Lassen Sie hören, Herr Fink«, sagte Roosen. Er hatte erwartet, dass Sebastian in der ersten Reihe stehen würde und sich als Erster melden würde. Er war sein Musterschüler und seine Allzweckwaffe. Ob im Kampftraining, im Sport, in den theoretischen Fächern, bei den Schießübungen, der Teambildung oder der Verkehrssicherheitsarbeit – Sebastian Fink gehörte immer zu den Besten. Er war der perfekte Kurssprecher, und Roosen hatte ihm, ohne zu zögern, seine Handynummer gegeben. Vom ersten Tag an war er überzeugt gewesen, dass der junge Mann dem Jahrgang alle Ehre machen und eines Tages vielleicht sogar sein Nachfolger werden würde.

»Bei der Festnahmetechnik kommt es auf Schnelligkeit und Technik an«, antwortete Sebastian. »Durch einen überraschenden Zugriff wird das Gegenüber am effektivsten an Flucht oder Widerstand gehindert. Wichtig sind die gute Beobachtung und Einengung des Bewegungsspielraums.«

»Sehr gut«, lobte Roosen. »So viel zur grauen Theorie.« Er zog seine Jacke aus und krempelte sich die Hemdsärmel hoch. »Wir haben einen Notruf bekommen. Ein Fall von häuslicher Gewalt. Der Ehemann, wahrscheinlich angetrunken, hat seine Frau verprügelt, sie hat sich im Bad eingeschlossen und mit ihrem Handy die Polizei verständigt. Der Hausmeister hat uns in die Wohnung gelassen.«

Roosen setzte sich auf den Stuhl und gab Sebastian ein Zeichen. »Herr Fink, Sie sind zusammen mit einer Kollegin die ersten Beamten vor Ort. Ihre Kollegin kümmert sich um die Frau im Bad, Sie um den mutmaßlich gewalttätigen Ehemann. Das bin ich.«

Roosen legte seinen Oberkörper auf die Tischplatte, als wäre er volltrunken. Sebastian ging zwei Schritte zurück zur Tür, dann rief er mit fester Stimme: »Guten Tag, Polizei, Sebastian Fink mein Name. Wer sind Sie?«

Roosen reagierte nicht.

Sebastian kam einen Schritt näher. »Können Sie mich verstehen?«

Roosen rührte sich nicht. Die Polizeischüler wechselten Blicke. Sebastian hielt die Hand an seiner Pfefferspraydose und machte einen Schritt nach vorn. »Ich wiederhole: Können Sie mich verste…«

Im selben Moment schoss Roosen hoch, packte den Schüler mit seinen Pranken an Handgelenk und Hals, warf ihn bäuchlings aufs Bett und kniete sich mit seinem ganzen Gewicht auf dessen Rücken. Sebastian japste überrumpelt. Die anderen Studenten zuckten zusammen.

»Ich habe Sie nicht ohne Grund gewarnt.« Roosen nahm seelenruhig die Pistole aus Sebastians Halfter und legte sie beiseite. »Die anderen dürfen alles. Sie dürfen uns würgen, sie dürfen uns wehtun, sie dürfen uns die Waffe abnehmen. Und glauben Sie mir, sie tun es auch.« Seine fleischige Rechte hielt Sebastian am Hals fest, während seine Linke eine kleine Stehlampe vom Nachttisch nahm, den Plastikschirm an der Bettkante abschlug und die grelle Glühbirne dicht vor Sebastians Gesicht hielt. »Ein unaufmerksamer Moment, und Sie geben Ihr Leben in die Hände von Kriminellen, Psychopathen, Junkies oder sonst einem Abschaum.« Der geblendete Polizeischüler versuchte, sich unter dem massigen Körper des Ausbilders hervorzuwinden, doch Roosen saß wie ein Amboss auf seinem Rücken, presste ihm die Knie auf die Arme und ließ die Glühbirne nur wenige Millimeter über die fest zugekniffenen Augen seines Schützlings wandern. Dann beugte er sich nach vorn und flüsterte in Sebastians Ohr: »Das ist erst der Anfang, du mieses Stück Scheiße. Ich weiß alles.«

Er stellte die Lampe zurück auf den Nachttisch und stieg von Sebastian herunter, der sich mit rotem Kopf aufrappelte. Die anderen Polizeischüler standen betreten im Raum und sahen zu, wie der Ausbilder sein Hemd herunterkrempelte und die Uniformjacke anzog. »Sie haben gesehen, wie schnell das gehen kann«, sagte er. »Von einem Moment auf den anderen wird aus einem bewaffneten Polizeibeamten ein hilfloses Opfer. Wir sehen uns nach der Mittagspause im Computerraum. Mahlzeit.«

Roosen ging an den stummen Polizeischülern vorbei nach draußen. Endlich hatte er wieder gute Laune.

*

»Hallo?«

Julias Stimme hallte durch den kahlen Obduktionsraum. Niemand antwortete. Ihr Blick blieb an einer offenen Schiebetür hängen. In dem weiß gekachelten Saal stand eine Reihe von mehreren Stahltischen mit breiten Sockeln. Darauf lagen mit grünen Tüchern bedeckte Leichen, von denen nur die nackten Füße hervorschauten. An den großen Zehen baumelten Namenszettel. Der Körper auf dem ersten Tisch war kleiner als die anderen, er trug keinen Zettel. Julia erschauerte. Langsam ging sie in den Raum und blieb vor dem Tisch stehen. Ihr Atem ging flach, das hohe Pfeifen in ihren Ohren hallte durch die kalte Stille des Saales. Vorsichtig streckte sie die Hand nach dem Tuch aus.

»Wenn ich nicht wüsste, dass Sie Polizistin sind, müsste ich Sie rausschmeißen.«

Julia fuhr herum. Die Rechtsmedizinerin musterte sie streng über ihren Brillenrand hinweg.

»Ich …«, stotterte Julia.

»Sie haben richtig geraten. Er ist es«, sagte die Frau mit ernstem Blick und zog das Tuch zurück. Julia fühlte, wie ihr das Herz bis zum Hals schlug. Vor ihr lag der blond gelockte Junge. Sein voller Mund und seine kleine Nase waren mit getrocknetem Blut verklebt, seine geschlossenen Augen von langen Wimpern umkränzt. Julia starrte auf das zarte Engelsgesicht.

»Ein Kind …«, murmelte sie.

»Er ist schätzungsweise zwölf Jahre alt. Höchstens dreizehn. Nicht sehr weit entwickelt.«

Julias Blick schweifte am sehnigen Oberkörper des Jungen entlang. Auf seiner Brust erkannte sie einige kleine, kreisrunde Narben. »Was ist das?«

Die Rechtsmedizinerin drehte den schmalen Körper zur Seite und deutete auf den zerschmetterten, dunkelroten Rücken, dessen Haut von den gleichen Narben übersät war. »Die muss er schon als sehr kleines Kind abbekommen haben.«

»Windpocken?«, fragte Julia.

»Brandwunden.«

Julia schaute Dr. Lenzen erschrocken an, die ihren Blick ernst erwiderte. »Zigaretten.«

Wie hypnotisiert verharrte Julias Blick an dem Muster aus Narben. Es mussten Dutzende sein.

»Ich weiß nicht, aus welcher Welt er kommt«, sagte die Rechtsmedizinerin und drehte den Körper wieder auf den Rücken, »aber der Junge hier war schon lange kein Kind mehr.« Sie ging zu einem Stahlregal, kam mit einer Blechschale zurück und nahm einen durchsichtigen Plastikbeutel heraus. »Der steckte an seinem Finger. Eigentlich ganz hübsch.«

Julia starrte auf den blutverkrusteten Westwallring. Schon wieder. Nick besaß einen, der Glatzkopf ebenfalls und jetzt auch der mörderische Junge. Alles hing zusammen, nichts machte Sinn.

»Hatte er sonst irgendwas bei sich?«, fragte Julia tonlos.

»Gar nichts. Außer …« Die Rechtsmedizinerin nahm eine kleine Plastikdose aus der Blechschale, schraubte den Deckel auf und hielt sie Julia unter die Nase. »Waldboden.«

»Waldboden?«

»Unter seinen Schuhen haben wir Erde und ein paar Fichtennadeln gefunden. Noch frisch. Er muss vor der Tat im Wald gewesen sein.«

»Kann man rauskriegen, in welchem?«

Dr. Lenzen fischte eine Nadel aus der Dose und zerrieb sie unter der Nase. »Das ist Rotfichte.«

»Und wo findet man die?«

Die Rechtsmedizinerin zuckte mit den Schultern. »Überall.«

Julia betrachtete das wächserne Gesicht des toten Jungen und strich ihm nachdenklich eine Haarsträhne aus der Stirn.

Wer bist du?

*

»Ruhig, Jungs.« Ira saß auf einem umgestürzten Baumstamm und kraulte den beiden Mastinos, die vor ihr im Laub saßen und mit aufgerichteten Ohren in den Wald hineinknurrten, die Nacken. Oft streifte sie stundenlang mit den Tieren durch die Umgebung, sprach mit ihnen, lobte und liebkoste sie und bekam dafür eine bedingungslose Treue und völlig unverstellte Zuneigung, zu der kein Mensch, so hatte sie gelernt, jemals fähig wäre.

Jetzt sah sie eine schwarze Limousine über den unbefestigten Weg heranrollen und kurz vor ihr anhalten. Badtke stieg aus. Er trug hochgekrempelte Jeans und Wanderschuhe und beugte sich zu den verdreckten Kotflügeln seines Wagens hinunter. »Na toll.«

Ira bemerkte den gereizten Ton in seiner Stimme. *Gleich wird er wieder zu quengeln anfangen*, dachte sie. *Weichei.*

»Warum hast du mir nicht gesagt, dass ihr mitten im Dschungel haust?«

»Wär dir lieber, wir würden in Düsseldorf wohnen?«

»Wenn ihr vorsichtiger wärt, könntet ihr sogar mitten in der City wohnen.«

Hoffentlich will er nicht in die Bunker, dachte Ira und zog die Hunde weg, die neugierig an Badtkes Schuhen schnupperten. »Gibt's was Neues?«

»Noch nicht«, sagte er. »Aber die Kripo ist aufgescheucht. Die haben eine BAO eingerichtet.«

»Eine was?«

»Besondere Ablauforganisation. Früher hieß das SOKO.«

Er hielt den Hunden die Hand hin. Sie knurrten, und Badtke zuckte erschrocken zurück.

»Haben die irgendwas gefunden?«, fragte Ira.

»Einen abgestochenen Krüppel, einen geschnetzelten Pfleger und ein fliegendes Mörderkind. Reicht dir das nicht?«

»Red so nicht von Locke.«

Badtke schwieg. Normalerweise nutzte er jede Atempause, um sich reden zu hören, aber diesmal nahm er nur stumm einen trockenen Ast und warf ihn in den Wald. Ungewöhnlich, dachte sie, er musste wirklich sauer sein.

»Sie werden nichts finden«, fuhr sie ruhig fort. »Locke hat nie existiert.«

Badtke schaute Ira plötzlich herausfordernd an. »Du hast es längst gewusst, stimmt's?«

»Was?«

»Dass die kleine Polizeischülerin deine Tochter ist.«

Ira zuckte zusammen. Sie erinnerte sich, dass sie Badtke damals nicht mehr von sich erzählt hatte, als er brauchte, um die Typen vom Verfassungsschutz zu beschäftigen. Julia war ihr Geheimnis geblieben, eine Episode aus ihrem Leben, die niemanden etwas anging, schon gar nicht einen Spitzel. Egal, ob sie mit ihm ins Bett gegangen war oder nicht.

Badtke grinste plötzlich. »Mutter Tetzel. Warum hast du mir das nie gesagt?«

Ira spürte einen Stich im Magen. Sie hatte das Bedürfnis, die Hunde von der Leine zu lassen. »Hast du ein Problem damit?«

Badtke lächelte weiter. »Nein, gar nicht. Ist nur irgendwie … schräg.«

Ira wurde laut. »Das geht dich einen Scheiß an!«

»Das geht mich einen Scheiß an?«, fragte Badtke. Auch seine Stimme wurde nun lauter. »Du hast den Vater deiner Tochter von deinem kleinen Psychopathen abstechen lassen! Wir haben eine Abmachung, dass du mich über jeden deiner Schritte informierst!«

»Locke war kein Psychopath.«

»Das war dumm, Ira«, knurrte er. »Sehr dumm.«

Ira atmete durch. Es gab viele Männer, die etwas Ähnliches zu ihr gesagt oder angedeutet hatten. Einige davon hatten danach zum Zahnarzt gemusst.

»Sie ist meine Tochter, und ich werde sie finden«, zischte Ira wütend.

»Kein guter Moment, Ira. Du stehst jetzt ganz oben auf der Fahndungsliste. Du gefährdest unser Projekt!«

»Ich bin im Untergrund.«

»Du schon, aber ich nicht. Der Bullenausbilder aus meiner Gruppe nervt mich seit zwei Tagen. Ich kann dem nicht mehr lange aus dem Weg gehen.«

Ira horchte auf. »Weiß er, wo Julia steckt?«

»Er hat gesagt, sie sei abgetaucht. Unbekannter Ort.«

»Er lügt.«

»Kann sein.«

»Dann bring ihn zum Reden.«

»Und warum sollte ich?«

Ein Hund schnupperte an der Limousine, der andere hob sein Bein und pinkelte gegen eine Felge.

»Weil ich es will!«, sagte Ira, zog die Mastinos weg und verschwand mit ihnen im Wald.

Badtke stieg fluchend ins Auto.

*

Hauptkommissar Roosen schaltete das Autoradio aus, fuhr im Schritttempo die Einfahrt zur psychiatrischen Klinik hoch und scannte das Gelände. Seine Augen saugten alles auf – den Parkplatz und den umliegenden Park, die Beleuchtung, das alte Backsteingebäude. Ein Zaun war nirgends zu entdecken, auch keine Videoüberwachung, keine Außenpforte, an der die vorfahrenden Autos kontrolliert wurden, nichts. Sie würden freie Bahn haben, dachte Roosen unruhig und parkte vor dem alten Haupthaus. Seine Frau hatte ihm oft vorgeworfen, keine Fantasie zu haben, und sie hatte recht. Wenn sie ihm am Frühstückstisch von ihren nächtlichen Träumen erzählte, brummte er hinter seiner Zeitung zustimmend, obwohl er in ihren Worten nicht den geringsten Sinn erkannte. Vor seinem geistigen Auge wollte kein Bild entstehen, nichts kam in Gang. Als er jetzt den Wagen anhielt, ausstieg und den Weg zur Station A einschlug, arbeitete sein Gehirn auf Hochtouren: Er musste nachprüfen, ob Badtke nur geblufft hatte, als der ihn eben endlich zurückgerufen hatte. Eigentlich hatte er sofort losbrüllen wollen, aber Henning hatte ihn mit einer ungeschminkten Drohung zum Schweigen gebracht: Er würde Paula wehtun, wenn Roosen nicht sehr bald damit rausrückte, wo seine Polizeischülerin steckte.

Roosen rieb sich den schmerzenden Knöchel. Er hatte nach dem Telefonat so fest gegen die Bürowand geboxt, dass das Bild vom

Jahrgang 2003 vom Haken gefallen und am Boden zerbrochen war. Auf dem Weg zum Wagen hatte er sich geschworen, die Drecksau zu verpfeifen, einen riesigen Böller in den Nazischeißhaufen zu stecken und anzuzünden. Im Auto war ihm dann klar geworden, mit wem er es zu tun hatte. Der Mord an Julias Vater war mehr als ein Warnschuss gewesen und hatte Roosens stille Hoffnung, dass es in dem Spiel irgendwelche Regeln gäbe, atomisiert.

Nun ging er mit hochgeklapptem Kragen durch den Sprühregen an den schmucklosen Klinikgebäuden entlang und stellte sich in allen Einzelheiten vor, wie Badtkes Schergen zu zweit auf das völlig ungesicherte Gelände fahren und mit weißen Kitteln getarnt zur Station A gehen würden. Im Foyer würden sie ein paar geschäftige Worte miteinander wechseln und dem Pförtner beiläufig zunicken. Es wäre ein Kinderspiel, Paulas Zimmernummer herauszufinden. Die beiden Männer würden den Flur entlanggehen, sich kurz umdrehen und die Klinke von Paulas Zimmer herunterdrücken. Es wäre offen, sie würde gerade ihren Mittagsschlaf machen, und dann …

Roosen verbot sich weiterzudenken. Er betrat das fünfstöckige Gebäude der Station A, strich sich die Tropfen von den Jackenärmeln und bemerkte verärgert, dass der Pförtner in eine Zeitschrift vertieft war. Es gab keinen Zweifel: Paula war hier nicht sicher. Er hasste es, in der Defensive zu sein, und hatte im Kopf schon längst alle möglichen Szenarien durchgespielt: Er könnte seine Tochter hier in der Klinik beschützen, indem er sich mit der entsicherten Waffe vor ihre Zimmertür setzte, oder er könnte sie an einen sicheren Ort bringen. Allerdings war sie krank, und wenn er sie in einem Hotel versteckte, zerlegte sie womöglich das ganze Zimmer. Er könnte sie auch nach Hause holen und bis auf den letzten Blutstropfen verteidigen, und sei es mit einem Maschinengewehrnest auf dem Dach. Gerne! Ein bewaffneter Angriff auf sein Haus war ihm allemal lieber als eine vage Drohung. Aber was, wenn Paula ihn wieder so anschauen würde wie ein Monster? Es ließ sich nicht länger leugnen: Hauptkommissar Roosen wusste zum ersten Mal in seinem Leben nicht, was er tun sollte.

Er ging ins Treppenhaus und blickte durch eine offene Glastür in einen langen Flur. Ein Wagen mit Geschirr stand an der Wand, das leise Geräusch eines Fernsehers hallte aus einem der Zimmer. Jemand lachte, ein irres Kichern von einem der Freaks? Was wollte er hier eigentlich?

Vier Monate war es her, dass er Paula zusammen mit Marion das erste und letzte Mal besucht hatte. Wie versteinert waren sie durch die Gänge marschiert und hatten versucht, den Worten des Arztes zu folgen, der sie begleitete.

»Wie lange wird sie noch so sein?«, hatte seine Frau leise gefragt.

»Das ist bei Psychosen schwer zu sagen.«

»Aber die Droge muss doch längst aus dem Körper raus sein.«

»Ja, aber sie hat einen Schalter umgelegt. Das Gehirn macht jetzt, was es will.«

»Wieso kann man diesen verdammten Schalter nicht einfach wieder zurücklegen?«, hatte er wissen wollen, und der Arzt hatte ihn nur schief angeschaut und erwidert, man hätte vielleicht schon lange vor dem Vorfall einen Schalter umlegen müssen, dann wäre es gar nicht erst so weit gekommen. Roosen erinnerte sich genau, dass er damals keine Luft bekommen hatte. Der Psychodoktor hatte ihn gemustert, als wäre er der Irre. Am liebsten hätte er ihn an seinem weißen Kittelkragen gepackt und ihm von den wahren Verrückten da draußen erzählt, von denen, die ihre eigenen Kinder an Pädophile vermieteten und ihre Frauen grün und blau prügelten.

Roosen schnaubte verächtlich und ging weiter in den vierten Stock. Sie hatten damals auch nicht den Aufzug genommen, vielleicht hatten sie Angst gehabt vor dem betretenen Schweigen zu zweit in der kleinen Kabine.

Paulas Zimmer war spartanisch eingerichtet, der Arzt hatte gesagt, sie könne sich Sachen von zu Hause bringen lassen, aber bitte keinen Computer, es gäbe sowieso kein WLAN für die Patienten. Marion hatte sich alleine ums Packen gekümmert. Roosen hatte die beiden Umzugskartons mit Bettwäsche, Bildern, Büchern, DVDs und Stofftieren in den Wagen getragen und sich bei der Nachbarin bedankt, dass sie seine Frau in die Klinik begleitete. Er habe so viel zu tun.

Marion hatte Paula regelmäßig besucht, mindestens zweimal die Woche. Anfangs hatte sie ihm von der Tochter berichtet, dass sie jetzt in den Kochkurs gehe, dass sie eine Psychotherapie mache, neue Medikamente bekomme und schon Freundschaften geknüpft habe. Die Wochenenden verbringe sie meist tagsüber bei ihrem Freund. Roosen, der nicht mal von der Existenz dieses Freundes gewusst hatte, hatte grummelnd gefragt, warum die Tochter dann nicht gleich nach Hause komme, doch Marion hatte ihm keine Antwort gegeben. Bald waren ihre Berichte knapper geworden, bis sie ganz aufhörten. Danach hatte zu Hause niemand mehr über Paula gesprochen.

Jetzt ging Roosen den Flur entlang und kam an einer offenen Tür vorbei. Die hintere Wand des Raumes war voller selbst gemalter Bilder, davor stand ein langer Tisch, an dem mehrere junge Erwachsene saßen, jeder mit einem großen Tonklumpen vor sich, an dem er herumknetete. Dazwischen saß Paula. Sie trug ihre langen schwarzen Haare nicht mehr als Dutt wie in den letzten Jahren, sondern in zwei offenen Zöpfen wie eine Indianersquaw. Ihr Gesicht war weiß, ganz anders als in den Sommern, in denen sie den ganzen Tag lang lachend im Planschbecken herumgetobt und in Handtücher gewickelt auf dem Rasen gelegen hatte. Jetzt wirkte sie versunken und in sich gekehrt.

Roosen hatte das Gefühl, als würden sich dicke Schiffstaue eng um seine Brust schlingen. Paula hob den Kopf. Ihr Blick huschte kurz zu ihm, wie er erstarrt in der Tür stand, und wanderte dann zurück zu dem matschigen Klumpen, den sie langsam und konzentriert mit ihren schlanken Fingern bearbeitete. *Sie erkennt mich nicht.*

»Kann ich Ihnen helfen?«

Erschrocken fuhr er herum. Hinter ihm stand eine junge Frau und lächelte ihn freundlich an. »Suchen Sie jemanden?«

»Ich …« Roosen fuhr sich mit den Fingern durch die regennassen Haare und blickte noch einmal in den Kunstraum. Wieder hob Paula den Blick und sah ihn kurz an. Ihr Gesicht zeigte keinerlei Regung. *Sie hat mich vergessen.*

»Danke, ich wollte gerade gehen«, sagte Roosen leise, drehte sich um und ging zum Treppenhaus, ohne noch einmal in den Raum zu schauen. *Sie hat mich vergessen*, hallte es durch seinen Schädel. *Weil ich sie vergessen habe.*

»Papa?«

Perplex blieb er stehen und drehte sich um. Paula stand in der Tür, die Ärmel hochgekrempelt, die Hände tonverschmiert.

»Papa?« Sie musterte ihn mit schief gelegtem Kopf, als wäre er ein fremdartiges Objekt, das man erst von allen Seiten betrachten muss, damit man etwas darin erkennt. Die dicken Seile, die Roosens Brust fest umschnürt hielten, lösten sich. Er ging auf sie zu, die Schritte wurden schneller, er lief, umschlang sie und vergrub sein Gesicht in ihren Indianerhaaren.

*

Nick schlug die Augen auf. Seine Lider waren schwer, sein Kopf voller Sand. Das Licht im Zimmer war vornehm gedimmt, der beigefarbene Teppich schluckte das laute Getrommel des Regens auf dem Wintergartendach im Innenhof. Irgendetwas störte. Nick wollte sich aufrichten und bemerkte, dass seine Arme und Beine mit breiten Gurten am Bett fixiert waren. Er zerrte daran und sah sofort ein, dass es zwecklos war. Er war ein Gefangener, und diesmal richtig. Gerade als er losschreien wollte, öffnete sich die Tür, und Dr. Grössel kam im gebügelten Kittel herein. Er trug ein Tablett mit einer Silberhaube und stellte es auf den Beistelltisch.

»Guten Abend, Herr Eisermann.«

Nick musterte den Arzt missmutig. »Was sind Sie jetzt? Mein Arzt oder mein Schließer?«

Grössel grinste. »Von allem etwas. Entschuldigen Sie die Umstände, aber ich habe zahlende Gäste, auf die ich Rücksicht nehmen muss.« Er hob mit großer Geste die Haube.

Nick musterte den dampfenden Teller skeptisch: ein Stück aufgeschnittenes, halb rohes Fleisch, darunter Kartoffelbrei, daneben ein paar Brokkolistückchen. Dem Koch musste der Löffel verrutscht sein, dachte Nick, der Tellerrand war mit brauner Sauce bekleckert.

Grössel lockerte Nicks Handgurte und reichte ihm das Tablett mit dem Teller. »Medaillon vom Rehrücken an Pastinakenpüree mit Feigen-Rotweinsauce. Exklusiv für unsere VIP-Gäste. Lassen Sie es sich schmecken.«

»Pasti… was?«, fragte Nick, stocherte im Püree und schnitt sich ein Stück Fleisch ab.

»Eine Wurzel.«

»Schnallen Sie hier alle VIPs fest?«, fragte Nick kauend.

»Nur solange sie randalieren.«

Die Tür öffnete sich leise, und die Chefin kam herein. »Darf ich?«

»Hallo, Inge«, entfuhr es Dr. Grössel.

Nick hatte gerade ein Brokkoliröschen mit einem Haufen Püree in den Mund gestopft und musterte die Besucherin mit vollen Backen. Sie trug einen schwarzen Blazer und hielt einen roten Schirm in der Hand, der wie ein bunter Luftballon an ihrer Seite leuchtete. Ihre klugen Augen blickten ihn an, und er fragte sich, ob ihr hauchdünnes Lächeln freundlich oder spöttisch gemeint war. Vielleicht beides.

»Guten Abend, Herr Eisermann.«

Nick würgte den Brokkoli herunter.

»Lassen Sie sich nicht stören. Ich hoffe, es schmeckt.«

»Hmmm«, grunzte Nick.

»Entschuldigen Sie mich einen Moment.« Die Chefin ging ins Bad. Nick stach mit der Gabel in ein Stück Fleisch und sah, wie Dr. Grössel seinen Kittel glatt strich und sich mit der Rechten durch die dünnen, angegrauten Haare fuhr. Er mochte vielleicht nichts vom Essen verstehen, dachte Nick, aber auf der Straße hatte er gelernt, Menschen zu lesen, und Grössel wirkte aufgeregt. Wenige Momente später rauschte die Klospülung, und Inge Gräf kam zurück ins Zimmer. Nick bemerkte sofort, dass sie sich gekämmt hatte und jetzt einen verstohlenen Blick mit dem Arzt wechselte.

»Wie geht es Ihnen?«, fragte sie Nick und befüllte den Wasserkocher auf der antiken Kommode.

»Wie wohl?« Er deutete auf die gefesselten Füße.

»Oh, Entschuldigung. Machst du die bitte ab«, wandte sich die Chefin an Dr. Grössel. Der warf ihr einen vieldeutigen Blick zu.

»Na los, er wird dir schon nicht deine hübsche Klinik verwüsten.«

Der Arzt löste widerwillig die Gurte. Nick winkelte seine Beine an. *Die beiden haben was am Laufen*, kam ihm in den Sinn, als er sie vor sich stehen sah. *Und sie hat die Hosen an.*

»Danke«, sagte Inge Gräf knapp.

Nick blickte sie fest an. »Ich will Julia sprechen.«

»Ich weiß«, antwortete sie und brühte sich einen Earl-Grey-Teebeutel in einem Glas auf.

»Schön. Dann geh ich jetzt zu ihr.«

Die Chefin zog einen Stuhl ans Bett und setzte sich.

»Das ist momentan ungünstig.«

»Warum?«

Inge Gräf warf Dr. Grössel einen Blick zu, der am Fenster stand und stumm zuhörte. »Armin, würde es dir etwas ausmachen, wenn ich mit dem jungen Mann alleine spreche?«

»Bist du sicher«, fragte der Arzt überrascht.

Sie lächelte. »Ich bin erwachsen.«

Dr. Grössel nickte etwas pikiert und ging. Die Chefin drückte den Teebeutel mit einem Löffel aus und warf ihn in den Papierkorb neben dem Bett. »Die Situation ist etwas unübersichtlich.«

»’tschuldigung, die Situation ist komplett am Arsch!«, platzte es aus Nick heraus. »Julia muss wissen, was los ist.«

»Frau Gerloff ist traumatisiert. Wir sollten sie schonen.«

»Das ist doch Quatsch.«

»Sie wird es noch erfahren, aber nicht jetzt.« Inge Gräf blies vorsichtig über ihren dampfenden Tee.

Nick musterte sie. »Sie haben Angst.«

Inge Gräf lächelte milde. »Ich habe nie Angst. Ich mag nur keine Unruhe.«

Nick zog sich an dem Haltegriff über seinem Bett hoch, ein stechender Schmerz fuhr durch seinen Brustkorb. »Sie mögen keine Unruhe? Wegen euch sind Julia und ich fast draufgegangen!

Ihr Vater ist tot! Der ganze Plan war ein stinkender Haufen Scheiße!«

Inge Gräf hob den Tee an die Lippen. »So ist Geheimdienstarbeit. Da riecht es manchmal ein wenig streng.«

Nick schnaubte fassungslos. »Euch geht auch alles am Arsch vorbei, was?«

Die Referatsleiterin stellte den Tee beiseite und musterte ihn ernst. »Lassen Sie uns über eine Lösung nachdenken«, schlug sie vor. »Wir würden alles versuchen, damit Sie vor Gericht gut wegkommen. Ich könnte schauen, was das Aussteigerprogramm finanziell hergibt. Sie könnten für eine Weile die Stadt verlassen, mal Urlaub machen.«

Nick hob die Augenbrauen. »Sie wollen mich kaufen?

»Ja.«

»Und wenn ich trotzdem alles ausplaudere?«

»Sie sind ein vorbestrafter Rechtsextremer. Niemand würde Ihnen glauben.«

Nick schaute aus dem Fenster. Es war Wind aufgekommen, der Regen klatschte in Böen gegen die Scheibe.

»Sie sind ein intelligenter Mann, Christian. Unter anderen Umständen hätten Sie Ihr Abi gemacht, hätten studiert, vielleicht im Ausland, Sie hätten sich Ihren Job aussuchen können, eine Familie gegründet, ein Haus gebaut. Das könnte jetzt ein erster Schritt dahin sein.«

Nick grinste schief. »Familie. Haus. Echt jetzt?«

Inge Gräf lächelte. »Verstehe. Dann nehmen Sie halt das Geld und hauen auf die Kacke. Aber bitte in irgendeinem anderen Winkel der Welt.«

Nick zauderte. »Okay, ich denk drüber nach.«

»Aber nicht zu lange. Am besten bis …«

Sie schaute auf die Uhr. »Jetzt.«

Nick protestierte: »Moment, das ist …«

»Unsere Bedingung.«

Er blickte in den Innenhof. Im Wintergarten stand Dr. Grössel und sprach mit einem braungebrannten Mittsechziger im rosafarbenen Polohemd. Seine dünnen, gefärbten Haare würden bald dichter sein, seine Hängebacken straffer.

»Einverstanden.«

»Sehr gut.«

»Wann komm ich hier raus?«

»Einige Tage müssen Sie noch Geduld haben. Es wird nach Ihnen gefahndet, wir müssen Ihre Reise erst noch vorbereiten.«

»Kann ich telefonieren?«

»Leider nicht. Zu Ihrer eigenen Sicherheit.«

Sie stand auf und gab ihm die Hand. »Es tut mir leid, dass es so weit gekommen ist.«

»Mir auch.«

»Spielen Sie Fußball?«

»Nicht mein Ding.«

»Sollten Sie. Da kann man eine Menge über das Leben lernen. Auf Wiedersehen.«

Nick schaute ihr nach, er mochte die Chefin. Als sie die Tür schloss, hörte er, wie sich der Schlüssel drehte. Er legte sich auf sein Bett und ließ den Gedanken frei, den er in den letzten Minuten standhaft hinter seinem Jungengesicht verborgen hatte:

Scheiß auf den Deal!

10

Es regnete den zweiten Tag in Folge, die verdorrte Stadt saugte das Wasser auf wie ein Schwamm. Die Luft roch nach nassem Staub, kleine Seen breiteten sich über verstopften Gullydeckeln aus, der Verkehr stockte, und die Passanten sprangen geduckt unter ihren Regenschirmen über lästige Pfützen. Keppler saß in seinem Wagen und starrte auf die andere Straßenseite. Die Scheibenwischer quietschten monoton. Er wartete nun schon seit einer Stunde, aber Julia war immer noch nicht aus dem Polizeipräsidium herausgekommen. Keppler hatte am Vorabend mit Hauptkommissar Wormland von der Abteilung Staatsschutz telefoniert, dessen Zwillinge in denselben Kindergarten wie Kepplers Kinder gingen. Sie hatten sich beim Laternenbasteln kennengelernt, sich vorsichtig auf den Weihnachts- und Sommerfesten angefreundet und schließlich als vertrauenswürdige Gesinnungsgenossen betrachtet. Nils Wormland und er waren sich einig, dass private Informationskanäle für den Austausch zwischen Polizei und Verfassungsschutz für beide Seiten effizienter waren als die von Regularien und Befindlichkeiten verstopften offiziellen Kanäle. Der Hauptkommissar saß in der

Mordkommission, die Wolfgang Gerloffs Tod untersuchte, und hatte Keppler vom Stand der Ermittlungen erzählt: Sie ständen noch ganz am Anfang, der tote Junge sei nicht identifiziert, der polnische Pfleger habe aber von einer Frau um die vierzig berichtet, die vor der Wohnung des Opfers gestanden habe, sie sei keine Hausbewohnerin. Momentan würden DNA-Spuren untersucht und ein Phantombild angefertigt.

Die knappe Beschreibung hatte Keppler genügt, der Moment der Wahrheit war gekommen, zumindest der halben Wahrheit, die Kripo würde es sowieso bald selbst herausfinden. Er hatte Hauptkommissar Wormland am Telefon eröffnet, dass es sich bei der unbekannten Frau vermutlich um Ira Tetzel handelte, die aller Wahrscheinlichkeit nach auf der Suche nach ihrer Tochter gewesen sei. Der Nachrichtendienst habe neueste Indizien, die darauf hindeuteten, dass Ira Tetzel einen größeren Anschlag plane.

Wormland hatte sich dankbar gezeigt und verraten, dass sie Julia Gerloff für den nächsten Tag um zehn Uhr zur Befragung ins Präsidium gebeten hatten.

Keppler hatte dem Hauptkommissar geraten, Julia bei der Befragung nichts von der Existenz der Mutter zu berichten, um sie nicht noch weiter zu belasten.

Wormland hatte sofort verstanden, er hatte eine ältere Tochter aus erster Ehe, der Mord schien ihm an die Nieren zu gehen. *Schlimme Geschichte. Erst überlebst du eine Bombe, dann siehst du deinen eigenen Vater, abgeschlachtet von einem Kind.*

Nach dem Telefonat war Keppler auf seinen Balkon gegangen, hatte voll dunkler Gedanken in die regnerische Nacht gestarrt und eine Entscheidung getroffen. Er würde seine Chefin zum ersten Mal hintergehen. Er musste es tun. Seit einigen Tagen quälten ihn Magenschmerzen.

Jetzt saß Keppler in seinem Familien-Van, griff in die Plastikdose auf dem Beifahrersitz und biss in das Wurstbrot, das er sich am Morgen geschmiert hatte. *Und dann bring ich der Königin ihr Kind*, dachte er bitter, während er durch den Wasserfilm auf der Windschutzscheibe auf die Hochstraße mit der Kette aus verschwommenen roten Rücklichtern blickte. Das Brot schmeckte nicht, jeder Bissen fiel wie ein Stein in seinen wunden Magen. Er würde Julia von der Ungewissheit befreien, er würde sie zu einem Kaffee einladen und ihr alles erklären, ganz vorsichtig, damit sie sich nicht daran verschluckte. Sie war Staatsdienerin, sie würde es verstehen und ihm glauben, dass er seine Gründe gehabt hatte. Keppler erinnerte sich genau, wie er sich damals, als der Plan in seinem Kopf Formen annahm, in der Kantine mit einem Tablett und Menü 3 an einen Fensterplatz gesetzt und Argumente gegen die warnende Stimme in seinem Kopf gesammelt hatte: War es nicht seine Pflicht, die Verfassung mit allen Mitteln zu schützen, nach bestem Wissen und Gewissen? Hatte Julia nicht das Recht, ihre totgeglaubte Mutter kennenzulernen? Ira war eine Gefährderin, vielleicht eine Psychopathin, aber sie war auch eine Mutter – würde sie ihrer Tochter wirklich etwas antun? Hatte er nicht an seiner eigenen Frau studieren können, was Mutterliebe bewirkte? Von morgens bis abends war sie für ihre beiden Kinder da, umsorgte die zwei, wusch sie, liebkoste sie, sogar, wenn sie selbst krank war. Vielleicht, hatte er damals in der Kantine gedacht, als er seinen Milchreis mit Kirschsauce ausgelöffelt hatte, würde Ira durch die Begegnung mit ihrer Tochter sogar geläutert werden.

Keppler würgte das Wurstbrot hinunter und spülte mit Ingwertee aus der Thermoskanne nach. Sein Magen brannte.

Die Tür im riesigen gläsernen Portal des Polizeipräsidiums öffnete sich, eine schmale Frau im türkisblauen Regenmantel kam heraus. *Eine Glockenblume auf zwei Beinen*, dachte Keppler unwillkürlich, stellte den Scheibenwischer schneller und starrte hinaus. Es war Julia. Sie kam in Richtung des Parkplatzes. Keppler legte hastig das Brot weg und stieg aus. Der Regen schlug ihm ins Gesicht. Er zog sich die Kapuze seiner Funktionsjacke über und wartete, bis Julia an ihm vorüberkam. Sein Herz raste.

»Hallo.«

Julia bemerkte ihn nicht sofort.

»Frau Gerloff?«

Als sie sich umdrehte, erschrak Keppler. Er hatte noch gut im Gedächtnis, wie ihm die junge Polizeischülerin einige Tage zuvor im Großraumbüro der Bewährungshelfer gegenübergesessen und ihn mit ihren neugierigen Augen gemustert hatte. Sie war ihm auf so sonderbare Weise *rein* vorgekommen, dass er alle Kraft hatte aufbringen müssen, um sich vor ihr zu verstellen und Christian Eisermanns Betreuer zu spielen. Jetzt blickte er in ein müdes, leeres Augenpaar. Oder war es Härte, die er darin sah?

»Ich …«, stammelte Keppler. »Wir kennen uns.«

Er nahm die Kapuze ab und sah, wie es in Julia zu arbeiten begann. Plötzlich begannen ihre Augen zu leuchten. »Der Bewährungshelfer. Herr … Caspers.«

Keppler nickte und lächelte verkniffen.

»Waren Sie das im Haus? Bei Chris Eisermann … als die Bombe …!«, platzte Julia heraus und machte in ihrem Glockenblumenmantel einen Schritt auf ihn zu. Sie sah kindlich darin aus, dachte Keppler, ein Kind, das Hoffnung schöpft.

»Ich … er …«, hörte er sich stottern, während er in ihre wiedererwachten Augen blickte und spürte, wie die Gedanken in seinem Kopf durcheinanderwirbelten. Julia und Nick. Er hatte sie zusammengebracht wie ein teuflischer Amor, und jetzt? Nick war sein Gefangener, und Julia suchte ihn verzweifelt. Keppler spürte, wie ihm der Regen in den Kragen lief und sich mit dem Schweiß auf seinem Rücken vermischte. Die zurechtgelegten Sätze waberten durch seinen Kopf. Sie klangen hohl. *Es war meine Pflicht, die Verfassung zu schützen. Was ist falsch daran, eine Mutter und ihre Tochter zusammenzuführen?*

Er spürte die schallende Ohrfeige, die ihm diese junge Frau geben würde, wenn sie das ganze Ausmaß des Verrats und Missbrauchs durchschauen würde. Er spürte ihre Tritte, ihre Faustschläge, die Fingernägel, die ihm das Gesicht zerkratzen würden, und den Speichel, den sie ihm in die offenen Wunden spucken würde. Sie würde ihn mit einem polizeilichen Judogriff zu Boden werfen und ihren Schuh auf seinen Hals drücken, bis er rausrückte, wo Nick versteckt war, und dann würde sie beim Verfassungsschutz anrufen oder gleich bei der Presse. Es war ihr Recht. Er hatte ihr Leben zerstört. Es gab keine Ausrede, es gab keine Abbitte.

»Haben Sie ihn da rausgeholt?«

Julias Frage riss ihn aus seinen Gedanken. Sie schaute ihn mit großen Augen an, die nassen Locken klebten an ihrem Kopf, Regen tropfte von ihrem Kinn.

»Nein, tut mir leid«, sagte Keppler schnell und wandte sich zum Wagen.

Julia drängte sich dazwischen. »Wissen Sie vielleicht, wo er ist?«

»Nein. Ich muss jetzt …« Er öffnete den Wagen mit der Fernbedienung.

»Wenn er sich bei Ihnen meldet, sagen Sie ihm, er soll anrufen, ja?« Ihre Stimme wurde dringlicher: »Er ist weg, ich muss ihn sprechen!«

»Es tut mir wirklich leid.« Keppler schob Julia sanft beiseite und öffnete die Autotür. »Ich muss leider … ein Termin. Auf Wiedersehen.«

Er stieg ein und sah im Augenwinkel Julia, die gegen sein Fenster klopfte. »Rufen Sie an, wenn Sie was hören. Bitte!«

Keppler nickte, startete den Motor und fuhr los. Im Rückspiegel sah er die türkisfarbene Glockenblume im Regen stehen, und für einen kurzen Moment sah er sich selber, wie er auf die Hochstraße hinauffahren und aufs Gaspedal treten würde, immer schneller, bis zur Baustelle vor dem Autobahntunnel, wo er kurz vor dem Eingang das Lenkrad verreißen und an der Betonwand seinem Elend ein schnelles Ende setzen würde. Das wäre Gerechtigkeit. Sühne. Stattdessen steuerte Keppler den Familien-Van auf den riesigen Parkplatz eines Baumarktes, stellte ihn in der hintersten Ecke ab und schlug seine Stirn auf das Lenkrad, wieder und wieder.

*

Die Bahn fuhr mit lautem Rattern aus dem Tunnel und erreichte nach einer langen Kurve die Rheinbrücke. Der Himmel war aufgerissen. Julia schaute auf das regennasse Panorama, zu den Kreuzfahrtschiffen am Ufer und dem Dom, der noch schwärzer als sonst über der Stadt aufragte. Der Bewährungshelfer ging ihr nicht aus dem Kopf. Er war völlig neben der Spur gewesen, der arme Kerl, sie muss ihm wie eine Irre vorgekommen sein, besessen von einem Trugbild. Aber Nick schien ihm zu vertrauen, vielleicht würde er sich noch bei ihm melden. Julia nahm sich vor, nicht lockerzulassen und Herrn Caspers bald anzurufen.

Die Befragung durch den Kommissar im Präsidium war nicht so verlaufen, wie sie sich erhofft hatte. Sie hatte beim Gang durch den langen Büroflur die neugierigen Blicke gespürt, die Ermittler hatten Julia leise ihr Beileid ausgesprochen, und einen Moment lang hatte sie das Gefühl gehabt, wirklich ein Teil der Polizeifamilie zu sein. Alle wussten über den Fall Bescheid, der mysteriöse blonde Junge würde als jüngster Mörder in die Annalen der Kriminalgeschichte eingehen, und sie war ein Teil davon. Nur welcher? Warum sie? Der Kollege, Hauptkommissar Wormland, hatte keine Antworten geben können, sosehr sie ihn auch gelöchert hatte.

Eine Viertelstunde später ging Julia durch das riesige Foyer der Uniklinik zu den Aufzügen und fuhr hinauf in den sechsten Stock. Adam bekam nicht mit, dass sie in sein Zimmer trat. Er lag mit einem Laptop auf den Knien in seinem Krankenbett und versuchte angestrengt, mit verbundenen Händen auf der Tastatur zu schreiben. In seinem Gesicht klebten mehrere Pflaster.

Julia klopfte gegen den Türrahmen. »Hi.«

Der Pfleger blickte durch seine dicke Hornbrille auf und strahlte, als er die Besucherin erkannte. »Julia!«

Sie kam an sein Bett und konnte nicht anders, als dem Riesen in die Arme zu fallen und sich fest an ihn zu drücken. Erst als sie merkte, dass er leise stöhnte, löste sie sich von ihm. »Sorry, deine Wunden …«

»Geht schon wieder«, sagte er mit polnischem Akzent.

Die beiden wechselten einen langen Blick. Einen Moment lang waren sie in ihren dunklen Erinnerungen vereint, dann brach Adam das beklommene Schweigen: »Es tut mir so leid, Julia. Ich bin zu spät gekommen.«

»Nein, Adam … nein«, sagte Julia mit leiser Stimme und deutete auf die verbundenen Hände des Pflegers. »Wie geht's dir?«

»Die haben alles wieder zusammengeflickt«, sagte er. »Kann

sein, dass meine Joints nicht mehr so gerade werden wie früher, aber es gibt ja Pfeifen.«

Julia nahm seine Pranke in ihre kleinen Hände.

»Jetzt erzähl«, bat sie ihn kaum hörbar. »Ich will alles wissen.«

Adam legte den Rechner beiseite und fing an zu berichten, immer wieder unterbrochen von Pausen, um sich, so nahm Julia an, zu überlegen, was er ihr zumuten sollte. Sie war selbst überrascht, wie viel sie ertragen konnte.

»Und dann bist du zur Tür reingekommen«, kam Adam zum Ende, »und in dem Moment dachte ich kurz, ich muss schnell das ganze Blut wegputzen, damit du das nicht siehst.« Seine Stimme erstarb. Mit feuchten Augen starrte er auf seine Verbände. Die Klimaanlage rauschte laut in der Stille, in der beide ihren düsteren Gedanken nachhingen. Plötzlich hob Adam den Kopf. »Ach ja, die Frau, die hab ich vergessen.«

»Welche Frau?«

Adam erzählte von der kurzen Begegnung mit der Unbekannten, die vor Wolfgangs Wohnung gewartet und mit ihrem knallroten Lippenstiftmund an ihrer Zigarette gezogen hatte. Julia stutzte. »Kannst du die genauer beschreiben?«

»Keine Ahnung, alles ging so schnell. Die Haare waren dunkel, schwarz, wie ein Helm.«

»Ein Bubikopf?«, hakte Julia nervös nach.

»Genau.« Adam nickte. »Ich war spät dran, ich hab sie gar nicht richtig angeguckt.«

Julia stand abrupt auf, in ihrem Kopf arbeitete es. »Ich muss los.«

Adam nickte. »Kannst du mir einen Gefallen tun?«

»Immer.«

»Ich bekomme hier drin nichts zu rauchen. Kannst du mir was aus Wolfgangs Wohnung holen? Unter der großen Schublade vom alten Kleiderschrank hab ich eine Klappe eingebaut, das ist mein Depot.« Er sah Julias verwunderten Blick und hob entschuldigend die Hände. »Das war Wolfgangs Idee. Ich hab ihm dafür das Gras geschenkt.«

Julia musterte Adam mit kritischem Blick. »Gibt es sonst noch was, was ich wissen sollte?«

»Nein.«

»Reicht dir heute Abend?«

»Locker. Nimm dir ein Taxi.« Adam öffnete seine Nachttischschublade, holte mühsam einen Fünfziger heraus und drückte ihn Julia in die Hand. »Danke, Julchen.«

Sie umarmte den Pfleger lange.

*

Julia konnte es nicht schnell genug gehen. Auf dem Weg aus dem Krankenhaus beschleunigte sie ihren Schritt und joggte schließlich zur Bahnhaltestelle. Nach sechs Stationen, die ihr vorkamen wie eine Weltreise, rannte sie zu ihrem Haus. Roosen hatte ihr strikt verboten, die kleine Dachwohnung zu betreten, hatte sogar verlangt, dass sie ihm den Schlüssel gab, doch sie hatte vorsorglich einen Zweitschlüssel behalten. Sie schloss die Tür auf und verharrte einen Moment lang. Es war erst drei Tage her, seit sie ihr Zuhause mit der Reisetasche über der Schulter verlassen, die Fenster verschlossen, die Reste aus dem Kühlschrank für Daria verpackt und ausnahmsweise ihr Bett gemacht hatte. *Stopp!* Julia drängte den Gedanken beiseite, sprang zu ihrem Nachttisch, nahm das Foto aus Nicks Wohnung heraus und betrachtete es. Die Jungs mit den Pistolen und dem Plastikpolizisten, dahinter die Frau mit den roten Lippen und dem Bubikopf. Eilig fotografierte Julia das Bild ab und schickte es Adam. **War SIE die Frau im Flur?**

Keine Minute später kam die Antwort: **JA! Woher hast du das?**

Ihre Finger zitterten plötzlich so heftig, dass sie kaum die Antwort tippen konnte: **Erklär ich dir später. Behalt das Bild erst mal für dich.** Dazu ein Herzchen.

Sie ließ sich auf ihr Bett fallen und starrte auf das zerknitterte Foto in ihrer Hand. Ihr Schädel dröhnte. *Dieselbe Frau.* Die Frisur mit dem scharfen Pony, der rote Mund in der Winterlandschaft – Adam hatte diesen Mund leibhaftig im Hausflur gesehen, als er an einer Zigarette gezogen hatte, während hinter der Tür der blonde Teufel mit seinem Messer …

Julia brach der Schweiß aus. Sie öffnete das kleine Dachfenster über dem Bett und atmete tief die frische Luft ein. Wer war diese Frau? Was hatte Nick mit ihr zu tun? Was hatte Nick mit dem Tod ihres Vaters zu tun? *Was hat Nick mit mir zu tun?*

Julia streckte ihren Kopf weit aus dem Dachfenster und schaute zu, wie ein Sommerschauer über die Stadt zog und seine Regentropfen wie Christbaumkugeln an ihre Locken hängte. Julia sehnte sich nach ihrem alten Leben im Nirgendwo, in dem sie in ihrer kleinen, dunklen Koje gelegen hatte, während die Frösche im Schilf zu Hunderten den Mond anquakten und ihr ein alter Bauwagen als der sicherste Ort der Welt erschienen war.

*

Der Regen lief in langen Schnüren vom Rand der Markise auf die Terrasse. Darunter stand Roosen, platzierte ein Vierkantrohr aus Aluminium auf zwei Holzböcken und sägte es mit der Metallsäge an der markierten Stelle durch. Anschließend legte er einen Metallwinkel an eins der abgesägten Enden und markierte mit einem Bleistift die Bohrlöcher. Er konnte es noch, dachte der Ausbilder zufrieden, obwohl er das Werkzeug seit den Tagen, als die Kinder noch klein waren und er ihnen Hochbetten und die Gartenschaukel und den kleinen Sandkasten gebaut hatte, kaum noch benutzt hatte. Das Heimwerken fehlte ihm, die Planung, die Ausführung – eine Aufgabe, die er von Anfang bis Ende unter Kontrolle hatte. Ein Problem, eine Lösung. Roosen bohrte die Löcher und schraubte die Winkel mit einem Akkuschrauber an die Rohre. Die letzte Montage würde er oben in Paulas Zimmer vornehmen, dann könnte Marion die Maße nehmen und den cremeweißen Baumwollstoff für das Himmelbett zusammennähen. Ihre Tochter sollte sich geborgen fühlen, wenn sie sie besuchen kommen würde. Die nette Ärztin hatte gesagt, Paula sei bereit, erinnerte sich Roosen, als er den letzten Winkel verschraubte, sie habe zwar noch gelegentliche Schübe und sei unter den Medikamenten etwas reduzierter, aber auf alle Fälle stabil genug, um die Klinik länger zu verlassen. Lächelnd ließ er den Akkuschrauber ein letztes Mal surren. Als er aus der Klinik zurückgekommen war, hatte Marion sofort etwas bemerkt. Sie hatte seine geröteten Augen gesehen, sein entspanntes Gesicht – Warum musste sich das Gesicht ausgerechnet beim Heulen entspannen? – und ihn fast ängstlich gefragt, ob etwas passiert sei. Sie war so glücklich. Er hatte ihr nicht verraten, dass sich das Haus mit Paulas Heimkehr in eine Festung verwandeln würde, mit Alarmanlage, Webcams und mehreren geladenen Pistolen im Nachttisch. Das musste sie nicht wissen, schließlich war er der Cop in der Familie.

Roosen sammelte die Rohre zusammen und trug sie nach oben. Im Flur rauschte die Klospülung, Leo kam ihm entgegen. Der Sohn warf ihm nur einen Blick zu und ging stumm an ihm vorbei.

»Interessiert dich nicht, was ich hier mache?«, fragte der

Hauptkommissar und spürte, dass eine wütende Welle seine gute Laune wegzuspülen drohte.

»Nee.« Leo ging in sein Zimmer. Roosen folgte ihm, packte ihn grob am Arm und zischte: »Deine Schwester kommt zurück.«

»Schön.« Er machte sich nicht einmal die Mühe, so zu tun, als würde es ihn freuen.

Roosens Griff wurde fester. »Wag es ja nicht, sie blöd anzuquatschen. Sonst bist du der Nächste, der in eine Klinik geht.«

Leo verzog keine Miene und blickte auf die Hand, die seinen Arm gepackt hielt. »Kann ich?«

Roosen ließ los und sah zu, wie sein Sohn in sein Zimmer ging und die Tür hinter sich abschloss. *Dich krieg ich auch noch.* Dann ging er in Paulas Zimmer, legte die Rohre für das Himmelbett auf den Boden und begann, sie zusammenzuschrauben. Er würde sich diesen Tag nicht verderben lassen, denn es war der Tag der Erledigungen, und er hatte schon bestens angefangen.

Zu Dienstschluss um halb vier war Sebastian ins Ausbilderbüro gekommen. Seit der Übung in der Tatortwohnung hatte der Polizeischüler jeglichen Augenkontakt vermieden, hatte sich im Unterricht unsichtbar gemacht und war wie eine geprügelte Katze davongeschlichen, sobald Roosen ihm zu nahe kam. Heute war Sebastian fällig, der Ausbilder hatte ihn zu sich zitiert. Mit angespanntem Kiefer stand der Schüler vor dem großen Schreibtisch, während Roosen sich in seinem Sessel umdrehte und durch das Fenster ein blaues Loch in der Wolkendecke beobachtete. Vielleicht würde ja noch die Sonne rauskommen, dachte er, dann würde er den Heimwerkernachmittag auf die Terrasse verlegen.

»Setzen Sie sich«, wies er Sebastian an, während er, den Blick aus dem Fenster gerichtet, die Gipfel des Siebengebirges durchzählte. *Drachenfels, Ölberg, Petersberg* … In der Spiegelung der Scheibe sah er, wie Sebastian Platz nahm und versuchte, sich seine Nervosität nicht anmerken zu lassen. *Er hätte mein Nachfolger werden können. Was für ein Jammer.*

Nach einer Minute räusperte sich der Schüler.

Roosen drehte sich mit seinem Sessel zu ihm um. »Haben Sie mir nichts zu sagen?«

»Ich weiß nicht …«

»Die Sache mit Julia Gerloff.«

»Ach so!« Sebastian gab sich betont munter. »Julia … Frau Gerloff wollte, dass ich ihr helfe, im Intranet über diesen Nazifreund von ihr zu recherchieren. Ich hab mich natürlich geweigert, und das hat sie mir, glaub ich, übel …«

Roosen hob die Hand, um Sebastians Redeschwall zu unterbrechen. »Ich kann Ihnen nichts nachweisen, Herr Fink, aber ich bin lange genug bei der Polizei, um zu erkennen, wer die Wahrheit sagt und wer lügt.«

»Ich schwöre …«

»Bitte nicht schwören!« Roosen öffnete seine Schreibtischschublade, nahm einen durchsichtigen Plastikbeutel heraus und legte ihn polternd auf den Schreibtisch. Eine Pistole.

Sebastian entglitten die Gesichtszüge. Roosen ließ die Waffe einen Moment wirken, dann fragte er: »Wissen Sie, was das ist?«

»Eine Walther P99.«

»Natürlich wissen Sie das. Sie haben heute auf dem Schießstand damit geschossen. Wie immer hervorragend.«

Sebastian kräuselte irritiert die Stirn.

»Wissen Sie, woher ich diese Waffe habe?«

»Ich nehme an, aus dem Waffenlager.«

»Ja, da ist sie her.« Roosen legte eine Kunstpause ein, dann fügte er an: »Und Sie haben sie dort entwendet.«

»Ich verstehe nicht …«, sagte Sebastian perplex.

Der Ausbilder lächelte, er war sich sicher, dass der Polizeischüler sehr genau verstand, was ihm blühte.

Mit eisiger Ruhe sagte Roosen: »Ich habe die Waffe bei Ihnen gefunden.«

»Was?«

»Sie haben sie nach dem Training gereinigt und sich Zeit gelassen, als die anderen mit den Waffenköfferchen nach draußen zum Sammelcontainer gegangen sind. Dann haben Sie die Pistole mit in die Umkleide genommen und wollten sie gerade in Ihrer Tasche verstecken, als ich Sie leider erwischt habe. Ihre Fingerabdrücke sind übrigens noch drauf.«

»Aber, das ist doch …« Sebastians Gesicht bekam plötzlich etwas Kindliches.

Ein trotziger Junge mit vollen Hosen, dachte Roosen zufrieden.

»Sie meinen wahrscheinlich, dass man Ihnen glauben wird, wenn Sie es nur heftig genug abstreiten. Aber das wird man nicht. Aussage steht gegen Aussage. Die eine von Polizeischüler Fink im zweiten Ausbildungsjahr, die andere von mir, dem alten Hasen mit drei silbernen Sternen auf der Schulter.«

»Ich … Das können Sie nicht machen … Ich lass mich nicht …«, stotterte Sebastian, und Roosen legte lächelnd den Finger auf die Lippen und schüttelte den Kopf. »Pscht. Keine Sorge, ich kann im Disziplinarverfahren ein Wort für Sie einlegen, damit Sie noch halbwegs gut wegkommen. Behaupten Sie einfach, es war eine dumme Wette, Sie wollten die Waffe danach zurückbringen, dann werden Sie mit einer Suspendierung davonkommen. Und bei Ihren Qualitäten werden Sie sicher auch irgendwo anders einen Job finden.«

»Herr Hauptkommissar, bitte, ich …« Sebastian hob flehend die Hände.

Mehr hatte es als Geständnis nicht gebraucht. Roosen hatte sich über den Schreibtisch gebeugt, damit er ihm genau ins Gesicht sehen konnte. »In der Familie ist kein Platz für Verräter. Scheren Sie sich raus, Fink!« Dann hatte er sich wieder mit seinem Sessel herumgeschwungen, die Regenschleier beobachtet, die aus den schwarzen Wolken am Horizont über die Rheinebene strichen, und gewartet, bis Sebastian die Tür hinter sich geschlossen hatte, damit er endlich zum Baumarkt fahren konnte.

»Bist du fertig?« Marions Stimme holte Roosen in die Gegenwart zurück. Sie stand mit dem Stoffballen und dem Bügelbrett unterm Arm vor ihm und lächelte ihn erwartungsvoll an.

»Sofort.«

»Sehr gut.« Marion klappte das Bügelbrett auf und ließ ihre Finger sanft durch seine Haare gleiten. Ein wohliger Schauer durchströmte ihn. Er hatte schon vergessen, wie sehr er ihre kleinen, alltäglichen Berührungen brauchte.

*

Das Taxi hielt vor Wolfgangs Haus. Julia zahlte mit Adams Fünfzig-Euro-Schein und stieg mit weichen Knien aus. Ihr Blick ging zu dem schmalen Grasstreifen unter den Balkonen, der den Wohnblock vom Bürgersteig trennte. Das Grauen schien verflogen, als wäre alles nur ein Filmdreh gewesen und das Team und die Schauspieler wären mit ihrem Kunstblut und dem präparierten Autowrack längst weitergezogen. Auf der Straße spielten zwei Jungen zwischen den Pfützen Fußball, eine Frau mit Kopftuch trug Einkaufstüten ins Haus, ein Rentner im Fußballtrikot beobachtete sie missmutig aus dem Fenster. Als Julia ins Haus trat, begannen ihre Finger zu zittern. Um sich zu beruhigen, nahm sie die Treppe und kam schwer atmend vor der Wohnungstür ihres Vaters an. Automatisch blickte sie auf den Boden, als würde sie dort noch etwas Zigarettenasche der mysteriösen Frau entdecken, dann zog sie den Schlüssel aus ihrer Hosentasche und öffnete. Die Wohnung roch nach Desinfektionsmittel und kaltem Rauch. Aus dem Flur wagte Julia einen bangen Blick in das Zimmer ihres Vaters. Das Bett war leer, die Matratze entfernt, Boden und Wände waren gesäubert. *Wie ein Hotelzimmer, das auf den nächsten Gast wartet*, dachte Julia und stellte sich für einen Moment vor, Wolfgang wäre gerade im Krankenhaus, wo er mal wieder eine Operation am Gesäß oder eine Antibiotika-Behandlung wegen irgendeiner Infektion über sich ergehen lassen musste – ein paar lästige Wochen ohne Gras, nach denen er in seine saubere Wohnung zurückkehren würde, und alles wäre so wie immer. Sie trat auf den Balkon hinaus und schaute vorsichtig über die Brüstung. Die Tiefe, die sonst nur wohlig in ihrem Bauch gekitzelt hatte, wirkte jetzt wie ein menschenfressender Abgrund. Am Geländer entdeckte sie braune Blutreste. Es war also doch wahr. Keine Rückkehr aus dem Krankenhaus, ihr Vater war fort. Für immer.

Julia ging zu dem alten Kleiderschrank aus Weichholz und zog die große Schublade am Sockel komplett heraus. Sie war vollgestopft mit Filzdecken und Wollsocken, die Wolfgangs gelähmte Körperhälfte im Winter warm halten sollten. Sie würde den ganzen Kram aus der Wohnung schaffen müssen, dachte sie flüchtig, vielleicht würde sie das eine oder andere Erinnerungsstück behalten, ein paar Bücher, die Mikrowelle und die Büchsensuppen, das übrig gebliebene Shampoo und das Klopapier. Den Rest würde sie verschenken oder auf den Sperrmüll stellen. Ein Leben entsorgen, ihren Vater entrümpeln.

Julia legte sich auf den Boden, schob die Hand in das leere Schubfach und ertastete im Schrankboden ein fingergroßes Loch, das zu einem lockeren Holzdeckel gehörte. Sie nahm ihn heraus und griff in den großen Hohlraum. Mehrere kleine Marmeladengläser voller Gras kamen zum Vorschein. Sie schraubte eins davon auf und schloss es sofort wieder, als ihr der aufdringlich süße Geruch entgegenschlug. Als Julia die Finger erneut in das Geheimfach schob, stieß sie im hintersten Winkel gegen einen flachen Gegenstand. Sie streckte sich, so weit sie konnte, die Schrankkante bohrte sich in ihre Schulter, doch schließlich bekam sie den Gegenstand zu fassen und zog ihn hervor. Ein kleines, wattiertes Einsteckalbum, gerade so groß, dass ein Foto auf eine Seite passte. Julia spürte, wie ihr Atem flacher ging und ihre staubigen Hände zu schwitzen begannen. Vorsichtig klappte sie das Album auf. Die ersten beiden Fotos zeigten eine Gruppe von Punks in einem heruntergekommenen Treppenhaus. Die Wände waren mit Graffiti besprüht, der Putz war teilweise abgefallen. Julia hatte die lachenden Gestalten mit den bunten Haaren und schwarzen Nietenlederjacken, die mit Bierbüchsen in die Kamera prosteten, vor langer Zeit schon einmal gesehen. Auf der nächsten Seite fehlte ein Bild, und Julia wusste sofort, dass es das Foto war, das Wolfgang ihr damals gegeben hatte, das einzige Bild ihrer toten Mutter Nadja. Julia blätterte noch einmal zurück, die junge Frau mit ihren blau gefärbten Haarspitzen und dem dicken Ring in der Nase war auch auf einigen anderen Fotos zu sehen. Julia fand sie immer noch unangenehm. Beim nächsten Foto musste sie lächeln. Es zeigte Wolfgang als jungen Mann mit strubbeligen, rot gefärbten Haaren und zerrissenem T-Shirt, der in einem Wald auf einem hüfthohen, pyramidenförmigen Betonklotz balancierte. Auf dem nächsten Bild sah Julia ein Panzerwrack auf einer Lichtung, das rosa besprüht war. Auf dem Kanonenrohr balancierte eine Frau mit weißblonden, kurzen Haaren und lächelte mit ihren schwarz geschminkten Augen in die Kamera. Julia blätterte weiter und stutzte. Auf dem nächsten Bild saß ihr Vater mit der Frau vor einem kleinen Iglu-Zelt im Wald an einer Feuerstelle, auf dem Boden lagen Bierbüchsen. Im Hintergrund stand ein altes Motorrad. Wolfgang hielt die Frau mit seinen tätowierten Armen umschlungen und gab ihr einen innigen Kuss. Julia zog das Bild aus der Hülle, drehte es um und erkannte die krakelige Schrift ihres Vaters wieder: »Westwall 96«. Auf der nächsten Doppelseite sah sie die Frau huckepack auf Wolfgangs Rücken vor einer alten Fachwerkvilla mit spitzen Giebeln und verspielten Gauben auf dem Schieferdach. Die beiden lachten. Das Haus stand in einem Waldstück und schien unbewohnt, einige Fensterläden fehlten, der Efeu war schon fast bis zu den Regenrinnen hochgewuchert. Julia blätterte weiter. Mit großen Augen betrachtete sie ihren Vater, der sich mit nacktem Oberkörper rücklings auf einem alten Sofa fläzte. Auf seinem Bauch lag ein winziges nacktes Baby, das er zärtlich mit seinen tätowierten Armen umschlang und es behutsam auf die Stirn küsste. Das nächste Bild zeigte das Baby in Nahaufnahme, friedlich schlafend. Mit ungeduldigen Fingern nahm Julia das Foto aus der Hülle und schaute auf die Rückseite. »Julia 1997«. Ihr Blick saugte sich an dem Kind fest. Es konnte keinen Zweifel geben. *Ich. Endlich ich.*

Gebannt blätterte sie weiter und erschrak. Wieder ein Bild der Frau mit den schwarz geschminkten Augen. Jetzt hatte sie schwarze Haare mit einem kurzen, schnurgeraden Pony und langen Fransen an den Schläfen, ihre Lippen waren rot geschminkt, ihr Blick starr wie eine Maske. Julias Herzschlag ging schneller. *Die Frau!* In ihren Armen hielt die Fremde das kleine Baby, es trank an ihrer Brust. Am Finger der Frau steckte ein Ring mit einer Drahtspirale. *Der Westwallring.* Julias Wangen glühten, ihr Körper krümmte sich plötzlich zusammen. Eilig sprang sie auf, rannte zum Balkon und übergab sich über das Geländer. Krämpfe durchzuckten ihren leeren Magen, bis sie endlich erschöpft keuchend ihre Stirn auf die Arme legte. Zwischen ihren Ellbogen konnte sie die trockenen Blutspuren auf dem Geländer sehen.

Was musste sie noch ertragen? *Wie viel?*

*

»Das ist deine Mutter?«

Daria betrachtete fasziniert das Bild in dem kleinen Fotoalbum.

Julia murmelte leise: »Ich kapier's einfach nicht.« Sie blätterte zurück zu den Fotos aus dem Treppenhaus und deutete auf die Frau mit dem Nasenring. »Ich dachte immer, die wär's.«

Daria verzog das Gesicht. »Hätte ich dir gleich sagen können, dass die nicht deine Mutter ist. Die sieht kacke aus!«

»Er hat mich verarscht. Mein ganzes Leben lang verarscht!« Julia holte Eiswürfel aus dem Kühlschrank und warf sie in zwei große Gläser. »Nadja, die Krebs-Story. Alles Lüge!« Sie schüttete Cola in die Gläser, nahm eine Flasche Rum aus dem Küchenschrank und goss großzügig auf. »Ich hab unseren Bauwagen bis in die letzte Ritze gekannt. Er muss das Album die ganze Zeit über bei den Nachbarn versteckt haben. Ich hätte nur einmal in den Karton mit seinen alten Sachen gucken müssen!«

Sie prostete Daria zu, und beide nahmen einen großen Schluck. Julia rülpste leise und schaute ihre Freundin groß an. »Warum hat er das gemacht?«

»Entweder wollte dein Vater dich von deiner Mutter fernhalten«, überlegte Daria laut, »oder deine Mutter hatte keine Lust auf dich, und er wollte es dir leichter machen.« Sie blätterte weiter im Album und blieb beim letzten Bild hängen. »So wie sie hier aussieht, konnte sie es wohl gar nicht erwarten, dich loszuwerden.« Das Foto zeigte Julias Mutter, die mit ihren knallrot geschminkten Lippen auf einem löchrigen Sessel saß und den Mittelfinger grimmig in die Kamera streckte. Neben ihr stand ein Kinderbettchen.

Julia blätterte zurück. »Guck mal. Den Lippenstift trägt sie erst auf den Bildern mit mir.«

»Klares Statement«, sagte Daria. Sie hielt das Bild neben Julias Gesicht. »Du hast ihre Augen, nur in nett.«

»Ich hab noch was«, sagte Julia, stand auf und kam kurz danach mit einem Foto in der Hand zurück. »Erkennst du sie?«

»Noch ein Foto? Woher ist das denn?«

»Hab ich in Nicks Wohnung gefunden.«

»Langsam kapier ich gar nichts mehr«, sagte Daria. »Ist er das da vorne?«

»Ja.«

»Was hat Nick mit deiner Mutter zu tun?«

»Frag mich nicht.«

Daria betrachtete das Bild. »Er sieht besser aus als auf dem Perso. Trotz der Knarre.« Sie stutzte kurz. »Oder wegen der Knarre?«

Julia trank ihren Longdrink aus. »Bereit für das Schrägste?«

Daria schenkte ihnen nach. »Geht's noch schräger?«

»Adam hat bezeugt, dass genau diese Frau vor Wolfgangs Tür stand, als … als es passierte.«

»Wow«, murmelte Daria perplex und ließ die Rumflasche sinken. »Dann hat deine Mutter also was mit Nick *und* mit dem Mord an deinem Vater zu tun? Das ist … krass!«

Julia nickte stumm.

Darias Stimme wurde bestimmt. »Du musst das melden!«

Julia lächelte müde. »Ich seh mich schon auf dem Revier: ›Hallo, ich hab gerade meine totgeglaubte Mutter wiedergefunden, sie war dabei, als mein Vater von einem Kind umgebracht wurde. Und sie kennt den Ex-Nazi, mit dem ich was hatte.‹«

»Red erst mal mit Roosen.«

Julia hob nachdenklich ihr Glas. »Ich hab keine Ahnung, was hier läuft, Daria, aber ich hab langsam das Gefühl durchzudrehen.«

»Versteh ich.«

Julia schaute nachdenklich auf das Bild ihrer Mutter mit dem Baby im Arm. *Du hast eine Mutter.* Sie spürte, wie sich die Haare auf ihren Unterarmen aufstellten, und versuchte, das verstörende Gefühl, das sich mit diesen Worten in ihr ausbreitete, einzuordnen. Es war keine Angst. Es war keine Wut. Es war Sehnsucht.

*

Über dem leeren Parkplatz des riesigen Supermarktes glitzerten die Sterne, die umliegenden Felder waren noch feucht vom Regen der vergangenen Tage, es roch nach unterirdischem Leben. Anthony Collister hatte die Fenster seines abgedunkelten Wohnmobils weit geöffnet und kraulte seinem Zwergpinscher Hazel das weiche haselnussfarbene Fell, als er sah, wie auf der einsamen Landstraße Autoscheinwerfer auftauchten, durch die Dunkelheit näher krochen und auf den großen Parkplatz einbogen. Ein alter VW-Bus. Anthony konnte nachts nicht mehr gut sehen, aber er erkannte ein junges Paar, das mit einer großen Tasche ausstieg. Die Haare des schmächtigen Mannes leuchteten feuerrot unter der Parkplatzlaterne, die Frau wirkte in ihrer breiten Hose wie ein Bauarbeiter. Wahrscheinlich ebenfalls Touristen, dachte der alte Mann, oder ein Liebespaar auf der Suche nach einem ungestörten Plätzchen. Anthony kam seine Frau Trudy in den Sinn, mit der er sich Anfang der Sechziger auch auf Parkplätzen vergnügt hatte, als die Autos noch groß genug dafür waren. Er hätte sie gern dabeigehabt, aber der traurige Grund für diese Reise war ihr Tod. Das Ende war nicht überraschend gekommen, sie hatte schon seit Langem gegen den Krebs gekämpft und war schließlich mit seiner Hand in der ihren gestorben. Was Anthony dagegen überrascht hatte, war die Einsamkeit, die auf ihren Tod folgte, daran konnte auch der Hund nichts ändern, den ihm seine Tochter kurz darauf geschenkt hatte. Wochenlang hatte er auf der Couch gesessen, auf den Fernseher gestarrt und sich gefragt, warum ihm die Sportübertragungen, seine große Leidenschaft, plötzlich hohl vorkamen. Welchen Sinn machte es, wenn ausgewachsene Männer um einen Ball und ein paar Punkte stritten? Alle Freunde, mit denen er das Phänomen hätte besprechen können, die ihn vielleicht hätten heilen können, waren schon tot, und Anthony hatte am Ende beschlossen, das Gewehr aus der Garage zu holen und Trudy zu folgen. Wozu weiterleben, wenn ein Football plötzlich nur noch ein ledernes Ei mit spitzen Enden war? Dann war ihm ein Zeitungsartikel in die Augen gesprungen und hatte alles verändert. Wie unter Strom hatte sich Anthony das Blatt geschnappt, war damit aufs Klo gegangen und hatte immer und immer wieder den ausführlichen Bericht über das bevorstehende fünfundsiebzigjährige Jubiläum der Allerseelenschlacht im deutschen Hürtgenwald gelesen, dem verlustreichsten Kampf der Amerikaner im Zweiten Weltkrieg in Europa, im »Wald, wo die Drachen wohnen«, wie ihn der Kriegsberichterstatter Ernest Hemingway beschrieben hatte, als er dort seinen Spaß an Kriegen verlor. In Anthony waren plötzlich lebhafte Erinnerungen hochgekommen: Sein Vater war in diesem Wald gefallen und hatte ihn, seinen einzigen, gerade erst geborenen Sohn nie mehr kennenlernen können. Der beste Freund und Kamerad des Vaters war nach dem Krieg in die Kleinstadt zurückgekommen und hatte einige Jahre später die junge Witwe geheiratet. Anthony hatte den strengen Stiefvater gehasst, aber dessen finstere Erzählungen von der Schlacht im Hürtgenwald und dem Tod des Vaters hatten sich unauslöschlich in sein Gedächtnis eingebrannt. »*Hurt*-genwald« hatte der Stiefvater den Ort genannt, weil es die schmerzhafteste aller Schlachten war, ein Sieg, der sich wie eine Niederlage angefühlt hatte, ein militärisches Desaster. Im Frostwinter 1944, so erzählte er oft, wollten die Amerikaner zum ersten Mal ins Deutsche Reich eindringen, aber die Nazis hatten sie am Westwall erwartet, dessen bewaffnete Bunker und Panzersperren überall in dem gefrorenen Hexenwald versteckt waren. Die Deutschen hatten Minen gelegt und Scharfschützen in Position gebracht, und als ihre Artillerie die Baumwipfel beschoss, waren die amerikanischen Soldaten, die in ihren gefrorenen Erdlöchern kauerten, von eisigen Holzsplittern durchsiebt worden. Anthonys Vater war sofort tot, berichtete der Stiefvater, ein Splitter hatte ihn in der Brust erwischt. Im Dauerfeuer aus den deutschen Bunkern hatten die Kameraden keine Chance, seine Leiche zu bergen, er wurde nie bestattet. »Wie viele sind mit ihm in den Tod gegangen?«, hatte er an dieser Stelle immer in den Raum gefragt. »Dreißigtausend? Fünfzigtausend? Mehr als in Gettysburg! So viele wie in Vietnam!« Am Ende der Erzählung hatte er immer denselben Satz geraunt: »Der Hurtgenwald war das Verdun des Zweiten Weltkriegs!« Später hatte der kleine Anthony das Stichwort *Verdun* im Lexikon nachgeschlagen, und das, was er da las, hatte ihn gegraust.

Knapp vierundsiebzig Jahre später, mit dem Zeitungsartikel in der Hand, hatte sich Anthony entschieden, zum ersten Mal in seinem Leben den Wald zu besuchen, der seinen Vater das Leben gekostet hatte.

Drei Wochen später, nachdem er seinem Zwergpinscher einen europäischen Hundechip einsetzen und die Tollwutimpfung hatte auffrischen lassen, saß er im Flugzeug. Im Kölner Dom, einem dunklen, katholischen Berg, hatte er eine Kerze für Trudy angezündet und war gleich darauf nach Westen weitergefahren. Er hatte noch schnell den geplanten Abstecher zum Aachener Dom gemacht, wieder eine Kerze für Trudy angezündet und einen Blick auf den Thron von Karl dem Großen geworfen. Alles war so alt und feierlich, Anthony hatte sich klein und unbedeutend gefühlt.

Dann hatte er endlich sein Ziel erreicht, den *Hurtgenwald.* Stundenlang war er mit dem Hund zwischen den Bäumen umhergestreift, hatte aus einem kleinen Bach getrunken, auf den Resten eines Westwallbunkers gesessen, eine kalte deutsche Bockwurst gegessen, den Vögeln gelauscht und an seinen Vater gedacht. Anthony hatte nicht erwartet, dass er ein Grabkreuz oder einen Gedenkstein für ihn finden würde, aber als die Wolken abzogen, die Sonne durch das dichte Blätterdach blinzelte und seine dünne, pergamentene Haut wärmte, hatte er es plötzlich spüren können: Sein Vater war ein Teil dieses Waldes, und er war bei ihm. Anthony hatte die Augen geschlossen und die frische Luft tief eingeatmet. Seit achtunddreißig Stunden war er nun auf den Beinen, und er hatte sich noch nie so leicht gefühlt.

Jetzt blickte er aus dem kleinen Klappfenster seines abgedunkelten Campers auf den nächtlichen Parkplatz, kraulte Hazels warme Schnauze und sah, wie das fremde Paar mit der Tasche zum Geldautomaten neben dem Supermarkteingang ging. Er würde dort morgen früh auch ein paar Euro abheben, dachte Anthony, und wieder kam ihm seine Frau in den Sinn. Trudy hatte nie reisen wollen, sie war der festen Meinung gewesen, dass die Europäer keine anständigen Kühlschränke besäßen. Aber jetzt konnte er sich treiben lassen, konnte nach Holland und Belgien fahren, zu Windmühlen und Bier, vielleicht ans Meer, auf jeden Fall nach Paris ins Moulin Rouge, Notre-Dame, eine Kerze für Trudy – so lange, bis sein Konto leer wäre.

Plötzlich sah Anthony, wie das Paar wegrannte und sich an die Seite des Supermarktes stellte. Der Blitz der Explosion war sonnenhell und stach schmerzhaft in seine Augen, die Druckwelle schüttelte das Wohnmobil durch. Anthony schrie heiser auf und rutschte zwischen die Sitzbank und den einklappbaren Tisch. Hazel verkroch sich zitternd unter ihm. Splitter prasselten laut auf das dünne Dach. Mühsam zog sich der alte Mann hoch und starrte vorsichtig aus dem Fenster. Der Parkplatz war erleuchtet von dem Feuer. Ein brennendes Loch klaffte in der Supermarktwand, Rauch stieg auf, aus der Verkleidung hingen Blechteile. Anthony glaubte Geldscheine zu sehen, die wie Schmetterlinge durch die Luft flatterten. Die beiden Gestalten rannten über den Parkplatz, sammelten das Geld vom Boden auf und stopften es in ihre Tasche. Anthony spürte Wut in sich hochkommen. Er hatte über die Warnungen seiner Nachbarn gelacht, dass in Europa Anarchie herrsche, dass Terroristen aus Afrika ungehindert den Kontinent überrannten und dass die Politiker den Menschen verboten, sich mit eigener Waffe zu verteidigen. Aber nicht mit ihm! Er stand auf, nahm ein Brotmesser aus der Schublade und stieg aus.

Es war kühl. Anthony versuchte, so aufrecht wie möglich zu gehen. Seine Knie erinnerten sich plötzlich an den nächtlichen Flug über den Atlantik und das stundenlange Sitzen im Auto, sie stachen bei jedem Schritt wie die Hölle. Der alte Mann biss die Zähne zusammen und hielt das Messer fest umklammert.

»Hey you!«

Die beiden Gestalten schauten auf. Sie waren jünger, als er vermutet hatte, noch halbe Kinder. Das Gesicht des Jungen war bleich wie der Mond. Die junge Frau keifte Anthony in ihrer hässlichen Sprache an und ruderte drohend mit ihren über und über tätowierten Armen. In einer ihrer Augenbrauen steckten mehrere dieser ekelhaften Ringe.

»What the hell are you doing there?«, rief Anthony.

Der Junge starrte ihn an, er wirkte verunsichert.

Anthony ging weiter und hob das Messer, damit die beiden gar nicht erst auf dumme Gedanken kamen.

Das Mädchen brüllte dem Rothaarigen etwas zu.

Anthony ging weiter und zog sein altes Handy aus der Hose. Eins-eins-null. Polizei. Die Nummer hatte er in seinem Reiseführer gelesen.

Er sah, wie das Mädchen etwas aus seiner riesigen Hose zog, dann geschah alles gleichzeitig. Ein Lichtblitz, ein Knall, ein mächtiger Schlag in den Bauch. Anthonys Beine sackten wie ausgeschaltet unter ihm weg, er spürte, wie sein Kopf auf dem Parkplatz aufschlug, um ihn herum wurde es dunkel. Der Geruch des nassen Asphalts stieg in seine Nase und erinnerte ihn an die seltenen Regentage in seinem Heimatstädtchen, wenn er im Korbstuhl auf seiner Veranda saß und zusah, wie das Wasser den Staub von den Nachbardächern und den Bäumen spülte und die Kinder mit ihren Fahrrädern durch die dreckigen Pfützen fuhren. Er hatte den Süden und seine Dürre immer gehasst.

Als Anthony die Augen wieder aufschlug, sah er die junge Frau mit der Tasche zum Wagen laufen. Über die Schulter hinweg schrie sie dem Rotschopf etwas zu. Er sah, wie der Junge vor dem gesprengten Geldautomaten hin- und herrannte, die restlichen Geldscheine einsammelte, in seine Hosentaschen stopfte und auf dem Weg zum VW-Bus kurz vor ihm stehen blieb. Mit schreckstarrem Blick stierte der Teenager ihn an und flüsterte ein paar Worte, von denen Anthony nur eins verstand: *»Sorry.«* Dann wandte sich der Junge ab und sprang in den Wagen, der mit quietschenden Reifen davonfuhr.

Stille. Anthony lag regungslos auf dem feuchten Parkplatz, das Feuer züngelte nur noch schwach aus dem zerfetzten Loch in der Supermarktwand, eine Rauchsäule stieg hell über die schwarzen Felder in den sternenübersäten Himmel. Dieselben Sterne, dachte Anthony und musste lächeln. Der Kreis hatte sich geschlossen, sein Vater wartete schon ganz in der Nähe, im Hürtgenwald, wo die Drachen wohnten. Eine Welle der Müdigkeit brandete über ihn hinweg. Lächelnd schloss Anthony die Augen und konnte gerade noch Hazels raue Zunge spüren, die, von einem leisen Fiepen begleitet, über sein Gesicht leckte.

*

»*Fuck*, war das geil!« Anni boxte mit der Faust aufs Lenkrad und stieß einen Schrei aus, dann packte sie Jonas am Nacken, zog ihn zu sich heran und küsste ihn auf den Mund. Er wand sich aus ihrem Griff und wischte sich den Mund ab. »Mann, guck auf die Straße!«

Anni konnte sich gar nicht beruhigen. »Hast du gesehen, wie der zusammengeklappt ist? Ich glaub, ich hab den voll erwischt – mitten ins Herz. Mein erster Mensch!«

Jonas starrte aus dem Seitenfenster in die Nacht. Der VW-Bus fuhr über kleine Landstraßen, kein Auto kam ihnen entgegen. Anni lachte. »Was war denn das für einer? ’n Ami?«

»Musste das sein?« Jonas blickte Anni ernst an. »Ich mein, wir hätten auch abhauen können.«

»Damit der uns verpfeift?«

»Wir haben ein falsches Nummernschild.«

»Hey, jetzt heul nicht rum!«, schrie Anni. »Der Knacker hatte 'n Messer! Und hast du gesehen, wie der sein Handy rausgeholt hat? Ich dachte kurz, das wär 'ne Knarre!« Sie formte die Hand zu einer Pistole. »Aber dann: *Bämm*!«

Jonas schaute düster in die Nacht. Anni blickte auf das kleine Navigationsgerät am Armaturenbrett und folgte der Route über immer entlegenere Landstraßen. Nach einer Weile boxte sie Jonas fest an die Schulter. »Komm schon! Besser 'ne Kugel, als an Krebs verrecken!«

Jonas antwortete nicht. Annis Lächeln wurde schmaler, gedankenverloren starrte sie in die Lichtkegel der Scheinwerfer. »Bei meiner Mutter war alles vollgewuchert, Hirn, Lunge, Knochen. Wie 'n Skelett hat die im Bett gelegen und nur noch geröchelt und gespuckt. Ekelhaft. Sie hat mir gesagt, ich soll ihr die Tabletten bringen, damit endlich Schluss ist, aber die waren im Schrank im Bad, und ich bin nicht drangekommen. War ich noch zu klein für. Am nächsten Morgen war sie von allein tot. Besser so.« Anni blickte Jonas groß an. »Hey, Roter, der Ami war doch schon scheintot! Der kann froh sein. Schneller geht's nicht.«

Jonas warf einen Blick in die offene Tasche zwischen den Vordersitzen. Sie war halb voll mit zerknüllten Geldscheinen.

»Das sind ein paar Zehntausend, wetten?«, meinte Anni grinsend.

Jonas' Hand wanderte verstohlen zu seinen Hosentaschen, die sich leicht ausbeulten. Die gelben Zweihunderter. Die waren für ihn. Wenn es so weit war.

»Los«, sagte Anni.

»Was?«

»Die Kohle aus deiner Hose, tu die in die Tasche. Oder willste die klauen?«

»Ich? Nee!« Jonas betete, dass sie nicht sehen würde, wie sein Gesicht aufleuchtete, holte die Scheine heraus und warf sie in die Tasche.

»Nichts vergessen?«, sagte Anni, beugte sich zu Jonas und griff tief in seine Tasche. »Sollen wir noch eine kleine Pause machen, du und ich?« Sie grinste vieldeutig. »Geht sicher ganz schnell bei dir.«

Jonas schob ihre Hand weg: »Die warten auf uns.«

»Pussy«, schnaubte Anni und bog in eine kleine Waldstraße ein.

Jonas starrte in die Dunkelheit. Die Straße führte jetzt durch dichten Wald, Baumstämme blitzten im Licht der Scheinwerfer auf, eine Sekunde lang glaubte er, das rote Augenpaar eines Rehs zu erkennen. Anni bog auf einen Forstweg ab, und nach einer holprigen Viertelstunde kam der Wagen vor dem Forsthaus zum Stehen. Die Fenster waren noch erleuchtet, niemand hatte geschlafen. Karl kam als Erster aus der Tür und strahlte erleichtert. Die anderen drängten aus dem Haus und scharten sich aufgeregt um sie, als Anni jubelnd die Tasche in die Höhe reckte. Ira kam als Letzte und ließ sich die Beute geben.

»Richtig viel Kohle!«, berichtete Anni stolz.

»Alles gut gelaufen?«, fragte Ira ruhig.

»Alles super!«

Jonas bemerkte Iras prüfenden Blick und begann zu stammeln: »Da war ein Opa, so ’n Ami, der hat da in seinem Camper gepennt. Der wollte … Der hatte ein Messer und …«

»Ich hab ihn abgeknallt«, verkürzte Anni den Bericht. »Musste sein.«

Die anderen verstummten schlagartig und blickten zu Ira.

Die musterte Anni. »Zeugen?«

»Niemand.«

»Spuren?«

»Nix.« Sie holte ihre Pistole aus der Hosentasche.

Ira nahm die Waffe und strich Anni durch die struppigen Haare. »Das hast du gut gemacht. Und jetzt rein mit euch, es ist spät!« Die Kids folgten Karl und Ira schwatzend in die Villa. Jonas blieb zurück, setzte sich auf die Treppenstufen vor der Eingangstür und schaute auf die Lichtung. Die Ketten des gesprengten Panzers glänzten im Halbmond. Jonas erinnerte sich, wie Karl von den Toten erzählt hatte, die heute noch in den Wäldern liegen würden, Deutsche und Amerikaner. *Jetzt liegt noch einer auf dem Supermarktparkplatz*, dachte Jonas und erinnerte sich an das rasselnde Atmen und den ohnmächtigen Blick des alten Mannes. *So guckt man, wenn man weiß, dass es zu Ende ist.* Jonas griff in seine hintere Hosentasche, holte drei Zweihundert-Euro-Scheine heraus und stopfte sie in einen Mauerspalt unter dem Hausportal. Das würde reichen für einen Neuanfang. Nur noch ein paar Tage, dann wäre es vorbei.

*

Julia saß in Darias altem, brokatbezogenem Sessel, blätterte in dem Fotoalbum ihres Vaters und schlürfte einen Kakao mit Sahne, den Nasrin, die bäuchlings vor ihr auf dem Teppich lag und auf ihrem Handy herumspielte, für sie beide zubereitet hatte. Julia hatte die ganze Nacht überlegt, ob sie mit Daria ins Ausbildungszentrum fahren und Roosen die Fotos der Frau, ihrer Mutter, zeigen sollte. Um sechs Uhr war sie ins Bad geschlurft, hatte ihr schmales Gesicht mit den kühlen Augen im Spiegel betrachtet und plötzlich gewusst, was zu tun war. Sie würde eine kalte Dusche nehmen und selbst herausfinden, wer die rätselhafte Frau war. Ihre Mutter.

Jetzt schaute Julia jedes einzelne Foto wieder und wieder an und warf auch einen Blick auf die Rückseiten in der Hoffnung, einen Namen zu entdecken oder irgendeinen Hinweis, der ihr Aufschluss über die Identität der Frau geben könnte – vergeblich. Ihr Handy unterbrach sie. Roosen.

»Hallo, Frau Gerloff«, hörte sie ihren Ausbilder sagen. »Ich wollte mich erkundigen, wie es Ihnen geht.«

»Danke, etwas besser.«

»Frau Zade hat mir erzählt, dass sie noch eine Weile bei ihr bleiben.«

»Ja, das ist richtig.«

»Haben Sie schon überlegt, wohin Sie verreisen möchten? Eine Kollegin hat mir ein kleines Hotel auf Teneriffa empfohlen. Direkt am Meer.«

Was soll ich jetzt auf einer Insel?, dachte Julia missmutig. »Ich überleg noch.«

»Sie sollten nicht zu lange warten.«

»Ich will noch bis zur Beerdigung meines Vaters bleiben. Der Termin ist in einer guten Woche.«

»Verstehe. Aber gehen Sie nicht aus dem Haus.«

»Ich war bei Adam.«

»Wann?«

»Gestern. Er hat mir erzählt, dass da eine Frau war. Bei meinem Vater, als es passiert ist.«

»Hm.«

»Weiß man, wer das ist?«

Roosen schwieg, er schien zu überlegen.

»Adam meinte, die Frau könnte zu diesem Jungen gehören«, hakte Julia nach.

»Ich habe gestern mit einem Kollegen von der Kripo gesprochen«, sagte Roosen zögernd. »Es gibt da einen Verdacht.«

»Ja?« Julia richtete sich im Sessel auf. Plötzlich wurde ihr warm.

Roosen schwieg erneut.

»Welchen Verdacht?«, drängte sie.

»Das sind laufende Ermittlungen, ich darf nichts …«

Julia unterbrach: »Bitte. Ich muss wissen, was mit meinem Vater passiert ist.«

Roosen senkte verschwörerisch die Stimme. »Es könnte sich um eine rechtsextremistische Gefährderin handeln.«

»Wie bitte?« Julia sah, wie Nasrin auf dem Teppich neugierig von ihrem Handy aufschaute.

»Was hat sie denn gemacht?«, flüsterte Julia erstickt.

»Die haben mir auch nicht alles erzählt. Sie gilt als potenzielle Terroristin und ist untergetaucht«, erwiderte Roosen ebenso leise. »Mehr kann ich aber nicht sagen.«

»Ist das sicher?«

»Das Phantombild passt. Die Kripo will heute dem Pfleger zum Abgleich ein paar alte Observationsfotos von der Frau zeigen.«

»Und wie heißt sie?«

»Frau Gerloff, ich darf nicht …«

»Ich sag schon keinem was. Ich bin Polizistin!«

»Sie sind keine Polizistin mehr«, widersprach Roosen zögernd.

Nasrin stand vom Teppich auf und setzte sich auf die Armlehne des Sessels. Julia strich ihr gedankenverloren über den Rücken, das Telefon am Ohr. »Ich dachte, ich gehöre immer noch zur Familie.«

Roosen schwieg. Im Hintergrund hörte Julia das monotone Jaulen einer Polizeisirene. *Eine Übungsfahrt auf dem Trainingsgelände,* dachte sie wehmütig, *vielleicht sitzt gerade Daria im Streifenwagen.*

»Tetzel«, sagte Roosen flüsternd. »Ira Tetzel.«

Der Name hallte durch Julias Schädel. *Ira, meine Mutter Ira.* »Was wollte die bei meinem Vater?«, hörte sie sich selber sagen.

Roosens Ton wurde ungeduldig: »Ich weiß es nicht. Und jetzt ist Schluss, ich hab Ihnen schon viel mehr erzählt, als ich sollte. Das ist absolut vertraulich, haben Sie verstanden?«

»Natürlich«, sagte Julia leise. »Danke.«

»Passen Sie auf sich auf, und verlassen Sie nicht das Haus! Ich schicke Ihnen noch den Link von dem Hotel in Teneriffa.«

»Verstanden.« Wie in Trance legte Julia auf.

Nasrin schaute sie groß an. »Was Schlimmes?«

Julia schüttelte abwesend den Kopf. »Musst du nicht in die Schule?«

Nasrin schüttelte den Kopf. »Zeugniskonferenz.« Sie sah Julia an, dann tippte sie auf das geöffnete Fotoalbum.

»Wer ist das?«

Julia blickte in das kühle Gesicht auf dem Foto. Ihr Mund wollte die Worte nur widerwillig hergeben: »Das ist meine Mutter. Und das Baby da, das bin ich.«

»Und wo ist sie jetzt, deine Mutter?«

»Weiß ich nicht.«

Julias Gedanken drehten sich wie eine Spieluhr im Kreis. *Ira Tetzel. Eine Terroristin. Meine Mutter. Ira Tetzel …*

»Will die dich nicht mehr sehen?«, bohrte die Neunjährige weiter.

Plötzlich blieb die Spieluhr in Julias Kopf stehen. Sie schaute Nasrin wie vom Blitz getroffen an. »Doch. Meine Mutter will mich sehen. Sie sucht mich.«

11

Florian Keppler schaute in Inge Gräfs Büro aus dem Fenster und fragte sich, wie man bei der Aussicht zum Arbeiten kommen sollte. Ständig passierte irgendetwas. Ein Bussard kreiste vor der nahen Trabantenstadt, riesige Wolkenberge zogen nach Osten ab, und am Horizont schwebten die Flieger wie an der Perlenkette flach über der Stadt ein, um ein paar Bewohner einzusammeln und an irgendwelchen Stränden oder Metropolen wieder auszuspucken. Die Ferien waren nicht mehr weit, und bald würden Kepplers Kinder mit ihrer Mutter und deren neuem Freund für drei Wochen verreisen. *Wohin noch mal? Sicher etwas Spannenderes als ihre alten Urlaubsziele, Holland und die norddeutsche Küste.* Keppler wischte den Gedanken beiseite und schaute sich um. Inge Gräf saß immer noch hinter ihrem Schreibtisch und blätterte in der Zeitung, die er ihr einige Minuten zuvor gebracht hatte.

»Die Anzeige ist hinter dem Sportteil, erste Seite unten«, sagte Keppler und gab sich Mühe, nicht ungeduldig zu wirken. Ihm war Wolfgangs Todesanzeige beim Frühstück ins Auge gesprungen, nachdem er wie immer nur kurz den Politikteil überflogen hatte, in dem sowieso nichts stand, was er nicht schon in der Nacht im Netz gelesen hatte. Im Regionalteil wurde von einem Überfall auf einen Geldautomaten nahe der belgischen Grenze berichtet, schon der achte in diesem Jahr, wahrscheinlich steckten die üblichen Banden dahinter. Ein Amerikaner, der dort mit seinem Camper geparkt und die Tat vermutlich beobachtet hatte, wurde am frühen Morgen von einem der Lieferanten erschossen auf dem Parkplatz aufgefunden.

»Ja!«, rief Inge Gräf aus, die offensichtlich gefunden hatte, was sie finden sollte. Jetzt blickte sie skeptisch auf. »Glauben die Kollegen ernsthaft, dass das funktioniert?«

»Die Anzeige ist in sämtlichen Regionalblättern geschaltet. Die Kollegen hoffen, dass sie oder jemand aus ihrem Kreis drauf stößt.«

Inge Gräf blätterte in der Zeitung. »Kann sein. Kann aber auch nicht sein. Weiß die Kleine Bescheid?«

Keppler schüttelte den Kopf. Die Steine in seinem Magen fingen wieder an zu rumpeln. »Nein.«

»Hätte ich mir denken können«, murmelte Gräf.

»Ich habe gehört, dass der Staatsanwalt den Einsatz eines Doubles vorgeschlagen hat«, sagte Keppler. »Er hat sich nicht durchsetzen können, aber er ist auch gerade erst frisch im Amt.«

»Bisschen riskant, sie nicht einzuweihen, finden Sie nicht?«

»Der Polizeiführer hat dem Staatsanwalt klargemacht, dass es so und nicht anders zu laufen hat.«

»Klar. Die haben Angst, dass die Kleine nicht mitmischt und alles hochgehen lässt«, murmelte die Chefin leise und zog an ihrem Verdampfer. Keppler konnte das leise Blubbern hören.

»Es könnten ziemlich viele Unbeteiligte dort hinkommen«, gab Keppler zu bedenken.

Die Referatsleiterin stand auf und trat zu ihm ans Fenster.

»Wer kannte schon Wolfgang Gerloff? Eine Handvoll Leute, mehr nicht. Ich fürchte eher, dass der Ehrengast fernbleibt.«

Keppler schaute hinaus. Der nächste Flieger schwebte in einer langen Kurve aus Nordwesten ein. »Und wenn doch? Ich hoffe, das gibt keinen Flurschaden.«

»Ist nicht mehr unsere Sache.« Die Chefin richtete ihren Blick nachdenklich zum Horizont. »Die ganzen Flugzeuge. Müssen Sie da auch immer an Urlaub denken?«

»Ja.«

Inge Gräf blies eine Dampfwolke aus. »Ein fürchterlicher Gedanke.«

*

Nick saß auf der Bettkante und starrte auf die große Todesanzeige, die er aus der Zeitung gerissen hatte:

Wolfgang Gerloff

*12.01.1975 †21.06.2018

In liebevoller Erinnerung

Julia Gerloff

Die Beisetzung findet in aller Stille am 3. Juli 2018 um 10.30 Uhr auf dem Nordfriedhof statt.

Ein Zeichen. Julia war plötzlich wieder in seinem Leben. Nick spürte, wie seine Hände feucht wurden. Es war gerade mal zwei Tage her, dass er der Alten vom Verfassungsschutz sein Wort gegeben hatte, mitzuspielen, abzuhauen und Julia in Ruhe zu lassen. Kein Problem, hatte er sich gedacht, er war noch nie irgendwohin geflogen, schon gar nicht zu irgendwelchen Palmen, was also sprach dagegen, erst mal Ferien auf Staatskosten zu machen, bevor er sich in ein, zwei Monaten auf die Suche nach Julia machen würde, sobald Gras über die Sache gewachsen war? Musste ja keiner mitbekommen. Er würde sie finden, da war er sich sicher, und er würde ihr endlich alles erklären. Natürlich würde sie ausflippen, das hatte er sich schon in allen Einzelheiten ausgemalt, aber behaupteten nicht alle, dass die Zeit alle Wunden heilt? Außerdem hatte nicht er den Drecksplan ausgeheckt, das hatte der Verfassungsschutz höchstpersönlich verbockt. *Die haben mich gezwungen!* Julia würde ihm bestimmt verzeihen.

Aber jetzt las Nick Julias Namen in der Traueranzeige, und plötzlich war alles anders. Sie hatte ihm eine Botschaft gesandt: *Ich werde da sein, in sieben Tagen um halb elf auf dem Nordfriedhof. Scheiß auf die Palmen, scheiß auf den Deal!*

Nick griff zufrieden zum Zeitungsstapel neben seinem Frühstückstablett. Die Klinik stellte für ihre Patienten eine Auswahl von lokalen und überregionalen Zeitungen und Wirtschaftsblättern bereit, und seitdem man ihm das Handy abgenommen und ihn in diesem Luxusknast eingeschlossen hatte, vertrieb er sich zwangsweise die Vormittage mit Presselektüre.

Plötzlich stutzte er und begann hektisch, durch die anderen Zeitungen zu blättern. In fast jeder von ihnen entdeckte er größere und kleinere Traueranzeigen, die Wolfgangs Beerdigung auf dem Nordfriedhof verkündeten. Nick schob den zerrupften Papierhaufen zur Seite, stand auf und ging grübelnd zum Fenster. Die Anzeigen waren eine Botschaft, ohne Zweifel. Aber nicht von Julia an ihn, sondern von den Bullen an Ira! Die Cops wussten, dass sie irgendwo lauerte, sie sollte auf eine der Anzeigen stoßen und anbeißen. Ob sie Julia eingeweiht hatten? Oder war sie schon wieder der ahnungslose Wurm, den man an einen Haken spießen und an der Angelschnur vor Iras Nase baumeln lassen würde?

Nicks Gedanken drehten sich hektisch im Kreis. Ein Ausbruch war unmöglich, die Tür war rund um die Uhr verschlossen, im Wintergarten hinter der Scheibe saßen tagsüber reiche Fratzen in Mullverbänden und weißen Bademänteln und soffen einen Cappuccino nach dem anderen, nachts war abgeschlossen. Die Pfleger kamen nur zu zweit in den Raum. Keine Besuche, kein Telefon. Julia war ein ahnungsloser Lockvogel, und er würde ohnmächtig herumsitzen müssen. *Gefangen.* Wütend fegte Nick das Frühstückstablett vom Tisch. Der Lachs passte zur Farbe des Teppichs.

*

Karl verriegelte die rostige Tür des Bunkereingangs und schloss sie mit einem dicken Vorhängeschloss ab. Er hob die kurzen Arme über den Kopf, streckte sich und blinzelte in das funkelnde Blättergewölbe wie ein Hamster, der nach dem Winterschlaf aus seiner moosgepolsterten Erdhöhle kroch. In den frühen Morgenstunden war Karl noch wie tot gewesen. Zerschlagen von einer weiteren unruhigen Nacht voller wirrer Angstträume war er aus dem Bett gestiegen und gleich, ohne etwas zu essen, durch den grauen Wald zum Bunker gegangen. Sein Ohr, aus dem immer noch die verklebten Garnfäden hingen, hatte wie der Teufel gejuckt und gepocht. Kaum war er aufgewacht, hatten seine Gedanken auch schon wieder wie eine Kreissäge rotiert: Warum hatte Ira Locke mitgenommen, warum nicht ihn? Was hatte sie in der Stadt gewollt? Karl war sich sicher, dass Chris' kleine Schlampe etwas damit zu tun hatte; er hatte Ira beobachtet, wie sie immer wieder auf das Foto auf ihrem Display starrte, wenn sie sich unbeobachtet fühlte. Wer war dieses Mädchen? Auf dem Bild trug die Kleine eine Bullenuniform. Karl kannte ihren Namen, er hatte einen flüchtigen Blick auf die Textnachricht unter dem Foto werfen können, als Ira ihr Handy einen kurzen Moment lang angeschaltet auf dem Esstisch hatte liegen lassen. *Julia Gerloff.* Wer war sie?

Als Karl später eingewickelt in die Filzdecke in seiner kalten Bunkerhöhle hockte, war er wieder Mensch. Er hatte ein paar Zünder für die Gasflaschen zusammengebaut und endlich wieder das gespannte Kitzeln in seinem Bauch gespürt, das er nur hier, in seinem unterirdischen Reich, empfinden konnte. Er horchte in die Stille, und die Erdzwerge flüsterten ihm mit ihren leisen Stimmen zu: *Du bist der Herr des Feuers, der Schöpfer des Urknalls, du wirst sie wecken!* Mit einem wohligen Schauer zog sich Karl die Decke tief über den Kopf und verlötete die Zünder für die Gasflaschen. Niemand konnte ihn in seiner geheimen Höhle sehen. All die Bonzen und Klugscheißer – sie wussten nicht, dass er im Stillen an ihrem Verderben arbeitete. Er war der tödliche Samen, und bald würde er aus dem Boden sprießen.

Jetzt holte die Morgensonne Karl in die irdische Welt zurück. Er drehte seine kältesteife Hüfte, schlenkerte locker die Arme um den bulligen Körper, schüttelte seine kurzen Beine aus und kehrte dann leise summend zum Forsthaus zurück. Zeit, den Kids ein festliches Frühstück zu machen, dachte er munter, endlich mal wieder mit Eiern und Speck, wie sie es liebten, die mageren Zeiten waren vorbei, sie hatten wieder Geld!

Aus dem Wald hörte Karl schon den VW-Bus, der sich schaukelnd dem Forsthaus näherte. Jan und Ben kamen vom Discounter zurück, wo sie frische Brötchen und ein paar Dinge besorgt hatten, die sie gestern bei ihrem Großeinkauf vergessen hatten.

Hoffentlich hatten sie die Liste, die er ihnen in die Hand gedrückt hatte, nicht wieder verbummelt. Ein paar Minuten später standen Jan und Ben umringt von den anderen Kids in der Küche und schauten in die Zeitung, die sie zusammen mit frischen Brötchen, Toastbrot, Eiern, Kartons voller H-Milch und Saft, eingeschweißten Käsestücken und einem Bündel großer Salamis mitgebracht hatten. Der gestrige Einkauf hatte neben Konserven und Hundefutter für die beiden Mastinos hauptsächlich aus Schokolade, Chips und Weingummi bestanden, die die Kids kiloweise verschlangen.

»Die bislang unbekannten Täter konnten unerkannt mit ihrer Beute flüchten«, las Jan stockend vor. »Sie ließen ihr Opfer, den amerikanischen Touristen Anthony C. (74), sterbend auf dem Parkplatz zurück.«

»Hey, sollten wir den etwa noch mitnehmen?«, warf Anni grinsend in die Runde.

»Sein Zwergpinscher wachte bis in die Morgenstunden bei seinem Herrchen«, las Jan weiter vor. »Der Hund wurde dem Tierheim in Aachen übergeben.«

»Gut, dass der kein Deutsch kann, sonst hätte der euch verpfiffen«, sagte der kleine Ben grinsend. Kiki kicherte schrill und gab ihm einen Klaps auf den Hinterkopf.

Karl nahm die Zeitung und scheuchte alle aus der Küche. »Frühstück in zehn Minuten, raus jetzt, Tisch decken!« Er holte den brutzelnden Speck aus den drei großen Pfannen und goss aus einer Schüssel zwanzig aufgeschlagene Eier hinein. Auf der Anrichte stand schon das Tablett für Ira bereit. Sie hatte ihm gesagt, dass sie heute oben frühstücken würde. Während die Eier in der Pfanne brieten – schön braun, wie Ira es mochte –, schüttete Karl Kaffee in einen Becher, viel Milch, drei Löffel Zucker, und blätterte in der Zeitung. Plötzlich stutzte er. *Gerloff!*

War das nicht der Name von Chris' Schlampe? Die kleine Polizistin? Karl hob die Spiegeleier auf den vorgewärmten Teller, ging mit dem Tablett aus der Küche und rief laut ins Haus: »Essen ist fertig!«

Dann ging er mit schnellen Schritten die Treppen hinauf.

*

»Hallo, Gretel, hier ist Julia.«

»Julia, wie schön!«, hörte sie Gretels freundliche Stimme aus dem Handy. »Wie geht es dir?«

»Ich …«, Julia zögerte. Sie hatte sich die Worte zurechtgelegt, doch plötzlich kamen ihr Zweifel, wie sie für die liebe Nachbarin aus der Bauwagensiedlung und Mehr-als-nur-Freundin ihres Vaters klingen würden. »Ich hab leider ganz traurige Nachrichten.«

»Was denn?«, fragte Gretel ängstlich.

»Wolfgang ist gestorben.«

Stille.

»Vor ein paar Tagen schon«, schob Julia nach, nur um dem geschockten Schweigen auf der anderen Seite der Leitung etwas entgegenzusetzen.

»Oh, mein Schatz, das tut mir so leid!« Gretels Stimme bebte. »Wie geht es dir?«

»Schon ein bisschen besser.«

»Ist er im Krankenhaus … Warst du noch bei ihm, Julchen?«

»Nein, er ist zu Hause gestorben«, antwortete Julia knapp und hielt sich strikt an ihren Plan. Sie wollte am Telefon nicht über das blanke Grauen reden, nicht mit Gretel, die geborgen in ihrer Welt aus Schamanismus, Liebe und friedlichem Miteinander lebte.

»Mein armes Julchen, hast du jemanden, der sich um dich kümmert?«

»Danke, ich bin bei meiner Freundin. Die Kollegen von der Polizei organisieren die Beerdigung, die bezahlen alles, sogar eine Anzeige haben die in die Zeitung gesetzt«, antwortete Julia.

»Ach ja? Das ist schön. Ich wusste gar nicht, dass es so nette Polizisten gibt.«

»Doch. Möchtest du kommen? Die Beerdigung ist in einer Woche.«

»Oh, Julchen, ich glaube, das geht nicht. Ich bin schwanger, stell dir vor. Im achten Monat. Das Geburtszelt steht schon.«

Julia stutzte. Das wievielte Kind war es, das vierte oder das fünfte? »Schade, Gretel, aber ich freu mich für dich.«

»Ich stell gleich eine Kerze für Wolfgang ins Fenster. Die arme Seele, er hat so viel durchgemacht.«

»Ja.« Julia musste die Bilder des blutigen Zimmers verdrängen, Gretel würde in Ohnmacht fallen, wenn sie davon erfuhr.

»Meine arme Kleine, ich seh noch vor mir, wie du auf seinen Schultern gesessen hast und er mit dir ums Feuer gerannt ist. Willst du nicht zu uns kommen nach der Beerdigung? Wir wohnen wieder am See. Der Reinhold hat das kleine Bauernhaus an der Straße gemietet, da kann man heiß duschen.«

Julia blickte auf die Reisetasche in der Ecke des Schlafzimmers, die sie vor Wolfgangs Tod für eine Last-Minute-Reise irgendwohin gepackt und aus der sie sich in den letzten Tagen mit dem Nötigsten versorgt hatte. Sie bräuchte die Tasche nur zu nehmen. Zurück in die Heimat, zum See, als wäre nichts geschehen.

»Danke, aber ich hab zu viel zu tun. Vielleicht besuch ich euch mal.«

»Bitte tu das, Julchen.«

Julia hörte Gretel am anderen Ende der Leitung leise schniefen. *Jetzt oder nie.*

»Sag mal, Gretel ... Hat Wolfgang dir eigentlich mal irgendwas über meine Mutter erzählt?«, erkundigte sie sich vorsichtig.

»Nadja ... Warum fragst du?«

»Ich bin sicher, dass die nicht meine Mutter war.«

»Also doch«, sagte Gretel leise. »Ich hab ihm die Geschichte mit deiner toten Mama nie ganz abgekauft, er war ein schrecklich schlechter Lügner.«

»Ich hab ihm alles geglaubt«, erwiderte Julia ernst.

Gretel lachte kurz auf. »Ich war mit deinem Vater im Bett, Julchen, da lernt man Menschen etwas besser kennen.«

Bevor Gretel ins Detail gehen konnte, fragte Julia hastig: »Ich würde gern rausfinden, ob meine Mutter noch lebt. Hat er nie irgendeine Andeutung gemacht?«

»Nein. Wenn es darum ging, wurde er immer maulfaul und hat sich schnell verdrückt.«

»Ich hab ein altes Album mit Fotos von den beiden entdeckt. Die waren mit einem Motorrad unterwegs und haben gecampt. Warte mal.«

Julia fotografierte schnell zwei Bilder ab – Wolfgang und Ira vor dem Iglu-Zelt, das Motorrad im Hintergrund, Ira auf dem Panzer – und schickte sie Gretel. »So, die Fotos müssten jeden Moment bei dir ankommen.«

»Kann ich die aufmachen, während ich telefoniere?«

»Keine Angst, falls du weg bist, ruf ich dich zurück. Die Frau, die auf dem Panzerrohr balanciert, das ist meine Mutter.«

Es dauerte eine Weile, bis Gretel die Nachricht mit dem Bild geöffnet hatte. Dann rief sie überrascht aus: »Ach du liebe Güte, der Panzer! Deswegen!«

»*Deswegen?* Was meinst du damit?«

»Wolfgang hat manchmal davon erzählt, wenn er zu viel geraucht hatte, da war er nicht zu bremsen. Von dem Panzer hat er geredet und diesen ›Drachenzähnen‹ und dem Westwall. Ich hab nie verstanden, warum er sich so für das alte Nazizeugs interessiert hat. Das hat gar nicht zu ihm gepasst, er war ja Pazifist. Ich dachte immer, er habe als Kind ein bisschen zu viel mit Panzern und Pistolen gespielt. Herrje, die sehen ja ganz schön verliebt aus.«

Julias Gedanken rotierten. *Der Westwall. Schon wieder.* Sie wunderte sich über sich selbst, warum sie nicht gleich daran gedacht hatte, als sie die Fotos gesehen hatte. Als Wolfgang ihr vor dem Krankenhaus von den Ringen und dem Westwall erzählt hatte, war das für sie nicht mehr als ein Teilchen in einem verwirrenden Puzzle gewesen. Jetzt bekam das Durcheinander plötzlich eine Richtung und verdichtete sich auf einen Ort.

»Ich hab noch ein Foto«, sagte Julia und schickte Gretel das Bild von Wolfgang und Ira vor dem Forsthaus im Wald, dann lauschte sie für einen Moment dem Schweigen in der Leitung. Nach einer Weile hörte sie Gretel fast andächtig sagen: »Das Märchenschloss …«

»Du kennst das Haus?«

»Wolfgang hat mir ein paarmal davon erzählt. Von einem alten Forsthaus, verlassen und vergessen mitten im Wald. Er hat richtig geschwärmt. Man könne da tagelang durch die Wälder streifen, ohne einer Menschenseele zu begegnen, hat er behauptet.« Sie schien zu schmunzeln. »Er meinte, dass wir da alle zusammen hinziehen könnten, ein paar Familien mit ganz vielen Kindern. Das Foto hat er aber nie gezeigt. Wahrscheinlich wegen der Frau darauf.«

In Julias Kopf wirbelten Bilder und Worte durcheinander. *Wälder. Keine Menschenseele. Kinder. Fichtennadeln unter dem Schuh des Mörderkindes …*

»Hat er gesagt, wo das Haus ist?«

»Nein, nie. Ich hab auch nicht nachgefragt. Dein Vater war der große Geschichtenerzähler am Lagerfeuer, weißt du? Ich dachte, es wäre nur ein Märchen, wie immer.«

»Ich wünschte, es wär nur ein Märchen ...«, murmelte Julia beklommen.

*

Karl stellte das Tablett mit den Spiegeleiern, den Brötchen und dem Kaffee leise auf Iras Nachttisch, zog die Gardinen auf und öffnete das Fenster. Sonnige Morgenluft füllte das kleine Dachzimmer. »Guten Morgen.«

Ira schob schlaftrunken die Nase unter der Decke hervor.

»Die Kids haben Brötchen mitgebracht«, verkündete Karl fröhlich.

Ira setzte sich auf und blinzelte in die leuchtend grünen Baumwipfel hinter dem Fenster. »Haben sie an die Hundekekse gedacht?«

»Alles da.« Karl deutete auf das Tablett. »Es gibt sogar eine Zeitung.«

Ira trank einen Schluck Kaffee, nahm die Zeitung und überflog die Titelseite. Karl lächelte und deutete auf den Artikel über den Raub. »Wir haben gute Kritiken.«

Iras Blick wanderte durch die Zeilen. »Die meisten Menschen schaffen es nicht zu töten«, murmelte sie nachdenklich. »Sogar dann nicht, wenn sie es unbedingt wollen. Anni ist etwas Besonderes.«

Karl beobachtete gespannt, wie Ira umblätterte. Er hatte die Zeitung so zusammengelegt, dass sie auf die Todesanzeige stoßen musste. Plötzlich erstarrte sie. *Angebissen,* dachte Karl zufrieden, *ich bin doch ein pfiffiges Kerlchen, jetzt nur nichts anmerken lassen.*

Wie beiläufig schaute er Ira über die Schulter und las interessiert: »Wolfgang Gerloff. Kanntest du den?«

»Kann sein«, antwortete sie geistesabwesend.

Karl las weiter: »Julia Gerloff. Ist das seine Frau?«

Ira durchbohrte Karl mit scharfem Blick, und er bereute sofort, den Mund aufgemacht zu haben. Er war vielleicht pfiffig, aber Ira war schlau. Mehr als das. Sie war eine Hexe.

»Was soll das, Karl?«

»Was meinst du?«, stotterte Karl. »Ich dachte …«

Ira blickte ihn fest an. »Du sollst nicht denken. Was weißt du?«

Karl sank in sich zusammen. »Ich … ich hab den Namen schon mal gesehen. Das Foto auf deinem Handy, Chris' Freundin, die heißt doch so, oder?«

Ira nickte. »Julia Gerloff. Richtig erkannt.« Sie hob die Kaffeetasse an die Lippen und blickte nachdenklich zum offenen Fenster. Von unten drangen die Geräusche der Kids nach oben, die im großen Speisesaal miteinander lachten und schwatzten; der nächtliche Raubzug und das fürstliche Frühstück hatten das Haus wieder mit Leben gefüllt.

Karl stand wie eine Statue neben dem Bett. Ira drehte sich zu ihm, ihr Blick war klar und direkt. »Julia ist meine Tochter.«

Karls Augen zuckten. *Ira … eine Mutter?* Eine Flut von Bildern flatterte ohne jede Vorwarnung durch sein Gehirn: Karl an der Hand seiner Mutter, die einen riesigen, spitzen Ballonbauch vor sich herträgt; ein banger Kinderblick durch den Spalt in der Schlafzimmertür, die Mutter liegt schreiend mit weit gespreizten Beinen auf dem Bett, das kleine blutige Bündel wird aus ihr herausgezogen und an ihre Brust gelegt, damit es seinen Platz einnimmt; Geschrei, Brüste, Windeln, Kacke. So viel Nacktheit, so viel Mensch. Karl schauderte. Plötzlich überlappten sich die Bilder in seinem Kopf, und er musste schmunzeln. Ira mit vollen Windeln in den Händen, Ira mit einem heulenden Baby auf dem Arm, das Gesauge an ihren Brüsten, Babykotze auf der Schulter …

»Was?«, fragte Ira barsch.

»Ich … das ist toll. Warum hast du nie …?«, stammelte Karl hilflos.

»Weil es niemanden was angeht. Ein Wort zu den Kids, und du bist weg.«

»Natürlich.« Gedankenverloren schaute Karl auf die Todesanzeige. *Wolfgang Gerloff, der Kindsvater.* Sie hatte einen Mann. Wie sah er aus, wie hatte er es angestellt, Ira rumzukriegen? Sie hatte ihn töten lassen, ihn büßen lassen. Weswegen? Wegen *ihr?* Karls Kopf fing an zu hämmern. *Sie hat nicht Chris gesucht, sie hat sie gesucht! Ihre Tochter. Die kleine Irre! Und sie sucht sie noch immer! Was, wenn sie sie findet?*

»Und«, druckste Karl herum, um die Gedankenflut zu bremsen, »wo ist deine Tochter jetzt?«

Ira starrte schweigend auf Wolfgangs Todesanzeige.

»Sie kommt zur Beerdigung, oder?«, fragte Karl wie ein gelehriger Schüler.

»Bestimmt.«

»Und willst du …?«

»Natürlich.«

»Aber ist das nicht gefährlich?«

»Ja.« Ira warf Karl einen Blick zu. »Nordfriedhof … Warst du da nicht mal mit deinem Knastkumpel?«

Karl grinste plötzlich. »Mit dem Armani! So was hab ich noch nicht erlebt. Wie die seinen kleinen Bruder unter die Erde gebracht haben … Die Drecksbullen haben den abgeknallt, als der …«

Ira unterbrach: »Hast du mir alles schon erzählt. Ich muss mit diesem Armani sprechen. Hast du die Nummer noch?«

»Glaub schon.«

»Ruf ihn an«, sagte Ira ruhig, nahm ihren Teller und tunkte ein Stück Brötchen in das weiche Eidotter, bis es zerplatzte.

»Soll ich mitkommen?«, fragte Karl.

Ira schüttelte kauend den Kopf. »Du wirst meine Tochter sicher noch kennenlernen.« Sie deutete grinsend auf Karls zusammengeflicktes Ohr. »Ach ja, ihr habt euch ja schon kennengelernt!«

Oh ja …, dachte Karl und ging zur Tür. *Die kleine Julia. Wir kennen uns schon.*

*

Julia schreckte aus dem Schlaf hoch. Daria war zurück und hatte die Tür so fest zugeknallt, als wolle sie den Rest des Tages aus ihrem Leben aussperren. Während die Freundin im Bad verschwand, blinzelte Julia vom Bett zum Fenster. Aus dem engen Innenhof drang Küchengeklapper zu ihr herüber, Tauben gurrten wie Luftpumpen, eine rote Katze blickte argwöhnisch aus dem gegenüberliegenden Fenster. Julias Kopf fühlte sich an wie Brei. Nach dem morgendlichen Telefonat mit Gretel hatte sie den Laptop aufgeklappt, das Stichwort »Westwall« in die Suchmaschine eingegeben und orientierungslos Karten, Bilder und Artikel aufgerufen. Schließlich war sie an einem alten Propagandafilm hängengeblieben. Verwaschene Bilder waren über den Monitor geflimmert: massenhaft Arbeiter, die Sand schippten, Stahlträger schleppten und Zement gossen; endlose Lastwagenkolonnen, die aus dem ganzen Reich nach Westen zogen, Güterzüge mit Bergen voller Kies, riesige Bagger und Baumaschinen, haushohe Stahlpressen, Bunker voller Geschützrohre und Granaten, Soldaten in unterirdischen Eisenbahnen.

Das Ganze begleitet von scheppernden Orchesterklängen und der schneidigen Stimme des Wochenschausprechers. So viel grimmiger Ameiseneifer, hatte Julia gedacht, den Laptop zugeklappt und sich wieder ins Bett fallen lassen.

Jetzt griff sie nach dem Fotoalbum und blätterte gedankenversunken darin herum. Wie sollte sie nur all die Gefühle in Einklang bringen, die in ihrem Innern durcheinanderbrandeten? *Meine Mutter, die Terroristin.* Was sollte sie sich darunter vorstellen? War ihr Vater nicht auch mal eine Art Terrorist gewesen? Was hatte ihre Mutter verbrochen? Eine kleine Stimme flüsterte ihr zu: »Sie war im Hausflur, als Wolfgang …«

Julia schob das Album zur Seite, stand auf und ging murmelnd in die Küche: »Das Kind hat ihn umgebracht, nicht sie!«

Am Kühlschrank löffelte sie einen Joghurt und grübelte weiter. *Eine Mutter ist der erste Mensch im Leben eines Menschen. Man hat mitten in ihr dringesteckt, monatelang! Niemandem ist man je so nah, egal, wer sie ist.*

Julia kehrte ins Schlafzimmer zurück, ließ sich rücklings auf das große Bett fallen und schloss die Augen. Ihr Körper wurde schwer, und plötzlich konnte sie es mit jeder Faser spüren. *Mutter. Sie sucht mich – ihr Kind.* Hinter ihren Augenlidern sah Julia einen Wald, Tentakel aus Licht schwärmten daraus aus, glitten sehnend über das Land, näherten sich der Stadt, glitten tastend durch die Straßen, kletterten über die Hausdächer, rankten sich hinein in den Hinterhof, schoben sich durchs offene Fenster ins Schlafzimmer, erspürten endlich das verlorene Kind und umschlangen es liebevoll aufleuchtend. Ein erregend verbotenes Gefühl erfüllte Julia in ihrem warmen Lichtkokon – eine tiefe Sehnsucht nach ihrer Mutter, der rätselhaften, bösen Frau.

»Mach mal Platz«, sagte Daria, die in diesem Moment ins

Schlafzimmer kam. »Das frühe Aufstehen macht mich fertig, sind wir Nonnen oder Polizisten?«

Daria warf sich zu Julia aufs Bett, streifte sich die Schuhe ab und ließ sie quer durchs Schlafzimmer segeln. »War alles gut mit Nasrin?«

Julia rutschte schlaftrunken zur Seite. »Sie ist bei ihrer Freundin.«

»Roosen hat mich genervt, wollte wissen, wie es dir geht und ob du schön zu Hause bleibst. Er würde dir wohl am liebsten eine Kreuzfahrt in die Antarktis buchen.«

Julia schwieg. Der Tag im Bett lag wie eine Glocke über ihr. Sie warf einen verstohlenen Blick zum Fenster und meinte, noch die Spitzen der zärtlichen Lichttentakel zu sehen, die sich mit der Ankunft der Freundin in den dunklen Innenhof zurückgezogen hatten.

»Alles klar bei dir?« Daria warf Julia einen fragenden Blick zu.

»Ich bin nur müde«, murmelte Julia benommen. »Wahrscheinlich Lagerkoller.«

»Garantiert«, pflichtete Daria ihr aufmunternd bei. »Du brauchst einen Tapetenwechsel. Nach der Beerdigung setz ich dich in den nächsten Flieger. Noch eine Woche durchhalten … Vielleicht kommen Nasrin und ich gleich mit.«

Julia lächelte. »Du willst doch nur einen Babysitter haben.«

»Das werte ich als ein Ja. Ich kann immer noch nicht glauben, dass du noch nix von der Welt gesehen hast.«

»Was ich gesehen hab, reicht mir erst mal.«

Daria stand auf, holte eine Jogginghose aus dem Schrank und zog einen Bügel heraus. »Was meinst du?« Sie hielt ein schwarzes Sommerkleid hoch. »Für die Beerdigung.«

»Ja, gut. Zieh mal an.«

»Das ist für dich.«

Julia grinste schief. »Ich hab nicht deine Größe.«

Daria kniff in ihre Speckrolle. »Das ist mein Abikleid, war mir damals schon zu klein. Ich hab's für Nasrin aufgehoben.« Sie warf das Kleid aufs Bett. »Probier's mal an.«

Ohne das Kleid zu beachten, sagte Julia: »Die behaupten, meine Mutter ist eine Terroristin.«

Daria blieb wie angewurzelt stehen, ein ungläubiges Lachen auf den Lippen. »Die Überraschungsshow hat noch eine Fortsetzung?«

»Roosen hat's mir gesteckt.«

»*Fuck!* Das gibt's doch gar nicht.«

Julia blickte zum Hof. Alles erschien ihr wie ein verwirrender Traum.

Daria setzte sich zu ihr aufs Bett. »So richtig mit Bomben und so?«

»Keine Ahnung.«

»Und sonst, was hat er sonst noch gesagt?«

»Sie ist untergetaucht.«

»Hast du ihm von den Fotos erzählt?«

»Nein.«

»Du hast ihm nicht gesagt, dass sie deine Mutter ist?«

»Nein.« Julia zupfte an dem schwarzen Kleid herum. Daria nahm ihre Hand. »Die fahnden nach ihr! Die müssen alles wissen.«

Julia hob ihren Blick und war selbst erstaunt, wie entschlossen ihre Stimme klang, als sie sagte: »Ich will es nicht!«

Daria zuckte kaum merklich zurück. »Sie hat deinen Vater auf dem Gewissen!«

Julia erwiderte trotzig den Blick. »Seit zwei Wochen sagen mir andere, was ich tun und was ich lassen soll. Angeblich wissen sie, was für mich am besten ist, und trotzdem hab ich alles verloren. Ich weiß selbst, was ich zu tun habe!«

Daria blickte lange in Julias braune Augen, dann nickte sie. »Gut.« Sie griff nach dem Kleid und hielt es ihr hin. »Probierst du es an?«

Julia versuchte ein versöhnliches Lächeln. »Okay.« Sie stand vom Bett auf und zog ihr Schlafshirt aus. »Meinem Vater wäre es am liebsten gewesen, wenn ich seine Asche in den See geschmissen hätte.«

»Gibt's da nicht so ein Beerdigungsgesetz – Tote dürfen nur auf den Friedhof und so?«

Julia zuckte mit den Achseln. »Ist eh zu spät. Das mit dem Friedhof haben mal wieder andere für mich entschieden.«

»Es war nett gemeint von den Kollegen.«

»Und ich muss nichts bezahlen.« Julia schlüpfte in das schwarze Kleid.

Daria betrachtete sie lächelnd. »Schwarz steht dir gut. Wenn's nicht so ein trauriger Anlass wäre, würde ich dir raten, öfter so was zu tragen.«

Julia musterte sich im Spiegel. »Wolfgang wollte immer, dass ich Schwarz trage.«

Daria lächelte. »Er hatte recht. Du siehst damit irgendwie … erwachsen aus.«

Julia schaute lange in den Spiegel. *Erwachsen* …

*

Die Trauerglocke schlug dreimal. Roosen stand vor der Kapelle und beobachtete, wie der Bestatter Julia eine metallicrote Urne übergab. Der Hauptkommissar überlegte, ob es angemessen wäre, ihr ein Kompliment für ihr Kleid zu machen. Schwarz stand ihr gut. Überhaupt, dachte der Ausbilder zufrieden, Julia wirkte stabiler. Jetzt, knapp zwei Wochen nach dem Tod ihres

Vaters, waren ihre Augen nicht mehr so leblos, der ernste Zug um ihren Mund schien verschwunden. Die komische Grabblume, die aussah wie ein mickriger Wirsing, war für Roosen ein weiteres Indiz dafür, dass die wunderliche Polizeischülerin langsam wieder die Alte wurde. Der kleine Trauerzug setzte sich hinter einem alten Friedhofswärter mit abgelatschten, dreckigen Schuhen in Bewegung. Julia ging mit der Urne im Arm neben Daria, die eine schwarze Hose und Bluse trug, dahinter folgten Roosen und Adam, dessen Arme, Hals und Gesicht mit den riesigen Pflastern wie zusammengeflickt aussahen. Die Platanenallee schien nicht enden zu wollen, die Morgensonne brannte, der Geruch von welken Grabblumen und frischer Erde lag schwer in der Luft. Roosen spürte, wie ihm der Schweiß die Sakkoärmel hinablief. Er hatte seinen schwarzen Anzug das letzte Mal vor zwanzig Jahren aus dem Schrank geholt, trotzdem erinnerte er sich noch gut an die Beerdigung der jungen Kollegin, die in einer eisigen Winternacht im Einsatz von einem Fahrerflüchtigen überfahren worden war. Er hatte am Grab seine Pilotensonnenbrille aufgesetzt, im Schneetreiben, damit die anderen seine Tränen nicht sahen. Hunderte waren trotz des scheußlichen Wetters gekommen, die ganze Familie, mit weiß bepuderten Uniformen.

Die kleine Trauergruppe um Julia zog an den ersten Gräberfeldern vorbei. Roosen ließ seinen Blick umherschweifen. Eine alte Frau hockte an einem Grab und zupfte an der Bepflanzung, ein junger Mann füllte an einer Wasserstelle eine Gießkanne. *Hat er gerade über die Schulter geschaut und uns beobachtet?* Es gefiel Roosen gar nicht, dass die Kollegen eine Traueranzeige geschaltet hatten, nach allem, was in Julias Umfeld geschehen war. So eine Traueranzeige war eine Einladung für jeden, der ihr ans Leder wollte, das hatte er auch dem Kollegen vom Präsidium gesagt, aber der wollte nichts davon wissen. *Vielleicht haben sie ja trotzdem ein Team geschickt*, dachte der Hauptkommissar und wischte sich den Schweiß von der Stirn.

»Heiß, was?«, murmelte Adam und öffnete die oberen Knöpfe seines durchgeschwitzten, schwarzen Hemds. Roosen nickte nur, seine ausgetrocknete Kehle brannte. Das Jackett würde zu bleiben, sagte er sich, es würde keinen guten Eindruck machen, wenn man die Pistole in seinem Achselholster sehen würde. Die kleine Prozession passierte einige prachtvolle Gruften von Industriellen und Großbürgerfamilien und bog in einen kleineren Seitenweg ab. Roosen bemerkte vor einem schwarzen Marmorgrab einen kräftigen Mann in einer dünnen Jacke. *Warum trägt er bei dieser Hitze eine Jacke?* Roosen drehte sich um und sah, dass der Mann von der Wasserstelle hinter den Trauergästen herging. Ohne Gießkanne. Der Ausbilder ließ seinen Blick nach rechts wandern, ein junges Paar schlenderte auffällig unauffällig den Weg entlang. Roosens Körper spannte sich an, sein Kopf arbeitete auf Hochtouren. *Kollegen. Sie observieren uns.*

*

Julia spürte das Gewicht in ihren Armen. Die hässliche Urne wog mindestens zwei bis drei Kilo, schätzte sie und wunderte sich, wie viel von ihrem abgemagerten Vater noch übrig geblieben war. Warum hatte sie nicht selbst eine Urne ausgesucht, eine freundlichere, aus Ton oder Holz? Sie war zu nichts fähig gewesen, seit Wolfgangs Tod hatte ihr Gehirn mehr oder weniger seinen Dienst verweigert. Zermürbende Gedankenspiralen hatten es beinahe völlig außer Gefecht gesetzt.

Roosen hatte Daria, Adam und sie am Morgen mit seinem Auto eingesammelt. Der Arme hatte fürchterlich geschwitzt in seinem viel zu weiten Anzug und während der Fahrt nervös die

Radiosender gewechselt. *Vielleicht mag er keine Friedhöfe,* dachte Julia und erinnerte sich an die einzige Beerdigung ihres Lebens, als Tina, die Älteste der Gemeinschaft, gestorben war. Ein Bestatter hatte ihnen ihre Asche übergeben, nicht legal, aber billig, sie hatten sich ein paar Flaschen Sekt gegönnt, und Gretel hatte die Überreste der Toten feierlich mit ein paar Blumen im See verstreut, wo sie als grauer, blasiger Staubteppich zwischen Wolfgangs Zigarettenstummeln umhergetrieben waren und nicht hatten untergehen wollen. *Tut mir leid, Papa*, dachte Julia jetzt und strich über die Urne, *aber ich behalte dich in meiner Nähe.*

Der Friedhofswärter bog in einen schmalen Seitenweg ab und steuerte eine Wiese an, die mit Dutzenden Urnengräbern, kleinen Grabsteinen und einfachen Namensplatten übersät war. Es wurde Ernst. Julia wechselte einen Blick mit Daria, die ihr aufmunternd zulächelte. Die Kohlblüte in der Hand ihrer Freundin ließ schlapp den Kopf hängen. Aus der Ferne hörte Julia leises Stimmengewirr. Sie waren scheinbar nicht die Einzigen an der Wiese.

*

Endlich, dachte Roosen erleichtert, als er sah, wie der Bestatter auf die Wiese mit den Urnengräbern zustrebte. Er schaute sich um. Der Gießkannenmann war verschwunden, offensichtlich abgelöst durch das Pärchen, das sich ein Stück abseits auf eine Parkbank gesetzt hatte und jetzt dienstlich zu kuscheln begann. Der Friedhofswärter blieb an einem kleinen Erdloch stehen, nickte Julia zu, nahm ihr mit weihevoller Miene die Urne ab, beugte sich schwerfällig vor und ließ sie langsam in das Loch hinab. Dann verfüllte er das Grab mit Erde, richtete sich umständlich auf, trat zwei Schritte zurück, nahm die Mütze ab und senkte seinen nassgeschwitzten Kopf in stillem Gedenken. Das war's, dachte Roosen, so schnell geht es zu Ende. Julia nahm die schlappe Kohlblume aus Darias Hand, legte sie auf das Grab ihres Vaters und stellte sich still davor. Der Hauptkommissar hätte gern auch einen Moment des Toten gedacht, vielleicht ein Gebet gesprochen, wenn er sich noch an eins erinnert hätte, doch er konnte sich nicht konzentrieren. Aus der Ferne drangen Stimmen herüber, die lauter und lauter wurden. Roosen blickte sich um und sah, wie aus einem Seitenweg, vielleicht fünfzig Meter entfernt, eine Menschenmenge näher kam. Es wurden immer mehr, Männer, Frauen, Kinder. *Zigeuner!,* dachte Roosen, beugte sich zum Friedhofswärter und flüsterte: »Was ist das denn?«

»Das sind Sinti. Die haben hier viele Gräber.«

Der Pulk kam näher, Roosen zählte über dreißig Personen, die vorderen trugen große, blumengeschmückte Kränze in den Händen.

Der Friedhofswärter flüsterte: »Die tun noch was für ihre Toten. Drei Kapellen haben die renoviert, auf eigene Kosten. Und es gibt immer kräftig Trinkgeld.«

»Drogen, Erpressung, Prostitution«, murmelte Roosen.

»Kennen Sie die Leute?«, fragte der Friedhofswärter.

Der Ausbilder schwieg grimmig und warf einen Blick zur Parkbank. Das Pärchen war aufgestanden und ging mit eiligen Schritten auseinander. Auf der anderen Seite der Wiese stand hinter einem Grabstein der Gießkannenmann. Roosen konnte seine Gedanken lesen: unübersichtliche Lage, Gefährdung von Dritten bei Zugriff, drohender Abbruch. *Größtmögliche Scheiße.*

Die Trauergruppe war bis auf zwanzig Meter näher gekommen. Der Hauptkommissar konnte lachende Gesichter erkennen. Plötzlich fiel ihm eine komplett verschleierte Gestalt auf, die wie ein schwarzer Monolith in dem munteren Pulk mitschwamm. Eine gesichtslose, dunkle Vogelscheuche.

*

Sie waren fast am Ziel. Ira versuchte durch den dichten Schleier zur Wiese zu spähen. Die Luft unter den alten, muffigen Stoffmassen raubte ihr den Atem, das Gedränge war nervtötend. Eng um sie herum gingen Armanis Freunde und quatschten, als wären sie auf einer Betriebsfeier, Frauen zerrten ihre kleinen Kinder zurück, die auf die Wiese laufen und auf den Grabsteinen herumturnen wollten. Gut so, beruhigte sich Ira, das Chaos war Teil des Deals und hatte sie dreieinhalbtausend Euro gekostet. Davon hatte Karls Knastfreund seine Verwandtschaft zusammengetrommelt, Kränze gekauft, ein schwarzes Kleid mit Schleier organisiert und einen Friedhofsmitarbeiter bezahlt, damit er ihm steckte, wo Wolfgang Gerloffs Urne bestattet wurde. Am Morgen hatte Armani Ira persönlich auf einem Autobahnparkplatz abgeholt. Ein kettenrauchender, goldbehangener Affe, der sie unverhohlen im Rückspiegel beglotzte, als sie hinten in seinem schmierigen Benz das Kleid überstreifte. Aber es war die beste Idee, die sie seit Langem gehabt hatte, beglückwünschte sie sich jetzt. Wo sollte man sie weniger vermuten als zwischen diesem Gesocks, das sie bei erster Gelegenheit für immer aus dem Land schmeißen würde?

Da! Iras Blick blieb an einer schmalen Gestalt im schwarzen Kleid hängen, die auf der Wiese neben einer kräftigen Frau, zwei bulligen Männern und einem alten Friedhofswärter stand und auf den Boden starrte. Iras Herz schlug schneller. *Julia!* Ein hochgewachsener Schlaks mit blauer Lederjacke schob sich in ihren Blick. Sie drängte ihn ungeduldig zur Seite und spähte durch den Pulk zur Wiese. Nur noch ein paar Schritte, dann würde sie Julias Gesicht sehen. Sie hatte den Moment ersehnt und gefürchtet, ihre Nähe, die Begegnung. Sie wollte sie sehen, sie ansprechen. Vielleicht mehr.

Gleich …

*

Ruhe in Frieden. Julia stand versunken vor dem kleinen Grab und dachte daran, dass ihr Vater Ruhe gehasst hatte. Nie hatte er still bleiben können, immer musste er gehen, rennen, springen, schaukeln oder tanzen. Sogar in seinem Krankenbett, als seine Füße für immer stillgelegt waren, hatte er ständig mit den Fingern getrommelt. Julia drehte sich um und bemerkte erst jetzt, dass eine große, bunte Trauergruppe dicht an ihnen vorüberzog und sich nur ein paar Schritte entfernt an einem Urnengrab versammelte. Unweigerlich musste sie lächeln. *Ja, das ist eine Nachbarschaft nach Wolfgangs Geschmack, eine laute, feiernde Trauergesellschaft! Unruhe in Frieden!*

Plötzlich sah sie eine ganz in Schwarz gekleidete Gestalt in einem knöchellangen Kleid und einem dichten Schleier vor dem Gesicht, die sich aus der Gruppe löste. Sie war komplett verhüllt, alle Haut, alles Menschliche war hinter dem schwarzen Stoff verschwunden, und trotzdem hatte Julia das beklemmende Gefühl, von ihr gemustert zu werden. Gänsehaut kroch ihren Rücken hoch, sie konnte den Blick nicht abwenden, ihr Atem ging flacher. Julia öffnete den Mund, vielleicht könnte sie die Fremde einfach begrüßen, doch es wollte kein Laut über ihre Lippen dringen. Die schwarze Gestalt schien sie mit ihren unsichtbaren Augen zu hypnotisieren. *Sie kommt. Genau auf mich zu.*

*

Roosen rann der Schweiß von den Schläfen den Hals hinunter und tränkte seinen engen Hemdkragen. Der Trubel machte ihn nervös, die Blagen rannten auf der Wiese herum und streckten ihm die Zunge raus, es wurde gequatscht und gelacht, fehlte nur noch die Musik! Plötzlich sah er, wie sich die schwarze Gestalt aus dem Pulk löste und langsam auf Julia zuging. *Die Vogelscheuche! Sie ist vermummt!* Im überreizten Zentralnervensystem des Hauptkommissars schrillten sämtliche Alarmglocken, aus seiner Nebennierenrinde schwappte eine Welle Adrenalin in seinen Blutkreislauf, jeder Muskel spannte sich, sein Herz begann zu rasen, der Blutdruck stieg schlagartig, Magen und Darm setzten alle Aktivitäten aus. *Zugriff!* Roosen griff zum Holster unter seiner Achsel, riss die Pistole heraus und richtete sie auf das schwarze Gespenst. »Keine Bewegung!«

Im selben Moment schlug eine Faust gegen sein Handgelenk, die Pistole fiel zu Boden, kräftige Arme schlangen sich um seinen Hals, Hände rissen an seinem Jackett. Er taumelte, Männer hängten sich an ihn, rangen ihn zu Boden und warfen sich auf ihn. Roosen schnappte nach Luft. Durch die Beine sah er, wie Daria schreiend herbeisprang und an den Männern zerrte. Hinter ihr stand Julia wie angewurzelt am Grab und starrte in das augenlose Gesicht der schwarzen Vogelscheuche.

»Lauf, Julia! Renn weg!«, keuchte Roosen, dann presste eine Hand sein Gesicht in den Rasen.

*

Julia war wie narkotisiert. Hatte Roosen ihr etwas zugerufen? Für einen Augenblick sah sie seinen puterroten Kopf unter einer Traube von Menschen am Boden hervorschauen, Adam und Daria versuchten verzweifelt, ihn zu befreien. Die riesige

Gruppe hatte sich wild gestikulierend um das Knäuel aus Leibern geschart, dazwischen liefen lachende und schreiende Kinder umher. Julias Blick schweifte wieder zu der schwarzen, gesichtslosen Gestalt, die ruhig vor ihr stand und sie zu fixieren schien. Jetzt hob sie die schwarz behandschuhte Hand zu einem gespenstischen Gruß. Wie in Trance hörte Julia eine leise Frauenstimme ihren Namen sagen.

Du träumst. Wach auf, Julia, wach endlich auf!

Plötzlich hörte sie über den Tumult hinweg das laute Aufheulen eines Motors. Julia sah eine Geländemaschine, die auf dem kleinen Sandweg heranraste, auf die Wiese bog und genau auf sie zuhielt. Ein silberner Helm blitzte in der Sonne auf, Gras spritzte hoch, dann kam das Motorrad rutschend direkt neben ihr zum Stehen. Der Fahrer klappte sein Visier hoch. *Nick!*

»Steig auf!«

Aus dem Augenwinkel sah Julia die verschleierte Gestalt, sie streckte ihren Arm nach ihr aus. »Julia …«

Woher kennt sie meinen Namen?

»Los!« Nick packte Julia am Arm. Sie schwang ihr Bein auf den Sattel und konnte sich gerade noch an Nicks Gürtel festhalten, als auch schon der Motor aufheulte und sie mit einem Ruck weggerissen wurde – weg von der schwarzen Frau, weg von dem kämpfenden Haufen, weg von allem. Der Fahrtwind wehte Julia kühl ins verschwitzte Gesicht, Büsche, Blumenbeete, Gräber und Bäume schossen immer schneller an ihr vorbei und verwischten zu rasendem Grün. Das Motorrad beschleunigte, bremste, legte sich in enge Kurven und beschleunigte wieder. Julia umschlang Nicks drahtigen Körper, drückte sich fest an ihn und schloss die Augen.

12

Roosen lag bäuchlings auf der Wiese und spürte, wie endlich wieder Luft in seine Lunge strömte. Japsend rappelte er sich auf alle viere und sah in Darias besorgtes Gesicht.

»Herr Roosen, alles klar? Können Sie mich hören?«

Der Hauptkommissar nickte, setzte sich auf und sah sich um. Die Meute war von ihm heruntergeklettert und mit dem Rest der Trauergruppe in alle Himmelsrichtungen verschwunden. Auf der Wiese fing eine Frau ein kleines Kind ein und verschwand in einem Seitenweg. Der Friedhofswärter sammelte in aller Seelenruhe Zigarettenkippen vom Rasen auf. Wo war Julia? Wo war die Vogelscheuche? Wo waren die Kollegen?, wirbelte es Roosen durch den Kopf. Plötzlich tastete er hektisch das Gras ab und krächzte heiser: »Meine Waffe!«

Adam schaute sich kopfschüttelnd um. »Hier ist nix.«

Roosens Atem ging stoßweise. Es dauerte einige Sekunden, bis sämtliche Geschehnisse der letzten Minuten in seinem Gehirn Platz fanden, dann zerriss sein Wutschrei die Stille des Friedhofs.

*

Keppler schaute aus dem Fenster im fünften Stock des Bundesverfassungsschutzes und wartete auf Wormlands Anruf. Er war sich sicher, dass die Dinge außer Kontrolle geraten würden. In der Nacht hatte er unruhig geschlafen und war früher als sonst ins Büro gefahren. Die Morgenstunden hatte er damit verbracht, ein Stück des Verwaltungsberges abzutragen, der in den letzten Tagen auf seinem Schreibtisch angewachsen war: Anfragen, Kenntnisnahmen, Stellungnahmen, ein lähmender Haufen überflüssiger Arbeit. Keppler hatte die Uhr nicht aus dem Blick gelassen, aber die Zeit war gekrochen. Um zehn Uhr fünfzehn nahm er schließlich sein Telefon und stellte sich ans Fenster. Bis zu Wolfgang Gerloffs Beerdigung war es noch eine Viertelstunde. Wormland hatte versprochen, ihn schnellstens über den Einsatz am Nordfriedhof zu informieren. Dann, um sechs Minuten vor halb elf klingelte das Handy, die Chefin war dran. »Wir haben ein Problem.«

»Jetzt schon?«

»Nick ist abgehauen.«

»Scheiße.«

»Er hat mit dem Wasserkocher den Feuermelder ausgelöst. Grössel ist mit einem Pfleger ins Zimmer rein und hat einen abbekommen. Mit der Teebeutelbox. Er wird gerade genäht.«

»Und der Pfleger?«

»Nick hat ihn eingeschüchtert, damit er den Safe öffnet.«

Eilig überschlug Keppler, was Nick im Safe gefunden haben mochte: Handy, Geld, Papiere und den Motorradschlüssel. »Wann war das?«

»Vor ungefähr fünfzehn Minuten.«

»Haben Sie versucht, Nick anzurufen?«

»Das Handy ist aus.«

In Kepplers Kopf rasten die Gedanken: Was würde Nick jetzt tun? War es Zufall, dass er gerade heute ausbrach? Wusste er von der Beerdigung? Keppler schaute auf die Uhr und rechnete laut: »Nick ist gegen zehn nach zehn abgehauen, zu Fuß von der Klinik nach Hause braucht er vielleicht zwanzig Minuten. Er könnte also jetzt gerade auf das Motorrad steigen. Bei wenig Verkehr wäre er in fünfzehn Minuten am Friedhof. Weiß die Polizei Bescheid?«

»Gott bewahre! Grössel ist stinksauer, aber er kennt die Regeln.«

»Immerhin.«

»Dieser kleine Bastard, er hat mich verarscht«, murmelte die Chefin ins Telefon, und Keppler hörte das leise Zuschnappen eines Etuis und das kurze Klicken eines Feuerzeugs. Die Chefin atmete tief ein und klang gleich ruhiger: »Vielleicht macht er auch nur einen Ausflug und ist heute Abend wieder zurück.«

»Ich melde mich, sobald ich was Neues erfahre.« Keppler hatte aufgelegt und sein Gesicht an die Fensterscheibe gedrückt, um nach Süden zu blicken. In der Ferne hatte er das dunkle Viereck des Nordfriedhofes zwischen den Gleisen und der Pferderennbahn ausmachen können.

Jetzt, es war Punkt elf, klingelte das Telefon.

»Wir haben ein Problem«, sagte Hauptkommissar Wormland anstelle einer Begrüßung.

»Ihr auch?«

»Christian Eisermann ist mit einer Geländemaschine aufgetaucht und hat Julia Gerloff eingepackt.«

»Was sonst?«, murmelte Keppler mit Blick auf die Uhr. »Was ist mit Ira Tetzel?«

»Wir wissen nicht, ob sie da war. Am Grab war ein Höllenspektakel, mindestens dreißig Unbeteiligte, die Kollegen mussten die Operation abbrechen. Der Oberstaatsanwalt flippt gerade aus.«

»Gibt es eine Spur?«

»Fahndung ist eingeleitet, kann aber sein, dass Eisermann uns durch die Lappen gegangen ist.«

Keppler bedankte sich und legte auf. Sein Blick schweifte über die Stadt. Das Worst-Case-Szenario war eingetreten, und trotzdem war ihm leicht ums Herz. *Nick und Julia. Wieder zusammen.* Vielleicht würden sie ja einfach nur mit dem Motorrad davonfahren, ganz weit weg, hinaus aus dieser verkommenen Welt aus Lügen und Intrigen.

*

Elektromusik wehte vom anderen Ufer des Baggersees herüber. Nick und Julia hielten ihre Füße in das kühle Wasser, der Badestrand gegenüber war voller Sonnenschirme, Kinder schrien im Wasser, Stand-up-Paddler zogen ruhig ihre Bahn. War es wirklich erst eine Stunde her, ging es Nick durch den Kopf, dass er dem Arzt die Kiste über den Schädel gezogen hatte und nach Hause gerannt war? Er hatte das Geld von Keppler aus dem Versteck unter der Klobürste geholt, war mit seiner Yamaha zum Friedhof gerast und hatte einen Friedhofswärter nach dem Grab von Julias Vater gefragt. Mit Vollgas war er dann an erschrockenen Friedhofsbesuchern vorbeigejagt bis zur Wiese, wo sich gerade ein riesiger Haufen Zigeuner prügelte. Nick stand das bizarre Bild noch vor Augen: Die übereinanderliegenden Gestalten und daneben Julia in ihrem schwarzen Kleid, zwei Schritte vor ihr eine schwarze, komplett verschleierte Mumie, die den Arm nach ihr ausstreckte. Julia war auf den Sattel gesprungen, und er hatte die Maschine kreuz und quer zum nördlichen Betriebsgelände des Friedhofs gesteuert, weiter durch einen offenen Fußgängerweg in ein Wohnviertel, dann immer an der Eisenbahnlinie entlang, durch ein Industriegebiet bis zum Baggersee, wo er früher gelegentlich am Strand geschlafen und Essensreste der Badegäste aus den Mülleimern gefischt hatte. Sie hatten den überfüllten Parkplatz überquert und das Motorrad in einem Gebüsch abgestellt. Schließlich waren sie über eine dicht bewachsene Landbrücke zu dem Ufer gegenüber dem Strand gegangen und hatten sich hingesetzt. Bis dahin hatten sie kein Wort geredet.

Jetzt zog Julia ihr Handy aus der kleinen Handtasche und tippte darauf herum.

»Was machst du?«, fragte Nick.

»Ich schicke Daria nur eine kurze Nachricht, dass alles okay ist.«

Nick riss ihr das Telefon aus der Hand und nahm den Akku heraus.

»Hey«, protestierte Julia.

»Muss sein, die können uns sonst orten.«

Julia verstand und steckte Handy und Akku in ihre Tasche. Ihr Blick schweifte über den sonnengleißenden See. Nick schaute sie von der Seite an. Schwarz stand ihr gut, dachte er, sie wirkte ernster damit. Älter. Julias braune Augen hatten sich verändert. Sie schien einen Vorhang davorgezogen zu haben, man konnte nicht mehr so tief in sie hineinblicken wie noch vor zwei Wochen.

»Ich hab von deinem Vater gehört«, sagte Nick leise. »Das tut mir leid.«

Julia nickte und blickte gedankenversunken über den See, wo ein Schlauchboot mit vier Jugendlichen vorbeiglitt, die laut lachend mit ihren Bierflaschen anstießen. Plötzlich drehte sie sich zu ihm um und musterte ihn, als müsse sie ihn erst wieder kennenlernen.

Nick lächelte unsicher. »Was ist?«

»Die grünen Flecken in deinem Gesicht, sind die noch von der Explosion?«

»Ja. Die werden bald gelb, hat der Arzt gesagt.«

Ein Lächeln blitzte um Julias Augen auf, um sofort wieder von dem Vorhang verhüllt zu werden. »Wo warst du die ganze Zeit?«

Nick zögerte. Was sollte, was *wollte* er erzählen?

»In einer Klinik. Ist eine lange Geschichte.«

Julia nickte abwartend. Er paddelte nervös mit den Füßen im Wasser.

»Lass uns abhauen!«, platzte es plötzlich aus ihm heraus. »Nach Portugal! In drei Tagen sind wir am Meer.«

Julia schüttelte stumm den Kopf.

»Wir können ein Schiff nehmen. Wohin willst du? Asien? Südamerika?«

»Ich kann nicht wegfahren.«

Nick nahm Julias Hand. »Die fahnden nach uns. Okay, nicht nach dir. Aber du kannst auch nicht einfach hierbleiben. Du bist in Gefahr.«

Julia blickte ihn plötzlich herausfordernd an. »Gefahr? Meinst du meine Mutter? Ira Tetzel?«

Der Name aus Julias Mund durchzuckte Nick wie ein Stromstoß. *Deshalb die Vorhang-Augen!*

»Du weißt es?«

Julia schaute ihn fest an. »Ich war in deiner Wohnung. Ich habe das Foto gefunden und mich ein bisschen umgehört.«

»Ich … ich wollte dir damals sagen …« Er zögerte.

Julia schaute ihn erwartungsvoll an. »Ja?«

Nicks Gedanken kreisten: *Jetzt, kein Aufschub, sie hat das Fass angebohrt, jetzt muss es raus.* Wenigstens ein paar Tropfen. Warum war er nicht besser im Reden?

Er holte tief Luft. »Ich kenne deine Mutter. Sie hat ein paar Jugendliche von der Straße geholt, einige sind schon ein bisschen älter. Ich war einer davon. Sie hat mich aus der Szene geholt. Wir hatten eigentlich eine gute Zeit, fast zwei Jahre lang …«

Nick schwang seine Füße aus dem Wasser. Vielleicht, dachte er, gab sie sich erst einmal mit ein paar Happen zufrieden, heute einen, morgen einen zweiten. Und die schwer verdaulichen Brocken kämen später.

»Aber dann hatte ich keine Lust mehr und bin aus der Gruppe abgehauen.«

Die beiden schauten eine Weile über den See. Das Schlauchboot zog wieder vorbei, die Kids schaukelten und grölten Karnevalslieder.

»Und, wie ist sie?«, fragte Julia unvermittelt.

»Was meinst du?«

»Meine Mutter. Du hast zwei Jahre mit ihr gelebt. Was ist sie für ein Mensch?«

Nick überlegte. Wo sollte er anfangen? Ira ist eine Verführerin? Eine Wahnsinnige? Deine Mutter hat mir den Finger abhacken lassen?

»Sie ist … speziell«, hörte er sich antworten. »Sie ist …«

»Eine Terroristin«, unterbrach Julia.

Nick schaute sie überrascht an. »Woher hast du das denn?«

»Hat sie mal von so einem alten Haus erzählt? Im Wald?«, fragte Julia.

Nicks Kopf dröhnte. *Sie kennt es! Was spielt sie für ein Spiel? Sei vorsichtig!*

»Keine Ahnung«, sagte er und deutete auf Julias schwarzes Kleid. »Du brauchst andere Klamotten.«

»Ich geh gleich an den Strand und klau mir welche.«

»Zu gefährlich, die suchen dich.« Nick zog das T-Shirt aus,

schnallte sich seine kleine Bauchtasche ab und streifte die Hose herunter. »Die Boxershorts gehen als Badehose durch.« Dann stakste er zum Ufer und sprang ins Wasser.

*

Chris, dieser verfluchte Bastard! Ira stand im Waschraum der Autobahnraststätte und wusch sich Gesicht und Haare mit Seife. Der Muff des alten Trauerkleids klebte an ihrer Haut, ihr ganzer Körper juckte. Sie schob ihre Ärmel hoch und schäumte sich die Arme ein. Eine Rentnerin am anderen Waschbecken schaute sie schräg an.

»Hier gibt's auch Duschen.«

»Was?« Ira funkelte sie mit tropfendem Gesicht im Spiegel an.

»Nichts«, sagte die Rentnerin eingeschüchtert.

»Besser so, blöde Fotze!« Ira hatte eine Scheißwut. Wo war Nick plötzlich hergekommen? Sie war Julia so nah gewesen, hatte sie fast berührt. *Sie war so schön! Eine junge Frau! Er hat sie mir gestohlen!* Ira hielt den Kopf unter den Wasserhahn. Warum hatte sie den kleinen Wichser nicht einfach von seiner Maschine gestoßen und ihm mit dem Absatz das Gesicht zertreten? Sie blickte in den Spiegel und schloss die Augen. *Komm runter.* Sie hatte Glück gehabt, gestand sie sich ein, die Bullen waren da gewesen, das nervöse Pärchen, der Typ hinter den Grabsteinen – offenbar wollten sie ihr einen Empfang bereiten. Aber Armani hatte einen richtig guten Job gemacht. Er hatte sie schnell vom Grab weggezogen und sie zum Seiteneingang gebracht, wo sein Zuhälter-Benz schon bereitstand. Ein paar andere Zigeuner hatten mit ihren Wagen die Straße blockiert und sich mit ein paar Typen gestritten, wahrscheinlich Zivilbullen, die die Verfolgung von Nick aufnehmen wollten. Sie hatten freie Bahn gehabt. Armani hatte seine Kirmesmusik angestellt und war auf die Autobahn gefahren. Auf dem Rücksitz hatte sie sich das durchgeschwitzte Kleid vom Leib gerissen, und Armani wären fast die Glotzaugen rausgefallen. An der Raststätte hatte er ihr die Tür geöffnet, einen Diener angedeutet und grinsend gesagt: »Stets zu Diensten. Und grüß Karl.«

Hübscher Kerl, dachte Ira und hielt ihren Kopf unter den Handtrockner, *schade, dass er ein verdammter Zigeuner ist.*

Ein paar Teenager kamen in die Toilette und kicherten. Ira beachtete sie nicht und ließ den warmen Luftstrom durch die frisch gewaschenen Haare fegen. Karl war sicher schon draußen und wartete ungeduldig auf sie.

*

Julia saß auf einem Baumstumpf am Baggersee und beobachtete, wie Nick das andere Seeufer erreichte und zwischen den Sonnenschirmen verschwand. Der kurze Blick auf seinen tätowierten Rücken hatte warme Erinnerungen hochgespült, die blauschwarzen Flügel des Raben schienen seinen Oberkörper zu umschlingen. Sie hätte die feinen Federn auf der Haut gern genau studiert, sie berührt. Die wilde Fahrt auf dem Motorrad war wie ein Rausch gewesen, sie hatte sich hingegeben wie ein Kind, Zeit und Kopf hatten stillgestanden, und sie hatte nichts empfunden als tiefe Geborgenheit. Als Nick am See den Motor abgestellt hatte, war Julias Brustkorb wieder enger geworden, in ihrem Kopf hatten sich alle Fragen der letzten Tage zurückgemeldet, und auf einmal war sie voller Angst gewesen – Angst vor hässlichen Antworten und noch mehr vor hässlichen Lügen. Die Minuten am Seeufer waren ihr wie ein Déjà-vu vorgekommen. Nick hatte sich gewunden, so wie es ihr Vater immer getan hatte, wenn sie ihn nach ihrer Mutter und ihrer Vergangenheit gefragt hatte. Genau wie Wolfgang hatte ihr Nick die Wahrheit in kleinen Happen serviert, die sie mühsam von einer um sie herum kreisenden Leine schnappen musste. Aber sie war noch nicht satt. Der dickste Brocken, die eine, die entscheidende Frage, wartete noch.

Julia verengte ihre Augen und meinte, Nicks schmale Gestalt zum Rand des Strandes laufen zu sehen. Er hielt ein Bündel in der Hand und machte sich mit seiner Beute auf den Fußweg über die Landbrücke zurück.

Wenige Minuten später kam er barfüßig durch die Büsche zu Julia ans Ufer gestakst und gab ihr das Bündel. Sie breitete es aus: ein paar geblümte Schlabbershorts, rosafarbene Flip-Flops und ein weißes T-Shirt mit einem Schriftzug aus Strass: »Tweety«. Julia stöhnte. »Ich glaub, ich bleib in Schwarz.«

»Gab nichts anderes«, sagte Nick und hob seine Hose auf. Julia warf einen Blick auf den Raben und nahm all ihren Mut zusammen.

»Wieso ich?«

Nick drehte sich um, ein Bein in seiner Jeans. »Was?«

»Damals in der Straßenbahn. Wieso sind wir uns da begegnet? Das war doch kein Zufall, oder?«

Nick erstarrte kurz, dann steckte er das zweite Bein in seine Hose. Er schaute zum See. Julias Blick ließ ihn nicht los. »Und sag jetzt bitte nicht, weil du mich interessant fandest.«

»Okay …« Nick setzte sich neben Julia und nahm ihre Hand. Er sammelte sich kurz, dann begann er leise zu erzählen. Sie erfuhr von dem Plan, von der Wahrheit über den Picknickausflug zum Bauernhaus und den freundlichen Bewährungshelfer. Julia versuchte, ruhig zuzuhören, aber Nicks Worte schienen aus einer Parallelwelt zu stammen: »Verfassungsschutz«,

»Terrorgruppe«, »V-Mann« – alles schien unwirklich, unglaublich, lächerlich. Dennoch setzten sich die Puzzleteile in ihrem Kopf plötzlich zusammen, und alles, was sie in den letzten Wochen erlebt hatte, Gutes und Böses, reduzierte sich auf einen einzigen eiskalten Sinn. *Sie haben mich benutzt. Wie ein willenloses Werkzeug!*

»Ich weiß«, sagte Nick und knetete ihre Hand, die leblos in seiner lag. »Du bist sicher extrem angepisst, ich kapier das total. Aber ich …«

Julia war wie versteinert. Die Mittagssonne erschien ihr plötzlich fahl, der Baggersee ein trüber Tümpel, die Bäume grünes Gestrüpp, die Musik nur noch Lärm. Sie fühlte sich, als wäre sie aus einem Albtraum erwacht, nur um sich in einem neuen, noch scheußlicheren Albtraum wiederzufinden.

»Verstehst du mich?« Nicks Stimme klang fern. Er habe sich geweigert, erklärte er, aber man habe ihn unter Druck gesetzt und erpresst. »Das ist so krass, Julia! Wir sind da in ein fettes Geheimdienstding reingeraten, die haben uns benutzt!«

Julia schaute mit gefrorenem Gesicht in sein hilfloses Lächeln. Die immer gleichen Worte schrillten durch ihren Kopf. *IHR habt MICH benutzt.*

Plötzlich sprang Nick auf und zog sich das T-Shirt über. »Pass auf. Denen zeigen wir's. Wir hauen jetzt erst mal ab, dann ruf ich die Alte vom Verfassungsschutz an und lass sie dafür bezahlen, dass wir den Mund halten! Und zwar richtig fett!« Er beugte sich zu ihr. »Und dann fangen wir irgendwo neu an, was meinst du?«

Julia nahm ihr Trauerkleid, faltete es zusammen und nickte stumm.

»Sehr gut!« Nick reichte ihr die Hand und zog sie hoch.

»Ich muss mich noch umziehen«, sagte sie tonlos. »Dreh dich um.«

»Klar.« Nick trat einen Schritt zurück und wandte ihr den Rücken zu. »Ich hab noch dreihundert Euro, damit kommen wir eine Weile klar. Wir können erst mal nach Holland fahren.«

»Fertig.«

Nick drehte sich wieder um und musterte Julia in ihren Girlie-Klamotten grinsend. »Du wirkst glatt zehn Jahre jünger.«

Julia verzog keine Miene und klemmte sich das zusammengefaltete Trauerkleid unter den Arm. »Mach dich fertig.«

Nick streifte die Schuhe über, schnallte die kleine Bauchtasche um und folgte Julia die Böschung hoch auf die Landzunge. Auf dem kurzen Weg den bewaldeten Pfad entlang plapperte er voller Tatendrang: »Wir kaufen uns ein Zelt, und dann schlafen wir in den Dünen. Vielleicht können wir auch auf eine Insel rüber.«

Julia ging stumm vor ihm her. Nach wenigen Minuten erreichten sie das Motorrad. Nick griff in seine Bauchtasche. »Scheiße.« Hektisch tastete er seine Hosentasche ab.

»Was?«

»Der Schlüssel ist weg!«

»Vielleicht ist er dir beim Ausziehen rausgefallen.«

»Ich schau noch mal nach.«

Nick rannte zurück. Julia wartete einen Augenblick, dann rollte sie das zusammengeknüllte Trauerkleid auseinander und holte den Motorradschlüssel und ein Bündel Geldscheine hervor. Sie hatte gezittert, als Nick ihr den Rücken zugedreht und sie die Sachen aus seiner Bauchtasche gefischt hatte, und sie zitterte jetzt, als sie den Ersatzhelm aus dem Gepäckbehälter nahm, den Schlüssel ins Zündschloss steckte, den Ständer einklappte und sich auf den hohen Sattel schwang. Die riesige Maschine schwankte. Julias Herz pochte, sie zog die Kupplung und drückte den roten Anlasserknopf. Der Motor sprang sofort an und summte ruhig. Der Tank war halb voll. Mit ihrem Badeschlappen schob sie den Ganghebel nach unten und ließ langsam die Kupplung kommen. Die Maschine machte einen Satz in die Büsche. Sie drehte den Lenker, gab vorsichtig Gas und rollte schlingernd aus dem Grün auf den staubigen Parkplatz, vorbei an glühenden Autos und Fahrrädern. Ihre Gedanken rasten. Wie lange würde es dauern, bis Nick zurückkäme? Konzentriert steuerte sie das Motorrad zwischen dem Strom aus sonnenhungrigen, mit Schirmen und Kühltaschen bepackten Familien und Schülern hindurch, bis sie endlich auf die Straße gelangte. Langsam gab Julia Gas, schaltete in den zweiten Gang, nahm Fahrt auf. Dritter Gang, der Wind pfiff in den Helm, sie verschmolz mit der Maschine und saß wieder auf der alten BMW, die durch die gelben Kornfelder flog. Julia schaute zum Himmel, die Sonne stand hoch im Süden. Entschlossen bog sie auf eine kleine Landstraße ein, fuhr hinaus aus der Stadt und zwischen grünen Zuckerrübenfeldern, immer Richtung Westen.

13

Die Klimaanlage fächelte kühle Luft gegen Roosens Brust. Er hatte vor einem Getränkemarkt geparkt, das schwarze Jackett und die Krawatte abgelegt, das Hemd gelockert und die erste der drei Coladosen, die er sich gekauft hatte, in einem Zug leer getrunken. Erst mal den Kopf frei kriegen. Auf dem Bürgersteig kamen Leute in Badelatschen vorbei, um sich mit kaltem Bier für den Balkon und den Park einzudecken. Aber das war das Leben der anderen, dachte Roosen missmutig. Er hatte eine Stunde lang in der brütenden Sonne am Friedhof gestanden und zugeschaut, wie die Kollegen es endgültig vermasselten. Sie hatten sich benommen wie ein aufgescheuchter Hühnerhaufen, nicht mal die Verfolgung von dem Motorrad hatten sie hinbekommen. Der Ausgang am Betriebshof war nicht besetzt gewesen, und die Zigeunerbande hatte mit ihren fetten Karren die Straßen blockiert. Daria Zade hatte den Motorradfahrer erkannt: Chris Eisermann, er habe Julia entführt. Roosen rülpste und öffnete die zweite Büchse. *Was heißt hier entführt? Sie ist abgehauen. Freiwillig.* Wenigstens war sie jetzt untergetaucht und keine Zielscheibe mehr, dachte er und blickte auf die Uhr. Es war Zeit, nach Hause zu fahren. Paulas Zimmer war noch nicht fertig, die Abdeckfolie war noch ausgelegt, Marion musste noch putzen und er die Möbel wieder einräumen. Zum Glück war die wasserlösliche Farbe schnell getrocknet. Marion hatte als Ton »Dezentes Flieder« ausgesucht, so wie Paulas Handyhülle. Sie war besser in solchen Sachen.

Roosens Telefon gab einen Signalton von sich. Eine Nachricht von Sebastian Fink. *Jetzt bloß nicht betteln,* dachte Roosen genervt. Er hatte schon mit dem Ausbildungsleiter telefoniert, nichts würde ihn davon abbringen, den Schüler zum Teufel zu schicken. Er öffnete die Nachricht, und mit einem Mal brach ihm der Schweiß aus den Poren, süß-saurer Schaum stieg brennend seine Speiseröhre hoch. Er spülte alles mit einem großen Schluck Cola hinunter, drehte die Klimaanlage höher und wählte die Nummer von Badtke.

»Hallo, Henning.«

»Berthold!« Badtkes Stimme klang süffisant. Roosen stellte sich vor, wie er ihm dafür das Maul polierte. »Ich hab gehört, deine kleine Schülerin ist heute von ihrem Märchenprinzen entführt worden.«

»Ja«, antwortete Roosen kurz.

»Seid ihr an ihr dran?«

»Der Staatsanwalt will keine Ringfahndung, die beiden sind über alle Berge.«

»Schöne Scheiße.«

»Es gibt ein Problem.«

»Noch eins?«

»Kannst du dich an unser Gruppenfoto erinnern? Von der Weihnachtsfeier letztes Jahr?

»Klar. Und?«

»Einer meiner Polizeischüler ist da irgendwie rangekommen. Er hat es mir gerade aufs Handy geschickt.«

»*Was?*« Badtkes Stimme wurde panisch: »Wo hat er das her?«

»Keine Ahnung. Ich nehme an, er hat mich gehackt. Wahrscheinlich will er mich erpressen, weil er bei uns rausgeflogen ist.«

»Warum hast du das Zeug auf deinem Computer, du Idiot?«

»Woher soll ich denn wissen, dass der da so einfach rankommt? Das kapiert ja keine Sau mehr heutzutage!«

»Volltrottel!«, legte Badtke nach.

Roosen öffnete zischend die dritte Coladose und starrte auf das Bild auf seinem Handydisplay. Die ganze Kellerrunde war unter der Reichskriegsflagge versammelt, elf Personen des öffentlichen Lebens, inklusive ihm und Badtke. Drei der Kameraden hatten grinsend den Arm zum Hitlergruß gehoben. Sie hatten kräftig getrunken an dem Abend. Roosen fuhr sich durch das verschwitzte Gesicht. *Warum jetzt? Warum gerade jetzt?*

»Die Drecksau hat mich am Arsch!«, stöhnte er leise.

»Er hat *uns* am Arsch, Berthold. Uns alle!«

»Ich lass seine Suspendierung rückgängig machen, und wenn ich danach vom Hof gejagt werde. Dann lässt er uns in Ruhe.«

»Träum weiter, Berthold. Der Typ hat deinen Rechner gekapert, du liegst nackt auf seinem Tisch, der kann dich fisten, wann immer er will.«

»Was soll ich denn machen?«

»Lösch die Nachricht, ich kümmer mich um den Rest. Wo wohnt der Typ?«

»Was hast du vor?«

»Adresse!«

»Muss ich zu Hause nachsehen. Ich ruf dich an.« Der Colaschaum rumorte in Roosens Bauch. »Aber ihr baut keinen Scheiß!«

Badtke hatte schon aufgelegt. Roosen steckte das Handy weg, zerknüllte die Büchse in seiner Faust und warf sie in den

Fußraum. Seine Hand griff zum Zündschlüssel und verharrte. Er musste plötzlich an Marion denken, die sicher schon zu Hause auf ihn wartete. Sie würde gerade den Stoff für das Himmelbett bügeln und strahlend lächeln, wenn er durch die Tür treten würde, so wie sie ihn vorige Nacht angelächelt hatte, als sie nach acht Jahren wieder miteinander geschlafen hatten und er in ihren Armen eingeschlafen war. Roosen spürte den Kloß in seinem Hals wachsen und hätte am liebsten losgeheult wie ein kleines Kind.

*

Die Drachenzähne. Julia konnte sie von der Landstraße aus sehen, mehrere lange Reihen von grauen, bemoosten Höckern, die an einem Hang entlang eines Weidezaunes aus dem Boden ragten. Sie wusste nicht, wie weit es noch war, aber sie spürte, dass sie ihrem Ziel näher kam.

Die Reise nach Westen hatte mehrere Stunden gedauert. Sie hatte sich mit dem geklauten Motorrad kreuz und quer über kleine Landstraßen von der Stadt entfernt, war durch Industriegebiete mit riesigen Hallen gefahren, vorbei an weiten Kartoffel- und Zuckerrübenäckern, aus denen träge drehende Windräder in den Himmel ragten, und hin und wieder durch schmucklose Backsteindörfer. Irgendwann stand sie vor einer Mondlandschaft, einem riesigen Abgrund, in dessen Tiefe sich träge Bagger wie prähistorische Riesenwesen durch sandige Erde und dunkle Kohle fraßen. Erst hier merkte Julia, wie durchgefroren und hungrig sie war. Kurzentschlossen steuerte sie eine gesichtslose Stadt an, parkte dort vor einem Einkaufszentrum und deckte sich bei einem Discounter im Erdgeschoss mit neuer Kleidung ein: T-Shirts, ein warmes Sweatshirt, eine Regenjacke, eine stabile Hose mit Seitentaschen, eine dünne Fleece-Decke und Unterwäsche. Auf der Toilette im Dachgeschoss zog sie sich um und nahm eine Rolle Klopapier mit, dann bestellte sie sich im ersten Stock bei einem asiatischen Imbiss etwas zu essen und kaufte anschließend in der zweiten Etage bei einem Outdoor-Ausstatter ein kleines Zelt, eine Isomatte, einen Rucksack, ein Multifunktionsmesser, stabile Schuhe und mehrere Wanderkarten der gesamten Region. Zuletzt versorgte sie sich in einem Supermarkt im Untergeschoss mit Energieriegeln, Schokolade, Brot und Käse, Seife und einer Zahnbürste. Ihr Geld war fast aufgebraucht, als sie das Gepäckfach des Motorrads belud und vollbepackt auf die Landstraße Richtung Südwesten fuhr. Gelbe Felder wichen den ersten bewaldeten Hügeln. Julia legte sich tief in die Kurven, und für einen Moment spürte sie nichts als wilde Freiheit, als mache sie einen Ausflug ohne Ziel und Ende.

Plötzlich war am Rand der Landstraße ein Schild aufgetaucht: »Kriegsgräberstätte Hürtgen«. Julia bremste scharf. Auf dem Parkplatz stieg gerade eine Seniorengruppe unter den geduldigen Augen ihrer jungen Reiseleiterin in einen Reisebus ein. Julia rollte mit ihrem Motorrad langsam heran und fragte die Frau, wo sie den Westwall finden könne. Die Reiseleiterin lachte. »Einmal von Norden nach Süden quer durch Europa!«

Julia grinste. »Ich suche ein altes Haus in einem Wald, irgendwo an der belgischen Grenze. Kann sein, dass da auch ein Panzerwrack in der Nähe steht.«

Die Reiseleiterin schüttelte den Kopf. »Tut mir leid. Meine Kunden wollen nur die Kriegsgräber sehen.« Sie schob einen alten Mann in den klimatisierten Bus, stieg selbst ein und griff zum Mikrofon, noch bevor sich die Tür zischend schloss.

Julia sah dem davonfahrenden Bus hinterher, warf einen Blick auf ihre Karten und fuhr weiter, näher Richtung belgische Grenze, wo der Wald dichter und die Hügel steiler wurden.

An einer menschenleeren Landkneipe hielt sie an und stellte dem Wirt die gleiche Frage wie der Reiseleiterin; es folgten eine Pizzeria, ein Hotel, ein Autohaus, ein Campingplatz und ein Touristenbüro, doch überall erntete sie nur Achselzucken und Kopfschütteln. Die Suche führte sie immer weiter in immer einsamere Täler, die Kurven wurden enger und enger, die Felder kleiner, der Baumwuchs dichter.

Jetzt endlich, als die Sonne schon tief über den Hügeln stand, entdeckte Julia am Straßenrand die bemoosten Panzersperren, die wie altertümliche Ruinen aus der Weide wuchsen. Sie hielt an und schaute auf die Wanderkarte. Die belgische Grenze verlief unmarkiert mitten durch den Wald. Julia beschloss, die Suche für diesen Tag zu beenden und ihr Nachtlager aufzuschlagen. Sie fuhr auf einem kleinen Weg einen Hügel hinauf, stellte die Geländemaschine am Waldrand ab, baute mit wenigen Handgriffen ihr Iglu-Zelt auf und legte darin die Isomatte aus. Wehmütig musste sie an ihr altes Leben in der Bauwagensiedlung zurückdenken, als sie mit Sven einige nächtliche Ausflüge ans Ufer des Sees unternommen hatte, wo sie Stunden brauchten, um sein uraltes Zelt mit Schnüren und Heringen aufzubauen, nur damit es nachher über ihren nackten Körpern wieder zusammenbrach.

Julia nahm einen Schokoriegel aus dem Rucksack und blickte kauend über die dämmrigen Hügelkuppen und dunstigen Täler. Irgendwo in diesen Wäldern, dachte sie, irgendwo dort hatten ihre Eltern mit dem Motorrad angehalten, ihr Zelt aufgeschlagen und von ihrem Schloss geträumt. Sie hatten auf den Fotos so glücklich gewirkt. Was war geschehen? Julia spürte einen Kloß im Hals. Sie hatte Heimweh. Nach ihrem Vater. Nach der Bauwagensiedlung. Nach ihrer kleinen Dachwohnung in Köln. Nach Daria. Zögernd holte sie ihr Telefon aus der Jackentasche und blickte auf das tote Display, dann legte sie den Akku ein und schaltete es an. Die Anzeige signalisierte ein schwaches Signal eines belgischen Funknetzes. Sie wählte Darias Nummer.

»Hi, ich bin's.«

»Julia! Wo bist du?«

»Unterwegs. Ich zelte. Ist echt schön hier, ganz viel Wald.« Sie schaute sich um. Die untergehende Sonne schwebte über den schwarzen Tannenspitzen des benachbarten Hügels.

»Was ist passiert? Was machst du? Wie geht es dir?«, sprudelte es aus Daria heraus.

»Mir geht's gut. Wirklich.«

»Wo ist Nick?«

»Wir haben uns getrennt.«

»Roosen ist ausgeflippt. Und ich auch, ehrlich gesagt.«

»Ich weiß. Tut mir leid, aber ich muss das machen.«

»Kannst du nicht zurückkommen?«

»Ich brauch noch ein bisschen.«

»Wo bist du denn?«, drängte Daria.

Julia schaute sich erneut um. Die Sonne versank wie ein verglühender Lampion zwischen den Bäumen, auf der Wiese verlor sich die Kette der Panzersperren in einem bläulichen Schleier.

»Ich bin draußen. Ist echt okay«, log sie. Als Kind war sie viel alleine draußen gewesen, weit weg vom Bauwagen, bis tief in die Nacht. Aber es war ein vertrautes Draußen gewesen – Weite, Klarheit und Offenheit. Der nahe Wald fühlte sich anders an, ihm entströmte ein dunkler, geheimnisvoller Atem wie dem Eingang einer Höhle, verlockend und beängstigend zugleich.

»Du suchst deine Mutter, stimmt's?«, fragte Daria ernst.

Julia schluckte. Die Sorge in der Stimme ihrer Freundin war unüberhörbar, im Unterton lag derselbe Zweifel, der sie selbst seit Beginn ihrer Suche begleitete: Sie war auf dem Weg zu der Frau, die dabei gewesen war, als man ihren Vater ermordet hatte.

Zu einer gefährlichen Unbekannten. Einer Terroristin! Julia wischte die nagenden Gedanken beiseite. *Sie ist meine Mutter!*

»Ich kann nicht lange telefonieren«, sagte sie leise ins Handy.

Daria ließ das Unausgesprochene eine Weile schwer in der Luft hängen. »Pass auf dich auf, bitte.«

»Versprochen. Ich meld mich, sobald es geht, okay? Und grüß Nasrin.«

Julia schickte einen Kuss durchs Telefon und schaltete es aus. Lustlos schaute sie auf den angebissenen Schokoriegel. Sie hatte keinen Hunger mehr. Hinter dem Wald schimmerte blass das letzte Rot, ein Heer von Vögeln verabschiedete singend den Tag. Julia war der einsamste Mensch auf der Welt.

*

Nick wachte auf. Er lag quer auf einer Parkbank und blickte über eine große Wiese. Kaninchen hoppelten durchs fahle Licht des Halbmonds, der helle Lichtkegel eines Fahrrads schwebte einen Weg entlang, auf der nahen Hauptstraße fuhren nur noch wenige Autos. Nicks Mund war staubtrocken, sein Magen ein hungriger Knoten. Schlagartig begannen die Gedanken in seinem Kopf zu kreisen. *Was für ein Dreckstag.* Alles raste noch einmal in Zeitraffer an ihm vorbei. In dem Moment, als er am Baggersee bemerkt hatte, dass Julia und das Motorrad verschwunden waren, hatten seine Sicherungen ausgesetzt. Voller Panik hatte er nach ihr gesucht. Hatte die Polizei sie geschnappt? Er war über den staubigen Parkplatz gelaufen, hatte am Strand und in der Bar nach ihr gefragt. Dann waren seine Schutzfantasien in sich zusammengebrochen, und er hatte sich eingestehen müssen, dass Julia die natürlichste Sache der Welt getan hatte: Sie hatte ihm in den Arsch getreten, ihm sämtliche Kohle und das Motorrad geklaut und sich verpisst. Was hätte sie auch sonst machen sollen? Schließlich hatte er sie nach Strich und Faden verarscht. Hätten nicht Hunderte Badegäste um ihn herumgestanden – er hätte sich geohrfeigt. Stattdessen war er mit hängendem Kopf zur Bushaltestelle getrottet und hatte der Fahrerin erklärt, dass ihm am Badesee alles Geld geklaut worden sei. Sie war so nett gewesen, ihn in die Stadt mitzunehmen. Eine Dreiviertelstunde später hatte er bei Julia geklingelt, gewartet, wieder geklingelt und es schließlich bei den Nachbarn versucht. Die alte Frau auf der anderen Seite des Dachgeschosses hatte aufgemacht und erzählt, sie habe Julia schon länger nicht mehr gesehen. Ob es stimme, was die Leute sagen würden mit ihrem Vater?, hatte sie Nick hinterhergerufen, doch er war schon im Eilschritt die Treppe hinuntergelaufen. Er hatte nicht erwartet, Julia zu Hause anzutreffen, hatte nur auf Nummer sicher gehen wollen. Natürlich hatte sie ihm nicht das Motorrad geklaut, um damit nach Hause zu fahren. Sie wollte woandershin, da war er sich ganz sicher. Sie wollte zu ihrer Mutter.

Nick war in die Regionalbahn nach Aachen gestiegen und unterwegs zweimal wieder ausgestiegen, als Kontrolleure auftauchten. Am frühen Abend war er endlich angekommen, hungrig, durstig, todmüde und ohne die geringste Idee, wie es weitergehen sollte. Im nahen Kurpark hatte er sich auf eine Bank gelegt und war eingeschlafen. Nun stand er mit steifen Knochen auf und ging Richtung Bahnhof, auf der Suche nach einem bequemeren Schlafplatz für die Nacht. Automatisch wanderte sein Blick in den nächsten Mülleimer. Ein bitteres Lächeln trat auf seine Lippen. *Zurück auf der Straße.*

*

Ein Glück, der Typ wohnt allein, dachte Karl, als er den Klingelknopf mit dem Namen *Fink* drückte. Das Haus war ein dreigeschossiger, grauer Kasten in einer ruhigen Straße voller ähnlicher Kästen. Nach Anbruch der Nacht war er mehrmals daran vorbeigefahren und hatte in keinem der Fenster ein Licht gesehen. Karl ging mit seiner großen Sporttasche einmal rund ums Haus, stieg an der Rückseite über einen Jägerzaun und schlenderte über eine schmucklose Wiese zu einem fast ebenerdigen Balkon. Er blickte sich kurz um, warf seine Tasche über die Brüstung und kletterte hinterher. Das Fenster war uralt, es dauerte keine drei Sekunden, bis Karl es mit einem Schraubenzieher aufgehebelt hatte und in die Wohnung einsteigen konnte. Drinnen schaltete er eine kleine Taschenlampe an und schaute sich um. Das Apartment war vollgestopft mit Technik. Mehrere Computer, zwei riesige Monitore, ein Mischpult und eine Spielekonsole türmten sich auf dem Schreibtisch und einem Beistelltisch, verstreut auf dem Boden und dem zerwühlten Bett lagen Ordner, Papiere, Dreckwäsche, leere Pizzaschachteln und Bierflaschen. Karl hob einen zerknüllten Behördenbrief vom Boden auf und überflog Worte wie »Dienstwaffe«, »Entwendung« und »Suspendierung«. Der Brief klang gar nicht so unsympathisch, der kleine Bulle schien auf der richtigen Seite zu stehen. Ira hatte am Nachmittag im großen Saal telefoniert, und er hatte mitbekommen, dass dieser Fink jemanden erpressen wollte. »Karl erledigt das. Aber dafür schuldest du mir was, Henning!«, hatte sie sauer ins Handy gesagt. Und jetzt musste er die Drecksarbeit machen, dachte Karl. *Arme Bullensau, aber was geht mich das an?* Er holte einen Akkubohrer aus der Tasche, zog die Rechner unter dem Schreibtisch hervor, riss die Metallkästen auf und durchlöcherte die Festplatten. Dann ging er durch Flur, Küche und Bad und durchwühlte sämtliche Schubladen und Schränke nach anderen Speichern, fand aber nichts außer einer Flasche Bier. Schließlich holte er den kleinen Benzinkanister aus der Sporttasche, setzte sich aufs Bett und schaltete den Fernseher ein. Komisch, grübelte Karl, als er das Bier an der Nachttischkante öffnete, Ira hatte ihm nie erzählt, wer dieser Henning war. Irgendein hohes Tier wahrscheinlich. Vor einem Jahr, erinnerte sich Karl, war der Typ mit seinem BMW auf dem Bauernhof aufgetaucht. Die Schwuchtel hatte die ganze Zeit über an seinen feinen Lederschühchen herumgewischt und nicht bemerkt, dass ihm die Kids Hundekacke auf die Heckscheibe geworfen hatten.

Anderthalb Stunden später hörte Karl das Geräusch einer zufallenden Tür im Treppenhaus. Er stellte den Fernseher aus, stand leise auf und horchte. Schritte tappten schwerfällig durch den Hausflur, am Schloss kratzte ein Schlüssel, dann drang ein gelallter Fluch durch die geschlossene Wohnungstür. *Er hat gesoffen*, dachte Karl und spannte die Drahtschlinge zwischen den Händen. *Besser für uns beide.* Endlich fand der Schlüssel seinen Weg ins Schloss, die Tür öffnete sich, und Sebastian Fink schwankte in seine dunkle Wohnung.

*

Der Hafen war menschenleer, die Morgensonne glitzerte in den ruhigen Becken. Roosen hatte seinen Wagen an die Spitze einer Mole in einer engen Schlucht aus hoch übereinandergestapelten Containern geparkt. Der Blick vom Schrottplatz auf der anderen Seite des Hafenbeckens war durch eine weitere bunte Containerreihe versperrt. Roosen schaute auf die Uhr: fünf vor sechs. Noch vier Stunden, dann würde Paula kommen. Er würde auf der Rückfahrt Brötchen und Schokocroissants kaufen, die hatte sie schon immer geliebt. Marion war in der

Nacht erst um eins vom Fernseher weggekommen, sie war zu aufgeregt gewesen, um zu schlafen. Er war schon ins Bett gegangen, damit sie den dunklen Schleier nicht bemerkte, der seine Augen trübte. Die gemeinsame Arbeit in Paulas Zimmer und das Abendessen waren eine Qual gewesen – Marion hatte gestrahlt und gelacht, so wie damals in ihrer kleinen Studentenwohnung, in der sie beide nächtelang vor dem Kohleofen gelegen und billigen Wein getrunken hatten. Nun musste er sich alles abverlangen, um glücklich zu wirken und nicht an das verdammte Foto von Sebastian zu denken. Hatte er es eigentlich schon gelöscht?

Sein Handy klingelte. Roosen zog es missgelaunt aus der Tasche, wahrscheinlich Badtke, der sich mal wieder verspätete.

»Hallo, Herr Roosen.«

»Julia!« Der Hauptkommissar fuhr sich aufgeregt durch die Haare. »Wo sind Sie?«

»Ich hoffe, ich hab Sie nicht geweckt, aber ich weiß ja, dass Sie …«

»Wo stecken Sie? Was ist passiert?«

»Ich bin unterwegs. Alles okay. Ich wollte nur sagen, dass es mir leidtut.«

Julias Stimme klang fest und ehrlich, bemerkte Roosen erleichtert, sie schien wohlauf zu sein.

»Wo ist dieser Eisermann?«

»Ich weiß nicht, wir haben uns getrennt.«

»Mir wäre lieber, ich wüsste, wo Sie sind, Julia!«

»Ich muss nur was erledigen, dann komme ich, versprochen.«

Roosens Blick glitt über die rostigen Container mit ihren großen chinesischen Schriftzeichen. Was hatte Julia da draußen vor? Natürlich, sie war eine eigenständige junge Frau, was konnte er ihr schon vorschreiben?

Plötzlich sah der Hauptkommissar, wie hinter ihm eine Limousine langsam zum Stehen kam.

»Ich muss unterbrechen«, sagte er. »Ich rufe Sie gleich zurück.«

»Ich kann das Telefon nicht lange anlassen.«

»Bitte! Nur ein paar Minuten. Ich rufe Sie sofort zurück.«

»In Ordnung.«

Roosen steckte das Handy in seine Jackentasche und sah im Rückspiegel, wie Badtke ausstieg und zu seinem Wagen kam. Als er sich auf den Beifahrersitz setzte, wehte eine Wolke aus Asphaltwärme und Menthol in den Wagen. Er gab Roosen nicht die Hand. »Grüß dich, Berthold.«

Der Hauptkommissar deutete auf den Rücksitz. »Laptop ist hinten.«

»Hast du Festplatten? USB-Sticks?«, fragte Badtke kauend.

»Nein.«

»Hast du die SMS mit dem Bild gelöscht?«

»Ja«, log Roosen. Das würde er machen, sobald Badtke weg war.

Der Verfassungsschützer beugte sich nach hinten, nahm den Laptop und betrachtete ihn abfällig. »Wo hast du den denn her? Vom Flohmarkt?«

»Was ist mit Fink?«

»Erledigt.« Badtke packte den Rechner in seine lederne Aktentasche.

»Was heißt das?«

»Dass du mir was schuldest, Berthold.«

Roosen rutschte unruhig auf dem Fahrersitz herum. »Was habt ihr mit ihm gemacht, Henning?«

»Mach dir keine Gedanken.«

Der Hauptkommissar packte Badtke am Kragen. »Ihr solltet ihm nur eine Lektion erteilen! Sag schon, was ist mit ihm?«

Badtke lächelte schmal. »Wenn man den Karren aus dem

Dreck holt, macht man sich die Hände schmutzig. Du hast es selbst verbockt. Und jetzt nimm deine Finger weg.«

Roosen packte noch fester zu, es tat unendlich gut, endlich wieder er selbst zu sein. »Hör zu, Henning. Ich bin raus aus deinem Karnevalsverein. Ich will dein Gesicht nie wieder sehen, hast du verstanden?«

Badtke musterte den Hauptkommissar ruhig. »Du hast auf die Fahne geschworen.«

»Ihr könnt euch mit eurer Nazifahne den Arsch abwischen«, zischte Roosen.

»Einmal drin ist immer drin, Berthold. Du kennst die Regeln.«

»Ich bin raus!«

»Sicher?«

»Wie das Amen in der Kirche.«

Badtke nickte. »Tut mir leid, Berthold.«

Im selben Moment zerriss ein ohrenbetäubender Knall die Stille, und eine heiße, metallische Faust boxte tief in Roosens Körperinneres. Fassungslos starrte er in Badtkes ausdrucksloses Gesicht. Dann ein weiterer Knall. Seine Brust schien zu explodieren. Kein Schmerz, nur rasende Gedanken: *Paula kommt. Marion wartet. Julia. Ich muss …*

Badtke nahm Roosens Hände von seinem Kragen, und der Hauptkommissar sackte kraftlos zur Fahrertür. Sein Kopf kippte gegen die warme Scheibe. Die Sonne blendete, er schloss die Augen. Sein Mund war klebrig, ein blecherner Geschmack breitete sich darin aus. Über das Rasseln seines Atems hinweg hörte Roosen die Melodie einer Tastatur, Badtke schien eine Nummer zu wählen. Der Hauptkommissar ließ seine linke Hand langsam in die Jackentasche gleiten, tastete nach seinem Handy und zog es ein kleines Stück heraus. Er hörte Badtke auf dem Beifahrersitz telefonieren: »Hi, ich bin's.«

Roosen öffnete seine Augen einen Spaltbreit und schaute nach unten. Er drückte Julias Nummer auf der Anrufliste und ließ das Handy vorsichtig unter seinen Sitz rutschen. Die Augen fielen ihm wieder zu, dumpfer Schmerz breitete sich in seinem Bauch aus.

Und wenn es das Letzte ist, was ich tue, du gottverdammter Naziwichser!

*

Im Dunst des frühen Morgens waren Julias Lebensgeister wieder erwacht. Es hatte gutgetan, Roosens Stimme zu hören. Sie hatte sich etwas abseits des Zeltes in die wärmende Sonne gesetzt, noch schlaftrunken die waldigen Hügel betrachtet und in ein Käsebrot gebissen. Jetzt klingelte das Handy, das griffbereit neben ihr lag. *Roosen.* Julia berührte das Display und entschied sich für einen fröhlichen Plauderton, um den besorgten Ausbilder ein bisschen aufzumuntern: »Da sind Sie ja schon wieder.«

Rauschen.

»Herr Roosen?« Julia hörte auf zu kauen und lauschte. Aus dem Handy drang entfernt eine fremde Stimme: »Alles erledigt. Ich hab den Rechner.« Julia meinte, ein leises, röchelndes Atmen zu hören. Ihre Kehle wurde enger, sie würgte den Bissen hinunter und fragte leise: »Herr Roosen, hören Sie mich?«

Keine Antwort. Stattdessen wieder die entfernte Stimme: »Hundertprozent sicher. Der Niehler Hafen ist absolut tot. Noch toter als der hier.«

Julia wurde kalt, die Sonne stach ihr in die Augen. Wovon sprach der Mann? Sie presste das Handy fest ans Ohr, hielt sich das andere mit der Hand zu und lauschte. Rauschen und wieder das rasselnde Atmen. Der unsichtbare Fremde redete weiter, er schien zu telefonieren. »Ich bin eingesaut, muss mich noch umziehen … Nein, ich muss dann zum Verfassungsschutz, er soll den Rechner heute Abend abholen. Ich meld mich. Ciao.« Das leise Piepsen einer Handytastatur ertönte, dann Stille. Julia horchte angestrengt, eine Autotür öffnete sich und schlug wieder zu, einige Momente später öffnete sich erneut eine Autotür, diesmal ganz nah. Rascheln und Scharren. Die Stimme, plötzlich deutlicher, murmelte wütend: »Sag mir nicht, dass du dein Scheißhandy zu Hause gelassen hast. Vollidiot!« Wieder Rascheln. Dann ein leises Summen wie von Fensterhebern, ein Motor sprang an. Julia hörte ein leises Krachen, als ob gewaltsam ein Gang eingelegt würde. Der Motor brummte langsamer. Wieder ein hektisches Rascheln, dann entfernte, eilige Schritte, als ob jemand rannte. Eine Autotür wurde zugeschlagen. Aus dem Handy drang jetzt nur noch das Motorbrummen, das immer lauter wurde. Julia presste das Handy ans Ohr: »Herr Roosen? Sagen Sie doch was!«

Sie presste das Telefon fester ans Ohr, doch statt einer Antwort schlug ihr wie ein Prankenhieb ein lautes, metallisches Krachen entgegen.

*

Der Motor heulte laut auf. Roosens schlaffer Körper flog nach vorne, ein Adrenalinschub schoss durch seine Adern. Der Hauptkommissar öffnete die Augen. Er hing kraftlos über dem Lenkrad, das Auto schien auf der Kante der abschüssigen Kaimauer zu balancieren. Aus dem Augenwinkel sah er einen Containerkran, Möwen zogen elegant durch den klaren Morgenhimmel. Langsam kippte der Wagen nach vorne, setzte auf der Schräge auf, die durchdrehenden Räder verfingen sich scheuernd auf dem Untergrund und trieben das Auto wie auf einer Achterbahn in die Tiefe, wo es sich mit voller Wucht ins Hafenbecken bohrte. Roosen prallte hart gegen die Windschutzscheibe, eine schaumige Welle spülte durch die offenen Fenster. Kaltes Wasser flutete das Wageninnere, stieg an, füllte Roosens Ohren, und bald hörte er nicht mehr als ein geheimnisvolles, fernes Gluckern. Durch die Windschutzscheibe glitzerte ein Fächer aus grünen und gelben Sonnenstrahlen. Sein Körper war schwerelos und löste sich vom Lenkrad. Er schaute an sich herab, vor seinem Bauch öffnete sich eine wunderschöne rote Orchideenblüte und wuchs ins trübe Wasser. *Eigenartig,* dachte Roosen, *ich brauche nicht mehr zu atmen. Ich brauche gar nichts mehr.*

*

Julia starrte verstört auf ihr Handy. Die Verbindung war abgebrochen, der entsetzliche Lärm, das metallische Krachen und Quietschen, das Aufheulen des Motors und das tosende Wasser – das alles hallte in ihr nach wie ein Albtraum im morgendlichen Bett. Die malerischen Hügel kamen Julia plötzlich vor wie eine Schneelandschaft – kalt, ein fremder Planet. Julia tippte hektisch auf die Tastatur ein. *Ein Mensch. Ich brauche einen Menschen!*

»Hey, Julia!«

»Daria …« Julias Stimme zitterte.

»Was ist los?«

»Ich glaub, Roosen ist was Schlimmes passiert.« Julia kämpfte gegen die aufkommende Panik an. Sie versuchte, das schreckliche Hörspiel in Bilder und Worte umzuformen, doch immer wieder drohten Tränen ihre Stimme zu ersticken.

»Beruhig dich«, sagte Daria fest, als Julia geendet hatte. »Ich kümmer mich sofort drum.«

»Schick mir eine Nachricht, sobald du was Neues weißt. Ich schalte mein Telefon ab und zu mal an.« Julia wischte sich die Tränen von der Wange.

Darias Stimme wurde drängend. »Komm nach Hause. Bitte!«

»Ich kann nicht. Noch nicht.«

Die Freundin schwieg einen Moment, dann lenkte sie seufzend ein: »Okay. Aber meld dich auf jeden Fall. Und pass auf dich auf.«

Julia verabschiedete sich schniefend und nahm den Akku aus ihrem Telefon. Anschließend rollte sie auf der taufeuchten Wiese ihr Zelt zusammen, packte alles auf den Gepäckträger, stieg auf das Motorrad und drehte den Schlüssel im Zündschloss. *Nach Hause.* Wie gerne wäre sie zurück zu Daria und Nasrin gefahren, dachte sie, den einzigen Menschen, die ihr geblieben waren. Doch zuerst musste sie herausfinden, ob da noch ein anderer Mensch war, der sie von ihrem Alleinsein erlösen konnte.

*

Nick stank. Es schien, als wäre er in eine längst vergangene Zeit zurückgefallen, die ihm auf unheimliche Weise vertraut war. Auf dem Weg aus dem nächtlichen Park in die City hatte er sich wie früher instinktiv nach Pappkartons umgeschaut, mit denen er sich einen Schlafplatz bauen konnte. Unter einer beleuchteten Eisenbahnunterführung hatten schon andere gelegen, es schienen mehr zu sein als damals: Alte, Junge, Ausländer. Sonst hatte sich nichts verändert: Vorbeiziehende Nachtschwärmer wurden angeschnorrt, es wurde getrunken, gekifft, gezankt und gelacht, hier und da döste ein Hund in dem Haufen aus Menschen, Decken und Plastiktüten. Nick hatte sich einen eigenen Platz abseits der Gruppe gesucht, seine Pappen über den Taubendreck gelegt und versucht, sich unsichtbar zu machen. Er hatte vergessen, wie schwer es ohne Alkohol auf der Straße war, das grelle Licht unter der Brücke, das Donnern der Züge und die Unruhe der anderen hatten ihn kaum ein Auge zudrücken lassen.

Jetzt ging er abgeschlagen zwischen den Kleiderständern eines Kaufhauses hindurch, ließ ein T-Shirt von einem Bügel gleiten und verschwand damit in der Kundentoilette. Das kalte Wasser half, er wusch sich und wechselte sein Hemd. *Hunger!* Nicks Magen meldete sich so abrupt, dass ihm übel wurde. Er trank sich mit Leitungswasser satt, ging hinaus in die Fußgängerzone und entdeckte einen großen Imbiss mit einem abgezäunten Außenbereich, in dem einige Handwerker schon um halb zwölf ihre Mittagspause machten. Nick setzte sich etwas abseits an einen Tisch und wartete. Es blieb immer etwas übrig. Als die Gruppe abzog, kratzte er die Gyros-, Fritten- und Wurstreste auf einen Teller zusammen, schlich wie ein Hund zu einer Bank in der hintersten Ecke der Terrasse und schlang alles in sich hinein. Seine müden Augen wurden schwer, als er den Menschen zuschaute, die ihre Freizeit damit verbrachten, schon mittags von Geschäft zu Geschäft zu bummeln. Nick ging zum Servierwagen und holte sich eine halb leere Dose Cola. Wie sollte er Julia finden?, grübelte er, wie das Waldhaus? Der nächste Gedanke war fast genauso beunruhigend: Was würde dann passieren? In der schlaflosen Nacht hatte er einen Moment überlegt, sein Handy anzuschalten und sich bei Keppler zu melden. Doch wozu? Um ihn um Hilfe zu bitten? Um ihn zu erpressen? Nick schüttelte den Kopf und warf die Dose in den Müll. Die Alte vom Verfassungsschutz hatte recht: Ihm würde kein Mensch glauben. Er war raus. Auf ihn wartete nur noch der Knast oder die Straße.

Satt und schwer rappelte er sich auf. Früher wäre das der

Moment für eine Pause gewesen, doch dazu blieb keine Zeit. Er machte sich auf den Weg und durchstöberte jeden Mülleimer, den er sah, nach Pfandflaschen. Die Ausbeute war mager, zu viele hatten schon vor ihm ihren Rundgang gemacht. Am Hauptbahnhof verpasste er ebenfalls die beste Zeit: Die Pendler waren weg, es kamen nur noch wenige Reisende an den Ticketautomaten, die er um ein paar Cent Restgeld anschnorren konnte. Nach einer Stunde hatte er drei Euro vierzig zusammen und kaufte sich ein Busticket für die Fahrt Richtung Süden, an der belgischen Grenze entlang. Zu den Wäldern.

*

Elf Euro dreiundzwanzig. Julia stand an der Zapfsäule einer Dorftankstelle und tankte voll. Sie brauchte nicht lange zu rechnen: Viel Zeit für die Suche blieb ihr nicht, sonst würde sie es mit dem Motorrad nicht mehr nach Hause schaffen. Sie ging in den kleinen Tankstellenshop, zog sich am Automaten einen Kaffee und fragte den pickeligen jungen Mann hinter der Kasse nach dem Haus und dem Panzer im Wald. Er zuckte die Achseln. Julia zahlte mit ihrem letzten Geld und schaltete mit klopfendem Herzen ihr Handy an. Keine Nachricht von Daria. Vielleicht war ja alles ganz anders, beruhigte sie sich, schaltete es wieder aus und ging zur gläsernen Schiebetür.

»Ich kenn das Haus«, nuschelte es plötzlich von der Seite. Julia drehte sich um. An einem Bistrotisch stand ein alter Mann mit rot geäderter Nase und zurückgekämmten, fettigen Haaren, eine Bierflasche in der Hand, und blickte sie aus glasigen Augen unter hängenden Lidern an. »Das ist im Wald.«

Julia blieb stehen, ihr Puls ging schneller. »Ein altes Haus mit Fachwerk und spitzen Giebeln?«

»Ja, ja, genau. Da war ich mal«, lallte der Mann.

»Wie komm ich da hin?«, fragte Julia aufgeregt und stellte sich zu ihm an den Tisch. Der Mann grinste. »Ich bin mit ein paar Freunden zu den Bunkern hin. War arschkalt da unten, aber alles schon leer. Und dann …« Er setzte die Flasche an den Hals und trank sie aus. Julia fixierte ihn mit großen Augen. »Dann?«

Der Mann stieß auf. »Na, da war das Haus. Auf einer Lichtung, sah aus wie verhext und war total verrammelt, mit Brettern und so. Und ein Panzer stand da auch rum. Von den Amis!« Er hob die leere Flasche und schüttelte sie gedankenverloren vor seinem Gesicht. »Hat ganz schön viele erwischt damals.«

Julia wurde ungeduldig. »Wie finde ich da hin?«

»Wo das ist? Keine Ahnung, ist lange her. Da war ich noch ein Junge.« Er fasste Julia am Arm und grinste. »Wir haben uns fast in die Hose gemacht vor Angst. Wir dachten, in den Bunkern verstecken sich Soldaten, die immer noch warten, dass der Krieg zu Ende geht. Zähe alte Burschen mit weißen Bärten und langen gelben Zähnen!« Er beugte sich vor und flüsterte mit bedrohlich gesenkter Stimme: »Aber vielleicht haben wir ja bald wieder Krieg.«

»Komm, Gerd, lass die junge Frau in Ruhe«, rief der Kassierer von hinten.

»Ist schon okay.« Julia blickte den alten Mann am Tisch fest an. »Ich muss das Haus finden. Versuchen Sie, sich zu erinnern, bitte. Wo war das? Nur ungefähr!«

»Am Arsch der Welt, von hier immer Richtung Grenze, vielleicht schon in Belgien, merkt man ja nicht. Wir sind damals von frühmorgens bis abends gelatscht, haben's nicht mehr zurückgeschafft und mussten im Wald pennen. Das hat mächtig Senge gegeben zu Hause.«

»Und danach waren Sie nie wieder da?«

»Ich hab's später noch mal gesucht, beim Pilzesammeln, aber gefunden hab ich's nicht mehr. Ist ganz schön viel Wald da.« Er ging schlingernd zum verglasten Kühlschrank und holte sich eine neue Flasche Bier. »Der Wald verschluckt dich, Mädchen, da weißt du nicht, was vor dir und was hinter dir ist. Von mir aus könnten sie die verdammten Bäume alle absägen!« Er deutete auf das Bier. »Hast du Geld dabei?«

Julia schüttelte den Kopf: »Tut mir leid, alles weg.«

»Verdammter Wald«, nuschelte der Mann und öffnete zischend die Flasche. »Irgendwann geh ich nach Thailand auf eine Insel, dann hab ich endlich mal Ausblick.«

Julia hörte ihn kaum noch, sie war bereits auf dem Weg zu ihrem Motorrad.

*

Ira stand im sonnendurchfluteten Saal und betrachtete zufrieden ihren Einkauf, der an mehreren Bügeln unter dem Kronleuchter aus Geweihen baumelte: drei schwarze Anzüge mit weißem Hemd und Fliege, ein blaues und ein rotes Abendkleid mit langen Ärmeln wegen der Tattoos. Um so wenige Spuren wie möglich zu hinterlassen, hatte sie die Maße der Kids genommen, war bis ins Ruhrgebiet gefahren und hatte die Sachen, ohne sich beraten zu lassen, in verschiedenen Geschäften gekauft. Für Anni und Nina hatte sie ein Schminkset besorgt und sich selbst einen neuen, sündhaft teuren Lippenstift geleistet.

Karl stand neben ihr und nestelte an einem Anzug herum. »Passen da auch die Pistolen drunter?« Er öffnete ein Jackett.

»Das passt schon«, sagte Ira streng und zog seine Hand weg. Sie spürte, wie sich alles in ihr fokussierte. Es gab keine Fragen mehr, nur noch ein Räderwerk, das vor zwei Jahren von einer vagen Idee in Gang gesetzt worden war, sich immer schneller zu drehen begonnen hatte, sich nach und nach in immer feinere Rädchen verzweigte und jetzt reibungslos schnurrte. Sie war Hunderte Kilometer auf der Suche nach dem richtigen Objekt umhergefahren, sie hatte unzählige Stunden im Internet recherchiert, sie hatte geplant und verworfen und war schließlich fündig geworden, am Rhein zwischen Joggern, spazierenden Familien und Ausflüglern. Monatelang hatte sie die Aktion wieder und wieder durchgespielt und sich die Anfahrt mit dem VW-Bus vorgestellt, den Parkplatz, den Fußweg zum Objekt, die genaue Position der rollbaren Kisten mit den Gasflaschen. Die Aktivierung der Zeitzünder und den schnellen Rückzug. Sie hatte Jan, Lenni, Jonas, Anni und Nina für die Aktion ausgewählt, die anderen waren zu klein, die Gefahr war zu groß, dass sie auffielen. Nein, es konnte nichts schiefgehen, versicherte sich Ira gedankenversunken und strich die Kleider glatt. Die Kids würden ihren Job machen und wie unsichtbare Geister wieder verschwinden. *Meine heilige Meute.* Niemand würde sie finden. Wenn die erste Schockwelle das Land durchlaufen hätte, würden sich wütende Verdächtigungen und Verschwörungstheorien wie Giftgas in den sozialen Medien ausbreiten, man würde Islamisten hinter dem Anschlag vermuten, eingesickert mit der Flüchtlingswelle, wozu brauchte es schon Beweise? *Jetzt töten sie unsere Kinder, unsere Besten!* Der Zorn wäre unvergleichlich und nicht mehr einzufangen, bis ins Parlament hinein, den Gutmenschen würden die Argumente ausgehen, ihre Köpfe würden rollen. Und sie, die Urheberin, würde ruhig aus ihrem sicheren Versteck verfolgen, wie ihr Werk nachwirkte.

»Ruf die Kids.« Ira öffnete eine Ledertasche. *Der Countdown läuft*, dachte sie, *noch zwei Tage*. Es war Zeit, die Geisterkrieger endlich in die Details einzuweihen. Sie breitete eine Landkarte, eine Reihe ausgedruckter Fotos und die Skizze eines großen, kuppelförmigen Gebäudes auf dem großen Tisch aus. Ira lächelte. *Der Kristallsaal.* Der Name hatte ihr auf Anhieb gefallen.

*

Es ist wahr, dachte Julia. Der Wald hatte sie verschluckt. Sie stand mit ihrer Geländemaschine in einer Talmulde und blickte durch die unzähligen Stämme ins Halbdunkel. Die Räder waren tief in den weichen Teppich aus Fichtennadeln eingegraben, über ihr drang kaum Licht durch die dichten Zweige. Julias Sinne tasteten wie ein Echolot umher. Sie stand im Innern eines riesigen Organismus, der sie wie eine Beute zu umschlingen schien.

Sie hatte sich ihre Reise in den Wald anders vorgestellt. Als sie mit dem Motorrad von der Landstraße in den Forstweg eingebogen war, hatte sie noch einige Wanderer gesehen, die sie wütend beschimpften. Sie war auf schmalere Pfade ausgewichen, immer Richtung Westen, hatte bald den Weg verloren und war mit der Geländemaschine durchs Unterholz geholpert. Die Hügel waren steiler geworden, Bäche hatten sich tief in enge Täler gegraben, umgestürzte Bäume mit Vorhängen aus Moos hatten sich ihr in den Weg gelegt. Schließlich hatte sie sich unter einem steilen Hügel im tiefen Boden festgefahren, den knatternden Motor ausgestellt, ihren Helm abgenommen und minutenlang in die Stille gelauscht.

Jetzt holte Julia ihr Handy aus der Tasche und legte den Akku ein, nur um sich zu vergewissern, dass außerhalb dieses Waldes noch ihre alte, vertraute Welt existierte. Das Telefon zeigte keinen Empfang an und war nicht mehr als ein Talisman aus einer fernen Zivilisation. Julia stieg ab, versteckte das Motorrad notdürftig unter Zweigen, schulterte den Rucksack mit dem Zelt und der Isomatte und marschierte los, die Sonne zur Linken. Es ging durch Tannenhaine und Laubwälder, immer wieder auf und ab durch Täler und über Hügel. Noch zweimal zog Julia ihr Handy hervor, dann gab sie auf und steckte es in ihren Rucksack.

Die Bewegung tat gut, Julia fand einen Ast als Wanderstock, ihr Schritt wurde gleichmäßiger. Sie hielt an einem Bach und trank das klare Wasser, lauschte dem fernen Klopfen eines Spechts und beobachtete ein Eichhörnchen, das um einen Baum herumwuselte. Als es Abend wurde, kam sie auf eine Anhöhe mit gewaltigen Buchen, die wie mächtige Säulen einer Kathedrale aus dem braunen Waldboden ragten. Die tiefe Sonne blitzte zwischen den Stämmen hindurch. Julia setzte sich auf einen Felsvorsprung, packte ihr vorletztes Brötchen aus und wollte gerade hineinbeißen, als sie plötzlich stutzte. Sie stand auf und ging zu einem zersplitterten Baumstumpf. Darauf stand, säuberlich übereinandergeschichtet, ein kleiner Turm aus flachen Steinen, wie eine von Eingeborenen ausgelegte magische Wegmarke. *Menschen.* Julia wusste nicht, was sie fühlen sollte, Angst oder Freude. Wer verirrte sich so tief in den Wald? Sie packte das Brötchen wieder in ihren Rucksack und ging weiter, ab und zu verharrend und lauschend, sich immer wieder umblickend. Auf dem nächsten Höhenrücken stieß sie auf einen weiteren Steinturm. *Ein Weg.* Vielleicht würden die Steine sie zu ihrem Ziel führen.

*

Der Verfassungsschützer biss in den riesigen Hamburger und schaute seinen schweigenden Kindern beim Kauen zu. Eigentlich war es kein schlechter Zeitpunkt für ein paar Tage bei Papa, bevor es in den Urlaub mit Mama und ihrem Neuen ging. Keppler steckte in allem fest – keine Nachricht von Julia, keine von Nick – und war dazu verdammt, sich mit langweiligen Alltagsgeschäften abzumühen, da konnte er gut etwas Ablenkung gebrauchen. Dennoch war es keine leichte Aufgabe, mit zwei Kindern im Grundschulalter Small Talk zu führen, dachte Keppler, als er die Gurkenscheibe vom Tellerrand seiner Tochter nahm und zwischen die beiden Hälften seines Burgers steckte. Die üblichen Fragen hatte er schon gestellt: »Wie läuft's in der Schule?«

»Gut.«

»Wie läuft's mit der Fußballmannschaft/Ballettgruppe?«

»Gut./Gut.«

»Wie geht's Mama?«

»Gut.«

Die interessanten Fragen hatte sich Keppler verkniffen: Wohnt Mamas neuer Freund schon bei euch? Wie sieht er aus? Hat er einen spannenden Job? Mögt ihr ihn?

In der ersten Zeit nach der Trennung war er nicht so diszipliniert gewesen. Er hatte der Versuchung nicht widerstehen können, die Kinder auszuhorchen, und schmerzhaft gelernt, dass sie keine Quellen, sondern unfreiwillig Beteiligte waren. Die Erinnerung an ihre kleinen, verschlossenen Gesichter trieb ihm jetzt, acht Monate danach, die Schamesröte ins Gesicht. Und so saßen sie sich nun still kauend gegenüber, und Keppler hoffte, dass er bei den Kleinen wenigstens kulinarisch punkten konnte, solange ihre Mutter weiter penibel auf eine vollwertige Ernährung der beiden achtete.

Das Handy erlöste ihn von dem Schweigen. Es war Wormland.

»Hast du grad Zeit?«

»Klar. Schieß los«, sagte Keppler kauend. Er hatte sich dem Kommissar gegenüber einen kumpelhaften Ton angewöhnt. Nach der Trennung von seiner Frau und dem gemeinsamen

Freundeskreis, der eigentlich immer der ihre gewesen war, war seine Freundschaft zu Wormland gewachsen. Sie waren zwei alleinstehende Väter, die staatstragende Geheimnisse teilten, ein Männerbund.

»Da läuft irgendwas gewaltig schief«, sagte Wormland ernst.

»Was ist passiert?«, fragte Keppler.

»Wir haben heute die Leiche von Julia Gerloffs Ausbilder aus dem Niehler Hafen gefischt.«

»Was ist passiert?« Keppler legte den Burger beiseite und reichte seiner Tochter eine Serviette für den verschmierten Mund. Wormland erzählte in knappen Worten von Julias Anruf bei ihrer Freundin und dem großangelegten Rettungseinsatz, der sofort in Bewegung gesetzt worden war. Ein Dutzend Taucher der technischen Einsatzeinheit hatten die Hafenbecken abgesucht und bald darauf den Wagen gefunden.

»Gibt es Tatverdächtige?«, fragte Keppler leise.

»Nein. Aber der Unbekannte in dem Wagen des Ausbilders hat angeblich behauptet, er müsse zum Verfassungsschutz.«

In Keppler arbeitete es: Was sollte das heißen? Ein Mitarbeiter? Ein Besucher? Bundes- oder Landesverfassungsschutz? Die Fährte war dünn. »Das ist noch nicht alles«, fuhr Wormland fort. »Heute Nacht wurde ein Mitschüler von Julia Gerloff tot in seiner brennenden Wohnung gefunden. Die Spurensicherung geht von Brandstiftung aus, sämtliche Festplatten des Opfers wurden zerstört.«

Keppler starrte ins Leere. Warum breitete sich rund um Julia eine dunkle, tödliche Wolke aus? Warum die Polizeischule? Plötzlich fiel ihm ein, was ihm die ganze Zeit während Wormlands Bericht auf der Zunge gebrannt hatte: »Von wo hat Julia Gerloff angerufen?«

»Das wollte sie ihrer Freundin nicht sagen. Aber sie hat sich scheinbar von Eisermann getrennt.«

»Was hat sie sonst noch gesagt?«

»Nichts. Die Freundin meint, Julia Gerloff könnte auf der Suche nach ihrer Mutter sein. Ist aber nur so ein Gefühl, hat sie gesagt.«

Keppler schnaubte. *Natürlich!* Warum war er nicht selbst darauf gekommen? Julia trat die Flucht nach vorn an. *Die Prinzessin sucht die Königin auf eigene Faust.*

»Die Fahndung bleibt bestehen«, sagte der Hauptkommissar. »Wir konzentrieren uns jetzt erst mal auf den Ausbilder und den Polizeischüler.«

Keppler stand wie ferngesteuert auf und ging zur Kasse, seine Gedanken kreisten.

»Bist du noch dran?«, fragte es aus dem Handy.

»Kannst du mir einen Gefallen tun?«, bat Keppler und zog sein Portemonnaie aus der Hosentasche. Sein Plan stand fest. Er würde zahlen, seinen Kindern draußen ein Eis kaufen und sie dann zurück zu ihrer Mutter bringen, egal, wie sauer sie sein würde. Dann würde er sich verabreden. Jetzt war definitiv nicht der richtige Zeitpunkt, Papa zu sein.

*

Der Wald hatte sich aufgelöst, Julia schaute in vollkommene Finsternis. Nach ihrer kurzen Abendrast war sie noch eine halbe Stunde in der Dämmerung weitergelaufen, vorbei an einem dritten Steinturm, dann hatte sie ihr Zelt zusammengesteckt und es verborgen zwischen einem Ilexbaum und einem Felsvorsprung aufgestellt. Sie hatte im Licht der Handylampe die Isomatte ausgelegt, die Fleecedecke aufgeschlagen, ihren Pulli zu einem Kissen zusammengerollt, eine Wanderkarte ausgebreitet und versucht herauszufinden, wo sie war. Nur wenige Minuten später war das Licht erloschen, der Akku hatte seinen Geist aufgegeben. Jetzt steckte Julia ihren Kopf aus dem Zelteingang und hatte den Eindruck, als blicke sie ins Weltall. Die Nacht hatte sich wie eine schwarze Wand an sie herangedrängt, kein Baum, kein Blatt war mehr zu erkennen. Die Vögel, ihre tausendfachen Begleiter, waren verstummt. Julias Ohren schienen sich zu vergrößern, plötzlich hörte sie von überall aus der schwarzen Tiefe leises Rascheln. Ihr Puls jagte in die Höhe, ihre Augen erkannten Schatten, jedes Knacken ließ sie zusammenzucken. In der Ferne klagte ein einsamer Kauz. Julia zog den Reißverschluss hoch und legte sich auf die dünne Isomatte, jedes Steinchen und Stöckchen unter dem Zeltboden stach in ihren Rücken. Sie rollte sich ein und zog die Decke über ihren Kopf. *Atmen. Wer atmet, hat keine Angst.* Wolfgang hatte ihr immer ruhig vorgeatmet, wenn sie aus einem Albtraum erwacht war. Jetzt flammte, wie ein Mahnmal, das Bild des toten Vaters in seinem blutigen Bett wieder auf. *Was mache ich hier? Auf dem Weg zu seiner Mörderin? Atmen.* Das Rascheln und Knacken drang durch die dünnen Stoffwände. Das Pfeifen in ihren Ohren, fast schon vergessen, war wieder da. Julia füllte ihre Lungen mit Luft und flog in Gedanken an den See, zu den Fröschen im Schilf.

Atmen.

*

Die Matratze war weich, das Kissen roch blumig nach Waschmittel. Nick löschte das Licht und fragte sich, warum er nie auf die Idee gekommen war, der versifften Großstadt den blanken Hintern zu zeigen und sein Heil auf dem Land zu suchen. Die Luft war besser, es gab keine Bullen, es gab keine Konkurrenz, und die Leute kannten noch nicht die billigen Tricks. Die Bilder des Tages schwammen durch Nicks Kopf. Der Bus war in einen Märchenort gefahren, hinter dem Fenster waren krumme Fachwerkhäuser aufgetaucht, verwinkelte Gassen mit Kopfsteinpflaster, ein rauschendes Flüsschen, kleine Brücken, Cafés voller Touristen mit Sonnenbrillen, und Nick hatte plötzlich Sehnsucht verspürt nach dem, was man »Urlaub« nannte. Er war ausgestiegen und eine Weile staunend umhergeschlendert. Überall waren Menschen, die bummelten, Selfies machten, in der Sonne Kuchen aßen und Bier tranken, er hörte jede Menge fremde Sprachen. Der Hunger hatte sich wieder gemeldet, und Nick hatte ein Rentnerehepaar mit der alten Masche angesprochen, man habe ihm sein Portemonnaie gestohlen, ihm fehle das Geld für die Heimfahrt. Das Paar hatte ihm sofort zehn Euro in die Hand gedrückt und ihm noch ein Stück Kuchen für die Fahrt gekauft. Es war ihm fast unangenehm gewesen. Er war der Hecht im Goldfischteich, und nach einer halben Stunde hatte er über sechzig Euro in der Tasche gehabt. Mit drei belegten Brötchen im Magen war er ins örtliche Touristenbüro gegangen und hatte einen jungen Angestellten nach dem Haus und dem Panzer im Wald gefragt. Der hatte ihn schräg angegrinst und sich erkundigt, ob das ein geheimer Partytreff sei. Er berichtete, dass am Vortag eine junge Frau mit einem Motorradhelm unterm Arm dasselbe gefragt habe, aber leider habe er keine Ahnung, wo der Ort zu finden sei. Nicks Herz hatte einen Sprung gemacht. Julia! Sie war hier gewesen! Sie hatte einen Tag Vorsprung, aber wie sollte er sie finden? Er war ratlos. Mit mehreren Wanderkarten in der Hand war er hinaus in die schmalen Gassen gegangen und hatte sich, ohne es zu planen, in das Leben des kleinen Ortes hineinsaugen lassen. Er war mit den anderen Touristen den Hügel hinauf zu einer Burgruine spaziert, er war über die kleinen Brücken gewandelt und hatte ein riesiges hölzernes Mühlrad bestaunt, er hatte sich mit einem Eis auf eine schattige Bank gesetzt und zugeschaut, wie andere ihr Leben genossen. Am Abend hatte er am Ortsrand eine kleine Pension in einem alten Fachwerkhaus gefunden, in der noch ein billiges Dachzimmer frei war. Er hatte auf dem Zimmer zwei Flaschen Bier getrunken, eine geräucherte Wurst mit Brot und Senf gegessen und sich müde ins duftende Bett fallen lassen. Jetzt schweifte sein Blick durchs offene Fenster in die Nacht, und seine Gedanken wanderten wieder zu Julia. Wo mochte sie sein? Hatte sie Ira gefunden? Brauchte sie ihn? Die wohlige Müdigkeit wich einer drückenden Unruhe. Nick verfluchte die wenigen Stunden, in denen er sich selbst vergessen hatte, in denen er dazugehört hatte, in denen er geglaubt hatte, das echte Leben zu leben. Nein, das da draußen gehörte den anderen, für ihn war es nur ein verdammter Traum!

*

Ein Knacken weckte sie. Julia blinzelte. Blaues Licht füllte das Zelt, von überall her erklang Vogelgesang. Es war kühl. Julia atmete tief durch, zog die Decke übers Kinn und schloss erleichtert die Augen. Sie hatte die Nacht wie in einem Fiebertraum verbracht, doch die Geisterwelt hatte sie verschont, es war Tag, sie war in Sicherheit. Sie würde sich noch ein Weilchen Schlaf gönnen.

Wieder ein Knacken. Julia riss die Augen auf und lauschte. Sie dachte an die Wildschweine, die früher um den Bauwagen gestreunt waren, um den Garten zu plündern. Manchmal hatten sich in den frühen Morgenstunden auch Rehe gezeigt. Warum also nicht auch hier im Wald? Jetzt hörte sie ein lautes Rascheln. Dicht hinter dem Zelt. Die Haare auf Julias Armen richteten sich auf. Ganz langsam drehte sie sich um. Vor dem Zelteingang sah sie einen Schatten. Beine! Julia schluckte den Schrei hinunter, der in ihrer Kehle aufstieg, und spürte, wie sich all ihre Muskeln anspannten. Der Schatten bewegte sich nicht. Julia tastete vorsichtig nach dem Messer im Rucksack und griff nach dem Reißverschluss. Mit einem Ruck zog sie ihn herunter – und stieß einen gellenden Schrei aus.

Ein Gesicht. Ganz nah. Kalkweiß, blutrote Lippen, aufgerissene Augen, feuerrote Haare. Die Lippen verzogen sich und erwiderten ihren Schrei.

Julia fiel zurück ins Zelt, draußen kugelte jemand rückwärts ins Laub.

Sie rappelte sich hoch und hielt das Messer ausgestreckt vor sich. Im selben Augenblick sprang ein Junge von der Seite vor den Zelteingang. Er hatte ein kindliches, rundes Gesicht, und er zielte mit einer riesigen Armbrust auf sie. »Keine Bewegung!«

Julia atmete keuchend, ihr Herz raste, das Messer zitterte in ihrer Hand. »Nimm das Ding weg!«

Im Hintergrund rappelte sich der rothaarige Junge aus dem Laub auf, der älter war und schlaksig.

Der Kleine warf einen Blick ins offene Zelt. »Wer bist du?«

Julia war plötzlich wieder Polizistin und schrie: »Waffe runter!«

»Mach schon«, sagte der Rothaarige und drückte die Armbrust zur Seite. Seine Stimme war sanfter als die seines Begleiters. Plötzlich stutzte Julia. Dem Schlaks fehlte an der linken Hand ein Teil des kleinen Fingers. Er kam ihr merkwürdig bekannt vor, aber sie wusste nicht, wo sie ihn schon mal gesehen hatte.

»Ich komm raus«, sagte sie, steckte ihr Messer hinten in den Hosenbund und krabbelte langsam aus dem Zelt. Die Jungen machten Platz und musterten sie misstrauisch. Die metallene Armbrust wirkte riesig in der Hand des Kleinen. Der Rothaarige verbarg seine verletzte Hand. Beide hatten strubbelige Haare und wirkten ärmlich in ihren abgetragenen Klamotten.

»Ihr habt mich ganz schön erschreckt«, sagte Julia und streckte dem Kleinen freundlich die Hand entgegen. »Ich heiß Julia.«

Er nahm sie zögernd. »Ben.«

»Hallo. Und du?«

»Ich bin Jonas.«

Jonas. Seine dunklen Augen waren wach und scheu. Plötzlich wusste sie, wieso er ihr bekannt vorkam. Auf Nicks Foto hatte er noch jünger ausgesehen, dachte sie, weniger schmal und weniger traurig.

»Und was macht ihr hier?«

Die beiden wechselten einen nervösen Blick. »Wir … sind …«, begann Ben stockend. »Im Ferienlager«, ergänzte Jonas.

»Jetzt schon?«, Julia deutete auf die Armbrust, sie hatte ein Zielfernrohr und einen schussbereiten Pfeil im Lauf. »Seid ihr nicht ein bisschen zu jung für so was?«

Ben senkte den Blick.

»Und du?«, fragte Jonas schnell. »Was machst du hier?«

»Ich?« Julia setzte ein Lächeln auf. »Ich suche ein altes Haus. Das soll hier im Wald sein. Vielleicht ist da ein Panzer in der Nähe. Habt ihr davon gehört?«

Die beiden Jungen tauschten einen Blick. Jonas beugte sich zu Ben und flüsterte ihm etwas ins Ohr. Der Kleine nickte.

»Wir bringen dich hin«, sagte Jonas.

Julia hob die Augenbrauen. »Ihr kennt das Haus? Cool!«

Die Jungen blickten sich stumm an.

»Dann pack ich mal zusammen«, sagte Julia. »Ist ja genial, dass ich euch getroffen hab.« Sie kroch ins Zelt und rollte ihre Isomatte zusammen. Es war so weit. Sie hatte ihre Mutter gefunden.

14

Keppler stapfte schwer atmend die Holztreppe hoch und fragte sich zum ersten Mal im Leben, ob jetzt der Moment gekommen war, mit Sport anzufangen. Oben am Treppenabsatz stand ein schwarzhaariges Mädchen und blickte ihn stumm an. Gerade als er sie ansprechen wollte, verschwand sie in der Wohnungstür, und eine Frau mit großen dunklen Augen kam heraus.

»Guten Morgen«, keuchte Keppler.

»Tut mir leid. Studenten und alte Leute wohnen immer oben«, erwiderte sie anstelle eines Grußes.

Die Wohnung wirkte freundlich und chaotisch, es roch nach indischem Essen und Schaumbad. Keppler folgte der Frau in die Küche und setzte sich an den gedeckten Frühstückstisch. Die Tochter saß schon, aß ein Nutella-Brötchen und musterte ihn mit einem undurchdringlichen Blick, während sich die Mutter daranmachte, eine italienische Espressokanne zu befüllen.

»Ich hoffe, Sie haben noch nicht gefrühstückt.«

Keppler setzte sich. »Leider doch. Beamte sind Frühaufsteher.«

Die Frau lächelte. »Dann bekommen Sie jetzt Ihr zweites Frühstück.«

Keppler musterte sie und stellte sich vor, wie Julia auf seinem Platz gesessen haben mochte, verwöhnt von ihrer älteren Freundin Daria.

»Ich wäre normalerweise längst im Ausbildungszentrum, aber wir haben heute freibekommen«, sagte sie ernst.

Keppler nickte, er kannte den traurigen Grund.

»Das tut mir leid mit Ihrem Mitschüler.«

Daria stellte die Kaffeemaschine auf den Herd. »Arbeiten Sie im selben Dezernat wie Herr Wormland?«

»Nein, aber wir kooperieren«, antwortete Keppler. Er hatte Wormland am Vorabend überredet, ihm die Nummer von Julias Freundin zu geben, und ihm hoch und heilig versprochen, dass dieser Vorgang offiziell niemals stattgefunden hatte. Während seine Kinder ihr Eis schleckten, hatte er bei Daria angerufen und sie um einen Termin gebeten, angeblich weil er im Fall Wolfgang Gerloff ermittle und die Suche nach dessen Tochter vorantreiben wolle.

»Die Fotos, von denen ich Ihnen gestern erzählt habe«, begann Daria und nahm ein Album, das auf der Fensterbank lag. »Ich hab gestern Nacht noch mal alles auf den Kopf gestellt. Julia hatte sie bei Nasrin im Bücherregal versteckt.«

Sie gab Keppler das Fotoalbum. Die Hände feucht vor Aufregung, schlug er es vorsichtig auf. Seine Augen glitten von Foto zu Foto, und alles um ihn herum verschwand. Er blätterte vor und wieder zurück, vor und zurück, als müsse er die Bilder mit den Augen einscannen. *Ira Tetzel.* Das Leben, das er seit Jahren zusammengepuzzelt hatte, war plötzlich sichtbar: Ira als junge Frau, verliebt mit Wolfgang im Wald, Ira mit versteinertem Gesicht, mit roten Lippen wie ein Vampir, die winzige Julia im Arm.

»Kaffee?«

Keppler schaute auf. Er wusste nicht, wie lange Daria schon mit der Kanne vor ihm gestanden hatte. »Oh, ja … gerne.«

Daria füllte seine Tasse. »Julia hat das Album kaum noch aus den Händen gelegt. Sie dachte ja, ihre Mutter sei tot.« Sie setzte sich an den Tisch. »Sie war nach der Sache mit ihrem Vater völlig fertig. In den letzten Tagen ist sie dann irgendwie immer verschlossener geworden, hat sich mehr und mehr zurückgezogen.«

Daria deutete auf ein Foto von Ira. »Ich glaub, sie will sie finden.«

»Warum hat sie mit Ihnen nicht darüber gesprochen?«

»Vielleicht, weil ihre Mutter eine …«

Sie zögerte und warf ihrer Tochter einen verstohlenen Blick zu.

»Weil sie eine Terroristin ist«, sagte Nasrin mit vollem Mund. Daria verdrehte die Augen.

»Gefährderin sagen wir dazu«, erklärte Keppler ruhig. »Mutmaßliche Gefährderin, um genau zu sein.«

»Julia hat gesagt, sie zeltet. Irgendwo, wo viel Wald ist.«

Keppler blätterte aufgewühlt im Fotoalbum. Was hatte Julia darin gesehen?, fragte er sich. Was hatte sie gefunden, das sie zum Versteck ihrer Mutter führte?

Er trank einen Schluck Kaffee, die Brötchen auf dem Tisch dufteten, plötzlich hatte er riesigen Hunger.

*

Zwei kolumbianische Bräute, dachte Ira und musste sich ein Grinsen verkneifen. Anni und Nina stöckelten auf ihren High Heels unsicher in den Saal und blieben mit wallenden Kleidern, hochgepushten Brüsten und schmollenden Gesichtern vor ihr stehen.

Karl saß auf dem Tisch, auf seiner Glatze hatten sich rote Flecken gebildet.

»Ihr seht top aus«, sagte Ira. »Jetzt braucht ihr nur noch einen Haarschnitt und Make-up.«

»Wir sehen scheiße aus«, widersprach Anni säuerlich.

»So was tragen Abiturienten heute. Spießig ist wieder angesagt.«

»Ich kann auf den beknackten High Heels nicht laufen«, beschwerte sich Nina.

»Das wird schon. Lasst die Schuhe noch eine Weile an.«

»Warum kann Lynn das nicht machen?«, maulte Nina weiter.

»Sie ist zu jung.« Ira wandte sich Karl zu, der stumm auf Annis Ausschnitt starrte. »Gefallen sie dir nicht?«

»Doch, doch«, stotterte er.

Ira lächelte die Mädchen an. »Push-ups sind reine Magie. Falls ihr irgendwelchen Männern begegnet, werden sie das Denken einstellen.«

Jan und Lenni stolzierten in ihren neuen Anzügen in den Saal, die Lederschuhe hallten laut auf den Dielen. Ihre Haare waren feucht zurückgekämmt, die Schultern gestrafft. Die Mädchen pfiffen und johlten.

»Geil«, sagte Ira. »Passt wie angegossen.«

Lenni drehte sich wie ein Model und bleckte grinsend seine abgebrochenen Schneidezähne.

»Nicht lächeln, Lenni.« Ira schüttelte mahnend den Kopf. »Wo ist Jonas?«, fragte sie dann und sah sich suchend um.

»Noch jagen mit Ben.«

Iras Miene verfinsterte sich. Sie würde sich Jonas noch einmal zur Brust nehmen, der Junge war nicht richtig dabei. Am Vortag, als sie das Team in den Plan eingeweiht hatte, war er still und blass gewesen und hatte auf seinen Nägeln herumgekaut.

Eigentlich war er zu weich für die Aktion, das wusste sie, aber es gab keine Alternative, die anderen waren zu klein oder zu jung. Anni würde auf ihn aufpassen müssen, dachte Ira, damit er im entscheidenden Moment nicht zusammenklappte.

Die Tür öffnete sich, und Ben schaute herein. Er wirkte nervös. »Ira?«

»Wo ist Jonas?«

»Unten. Da ist jemand«, sagte der Kleine leise.

»Wer?«

»Eine Frau. Aus dem Wald.«

Ira ging zum Fenster und blickte hinaus. Ihr Atem stockte. Sie kniff die Augen zusammen und spürte, wie eine heiße Welle durch ihren Körper schoss. Langsam drehte sie sich um und sah, wie die anderen sie fragend anschauten.

»Geht auf eure Zimmer. Ben, du bleibst noch hier.«

»Können wir den Scheiß ausziehen?«, fragte Nina.

Ira nickte. »Aber nicht zerknittern. Jan fährt euch dann gleich zum Haareschneiden. Wie besprochen.«

Die Jugendlichen verließen den Saal. Karl blieb auf dem Tisch sitzen.

»Du auch«, sagte Ira.

»Aber wer ist denn …?«

»Du hast doch noch zu tun. Geh in den Bunker und nimm den Hinterausgang«, zischte Ira.

Karl blickte sie ungläubig an, rückte seine Brille zurecht und verließ dann den Saal. Ben blieb unsicher an der Tür stehen.

»Hol sie hoch«, sagte Ira leise, trat ans Fenster, strich sich unruhig durch die Haare und zupfte an ihrem dünnen Pullover. *Was ist bloß mit mir los?*, fragte sie sich, obwohl sie die Antwort kannte. Sie hatte plötzlich Angst. Angst vor der Weichheit, die in ihr hochstieg. Weichheit machte sie schwach, so wie manchmal in den frühen Morgenstunden, wenn sie aufwachte und ihr alles verrückt erschien, sie abbrechen, umkehren und vergessen wollte. Doch jetzt war es zu spät für Schwäche.

Es gibt kein Zurück.

*

Das Schloss. Julia konnte sich an dem Haus nicht sattsehen. Es war kleiner, als es auf den Fotos wirkte, aber es sah viel schöner aus. Scheinbar war daran gearbeitet worden: Die Fensterläden leuchteten in dunklem Grün, das Dach mit seinen spitzen, verspielten Giebeln hatte an manchen Stellen hellere Schindeln, wo vorher Löcher gewesen sein mussten, am Fachwerk waren noch ein paar schmutzige Schatten vom Efeu zu sehen, der die Wände überwuchert hatte, die Fenster glänzten sauber in der Sonne. Julia drehte sich um. Eine große, grasbewachsene Lichtung erstreckte sich bis zu einem dunklen Fichtenwald, einige Schritte entfernt fasste ein Kreis aus Ziegeln eine große Feuerstelle voller Asche ein, darum herum lagen drei Baumstämme als Sitzgelegenheit. Weiter hinten ragten die dunklen Ketten eines Panzers aus dem hohen Gras. Er sah aus wie eine stählerne Schildkröte, die ein Riese auf den Rücken gedreht hatte. Neben Julia stand Jonas und trat unsicher von einem Bein aufs andere. Sie hatte ihn auf dem Weg zum Haus mit Fragen gelöchert: Aus welchem Ort oder welcher Schule sie kämen, wie lange sie im Feriencamp blieben und ob sie nette Betreuer hätten. Er hatte nur leise gebrummt.

In diesem Moment kam Ben aus dem überdachten Hauseingang und winkte sie zu sich. »Komm mit.«

Julia warf Jonas einen nervösen Blick zu. Der Junge senkte die Augen, und sie folgte Ben in die Villa. In der offenen

Eingangshalle roch es nach kaltem Rauch und Verdünner. Ein dicklicher Junge und ein Mädchen mit Dreadlocks standen auf der Treppe und bürsteten ein Graffito von der Holzvertäfelung. Sie drehten sich um und musterten Julia stumm. Sie grüßte leise und folgte Ben die große Holztreppe hinauf in den ersten Stock, wo ein Mädchen mit blond-blauen Haaren einige Risse in der Wand verspachtelte. Wieder misstrauische Blicke, wieder kein Gruß. Ben ging zu einer großen Tür, öffnete sie und blieb stumm daneben stehen. Julia trat mit weichen Knien ein. Der dunkle Dielenboden knarrte. Das Herz schlug ihr bis zum Hals, als sie sich staunend in dem großen holzvertäfelten Saal umblickte. Die Morgensonne schien durch vier hohe Fenster und brachte den Staub in der Luft zum Tanzen. In der Mitte des riesigen Raumes spreizte sich ein Kronleuchter aus miteinander verwobenen Geweihen von der Decke, darunter stand eine lange Tafel. Vor dem Kamin an der Stirnwand sah Julia einen großen Holzsessel mit einer Krone aus Hirschgeweihen über der Rückenlehne. Eine Gestalt erhob sich und drehte sich um. Der Staub schien einen Moment zu verharren. Julia musterte wie hypnotisiert das lächelnde fremde Gesicht. Auf den Fotos hatte sie Ira als Gleichaltrige gesehen, jetzt stand ihr plötzlich eine erwachsene Frau gegenüber – eine ähnliche Frisur wie damals, derselbe Lippenstift, etwas schmaler im Gesicht, mit ein paar Fältchen um die Augen. Ihr Blick war ein anderer als auf den Bildern, nicht undurchdringlich, nicht spöttisch und nicht feindselig. Er war liebevoll.

»Julia.«

Die warme Stimme kam ihr vertraut vor. War es möglich, dass ihre Babyohren sich die Stimme der Mutter für immer eingeprägt hatten, um sie niemals zu verlieren?

Ira schritt langsam auf sie zu und betrachtete sie lange. »Du bist eine richtige Frau geworden.«

Unfähig, sich zu bewegen, blickte Julia in die forschenden Augen. Ihr Kopf war plötzlich völlig leer. Ira streckte ihr die Hände entgegen, sie hatte schlanke Finger, an einem steckte der Schneckenring. Julia ergriff wie hypnotisiert die ausgestreckten Hände und sah, wie das Lächeln ihrer Mutter plötzlich unsicher und aufgewühlt wurde. Auf einmal schlang Ira ihre Arme um sie und zog sie fest an sich. Der warme Körper roch vertraut, Julia konnte Iras Atem und den schnellen Schlag ihres Herzens hören. War das nicht der erste Ton, den sie in ihrem Leben gehört hatte? Mit einem Mal spürte Julia die Dämme in ihrer Brust, hinter denen sie Tag für Tag, Woche für Woche den Schmerz und die Angst gefangen gehalten hatte. Jetzt drückten sie, stärker und stärker, und schienen kurz davor zu bersten. Julias Blick ging zu Boden und blieb an einem kleinen schwarzen Käfer hängen, der ungerührt über die alten Holzdielen krabbelte, kurz verharrte, mit seinen zarten Fühlern einen Krümel abtastete und dann in einer Ritze verschwand. Julia ballte die Fäuste. Die Dämme mussten halten. Keine Flutwelle sollte sie fortreißen. Nicht jetzt.

*

Sieben Grad, dachte Karl grimmig, als er sich den Schweiß von der Stirn wischte und den dreckigen Lappen gegen die Wand seiner unterirdischen Werkstatt schleuderte. Er hatte sie gesehen. Als er aus dem Hinterausgang gekommen war, hatte er nicht direkt den Weg zum Bunker eingeschlagen, sondern war ums Haus geschlichen, um einen Blick zum Eingang zu werfen. Er hatte sie sofort erkannt. *Julia.* Die bockigen braunen Locken, die schmale

Figur, das Mädchengesicht, das er als Fratze hinter der Pistolenmündung gesehen hatte – sie waren wie ein Schandmal in sein Gedächtnis eingebrannt. Sie war gekommen. Von alleine! Weiß der Teufel, wie sie den Weg gefunden hatte.

Karls eiterndes Ohr pochte. Er stand auf, klemmte die letzte Gasflasche zwischen seine Beine und stemmte sich mit aller Kraft gegen den riesigen Schraubenschlüssel. Der Verschluss knirschte. Er musste aufpassen, dass er das Gewinde nicht überdrehte. Bloß nichts vermasseln, einen Tag davor. Karl wischte sich den Schweiß von der Glatze und tigerte in dem kleinen Raum auf und ab. Er sah Iras Gesicht vor sich, ihren arroganten Blick, ihre wegwerfende Geste, als sie ihn davonschickte. Karls Gedanken wollten sich nicht mehr einfangen lassen. Sie will mich verstecken!

Ab in den Keller! *Wie eine Missgeburt.*

Er blieb stehen, sein Mund stieß kleine Dampfwolken aus. Immer wieder dröhnte es durch seinen Schädel: *Das Kind ist gekommen. Das Lieblingskind! Das echte Kind! Und was wird aus den anderen Kindern? Was wird aus uns?* Er trat mit dem Stiefel gegen die Wand, Putzbrocken spritzten durch den Raum.

Fahr zur Hölle, kleine Schlampe!

*

»Ich liebe rote Haare!«, sagte der Frisör verzückt. »Wusstest du, dass Rothaarige besser scharf essen können als andere? Ich darf doch ›Du‹ sagen?«

Jonas hörte nicht zu. Abwesend starrte er auf sein Spiegelbild, die nassen, zur Seite gekämmten Haare klebten an seinem Kopf, seine Lippen waren ein blutroter Strich, seine Gedanken ganz woanders. *Der Kristallsaal.* Ihm war schlecht geworden, als

Ira ihnen im großen Saal die Pläne gezeigt hatte. Eine Feier mit über zweihundert Personen, Abiturienten, Eltern, Großeltern, Geschwister, und sie direkt unter ihnen mit den Gasflaschen. Warum hatte sie ausgerechnet ihn ausgewählt? Er durfte sich nichts anmerken lassen, und den Haarschnitt könnte er für seinen Start in ein neues Leben gut gebrauchen. Jan wollte zuerst Anni, Nina und Lenni bei den anderen Frisören einsammeln, dann ihn.

»Und das Beste«, plapperte der Frisör unbeirrt weiter, »Rotschöpfe bekommen keine grauen Haare.«

Jonas ging Schritt für Schritt seinen Plan für den nächsten Morgen durch. Er hatte sich bei Karl für den Frühstücksdienst eingetragen und würde den anderen anbieten, die frischen Sachen aus dem Bunker zu holen: Speck, Butter, Milch und Obst. Niemand würde etwas dagegenhaben. Den beschwerlichen Weg den Hügel hinauf konnte keiner ausstehen, er dauerte hin und zurück fünfzehn Minuten. Sie würden ihn dort zuerst suchen, was mindestens eine halbe Stunde Vorsprung bedeutete. Heute Abend würde er Pfeil und Bogen, etwas Brot, Käse und zwei Schokoriegel in einer Mulde im Wald verstecken und morgen in den Rucksack packen. Dann würde er Richtung Osten laufen, vorbei am Generator. Das laute Brummen sollte die Hunde ablenken, die Ira ihm auf den Hals hetzen würde, sobald die Küchenmannschaft Alarm geschlagen hatte. Eine halbe Stunde, viel mehr würde er nicht haben. Jan und Lenni waren schnell, er würde laufen müssen, ohne Pause. *Es wird eng werden …* Jonas blickte in den Spiegel und biss die Zähne zusammen. Lieber krepieren als mitmachen.

Der Frisör föhnte die Haare und befreite ihn endlich von dem schwitzigen Plastiktuch um den Hals. Jonas zahlte und ging wie verabredet um den Häuserblock. Die anderen warteten schon frisch frisiert im VW-Bus und empfingen ihn mit lautem Gejohle. Während der Fahrt wuschelte Anni ihm immer wieder durch die Haare, steckte ihre Nase hinein und kicherte mit Nina. Jonas starrte aus dem halb offenen Fenster und ließ sich den Fahrtwind ins Gesicht wehen. Kleine Orte flogen vorbei, Kuhweiden, Waldstücke und immer wieder wandernde Rentner, Rennradfahrer und Biker, es roch schon nach Urlaub. Morgen würde er auch frei sein. *Ans Meer. Zum ersten Mal im Leben.* Die sechshundert Euro von dem gesprengten Geldautomaten würden reichen, dachte Jonas.

Am Straßenrand tauchten Fachwerkhäuser und eine Kirche auf. Plötzlich machte Jan eine Vollbremsung. Die Kids flogen nach vorne und fluchten laut durcheinander. Der Wagen hinter ihnen hupte und zog mit aufheulendem Motor an ihnen vorbei. Jan drehte sich am Steuer um und starrte aufgeregt aus dem Seitenfenster nach hinten. »Habt ihr gesehen?«

»Was, du Vollhonk?«, blaffte Lenni von der Seite.

»Da hinten, der Typ!«

»Wer?«

»Der da.«

»Mann, fahr weiter!«

»Das ist Chris! Da! Mit der Tussi!«

Jonas zuckte zusammen und verrenkte sich den Hals, um etwas sehen zu können. Auf der Terrasse einer Konditorei stand ein junger Mann mit einer Karte in der Hand und redete mit einer Kellnerin. Sie schüttelte den Kopf, und er ging weiter in die entgegengesetzte Richtung. Jonas' Mund wurde staubtrocken. *Chris!*

»Scheiße, das ist er!«, schrie Lenni.

»Los, umdrehen!«, rief Nina.

Jan kurbelte am Lenkrad und wendete den Wagen mitten auf der Straße. »Er will zur Bushaltestelle! Fahr langsam«, sagte

Lenni aufgeregt, kletterte vom Vordersitz nach hinten und schob Jonas beiseite.

Jonas starrte durch die Windschutzscheibe. Chris ging zwanzig Meter voraus auf dem Bürgersteig. Der VW-Bus fuhr im Schritttempo die Straße entlang, alle warteten gebannt. Wie eine Raubkatze schlich sich der Wagen von hinten an Chris heran. Jonas' Hände waren schweißnass. Warum bemerkte er sie nicht? Warum hupte keins der Autos, die sie überholten? *Dreh dich um!* Nur noch wenige Meter. Lenni fasste den Griff der Schiebetür. »Langsam, Jan, ganz dicht an den Bordstein ran!«

Der VW-Bus war nun fast auf gleicher Höhe mit Chris, der konzentriert die Karte studierte.

»Jetzt!« Lenni riss die Schiebetür auf, sprang auf den Bürgersteig, packte den überrumpelten Chris und zog ihn zum Wagen. Anni und Nina beugten sich hinaus und rissen ihn ins Innere. Jonas versuchte, sich auf der Sitzbank klein zu machen. Chris landete auf seinem Schoß. Einen Wimpernschlag lang trafen sich ihre Blicke, entsetzt sah Jonas die aufgerissenen Augen seines Freundes, seine Überraschung, sein Erkennen, den Schock. Lenni sprang in den Wagen zurück und drosch Chris die Faust an die Schläfe. Jan gab Vollgas, die anderen schrien triumphierend durcheinander. Jonas starrte wie gelähmt auf Chris, der benommen auf seinem Schoß lag; er musste sich zwingen, ihm nicht tröstend das Gesicht zu halten. *Chris, verdammt, was machst du hier?*

*

»Wie schön du bist«, hörte Julia ihre Mutter leise sagen, als könne sie es immer noch nicht fassen. »Eine junge Frau.« Ihre Stimme klang zart und forschend, und Julia musste an die Lichttentakel denken, die durch Darias Schlafzimmerfenster geglitten waren und sie tastend umschlungen hatten. Sie saßen sich auf zwei löchrigen Sesseln in einem kleinen Dachzimmer gegenüber, vor sich ein Tischchen mit einer Kanne Tee und selbst gebackenem Kuchen. In einer Ecke stapelten sich Bücher und CDs, von einem Deckenbalken baumelte ein lederner Sandsack, an der Wand hingen Boxhandschuhe. *Ein Spielzimmer*, dachte Julia und spürte, wie ein unruhiges Ziehen durch ihren Magen wanderte. *Es ist Zeit.*

Nach der Begrüßung war Julia von Ira durch das alte Forsthaus geführt worden. Es war ihr wie eine verzauberte Jugendherberge vorgekommen mit seinen Geweihen, dem dunklen Holz und dem großen Speisesaal. Ira stellte sie ein paar Jugendlichen vor, die das Mittagessen vorbereiteten, kleine Arbeiten erledigten oder einfach nur auf ihren Betten dösten. Einige wirkten interessiert, andere ignorierten sie völlig. Ira erzählte, wie sie die Kids von der Straße geholt und ihnen ein neues Zuhause gegeben hatte. Die da oben würden sich ja nicht um sie kümmern, meinte sie, und in den Straßen und den Bahnhöfen der Städte würden immer mehr von ihnen stranden. Danach gingen sie auf die Lichtung und setzten sich an die Feuerstelle in die Sonne, wo die Teenies Fußball spielten und abends Würstchen grillten. Ira erzählte Julia von ihren Plänen: dass sie auf der Lichtung ihr eigenes Gemüse anbauen und in dem Stall ein paar Ziegen und Schafe halten wollten.

Julia schaute sich um und dachte an den Garten der Bauwagensiedlung zurück, in dem sie gegraben und gezupft, Wurzeln aus dem warmen Boden gezogen und ihre ersten Kinderküsse getauscht hatte. Der Garten war ihr zweites Zuhause gewesen, trotz der Kämpfe gegen Wühlmäuse, Wildtiere, Dauerregen und Dürre. Hier, in den rauen Waldhügeln, würde es schwerer werden, dachte Julia, während sie schweigend mit einem Stock in der Feuerstelle stocherte und ihr der vertraute Geruch von Asche in die Nase stieg. Anschließend führte Ira sie in den Wald. Die Sonne schien glitzernd durchs Blätterdach, Julia stakste mit nackten Füßen durch einen kleinen Bach und ließ sich das eiskalte Wasser um die Zehen sprudeln. Es fühlte sich frisch und lebendig an, und sie stellte verblüfft fest, dass sie schon fast zu einer Städterin geworden war. Ira stimmte ihr zu und wurde plötzlich nachdenklich. Sie ließ sich über Ungerechtigkeit, Würde und Identität aus und beklagte, »dass die Mächtigen uns zu willenlosen Wesen erziehen und mit ihrer Kriegsgier ganze Völkerscharen aus ihrer Heimat zu uns treiben«. Die Worte waren Julia nicht unbekannt, am Lagerfeuer hatte ihr Vater oft mit den anderen Männern auf das neoliberale Pack, die Banker und die Amis geschimpft. Sie hätte ihre Mutter gern gefragt, was Wolfgang und sie auseinandergebracht hatte, wie es so weit hatte kommen können, doch sie schluckte ihre Fragen hinunter und folgte Ira zurück zum Haus.

Jetzt, in der gemütlichen Dachkammer, saßen sie sich am Teetisch gegenüber. Ira betrachtete ihre Tochter lange. »Wo warst du die ganze Zeit?«

Julia richtete sich auf, das Blut schoss ihr in die Wangen. *Es ist so weit.* Die Last war immer drückender geworden, Julia hatte das Ungesagte umkreist wie eine Hyäne einen stinkenden Kadaver, bis es sich wie eine riesige Blase in dem kleinen Dachzimmer ausgebreitet und ihr die Luft zum Atmen genommen hatte.

Nun hatte ihre Mutter die Blase berührt. Julias Blick wurde herausfordernd. »Auf dem Land.«

Ira nickte. »Das ist gut. Vielleicht leben irgendwann alle Menschen wieder auf dem Land. Und wo?«

»In einer Kommune«, antwortete Julia zurückhaltend. »Mit

Wolfgang.« Der Name war der Stachel, der die Blase zum Platzen brachte. Das Gesicht ihrer Mutter verdüsterte sich.

»Lupo«, sagte Ira leise und schüttelte langsam den Kopf. »Es ist so schrecklich.«

Julia musterte ihre Mutter argwöhnisch. Ihre Stimme bekam einen Verhörton: »Du warst da, als es passiert ist, stimmt's?«

Ira nickte und atmete tief durch. »Als du ein Baby warst, da gab's Probleme. Dein Vater hatte Probleme. Er hatte ziemlich viel Stress mit der Polizei.«

»In dem besetzten Haus?«

Ira nickte stumm.

»Ich hab euer Fotoalbum gefunden.«

»Dann hast du ja gesehen, was da los war. Er wollte dich in dem Haus großziehen, mit seinen Freunden. Das waren echt schräge Typen – Alkis, Junkies. Ich wollte nicht, dass du da aufwächst, auf gar keinen Fall.« Sie blickte nachdenklich zum Fenster. »Als ich ihm gesagt hab, dass ich mit dir wegziehen will, ist er durchgedreht. Er ist einfach mit dir abgehauen, hat dich mir weggenommen – mein Baby! Wie ein Dieb, mitten in der Nacht.«

Iras Stimme zitterte. Julia sah die Verletztheit und Wut in ihren Augen und spürte für einen winzigen Moment das Verlangen, die verknoteten Hände ihrer Mutter zu halten.

»Ich hab dich jahrelang gesucht«, fuhr Ira leise fort. »Aber ihr wart abgetaucht. Wie vom Erdboden verschwunden.«

»Warum hast du nicht die Polizei verständigt?«

Ira schnaubte. »Kindesentzug ist keine große Sache für die. Wenn die meinen, dass das Kind nicht in Gefahr ist, passiert da nicht viel.« Sie lächelte schmal. »Dein Vater war ein schlauer Mann. Die Polizei hätte dich sowieso nicht gefunden.«

Kälte breitete sich in Julia aus. »Ist er deswegen umgebracht worden? Weil er mich entführt hat?«

Ira blickte erschrocken auf und schüttelte den Kopf. »Denk das nicht, Julia, bitte.«

Julia hob die Stimme. »Was soll ich sonst denken? Du warst doch da!«

Einen Moment lang standen die Worte still im Raum. Ira schaute zum Fenster. »Es war Locke. Ich glaube, er kannte nicht mal selbst seinen richtigen Namen. Ich hab ihn am Bahnhof in Dortmund aufgelesen, da war er zehn. Völlig verdreckt und verstört. Er wollte nicht reden. Irgendjemand hatte ihn kaputtgemacht. Ich habe Wochen gebraucht, um ihn in die Gemeinschaft zu holen, und als er dann da war, hat er nur noch an mir geklebt.«

Julia musterte ihre Mutter misstrauisch. »Er hat meinen Vater erstochen.«

Ira nahm einen Schluck Tee. »Vor zwei Wochen hab ich Wolfgang zufällig im Melderegister gefunden und bin zu ihm, weil ich wissen wollte, wo du bist. Ich hab dich nie aufgegeben, verstehst du? Nie!«

Julia antwortete nicht.

Ira spielte an ihrem Ring: »Locke wollte unbedingt mit, also sind wir zu zweit los. Wolfgang war so dünn und grau in seinem Bett, ich hab mich richtig erschrocken.« Sie lächelte plötzlich. »Aber wir haben uns ausgesprochen, nach über zwanzig Jahren.«

»Er ist tot!«, stieß Julia bitter hervor.

Iras Lächeln erstarb. »Ich bin nur kurz auf den Balkon gegangen, um eine zu rauchen, und da muss Locke durchgedreht sein. Er hatte immer dieses Messer dabei, damit er sich sicher fühlt. Ich weiß nicht, was zwischen den beiden passiert ist, aber plötzlich hab ich Wolfgang schreien hören, er hatte eine Pistole, und da war es auch schon passiert.« Iras Fingernägel gruben sich in ihre Hand. »Ich stand unter Schock, bin auf den

Flur gerannt, und da kam dieser Pfleger, und ich bin abgehauen. Totale Panik.«

Stille breitete sich im Dachzimmer aus. Ira drehte nervös an ihrem Ring. Julia blickte ins Nichts. Die Worte ihrer Mutter nahmen unscharfe Formen an und prallten gegen die alten Bilder in ihrem Kopf. Was war wahr? Die Version ihrer Mutter klang plausibel. Was hätte ihr Wolfgangs Tod gebracht? Konnte sie wirklich so lügen? *Sie ist doch ein Mensch!*

Julia sah, wie Ira den Kopf hob. Ihre Augen waren feucht. Mit leiser Stimme fuhr sie fort: »Lupo und ich … Wir hatten noch darüber gesprochen, dass wir uns zu dritt treffen wollten. Mit dir. Es tut mir so leid.«

Julia schwieg. Eine tiefe Traurigkeit flutete über sie hinweg. War es nicht egal, was genau passiert war? Nichts würde Wolfgang wieder lebendig machen. Draußen vor dem Fenster strich der Wind sanft durch die sonnigen Baumwipfel, Vögel zwitscherten von den Dachrinnen. Das Zimmer roch nach Tee und Holz.

Ira beugte sich vor. »Die Wahrheit ist nicht immer das, was alle sagen. Das wirst du noch lernen. Frag ruhig. Was immer du willst.«

Julia hob den Kopf und blickte ihre Mutter fest an. »Warum versteckst du dich?«

Ira nickte, als hätte sie die Frage erwartet. »Dein Vater und ich, wir waren beide Piraten. Manchmal muss man anecken, um etwas zu bewegen, das gefällt vielen nicht, und schon geht die Hexenjagd los.«

Julia blickte ihre Mutter fest an. »Du bist eine Terroristin.«

Ira lächelte kopfschüttelnd. »Was ist das schon, Julia? Ich will nur das verlogene Spiel von denen da oben nicht mitspielen, das ist alles. Und die meisten wollen es auch nicht, sie sind nur zu müde, um sich zu wehren.«

Julia fühlte plötzlich, wie ihre Augen schwer wurden. Ihr Kopf war völlig leer, die Dämme in ihrer Brust barsten, eine Welle aus unendlicher Erschöpfung überspülte sie, und sie sehnte sich nur noch nach einer stillen Ecke, in die sie sich verkriechen konnte, um sich wie eine Raupe in einem Kokon zu verpuppen. Ira nahm ihre Hand. »Du siehst müde aus. Möchtest du dich hinlegen?«

»Nur ganz kurz.«

»Mein armes Mädchen.« Ira strich Julia über den Kopf. »Du hast so viel durchgemacht.«

Von der Lichtung her drang Motorgeräusch durchs Fenster. Ein Wagen hielt, Türen wurden geöffnet und zugeschlagen, aufgeregte Stimmen ertönten. Julia sah durch einen Schleier, wie Ira aufstand und aus dem kleinen Fenster blickte. Für einen Moment schien sich ein Schatten auf ihr Gesicht zu legen, dann drehte sie sich um und sagte in fürsorglichem Ton: »Komm, ich klapp dir eine Matratze aus, du kannst dich hier ausruhen.«

Julia nickte erschöpft. Ein warmes Gefühl breitete sich in ihr aus. *Zuhause.*

*

Keppler rieb sich die müden Augen, stand von seinem Schreibtisch auf und schaute aus dem Fenster auf die Trabantenstadt. Er konnte sich nicht daran erinnern, wie er von Daria ins Büro gefahren war, ob er rote Ampeln übersehen hatte oder ob er auf der Schnellstraße geblitzt worden war. Sein inneres Auge hatte jedes einzelne Foto aus dem Album noch einmal betrachtet, und er war zum Schluss gekommen, dass Julia wahrscheinlich auf der Suche nach dem Forsthaus war. Dazu die Fichtennadeln an den Schuhen des toten Jungen, sein Westwallring, alles sprach dafür. Im Büro hatte er Stunden vor dem Rechner gesessen und sich durch Tausende Fotos von Waldhäusern und Panzerwracks gescrollt und mit mehreren Forstämtern telefoniert – niemand kannte das gesuchte Haus. Keppler war sich sicher, dass das Zielobjekt irgendwo am Westwall stand, aber ihm dämmerte erst jetzt, dass das an der kompletten Grenze zu Belgien, Luxemburg und Frankreich sein konnte. Kepplers Magen meldete sich – die drei Brötchen, die er am Morgen in Darias Küche gegessen hatte, waren längst verdaut. Er verließ das Büro, vielleicht würde er in der Kantine noch eins der letzten Kuchenstücke ergattern. Auf dem Flur kam ihm Dr. Gräf entgegen. Sie lächelte ihn vieldeutig an, was selten geschah und nur Gutes verheißen konnte.

»Auf der Jagd nach dem letzten Stück Torte?«

»Äh, ja«, brummte Keppler und notierte sich innerlich, dass er vorsichtiger sein musste – der Chefin schien weniger zu entgehen, als er dachte.

»Ich komme mit«, sagte sie und drehte um. War ihr Schritt federnder als sonst?, fragte sich Keppler und drückte den Aufzugknopf.

»Ich habe gerade mit der Staatsanwaltschaft gesprochen«, sagte Inge Gräf. »Die Spurensicherung hat die Daten aus dem Handy von Hauptkommissar Roosen ausgelesen, trotz des Wasserschadens. Die letzten beiden Telefonate hat er mit Julia Gerloff geführt.«

Keppler horchte auf. *Immer wieder Julia.*

Die Aufzugtür öffnete sich, sie stiegen ein. Inge Gräf holte ihr Handy hervor und tippte darauf herum. »Am Tag vor seinem Tod wurde ihm das hier zugeschickt. Unterdrückte Nummer.« Sie reichte ihm das Handy, erwartungsvoll. Keppler sah ein Foto auf dem Display, Männer in Anzügen, in ihrer Mitte ein Greis in einem Rollstuhl, im Hintergrund eine alte Fahne. Keppler vergrößerte das Bild mit zwei Fingern. »Die Reichskriegsflagge.«

»Ich wusste, dass Sie das wissen.«

Keppler verschob das Bild und sah, dass drei der Männer ihren rechten Arm gehoben hatten.

Inge Gräf deutete auf das Display. »Das hier ist Ausbilder Roosen. Und schauen Sie mal, wer da links von ihm steht.«

Keppler verschob das Bild und vergrößerte es weiter. »Nein!«

Der Aufzug hielt, die Tür öffnete sich.

»Doch«, antwortete die Chefin beinahe triumphierend und trat hinaus auf den Flur. »Badtke und Roosen waren im selben Schützenverein.«

Keppler folgte ihr, das Handy dicht vor den Augen. Er senkte seine Stimme: »Sind die anderen identifiziert?«

»Die Kripo ist dran. Drei sind Unternehmer, einer Lokalpolitiker, alle mit Einfluss in der Region. Ich wette, der Rest gehört auch in die Preisklasse.«

Die beiden kamen zur Kantine, die meisten Tische waren unbesetzt. Die gläserne Kuchentheke war fast leer.

»Wollen Sie?« Keppler deutete auf das letzte Stück Himbeersahne. Die Chefin schüttelte den Kopf, und er bediente sich.

»War die Kripo schon bei Badtke?«

»Sie wollen ihn zu Hause abpassen. Er wird in einer Stunde das Büro verlassen.«

Die beiden setzten sich. Keppler stach in seine Himbeersahne und blickte nachdenklich durchs Fenster zum Teich. Inge Gräf schob ihm einen Zettel mit einer Adresse zu. »Ich nehme an, Sie machen auch bald Feierabend?«

Keppler nahm das Papier, grinste und steckte sich ein großes Stück Torte in den Mund. »Ja, ich denke, ich muss gleich gehen.«

Die Chefin lächelte: »Viel Spaß.«

*

Die Kellerfenster waren mit groben Brettern vernagelt. Schlingpflanzen hatten ihre Triebe durch die Ritzen in das feuchte Verlies gestreckt und vegetierten jetzt im Halbdunkel vor sich hin. Sie hatten Nick an Händen und Füßen gefesselt. Sein Mund war bis um den Nacken mit Klebeband umwickelt, es juckte höllisch auf der Haut, und er musste gegen die Panik ankämpfen zu ersticken. Unter ihm lag eine schimmelige Matratze voller Löcher, aus denen Pferdehaare quollen, an den Wänden standen von Staub und Spinnennetzen überzogene Fässer. Es stank nach Moder und Rattenmist. Er hatte es schließlich gefunden, dachte Nick bitter, Iras Versteck. Die anderen hatten ihn schon im Wagen spüren lassen, dass er besser nicht zurückgekommen wäre, vor allem Lenni konnte es nicht lassen, ihm Ohrfeigen und Tritte zu verpassen. *Pickelgesicht.* Jonas war bei jedem Schlag zusammengezuckt, erinnerte sich Nick, seine Blicke waren voller Mitleid und Verzweiflung. So wie damals, als sie gemeinsam abgehauen waren, über die nächtlichen Weiden und Obsthöfe bis zur hell erleuchteten Bushaltestelle im Dorf. Es hatten nur ein paar Minuten gefehlt, und sie wären in den Nachtbus gestiegen, der sie mitgenommen hätte in die Freiheit. Doch sie hatten nicht mit Karl gerechnet. Wie der Zufall es wollte, war er genau in diesen wenigen Minuten aus der Kneipe gegenüber getreten. Er hatte sie sofort entdeckt, und er war schnell gewesen mit seinen kurzen kräftigen Beinen, wie ein wildes Nilpferd. Sie waren gerannt wie die Teufel, aber irgendwann war Jonas zurückgefallen, und Karl hatte sich auf ihn geworfen. Nick konnte es noch genau spüren, das Gefühl, das Richtige zu tun. Er war stehen geblieben und zurück zu Karl gegangen, der Jonas im Schwitzkasten hielt. »Na, du Weichei? Gibst du auf?«, hatte Karl gefragt und den kleinen Revolver aus dem Hosenbund genestelt, den er immer mitnahm, wenn er abends unterwegs war. Jonas hatte ihn keuchend angefleht abzuhauen, aber Nick war nicht gegangen. Stattdessen war er mit zum Bauernhof zurückgekehrt, wo Karl Ira weckte. Sie war einige Minuten später gekämmt und mit frischem Lippenstift in den Saal gekommen und hatte sie nur kühl gemustert. Nick hatte sie angefleht, Jonas zu verschonen, es sei ganz allein seine Idee gewesen. »Regeln sind Regeln«, hatte sie ruhig dagegengehalten, die Gemeinschaft dulde keine Verräter. Sie hatte Locke ausgesucht, sie beide zu bestrafen. Und zum ersten Mal hatte Nick den blonden Jungen lächeln sehen.

Jetzt war es wieder da, das Ziehen im Fingerstumpf. Von der Kellertreppe hallten Schritte in sein Verlies. Wenige Momente später öffnete sich die schwere Tür, und Ira betrat den Raum.

Nick rappelte sich mühsam hoch. Er sah Karl hereinkommen; er hielt ein dickes, armlanges Seil in den Händen, das an beiden Enden verknotet war. Ira musterte Nick kühl. *Die gleichen Augen wie damals*, dachte er.

»Hallo, Chris.«

Auf ihren kurzen Wink hin trat Karl vor und riss dem Gefangenen grob das Klebeband vom Mund.

Ira musterte ihn neugierig. »Schön, dich wiederzusehen.«

Nick rieb sich die wunde Haut.

»Du siehst gut aus«, stellte sie fest. »Neuer Haarschnitt. Neue Klamotten. Sind die geklaut?«

Nick schwieg.

»Ich frage mich, was du so treibst.«

Er zuckte mit den Achseln. »Urlaub?«

Karl schwang sein Seil, doch Ira fing es auf, bevor er zuschlagen konnte.

»Lass ihn«, sagte Ira. Sie ging vor der Matratze in die Hocke. »Was wolltest du am Bauernhof? Auch Urlaub machen?«

Er schwieg.

Ihr Blick durchbohrte ihn, ihr Gesicht war ganz nah. »Ich weiß, dass meine Tochter attraktiv ist, aber ich kann einfach nicht glauben, dass du dich zufällig an sie rangeschmissen hast. Rück raus damit, was hattest du vor?«

Die untergehende Sonne schickte vereinzelte Strahlen durch die Ritzen des Verschlags in das schmutzige Kellergewölbe. Nick schaute in Iras drohendes Gesicht und glaubte plötzlich, ihre Gedanken lesen zu können. *Sie hat Angst.* Seine Mundwinkel zuckten verstohlen. Das war seine Lebensversicherung. Auch, wenn sie ihm das Leben zur Hölle machen würde.

Ira funkelte ihn an. »Gut. Dann überleg es dir eben.« Sie stand auf und ging. Karl blieb regungslos stehen.

»Na, immer noch Haussklave?«, fragte Nick spöttisch.

Er konnte sehen, wie Karls Atem schneller ging und die Muskeln unter seinem Hemd hervortraten.

»Oh Mann, dein Ohr sieht echt ekelhaft aus«, legte er grinsend nach. »Wartest du darauf, dass es abfault?«

Mit einem scharfen Zischen flog der Knoten durch die Luft.

*

Julia war aus dem Kokon geschlüpft. Sie hatte fast zwanzig Stunden geschlafen, so lange wie noch nie in ihrem Leben. Einige Minuten lang blieb sie schlaftrunken liegen, atmete die kühle Luft ein und blickte auf die alten Sessel, in denen sie und ihre Mutter gestern gesessen hatten. Iras Worte hallten in ihrem Kopf nach, und es schien, als hätten sie über Nacht die brutalen Schreckensbilder von Wolfgangs Tod überschrieben: kein Mord. Keine Rache. Ein tragisches Ereignis, als hätte ein entlaufener Hund einen Menschen getötet. Die Tat einer gestörten Kreatur. Und am Ende nur Opfer. *Sie ist nicht schuld*, sagte sich Julia, als sie ans Fenster trat, in die sonnigen Baumwipfel schaute und die satte Luft einatmete. Ihr altes Leben war verblasst, sie war neugeboren in einer wilden, natürlichen Welt, auf einer Abenteuerinsel im Wald, bewohnt von befreiten, jungen Menschen, mit ihrer Mutter als Anführerin, einer starken und geheimnisvollen Frau. Alles war voller faszinierender, rauer Magie, und Julia fühlte plötzlich wieder das lebendige Kitzeln der Kindheit im Bauch.

Frisch und unternehmungslustig ging sie ins Treppenhaus, fand eine Etage tiefer ein Bad mit rostigen Armaturen und gesprungenen Kacheln und duschte kalt. Ihre Haare waren noch nass, als der Geruch von Kaffee sie die Stufen hinunter in die Küche lockte, wo an einem riesigen Gasherd ein Mädchen mit kräftigen, tätowierten Armen Dutzende Eier in vier große Pfannen schlug. Eine dünne Jugendliche mit schwarz geschminkten Augen bereitete Teller mit geschnittenen Äpfeln vor, ein fast erwachsener Kerl mit dünnem Schnurrbart und Hasenscharte schnitt Brot. Eine Kaffeemaschine röchelte. Die Tätowierte drückte Julia ein großes Tablett mit Brotkörben, Honig- und Marmeladengläsern in die Hand. »Bring das schon mal hoch. Wurst und Käse kommen noch.«

Julia stieg die knarrende Holztreppe hinauf und betrat den großen Saal. Die lange Tafel war bereits gedeckt, Julia zählte zwölf Teller. Ira saß in ihrem Geweihsessel, legte ein Buch zur Seite und erhob sich lächelnd. Alles wirkte anheimelnd und friedlich. »Guten Morgen.«

»Guten Morgen.« Julia stellte das Tablett ab. »Ich hab hoffentlich nichts verpasst gestern Abend.«

Ira machte ein paar Schritte auf sie zu. »Wir gehen hier alle früh ins Bett.«

»Kann ich noch irgendwo mit anpacken?«

»Die Kids machen das schon. Sie kennen ihre Aufgaben. Sie brauchen das.«

»Verstehe.«

»Ich hab was für dich«, sagte Ira, holte etwas aus ihrer Tasche und öffnete die Hand. »Einen Westwallring. Weißt du, was er bedeutet?«

»Den haben die Arbeiter hier getragen, als Erkennungszeichen, oder?«

»Ja, er ist ein Zeichen dafür, dass Menschen Großes schaffen können, wenn sie sich zusammentun. Aber er bedeutet noch mehr.« Ira hielt den Ring vor ihr Gesicht. »Die Spirale ist eines der ältesten Symbole der Menschheit. Sie steht für Leben und Tod, aber auch für Wiederkehr.«

Julia erinnerte sich an die Kommune am See. Ihre Bewohner liebten Symbole, sie trugen sie an Lederbändern um den Hals, malten sie auf die Bretter ihrer Bauwagen oder in die Asche der Feuerstelle. Bei jeder Gelegenheit beschworen sie durch Berührung ihre Kraft. Sie selbst hatte sich oft braun gefleckte Fasanenfedern ins Haar gesteckt und kleine Steine aus dem See an ihr Bett gelegt, die die bösen Träume von ihr fernhalten sollten. Mit der Erinnerung stieg in Julias Bauch das warme Gefühl von damals wieder hoch, dass alles, was sie umgab, das Wetter, die Steine, die Tiere und Pflanzen, von Kraft, Sinn und Seele erfüllt waren.

Sie sah, wie Ira mit ihrer Fingerspitze langsam den Windungen des Eisendrahtes vom Zentrum nach außen folgte.

»Wir wandern durch die Zeit, wir verändern uns und entwickeln uns, aber wir kreisen immer um den Ursprung.« Sie blickte Julia ernst an. »Die Menschen sind unruhig, Julia. Sie spüren, dass wir uns zu weit vom Ursprung entfernen. Sie haben Sehnsucht nach Heimkehr. Es ist Zeit, die alte Ordnung wiederherzustellen. Es braucht nur noch ein Zauberwort, um die Masse zu wecken.« Sie nahm Julias rechte Hand und blickte sie fest an. »Ich glaube, du hast nicht ohne Grund gerade jetzt den Weg zu mir gefunden, Julia. Du und ich zusammen, wir können Großes schaffen.«

Ira streifte den Ring über Julias Finger und sah sie lächelnd an. »Er steht dir.«

Julia betrachtete ihre schmale Hand mit dem Ring. Sie war sich nicht sicher, ob sie Iras Vortrag verstanden hatte, aber sie hatte das Gefühl, mehr als nur eine Eisendrahtspirale am Finger zu tragen.

Plötzlich sprang die Tür auf, und das tätowierte Mädchen kam herein. »Ira!«, rief sie aufgeregt.

»Was ist?«

»Jonas ist los zum Bunker und nicht zurückgekommen. Lenni war da und hat ihn nicht gefunden.«

Einen kurzen Moment entgleisten Iras Gesichtszüge, dann fasste sie sich und wandte sich Julia zu.

»Du kannst ruhig schon frühstücken, ich komme später nach.« Sie eilte aus dem Saal.

Julia nahm sich eine Brotscheibe, schmierte Marmelade darauf und biss ab. Kauend betrachtete sie ihre Hand mit dem Ring. Plötzlich hörte sie aufgeregte Stimmen von draußen, stand auf und schaute aus dem Fenster. Unten vor dem Haus standen vier Jugendliche, die Tätowierte, die Blau-Blonde, der kleine Ben und der Ältere mit dem Schnurrbart. Er trug eine Armbrust auf der Schulter. Von der Seite kam ein pickeliger Junge dazu, auch schon fast erwachsen. Er hatte zwei graue Kampfhunde an einer dicken Leine. Die Tiere hechelten und zerrten ungeduldig. Die Gruppe zog los in den Wald. Julia stopfte das Brot in den Mund und ging zur Tür.

*

Der Wald war seltsam ruhig. Kein Blatt regte sich, selbst die Vögel in den Baumkronen waren verstummt. Schwer atmend drehte Jonas sein zerschrammtes Gesicht in alle Richtungen. War da etwa schon Hundegebell? Fünfzehn Minuten lang war er wie ein Besessener gerannt, ohne sich umzudrehen, ohne anzuhalten, vorbei am Generator, über den Bach, am Bunker vorbei zu den Drachenzähnen. Der Rucksack war immer wieder in den tief hängenden Ästen hängen geblieben, die Bogensehne hatte ihm ins Schulterblatt geschnitten. An einer tiefen Senke war er über einen morschen Stamm gestrauchelt und einige Meter den Hang hinuntergerutscht, Äste hatten ihm ins Gesicht gepeitscht. Jetzt lag er keuchend im Laub, sein Knöchel schmerzte. Über ihm tanzten winzige Insekten. Es war feuchter in dem Tal, zwischen umgeknickten Baumstämmen wuchsen Farne und Gras. Plötzlich konnte er sie in der Ferne hören. *Die Köter!* Jonas rappelte sich auf. Sollte er sich verstecken? Sie würden ihn riechen. Sollte er sich ihnen stellen? Er hatte nur drei Pfeile aus dem Lagerraum mitgenommen, um keinen Verdacht zu erwecken. Sie würden nicht genügen, da war er sich sicher. Jonas schnallte den Rucksack enger und kämpfte sich humpelnd den Hang hoch. Wo war er? Er wollte nach Osten zur Straße, der Sonne entgegen. Sein Mund war vor Angst staubtrocken, sein Magen hart wie eine Faust, und plötzlich konnte er es mit jeder Faser fühlen: Er war müde. Todmüde. Sein Fingerstumpf pochte, als wolle er ihn voller Hohn daran erinnern, welchen Preis die Sehnsucht nach einem freien Leben kosten konnte.

Jonas blieb stehen und lauschte. Sie kamen näher, er konnte schon die Stimmen ausmachen. War das Anni? Jan? Er sah sie vor sich. Die Köter hatten seine Witterung aufgenommen, sie zerrten geifernd an ihren Leinen und folgten unaufhaltsam seiner Spur, die sie wie auf einem Bahngleis direkt zu ihm führte.

Keuchend humpelte er weiter, versuchte, große Schritte zu machen und leiser zu atmen. *Ich muss die Fährte abschneiden*, dachte er und sah sich panisch um. *Warum fließt hier kein Bach?* Plötzlich tauchte eine graue Wand vor ihm auf, tief im Waldboden versunken und von einigen Bäumen überwachsen. Das Gebell hinter Jonas schallte von der Bunkerwand zurück. Sie waren schon ganz nah. Jonas setzte den Rucksack ab und schleuderte ihn einen Abhang hinunter, dann ging er zu der Betonwand, grub mit beiden Händen eine Mulde in den Boden, kauerte sich rücklings hinein und bedeckte seinen Körper mit Laub. Dann schloss er die Augen und schob die letzten Blätter über sein Gesicht. Es roch modrig nach Erde, Pilzen und zerfallener Rinde. *Ein Grab.* Jonas' Herz pumpte in schnellen Stößen, und er versuchte, sich zu beruhigen. An seinem Arm spürte er kühl den groben Beton. Er war ein Käfer, verborgen in seiner Erdhöhle.

Bald hörte Jonas das Keuchen der Hunde, dann die Stimmen der Jäger: Jan, Lenni, Ben, Kiki und Anni.

»Hey! Da unten liegt ein Rucksack!«, rief Ben aus der Ferne. Jonas kniff die Augen zusammen. *Ich bin ein Käfer.*

Die Stimmen verstummten plötzlich, er hörte nur noch das Hecheln und Fiepen der Hunde. Auf einmal meinte er in der Nähe ein Flüstern zu hören. Kicherte da jemand leise? Oder waren sie weg?

Plötzlich wurde Jonas an den Füßen gepackt und mit einem Ruck aus dem Blättergrab gezogen. Das Laub flog davon, und er sah Jan über sich stehen. Sein Gesicht war zu einer grinsenden Fratze verzogen. »Buh!«

Jonas hob schützend die Hände, doch Jan packte ihn am Hemd und zog ihn hoch. Die Hunde kläfften wie verrückt, die Kids lachten.

»Schau mal an, wer sich da verbuddelt hat. Ein weißer Wurm!«, kreischte Kiki. Anni stand im Hintergrund, zündete sich eine Zigarette an und schaute grimmig zu, wie Jan sein Opfer packte und zu einem großen, umgefallenen Baumstamm zerrte. Lenni wurde von den geifernden Hunden fast weggezogen, die versuchten, Jonas zu schnappen. Der presste sich gegen den Baumstamm, als könne er sich darunter verkriechen. Jan packte ihn fester und zischte ihm etwas zu, doch Jonas hörte es kaum. Er starrte wie gelähmt in die rosa Hundemäuler mit den langen Zahnreihen. Seine Gedanken wirbelten panisch durcheinander, er musste mit ihnen reden, sie durften es nicht tun, nicht schon wieder. »Wartet!«, schrie er. »Ich wollte nicht abhauen, bitte … Ich wollte …«

Im selben Moment packte Jan ihn an den Schultern und wuchtete ihn auf den Bauch. Jonas spürte die spitzen Knie auf seiner Wirbelsäule und schrie auf. Jan bog seinen Arm zurück, drückte ihn an einen dicken Ast des umgestürzten Baumstammes und band ihn fest.

»Bitte nicht!«, flehte Jonas. »Ich wollte nur jagen gehen! Ich schwöre!«

Er spürte, wie Jan ihn grob abtastete und die drei Zweihundert-Euro-Scheine aus der Hosentasche zog. »Wohl eher shoppen!«

Die anderen johlten los.

»Verdammt, Jonas! Du Vollidiot!«, hörte er Anni im Hintergrund schreien. *Sie lacht nicht*, dachte er, *sie mag mich … Vielleicht kann sie …?*

»Anni, bitte! Sag was!«, rief Jonas, doch da spürte er schon, wie Jan ihm grob den Mittel- und Ringfinger abspreizte und festband. »Du weißt, wie das läuft. Beim zweiten Mal sind es zwei.«

Jonas konnte das metallische Zischen des Jagdmessers hören, das aus der Scheide gezogen wurde. Sein Magen krampfte sich zusammen, als er sah, wie Jan das Messer Ben in die Hand drückte. »Du machst es!« *Nicht Ben. Bitte!*

Der Junge hielt das riesige Messer in seiner zitternden Hand und starrte wie hypnotisiert auf die Finger. »Ben … bitte … tu's nicht«, flüsterte Jonas und schaute flehend zu den anderen. Sie feixten. Anni stand im Hintergrund und rauchte nervös. *Warum sagt sie nichts?* Jonas nahm die Szenerie wie in Zeitlupe wahr: Ben war den Tränen nah, Kiki gab ihm einen Schlag auf den Hinterkopf, Lenni grinste, Jan brüllte etwas und verpasste dem Kleinen eine Ohrfeige. Schließlich hob Ben das riesige Messer. Jonas schloss die Augen.

»Hey!«

Eine fremde Stimme.

Jonas öffnete die Augen. *Iras Tochter.* Sie stand oben auf dem Bunker. Alle starrten hoch. Sie sprang herunter und landete mitten in der Gruppe. Sogar die Köter schreckten zurück. Julia schaute in die Runde, dann riss sie Ben das Messer aus der Hand. Jonas atmete auf. *Sie lässt mich laufen!*

Julia hob das Messer. *Was macht sie da?* Jonas kniff die Augen zusammen. Er hörte die Klinge durch die Luft zischen, einen dumpfen Schlag, dann war alles still.

Wo blieb der Schmerz?

Jonas öffnete die Augen. Die Hand war frei, die durchgeschlagene Fessel hing lose am Baumstamm. Julia blickte mit dem Messer in der Faust in die Runde. »Ab nach Hause!«

Die anderen wechselten unsichere Blicke. Jan richtete seine Armbrust auf Julia. »Sagt wer?«

Ihre Stimme klang ruhig. Kalt. »Ich.«

»Scheiß drauf, Jan, lass uns abhauen!«, rief Anni von hinten und warf ihre Zigarette weg. Jan wandte den Blick nicht von Julia. Sekunden verstrichen. Die anderen wurden unruhig.

»Ja, lass uns gehen«, sagte Ben leise. Er zitterte immer noch.

Lenni und die Mädchen nickten stumm.

»Und was ist mit dem? Der muss zahlen!« Jan deutete mit der Armbrust auf Jonas.

»Zischt ab!«, rief in dem Moment eine Stimme von oben.

Jonas hob überrascht den Kopf. Auf dem Bunker stand Karl breitbeinig in seinen Bermudas und schaute zu ihnen herab.

»Na los. Frühstück ist fertig!«

Jan schulterte seine Armbrust, zerrte Jonas hoch und schubste ihn vor sich her. Die anderen setzten sich mit ihnen in Bewegung. Jonas drehte sich um. Julia starrte hoch zu Karl. Ihr Gesicht war zur Maske erstarrt.

*

Er! Julia wollte es nicht glauben. Der irre Glatzkopf mit der Lupenbrille und dem bunten Hemd stand über ihr auf dem Bunkerdach. Was hatte er hier verloren? Warum hatten die Kids auf ihn gehört? Julia spürte, wie sich die Härchen auf ihrem Rücken aufstellten. *Was geschieht hier?* Die Klinge, die Fäuste, die rasenden Hunde, Jonas' verzweifeltes Schreien – sie hatte angenommen, zwischen den Kids sei ein Streit aus dem Ruder gelaufen, ein böses Spiel unter ein paar wilden Jugendlichen. Doch jetzt sah sie den Glatzkopf über sich, und die Welt hatte plötzlich eine andere Farbe. Das war kein Streit und auch kein Spiel. Das war rohe Gewalt. Das Gesetz der Abenteuerinsel. Iras Gesetz. *Die alte Ordnung*, hallte es düster in ihrer Erinnerung. Das geheimnisvolle Kitzeln in Julias Bauch war weg – vertrieben wie mit einem einzigen brutalen Faustschlag.

Der Glatzkopf hangelte sich mit seinen kurzen, muskulösen Armen an der Bunkerkante herab, baute sich vor ihr auf und musterte sie von Angesicht zu Angesicht. Er war etwas kleiner als sie. Sie konnte seinen Schweiß riechen. Der Geruch weckte alte Erinnerungen. Nicks dunkle Wohnung, das leise Schnarchen, seine eklige Nacktheit, die Wucht der Granate, sein hasserfülltes Gesicht, als er aus dem Rauch auf sie zuschritt, bereit, sie zu vernichten. Sie sah sein blutverkrustetes, eiterverschmiertes Ohr, das mit grobem Garn schief zusammengeflickt worden war und nun grellrot leuchtete. Sie musste gegen das Würgen ankämpfen, um ihm nicht ins Gesicht zu kotzen.

»Julia, nicht wahr?« Der Glatzkopf streckte ihr die Hand hin. »Ich bin Karl.«

Zögernd griff sie zu und ließ gleich darauf wieder los. Seine Haut war schwielig und hart. Einen kurzen Augenblick überlegte sie, ob sie ihn mit einem überraschenden Tritt zwischen die Beine außer Gefecht setzen und weglaufen sollte. Aber schien er überhaupt etwas zu spüren? Sie erinnerte sich an Nicks Schläge.

Karl fasste sich ans Ohr und kicherte. »Hast mich fast erwischt damals. Das war nicht nett, du kleine …« Er stockte, sein Gesicht begann zu zucken. Dann deutete er auf ihre Hand. »Sie hat dir den Ring gegeben. Der ist schön, nicht?«

Julia antwortete nicht. Er hielt seine Linke hoch. »Ich hab ihn auch. Wir sind sozusagen verwandt. Bruder und Schwester.«

Sie blickte ihn an und hätte fast losgeprustet. »Ich glaub eher nicht«, sagte sie kühl, drehte sich um und ging davon. Angespannt lauschte sie, ob er ihr folgte, während sie versuchte, sich an den Weg zu erinnern: durch das lange Tal, hinauf zu dem Hügel mit den Drachenzähnen, dann wieder hinunter, über den Bach, bis irgendwann das Brummen des Generators zu hören war. Von da war es nicht mehr weit bis zum Haus.

»Warte!«, rief Karls Stimme von hinten. Julia zwang sich, nicht stehen zu bleiben. Nach wenigen Schritten war er neben ihr. »Ich hab vielleicht nicht ihr Blut«, sagte er, »aber ich kenne sie schon viel länger als du.«

»Schön für dich«, erwiderte Julia. Sie beschleunigte unmerklich ihren Schritt, doch er klebte wie eine Klette an ihr.

»Hat sie es dir schon erzählt?«, fragte Karl und blinzelte sie mit seinen Glubschaugen von der Seite an.

»Was?«

»Heute ist der große Tag.« Seine Augen glitzerten herausfordernd.

»Nein.«

Julias Blick war starr auf den Waldboden gerichtet, sie war unfähig, klar zu denken, wollte nichts hören und nichts wissen, nicht von diesem Menschen. *Vielleicht hat sie ihn nur aufgenommen? Ein erwachsenes Problemkind.* Sie stapfte mit Karl an der Seite in ein dunkles Tal hinunter. An den steilen Hängen wuchsen mächtige Tannen, der Boden war ein dicker Teppich aus grünem Moos, auf dem hier und da dünnere, abgestorbene Stämme lagen.

Karl fing wieder an. »Ich glaub, sie will gar nicht, dass du's weißt.«

»Was denn?«

»Weil du nicht wie die anderen bist. So wie wir.«

Julia ging gebückt unter einem umgefallenen Baumstamm hindurch, der das schmale Tal überspannte.

»Weil du sie dann nicht mehr magst, wenn du's weißt. Da hat sie Angst vor. Ich weiß das«, sagte Karl vieldeutig lächelnd.

Julia schaute links und rechts die Hänge hinauf. Wo war der Hügel mit den Drachenzähnen?

»Sie ist eine gute Mutter, deine Mutter«, sagte Karl. »Sie tut alles für uns. Aber wir müssen auch was für sie tun. Alles, was sie will.«

Julia spürte seinen herausfordernden Blick, er fühlte sich an wie eine kalte Berührung.

»Suchst du den Weg zum Haus?«, fragte er. »Ist nicht leicht zu entdecken. Deshalb hat Ira uns da hingebracht. Wie hast du uns gefunden?«

Julia blieb stehen und schaute sich um. Sie musste Zeit gewinnen, die Orientierung wiederfinden. »Und was müsst ihr für meine Mutter tun?«

»Wir helfen ihr. Damit wir unsere Heimat zurückbekommen.«

Julia blickte Karl fragend an. »Versteh ich nicht.«

»Von denen da oben. Von denen, die auf uns spucken. Die uns nicht haben wollen und lieber die Kanaken hier reinholen.«

»Aha«, sagte Julia.

Julia ging weiter. Karl folgte ihr. Die Hänge an den Seiten des Tales ragten immer steiler auf. Fels schaute aus dem Moos hervor.

»Ira hat alles geplant«, sagte Karl geheimnisvoll. »Heute holen wir uns das Land zurück. Aber das sollst du nicht wissen.«

Julia blieb stehen. »Na los, spuck's endlich aus, was passiert denn heute?«

Er machte große Augen und senkte seine Stimme. »Heute feiern die feinen Blagen von der feinen Privatschule ihr Abi. In ihren schicken Klamotten und mit fettem Buffet. Mit Stretchlimousinen kommen die, zusammen mit ihren stinkreichen Familien. Sind sogar ein paar Politiker dabei. Insgesamt zweihundert Leute. Im Kristallsaal am Rhein.« Er grinste, von seiner Glatze rann der Schweiß. »Wir kommen auch. Schüler ohne Abi sozusagen. Und dann …« Er riss die Augen auf und warf seine kurzen Arme in die Luft. »Bumm!«

Julias Gesicht gefror. Das Rauschen hoch oben in den Bäumen klang drohend. *Er will mich testen.*

Karl legte blinzelnd den Kopf schief. »Siehst du, es gefällt dir nicht. Ich kann's riechen.«

»Lass mich in Ruhe, du Arschloch«, knurrte Julia und ging weiter.

Karl setzte sich mit ihr in Bewegung. »Das hat mir deine Mutter auch gesagt. Sie will nicht, dass du mich siehst. Aber ich lass mich nicht im Keller verstecken. Nie wieder.«

Julia hörte ihn wie durch einen Nebel. Ihr Blick ging starr nach vorne. Irgendwann würde das dunkle Tal breiter werden, sie würde den Weg wiederfinden und den Generator hören. Sie würde loslaufen, bis zum Haus, und ihrer Mutter sagen, dass sie ihr diesen widerlichen Irren vom Leib halten solle.

Und wenn es stimmt?

Plötzlich spürte sie Karls Hand an ihrem Arm. Er hielt sie fest. »Das war keine gute Idee hierherzukommen.«

Julia sah in seine starren Augen. »Nimm die Pfoten weg.«

»Du bringst sie durcheinander. Du bringst alles durcheinander.«

Julia spürte, wie sich seine raue Hand in ihren Arm grub. *Jetzt.* Sie wand sich aus Karls Griff und rannte auf den steilen Hang zu. Der Glatzkopf schrie überrascht auf, sie konnte das Knacken seiner Schritte im Unterholz hören. Sie stolperte auf dem Moosboden hangaufwärts, suchte Halt an Wurzeln und kleinen Felsvorsprüngen. Der Hang wollte nicht enden. Julias Beine wurden schwerer, und als sie sich kurz umdrehte, sah sie Karl wenige Meter unter sich auf allen vieren näher kommen. Julia griff nach den dünnen Ästen und zog sich hoch, manche brachen ab, andere schnitten in ihre Hände. Plötzlich blieb ihr Schuh im Gehölz hängen. Mit einem Aufschrei fiel sie vornüber ins Moos, es war dunkelgrün und weich und hatte winzige, sternförmige Blätter, als wäre es ein Miniaturwald. Ein fester Griff packte ihr Fußgelenk. Julia schrie. Karl zog sie den Hang hinunter. Sie hielt sich an den dicken Moosbüscheln fest, trat gegen seine Pranke, doch er fasste sie an den Beinen und drehte sie mit roher Kraft auf den Rücken. Sein Gesicht leuchtete rot, als er sich wie ein flinkes Raubtier über sie schob. Sein Atem stank nach abgestandenem Kaffee, sein kräftiger Körper schluckte ihre Schläge, seine Knie drückten ihre Oberarme auf den Boden, seine Hände umklammerten ihren Hals. Sie konnte sich nicht mehr bewegen.

Alles stand still, nichts war zu hören außer dem rhythmischen Rauschen in ihren Ohren, im bangen Takt ihres Herzens. Karl grinste sie von oben an.

»Gleich ist es vorbei, Schwester.«

Sein Griff wurde fester. Julia spürte das Blut in ihrem Kopf, ein letzter Luftzug drang pfeifend in ihre Lunge.

»Schade, dass du Chris nicht mehr sehen kannst. Er ist extra wegen dir gekommen«, sagte er. »Oder nennst du ihn noch Nick?«

Julia wurde schwindelig. Sie nahm alle Kraft zusammen, bäumte sich auf und rammte ihre Knie in seinen Rücken. Vergeblich. Karl blieb fest auf ihr sitzen und legte spöttisch den Kopf schief. »Er hat nach dir gefragt heute Nacht, als ich ihm den Knoten gegeben hab. Ist ein bockiger Hund, der Chris.«

Julias Lungen pumpten ins Leere, ihre Augäpfel fühlten sich an wie pralle Ballons, ihre Arme wurden taub. Sie sah die schiffsmasthohen Baumstämme über sich in die Wipfel ragen. *Im Wald. Ich sterbe im Wald.*

Julia hatte sich das Sterben anders vorgestellt, ein Messerstich im Einsatz, ein Schuss in einer Halbweltbar oder ein Unfall mit dem Streifenwagen – damit musste sie rechnen, das hatte man ihr früh beigebracht. In der Nacht nach Wolfgangs Tod hatte sie einen kurzen Augenblick daran gedacht, es selbst zu erledigen. Aber wie? Es sagte sich so leicht. *Jetzt passiert es also im Wald*, dachte sie, während sie weiter in Karls rotes Gesicht starrte. *Erwürgt von einem Durchgeknallten.* Sie fühlte, wie ihre Sinne schwanden. Ihre Lunge brannte, als würde sie jeden Augenblick zerreißen.

Karl beugte sich tief zu Julia und flüsterte: »Gleich geh ich zu Chris in den Keller, Schwesterchen. Dann erzähl ich ihm genau, was ich mit dir gemacht hab.«

Ein hässlicher Gedanke schoss Julia durch den Kopf. Was würde Karl mit ihr machen, wenn sie tot wäre? Bevor er ihren Leichnam verscharren und die Wildschweine ihn wieder ausgraben und fressen würden?

Das ist mein Körper!

Julias Kopf schnellte hoch, ihre Stirn traf Karls Brille, sie hörte das Knacken von zerspringendem Glas. Karl zuckte zurück. Julia zog ihre Arme unter seinen Knien hervor, griff an seinen Kopf, packte das angenähte Ohr und riss es ab. Karls Schrei gellte durch den Wald. Er ließ ihren Hals los und schlug ihr brüllend ins Gesicht. Julia spürte keinen Schmerz. Rasselnd zog sie die Luft in ihre Lungen, dann schoss ihr Arm blitzschnell nach oben, und sie rammte den Handballen von unten gegen Karls Nase. Es knackte. Er stöhnte laut auf, sein Oberkörper wankte. Sie stieß mit beiden Händen gegen seine Brust, er kippte nach hinten, von ihr herunter, und sie trat mit beiden Beinen zu. Der Glatzkopf machte einen Purzelbaum rückwärts und kugelte schrill schreiend und mit hilflos rudernden Armen den steilen Abhang hinunter. Plötzlich stieß sein Kopf mit einem dumpfen Schlag gegen einen Baumstamm. Der erschlaffte Körper rollte noch zwei Meter weiter und verfing sich in einem Gewirr aus Ästen. Julia keuchte. Ihr Herz raste. Unendlich weit entfernt rauschte der Wind in den Baumwipfeln. Hier und da zwitscherte ein Vogel. Julia stand mit wackeligen Beinen auf und betrachtete Karls leblosen Körper im Geäst. An seinem runden Schädel leuchtete ein rotes Rinnsal. Sie drehte sich um, schaute den steilen Hang hinauf und krabbelte auf allen vieren los. Plötzlich entdeckte sie vor sich etwas Helles auf dem weichen Moosteppich. Dort lag, wie eine Marzipanpraline auf dunkelgrünem Samt, das abgerissene Ohr.

*

Beste Lage, dachte Keppler. Er stand mit seinem Van in einer verkehrsberuhigten Straße und beobachtete einen modernen Wohnblock mit schwarz verklinkerten Wänden, großzügigen verglasten Balkonen und zwei Penthouse-Wohnungen unter dem Flachdach. Eine dunkle BMW-Limousine rollte aus der Gegenrichtung heran und verschwand in der Tiefgarageneinfahrt. Einige Minuten später sah Keppler eine Gruppe Männer aus zwei Kleinbussen steigen und mit Umzugskartons auf das Haus zugehen – der Staatsanwalt und sechs Beamte in Zivil, darunter Wormland. Sie klingelten und verschwanden wenige Momente später im Flur. Keppler wusste, was sich jetzt im Inneren abspielen würde, und es machte ihm diebische Freude, sich das Szenario genauer auszumalen: Der Staatsanwalt würde den Durchsuchungsbefehl aus der Tasche ziehen und dem überraschten Badtke vor die Nase halten. Dessen Dauerbräune würde etwas fahler werden, und er würde sofort seinen Anwalt anrufen. Sollte er doch. Dann würde er den Beamten aufgescheucht hinterherrennen, während die seine Wohnung auf den Kopf stellten und Computer, Datenmaterial und Papiere sicherten. Im besten Fall würden sie weitere Spuren zu der rechtsextremen Vereinigung finden, vielleicht sogar eine Waffe. *Ein Fest*, dachte Keppler.

Sein Handy gab einen Signalton von sich. Er stieg aus dem Wagen und ging zur Tiefgarage. Das Gitter öffnete sich. Keppler hatte Wormland versprochen, sich nicht vor Badtke blicken zu lassen, obwohl es ihn extrem reizte, dem Kollegen ins Gesicht zu schauen und ihn persönlich zu beglückwünschen, dass seine Laufbahn als Staatsbediensteter beendet war und seine verwöhnten Füße bald in die harten Schuhe einer Justizvollzugsanstalt schlüpfen müssten. Kurz war ihm der verlockende Gedanke gekommen, den Fall an die Presse durchsickern zu lassen, aber dann hatte er sich an seinen persönlichen Schwur erinnert, sich nie aus Rache mit seinen Gegnern gleichzumachen, seien sie auch noch so verkommen.

Keppler ging die Tiefgarageneinfahrt hinunter. Wormland wartete schon mit einem Autoschlüssel in der Hand vor Badtkes Limousine.

»Und?«, fragte Keppler. Er wollte sich seine Neugier nicht zu sehr anmerken lassen.

»Unerträglich. Er jammert rum wie ein Kleinkind.«

Wormland öffnete den Wagen und setzte sich auf den Beifahrersitz. »Er wollte sogar, dass wir unsere Schuhe ausziehen.«

Keppler rutschte hinters Steuer und schaute zu, wie der Hauptkommissar das Handschuhfach öffnete und zwei Dosen Kaugummi, Desinfektionstücher und eine dicke Mappe mit Bedienungsanleitungen hervorholte. Keppler blickte in das Seitenfach seiner Tür. »Habt ihr seine Waffe gefunden?«

»Nein. Er behauptet, sie sei ihm auf dem Schießstand gestohlen worden.«

Wormland schaute auf die Rückbank. Kepplers Blick blieb

im Fußraum hängen. Er beugte sich weit vor, hob etwas von der Gummimatte auf und musterte es in seiner Handfläche.

»Was hast du da?«, fragte Wormland.

Keppler hielt ihm die Handfläche hin. »Fichtennadeln.«

Der Hauptkommissar stieg aus und ging zum Kofferraum.

In Kepplers Kopf nahm ein Gedankenkarussell Fahrt auf. *Wald* … Er war den ganzen Vormittag lang virtuell durch Wälder gewandert, und jetzt hatte sich in Badtkes Wagen ein Wald in Form von drei winzigen Fichtennadeln materialisiert. Keppler zerrieb sie unter der Nase und atmete tief ein. Es duftete harzig. *Wald* … Julia war auf dem Weg in einen Wald, zu ihrer Mutter Ira … Badtke kannte Ira Tetzel, er war ihr Verbindungsmann beim Verfassungsschutz gewesen. Keppler sah dessen arrogante Visage vor sich: *Vielleicht züchtet sie Schafe in Irland, wer weiß?* Schon damals bei der Konferenz hatten seine Worte übertrieben süffisant geklungen. *Nein*, dachte Keppler, *Julia weiß es besser. Sie hat den Instinkt einer Tochter: Ira ist im Wald.* Und vielleicht hatte sie dort Besuch bekommen.

»Thomas«, rief Keppler aus dem Fenster. »Kommst du mal?«

Wormland kam hinter dem offenen Kofferraum hervor. »Was gefunden?«

»Bekommst du das Navi ans Laufen?«

Der Hauptkommissar stieg in den Wagen und drückte auf den Bedienungsknopf am riesigen Display. Ein Menü erschien, dann eine Straßenkarte. Kepplers Stimme klang aufgeregt: »Schau mal, ob das Ding die Fahrten speichert.«

*

Erst blau, dann gelb, dann grün? Oder erst blau, dann braun, dann gelb? Nicks Gedanken wirbelten wie lose Blätter durch seinen

Kopf, er wusste nicht, ob er schlief oder wach war. Seine Augen waren geschlossen, unter seiner Wange spürte er den körnigen Dreck auf der Matratze. Der Geschmack von Rost füllte seinen Mund, sein Körper fühlte sich an wie ein riesiger, unbeweglicher Betonberg. *Sie hätten mich gar nicht fesseln müssen,* dachte er und fragte sich, welche Spuren Karls Knoten an seinem Körper hinterlassen haben mochte. *Was hat Dr. Grössel noch mal gesagt? Die blauen Flecken werden …* Egal. Wenn er jemals aus diesem Kellerloch rauskommen sollte, würde er den Doktor noch mal fragen, vorausgesetzt, er würde ihm den Schlag mit der Teebox verzeihen. Dann würde er ihm auch gleich sagen, dass die Alte vom Verfassungsschutz in ihn verknallt war, falls er es nicht schon wusste.

Vorsichtig öffnete Nick die verklebten Augen. Einige Sonnenstrahlen drangen durch das zugenagelte Fenster und malten helle Flecke an die schwarz verschimmelte Wand. Nick stutzte. Da war was in der Ecke, und es bewegte sich.

»Hey, Chris«, hörte er plötzlich ein leises Wispern.

Nick erschrak. Eine vertraute Stimme.

»Chris? Bist du wach?«

Nick hob stöhnend seinen Kopf und erkannte die Gestalt, die am anderen Ende des Raumes auf dem Boden hockte, die Beine und Arme fest verschnürt.

»Jonas«, flüsterte Nick mit trockenem Mund. »Schön, dich zu sehen. Was machst du hier?«

»Du warst bewusstlos. Die haben mich hier reingebracht.« Er schwieg einen Moment. Seine Stimme wurde noch leiser. »Ich wollte abhauen.«

Nick lächelte matt. »Schon wieder nicht geklappt?«

Jonas schüttelte den Kopf.

»Tut mir echt leid. Und die Finger …?«

»Noch nicht.«

Nick wollte sich aufrichten, doch jeder Muskel meuterte.

»Warum bist du zurückgekommen?«, fragte Jonas.

»Ist 'ne lange Geschichte.«

Die beiden schwiegen. Nick sah eine Ratte an der Wand entlanglaufen, sie verharrte kurz schnuppernd und schlüpfte dann zwischen die alten Fässer. Plötzlich ertönte vom Fenster her ein Kratzen, ein Schatten verdeckte kurz die Sonne, dann erkannte Nick Finger, die durch die Ritzen der Bretter griffen. Die beiden Gefangenen wechselten einen Blick.

Die Finger zogen an einem der Bretter und rissen es mit einem Ruck weg, dann folgte das nächste. Mit jeder Bewegung drang mehr Licht in den Keller. Als die Lücke groß genug war, schaute ein Kopf zu ihnen herein.

Nick richtete sich auf. Seine Schmerzen waren plötzlich vergessen. *Julia!* Sie blickte sich suchend um, ihre Augen mussten sich erst an die Dunkelheit gewöhnen.

»Nick?«

»Julia«, flüsterte er.

Ihre Miene hellte sich auf. Sie schob sich rückwärts durch den schmalen Spalt, ließ sich in den Keller fallen und ging vor Nick in die Hocke. Er sah den Schreck in ihrem Gesicht.

»Wenn's grün wird, heilt es«, sagte er und versuchte ein Lächeln. Vorsichtig strich ihre Hand über seine Wange. Nick schluckte. Seine Kehle war wie zugeschnürt, sein Kinn zitterte, er wollte etwas sagen, aber kein Satz und kein Wort wollten sich in seinem kreiselnden Kopf formen.

Julia band ihm die Schnüre an den Beinen und Handgelenken auf, dann ging sie zu Jonas und begann, auch seine Fesseln aufzuknoten.

»Was ist mit Karl?«, fragte er sie leise.

»Der ist tot.«

Nick hustete überrascht. *Karl ist tot? Einfach so?* Er war zu schwach, um sie mit Fragen zu bombardieren, aber die Matratze fühlte sich plötzlich wie ein Himmelbett an.

»Wir müssen hier raus«, sagte Jonas leise. »Die gehen bald los und suchen den ganzen Wald nach dir und Karl ab.«

Julia hockte sich vor Nick. »Schaffst du's?«

Er nickte und setzte sich schwerfällig auf. Julia und Jonas zogen ihn vorsichtig auf die Beine und hielten ihn fest. Er wusste, dass er kaum stehen, geschweige denn durch einen hügeligen Wald vor einer wütenden Meute mit zwei Hunden fliehen konnte. Karl hatte mit dem Knoten präzise gearbeitet, dachte Nick düster, sollte er in der Hölle schmoren.

Julia warf Jonas einen Blick zu. »Lauf alleine los und hol Hilfe.«

»Aber …«

»Geht beide«, unterbrach Nick und ließ sich wieder auf die Matratze sinken. Julia tappte vorsichtig in eine der Kellerecken, warf ein Fass um und rollte es unter das Fenster. Dann blickte sie Jonas fest an. »Raus!«

Nick sah, wie Jonas ihn anschaute, fragend, fast flehend, so wie damals, als er mit ihm hatte fliehen wollen. Sie wussten beide, dass es heute hundertmal schwerer werden würde. Nick deutete mit dem Kopf zum Fenster. »Los, geh schon.«

Jonas zögerte noch einen Moment, dann kletterte er auf das Fass und zwängte sich durch den Spalt nach draußen. Seine Schritte entfernten sich rasch. Im Keller war kein Laut zu hören. Julia legte sich neben Nick auf die Matratze. Sie blickten sich lange schweigend an, dann nahm sie ihn vorsichtig in den Arm.

Nick konnte ihre Wärme spüren, ihren ruhigen Atem, ihre Berührung und ihr Verzeihen. Er schloss die Augen, es war ihm egal, was passieren würde, es war ihm egal, wenn er in diesem Loch krepieren würde. Sie würden bald kommen. Aber bis dahin würde jede Sekunde ihnen gehören.

*

Jonas lief gleichmäßig wie ein Langstreckenläufer. Er hatte eine andere Richtung als am Morgen eingeschlagen und erspähte nach wenigen Minuten zwischen den dicken Buchenstämmen die grauen Kanten des Vorratsbunkers. Seine erste Etappe. Vom Dach aus konnte er horchen, ob er verfolgt wurde. Jonas kam an die rissige Betonwand und erstarrte. Die Stahltür stand einen Spalt weit offen. *Karl*, war sein erster Gedanke. Hatte Julia sich geirrt? War er im Lager? Vorsichtig schlich er zur Tür und lauschte in den dunklen Spalt. Karl war der Einzige, der neben Ira einen Schlüssel zum Vorhängeschloss hatte, er musste die Tür am Morgen offen gelassen haben, als er die Hunde im Wald gehört hatte. Langsam zog Jonas die schwere Stahltür auf. Eiskalte Luft strömte ihm entgegen. Der Tunnel war pechschwarz. Kein Laut war aus der Tiefe zu hören.

*

Im Saal herrschte gespenstische Stille. Ira saß auf ihrem Geweihsessel und musterte die gefesselten Gefangenen. Chris musste von Nina und Ben gestützt werden, er sah aus wie ein Zombie und schaute mit geschwollenen Lidern zu Boden. Julia blickte ihr trotzig in die Augen. Ira lächelte. *Natürlich. Meine Tochter,* dachte sie. Warum war Karl nicht im Bunker geblieben?

Julia hätte ihn nicht sehen dürfen. Noch nicht. Es war zu früh, sie war noch in ihrer Welt verstrickt, gefangen im System. Dabei war sie schon weiter gewesen als gedacht, es hatte nicht viel gefehlt, und sie wäre bereit gewesen für die großen Pläne, sinnierte Ira. Vielleicht war es noch nicht zu spät. Aber das war heute alles nicht wichtig. Heute war der Tag des Gegenangriffs. Es gab kein Zurück.

»Wo ist Karl?«, fragte Ira kühl.

Julia blickte starr zurück. *Wie zum Teufel*, dachte Ira, *hat sie Chris gefunden*? Warum musste sie ausgerechnet neben diesem Bastard auf der verschimmelten Matratze liegen? Arm in Arm! Ira schnaubte. Sie hätte Karl nicht verbieten dürfen, Chris totzuschlagen. Sie würde das persönlich nachholen.

Ira atmete durch. »Wo ist Karl?«

»Ist das dein Freund?«, fragte Julia herausfordernd.

»Mach den Mund auf!«, zischte Ira.

Julia blickte sie fest an. »Er ist tot.«

Ira zwinkerte irritiert. Nick fing an zu husten und krümmte sich vor Schmerz. *Lacht er?* Ira musste sich zusammenreißen, nicht auf der Stelle aufzuspringen und ihn zusammenzuschlagen.

»Was ist passiert?«, fragte sie gepresst.

Julia wandte den Blick nicht ab, er war herausfordernd. »Ich hab ihn umgebracht.«

Ira spürte, wie ihr Atem flacher wurde, sie schwitzte, alle Luft schien aus dem Saal zu weichen. Eine Kaskade von Bildern floss durch ihren Kopf: die Rechtsrock-Konzerte, sie mit Karl hinter der Theke. Er war schräg, aber lustig. Er konnte alles, drei Bierkästen auf einmal schleppen, kaputte Zapfhähne reparieren, Lastwagen fahren, randalierende Gäste verprügeln. Er hatte sie geliebt, das wusste sie, auf ihn war Verlass, bis in den Tod. Sie hatte jahrelang auf ihn gewartet, als er im Knast saß wegen der

Sache mit seinen Eltern. Er war das Kernstück ihres Planes. *Tot. Karl, von meiner eigenen Tochter getötet!* Der Teufel musste dahinterstecken, dachte Ira bitter, er hatte ihr kurz vor ihrem Ziel das kostbarste Geschenk geschickt, um sie damit in den Abgrund zu ziehen. Aber sie würde dem Teufel in den Arsch treten! Niemand konnte sie jetzt noch aufhalten, es würde auch ohne Karl gehen! Jan und Lenni waren schon mit den Hunden unterwegs, sie würden Jonas den Rest geben, er war nicht wichtig. Die Gasflaschen standen bereit, die Kids würden sie bald in den VW-Bus laden, sich umziehen und zum Kristallsaal fahren. Jan, Lenni und Anni wussten genau Bescheid, wo sie parken sollten. Sie würden ins Untergeschoss gehen, als gehörten sie zu den feiernden Abiturienten und würden sich für einen Auftritt auf der Bühne vorbereiten. Niemand würde sich an den aufgetakelten Jugendlichen stören, das Küchenteam wäre damit beschäftigt, den Herrschaften das Sterne-Essen zuzubereiten und zügig zu servieren. Die vier könnten in Ruhe die drei Rollwagen mit den großen Kisten an den Pfeilern unter dem großen Saal platzieren und die Zeitzünder an den Gasflaschen aktivieren. Sie selbst würde am Treffpunkt auf der anderen Rheinseite warten und dann ihr ganz persönliches Feuerwerk genießen. Sie würde ein Video davon machen, und in der Nacht würde es die ganze Welt anschauen. Hunderte Millionen Klicks. Ein Gruß an das verschissene System!

*

Tiefstes Schwarz. Kein einziger Lichtstrahl, nicht ein entfernter Schimmer drang in den engen Tunnel. Jonas schob die Füße vorsichtig über den Boden und tastete sich an der kalten Wand entlang. Er war blind wie ein Maulwurf. Wie weit war das Lager vom Eingang entfernt? Er versuchte, sich zu erinnern. Vielleicht dreißig Meter? Sein Atem hallte von dem niedrigen Gewölbe wider, er stieß mit der Stirn gegen etwas, blieb erschrocken stehen und hörte im gleichen Moment, wie ein dünner Kalkzapfen unter ihm auf dem Boden zerschellte. Jonas hielt die Luft an und lauschte in die schwarze Stille. Er zitterte vor Kälte. Dunkle Fantasien krochen in ihm hoch, Kreaturen und Gestalten, leise lauernd. Er biss sich auf die Lippe und tastete sich weiter voran. Wo endete der Tunnel? Karl hatte sie nie weiter vorgelassen als bis zum Lagerraum. Er ging schneller, Schritt für Schritt. Eine Tür! Jonas spürte raues Metall, tastete es mit seinen Händen ab und fand einen großen Riegel. Als er ihn zurückzog, hallte ein rostiges Quietschen schrill durch die Dunkelheit. Jonas schlüpfte in den Raum, die Hände wie ein Schlafwandler nach vorne gestreckt. Nach wenigen Schritten stieß er mit dem Oberschenkel gegen eine Tischkante. Seine Hände glitten durch die Dunkelheit, ein Glas fiel um, er ertastete Werkzeug, Platinen, Schläuche – eine Lampe! Mit hastigen Fingern suchte Jonas nach dem Schalter. Die plötzliche Helligkeit stach ihm in die Augen. Vor ihm stand eine Werkbank, übersät mit Elektronikbauteilen, Werkzeug und Gläsern mit Chemikalien. An der Wand hing ein schwerer Messingschlüssel. Jonas nahm ihn und kehrte mit der Lampe zurück in den Tunnel. Das Lager war nebenan, der Schlüssel passte. Er öffnete die schwere Tür und betrat den kleinen Raum. In dem großen Stahlregal an der Seitenwand standen zwanzig Gasflaschen, an jeder war mit Klebeband ein Kästchen mit Kabeln befestigt. *Die Bomben.* Er hatte gefunden, wonach er gesucht hatte. Jonas schaute sich die Zünder an, sie hatten jeweils ein Display und drei Knöpfe. Seine Finger schwebten unschlüssig darüber. Was, wenn er die falschen drücken würde?

»Karl?«, rief eine leise Stimme aus der Tiefe des Tunnels.

Jonas zuckte zusammen.

»Bist du hier?«, hallte es von Weitem ins Lager.

Anni! Jonas schaute sich panisch um, der Raum war winzig, es gab kein Versteck. Wohin? Im Tunnel würde sie ihn sofort entdecken. Er lauschte. Die Schritte kamen näher, sie schien allein zu sein. Jonas sprang zur Tür und warf sie zu, sie hatte keinen Riegel, und der Schlüssel steckte draußen. Mit aller Kraft drückte er sich gegen das eiskalte Metall. Wenige Momente später hörte er Annis Stimme dumpf hinter der Tür, gefolgt von einem Pochen.

»Karl? Bist du da drin?«

Jonas hielt den Atem an. Er schlotterte.

»Hey, Karl, mach auf!«

Die Tür schob sich einen Zentimeter auf, Jonas stemmte sich dagegen.

»Was soll die Scheiße? Wir suchen dich!«, rief Anni durch den Spalt und schob mit aller Kraft.

Jonas' Füße rutschten weg, und er stolperte zurück in den Raum. Die Tür schwang auf. Anni leuchtete ihm mit einer Taschenlampe ins Gesicht. Er hob die Hände vor die Augen.

»Das glaub ich jetzt nicht!«, rief sie aus.

»Anni, warte, ich …«

»Was machst du hier?«, schrie sie und trat auf ihn zu, ihre Hand klatschte gegen seinen erhobenen Arm.

»Na los, was suchst du hier?« Sie schlug mit beiden Fäusten zu, Jonas wankte zurück, ein Hieb traf ihn durch die Armbeuge an der Stirn.

»Bitte, Anni, hör auf.«

»Was soll die Scheiße?« In Rage überzog sie ihn mit einem Hagel an Schlägen. Jonas rutschte an der Wand zu Boden und machte sich so klein es ging. Anni beugte sich über ihn und drosch weiter auf ihn ein.

»Warum immer du? Erst abhauen und jetzt hier rumschnüffeln!«

Jonas duckte sich immer tiefer.

»Du verdammter Vollidiot!« Nach einer Weile wurde der Rhythmus der Schläge langsamer, ihre Wucht ließ nach. Anni schrie weiter, aber ihre Stimme begann zu beben: »Warum, du Arsch? Warum? Warum?«

Dann hörte es auf. Jonas schaute vorsichtig durch seine Armbeuge. Anni war vor ihm auf die Knie gesunken und schluchzte leise. »*Warum?*«

Jonas schluckte. Er dachte an das Kätzchen aus dem alten Haus. Anni war Anni, aber so hatte er sie noch nie gesehen. Sie hielt sich die Hände vor das Gesicht und hörte nicht auf zu weinen. Vorsichtig streckte er seine Hand aus und berührte ihre Haare. »Anni …«

Sie hob den Kopf, Tränen strömten ihr aus den Augen. »*Fuck,* Jonas«, stammelte sie schluchzend. »Ich … ich will das nicht mehr.«

Jonas schaute Anni groß an. Sie vergrub ihr Gesicht in den Händen und zuckte mit jedem Schluchzen. Ohne nachzudenken, beugte er sich vor und nahm sie in den Arm. Ihr Körper war warm, und er spürte, wie sie zitterte.

»Der Ami«, stieß Anni leise hervor, »als er da lag, der hat geröchelt, wie meine Mutter. Ich wollte ihn nicht …«

Jonas wiegte sie in seinen Armen und flüsterte in ihr Ohr: »Ich will das auch alles nicht mehr.«

*

Etwas kitzelte an seiner Lippe, ganz fein, er konnte es kaum spüren. Aber es kitzelte. In seinem Kopf war eine Bombe explodiert und hatte Tausende glühende Splitter tief in sein Gehirn getrieben. Seine Nase war ein riesiger Klumpen Schmerz, sein

Ohr brannte wie Feuer. Er wollte schreien, aber er hatte nicht die Kraft dazu. *Dieses verdammte Kitzeln.* Karl öffnete langsam die Augen und sah dicht vor sich eine Maus, die schnuppernd ihre Schnauze hob und dann ins Moos davonflitzte. Er lag in einem Haufen kratziger Äste, sein Hemd war voll Blut. Neben seinem Kopf ragte ein Baumstumpf aus dem Boden. Karl erinnerte sich, und sofort schlug sein Puls höher. *Dieses verfluchte Miststück!* Sein Kopf dröhnte, als er seine Gedanken ordnete. Julia war sicher zum Haus gelaufen und hatte gepetzt. *Armes Töchterchen.* Ira würde ihn umbringen wollen, aber die beiden hatten ihre Rechnung ohne ihn gemacht. Er würde in den Bunker gehen, aus der Schublade seiner Werkbank eine Granate holen und der Kleinen persönlich in den Arsch schieben! Und wenn Ira ein Problem damit hätte, würde er den ganzen Laden in die Luft jagen.

Langsam rappelte Karl sich hoch und kroch den Hang hinauf. Auf dem Hügelrücken schaute er sich um, der Bunker war nicht weit. Er stapfte durch ein weiteres Tal, fand den Bach, der zum Haus führte, trank und wusch sich vorsichtig das Blut aus dem Gesicht, dann schleppte er sich bis zum Generator und sah bald den grauen Quader zwischen den Buchenstämmen. Die Tür stand immer noch offen; er hatte vergessen, sie zu schließen, als er das Hundegebell und die aufgeregten Rufe gehört hatte und hinterhergelaufen war. Karl holte seine kleine Taschenlampe aus der Hosentasche und ging in den Tunnel. Irgendetwas stimmte nicht. Er spürte, dass es wärmer war als sonst. Seine Nase nahm den schwachen Geruch von Rauch wahr. Im Strahl der Lampe konnte er leichten Dunst erkennen. Leise fluchend ging er weiter. Die Wärme und der Gestank nahmen zu. Die Werkstatt stand offen, er ging hinein und leuchtete umher. *Wo war der Tisch?* Karl lief zurück in den Tunnel und schwenkte nervös den Lichtkegel seiner Taschenlampe durch den Dunst. Vor dem Lager blieb er stehen und fluchte. Die Tür war verschlossen, der Griff heiß, Rauch drang aus den Ritzen. *Scheiße, Scheiße, Scheiße*, fluchte Karl. Er rannte zurück zur Werkstatt, kramte ein Brecheisen aus einer großen Kiste hervor und stürzte damit zum Lager. Laut fluchend stemmte er das Eisen in den Türspalt und warf sich mit aller Kraft dagegen, wieder und wieder, bis die rostige Tür endlich aufsprang. Dichter Rauch quoll ihm entgegen. Hustend stolperte Karl in den Raum. Die Werkbank stand vor dem Regal mit den Gasflaschen und brannte lichterloh. Eine Flammenwand. Der Rauch stach in Karls Augen, die Hitze versengte seine Lunge, er fasste ins Feuer, schrie auf und taumelte zurück in den Tunnel. Der pochende Schmerz in seinem Kopf war vergessen, seine Gedanken rasten. *Wie lange noch? Wie viele Sekunden? Raus oder Deckung?*

Er wirbelte herum und rannte tiefer in den Bunker hinein.

*

Julia blickte ungläubig in den Pistolenlauf. Ihre Mutter war aus ihrem Sessel aufgestanden, hatte die Waffe aus der Hose gezogen, sie entsichert und auf sie gerichtet. Ihre Hand war ruhig wie die einer Statue. Julia starrte Ira an. Die mütterliche Wärme war restlos aus ihrem Blick verschwunden. Diese Augen, dachte sie, könnten genauso gut aus einem Hochstand auf ein Wildschwein zielen.

Ira lächelte. »Du kannst dich noch entscheiden, wo du stehst.«

Julia zog den Westwallring vom Finger und warf ihn vor ihre Mutter auf den Boden. »Steck den jemand anderem an. Ich will nicht zum Ursprung zurück.«

Iras Lächeln erstarb, ihr ausgestreckter Arm mit der Waffe war weiter starr auf ihre Tochter gerichtet.

»Na los, erschieß mich«, sagte Julia ruhig. »Du bist doch selbst schon tot.«

Iras Pupillen verengten sich. Julia blickte in den Pistolenlauf. Hatte er leise gezittert? Neben ihr hing Nick in den Armen von Nina und Ben, die atemlos zuschauten, wie Mutter und Tochter ihren unendlich langen Blick wechselten. Plötzlich lächelte Ira. »Du weißt, ich würde dich nie töten, Julia.« Ihr Arm schwang zur Seite, und sie zielte auf Nick.

Julia schrie auf. »Warte!«

Sie sah, wie sich Iras Finger um den Abzug legte. Auf einmal ging ein Zittern durchs Haus. Die Kids blickten sich verwundert um, und schon drang ein donnerndes Grollen in den Saal, Fensterscheiben klirrten, die Holzvertäfelung vibrierte, der Geweihkronleuchter schwankte. Angsterfüllte Rufe gellten durchs Haus. Nina, Ben und Nick duckten sich. Ohne ihre Waffe sinken zu lassen, blickte sich Ira erschrocken um. Im selben Moment schien das Dach zu explodieren, die Wand zum Treppenhaus fiel in sich zusammen, und für einen Sekundenbruchteil sah Julia einen gewaltigen Betonklotz, an dem ein abgerissener Baumstumpf klebte, zusammen mit einer Lawine aus Staub, Brettern und Ziegeln von oben in die Eingangshalle stürzen; der Boxsack, die Sessel und Bücher aus dem Dachzimmer segelten ihm hinterher in den Abgrund. Der Aufprall schien das Haus in Stücke zu zerreißen. Julia warf sich flach auf den schwankenden Boden, die Dielen ächzten, die Fenster sprangen klirrend aus den Rahmen, der Kronleuchter fiel von der Decke auf den Tisch, Geweihsplitter flogen umher. *Krieg*, dachte Julia. *So ist Krieg.*

Und dann war genauso plötzlich alles still. Eine dichte Staubwolke waberte aus der Halle in den zerstörten Saal. Julia sah undeutlich Nina und Ben, die wimmernd neben dem Kamin hockten. Nick lag auf dem staubbedeckten Boden. Ira stand wie eine weiße Statue in der Mitte des Raumes und schaute sich fassungslos um, die Pistole immer noch in der Hand. Plötzlich zuckte ihr Körper, und Julia schien es, als würde sie schluchzen. Aber sie hatte sich geirrt. Ira lachte. Drehte sich wild glucksend um die eigene Achse und kletterte dann durch die zerstörte Wand auf die Galerie über der Eingangshalle. Die Staubwolke verschluckte sie, nur ihr leises Kichern war noch zu hören. Julia blieb am Boden liegen und wartete. Dicht neben sich hörte sie Nicks rasselnden Atem, durch den Staub hindurch konnte sie sein dreckiges Gesicht mit den weißen Augäpfeln erkennen. Stumm fassten sie sich bei den Händen. Plötzlich erstarb das Kichern aus der Eingangshalle, für einen Moment herrschte nichts als unheimliche Stille, dann näherten sich schnelle Schritte. Aus der Staubwand tauchte Ira auf, baute sich vor Nick auf und richtete die Pistole auf seinen Kopf. Julia konnte ihr wutverzerrtes Gesicht erkennen. Iras Augen verengten sich.

Blitzschnell schwang Julia die Beine herum und trat gegen Iras Füße. Ein Schuss löste sich, Ira fiel auf die Dielen. Der Hall verklang in der staubigen Stille.

Es sticht. Julia konnte den Schmerz tief in der rechten Brust spüren. Ihr Herz raste, ihr Atem ging in kurzen Stößen. Ihr Körper war bleischwer. Sie sackte zurück auf die Holzdielen. Über ihr tauchte das Gesicht ihrer Mutter auf, weiß vom Staub. Die Augen weit geöffnet, ging sie vor Julia auf die Knie. »Julia!«

Julia spürte, wie Ira behutsam ihren Kopf nahm und auf ihren Schoß hob. Ihre Stimme bebte, war voller Wärme. »Mein Schatz. Mein Baby!«

Julia sah, wie sich der Staub unter den Augen ihrer Mutter mit Tränen mischte und in dunklen Bahnen die Wangen hinablief.

»Bitte, Julia, bitte nicht!«, flehte sie und wiegte ihre Tochter in den Armen. Erstaunt stellte Julia fest, dass sie keine Angst spürte, ihre Gedanken waren glasklar. Ihre Hand wischte durch den Staub auf dem Boden und stieß gegen etwas. Eine abgebrochene Geweihspitze. Julia blickte tief in Iras zärtliche Augen. Sie sah ihre Tränen und empfand nichts als Kälte. *Kalt wie das Böse*, dachte Julia, umschloss die Geweihspitze mit der Faust und stach mit letzter Kraft zu. Ihre Mutter schrie erschrocken auf, ihre Hand flog zum Hals, Blut rann aus der Wunde. Mit einem leisen Stöhnen sackte sie neben Julia zu Boden. Mutter und Tochter, Gesicht an Gesicht.

Ira schaute Julia mit großen Augen an, dann lächelte sie. »Mein Baby …«

Julia spürte, wie ihre Augen schwerer wurden. Auf einmal hörte sie ein leises, gleichmäßiges Wummern und Motorengeräusche. Aus der Eingangshalle drang Lärm. Eilige Schritte auf der Treppe. Schreie von Männern. Befehle. Sie kamen ihr vertraut vor. Julia sah aus dem Augenwinkel schwere Stiefel in den Saal kommen, darüber weite, blaue Hosen. *Cargo-Hosen!* Wie sehr sie diese Hosen liebte! Ein Mann mit Helm, Schutzweste und Maschinenpistole kniete sich vor sie und sprach sie an. Sie hörte ihn nicht. Das Wummern war dröhnend laut geworden. *Ein Hubschrauber,* dachte sie noch, dann sank sie ins Nichts.

*

Er war blind, aber er roch es. Die Erde tief unter der braunen Laubdecke des Waldes duftete nach Leben. Alles war erfüllt von mikroskopischem Knistern, Knacken und Malmen. Er grub sich durch eine unendliche Welt aus Humus, konnte hören, wie sich die riesigen Wurzeln der Bäume mit ihren zarten, saugenden Keimen tief in den Boden streckten wie in einen warmen Teig. Er arbeitete sich weiter nach oben und stellte sich vor, was die Tiere des Waldes wohl jetzt sehen würden: eine winzige Bewegung im trockenen Laub unter den Baumriesen, nach einem kurzen Moment ein leises Stoßen im Boden, ein paar zur Seite fallende Blätter. Erde brach von unten hervor, und etwas Kleines kam tastend ans Licht, verklebt von braunen, feuchten Krümeln: sein Finger. Er konnte die kühle Luft daran spüren. *Endlich Sauerstoff!* Die Tiere würden sehen, wie sich seine Hand langsam aus dem Boden schob. Sie stand da wie ein zarter, weißer Pilz, mitten im Wald, an einem der Finger steckte der Ring. Sie musste Kraft schöpfen, die Hand, aber schon drängte dicht neben ihr eine zweite Hand aus dem Untergrund hervor, gefolgt von einem Arm, dann einem zweiten und schließlich dem glatten, runden Kopf.

Karl atmete tief ein, Erde klebte wie eine braune Panade an seinem verbrannten Gesicht, die Augen leuchteten weiß. Ruhe und Zufriedenheit durchströmten ihn. Er hatte die richtige Entscheidung getroffen, Deckung statt Flucht, als er durch die lange Röhre zum unterirdischen Schutzbunker gelaufen war. Der meterdicke Beton hatte gezittert, die glutheiße Feuerwalze war an ihm vorübergerauscht. Es war wie bei den Mammutbäumen gewesen, von denen er als Kind gelesen hatte. Deren Zapfen wurden vom Feuer geöffnet, damit die Samen herausfallen konnten, und genauso war es auch bei ihm gewesen. Er war der Samen. Im Feuer geboren. Er war frei.

Karl stützte sich auf seine Ellbogen und drückte seinen Körper wie eine schlüpfende Libelle aus dem Waldboden. Schwankend richtete er sich auf und atmete in tiefen Zügen die Luft ein. Sein Hemd und seine Hose hingen in verbrannten Fetzen an ihm herab. Rauch lag in der Luft, und es war eigentümlich hell im Wald. Die Bäume waren entlaubt, und dort, wo der Bunker gestanden hatte, sah er zwischen umgeknickten, brennenden Stämmen nur noch einen rauchenden Trümmerberg. Karls Ohren waren taub, doch in seinem Bauch spürte er ein tiefes Flappen, das langsam stärker wurde. Er blickte in Richtung des Forsthauses. Ein Hubschrauber flog über den zerzausten Bäumen davon. Karl drehte sich um und stapfte los. Tiefer in den Wald hinein. Das ewige Licht auf dem Grab seines Großvaters musste kontrolliert werden.

15

Zwei Wochen später

Keppler hatte feuchte Hände, als er an der Pforte seine Besuchserlaubnis, den Personalausweis und den Inhalt seiner Taschen abgab. Er ließ sich durchsuchen, füllte den Laufzettel aus und wurde dann von einem Beamten durch einen Hof in einen Nebentrakt und weiter einen kahlen Flur entlang bis zum Besucherraum geführt. Die schwere Tür öffnete sich, und Keppler musste sich zwingen weiterzuatmen. Zu viele verschiedene Gefühle wirbelten in seinem Bauch durcheinander. Die Fenster des großen Raumes waren vergittert, an der Wand standen ein Getränke- und ein Süßigkeitenautomat. Ira saß allein an einem der kleinen Tische, sie trug Zivilkleidung, eine einfache Hose, einen weiten Sommerpullover. An ihrem Hals klebte ein dickes Pflaster. Ihre Lippen waren sehr rot in dem blassen Gesicht. Ihre Augen musterten ihn neugierig, als er ihr gegenüber Platz nahm.

»Keppler«, sagte Ira ruhig. »Sie sind also dieser Keppler.«

Er fühlte sich ausgezogen und musste sich zwingen, ihren Blick zu erwidern. »Guten Tag.« Er räusperte sich und ärgerte sich gleich über seinen formellen Ton. Aber wie redete man schon mit einer potenziellen Massenmörderin?

»Ich hab schon viel von Ihnen gehört«, sagte Ira.

»Ich will lieber nicht wissen, was«, entgegnete Keppler. Er ahnte, wer über ihn geredet hatte. Seine Atmung wurde ruhiger. Er deutete auf das große Pflaster an ihrem Hals. »Wie geht es Ihnen?«

Ira lächelte. »Gut. Die Ärzte haben gesagt, dass nur ein einziger Zentimeter gefehlt hat.«

»Dann sind Sie ja quitt. Bei Ihrer Tochter war es nicht viel mehr.«

»Ist sie noch im Krankenhaus?«

»Sie wurde vor ein paar Tagen entlassen.«

Ira lächelte. Keppler hatte in den vergangenen zwei Wochen oft überlegt, ob er Julia anrufen sollte, um endlich mit ihr über alles zu reden. Er wollte ihr einen großen Blumenstrauß mit Genesungswünschen und einer Entschuldigung schicken, doch ihm fehlte der Mut. Das, was er ihr angetan hatte, war einfach zu groß.

Jetzt sah er in Iras braune Augen und fragte sich, warum es ihm leichter fiel, mit Julias Mutter, einer skrupellosen Terroristin, zu reden.

»Wie geht es Henning?«, fragte sie.

»Herrn Badtke? Er sitzt in U-Haft. Die Ermittlungen sind fast abgeschlossen.«

»Armer Trottel.«

»Ein Opfer des digitalen Fortschritts. Das Assistenzsystem seiner Limousine hat den Besuch bei Ihnen gespeichert.« Keppler versuchte, seiner Stimme einen neutralen Anstrich zu geben; seiner Meinung nach stand es einem Beamten des Bundesverfassungsschutzes nicht gut zu Gesicht, in Gegenwart einer Terroristin Häme zu zeigen.

»Die Kripo konnte auch eine Fahrt zum Kölner Hafen nachweisen«, berichtete er weiter. »Herr Badtke steht im Verdacht, einen Hauptkommissar ermordet zu haben. Seine Pistole wurde zwar nicht gefunden, aber die tödlichen Projektile haben die gleichen Laufspuren wie die, die er mit seiner Waffe einen Tag zuvor im Schießstand seines Schützenvereins abgefeuert hat. Das sollte reichen.«

Iras Miene wurde ernst: »Was machen die Kids?«

Keppler holte sein Notizheft aus der Hosentasche. Er hatte geahnt, dass sie diese Frage stellen würde und sich bei dem Gespräch mit Wormland Notizen gemacht.

»Sie sind in einer Jugendeinrichtung, Ben Arnold, Kiriaki ›Kiki‹ Basdeki, Lennart ›Lenni‹ Dietsch und Jan Schommer«, las Keppler vor. Er machte eine kurze Pause, bevor er fortfuhr: »Drei sind leider im Haus ums Leben gekommen – Nina Jeschek, Mats Dilling und Lynn Radić –, sie wurden vor ein paar Tagen beerdigt.«

Ira nickte ernst.

Keppler gab ihr etwas Zeit. Sie blickte mit undurchdringlicher Miene auf die Tischplatte. Dann las er weiter: »Zwei sind nach wie vor flüchtig. Die Kripo hat durch die Angaben der anderen ihre Identität ermittelt. Anna Wenzel und Jonas Bauhoff.«

»Anni und Jonas«, murmelte Ira überrascht. »Schau an.«

Keppler versuchte, ihren Gesichtsausdruck zu deuten; er konnte sich nicht entscheiden, ob er Spott oder Groll darin lesen sollte. Er klappte das Notizbuch zu, schaute sie an und wartete darauf, dass sie sich nach Nick erkundigte. Er hatte beschlossen, ihr nichts von dem Jungen zu erzählen, weder, dass er zwei Wochen im Krankenhaus verbracht hatte, um die Prellungen an seinem ganzen Körper auszukurieren, noch, dass man sich entschlossen hatte, ihn mit einer neuen Identität auszustatten, und er wahrscheinlich straffrei davonkommen würde. Auch nicht, dass er jetzt bei Julia wohnte. Aber Ira fragte nicht nach Nick.

»Gibt's was Neues von Karl?«

»Die Suchtruppen haben nichts gefunden. Fast nichts.«

»Was heißt ›fast‹?«

Keppler verzog kaum merklich das Gesicht. »Sein Ohr. Das haben sie. Aber keine Leiche.«

Iras Miene hellte sich auf. »Karl Opitz ...«, sagte sie leise und blickte gedankenverloren zum Fenster, als würde er ihr von dort zuwinken. »Immer unterschätzt!«

Keppler musterte ihr Profil. Er konnte einen kleinen grauen Ansatz in ihren sauber gekämmten Haaren ausmachen. Der Lippenstift und der tiefblaue Pullover standen ihr gut, sie würde in jeder Gesellschaft eine gute Figur machen. Nichts deutete darauf hin, dass sie fest entschlossen gewesen war, zweihundert Menschen hinzurichten. Ein Gedanke schwebte wie ein dunkler Geist durch Kepplers Kopf: Diese Frau hatte ihn jahrelang begleitet, hatte ihn Tausende Stunden und vielleicht sogar seine Ehe gekostet. Sie war seine berufliche Obsession. Aber sie war auch sein dunkler Flirt. Jetzt hatte er sie hinter Gitter gebracht, sie saß besiegt vor ihm, und er war froh, dass es vorbei war. Aber warum war er so enttäuscht? Keppler überlegte. Ira war ein elektrisierender und zugleich böser Traum, und genauso wie die Träume der Nacht, am nächsten Morgen in Worte gefasst, banal und blass wurden, erschien jetzt auch Ira, das fleischgewordene Böse, verstörend normal. Es war zu Ende. Sein Plan war gescheitert, aber über unendlich verschlungene Wege war er doch aufgegangen. Er hatte Julia ins Spiel gebracht, und ganz anders als geplant hatte sie selbst die Figuren auf seinem Schachbrett in Bewegung gesetzt und den Anschlag verhindert. *Zu welchem*

Preis?, schoss es Keppler durch den Kopf, und er wusste plötzlich, dass er keinen Frieden finden würde.

»Wo ist sie?« Ira wandte sich ihm zu.

Keppler schreckte aus seinen Gedanken hoch. »Wer?«

»Julia.«

»Das weiß ich nicht«, log er.

Iras Blick wirkte plötzlich müde. »Ich würde ihr gerne schreiben.«

»Machen Sie das«, sagte Keppler. »Vielleicht meldet sie sich.«

Ira nickte stumm.

Er blickte zur Wanduhr. »Die Zeit ist um.«

»War schön, Sie kennenzulernen, Keppler.«

Sie reichte ihm die Hand. Er nahm sie und stand auf. *Das Böse hat ein schönes Lächeln.*

Im Gefängnisflur fühlte er sich mit jedem Schritt leichter. Er hatte plötzlich Lust, etwas zu unternehmen. Er würde bei Wormland anrufen und ihn zu einem Männerwochenende einladen, einem Wanderausflug ins Grüne, vielleicht zur Forsthausruine am Westwall. Und er würde sich bei Julia melden, ohne Blumen, nur mit dem Herzen in der Hand.

Als sich die Gittertür hinter ihm schloss, freute er sich auf den Kuchen. Er würde gleich in die Kantine des Verfassungsschutzes gehen, wo die Chefin auf ihn wartete. Sie beide hatten es sich zur Gewohnheit gemacht, am Nachmittag gemeinsam einen Kaffee zu trinken. Er war spät dran, aber sie würde ihm sicher ein Stück Himbeersahne reservieren. Wie jedes Mal.

*

Julia hörte die Trauerglocke dreimal schlagen. Eine kleine Gruppe in schwarzer Kleidung kam aus der Kapelle und folgte einem

Elektrowagen, auf dem ein Sarg mit Kränzen und Blumengebinden aufgebahrt war, die lange Platanenallee hinunter. Wolfgangs Urne, die Hitze, die verrückte Beerdigung, Nick auf dem Motorrad – unzählige Bilder tauchten vor Julias innerem Auge auf. Seit zwei Wochen passierte es Tag und Nacht, wenn sie im Schlaf hochschreckte und Nick wach und voller Gedanken an ihrer Seite fand, wenn sie an der Fleischtheke im Supermarkt ein Schweineohr sah, wenn sie auf der Straße Jugendliche schreien hörte, wenn sie in den Waschkeller ging oder in den Park, wo die Bäume plötzlich Augen zu bekommen schienen. Julia hatte die Angst kennengelernt, und die Stadt mit ihren Lichtern und dem Leben war zu ihrer Burg geworden.

Jetzt stieg sie stöhnend vom Fahrradsattel, die durchschossene Rippe würde noch Wochen wehtun, hatten die Ärzte gesagt. Sie schnallte die Tüte mit den sechs Sonnenblumen vom Gepäckträger und ging langsam hinter der Trauergesellschaft her auf den Friedhof. Daria hatte ihr den Weg zum Grab genau erklärt, und sie fand es bald an einer schmalen Weggabelung. Der Stein war schmucklos, aus schwarzem Marmor mit einem goldenen Schriftzug, der Erdhügel davor war vollständig mit Kränzen und Blumen bedeckt, einige schon welk. Julia erinnerte sich wehmütig, dass sie nicht zur Beerdigung hatte kommen können, Daria hatte ihr im Krankenhaus ein paar Bilder auf dem Rechner gezeigt, Hunderte Beamte waren in Uniform erschienen, der Hauptkommissar wäre zufrieden gewesen.

Jetzt zählte Julia drei der Sonnenblumen ab und legte sie auf Roosens Grab. *Der Friedhof meiner Väter*, dachte sie mit einem traurigen Lächeln. Wolfgang würde sich noch einen Moment gedulden müssen. Sie ließ ihre Hand lange auf dem Marmorstein liegen und bemerkte plötzlich eine Gestalt hinter sich. Eine junge Frau mit langen, zu zwei lockeren Zöpfen gebundenen Haaren und hellblauen Augen. *Husky-Augen*. Sie hielt einen kleinen Strauß Mohnblumen in der Hand.

»Paula?«

Die junge Frau nickte irritiert.

»Ich bin Julia.« Sie reichte Paula die Hand. »Eine Schülerin von deinem Vater.«

»Hallo. Ich glaub, ich weiß, wer du bist«, antwortete sie leise.

Julia blickte sie lange an. »Es tut mir wirklich leid. Er war ein toller Lehrer.«

Paula nickte.

»Und bestimmt auch ein guter Vater«, fügte Julia vorsichtig hinzu.

Paula reagierte nicht.

»Er hat oft von dir gesprochen. Ich glaube, er hat dich sehr vermisst.«

Paula legte die Mohnblumen vor den Grabstein. »Er hat mir ein Himmelbett gebaut«, sagte sie, kniete sich hin und zupfte die verwelkten Blumen vom Grab. »Es war hart für ihn. Ich war echt … schräg drauf.«

Julia kniete sich neben Roosens Tochter und richtete die Kränze. »Dein Vater hat mir ein bisschen erzählt. Ist es besser?«

Paula wiegte den Kopf hin und her. »Es kann immer wiederkommen.«

»Wohnst du wieder zu Hause?«

»Zusammen mit meiner Schwester und ihren Kindern.« Sie lächelte still. »Ist ziemlich chaotisch mit drei kleinen Jungs. Aber ich glaube, meine Mutter mag's.«

Die beiden zogen schweigend die hängenden Blumenköpfe aus den Sträußen. Julia blickte Paula an und verspürte Wehmut. Roosens Tochter war jung, gerade in dem Alter, in dem sie selbst die himmelblaue Weite ihrer Kindheit verlassen und in diese fremde, verrückte Welt hinausgezogen war.

Die beiden nahmen die welken Blumen und warfen sie in einen Müllkorb am Rande des Weges. Dann betrachteten sie still Roosens aufgeräumtes Grab. Ein Regentropfen klatschte schwer auf den Marmorstein, weitere folgten und wurden zu einem warmen Sommerschauer. Julia legte den Kopf in den Nacken und schloss die Augen, die Tropfen zerplatzten auf ihrer Stirn und rollten über ihre Wangen. Sie warf Paula einen Blick zu, und die beiden streckten ihre Zungen weit hinaus in den Regen. Julia spürte den vertrauten Geschmack im Mund.

Es war der See.

DANK

Bücher schreiben ist weniger einsam, als ich dachte. In den letzten beiden Jahren bin ich mehr hilfsbereiten, freundlichen und interessanten Menschen denn je begegnet. Sie alle haben WESTWALL erst möglich gemacht, und dafür möchte ich mich ganz herzlich bedanken. Gemeint sind: Lisa Krämer, Eva Schubert, Katharina Eichler, Christopher Klimesch und das ganze Team vom Penguin Verlag, dessen Enthusiasmus eine einzige Freude ist. Mein Agent Felix Rudloff, der den Weg von der Leseprobe bis zum Verlag geebnet hat, sowie meine Erstlektorin und Ermunterin Caterina Kirsten und das Copywrite-Team. Meine Lektorin Kristina Lake-Zapp, die das Manuskript mit scharfem Blick und guten Anregungen bereichert und mir gezeigt hat, was Präzision ist. Rainer Marquass, der als dramaturgischer Geburtshelfer die Entwicklung des Stoffs von Anfang an begleitet und ihn mit wichtigen Ideen geschärft hat. Mein großer Dank gilt auch den vielen Experten und Informanten, die mich bei den Recherchen unterstützt haben: Polizeihauptkommissar Knut Witsch gab mir spannende Einblicke in die Polizistenausbildung und ertrug meine unzähligen Nachfragen mit großer Geduld. Prof. Thomas

Grumke traf ich zu informativen Mittagspausen in Düsseldorf. Sein Sachbuch über den Verfassungsschutz hilft jedem, der diese geheimnisumwitterte Behörde besser verstehen möchte. Weitere Informationen und Hintergrundmaterial zum Nachrichtendienst bekam ich aus erster Hand von Winfried Ridder. Auch dem Pressesprecher des Bundesverfassungsschutzes, Stefan Mayer, gebührt Dank, er ließ mich kurz ins Amt hineinschauen, das ist nicht selbstverständlich. Heikel war auch die Recherche zu Waffen und Sprengstoffen, Oberstleutnant Thomas Enke versorgte mich verantwortungsvoll und geduldig mit explosiven Informationen, die meisten habe ich aus gutem Grund für mich behalten. Colin Emde von der Stiftung Off Road Kids hat mir aus der Welt der vergessenen Kinder, Jugendlichen und jungen Erwachsenen berichtet – es kann nicht genug solcher Streetworker geben. Miloš Matejec und Karsten Lenné halfen mir, mich im Dschungel der verschiedenen Ermittlungsbehörden zurechtzufinden. Der Historiker Frank Möller zeigte mir, was ungeschminkte Erinnerungskultur ist und dass es am Westwall noch viel zu tun gibt. André Barthmeier ließ mich an seinem gar nicht trockenen Strafrechtunterricht für Polizeianwärter teilnehmen. Torsten Grigoleit, leitender Oberarzt an der LVR-Klinik Langenfeld, klärte mich über Psychosen auf. Von Frank Bocklage bekam ich spannende Informationen zur Copkultur. Auch den Helfern und Experten, die ich unter meinen Freunden fand, möchte ich herzlich danken: Bernhard, Verena und Merle für ihren unglaublichen Einsatz, ihren unbestechlichen Adlerblick auf den Text und ihren Zuspruch. Katrin für unschlagbares Thrillerwissen und wertvollen, freundschaftlichen Rat zu jeder Zeit. Karsten für Geschichten aus alternativen Lebenswelten. Ecki für Berichte aus dem Reich der Toten. Stefan für die vielen Kontakte zu den unterschiedlichsten Fachleuten. Marc für tolle

Grafiken und frühe Begeisterung. Jens für die Drohne. Karin, Ute, René und Mark für's Lesen und ihr so wichtiges Urteil. Yoda, kein Freund, aber genauso wichtig. Und Knud – ich hör dich im Himmel lachen.

Zuletzt geht mein großer Dank an meine Familie: Meine Eltern, die mir Sprach- und Schreiblust schenkten. Meinen Bruder, der mir zeigt, was Haltung ist. Meine Frau und meine Tochter, die es schon seit vielen Jahren geduldig ertragen, gelegentlich ein zerstreutes Geistwesen um sich zu haben. Danke, dass ihr da seid!

ANHANG

Interview mit Benedikt Gollhardt zu WESTWALL

Herr Gollhardt, Sie haben mit WESTWALL Ihren ersten Roman geschrieben, nachdem Sie viele Jahre als Drehbuchautor tätig waren. Wie fühlt sich dieser neue Weg für Sie an, vom Manuskript zum Buch statt zur Serie?
Sehr befreiend! Meine Eltern haben beide in der Buchbranche gearbeitet und ich bin in Zimmern voller Bücher groß geworden. Über den Journalismus bin ich dann zum Drehbuchschreiben gelangt und 25 Jahre dort hängen geblieben, obwohl es mich oft nicht sonderlich glücklich gemacht hat. Der Traum, einen Roman zu schreiben, blieb immer im Hinterkopf, aber das finanzielle Risiko und der Zeitaufwand haben mich abgeschreckt. Aber irgendwann war der Punkt erreicht, an dem ich Pause vom Fernsehen machen wollte und musste, und ich mich endlich auf den langen Weg gemacht habe. Ganz wichtig war dabei auch, dass mich Freunde ermuntert haben. Am Ende habe ich zwei Jahre fast ausschließlich an dem Roman gesessen, immer wieder durch Recherchen unterbrochen. Und jetzt frage ich mich, warum ich das nicht schon viel früher gemacht habe!

Was ist für Sie das Besondere am Schreiben?
Vorneweg: Das Drehbuchschreiben kann sehr großen Spaß machen! Es geht sehr viel schneller als das Romanschreiben und man erreicht in der Regel Millionen von Zuschauern. Natürlich ist es handwerklicher, und es gibt immer inhaltliche und formale

Reglementierungen. Es braucht viele Jahre und Tausende Seiten, von denen die meisten im Papierkorb landen, um zu lernen, sich zurechtzufinden. Dann können die festen Strukturen einem aber auch Sicherheit geben und durch eine Story tragen. Für WESTWALL hat mir das sicher sehr geholfen, andererseits war das »neue« Schreiben wie ein Befreiungsschlag. Anfangs ist es mir immer wieder passiert, dass ich kurz innegehalten und mich gefragt habe, ob das, was ich da mache, überhaupt »erlaubt« ist: die Freiheit, in der Zeit zu springen, der Tempowechsel, die Möglichkeit für inhaltliche Ausflüge. An diese Freiheit musste ich mich erst einmal gewöhnen, ein bisschen wie ein Pferd, das zum ersten Mal auf die Weide darf und noch misstrauisch an der offenen Tür seines Gatters schnuppert. Zum Glück ging es dann bald im Galopp nach draußen, und ich glaube, so schnell bekommt mich keiner mehr von der Weide runter.

Als Leser von WESTWALL ist man vom ersten Satz an total fasziniert von dem atmosphärischen Prolog, der einen sofort mitten in die Wälder der Eifel katapultiert. Der historische Westwall verleiht dem Buch eine ganz besondere Atmosphäre. Was hat Sie dazu inspiriert, diese gigantische Verteidigungslinie aus dem Zweiten Weltkrieg in einem Thriller zu verarbeiten?

Vom Westwall hatte ich schon vor Langem gehört und hatte immer im Hinterkopf, einmal einer Geschichte diesen ungewöhnlichen Titel zu geben. Erst jetzt, nach vielleicht zwanzig Jahren, war die Zeit reif dafür. Das Schreiben für Serien im tragikomischen Ton war sehr lange mein Zuhause, doch in den letzten Jahren hatte ich das Bedürfnis, einen zeitkritischen und trotzdem unterhaltsamen Stoff zu schreiben, der sich mit unserer unruhigen politischen Lage beschäftigt, in der wieder

Mauern gebaut werden, auch in unseren Köpfen. Der Westwall ist dann fast zwangsläufig in meinen Kopf zurückgekommen, als ein Symbol für alles, was wir glaubten überwunden zu haben und was plötzlich wieder zur ganz realen Drohkulisse wird: faschistisches Gedankengut, nationale Abgrenzung und aggressive Propaganda. Mit dem Wissen um den verstörenden NSU-Komplex mit der nebulösen Rolle der Verfassungsschutz- und Ermittlungsbehörden habe ich dann den Plot zu WESTWALL entwickelt. Schon im Vorfeld habe ich gemerkt, welche Faszination vom Westwall auf viele Menschen ausgeht, ein wohliger Grusel, der sich nur schwer einordnen lässt. Ich glaube, es hat etwas mit der Faszination des Bösen zu tun, dem Monströsen, das von diesem Bauwerk ausgeht. Militärisch war er bei Weitem nicht so modern und unüberwindbar, wie damals behauptet wurde. Er war allenfalls ein Beispiel für die propagandistische Macht und den Größenwahn des NS-Regimes, dem große Teile der Deutschen gerne ins Verderben gefolgt sind.

Bei Ihrer großen Erfahrung als Drehbuchautor, gab es da Überlegungen für einen Film oder eine Serie zu WESTWALL?

Ursprünglich hatte ich den Thrillerplot als sechsteilige Serie für einen Streamingdienst geplant. Ich kam gerade mit einem anderen Serienprojekt ziemlich geschreddert aus den Mühlen des öffentlich-rechtlichen Fernsehens, und als einige Leser (und vor allem Leserinnen) des Plots mich darauf ansprachen, ob es denn keinen Roman dazu gäbe, war die Initialzündung gekommen. Ich habe mich sofort ans Schreiben gemacht, auch im Wissen, dass ich in der Romanform viel tiefer und unabhängiger in die Materie und die Figuren eindringen kann. Jetzt ist das Buch fertig und der Ball kommt zurück. Ich habe gerade mit guten Partnern ein neues Serienkonzept von WESTWALL erstellt, und hoffe, dass wir damit einen der großen Streamingdienste überzeugen können.

Beim Lesen hat man oft das Gefühl, mit den Figuren in diesen sonst menschenleeren Wäldern zu sein und diese unglaublich spannenden Schauplätze regelrecht durch deren Augen zu sehen. Die Details sind wahnsinnig gut recherchiert – wie sind Sie vorgegangen: Haben Sie Geschichtsbücher gewälzt oder haben Sie die Orte selbst ausgekundschaftet?
Den Westwall habe ich erst während der Arbeit am Roman besichtigt und war trotz der vielen Bilder und Videos überrascht, wie fremd und düster die Überbleibsel der Drachenzähne und Bunker in der Landschaft wirken. Meine Recherchen haben vielleicht ein Viertel der Arbeitszeit ausgemacht, da ich so viele Experten wie möglich treffen wollte, wenn möglich mehrmals. Gerade bei politischen Themen, aber auch in allen Details möchte ich nicht einfach ins Blaue schreiben, sondern authentisch bleiben. Und wenn ich mal die Realität verändere, möchte ich wenigstens wissen, wie es wirklich ist. Auf diese Weise bin ich in Sachen Bombenbau unfreiwillig zum Experten für den Bau von Waffen aus Haushaltsgegenständen geworden! Erfreulicherweise bin ich bei den Recherchen vielen sehr geduldigen und kooperativen Menschen begegnet, nur wenige musste ich sehr lange beknien. Manchmal wurde ich auch ganz abgewiesen, vor allem, wenn es um die Arbeit von V-Leuten ging. Immerhin durfte ich einmal in den Bundesverfassungsschutz hineinschauen, was für Außenstehende keine Selbstverständlichkeit ist. Es war schon eine sehr spezielle Erfahrung, durch die verschiedenen Sicherheitsschleusen in eines der bestabgeschirmten Gebäude des Landes zu gehen und dahinter ein relativ unspektakuläres Amt vorzufinden.

Ansonsten ist das Internet ein Segen für Autoren, es gibt kein noch so abwegiges Thema, zu dem man nicht umfangreiche Texte, Bilder und Videos bekommt. Man kann sich allerdings auch verlieren. Als ich mich dabei erwischte, wie ich eine Stunde lang Videos von jagenden Fischreihern studierte, musste ich den Rechner erst mal zuklappen. Bedrückend waren die Recherchen am politisch rechten Rand mit seinen irrwitzigen Verschwörungstheorien. Da schaut man schon in sehr tiefe Abgründe, die einen nicht mehr so schnell loslassen.

Die Protagonistin Julia ist zwar der Dreh- und Angelpunkt dieses Thrillers, doch es gibt in WESTWALL noch eine Menge weiterer starker Figuren, die ebenfalls Hauptfigurenpotenzial haben. Was war ausschlaggebend, dass Julia die Protagonistin wurde?
Ich wollte gerne eine weibliche Hauptfigur haben, eine sehr natürliche, emotionale, manchmal auch impulsive Frau, die die Welt noch staunend wie ein Kind betrachtet. Damit konnte ich sie durch die dramatischen Ereignisse möglichst tief fallen und eine sehr starke Entwicklung durchmachen lassen, mehr als alle anderen. Aber da viele meiner Figuren ihre eigene Stimme bekommen, ist es im Grunde ein Ensemble, das zusammen die Welt von WESTWALL formt. Egal welche Rolle eine Figur spielt, es gilt prinzipiell dieselbe Regel: Man muss als Autor seinen Figuren folgen, nicht umgekehrt. Wenn man sie »von der Leine« lässt und ihnen Raum gibt, geht das Schreiben fast wie von selbst. Und dann ist es ein Genuss zu sehen, wie diese fiktiven Figuren lebendig werden und einen an die Hand nehmen. Mit der Folge, dass sich über zwei Jahre, Tag und Nacht, eine bunte WG aus einem Dutzend Mitbewohnern in meinem Kopf eingenistet hat.

Alle Figuren – ob Polizist, Beamter des Verfassungsschutzes, radikale Jugendliche, oder auch Ira, die Anführerin der Gruppe – haben sowohl gute als auch schlechte Seiten. Keine der Figuren ist nur gut oder nur böse. Ist das die zentrale Botschaft des Buchs?
Den Figuren soll es nicht anders gehen als uns selbst. Wir bestehen aus Hunderten Facetten, die sich völlig unterscheiden, sogar widersprechen können. Wir können moralisch sein und trotzdem lügen und täuschen. Wir wollen oft anderes, als wir tun, und wir sind tagtäglich voller Konflikte und Widersprüche. Diese Ambivalenz ist schwer auszuhalten und kostet Kraft, heute wahrscheinlich noch mehr als in früheren Zeiten, als das Leben strukturierter und weniger durchleuchtet war. Auf den Westwall trifft dieselbe Ambivalenz zu, er fasziniert, obwohl er ein Mahnmal für Schrecken und Krieg ist. Ich denke, es ist wichtig, aus dem Schwarz-Weiß-Denken herauszukommen, das inzwischen alle Lebensbereiche durchdringt und lähmt. Niemand ist gut oder böse, wir sind in verschiedener Gewichtung gut *und* böse. Anstrengend, aber so ist es halt.

Gibt es für Sie als Autor eine Lieblingsfigur in WESTWALL? Und wenn ja – welche?
Ich mag alle. Wäre es nicht so, würde man es merken. Jede der Figuren trägt eine oder mehrere Facetten von mir selbst. Natürlich sind Julia, Wolfgang, Keppler und Roosen durch ihre Präsenz mir sehr nahe, aber ich kann mich auch gut mit Jonas und den Kids, die in einer mir bis dahin völlig unbekannten Welt leben, identifizieren. Einfach nur, weil sie Außenseiter sind. Eine Sonderrolle spielt vielleicht Dr. Gräf, die Referatsleiterin des Verfassungsschutzes, die im Hintergrund der Geschichte eine wichtige Rolle spielt. Sie ist von einer unnahbaren Aura umgeben

und scheint ein Stück weit wie wir eine Beobachterin des Geschehens zu sein. Ich mag diese Figur sehr und habe ihr bewusst ihre Geheimnisse gelassen, vielleicht aus einer Art von Respekt.

Am Ende des Thrillers gibt es einen fantastischen Showdown mitten in den Wäldern der Eifel, bei dem sich entscheidet, ob das Gute über das Böse siegt. Was ist Ihre persönliche Hoffnung für die aktuellen gesellschaftspolitischen Entwicklungen in Deutschland? Dass trotz allem das Gute überwiegt?
Ja, das hoffen wir natürlich alle. Niemand bei Verstand kann akzeptieren, dass Menschenhass immer gesellschaftsfähiger wird, und zum Glück steht die Mehrheit dagegen auf. Mir war aber sehr wichtig, dass WESTWALL kein klebriges, verlogenes Happy End hat, sondern ein ambivalentes Ende, das die Figuren allesamt innerlich verletzt oder zumindest verändert zurücklässt, und die Lage nicht rosiger zeichnet, als sie ist.

Zuallerletzt: Wird es mit Julia in einem neuen Thriller weitergehen?
WESTWALL war ursprünglich als abgeschlossene Geschichte geplant. Aber mit etwas Abstand hat sich gezeigt, dass die Figuren noch nicht auserzählt sind, sie geistern noch in meinem Kopf (und in denen vieler Testleser) herum. Das ist ganz wichtig, denn eine Fortsetzung im Sinne »das Gleiche in Grün« wäre für mich nicht denkbar. Da muss es schon eine plausible Weiterentwicklung geben. Vielleicht werden wir einige Figuren verändert erleben, vielleicht werden einige Nebenfiguren mehr Raum bekommen, vielleicht tauchen wir tiefer in eines der Milieus ein. Aber was bleiben wird, sind die großen Themen wie Liebe, Verrat und Moral.

Der Westwall

Die befestigte Westgrenze von Hitlerdeutschland gilt als das größte militärische Bauwerk seit der Chinesischen Mauer: ein 630 Kilometer langes Bollwerk aus 15 000 Bunkern, Panzersperren, Tunnelsystemen und Gräben, errichtet in den späten 1930er-Jahren von über 500 000 teilweise zwangsrekrutierten Arbeitern. Noch heute finden sich düstere Überreste des Westwalls entlang der deutschen Westgrenze, halb verfallene Bunker und Panzersperren, sogenannte »Drachenzähne«.

In der Propaganda des NS-Regimes wurde der Westwall der deutschen Bevölkerung und den westlichen Nachbarn als »Verteidigungsanlage« verkauft, als Beleg einer angeblich defensiven Haltung des Deutschen Reichs. Spätestens im März 1939 war jedoch klar, dass der Westwall eine andere strategische Funktion hatte: Er sollte die Westgrenze absichern, während die Wehrmacht zuerst »Rest-Tschechien« annektierte und im September mit dem Überfall auf Polen seinen Vernichtungsfeldzug im Osten begann.

Die Propaganda nach innen und außen zeigte Wirkung. Die deutsche Bevölkerung fühlte sich vor Gegenschlägen sicher, die Alliierten schienen an die Unüberwindbarkeit dieser deutschen Grenze zu glauben und schritten nicht militärisch ein. Nach dem Frankreichfeldzug 1940 wurde der Westwall nicht mehr benötigt und seine Bewaffnung nach und nach demontiert.

Erst im Herbst 1944, als die Amerikaner zum ersten Mal im Zweiten Weltkrieg deutschen Boden betraten, wurde der Westwall reaktiviert und zum Schauplatz von schweren Kämpfen. Im unwegsamen Hürtgenwald bei Aachen kam es zu einer der verlustreichsten Schlachten der US-Armee in Europa. Die genaue Zahl der Toten ist bis heute ungeklärt und wird insgesamt auf ca. 25 000 geschätzt. Viele der Opfer hätten den monatelangen Stellungskrieg überlebt, wäre der Westwall nicht reaktiviert worden. Der Hürtgenwald wird in den USA noch heute als das »Verdun des Zweiten Weltkrieges« bezeichnet.

Die Arbeiten

Nach der Remilitarisierung des Rheinlandes und den ersten Bunkerbauten Mitte der 1930er-Jahre erteilte Hitler im Mai 1938 den Befehl zum beschleunigten und effektiveren Bau des »Limesprogrammes«, wie der Westwall anfangs hieß. Der bereits für den Reichsautobahnbau verantwortliche Bauingenieur Fritz Todt leitete die Arbeiten mit gigantischem militärischem Aufwand. Tausende standardisierte Bunker und Panzersperren wurden auf Hunderten Kilometern Länge von über einer halben Million Arbeitern errichtet, darunter Soldaten und Freiwillige, aber auch Zwangsrekrutierte, die aus dem ganzen Land zur Arbeit an die Westgrenze abkommandiert wurden.

Die Arbeitsbedingungen waren brutal, im Durchschnitt wurde im Schichtdienst gearbeitet, täglich mindestens zehn bis zwölf Stunden, sieben Tage die Woche. Durch die Überlastung der Arbeiter kam es häufig zu Unfällen mit Toten und Verletzten. Die Unterbringung der Massen war miserabel, die meisten Arbeiter mussten in eigens errichteten Baracken oder Turnhallen und Tanzsälen unter ungenügenden hygienischen Bedingungen schlafen. Widerstand und Streiks nahmen zu, wurden aber ab Kriegsbeginn 1939 hart verfolgt. Entlang des Westwalls entstanden mehrere Straflager der SS und der Polizei, in die sogenannte »Bummler« und flüchtige Arbeiter verfrachtet und wo sie »ideologisch unterwiesen« wurden.

Wirtschaftliche Auswirkungen

Die monströse Dimension des Westwalls blieb nicht ohne Folgen für die Wirtschaft des Deutschen Reichs. Weit über 20 Millionen Tonnen Beton und über eine Million Tonnen Stahl wurden in der Anlage verbaut. Durch den Bau des Westwalls kam die öffentliche und private Bauwirtschaft trotz großer Wohnungsnot zum Erliegen, und auch der Reichsautobahnbau wurde zeitweise eingestellt.

Die enorme Größe des Westwalls verschlang über 120 000 Hektar landwirtschaftlich genutzte Fläche, über 30 000 Bauern und ihre Familien mussten ihre Höfe aufgeben.

Die Baukosten von ca. 3,5 Milliarden Reichsmark führten Deutschland 1938 nahe an den Bankrott. Trotzdem konnte der Westwall von Goebbels mit großem Propagandaaufwand als »Symbol der deutschen Volksgemeinschaft« mythisch verklärt werden.

Nachkriegszeit

Nach 1945 wurden die meisten der Bunkeranlagen aus Sicherheitsgründen gesprengt. Der Westwall geriet zunehmend in Vergessenheit. Eine Art von Erinnerungskultur entstand erst wieder durch kleine private Museen, die alte und neue Artefakte sammeln. Leider sind die Ausstellungen durchweg unwissenschaftlich und teilweise zeitgeschichtlich unkritisch oder sogar verherrlichend.

Inzwischen stehen viele Teile des Westwalls unter Denkmalschutz. Historiker bemühen sich um eine wissenschaftlich fundierte Aufarbeitung und den Erhalt der verbliebenen Anlagen.

Daneben nutzen viele Naturschutzprojekte die Reste des Westwalls zum Aufbau eines *Grünen Korridors*, in dem seltene Tier- und Pflanzenarten Rückzugsräume finden.

Der Westwallring

Der Pforzheimer Goldschmied Gottfried Grau, der 1938/39 zum Arbeitseinsatz am Westwall eingesetzt war, entwarf wahrscheinlich den ursprünglichen Westwallring, eine Spirale aus einfachem Draht. Das Interesse der Arbeiter und Soldaten an dem Andenken war groß, und so begann Grau mit der Produktion von größeren Mengen, nach zeitgenössischen Berichten bis zu fünfzig Stück am Tag.

Bald wurden Schmuckhersteller auf das Phänomen aufmerksam, schlossen sich dem Trend an und variierten den Ring. Die Drahtspirale wich einfachen Blechringen mit Motiven des Westwalls, Bunkern, Höckerlinien, Panzertürmen oder Totenköpfen. Absatz fanden die Ringe in Dorfläden entlang der Grenze, über Zeitungsannoncen per Post und sogar in Schützengräben, wo Soldaten untereinander damit handelten. Kunden waren auch Verwandte, Ehefrauen und Freundinnen der Arbeiter, für die es Ringe in eigenen Damengrößen gab.

Das NS-Regime, das die Hoheit über militärische Abzeichen und Symbole für sich beanspruchte, duldete den regen Handel mit Westwallringen gezwungenermaßen. Allerdings befahl das Reichsministerium für Volksaufklärung und Propaganda 1940 aus Angst vor kitschigen Motiven eine regelmäßige Überprüfung der Hersteller.

Die Chronik

1936 Wiederbesetzung des nach dem Ersten Weltkrieg entmilitarisierten Rheinlandes durch die deutsche Wehrmacht. Verstreuter Bau einzelner Bunker.

1937 Baubeginn erster Festungsanlagen im Rheintal bei Karlsruhe und im Moseltal bei Trier, Stellungsausbau an der Saar und in der Pfalz.

1938 Bau von Befestigungsanlagen am Niederrhein und in der Eifel bei Aachen.

ab Mai 1938 Befehl zur Forcierung des Westwallbaus unter dem Namen »Limesprogramm«. Unter der Leitung von Fritz Todt wird der Bunkerbau standardisiert, um die Arbeiten zu beschleunigen.

November 1938 Der Name »Westwall« taucht zum ersten Mal in der Tageszeitung NSZ-Rheinfront auf und wird ein halbes Jahr später von Hitler aufgegriffen.

September 1939 Überfall auf Polen, Beginn des Angriffskriegs im Osten.

ab 1940 Der Bau des Westwalls verlangsamt sich und wird im Mai/Juni nach dem Einmarsch in die westlichen Nachbarländer Frankreich, Niederlande, Belgien und Luxemburg eingestellt.

1944 Die Front verlagert sich zurück an die deutsche Westgrenze. Der veraltete und funktionsuntüchtige Westwall wird reaktiviert.

Winter 1944/45 Im Hürtgenwald bei Aachen tobt fünf Monate lang eine der schwersten und verlustreichsten Schlachten des Zweiten Weltkriegs. Beim Versuch, die Eifel zu durchqueren, gerät die US-Armee in einen Stellungskrieg. Die alten Bunker des Westwalls tragen zur enormen Opferzahl bei, die auf 25 000 geschätzt wird. In den USA werden die Kämpfe im Hürtgenwald noch heute mit der Schlacht von Gettysburg und dem Vietnamkrieg verglichen.